ALEJANDRO ZAMBRA

ALEJANDRO ZAMBRA

Ficção 2006-2014

Bonsai, A vida privada das árvores, Formas de voltar para casa, Meus documentos, Múltipla escolha *e contos dispersos*

Tradução
Josely Vianna Baptista
José Geraldo Couto
Miguel Del Castillo

1ª reimpressão

COMPANHIA DAS LETRAS

Bonsai e *A vida privada das árvores* foram traduzidos por Josely Vianna Baptista; *Formas de voltar para casa* foi traduzido por José Geraldo Couto; *Meus documentos*, *Múltipla escolha* e os contos dispersos foram traduzidos por Miguel Del Castillo.

Grafia atualizada segundo o Acordo Ortográfico da Língua Portuguesa de 1990, que entrou em vigor no Brasil em 2009.

Títulos originais
Bonsai
La vida privada de los árboles
Formas de volver a casa
Mis documentos
Facsímil

Capa
Elisa von Randow

Imagem de capa
Red Tiger, de Jesús Cisneros. Técnica mista (lápis e aquarela).

Preparação
Silvia Massimini Felix

Revisão
Jane Pessoa
Erika Nogueira Vieira

Dados Internacionais de Catalogação na Publicação (CIP)
(Câmara Brasileira do Livro, SP, Brasil)

Zambra, Alejandro
Ficção 2006-2014 / Alejandro Zambra ; tradução Josely Vianna Baptista, José Geraldo Couto, Miguel Del Castillo. — 1ª ed. — São Paulo: Companhia das Letras, 2021.

Conteúdo: Bonsai; A vida privada das árvores; Formas de voltar para casa; Meus documentos; Múltipla escolha e contos dispersos.
Título original: Bonsai; La vida privada de los árboles; Formas de volver a casa; Mis documentos; Facsímil.
ISBN 978-65-5921-343-6

1. Ficção chilena I. Título.

21-70835 CDD-C863

Índice para catálogo sistemático:
1. Ficção : Literatura chilena C863

Cibele Maria Dias – Bibliotecária – CRB-8/9427

Todos os direitos desta edição reservados à
EDITORA SCHWARCZ S.A.
Rua Bandeira Paulista, 702, cj. 32
04532-002 — São Paulo — SP
Telefone: (11) 3707-3500
www.companhiadasletras.com.br
www.blogdacompanhia.com.br
facebook.com/companhiadasletras
instagram.com/companhiadasletras
twitter.com/cialetras

Sumário

BONSAI

Para Alhelí

Passavam-se os anos, e a única pessoa que não mudava era a jovem do seu livro.

Yasunari Kawabata

A dor se talha e se detalha.

Gonzalo Millán

I. VULTO

No final, ela morre e ele fica sozinho, ainda que na verdade ele já tivesse ficado sozinho muitos anos antes da morte dela, de Emilia. Digamos que ela se chama ou se chamava Emilia e que ele se chama, se chamava e continua se chamando Julio. Julio e Emilia. No final, Emilia morre e Julio não morre. O resto é literatura:

A primeira noite em que dormiram juntos foi por acaso. Ia ter prova de Sintaxe Espanhola II, matéria que nenhum dos dois dominava, mas, como eram jovens, teoricamente estavam dispostos a tudo, até a estudar Sintaxe Espanhola II na casa das gêmeas Vergara. O grupo de estudo acabou sendo bem mais numeroso do que o previsto: alguém colocou música, dizendo que costumava estudar com música, outro trouxe vodca, argumentando que era difícil se concentrar sem vodca, e um terceiro foi comprar laranjas, porque não suportava tomar vodca sem suco de laranja. Às três da manhã, completamente bêbados, resolveram ir dormir. Embora Julio preferisse passar a noite com uma das irmãs Vergara, resignou-se rapidamente a dividir o quarto de empregada com Emilia.

Julio não gostava que Emilia fizesse tantas perguntas nas aulas, e Emilia se aborrecia porque Julio passava de ano quase sem aparecer na faculdade, mas naquela noite ambos descobriram as afinidades emotivas que com um pouco de boa vontade qualquer casal é capaz de descobrir. Nem é preciso dizer que foram muito mal na prova. Uma semana depois, para o exame de recuperação, voltaram a estudar com as Vergara e dormiram juntos novamente, mas nessa segunda vez não precisaram dividir um quarto, pois os pais das gêmeas tinham viajado para Buenos Aires.

Pouco antes de se envolver com Julio, Emilia decidiu que dali pra frente só *follaría*, treparia, como os espanhóis, não faria mais amor, não deitaria nem transaria com mais ninguém, muito menos foderia ou fuderia. Este é um problema chileno, disse Emilia, então, a Julio, com uma desenvoltura que só lhe nascia na escuridão, e em voz bem baixa, naturalmente: Este é um problema dos jovens chilenos, somos jovens demais para fazer amor, e no Chile, se você não faz amor, só pode foder ou fuder, mas eu não gostaria de fuder nem de foder com você, preferiria que trepássemos, como na Espanha.

Mas na época Emilia não conhecia a Espanha. Anos mais tarde, moraria em Madri, cidade onde treparia bastante, mas não mais com Julio, e sim, basicamente, com Javier Martínez e com Ángel García Atienza e com Julián Albuquerque e até, mas só uma vez e um pouco forçada, com Karolina Kopeć, sua amiga polonesa. Mas naquela noite, naquela segunda noite, Julio se transformou no segundo parceiro sexual da vida de Emilia, ou, como dizem as mães e as psicólogas com certa hipocrisia, no segundo homem de Emilia, que passou, por sua vez, a ser o primeiro relacionamento sério de Julio. Julio fugia dos relacionamentos sérios. Não se escondia das mulheres, mas da seriedade, pois sabia que a seriedade era tanto ou mais perigosa que as mulheres. Julio sabia que estava condenado à seriedade, e tentava, obstinadamente, torcer seu destino sério, passar o tempo na estoica espera daquele espantoso e inevitável dia em que a seriedade chegaria para se instalar para sempre na sua vida.

O primeiro namorado de Emilia era muito devagar, mas havia autenticidade em sua lentidão. Cometeu muitos erros e quase sempre soube reconhecê-los e corrigi-los, mas há erros impossíveis de corrigir, e o lerdo, o primeiro, cometeu um ou dois desses erros imperdoáveis. Nem vale a pena mencioná-los.

Ambos tinham quinze anos quando começaram a sair, mas quando Emilia completou dezesseis, e dezessete, o lerdo continuou tendo quinze. E assim por diante: Emilia completou dezoito, e dezenove, e vinte e quatro, e ele quinze; vinte e sete, vinte e oito, e ele quinze, ainda, até os trinta anos dela, pois Emilia não continuou fazendo anos depois dos trinta, e não porque a partir de então tivesse decidido ir diminuindo a idade, mas porque poucos dias depois de completar trinta anos Emilia morreu, e então não fez mais aniversário porque começou a estar morta.

O segundo namorado de Emilia era muito branco. Com ele, descobriu as trilhas, os passeios de bicicleta, o jogging e o iogurte. Foi, sobretudo, um tempo de muito iogurte, e isso, para Emilia, foi importante, porque ela vinha de um período de muito pisco, de longas e complicadas noites de pisco com coca-cola, e de pisco com limão, e até mesmo de pisco puro, seco, sem gelo.

Ficavam sempre no maior amasso mas não chegaram a transar, porque ele era muito branco e isso deixava Emilia meio desconfiada, embora ela mesma fosse muito branca, quase completamente branca, de cabelo curto e pretíssimo, muito.

O terceiro, na verdade, era um doente. Desde o início, ela soube que a relação estava fadada ao fracasso, mas mesmo assim ficaram juntos um ano e meio, e ele foi seu primeiro parceiro sexual, seu primeiro homem, aos dezoito dela, aos vinte e dois dele.

Entre o terceiro e o quarto aconteceram muitos amores de uma noite, incitados, acima de tudo, pelo tédio.

O quarto foi Julio.

Seguindo um arraigado costume familiar, a iniciação sexual de Julio foi acertada, por dez mil pesos, com Isidora, a prima Isidora, que naturalmente não se chamava Isidora nem era prima de Julio. Todos os homens da família tinham passado por Isidora, uma mulher ainda jovem, de ancas milagrosas e certa inclinação para o romantismo, que concordava em atendê-los, embora já não fosse o que se chama de puta, de uma puta-puta: agora, e ela sempre tentava deixar isso bem claro, trabalhava como secretária de um advogado.

Aos quinze anos, Julio conheceu a prima Isidora e continuou a conhecê-la durante os anos seguintes, na qualidade de presente especial, quando insistia o suficiente, ou quando a brutalidade de seu pai abrandava e, devido a isso, iniciava a fase conhecida como período de arrependimento do pai, e depois o período de culpa do pai, cuja consequência mais feliz era o desprendimento econômico. Nem é preciso dizer que Julio ficou de quatro por Isidora, que a amou, e que ela, fugazmente enternecida pelo jovem leitor que se vestia de preto, tratava-o melhor do que os outros convidados, mimava-o, educava-o, de certo modo.

Só aos vinte anos Julio começou a frequentar com intenções sociossexuais mulheres de sua idade, com pouco sucesso, mas o suficiente para que resolvesse deixar Isidora. Deixá-la, é claro, do mesmo modo que se deixa de fumar ou de apostar em cavalos. Não foi fácil, mas meses antes daquela segunda noite com Emilia, Julio já se considerava livre do vício.

Naquela segunda noite, então, Emilia competiu com uma rival única, embora Julio nunca as tivesse comparado, em parte porque não havia comparação possível, e também porque Emilia passou a ser, oficialmente, o único amor de sua vida, e Isidora apenas uma antiga e agradável fonte de diversão e de sofrimento. Quando Julio se apaixonou por Emilia, toda a diversão e todo o sofrimento prévios à diversão e ao sofrimento que lhe proporcionava Emilia passaram a ser simples imitações da diversão e do sofrimento verdadeiros.

A primeira mentira que Julio contou a Emilia foi que tinha lido Marcel Proust. Não costumava mentir sobre suas leituras, mas naquela segunda noite, quando os dois sabiam que alguma coisa estava começando entre eles, e que essa coisa, durasse o quanto durasse, ia ser importante, naquela noite Julio impostou a voz, fingiu intimidade e disse que sim, que tinha lido Proust, aos dezessete anos, num verão, em Quintero. Na época, ninguém mais passava o verão em Quintero, nem mesmo os pais de Julio, que tinham se conhecido na praia de El Durazno, iam a Quintero, um balneário bonito, mas agora invadido pelo proletariado, onde Julio, aos dezessete, conseguiu a casa de seus avós para se trancar e ler *Em busca do tempo perdido*. Era mentira, claro: ele tinha ido a Quintero naquele verão, e tinha lido muito, mas Jack Kerouac, Heinrich Böll, Vladimir Nabokov, Truman Capote e Enrique Lihn, não Marcel Proust.

Naquela mesma noite, Emilia mentiu pela primeira vez para Julio, e a mentira foi a mesma, que tinha lido Marcel Proust. No começo, ela se limitou a concordar: Eu também li Proust. Mas logo houve um grande silêncio, que não era um silêncio incômodo, mas expectante, de maneira que Emilia precisou completar a história: Foi no ano passado, não faz muito tempo, levei uns cinco meses, andava atarefada, você sabe, com os trabalhos da faculdade.

Mas me propus a ler os sete tomos e a verdade é que esses foram os meses mais importantes da minha vida de leitora.

Usou esta expressão: minha vida de leitora, disse que aqueles haviam sido, sem dúvida, os meses mais importantes da sua vida de leitora.

Em todo caso, na história de Emilia e Julio há mais omissões que mentiras, e menos omissões que verdades, dessas verdades que são chamadas de absolutas e que costumam ser incômodas. Com o tempo, que não foi muito, mas o bastante, trocaram confidências sobre seus desejos e aspirações mais íntimos, seus sentimentos desmedidos, suas breves e exageradas vidas. Julio confiou a Emilia assuntos que só o psicólogo de Julio deveria saber, e Emilia, por sua vez, converteu Julio numa espécie de cúmplice retroativo de cada uma das decisões que ela havia tomado ao longo da vida. Daquela vez, por exemplo, quando decidiu que odiava a mãe, aos catorze anos: Julio a escutou atentamente e opinou que sim, que Emilia, aos catorze anos, estava certa, que não havia outra decisão possível, que ele teria feito o mesmo e, claro, se na época, aos catorze, eles já estivessem juntos, ele com certeza a teria apoiado.

A relação de Emilia e Julio foi infestada de verdades, de revelações íntimas que rapidamente estabeleceram uma cumplicidade que eles assumiram como definitiva. Esta é, então, uma história leve que se torna pesada. Esta é a história de dois estudantes devotados à verdade, a dispersar frases que parecem verdadeiras, a fumar cigarros eternos e a se fechar na violenta complacência dos que se creem melhores, mais puros do que o resto, do que esse imenso e desprezível grupo que chamam de *o resto*.

Rapidamente, aprenderam a ler os mesmos livros, a pensar parecido e a disfarçar as diferenças. Logo moldaram uma vaidosa intimidade. Ao menos naquela época, Julio e Emilia conseguiram se fundir numa espécie de vulto. Em resumo, foram felizes. Disso, não resta dúvida.

II. "TANTALIA"

Desde então, continuaram trepando, em casas emprestadas e em motéis de lençóis que recendiam a pisco sour. Treparam durante um ano e esse ano pareceu breve, embora tenha sido longuíssimo; esse foi um ano especialmente longo, depois do qual Emilia foi morar com Anita, sua amiga de infância.

Anita não simpatizava com Julio, pois o considerava convencido e depressivo, mas teve que aceitá-lo na hora do café da manhã e certa vez, talvez para demonstrar a si mesma e a sua amiga que no fundo Julio não a desagradava, chegou a lhe preparar ovos quentes, o desjejum favorito de Julio, o hóspede permanente do apertado e quase inóspito apartamento que Emilia e Anita dividiam.

O que deixava Anita chateada com Julio era que ele tinha mudado sua amiga:

Você mudou minha amiga. Ela não era assim.

E você sempre foi assim?

Assim como?

Assim, do jeito que você é.

Emilia interveio, conciliadora e compreensiva. Qual o sentido de ficar com alguém se essa pessoa não muda a sua vida? Disse isso, e Julio estava presente quando ela declarou: que a vida só tinha sentido se a gente encontrasse alguém que mudasse, que destruísse sua vida. Anita achou aquela teoria duvidosa, mas não discutiu. Sabia que quando Emilia falava naquele tom era absurdo contradizê-la.

As extravagâncias de Julio e Emilia não eram apenas sexuais (que existiam) nem emocionais (que eram muitas), mas também, digamos, literárias. Numa noite especialmente feliz, Julio leu, meio de brincadeira, um poema de Rubén Darío que Emilia dramatizou e banalizou até transformar num verdadeiro poema sexual, um poema de sexo explícito, com gritos, com orgasmos. Então, virou um hábito o lance de ler em voz alta — em voz baixa — toda noite, antes de trepar. Leram *O livro de Monelle*, de Marcel Schwob, e *O pavilhão dourado*, de Yukio Mishima, que foram razoáveis fontes de inspiração erótica para eles. Mas logo as leituras se diversificaram a olhos vistos: leram *Um homem que dorme* e *As coisas*, de Perec, vários contos de Onetti e de Raymond Carver, poemas de Ted Hughes, de Tomas Tranströmer, de Armando Uribe e de Kurt Folch. Até fragmentos de Nietzsche e de Emil Cioran eles leram.

Um bom ou mau dia, o acaso os levou às páginas da *Antologia da literatura fantástica* de Borges, Bioy Casares e Silvina Ocampo. Depois de imaginar abóbadas ou casas sem portas, depois de inventariar os traços de fantasmas inomináveis, deitaram âncora em "Tantalia", um conto de Macedonio Fernández que os afetou profundamente.

"Tantalia" é a história de um casal que decide comprar uma plantinha para conservá-la como símbolo do amor que os une. Percebem, tardiamente, que, se a plantinha morrer, morrerá com ela o amor que os une. E como o amor que os une é imenso e por nenhum motivo estão dispostos a sacrificá-lo, decidem fazer a plantinha se perder entre uma multidão de plantas idênticas. Depois ficam inconsoláveis, infelizes por saber que nunca mais poderão encontrá-la.

Ela e ele, os personagens de Macedonio, tiveram e perderam uma plantinha do amor. Emilia e Julio — que não são exatamente personagens, embora talvez fosse conveniente pensá-los como personagens — ficam vários meses lendo antes de trepar, é muito agradável, pensa ele e pensa ela, e às vezes pensam ao mesmo tempo: é muito agradável, é bonito ler e comentar o que leram um pouco antes de trançarem as pernas. É como fazer ginástica.

Nem sempre é fácil encontrar nos textos algum motivo, mínimo que seja, para trepar, mas no fim sempre conseguem isolar um parágrafo ou um verso que, caprichosamente estendido ou pervertido, funciona, aquece-os. (Gostavam desta expressão, "aquecer-se", por isso a registro. Gostavam quase tanto como de aquecer-se de fato.)

Mas daquela vez foi diferente:

Não gosto mais de Macedonio Fernández, disse Emilia, que montava as frases com uma timidez inexplicável, enquanto acariciava o queixo e parte da boca de Julio.

E Julio: Eu também não. Antes eu me divertia, gostava muito dele, mas agora, não. Macedonio, não.

Tinham lido bem baixinho o conto de Macedonio e em voz baixa continuavam conversando:

É absurdo, como um sonho.

É que *é* um sonho.

É uma idiotice.

Não entendo você.

Nada, é que é absurdo.

Aquela deveria ter sido a última trepada de Emilia e Julio. Mas eles continuaram, apesar das sucessivas queixas de Anita e do insólito desconforto que lhes causou o conto de Macedonio. Talvez para amenizar a decepção, ou simplesmente para mudar de assunto, desde então recorreram exclusivamente a clássicos. Discutiram, como todos os diletantes do mundo um dia discutiram, os primeiros capítulos de *Madame Bovary*. Classificaram seus amigos como Charles ou Emma e discutiram também se eles mesmos eram comparáveis à trágica família Bovary. Na cama, não havia problema, já que ambos se esmeravam para parecer Emma, ser como Emma, trepar como Emma, pois sem dúvida nenhuma, pensavam, Emma trepava inusitadamente bem, e poderia até trepar melhor nas condições atuais; em Santiago, no final do século XX, Emma poderia trepar ainda melhor do que no livro. Nessas noites, o quarto se transformava numa carruagem blindada que rodava sem cocheiro, às cegas, por uma cidade bela e irreal. O resto, o povo, murmurava invejosamente detalhes do romance escandaloso e fascinante que acontecia portas adentro.

Mas nos demais aspectos eles não chegavam a um acordo. Não conseguiam decidir se ela agia como Emma e ele como Charles, ou se eram ambos que, sem querer, pareciam Charles. Nenhum dos dois queria ser Charles, ninguém jamais quis o papel de Charles nem por um minuto.

Quando faltavam só cinquenta páginas, abandonaram a leitura, pensando, talvez, que agora poderiam se refugiar nos contos de Anton Tchékhov.

Com Tchékhov foi péssimo, um pouco melhor, curiosamente, com Kafka, mas, como se diz, o estrago já estava feito. Desde que leram "Tantalia", o desenlace era iminente, e eles, claro, imaginavam e até protagonizavam cenas que tornavam mais belo e mais triste, mais inesperado, esse desenlace.

Foi com Proust. Tinham adiado a leitura de Proust devido ao segredo inconfessável que unia cada um deles à leitura — ou à não leitura — de *Em busca do tempo perdido*. Ambos tiveram de fingir que a leitura em comum era de fato uma releitura ansiada, de maneira que, quando chegavam a uma das numerosas passagens que pareciam especialmente memoráveis, eles mudavam a inflexão da voz ou se olhavam pedindo mais emoção, fingindo maior intimidade. Certa vez, Julio chegou até a afirmar que só agora sentia que realmente estava lendo Proust, e Emilia respondeu com um sutil e desconsolado aperto em sua mão.

Como eram inteligentes, passaram ao largo dos episódios que sabiam ser célebres: o mundo se emocionou com isso, eu vou me emocionar com outra coisa. Antes de começar a ler concordaram, por precaução, que era difícil para um leitor de *Em busca do tempo perdido* recapitular sua experiência de leitura: É um desses livros que mesmo depois de lidos a gente considera pendentes, disse Emilia. É um desses livros que vamos reler sempre, disse Julio.

Pararam na página 373 de *No caminho de Swann*, especificamente na seguinte frase:

> Não é porque se sabe de uma coisa que se pode impedi-la; mas temos pelo menos as coisas que averiguamos, se não entre as mãos, ao menos no pensamento, e ali estão à nossa disposição, o que nos inspira a ilusão de exercer sobre elas uma espécie de domínio.

É possível, mas talvez seja excessivo, relacionar esse fragmento com a história de Julio e Emilia. Seria excessivo, pois o romance de Proust está coalhado de fragmentos como esse. E também porque ainda restam páginas, porque essa história continua.

Ou não continua.

A história de Julio e Emilia continua, mas não prossegue.

Vai terminar alguns anos mais tarde, com a morte de Emilia; Julio, que não morre, que não morrerá, que não morreu, continua, mas decide não prosseguir. Emilia também: por ora, decide não prosseguir, mas continua. Dentro de alguns anos não continuará nem prosseguirá mais.

Não é porque se sabe de uma coisa que se pode impedi-la, mas há ilusões, e esta história, que vem sendo uma história de ilusões, prossegue assim:

Ambos sabiam que, como se diz, o final já estava escrito, o final deles, dos jovens tristes que leem romances juntos, que acordam com livros perdidos entre as cobertas, que fumam muita maconha e ouvem canções que não são as mesmas que preferem individualmente (de Ella Fitzgerald, por exemplo: têm consciência de que nessa idade ainda é aceitável ter acabado de descobrir Ella Fitzgerald). A fantasia dos dois era ao menos terminar Proust, esticar a corda por sete volumes, e que a última palavra (a palavra "tempo") fosse também a última prevista entre eles. Ficaram lendo juntos, lamentavelmente, pouco mais de um mês, cerca de dez páginas por dia. Pararam na página 373, e o livro, desde então, ficou aberto.

III. EMPRÉSTIMOS

Primeiro foi Timothy, um boneco de arroz vagamente parecido com um elefante. Anita dormiu com Timothy, brigou com Timothy, deu-lhe de comer e até lhe deu um banho antes de devolvê-lo a Emilia uma semana depois. Na época, as duas tinham quatro anos. Durante a semana, os pais das meninas combinavam para que se encontrassem e às vezes elas passavam o sábado e o domingo brincando de pique, imitando vozes, pintando a cara com pasta de dente.

Depois foi a roupa. Emilia gostava do agasalho bordô de Anita; em troca, Anita lhe pediu a camiseta do Snoopy, e assim teve início um sólido comércio que, com os anos, acabou se tornando caótico. Aos oito foi um livro para fazer origamis, que Anita devolveu um pouco estropiado nas bordas. Entre os dez e os doze se revezaram quinzenalmente para comprar a revista *Tú*, e trocaram fitas de Miguel Bosé, Duran Duran, Álvaro Scaramelli e do grupo Nadie.

Aos catorze Emilia deu um beijo na boca de Anita, e Anita não soube como reagir. Deixaram de se ver por alguns meses. Aos dezessete Emilia beijou-a novamente e dessa vez o beijo durou um pouco mais. Anita riu e disse que se ela fizesse isso de novo responderia com uma bofetada.

Aos dezessete anos Emilia foi estudar literatura na Universidade do Chile, porque esse era o sonho da sua vida. Anita, claro, sabia que estudar literatura não era o sonho da vida de Emilia, e sim um capricho diretamente relacionado a sua recente leitura de Delmira Agustini. Já o sonho de Anita era perder alguns quilos, o que não a levou, obviamente, a estudar nutrição ou educação física. Matriculou-se provisoriamente num curso intensivo de inglês, e passou vários anos estudando naquele curso intensivo de inglês.

Aos vinte, Emilia e Anita foram morar juntas. Anita morava sozinha havia seis meses, já que sua mãe formalizara recentemente uma relação, e merecia — foi isso que disse à filha — a oportunidade de começar do zero. Começar do zero significava começar sem filhos e, provavelmente, continuar sem filhos. Mas nesta história a mãe de Anita e Anita não importam, são personagens secundários. Quem importa é Emilia, que aceitou com prazer o convite para morar com Anita, seduzida, em especial, pela possibilidade de trepar à vontade com Julio.

Anita descobriu que estava grávida dois meses antes da relação de sua amiga com Julio acabar de vez. O pai — o responsável, como se dizia na época — era um estudante do último ano de direito da Universidade Católica, questão que ela enfatizava, provavelmente porque tornava mais respeitável seu descuido. Embora se conhecessem havia pouco tempo, Anita e o futuro advogado decidiram se casar, e Emilia foi sua madrinha. Durante a festa, um amigo do noivo quis beijar Emilia enquanto dançavam cúmbia, mas ela desviou o rosto argumentando que não gostava daquele tipo de música.

Aos vinte e seis, Anita já era mãe de duas meninas e seu marido se debatia entre a possibilidade de comprar uma caminhonete e a vaga tentação de ter um terceiro filho (para fechar a fábrica, dizia, com uma ênfase que pretendia ser engraçada, e que talvez o fosse, já que as pessoas costumavam rir com o comentário). Tudo ia numa boa.

O marido de Anita se chamava Andrés, ou Leonardo. Vamos supor que seu nome era Andrés e não Leonardo. Vamos supor que Anita estava acordada e Andrés meio dormindo e as duas meninas dormindo na noite em que inesperadamente Emilia chegou para visitá-los.

Eram quase onze da noite. Anita fez o possível para repartir com justiça o pouco uísque que restava e Andrés teve que ir correndo fazer umas compras num armazém perto dali. Voltou com três pacotes pequenos de batatas fritas.

Por que você não trouxe um pacote grande?
Porque não tinha pacote grande.
E você não pensou, por exemplo, em trazer cinco pacotes pequenos?
Não tinha cinco pacotes pequenos. Só três.

Emilia pensou que talvez não tivesse sido uma boa ideia chegar para ver sua amiga sem avisar. Enquanto durou o ti-ti-ti, teve que se concentrar num enorme chapéu mexicano que governava a sala. Quase foi embora, mas o motivo era urgente: tinha dito no colégio que era casada. Para conseguir trabalho como professora de castelhano, tinha dito que era casada. O problema é que na noite seguinte tinha uma festa com seus colegas de trabalho e era imprescindível que seu esposo a acompanhasse. Depois de tantas camisetas e discos e livros e até sutiãs com enchimento, não seria tão grave se você me emprestasse seu marido, disse Emilia.

Todos os colegas dela queriam conhecer o Miguel. E Andrés podia perfeitamente se passar pelo Miguel. Ela tinha dito que o Miguel era gordo, moreno e simpático, e Andrés era, pelo menos, bem moreno e bem gordo. Simpático não era, pensou nisso assim que o viu pela primeira vez, vários anos antes. Anita também era gorda e belíssima, ao menos tão bela quanto pode ser bela uma mulher tão gorda, pensava Emilia, com um pouco de inveja. Emilia era meio tosca e muito magra, Anita era gorda e linda. Anita disse que não havia nenhum inconveniente em emprestar o marido por um tempinho.

Desde que você me devolva ele.
Pode ter certeza disso.

Caíram na risada, enquanto Andrés tentava capturar os últimos pedaços de batata frita de seu pacote. Durante a adolescência, tinham sido muito cuidadosas em relação aos homens. Antes de se envolver em qualquer lance, Emilia chamava Anita, e vice-versa, para formular as perguntas de praxe. Tem certeza de que não gosta dele? Certeza mesmo? Não enrole, sua tonta.

No começo, Andrés se mostrou reticente, mas acabou cedendo. Numa dessas, podia até ser divertido.

Sabe por que rum com coca-cola se chama cuba-libre?

Não, respondeu Emilia, meio cansada e louca para que a festa terminasse logo.

Não sabe mesmo? Está na cara: o rum é Cuba e a coca-cola, os Estados Unidos, a liberdade. Sacou?

Eu conhecia outra história.

Que história?

Sabia, mas esqueci.

Andrés já tinha contado várias anedotas do gênero, o que tornava difícil não considerá-lo um cara insuportável. Ele se esforçava tanto para que os colegas de Emilia não percebessem a farsa que até havia se permitido mandá--la calar a boca. Supõe-se que um marido, disse então Emilia com seus botões, mande a esposa calar a boca. Andrés manda Anita calar a boca quando acha que ela deve calar a boca. Então, não pega mal que Miguel mande sua esposa calar a boca se ele acha que ela deve calar a boca. E como eu sou a esposa de Miguel, eu devo me calar.

Emilia continuou assim, em silêncio, o resto da noite. Agora, não só ninguém ia duvidar de que ela estava casada com Miguel, como também seus colegas não seriam pegos de surpresa por uma crise conjugal de, digamos, algumas semanas, seguida de uma repentina mas justificada separação. Mais nada: nem telefonemas, nem amigos em comum, nada. Seria fácil matar Miguel. Cortei-o pela raiz, imaginava-se dizendo para eles.

Andrés parou o carro e achou por bem arrematar a noite comentando com Emilia que a festa tinha sido muito divertida e que ele realmente não se importaria de continuar indo a essas reuniões. O pessoal é simpático e você está linda com esse vestido fúcsia.

O vestido era azul-turquesa, mas ela não quis corrigi-lo. Estavam na frente do apartamento de Emilia e ainda era cedo. Ele estava muito bêbado, ela também tinha tomado seus goles, e talvez por isso de repente não lhe pareceu tão horroroso que Andrés — que Miguel — se demorasse um pouco entre uma palavra e outra. Mas esses pensamentos foram violentamente interrompidos no momento em que ela imaginou seu volumoso companheiro penetrando-a. Asqueroso, pensou, justo quando Andrés se aproximou além da conta e apoiou a mão esquerda na coxa direita de Emilia.

Ela quis sair do carro e ele não concordou. Disse você está bêbado e ele respondeu que não, que não era o álcool, que já fazia muito tempo que a olhava com outros olhos. É incrível, mas ele disse isto: "Já faz muito tempo que eu te olho com outros olhos". Tentou beijá-la e ela lhe respondeu com um soco na boca. Da boca de Andrés saiu sangue, muito sangue, uma quantidade escandalosa de sangue.

As duas amigas ficaram sem se ver por muito tempo depois daquele incidente. Anita nunca soube direito o que aconteceu, mas podia fazer uma ideia, uma ideia de algo que de início não lhe agradou e que depois a deixou indiferente, dado que seu interesse por Andrés era cada vez menor.

Não teve carro nem terceiro filho ou filha, mas dois anos de um silêncio calculado e uma separação, na medida do possível, amigável, que com o tempo levou Andrés a ter de si mesmo o conceitò de um excelente pai separado. As meninas se hospedavam em sua casa a cada duas semanas e também passavam todo o mês de janeiro com ele, em Maitencillo. Anita aproveitou um desses verões para ir visitar Emilia. Sua culpada mãe tinha se oferecido várias vezes para financiar a viagem, e embora ela tenha custado a aceitar que ia ficar tão longe das pequenas, deixou-se vencer pela curiosidade.

Foi para Madri, mas não foi para Madri. Foi procurar Emilia, de quem perdera completamente o contato. Foi bem difícil conseguir o endereço da Calle del Salitre e um número de telefone, que Anita achou curiosamente comprido. Quando já estava no aeroporto de Barajas, quase ligou para aquele número, mas desistiu, animada por um pueril atavismo das surpresas.

Madri não era bonita, pelo menos não para Anita, para a Anita que naquela manhã precisou desviar, na saída do metrô, de um grupo de marroquinos que tramavam alguma coisa. Na verdade, eram equatorianos e colombianos, mas ela, que nunca tinha visto um marroquino na vida, pensou neles como marroquinos, pois lembrava que pouco tempo antes um homem tinha dito na tevê que os marroquinos eram o grande problema da Espanha. Achou Madri uma cidade intimidadora, hostil, e realmente levou um tempo até escolher alguém confiável para perguntar pelo endereço que trazia anotado. Houve vários diálogos ambíguos desde que saiu do metrô até que por fim ficou frente a frente com Emilia.

Você está usando roupa preta de novo, foi a primeira coisa que disse. Mas a primeira coisa que disse não foi a primeira coisa que pensou. E pensou muitas coisas ao ver Emilia: pensou você está feia, deprimida, parece uma viciada. Compreendeu que talvez não devesse ter viajado. Observou com atenção as sobrancelhas de Emilia, os olhos de Emilia. Mediu, com desdém, o lugar: um apartamento muito pequeno, em franca desordem, absurdo, superpovoado. Pensou, ou melhor, sentiu, que não queria ouvir o que Emilia ia lhe contar, que não queria saber o que no fim parecia condenada a saber. Não quero saber por que é que tem tanta merda neste bairro, por que você veio morar neste bairro imundo, repleto de olhares capciosos, de jovens esquisitos, de senhoras gordas que arrastam sacolas e de senhoras gordas que não arrastam sacolas, mas caminham muito devagar. Observou, de novo, com atenção, as sobrancelhas de Emilia. Resolveu que era melhor silenciar a respeito das sobrancelhas de Emilia.

Você está usando roupa preta de novo, Emilia.

Anita, você está igual.

Emilia, sim, disse a primeira coisa que pensou: Você está igual. Está igual, continua sendo assim, exatamente do jeito que você é. E eu continuo sendo do avesso, sempre fui do avesso, e agora quem sabe eu lhe conte que em Madri fiquei ainda mais do avesso, completamente do avesso.

Consciente dos receios de sua amiga, Emilia garantiu a Anita que os dois homens com quem morava eram umas bichas pobres. Aqui, as bichas se vestem muito bem, disse a ela, mas esses dois que moram comigo, infelizmente, são uns pés-rapados. Anita não quis ficar. Procuraram juntas uma pousada barata, e poderíamos dizer que bateram um longo papo, embora talvez não tenha sido assim; seria impróprio dizer que conversaram como antes, porque antes havia confiança e agora o que as unia era mais um sentimento de desconforto, de familiaridade culpada, de vergonha, de vazio. Quase no fim da tarde, depois de fazer uns cálculos mentais urgentes, Anita pegou quarenta mil pesetas, que era quase todo o dinheiro que tinha levado. Deu-as para Emilia, que, longe de recusar, sorriu com verdadeira gratidão. Anita já conhecia aquele sorriso, que por dois segundos as reuniu e depois as deixou novamente sozinhas, frente a frente, uma querendo que durante o resto da semana a turista se dedicasse aos museus, às lojas Zara e às panquecas com melado, e a outra prometendo que não ia pensar mais no uso que Emilia daria a suas quarenta mil pesetas.

IV. SOBRAS

Gazmuri não interessa, quem interessa é Julio. Gazmuri publicou seis ou sete romances que juntos constituem uma série sobre a história chilena recente. Quase ninguém os compreendeu bem, salvo Julio, talvez, que os leu e releu várias vezes.

Como é que Gazmuri e Julio se encontram? Seria excessivo dizer que se encontram.

Mas sim: num sábado de janeiro, Gazmuri espera Julio num café da Providencia. Acaba de pôr o ponto-final num novo romance: cinco cadernos Colón inteiramente manuscritos. Tradicionalmente, é sua esposa a encarregada de transcrever seus cadernos, mas dessa vez ela não quer, está cansada. Está cansada de Gazmuri, há semanas não fala com ele, por isso Gazmuri parece exausto e descuidado. Mas a esposa de Gazmuri não interessa, o próprio Gazmuri interessa muito pouco. O velho então liga para sua amiga Natalia e sua amiga Natalia lhe diz que está muito ocupada para transcrever o romance, mas lhe indica Julio.

Você escreve à mão? Ninguém escreve à mão hoje em dia, observa Gazmuri, que não espera Julio responder. Mas Julio responde, responde que não, que quase sempre usa o computador.

Gazmuri: Então você não sabe do que estou falando, não conhece a pulsão. Há uma pulsão quando você escreve no papel, um ruído do lápis. Um curioso equilíbrio entre o cotovelo, a mão e o lápis.

Julio fala, mas não se ouve o que ele fala. Alguém deveria aumentar o volume dele. A voz pigarrenta e intensa de Gazmuri, em compensação, retumba, funciona:

Você escreve romances, esses romances de capítulos curtos, de quarenta páginas, que estão na moda?

Julio: Não. E acrescenta, só para dizer alguma coisa: O senhor me aconselha a escrever romances?

Olhe só que perguntas você faz. Não estou aconselhando nada, não dou nenhum conselho a ninguém. Acha que marquei encontro com você neste café para lhe dar conselhos?

É difícil conversar com Gazmuri, pensa Julio. Difícil mas agradável. Depois, Gazmuri começa a falar claramente sozinho. Fala sobre diversas conspirações políticas e literárias e enfatiza, em especial, uma ideia: é preciso ter cuidado com os maquiadores de mortos. Tenho certeza de que você gostaria de me maquiar. Os jovens como você se aproximam dos velhos porque gostam que sejamos velhos. Ser jovem é uma desvantagem, não uma qualidade. Você deveria saber disso. Quando eu era jovem eu me sentia em desvantagem, e agora também. Ser velho também é uma desvantagem. Porque nós, os velhos, somos frágeis e não precisamos só dos agrados dos jovens, precisamos, no fundo, de seu sangue. Um velho precisa de muito sangue, escreva ou não escreva romances. E você tem muito sangue. Talvez a única coisa que você tenha sobrando, pensando agora, seja sangue.

Julio não sabe o que responder. É salvo por uma gargalhada de Gazmuri, uma gargalhada que dá a entender que pelo menos um pouco do que ele acaba de dizer é brincadeira. E Julio ri com ele; gosta de estar ali, trabalhando como personagem secundário. Quer, tanto quanto possível, se manter nesse papel, mas para permanecer nesse papel certamente deve dizer algo, algo que o faça adquirir relevo. Uma piada, por exemplo. Mas a piada não sai. Não diz nada. É Gazmuri quem diz:

Nesta esquina acontece algo muito importante para o romance que você vai transcrever. Por isso marquei com você aqui. No final do romance, justamente nesta esquina acontece uma coisa importante, esta é uma esquina importante. Quanto está pensando em me cobrar por tudo isto?

Julio: Cem mil pesos?

Na verdade, Julio está disposto até mesmo a trabalhar de graça, embora definitivamente não tenha dinheiro sobrando. Para ele, é um privilégio tomar café e fumar cigarrilhas com Gazmuri. Disse cem mil como antes dissera bom-dia, maquinalmente. E continua escutando, fica um pouco atrás de Gazmuri, diz amém a tudo que ele diz, embora preferisse escutar tudo, absorver informação, ficar, agora, cheio de informação:

Digamos que este será meu romance mais pessoal. É bem diferente dos anteriores. Vou resumi-lo um pouco para você: ele fica sabendo que uma namorada de sua juventude morreu. Como faz todas as manhãs, liga o rádio e ouve no obituário o nome da mulher. Dois nomes e dois sobrenomes. Tudo começa assim.

Tudo o quê?

Tudo, absolutamente tudo. Bem, eu ligo para você, assim que tomar uma decisão.

E o que mais acontece?

Nada, o de sempre. Tudo vai para o saco. Eu telefono, então, assim que tomar uma decisão.

Julio caminha para seu apartamento, visivelmente confuso. Talvez tenha sido um erro pedir-lhe cem mil pesos, embora também não tenha certeza de que esse valor seja uma quantia importante para um sujeito como Gazmuri. Precisa do dinheiro, claro. Dá aulas de latim duas vezes por semana para a filha de um intelectual de direita. Isso, e o saldo de um cartão de crédito que seu pai lhe deu, constitui todo seu salário.

Vive no andar subterrâneo de um edifício na Plaza Italia. Quando o calor o deixa atordoado, passa um tempinho olhando pela janela os sapatos das pessoas. Naquela tarde, justamente antes de girar a chave, percebe que María, sua vizinha lésbica, está chegando. Vê seus sapatos, suas sandálias. E espera, calcula os passos e o cumprimento do zelador e, ao sentir que ela está chegando, se concentra em abrir a porta: finge que não acerta a chave, embora em seu chaveiro só haja duas chaves. Parece que nenhuma entra, diz em voz bem alta, enquanto olha de soslaio, e consegue ver alguma coisa. Vê o cabelo comprido e branco, que faz com que o rosto dela pareça mais escuro do que na verdade é. Um dia conversaram sobre Severo Sarduy. Ela não é especialmente leitora, mas conhece muito bem a obra de Severo Sarduy.

Tem quarenta ou quarenta e cinco anos, mora sozinha, lê Severo Sarduy: por isso, porque dois mais dois são quatro, Julio pensa que María é lésbica. Julio também gosta de Sarduy, sobretudo de seus ensaios, por isso sempre tem assunto para conversar com homossexuais e lésbicas.

Nessa tarde, María parece menos austera que de costume, com um vestido que raramente usa. Julio está prestes a comentar isso, mas se segura, pensa que talvez ela não goste desse tipo de comentário. Para esquecer seu encontro com Gazmuri, convida-a para tomar um café. Falam de Sarduy, de *Cobra*, de *Cocuyo*, de *Big Bang*, de *Escrito sobre um corpo*. Mas também, e isto é novidade, falam de outros vizinhos, e de política, de saladas estranhas, de clareadores de dentes, de suplementos vitamínicos, e de um molho de nozes que ela quer que Julio experimente algum dia. Chega uma hora em que ficam sem assunto e parece inevitável que cada um retome seus afazeres. María é professora de inglês, mas trabalha em casa traduzindo manuais de software e de aparelhos de som. Ele conta que acaba de conseguir um bom trabalho, um trabalho interessante, com Gazmuri, o romancista.

Nunca li, mas dizem que ele é bom. Tenho um irmão em Barcelona que o conhece. Estiveram juntos no exílio, se não me engano.

E Julio: Amanhã começo a trabalhar com Gazmuri. Ele precisa de alguém para transcrever seu novo romance, porque escreve no papel, e não gosta de computadores.

E como se chama o romance?

Ele quer que a gente converse sobre o título, que a gente discuta. Um homem fica sabendo pelo rádio que um amor de sua juventude morreu. Aí começa tudo, absolutamente tudo.

E como continua?

Ele nunca a esqueceu, foi seu grande amor. Quando eram jovens, cuidavam de uma plantinha.

Uma plantinha? Um bonsai?

Isso, um bonsai. Decidiram comprar um bonsai para simbolizar o amor imenso que os unia. Depois, tudo vai para o saco, mas ele nunca a esquece. Fez sua vida, teve filhos, se separou, mas nunca se esqueceu dela. Um dia, fica sabendo que ela morreu. Então, resolve lhe prestar uma homenagem. Mas ainda não sei em que consiste essa homenagem.

* * *

Duas garrafas de vinho e depois sexo. As pequenas rugas dela de repente parecem mais visíveis, apesar da penumbra do quarto. Os movimentos de Julio são tardios, María, em compensação, adianta-se um pouco ao roteiro, consciente das indecisões de Julio. O tremor cede um pouco, agora é mais um estremecimento compassado e até sensato que conduz naturalmente o jogo pélvico.

Por um momento, Julio se detém na cabeleira branca de María: parece um tecido fino mas esfiapado, imensamente frágil. Um tecido que é preciso acariciar com todo o cuidado e com amor. Mas é difícil acariciar com cuidado e com amor: Julio prefere descer pelo torso e levantar o vestido. Ela percorre as orelhas de Julio, examina a forma do nariz, ajeita suas costeletas. Ele pensa que deve chupar não o que um homem chuparia, mas o que chuparia essa mulher que ele pensa que ela imagina. Mas María interrompe os pensamentos de Julio: Mete de uma vez, diz a ele.

Às oito da manhã, toca o telefone. A srta. Silvia, da editora Planeta, me cobra quarenta mil pesos pela transcrição, diz Gazmuri. Sinto muito.

A secura de Gazmuri o deixa desconcertado. São oito horas da manhã de um domingo, o telefone acaba de acordá-lo, a lésbica ou não lésbica ou ex-lésbica que dorme a seu lado começa a se espreguiçar. Gazmuri lhe negou o trabalho, a srta. Silvia, da editora Planeta, por quarenta mil pesos, fará o trabalho. Embora María nem esteja tão acordada assim para que possa perguntar quem ligou e que horas são, Julio responde:

Era Gazmuri, parece que se levanta cedo ou está muito ansioso. Ligou para confirmar que hoje à tarde já vamos começar com *Bonsai*. Esse vai ser o título do romance: *Bonsai*.

O que vem depois disso é parecido com um idílio. Um idílio que dura menos de um ano, até que ela vai para Madri. María vai para Madri porque tem que ir, mas principalmente porque não tem motivos para ficar. Todas as suas garotas vão embora para Madri, teria sido o deboche de amigos vulgares de Julio, mas Julio não tem amigos vulgares, sempre se resguardou muito das amizades vulgares. Enfim, mas neste relato ela não interessa. Quem interessa é Julio:

Ele nunca se esqueceu dela, diz Julio. Fez a sua vida, teve filhos e tudo o mais, se separou, mas nunca se esqueceu dela. Ela era tradutora, como você, mas de japonês. Eles se conheceram quando estudavam japonês, muitos anos antes. Quando ela morre, ele pensa que a melhor maneira de recordá-la é fazer novamente um bonsai.

E daí vai comprar um?

Não, dessa vez ele não compra, ele mesmo o faz. Consegue manuais, consulta especialistas, planta as sementes, fica meio louco.

María diz que essa história é estranha.

É, acontece que Gazmuri escreve muito bem. Eu contando assim parece uma história estranha, melodramática, até. Mas Gazmuri com certeza soube como moldá-la.

A primeira reunião imaginária com Gazmuri acontece naquele mesmo domingo. Julio compra quatro cadernos Colón e passa a tarde escrevendo num banco do parque Florestal. Escreve freneticamente, com uma caligrafia fingida. De noite, continua trabalhando em *Bonsai*, e na segunda de manhã já terminou o primeiro caderno do romance. Mancha alguns parágrafos, derrama café e até espalha marcas de cinzas no manuscrito.

Para María: É o maior teste para um escritor. Em *Bonsai* não acontece praticamente nada, o argumento dá para um conto de duas páginas, um conto talvez não muito bom.

E como se chamam?

Os personagens? Gazmuri não lhes deu nomes. Diz que é melhor, e eu concordo: são Ele e Ela, Huacho e Pochocha, não têm nomes e possivelmente também não têm rostos. O protagonista é um rei ou um mendigo, tanto faz. Um rei ou um mendigo que deixa a única mulher que ele realmente amou ir embora.

E ele aprendeu a falar japonês?

Eles se conheceram num curso de japonês. A verdade é que ainda não sei, acho que isso está no segundo caderno.

Nos meses seguintes, Julio dedica as manhãs a fingir a letra de Gazmuri e passa as tardes diante do computador transcrevendo um romance que já não sabe se é alheio ou próprio, mas que se propôs a terminar, terminar de imaginar, pelo menos. Pensa que o texto definitivo é um presente de despedida perfeito ou o único presente possível para María. E é o que faz, termina o manuscrito e o dá de presente para María.

Durante os dias posteriores à viagem, Julio começa vários e-mails urgentes que acabam encalhados durante semanas na pasta de rascunhos. Finalmente, resolve lhe enviar o seguinte texto:

Tenho pensado muito em você. Me desculpe, mas não tive tempo de escrever antes. Espero que tenha chegado bem.

Gazmuri quer que a gente continue a trabalhar juntos, embora não me diga muito bem no quê. Imagino que num outro romance. A verdade é que não sei se quero continuar aguentando as indecisões dele, sua tosse, seus pigarros, suas teorias. Parei de dar as aulas de latim. Não tenho muito mais para contar. O romance vai ser lançado na semana que vem. Na última hora, Gazmuri resolveu intitulá-lo *Sobras*. Não acho que seja um bom título, por isso estou um pouco chateado com Gazmuri, mas enfim, o autor é ele.

Um abraço, J.

Temeroso e confuso, Julio vai até a Biblioteca Nacional para presenciar o lançamento de *Sobras*, o verdadeiro romance de Gazmuri. Do fundo da sala, consegue divisar o autor, que assente, de vez em quando, com a cabeça, dando a entender que concorda com as observações de Ebensperger, o crítico encarregado da apresentação. O crítico move as mãos com insistência para demonstrar que está realmente interessado no romance. A editora, por sua vez, observa sem maiores dissimulações o comportamento do público.

Julio só ouve uma parte da apresentação: o professor Ebensperger alude à coragem literária e à intransigência artística, evoca, de passagem, um livro de Rilke, vale-se de uma ideia de Walter Benjamin (embora não confesse a dívida) e lembra um poema de Enrique Lihn (a quem chama simplesmente de Enrique) que, segundo ele, sintetiza perfeitamente o conflito de *Sobras*: “Um doente grave/ se masturba para dar sinais de vida”.

Antes que a editora intervenha, Julio sai da sala e segue em direção a Providencia. Meia hora depois, quase sem perceber, chegou ao café onde conheceu Gazmuri. Decide ficar ali, à espera de que alguma coisa importante aconteça. Enquanto isso, fuma. Toma café e fuma.

V. DOIS DESENHOS

Morreu na contramão, atrapalhando o tráfego.

Chico Buarque

O final desta história deveria nos animar, mas não nos anima.

Numa tarde especialmente longa, Julio decide começar dois desenhos. No primeiro, aparece uma mulher que é María, mas também é Emilia: os olhos escuros, quase negros, de Emilia e o cabelo branco de María; a bunda de María, as coxas de Emilia, os pés de María; as costas da filha de um intelectual de direita; as bochechas de Emilia, o nariz de María, os lábios de María; o torso e os mínimos peitos de Emilia; o púbis de Emilia.

O segundo desenho é teoricamente mais fácil, mas para Julio se mostra dificílimo, passa várias semanas fazendo esboços, até que dá com a imagem desejada.

É uma árvore em abismo.

Julio prende as duas imagens no espelho do banheiro, como se fossem fotografias recém-reveladas. E ali ficam, cobrindo completamente a superfície do espelho. Julio não se atreve a dar um nome à mulher que desenhou. E a chama de ela. A ela dele, que fique bem entendido. E inventa uma história para ela, uma história que não é escrita, que ele não se dá ao trabalho de escrever.

Como seu pai e sua mãe se recusam a lhe dar dinheiro, Julio resolve se instalar como vendedor numa calçada da Plaza Italia. O negócio funciona: em apenas uma semana, vende quase a metade de seus livros. Pagam especialmente bem pelos poemas de Octavio Paz (*O melhor de Octavio Paz*) e de Ungaretti (*Vida de um homem*) e por uma edição antiga das *Obras completas* de Neruda. Também se desfaz de um dicionário de citações editado pela Espasa Calpe, de um ensaio de Claudio Giaconi sobre Gógol, de um par de romances de Cristina Peri Rossi que nunca leu e, por último, de *Alhué*, de González Vera, e de *Fermina Márquez*, de Valery Larbaud, dois romances que ele leu, e muitas vezes, mas que nunca mais lerá novamente.

Destina parte do dinheiro da venda para documentar-se sobre os bonsais. Compra manuais e revistas especializadas, que decifra com metódica ansiedade. Um dos manuais, talvez o menos útil, mas também o mais adequado para um amador, começa assim:

> Um bonsai é uma réplica artística de uma árvore em miniatura. Consta de dois elementos: a árvore viva e o recipiente. Os dois elementos têm de estar em harmonia e a seleção do vaso apropriado para uma árvore é, por si só, quase uma forma de arte. A planta pode ser uma trepadeira, um arbusto ou uma árvore, mas naturalmente alude-se a ela como árvore. O recipiente é normalmente um vaso ou bloco de rocha interessante. Um bonsai nunca é chamado de árvore bonsai. A palavra já inclui o elemento vivo. Uma vez fora do vaso, a árvore deixa de ser um bonsai.

Julio memoriza a definição, porque gosta daquela parte que diz que uma rocha pode ser considerada interessante e lhe parecem oportunas as diversas precisões dadas no parágrafo. A seleção do vaso apropriado para uma árvore é, por si só, quase uma forma de arte, pensa e repete, até se convencer de que há, ali, uma informação essencial. Fica com vergonha, então, de *Bon-*

sai, seu romance improvisado, seu romance desnecessário, cujo protagonista nem sequer sabe que a escolha de um vaso é, por si só, uma forma de arte, que um bonsai não é uma árvore bonsai porque a palavra já contém o elemento vivo.

Cuidar de um bonsai é como escrever, pensa Julio. Escrever é como cuidar de um bonsai, pensa Julio.

Pelas manhãs, ele vai atrás, a contragosto, de um trabalho estável. Volta para casa no meio da tarde, mal come alguma coisa e já se debruça sobre os manuais: procura a maior sistematicidade, invadido que está por um vislumbre de plenitude. Lê até ser vencido pelo sono. Lê sobre as doenças mais comuns entre os bonsais, sobre a pulverização das folhas, sobre a poda, sobre o alambrado. Consegue, por último, sementes e ferramentas.

E faz. Faz um bonsai.

É uma mulher, uma mulher jovem.

Isso é tudo que María consegue saber sobre Emilia. O morto é uma morta, uma mulher jovem, diz alguém a suas costas. Uma mulher jovem se atirou no metrô em Antón Martín. Por um momento, María pensa em se aproximar do local dos fatos, mas reprime o impulso. Sai do metrô pensando no presumido rosto daquela mulher jovem que acaba de se suicidar. Pensa nela mesma, um dia, menos triste, mais desesperada do que agora. Pensa numa casa no Chile, em Santiago, num jardim dessa casa. Um jardim sem flores e sem árvores que no entanto tem direito — pensa — de ser chamado de jardim, pois é um jardim, sem dúvida, é um jardim. Lembra uma canção de Violeta Parra: "*Las flores de mi jardín/ han de ser mis enfermeras*". Caminha em direção à livraria Fuentetaja, porque naquela tarde ficou na livraria Fuentetaja com um pretendente seu. Não interessa o nome do pretendente, a não ser porque no trajeto pensa, de repente, nele, e na livraria e nas putas da Calle Montera e também em outras putas de outras ruas que não vêm ao caso, e num filme, no nome de um filme que viu há cinco ou seis anos. É assim que começa a se distrair da história de Emilia, desta história.

María desaparece no caminho da livraria Fuentetaja. Afasta-se do cadáver de Emilia e começa a desaparecer para sempre desta história.

Já foi embora.

Agora, resta Emilia, sozinha, interrompendo o funcionamento do metrô.

Bem longe do cadáver de Emilia, ali, aqui, em Santiago, Anita escuta mais uma das habituais confissões de sua mãe, os problemas conjugais de sua mãe, que parecem intermináveis e que Anita analisa com irritante cumplicidade, como se fossem problemas seus, e de certo modo aliviada por não serem problemas seus.

Andrés, por sua vez, está nervoso: em dez minutos, começará a fazer um check-up e, embora não haja o menor indício de doença, de repente lhe parece claro que nos próximos dias vai receber notícias assustadoras. Pensa, então, em suas filhas, e em Anita e em alguém mais, em alguma outra mulher da qual sempre se lembra, mesmo quando não parece oportuno se lembrar de ninguém. Justo nesse momento, vê sair um idoso que caminha com uma expressão satisfeita, calculando os passos, apalpando os bolsos em busca de cigarros ou de moedas. Andrés compreende que chegou sua vez, que agora deve fazer os exames de sangue de rotina, e depois as radiografias de rotina, e depois, talvez, a tomografia de rotina. O idoso que acaba de deixar o local é Gazmuri. Não se cumprimentaram, não se conhecem nem se conhecerão. Gazmuri está feliz, pois não está morrendo: afasta-se da clínica pensando que não vai morrer, que há poucas coisas na vida tão agradáveis quanto saber que não se vai morrer. Mais uma vez, pensa, eu me salvei por um triz.

A primeira noite no mundo com Emilia morta, Julio dorme mal, mas agora já está acostumado a dormir mal, por causa da ansiedade. Há meses espera o momento em que o bonsai irá se encaminhar para sua forma perfeita, a forma serena e nobre que previu.

A árvore segue o curso indicado pelos arames. Dentro de poucos anos, pretende Julio, ela vai finalmente ficar idêntica ao desenho. Naquela noite, ele acorda umas quatro ou cinco vezes, e aproveita para observar o bonsai. Nos intervalos, sonha com algo parecido com um deserto ou uma praia, um lugar com areia, onde três pessoas olham para o sol ou para o céu, como se estivessem de férias ou como se tivessem morrido sem perceber enquanto tomavam sol. De repente, aparece um urso meio roxo. Um urso muito grande que se aproxima lenta, pesadamente dos corpos, e com igual lentidão começa a caminhar em volta deles, até completar um círculo.

Quero terminar a história de Julio, mas a história de Julio não termina, o problema é esse.

A história de Julio não termina, ou melhor, termina assim:

Julio fica sabendo do suicídio de Emilia só um ano ou um ano e meio mais tarde. Quem lhe dá a notícia é Andrés, que foi com Anita e as duas meninas a uma feira do livro infantil que se realiza no parque Bustamante. No estande da editora Recrea aparece Julio, de vendedor, um trabalho mal pago, mas muito simples. Julio parece feliz, porque é o último dia da feira, o que significa que no dia seguinte já poderá cuidar novamente do bonsai. O encontro com Anita é equívoco: no começo, Julio não a reconhece, mas Anita pensa que ele está fingindo, que ele sabe quem ela é, mas não lhe agrada encontrá-la. Meio incomodada, ela esclarece sua identidade e, de quebra, menciona que está separada de Andrés, que Julio conheceu vagamente durante os últimos dias ou as últimas páginas de sua relação com Emilia. Desajeitadamente, tentando entabular uma conversa, Julio pede detalhes, tenta entender por que eles, se estão separados, estão agora atuando juntos naquele irretocável passeio familiar. Mas nem Anita nem Andrés têm uma boa resposta para as impertinências de Julio.

Só na hora da despedida Julio faz a pergunta que deveria ter feito no começo. Anita olha para ele, nervosa, e não responde. Vai embora com as meninas comprar maçãs carameladas. É Andrés quem fica, e lhe faz um péssimo resumo de uma história muito longa que ninguém conhece bem, uma história comum cuja única particularidade é que ninguém sabe contá-la direito. Andrés fala, então, que Emilia sofreu um acidente e, como Julio não reage, não pergunta nada, Andrés declara: Emilia está morta. Se jogou na linha do metrô ou algo assim, a verdade é que eu não sei. Estava envolvida com drogas, parece, mas na verdade não, não acredito nisso. Morreu, foi enterrada em Madri, disso, eu tenho certeza.

Uma hora mais tarde, Julio recebe seu pagamento: três notas de dez mil pesos com as quais tinha pensado em se virar durante as duas semanas seguintes. Em vez de ir para seu apartamento, ele faz sinal para um táxi e pede ao motorista que dirija trinta mil pesos. Repete, explica e até dá o dinheiro adiantado para o taxista: siga em qualquer direção, rode em círculos, em diagonais, tanto faz, eu desço do seu táxi quando bater nos trinta mil pesos.

É uma longa viagem, sem música, de Providencia até Las Rejas, e depois, de volta, Estación Central, Avenida Matta, Avenida Grecia, Tobalaba, Providencia, Bellavista. Durante o trajeto Julio não responde a nenhuma das perguntas que o motorista do táxi lhe faz. Não o escuta.

Santiago, 25 de abril de 2005

A VIDA PRIVADA DAS ÁRVORES

Para Alhelí e Rosário

Não tenho lembranças de infância.

Georges Perec

... como a vida privada das árvores ou dos náufragos.

Andrés Anwandter

I. INVERNADOURO

Julián distrai a menina com *A vida privada das árvores*, uma série de histórias que inventou para fazê-la dormir. Os protagonistas são um álamo e um baobá que de noite, quando ninguém está vendo, conversam sobre fotossíntese, esquilos ou sobre as numerosas vantagens de serem árvores e não pessoas ou animais ou, como eles dizem, estúpidos pedaços de cimento.

Daniela não é sua filha, mas é difícil para ele não pensar nela como filha. Faz três anos que Julián chegou à família, pois foi ele quem chegou, Verónica e a menina já estavam lá, foi ele quem se casou com Verónica e, de certa forma, também com Daniela, que no começo resistiu, mas aos poucos foi aceitando sua nova vida: Julián é mais feio do que o meu pai, mas é simpático do mesmo jeito, dizia para as amigas, que assentiam com imprevista seriedade, e mesmo com gravidade, como se de repente compreendessem que a chegada de Julián não era um acaso. Com o passar dos meses, o padrasto conseguiu até um lugar nos desenhos escolares de Daniela. Há um deles, particularmente, que Julián mantém sempre à vista: os três estão na praia, a menina e Verónica fazem bolos de areia, e ele aparece de jeans e camisa, lendo e fumando sob um sol perfeito, redondo e amarelo.

Julián é mais feio do que o pai de Daniela; em compensação, é mais jovem, trabalha mais e ganha menos, fuma mais e bebe menos, faz menos esporte — não faz absolutamente nada de esporte — e sabe mais de árvores que de países. É menos branco e menos simples e mais confuso do que Fernando — Fernando, pois assim se chama o pai de Daniela: ele precisa de um nome, mesmo não sendo, exatamente, inimigo de Julián nem de ninguém. Pois não há, na verdade, um inimigo. E o problema é justamente este, não haver inimigos nesta história: Verónica não tem inimigos, Julián não tem inimigos, Fernando não tem inimigos e Daniela, tirando um coleguinha folgado que vive fazendo caretas para ela, também não tem inimigos.

Às vezes, Fernando é uma mancha na vida de Daniela; mas quem não é, de vez em quando, uma mancha na vida de alguém?

Julián é Fernando menos a mancha, mas às vezes Fernando é Julián menos a mancha.

E quem é Verónica?

Por enquanto, Verónica é alguém que não chega, que ainda não voltou de sua aula de desenho. Verónica é alguém que falta, levemente, no cômodo azul — o cômodo azul é o quarto de Daniela, e o cômodo branco é o quarto de Verónica e Julián. Há também um quarto verde, que eles chamam, brincando, de quarto de hóspedes, porque não seria fácil dormir naquela desordem de livros, pastas e pincéis. À maneira de um sofá desconfortável, ajeitaram o grande baú onde meses antes guardaram as roupas de verão.

Nas últimas horas de um dia normal, costumam manter uma rotina impecável: Julián e Verónica saem do quarto azul quando Daniela adormece, e depois, no quarto de hóspedes, Verónica desenha e Julián lê. De tempos em tempos, ela o interrompe, ou ele a interrompe, e essas interferências mútuas constituem diálogos, conversas banais ou, eventualmente, importantes, decisivas. Mais tarde, se mudam para o quarto branco, onde veem tevê ou fazem amor, ou começam a discutir — nada sério, nada que não possa ser resolvido imediatamente, antes do filme acabar, ou até que um dos dois ceda, por estar a fim de dormir ou de trepar. O final recorrente dessas brigas é uma transa rápida e silenciosa, ou então uma transa demorada, que deixa escapar suaves risos e gemidos. Depois, vêm cinco ou seis horas de sono. E aí começa o dia seguinte.

Mas esta não é uma noite normal, pelo menos ainda não. Ainda não é completamente certo que haverá um dia seguinte, pois Verónica não regressou da aula de desenho. Quando ela voltar, o romance acaba. Mas enquanto não volta, o livro continua. O livro segue em frente até ela voltar ou até Julián ter certeza de que ela não voltará mais. Por enquanto, está faltando Verónica no quarto azul, onde Julián distrai a menina com uma história sobre a vida privada das árvores.

Neste exato momento, refugiadas na solidão do parque, as árvores comentam o infortúnio de um carvalho em cuja casca duas pessoas gravaram seus nomes como prova de amizade. Ninguém tem o direito de fazer uma tatuagem sem o seu consentimento, opina o álamo, e o baobá é ainda mais enfático: o carvalho foi vítima de um lamentável ato de vandalismo. Essas pessoas merecem um castigo. Não vou descansar até que tenham o castigo que merecem. Vou percorrer céus, mares e terras a persegui-los.

A menina ri com gosto, sem o menor sinal de sono. E faz as perguntas de praxe, nunca é uma única pergunta, são pelo menos duas ou três, feitas com pressa e ansiedade: O que é vandalismo, Julián? Você pode buscar um copo de limonada pra mim, com três cubinhos de açúcar? Alguma vez, você e a mamãe já riscaram uma árvore como prova de amizade?

Julián responde pacientemente, tentando respeitar a ordem das perguntas: Vandalismo é o que os vândalos fazem, os vândalos são pessoas que estragam as coisas pelo puro prazer de estragá-las. E sim, claro que eu posso buscar um copo de limonada. E não, eu e sua mamãe nunca gravamos nossos nomes na casca de uma árvore.

No começo, a história de Verónica e Julián não foi uma história de amor. Na verdade, eles se conheceram mais por motivos comerciais. Ele vivia, na época, os estertores de um prolongado namoro com Karla, uma mulher distante e sombria que por um triz não virou sua inimiga. Não havia para eles grandes motivos de comemoração, mas mesmo assim Julián ligou, por indicação de um colega de trabalho, para Verónica, a doceira, e encomendou um bolo três leites, que acabou alegrando bastante o aniversário de Karla. Quando Julián foi buscar o bolo no apartamento de Verónica, o mesmo onde vivem agora, viu uma mulher morena e magra, de cabelos longos e lisos, olhos escuros, uma mulher, por assim dizer, chilena, de gestos nervosos, séria e alegre ao mesmo tempo; uma mulher bonita, que tinha uma filha e talvez tivesse também um marido. Enquanto esperava, na sala, que Verónica terminasse de embalar o bolo, Julián conseguiu entrever o rosto branco de uma menina bem pequena. Depois, houve um breve diálogo entre Daniela e sua mãe, um diálogo áspero e cordial, cotidiano, talvez uma queda de braço sobre escovar os dentes.

Seria inexato dizer que naquela tarde Julián ficou vidrado em Verónica. A verdade é que houve três ou quatro segundos de bobeira, ou seja, Julián devia ter saído daquele apartamento três ou quatro segundos antes, e se não o fez foi porque gostou de ficar olhando por mais três ou quatro segundos o rosto escuro e nítido de Verónica.

Julián termina seu relato, satisfeito com a história que contou, mas Daniela não só não dormiu como parece animada, disposta a levar a conversa adiante. Com delicado rodeio, a menina começa a falar do colégio até confessar, de imprevisto, sua vontade de ter cabelo azul. Ele sorri, pensando que se trata de um desejo metafórico, como o sonho de voar ou de viajar no tempo. Mas ela fala sério: Duas meninas e até um menino da minha sala pintaram o cabelo, diz, eu também quero ter pelo menos uma mecha azul — não sei se azul ou vermelha, ainda não decidi, murmura, como se a decisão dependesse dela. É um assunto novo: Julián acha que de tarde a menina falou com a mãe sobre isso, e agora quer a aprovação do padrasto. E o padrasto ensaia, às cegas, uma posição no jogo: Você só tem oito anos, por que vai estropiar o cabelo sendo ainda tão pequena, diz a ela, e improvisa uma efusiva história familiar que de um jeito ou de outro demonstra que é loucura tingir o cabelo. O diálogo prossegue até que, um pouco irritada, a menina começa a bocejar.

Vê Daniela dormindo e se imagina, aos oito anos, dormindo. É automático: vê um cego e se imagina cego, lê um bom poema e se pensa escrevendo-o, ou lendo-o, em voz alta, para ninguém, animado pelo som obscuro das palavras. Julián só atenta para as imagens, acolhe-as e depois esquece-as. Talvez tenha se limitado a seguir imagens desde sempre: não tomou decisões, não perdeu nem ganhou, só se deixou atrair por certas imagens e seguiu-as, sem medo e sem coragem, até se aproximar delas ou apagá-las.

Deitado na cama do quarto branco, Julián acende um cigarro, o último, o penúltimo ou talvez o primeiro de uma noite longa, longuíssima, fatalmente destinada a repassar os prós e os contras de um passado francamente nebuloso. No momento, a vida é um rolo que parece resolvido: foi convidado para uma nova intimidade, para um mundo onde lhe cabe ser uma espécie de pai de Daniela, a menina que dorme, e o marido de Verónica, a mulher que não chega, ainda, de sua aula de desenho. Adiante, a história se dispersa e quase não há maneira de continuá-la, mas, por ora, Julián consegue certo distanciamento, e dali olha, com atenção, com legítimo interesse, a reprise de uma antiga partida entre o Inter e o Reggina. É evidente que a qualquer momento vai sair o gol do Inter, e Julián não quer, por nada no mundo, perder esse gol.

Verónica cursava o segundo ano de licenciatura em artes quando Daniela chegou para bagunçar tudo.

Antecipar-se à dor foi sua forma de experimentar a dor — uma dor jovem, que crescia e decrescia, e às vezes, ao longo de certas horas especialmente cálidas, tendia a desaparecer. Nas primeiras semanas de gravidez, decidiu guardar a notícia para si, não contou nem mesmo para Fernando ou para sua melhor amiga. O caso é que não tinha, a rigor, uma melhor amiga, quer dizer, tinha muitas amigas, que sempre a procuravam em busca de conselhos, mas a confiança nunca era totalmente recíproca. Aquele tempo de silêncio foi um último luxo que Verónica se permitiu, uma dose extra de privacidade, um espaço para construir, com duvidosa calma, suas decisões. Não quero ser uma estudante-grávida, não quero ser uma mãe-estudante, pensava; definitivamente não queria se ver, dali a alguns meses, enfronhada num vestido bem largo e bem florido, explicando ao professor que não tinha conseguido estudar para a prova, ou depois, dois anos mais tarde, deixando a criança aos cuidados das bibliotecárias. Ficava em pânico só de imaginar o rosto abobado das bibliotecárias, transformadas, de repente, em fiéis guardiãs de filhos alheios.

Naquelas semanas, visitou dezenas de galerias de arte, interrogou sem pudor seus professores e perdeu várias horas se deixando cortejar por alunos dos cursos superiores, que, previsivelmente, eram insuportáveis almofadinhas — almofadinhas que diziam que se comportavam mal, mas que prosperavam mais rapidamente que seus irmãos engenheiros e que suas irmãs psicólogas educacionais.

Antes do previsto, porém, Verónica deu com o ressentimento que andava procurando: aquele não era um mundo do qual quisesse fazer parte — não era, nem de longe, um mundo do qual ela *pudesse* fazer parte. Daí, toda vez que era assolada por um pensamento sombrio sobre sua adiada vocação, recorria aos contraexemplos que havia acumulado. Em vez de pensar no saudável desprezo pelas modas artísticas de alguns de seus professores, lembrava as aulas ministradas por dois ou três charlatães, desses que sempre conseguem ancorar nas faculdades de arte. E em vez de rememorar os trabalhos honestos, verdadeiros, de alguns de seus colegas, preferia voltar às inocentes galerias, onde os adiantados do curso mostravam suas descobertas.

Os jovens artistas imitaram à perfeição o dialeto da academia, e completaram com entusiasmo os intermináveis formulários das bolsas do governo. Mas o dinheiro logo acabou, e os artistas tiveram que se resignar a dar cursos para amadores, como os que Verónica faz, na inóspita sala de eventos de um município vizinho. De manhã, Verónica assa biscoitos e atende ao telefone. De tarde, divide as tarefas e vai a esses cursos que às vezes lhe dão tédio, outras vezes são de grande proveito: trabalha com desenvoltura e severidade, finalmente confortável em sua condição de *amateur*. Já devia ter voltado da aula de desenho há mais de uma hora, na certa já está a caminho, pensa Julián, vendo tevê. Aos quarenta e três do segundo tempo, contra todo prognóstico, o Reggina faz um a zero. E assim termina a partida: Inter 0 × 1 Reggina.

Semana passada, Julián fez trinta anos. A festa foi um pouco estranha, marcada pelo desânimo do aniversariante. Assim como algumas mulheres diminuem a idade, ele às vezes precisa acrescentar alguns anos à sua, olhar para o passado com um volúvel travo de amargura. Ultimamente, deu de cismar que devia ter sido dentista ou geólogo ou meteorologista. De repente, acha estranho seu ofício: professor. Mas sua verdadeira profissão, pensa agora, é ter caspa. Imagina-se dando esta resposta:

Qual é a sua profissão?
Ter caspa.

Está exagerando, é claro. Ninguém consegue viver sem exagerar um pouco. Se existem períodos na vida de Julián, deveriam ser expressos segundo um índice de exagero. Até os dez anos exagerou muito pouco, quase nada. Mas dos dez aos dezessete anos a impostura acentuou-se consistentemente. E dos dezoito em diante transformou-se num especialista nas mais diversas formas de exagero. Desde que está com Verónica, o exagero vem diminuindo consideravelmente, apesar das recaídas naturais que vira e mexe acontecem.

É professor de literatura em quatro universidades de Santiago. Gostaria de se dedicar a uma especialidade, mas a lei da oferta e da procura obrigou-o a ser versátil: dá aulas de literatura norte-americana e de literatura hispano-americana e até de poesia italiana, apesar de não falar italiano. Leu atentamente Ungaretti, Montale, Pavese, Pasolini e poetas mais recentes, como Patrizia Cavalli e Valerio Magrelli, mas de maneira nenhuma é especialista em poesia italiana. Além do mais, no Chile não é tão grave dar aulas de poesia italiana sem saber italiano, porque Santiago está cheia de professores de inglês que não sabem inglês, de dentistas que mal conseguem extrair um dente — e de personal trainers com sobrepeso, e de professores de ioga que não conseguiriam dar aulas sem uma generosa dose prévia de ansiolíticos. Graças a sua inquestionável capacidade de improvisação, Julián consegue se sair bem em suas aventuras pedagógicas. Sempre dá um jeito de salvar a situação camuflando alguma frase de Walter Benjamin, ou de Borges, ou de Nicanor Parra.

É professor, e escritor aos domingos. Há semanas em que trabalha a maior quantidade de tempo possível, num ritmo obsessivo, como se tivesse um prazo a cumprir. É o que ele chama de alta temporada. O normal, em todo caso, na baixa temporada, é ele adiar suas ambições literárias para os domingos, assim como outros homens destinam os domingos para a jardinagem ou para a carpintaria ou para o alcoolismo.

Acabou de terminar um livro muito breve que, no entanto, passou vários anos escrevendo. No começo, dedicou-se a acumular materiais: chegou a juntar quase trezentas páginas, mas depois foi descartando passagens, como se em vez de somar histórias quisesse subtraí-las ou apagá-las. O resultado é pobre: uma esquálida resma de quarenta e sete folhas que ele se empenha em considerar um romance. Ainda que à tarde houvesse resolvido deixar o livro descansando por algumas semanas, desligou a tevê e começou a ler, novamente, o manuscrito. Agora lê, está lendo: esforça-se para fingir que não conhece a história e por instantes alcança essa ilusão — deixa-se levar com inocência e timidez, convencendo-se de que tem diante dos olhos o texto de outro. Uma vírgula mal colocada ou um som áspero, no entanto, conseguem trazê-lo de volta à realidade; e então, ele é novamente um autor, o autor de algo, uma espécie de policial de si mesmo que sanciona suas próprias faltas, seus excessos, seus pudores. Lê de pé, caminhando pelo quarto: talvez devesse sentar-se ou recostar-se, mas permanece ereto, com as costas rígidas, evitando se aproximar da lâmpada, como se temesse que um maior caudal de luz tornasse visíveis novas incorreções no manuscrito.

A primeira imagem é a de um homem jovem dedicado a cuidar de um bonsai. Se alguém lhe pedisse para resumir seu livro, provavelmente responderia que se trata de um homem jovem que se dedica a cuidar de um bonsai. Talvez não dissesse um homem jovem, talvez se limitasse a esclarecer que o protagonista não é exatamente um menino, ou um homem maduro, ou um velho. Certa noite, há vários anos, ele comentou a imagem com seus amigos Sergio e Bernardita: um homem trancado com seu bonsai, cuidando dele, comovido com a possibilidade de uma obra de arte verdadeira. Dias depois, eles lhe deram de presente, como uma brincadeira cúmplice, um pequeno olmo. Para você escrever seu livro, disseram.

Naquele tempo, Julián morava sozinho, ou mais ou menos sozinho, ou seja, com Karla, aquela mulher esquisita que quase virou sua inimiga. Na época, Karla quase não ficava em casa, e procurava não ficar em casa principalmente quando ele voltava do trabalho. Depois de preparar um chá com amaretto — agora acha repugnante, mas naquele tempo ele adorava chá com amaretto —, Julián cuidava da árvore. Não só a punha na água ou a podava se fosse preciso: ficava observando-a ao menos por uma hora, esperando, talvez, que se movesse, do mesmo modo que alguns meninos, de noite, ficam quietos na cama por um tempo, imersos no pensamento de que vão crescer.

Só depois de vigiar o crescimento de seu bonsai, Julián sentava-se para escrever. Havia madrugadas em que ele preenchia páginas e páginas com repentina confiança. E havia noites não tão boas em que não conseguia passar do primeiro parágrafo: ficava encalhado diante da tela, abstraído e ansioso, como se esperasse que o livro se escrevesse sozinho. Morava no segundo andar de um edifício defronte à Plaza Ñuñoa. No térreo, funcionava um bar de onde vinha uma desordem de vozes e o bate-estaca constante da música eletrônica. Ele gostava de trabalhar com esse barulho de fundo, embora se distraísse irremediavelmente quando dava com alguma conversa especialmente cômica ou sórdida. Lembra-se, em particular, da voz aguda de uma mulher mais velha que costumava relatar a morte de seu pai a quem quisesse ouvi-la, e o pânico de um adolescente que, em certa madrugada de inverno, prometia aos gritos que nunca mais ia transar sem camisinha. Pensou várias vezes em como seria valioso registrar essas vozes, dedicar-se a anotar esses diálogos; imaginava um mar de palavras viajando do chão até a janela e da janela até o ouvido, a mão, o livro. Nessas páginas acidentais, decerto haveria mais vida que no livro que tentava escrever. Mas em vez de se contentar com as histórias que o destino punha a seu dispor, Julián seguia com sua ideia fixa do bonsai.

Dá o fora da minha casa, seu filho da puta.

Uma tarde, ao voltar do trabalho, Julián encontrou essa mensagem, escrita a traços grossos, com tinta vermelha, na parede da sala. Certo alarmismo o fez pensar que a mensagem fora escrita com sangue. E mesmo logo depois tendo visto o galão de tinta e descoberto umas poucas manchas espalhadas no tapete, aquela cena falsa ficou gravada em sua memória: ainda hoje, se surpreende imaginando Karla cortando a pele e lambuzando o dedo indicador numa crescente poça de sangue. Ainda hoje, considera uma injustiça sua namorada ter escrito "seu filho da puta" na parede da sala, pois nessa história ele podia ser qualquer coisa, menos um filho da puta. Tinha sido um idiota, babaca, preguiçoso, egoísta, mas filho da puta, não. Além do mais, teve um tempo em que aquele apartamento era dos dois, foi ela quem de repente começou a se distanciar. Julián conformou-se rapidamente, quase de imediato, com a ausência de Karla, esse foi seu único erro — um erro necessário, pensa agora, quando ela não existe mais: já saiu, para sempre, de sua vida.

Com a mala numa das mãos e o bonsai na outra, naquela mesma noite Julián deixou o apartamento, e passou as semanas seguintes em pleno limbo alcoólico, hospedado na casa de amigos, com vontade de contar sua história a quem quisesse ouvi-la. Mas não era bom contando sua história. Procurava se esconder nos traços seguros de seu passado recente, mas esses traços seguros eram poucos e Julián sabia disso muito bem. Mas nem a pau que você vai abrir o bico, disse-lhe certa vez seu amigo Vicente, no final de uma lenta noite de camaradagem. E não lhe faltava razão. O bonsai, entretanto, ressentia-se fortemente das mudanças de domicílio. Apesar dos cuidados culpados de Julián, ao chegar à estação final, a árvore já estava quase seca.

Seria preciso redigir muitos parágrafos, talvez um livro inteiro, para explicar por que Julián não passou aquele tempo na casa de seus pais. Basta dizer, por ora, que na época Julián brincava que não tinha família. Há os que brincam de ter família: organizam tediosas reuniões em que os brindes e as frases feitas dão lugar a apressadas reconciliações. Julián, por sua vez, brincava de não ter família: tinha alguns amigos muito bons, outros nem tanto, mas não tinha família.

Num domingo, olhando os classificados do jornal, viu um endereço idêntico ao do apartamento de Verónica. Era um segundo andar, num condomínio de La Reina, longe do centro, muito grande para um homem sozinho, e muito caro para um professor principiante. Julián procurava um lugar pequeno e barato, um refúgio onde pudesse começar uma vida nova não muito diferente de sua antiga vida, de modo que, naquele domingo, teve bom senso e descartou a ideia. Mas no domingo seguinte viu o anúncio novamente e já não foi tão sensato: saiu, sem mais preâmbulos, para ver o apartamento, pensando que seria agradável recordar o lar de Verónica. Assim que chegou, reconheceu o carão meio idiota do zelador e o insistente amarelo dos alfeneiros, podados, pensou, com um estranho empenho artístico. Não se lembrava do gigantesco cacto do jardim, nem das grossas grades pretas que protegiam as janelas, mas gostou do lugar, gostou que tivesse sacadas e meninos que esperavam a hora do almoço dando voltinhas de bicicleta.

Em vez de Verónica e Daniela, havia três cômodos não muito grandes e a sala que ele já conhecia. Era espaço demais para Julián com seus poucos livros e seu mirrado bonsai, mas ele estava decidido: pechinchou com o dono até conseguir baixar um pouco o preço e fechou um atarantado contrato que com certeza ia obrigá-lo a batalhar por mais aulas ou a organizar alguma oficina itinerante de poesia com os adolescentes do bairro.

Desde então, viveu naquele lugar semivazio. Saía às oito da manhã e voltava ao cair da noite, para trancar-se e escrever e presenciar a irreversível agonia de sua árvore.

Certa noite, Sergio e Bernardita foram visitá-lo. Naquela casa de solteiro, faltavam colheres, panelas, almofadas, cinzeiros, lâmpadas e até algumas cortinas, por isso, Julián sentiu-se meio ridículo ao agradecer os presentes que eles tinham trazido: um livro de Jeanette Winterson e uma quantidade inacreditável de velas aromáticas e esferas de vidro que Bernardita distribuiu rapidamente pelos cantos da casa.

Depois de se desculpar pela pouca sorte do bonsai, Julián contou a história que realmente queria lhes contar: já estivera naquele apartamento, conhecera seus habitantes anteriores (usou essa palavra um tanto pomposa, habitantes), uma mulher jovem e sua filha. Era fácil perceber em seu relato uma misteriosa ênfase, uma espécie de admiração que seus amigos consideraram reveladora.

E por isso você alugou este lugar, disse Bernardita, com amável ironia. Por amor às coincidências.

Não, respondeu Julián, envergonhado. Com vigor, e mesmo certa brusquidão desnecessária, replicou: Aluguei porque achei conveniente.

Sim, Julián, admita, disse Sergio. Você o alugou porque andou lendo muitos romances de Paul Auster.

Sergio e Bernardita não conseguiram segurar uma imprudente gargalhada. Julián também riu, mas sem vontade, ou com vontade de que seus amigos fossem embora no final do ataque de riso. Por causa da desagradável brincadeira, Julián nunca mais leu romances de Paul Auster. E em mais de uma ocasião chegou a desaconselhar sua leitura, argumentando que, salvo por algumas páginas de *A invenção da solidão*, Auster não passava de um Borges diluído.

* * *

Mas essa é outra história, uma história menor, que não vem ao caso — embora talvez fosse melhor seguir aquelas pistas falsas, Julián gostaria imensamente de um livro diletante cheio de pistas falsas. Sem dúvida seria muito melhor rolar pelo chão de tanto rir, ou construir um eloquente ríctus de desprezo. Seria preferível fechar o livro, fechar os livros, e enfrentar, sem mais, não a vida, que é muito grande, mas a frágil armadura do presente. Por ora, a história avança e Verónica não chega, é bom deixar isso claro, repetir isso mil e uma vezes: quando ela voltar, o romance acaba, o livro segue em frente até que ela volte ou até que Julián tenha certeza de que ela não vai mais voltar.

Nos dias que se seguiram à visita de seus amigos, Julián ficava imaginando as inumeráveis cenas secundárias que Verónica e a menina tinham vivido naquele apartamento. Ao voltar do trabalho, abria a porta encenando o temor de quem entra num lugar alheio. Dormia, consequentemente, no quarto de hóspedes, que então chamava de quarto verde — o menor, que escolheu, talvez, pelo hábito de se esconder num canto. O quarto azul se manteve intacto, vazio, enfeitado apenas com uma broxa hirsuta e uns jornais esquecidos no chão. No quarto branco, trinta ou quarenta livros empilhados sobre algumas caixas e uma tábua grossa sustentada por dois precários cavaletes conformavam uma espécie de estúdio. Escrevia até tarde da noite, mas sem ordem, sem método: parecia disposto a se deixar distrair pelo voo de uma mosca ou pelo ronco da geladeira. Mas sua maior distração vinha de lembranças falsas, inventadas: imaginava Verónica na sacada, ou lendo revistas, ou ensaiando, diante do espelho, um penteado novo. Escrevia pensando em Verónica, no fantasma de Verónica olhando-o escrever.

Um dia, resolveu ligar para ela, com a desculpa de mais um bolo. Procurou em seus papéis, mas o número que tinha anotado era seu atual número de telefone, e o colega de trabalho que lhe recomendara os bolos de Verónica morava agora nos Estados Unidos. Falou, então, com o dono do apartamento, que aceitou, a contragosto, colocá-lo em contato com alguém que conhecia alguém que talvez pudesse localizar Verónica. Só depois de uma semana de obsessivas manobras Julián conseguiu o número, e mais uma semana se passou até que ousasse ligar para ela.

Contou, por telefone, da coincidência, mas ela não pareceu muito interessada. Você já sabe meu endereço, agora é sua vez de vir me trazer o bolo, disse ele, com fingida jovialidade. Verónica, que estava mais do que acostumada com galanteios, assentiu e disse, imprimindo à voz um tom impessoal, burocrático: Depois de amanhã, às sete, irei deixar o bolo aí. O plano de Julián era totalmente fantasioso: imaginava Verónica emocionada com lembranças recentes, envergonhada por conversar tanto tempo com um desconhecido, mas disposta a prolongar a visita, a continuar revelando sua intimidade por várias horas, até baixar, definitivamente, a guarda: imaginava-se transando com Verónica na sala, e depois, de novo, na cozinha, e empurrando-a contra a porta, no final, à guisa de despedida.

Já Verónica limitou-se a observar com reserva as paredes de seu antigo apartamento, reprimindo um involuntário ar de desdém e certo desencanto. Nem chegou a reparar no bonsai seco, no cadáver de bonsai que Julián pousara no chão, de propósito, com a esperança de que sua presença provocasse, ao menos, um tímido diálogo sobre plantas, talvez uma história relacionada a seringueiras mortas ou trepadeiras destruídas por um cachorro gordo e preto. Mas Verónica simplesmente sorriu, pegou o dinheiro e fez menção de sair. Como último e penoso recurso, Julián disse, impetuosamente: O outro bolo era para minha namorada, ou melhor, minha ex-namorada. Este é para minha mãe. E essa árvore que você está vendo aí está secando.

Verónica deu apenas esta resposta: Ah.

E sorriu, novamente, e foi embora.

Mas houve uma segunda e uma terceira e uma quarta e até uma quinta encomenda. Naqueles meses, Julián engordou vários quilos, pois o bolo três leites era seu café da manhã, almoço e jantar, iludido que estava de ir vencendo, pouco a pouco, a resistência de Verónica. Para tornar sua vida verossímil,

Julián justificava cada novo bolo com compromissos familiares ou sociais, enquanto Verónica lhe sugeria variar o cardápio, pois já estava começando a se cansar de preparar sempre o mesmo doce. Mas Julián não queria massas folhadas nem bolos floresta negra, nem de abacaxi, nem crepes de laranja. Julián queria o de sempre, o três leites, com muito vinho do Porto, por favor.

Lá pelo bolo número cinco, ela parecia muito mais receptiva e curiosa que das outras vezes. Julián pensou que talvez agora ela finalmente aceitasse tomar um café com ele, ou uma taça de vinho, uma xícara de vinho, na verdade, pois Julián não tinha taças nem mesmo copos, só xícaras. E não se enganou. Agora Julián era, para Verónica, um homem agradável e não tão feio, ainda que, certamente, não chegasse a se imaginar em cima ou embaixo de Julián, muito menos prensada contra a porta, protagonizando aquela frenética última transa com que ele sonhava insistentemente.

Mas agora Julián já não sonhava apenas com transas ocasionais. Sonhava que Verónica ficava para dormir, e que ele dormia na casa de Verónica, que morava com Verónica, que transava com Verónica lentamente, em absoluto silêncio, para não acordar a menina, que faziam amor aos gritos, extasiados, quando a menina se hospedava na casa de seus avós ou de seu pai — que ele imaginava alto e loiro e gordo, muito antes de saber que era alto e loiro e magro.

Na tarde do quinto bolo, Verónica aceitou a xícara de vinho que Julián ofereceu. Não houve sexo, em todo caso.

Sob a luz artificiosa do presente, sua vida com Karla se revela como uma nuvem, uma lagoa. Pensa nela como num lugar de passagem, um país contemplado da janela de um trem vagaroso demais. Naquela noite da mensagem na parede, Julián adiantou-se muitas vezes a uma cena que pensava ser inevitável, mas que nunca aconteceu: via-se diante de Karla, passando o indefectível café — ela construiria pausas repentinas e histriônicas e depois diria frases desoladas, longamente ensaiadas e, apesar de tudo, honestas. Mais tarde, já de volta a sua nova vida, Julián encontraria as respostas que tentara dar cabisbaixo, com gaguejos.

Mas não houve outra oportunidade de aplacar a fúria ou a indiferença de Karla. Mais de uma vez esteve a ponto de provocar essa última cena, mas a força que o animava talvez fosse muito fraca: a mera ideia de se ver envolvido numa discussão lhe dava um tédio profundo. Julián não queria recuperar o amor, pois deixara de amá-la havia muito tempo. Deixara de amá-la um segundo antes de começar a amá-la. Soa estranho, mas é assim que ele sente: em vez de amar Karla, ele amara a possibilidade do amor, e depois a iminência do amor. Amara a ideia de um vulto se movendo entre lençóis brancos e sujos. Sou sozinha, dizia Karla, quando perguntavam por sua família: não tenho pais, não tenho família, sou sozinha. E era verdade: o pai de Karla morrera havia pouco, e a mãe morrera muitos anos antes, ao abandonar o marido e a filha e partir para Cali, atrás de um vago sonho esotérico. A vantagem de Karla era não ter família; a desvantagem de Julián era não só ter pai e mãe e irmã, mas também uma confusa variedade de avós, tios, primos e até sobrinhos. Karla ofereceu a ele um lugar perfeito para isolar-se do passado. No passado de Julián, não havia nada do que fugir, mas era disso, justamente, que fugia: da mediania, das inumeráveis horas perdidas na companhia de ninguém.

Karla fazia filosofia na Universidade do Chile, mas não pretendia obter um diploma, nem trabalhar, nem nada parecido. Seu único desejo era ficar em casa ouvindo música e fumando maconha. Comia quase que exclusivamente chocolate ou talharim com queijo ralado, ainda que, com a chegada de Julián, que era bom cozinheiro, o menu tenha se ampliado a talharim com pesto, ravióli, frango frito e até *porotos con mazamorra*. Ele dava aulas e ela recebia pontualmente o dinheiro da herança, de modo que podiam dar-se a certos luxos: ele comprava os livros e ela, os discos, a maconha e o Rivotril, que era o novo vício, meio forçoso, de Karla.

Concentrado em suas aulas e com a ideia fixa em seu livro, Julián passou ao largo de episódios cruciais da vida de Karla: não reparou na avidez com que ela esperava, toda noite, telefonemas muito longos ou talvez muito breves — não perguntava quem tinha ligado, o que queria, aonde você vai, ou melhor, perguntava, mas sem ênfase, aceitando, de antemão, as evasivas e a porta batendo quando ela saía.

Nunca soube exatamente por que Karla começou, de repente, a faltar. No começo, ela esboçava explicações rudimentares: Demorei porque conheci uma mulher doente que precisa da minha ajuda, disse certa manhã, mas ele mal prestou atenção — não viu ou não quis ver nos olhos pardos de Karla um brilho seco e urgente. Depois, ela começou a se hospedar na casa da tal mulher, com o pretexto de cuidar dela. E não houve necessidade de novas explicações. A cada dois ou três dias, Julián encontrava gavetas entreabertas, pratos por lavar e outros vestígios da presença de Karla. Semanas se passaram antes que se vissem de novo, por acaso, no patamar da escada. Então, se cumprimentaram desajeitadamente, sem beijos, com uma espécie de diálogo: Minha amiga está melhor, disse ela, graças a mim. Quando você vai voltar?, perguntou Julián, desconcertado, mas não houve resposta. Devia tê-la pressionado, tê-la obrigado, talvez, a confessar aquilo de que ele negligentemente começava a desconfiar: que aquela mulher era a mãe de Karla.

Da calçada em frente, Julián contemplava as ausências de Karla com indiferença, e mesmo com alívio. Tarde após tarde a imaginava caminhando por Irarrázaval, com o discman ligado em canções dos Tindersticks, pensando em sua mãe, na mulher que Julián pensava ser a mãe dela. Talvez ela tivesse inventado que tinha mãe, talvez tivesse convencido a mulher de que podia ser sua mãe, e tivesse lhe pedido, tivesse suplicado que fosse sua mãe, pensava Julián, chateado por não entender uma trama que, no fim das contas, não lhe interessava realmente.

Nunca avançava muito em suas conjecturas sobre Karla. Tinha mais em que pensar. Às vezes, a madrugada o surpreendia se altercando com retorcidas soluções para seu romance, que não era exatamente um romance, mais parecia um livro de recortes ou de anotações. Não queria, na verdade, escrever um romance; queria simplesmente encontrar uma zona nebulosa e coerente onde amontoar as lembranças. Queria enfiar a memória numa mochila e carregar essa mochila até que o peso acabasse com suas costas.

No fim de uma noite fria de escrita, Julián decidiu que não ia continuar enchendo páginas com histórias difusas e indecifráveis; escreveria, em vez disso, um diário do bonsai, um cuidadoso registro do crescimento da árvore. Parecia simples. Toda tarde, ao voltar para casa, anotaria num caderno as mínimas variações pelas quais a árvore tivesse passado durante o dia: o despontar de uma folha, um tímido encurvamento do tronco, a presença de seis pedras microscópicas que não estavam lá no dia anterior. De forma quase automática, a vida começaria a penetrar nos dados seguros, objetivos, que ele iria coletando.

Deitou-se feliz, satisfeito, com a vida pela frente. Mas ainda nem fechara os olhos quando ouviu a fechadura. Eram Karla e a mulher doente, voltando, quem sabe, de um silencioso passeio pelo parque.

* * *

Julián foi até a sala e cumprimentou-as, procurando, na surpresa, algum traço que delatasse o parentesco, mas só constatou uma ligeira semelhança, que tanto se dá entre irmãs ou primas ou mesmo entre amigas, o que, em todo caso, era novidade, pois Karla não tinha ou não dizia ter nem irmãs, nem primas, nem amigas. Mas o que o impressionou foi que a mulher não parecia estar doente. Comparando-se sua expressão vivaz e tranquila com a rudeza de Karla, parecia que a doente era Karla e sua mãe, sua possível mãe, a enfermeira.

A mulher respondeu ao cumprimento de Julián com um misto de amabilidade e mesura, ao passo que Karla limitou-se a insinuar que desejava ficar a sós com sua convidada. Assim ela a chamou, "minha convidada". Ele pensou que podia estender a cerimônia, que seria lícito perguntar, amparado no senso comum, se eram primas, ou amigas, ou mãe e filha. Como era de esperar, Karla perdeu a paciência e disse vá dormir, nós queremos ficar sozinhas, espero que possa entender que nós queremos ficar sozinhas.

Julián fez o possível para escutar, lá do quarto, o que as mulheres conversavam. Mas quase não falavam. Ficavam em silêncio e durante quase uma hora aquele silêncio foi crescendo até se tornar insuportável. As mulheres saíram da casa juntas e Karla não voltou naquela noite nem nos meses seguintes. E quando voltou foi só para escrever, na parede da sala, com tinta vermelha ou talvez com sangue: Dá o fora da minha casa, seu filho da puta.

É raro ele se lembrar de Karla. Dias atrás, quando o gato de Daniela morreu, Julián se lembrou de um poema de Wisława Szymborska, e foi até a biblioteca, pensando em lê-lo para consolar a menina. Depois de procurar um pouco entre as estantes, percebeu que aquele volume verde, da editora Hiperión, era mais um dos livros que deixara na casa de Karla. A recordação de Karla está ligada quase que exclusivamente à lembrança dos livros que não conseguiu levar consigo na noite da mensagem na parede. Agora, Karla não passava de uma ladra de livros. É assim que ele às vezes a chama, resmungando, enquanto examina inutilmente as estantes: a ladra de livros.

Imagina Karla tomando chá com sua possível mãe ou enfermeira, discutindo sobre formas de conseguir dinheiro para um tratamento dentário, ou para fazer uma viagem a Londres, ou a Paris, ou a Lisboa. Ter vivido aqueles anos na companhia de Karla lhe parece terrível. Terrível e desolador.

Agora, Julián tem uma família de verdade, dessas que passam a tarde de sábado fazendo tarefas de ciências ou vendo filmes de Tim Burton. Daniela acaba de dormir e ele aguça o ouvido, pois pressente a chegada de sua mulher, mas só se percebe, ao longe, o rouco borbulhar do aquário que puseram na sala há alguns meses. Sigilosamente, Julián se aproxima de Cosmo e de Wanda, que continuam sua invariável viagem pela água suja, e os observa com uma atenção desmedida, colado ao vidro. Súbita, teatralmente, Julián adota a atitude de um vigilante, de um vigilante de peixes, de um homem especialmente treinado para evitar que os peixes abandonem o aquário.

Quando alguém não chega, nos romances, pensa Julián, é porque alguma coisa ruim aconteceu. Mas por sorte isto não é um romance: em questão de minutos, Verónica chegará com uma história real, com um motivo razoável que justifique sua demora, e então vamos conversar sobre sua aula de desenho, sobre a menina, meu livro, os peixes, sobre a necessidade de comprar um celular, sobre um pedaço de pudim que ficou no forno, sobre o futuro e talvez um pouco, também, sobre o passado. Para manter a calma, Julián pensa que a literatura e o mundo estão cheios de mulheres que não chegam, de mulheres que morrem em acidentes brutais, mas que pelo menos no mundo, na vida, também há mulheres que devem acompanhar, de imprevisto, uma amiga ao hospital, ou mulheres cujo pneu do carro fura no meio de uma avenida sem que ninguém se prontifique a ajudá-las.

Verónica é uma mulher que não chega, Karla é uma mulher que não estava.

A mãe de Karla é uma mulher que foi embora e que voltou quando ninguém a esperava.

Karla é uma mulher que não esteve.

Karla é uma mulher que esteve, mas não esteve. Saiu, foi procurar sua mãe, do mesmo modo que outros saem para caçar.

Saiu, foi comprar cigarros. Karla não esteve, não estava: saiu para comprar cigarros, foi procurar a mãe, foi à caça.

O pneu de Verónica furou. Ela sabe que não posso ir procurá-la. Não posso deixar a menina sozinha. Verónica vai trocar o pneu.

Verónica é uma mulher no meio da avenida trocando um pneu. Centenas de carros passam a cada minuto, mas ninguém se detém para ajudá-la. É isso que está acontecendo, pensa Julián, que resolve se apegar à imagem de Verónica perdida, trocando um pneu, sozinha, numa avenida distante.

Daniela acorda. Sempre acorda à meia-noite, e a meia-noite chegou há pouco. Com voz apagada e chorosa pede a Julián que a faça dormir novamente. A mamãe já vai chegar, diz Julián. Acaba de ligar, está bem, teve que ir ao hospital levar uma amiga. Uma amiga grávida que estava com contrações, esclarece. E acrescenta: Dois pneus furaram no caminho.

A menina não conhece a palavra contrações e também não sabe que dois pneus furarem é muito incomum, mas Daniela não está preocupada com a demora da mãe, pelo menos não exatamente. Só quer que Julián fique com ela, que a faça dormir novamente, que a defenda da escuridão.

Não sei por que todas as crianças têm medo do escuro. Na sua idade eu não tinha medo do escuro, diz a ela, e é mentira, ou talvez seja verdade: quando Julián era criança, não temia propriamente o escuro, mas a possibilidade de ficar cego. Certa noite, acordou sem resquícios de luz a que recorrer: primeiro, teve a impressão de que alguém tinha fechado o quarto e depois, a pavorosa convicção de que tinha ficado cego. Desde então, não suporta o escuro absoluto, os cômodos fechados.

Quer que a gente invente outra história de *A vida privada das árvores*?

Quero, responde Daniela.

* * *

Há algumas semanas, Daniela respondeu que não. Já estou grande para histórias, consigo dormir sozinha, disse de repente. O mau humor da menina obedecia a um motivo bem definido: na casa de Fernando, provavelmente depois de uma longa sessão de playstation, encontrara um vídeo do casamento de seus pais. Talvez por estar um pouco inquieto com a crescente importância de Julián na vida da menina, Fernando não tenha parado a gravação, e em vez disso tenha sentado ao lado dela, ansioso por responder às perguntas de Daniela, que, no entanto, manteve a vista fixa na tela, em silêncio absoluto. Voltou para casa ensimesmada e arisca, e só depois de um árduo interrogatório revelou a Verónica o motivo de sua tristeza.

Depois, começaram as linhas cruzadas, as recriminações de Verónica, os arrevesados argumentos de Fernando e as gestões amáveis de Julián, que, como de hábito, viu-se obrigado a dar uma de mediador. Você sabe como a Verónica é, disse a Fernando, conciliador, o que não era verdade, claro: Fernando sabe enfrentar clientes difíceis, sabe conseguir preços convenientes e sabe até tocar no violão alguns trechos de Villa-Lobos, mas certamente não sabe como Verónica é. Não conseguiu saber, pois o casamento durou apenas três meses, ou quase cem dias, como costuma precisar Fernando — foi a guerra dos cem dias, dizia, por trás de um sorriso amplo, quando lhe perguntam sobre aquele tempo com Verónica.

Verónica e Fernando se casaram dispostos a cumprir com a convenção de serem felizes. Tinham decidido congelar, por um tempo, as diferenças, como se realmente fossem um casal e não uma pálida ideia que adquirira forma apesar dos maus augúrios. No dia do casamento, Verónica tinha vinte e um anos, Fernando, quase trinta, e Daniela acabara de completar seis meses de vida. Ele pensava que com o tempo acabariam se acostumando a viver juntos — ela, por sua vez, pressentia que o casamento ia durar, no máximo, um par de anos, e Daniela não pensava em nada, pois bebês de seis meses não pensam.

(Concordo, foi uma brincadeira de mau gosto, mas eu precisava fazê-la. É preferível pensar que aquele tempo não passou de uma brincadeira — um ruído brusco e passageiro que não ouvimos mais.)

* * *

Ainda é cedo para saber o que foi que Daniela sentiu naquela tarde diante da tevê. Na certa, viu, pela primeira vez, seus pais juntos, como um verdadeiro casal: Verónica fantasiada de noiva, com o cabelo arrumado num gélido coque, menos esbelta que agora, porém muito bela; Fernando sorrindo a torto e a direito, mais eufórico que nervoso, usando com naturalidade um smoking recém-alugado. Um padre muito magro, de mãos finas e dicção perfeita, abençoou a união, e então os pais de Daniela se beijaram nos lábios com uma espécie de pudor ou reticência. Foi um bom casamento, em todo caso, muito bom em alguns momentos. À menor provocação, as tias distantes derramavam lágrimas de alegria, enquanto os idosos se misturavam teimosamente com a juventude. Os funcionários, penteados com gomalina, brigavam com suas gravatas novas, de nós grossos e cores berrantes, e suas acompanhantes exibiam vestidos de última hora e olhavam para a câmera com uma alegria que parecia forçada, mas que sem dúvida era autêntica.

Mais perturbador que ver seus pais se beijando deve ter sido, para Daniela, ver a si mesma, aos seis meses, sorrindo ou chorando enquanto a trocavam de braços, conforme alguém ia ao banheiro ou derramava o ponche. Os convidados do casamento fizeram, copo na mão, generosos discursos que terminavam invariavelmente com uma alusão a Daniela, Danielita, Dani, que a partir de agora, diziam, seria ainda mais feliz. A menina de meses aparecia chorando, ou rindo, ou meio dormindo no colo de gente de quem não se lembra, vestida, ou melhor, enfeitada para a ocasião, com o cabelo mais claro e as faces rosadas.

Daniela não viu e talvez nunca veja o segundo vídeo, o do segundo casamento de sua mãe, mas se lembra, com alguma nitidez, do dia em que Verónica se casou com Julián. São imagens demais: dois casamentos, duas festas, dois destinos diferentes. De um lado, estão seus pais e ela mesma, aos seis meses, e do outro, sua mãe e Julián e ela, de novo, aos cinco anos. Em vez da intimidante solenidade da igreja, há um escritório pobre, uma escrivaninha de madeira recém-envernizada, uma mulher que prolonga demais as frases, um livro bem grande que os noivos assinam apressadamente, e um beijo seguro e breve. Depois, a mãe corre até a filha, que quer mas não quer ver-se envolvida num abraço duplo ou triplo, comemorado com um buliçoso aplauso pelos poucos presentes.

O que menos lhe agradou nesse segundo casamento foi sua mãe ter preferido um traje azul em vez de um vestido de noiva. Mas correu tudo bem. Foi, de fato, a primeira festa de sua vida, a primeira festa de que se lembra: comeu três pedaços do colossal bolo três leites com que Verónica homenageou sua história com Julián e dançou, dançou muito, com seus primos, com seu avô, com sua mãe e até com seu estreante padrasto, que naquele tempo era, para ela, pouco mais que um convidado para o almoço, e que agora, três anos mais tarde, acaba de fazê-la dormir com uma história sobre árvores.

Quer que a gente invente outra história de A *vida privada das árvores*?

Quero, responde Daniela. E Julián assente, chateado, pois está com dor nos olhos, nos ouvidos, não sabe direito: gostaria de dormir, de repente, irresponsavelmente, e acordar amanhã, ou ontem, renovado. Tem de ser uma história curta, só o começo, até que a menina retome o sono: talvez a história de um gigante que cuida das árvores como se fossem as plantas de um pequeno jardim ou a aventura de um menino que subiu num pé de azinheiro e nunca mais quis descer. Julián pressente que a narração vai se emaranhar. Talvez seja melhor improvisar, pensa, talvez a única coisa que faça sentido seja improvisar:

O álamo e o baobá conversam sobre as pessoas loucas que costumam ir ao parque. Concordam, de antemão, que são muitas as pessoas loucas que vão ao parque. O parque está cheio de loucos, mas minha pessoa louca favorita, diz o baobá, é uma mulher de braços compridíssimos que veio falar comigo uma vez. Lembro-me disso como se fosse ontem, embora tenha sido há muito tempo, eu devia ter só uns duzentos e quinze ou duzentos e vinte anos quando ela veio, você nem tinha nascido.

Julián compreende na hora que cometeu um erro: Daniela sai da sonolência, admirada com a idade do baobá, principalmente porque acha que o álamo e o baobá sempre viveram juntos, que é por isso que eles são tão amigos, porque passaram a vida plantados no parque. Para consertar a situação, Julián inventa uma nervosa fieira de dados, dos quais se depreende que o baobá tem mil e quinhentos anos e o álamo, apenas quarenta. Daniela continua confusa e Julián prossegue, consciente de que deve se esforçar muito para recuperar o relato:

Era, diz o baobá, uma mulher de braços compridíssimos. No começo, pensei que fosse uma menina, porque estava usando aparelho, mas não era uma menina, e sim uma mulher de braços muito compridos, que quase tocavam o chão. Uma mulher não necessariamente bonita, mas bastante esquisita: olhos verdes, cabelo curto e branco, pele escura, e um grande aparelho nos dentes, e aqueles braços compridos que quase tocavam o chão. Era ou tinha sido pintora, e se chamava Otoko.

Julián decidiu se concentrar na mulher louca, embora já não pense nela como uma mulher louca, e sim como uma mulher sozinha ou uma mulher que fala sozinha, com as árvores. Ensaia, então, o monólogo de Otoko diante do velho baobá:

> Sou pintora, diz Otoko, mas surgiu um inconveniente e preciso deixar de ser pintora. O inconveniente são meus braços, que cresceram demais. É muito difícil pintar com braços tão grandes, meus olhos ficam cansados, a tela fica longe, mal consigo focá-la.
>
> Receitaram-me óculos, mas não pretendo usá-los, ao menos até tirar o aparelho. Desde pequena meu lema foi: ou aparelho, ou óculos. Escolhi o aparelho, como eu ia saber que depois meus braços ficariam tão compridos e que eu não conseguiria pintar e tudo o mais…
>
> Não é comum os braços das pessoas crescerem tanto. Os galhos, sim, os galhos crescem, você sabe disso melhor do que eu, baobá. Os galhos crescem até que, de repente, morrem, mas não é comum os braços das pessoas crescerem tanto.
>
> Não é comum, e talvez também não seja assim tão estranho. Talvez eu seja uma em mil ou uma em um milhão, e gosto disso, é um privilégio. É um inconveniente e um privilégio.

Então, vou procurar outro trabalho. Pensei em me dedicar a catar folhas do chão, pois é fácil para mim, não preciso nem me agachar. Vagarei pelos parques o dia todo catando folhas do chão.

Embora não seja mais necessário, pois Daniela dormiu novamente, Julián continua o relato, mas agora quem fala não é mais a pintora ou a catadora de folhas, e sim alguma outra mulher, mais bonita que Otoko, ou pelo menos com os braços não tão grandes, normais. Não é Verónica, de jeito nenhum é Verónica, que ainda vagueia por alguma avenida distante. De certo modo, Verónica é a única mulher que não poderia estar no relato que Julián improvisa, em voz alta, para ninguém, para a menina que dorme.

No mesmo dia em que Daniela encontrou aquele antigo vídeo do casamento, Verónica e Julián aproveitaram para fazer amor com ansiedade, ou com escândalo, como disse Verónica, rindo, enquanto mordia as costas de Julián.

Entornaram duas garrafas de vinho e acabaram a noite trocando, arrebatados, grandes frases, com as quais dilatavam indefinidamente o presente. Mas houve, sem dúvida, um lapso, uma repentina queda na realidade. Verónica olhou para Julián e disse, lentamente, como se soletrasse as frases: Se eu morrer, não quero que a menina vá morar com o Fernando. Prefiro que ela fique com você ou com a minha mãe. Transformado no marido perfeito de um filme ruim, Julián abraçou-a com força e disse: Você não vai morrer. E penetrou-a novamente, e riram de novo, e continuaram bebendo e transando até o amanhecer.

A lembrança daquelas frases o atinge como uma infalível punhalada. Acaba de dar uma série inútil de telefonemas que só aumentaram seu desespero. Julián anda pela casa arqueando os dedos nos sapatos, forçando as pisadas, como se caminhasse por um campo semeado de flores ou de explosivos. No quarto da menina, um relógio em forma de Bob Esponja marca duas e meia da manhã. Deve ser a primeira vez que alguém olha para esse relógio às duas e meia da manhã, pensa Julián, como se essa ligeira certeza amenizasse a espera.

O romance continua, embora só para render-se ao capricho de uma regra injusta: Verónica não chega. Por ora, não há imagens de época nem música de fundo, só uma frase aparentemente fora de lugar, excessiva, que Julián repete em voz alta e crescente, e depois em voz baixa, até recobrar o silêncio — é como se alguém, de uma poltrona escondida, se divertisse controlando o volume da voz de Julián, que pronuncia, dez vezes, aquela frase fora de lugar: Sou o filho de uma família sem mortos, diz, olhando para a parede como se fosse uma vitrine: Oi, sou o filho de uma família sem mortos.

Isso foi há muito tempo, num pátio escondido da faculdade, enquanto queimava uma erva e bebia, a goladas, um pegajoso vinho com melão. Junto com um grupo de colegas de curso, tinha passado a tarde trocando histórias familiares em que a morte aparecia com angustiante insistência. De todos os presentes, Julián era o único que vinha de uma família sem mortos, e essa constatação o encheu de uma estranha amargura: seus amigos cresceram lendo os livros que seus pais ou seus irmãos mortos tinham deixado em casa. Mas na família de Julián não havia mortos nem livros.

Uma casa geminada com um jardim de alvoroçadas flores em frente: verão após verão, pintavam os tijolos com uma camada da cor branco-inverno — gostava de repetir o nome daquela cor: branco-inverno. Talvez só tenham pintado a casa uma ou duas vezes, mas Julián prefere pensar que todo ano, perto do início do verão, a família inteira se reunia para pintar os tijolos. Durante décadas, a casa continuou sendo nova. E talvez ainda seja nova, talvez uma nova família tenha acabado de se instalar ali, é provável, conjectura Julián, que não demore muito em fugir.

Remexendo num fundo de espessa nostalgia, Julián chega à imagem de um dardo rompendo o céu de 1984, o ano das Olimpíadas de Los Angeles. Definitivamente, perdeu tempo com sua ideia fixa dos bonsais. Agora, pensa que o único livro que valeria a pena escrever seria um longo relato sobre aqueles dias de 1984. Esse seria o único livro lícito, necessário.

Não sem esforço, consegue isolar a cena: está sentado ou encarapitado numa poltrona preta, de couro falso e convincente, diante da tevê, concentrado no voo de um dardo. Bem perto dessas casas de meia-tigela vive a morte, mas esse menino de 1984 não sabe disso, não pode saber: observa o voo de um dardo ou a prova da marcha — gosta muito de observar esses atletas mexicanos que são proibidos de correr, diverte-se imitando-os caminhar, a toda pressa, em perfeita progressão.

Numa dessas tardes, o pai de Julián volta do trabalho com quatro caixas enormes, que Julián e sua irmã ajudam a desempacotar: a primeira contém as cem fitas da coleção *Os grandes compositores* e as três restantes constituem uma biblioteca de literatura universal, espanhola e chilena; dezenas de livros de cor bege, vermelha e café, respectivamente, em edições populares, de páginas grossas e amareladas. Até esse dia, só havia em casa uma enciclopédia sobre conserto de automóveis e um curso de inglês da BBC. Os novos livros instauram uma mínima abundância, na medida da prosperidade da família.

Não foi fácil construir essa família. Foi preciso esquecer os amigos e inventar novos amigos. Foi preciso dedicar-se ao trabalho — avançar, com antolhos, por entre a multidão, vencendo rios de perguntas incômodas, procurando uma trilha ou um atalho que levasse a um futuro sem felicidade e sem pobreza. Já não existem baús ou só existem baús vazios, esvaziados, sem anéis, sem mechas de cabelo, sem cartas bem dobradas prestes a se rasgar, sem fotos em sépia. A vida é um enorme álbum no qual é possível construir um passado instantâneo, de cores vivas e definitivas.

Julián amaldiçoa sua ideia fixa: devia ter se dedicado, no fim, a registrar as conversas que vinham do bar de baixo, quando morava com Karla. Teria sido muito melhor. Em vez de acender uma imagem morta, devia ter descrito vidas como a desse menino de 1984. Em vez de fazer literatura, devia ter mergulhado nos espelhos familiares. Pensa num romance de apenas dois capítulos: o primeiro, muito breve, consigna o que esse menino sabia naquela época; o segundo, muito longo, virtualmente infinito, relata o que esse menino não sabia. Não que eu queira escrever essa história. Não é um projeto. O que eu queria mesmo era tê-la escrito anos atrás e poder lê-la agora.

No final do dia, depois de montar a biblioteca na sala, o pai reúne a família em torno de um tabuleiro de Metrópolis. Há famílias em que às nove da noite o homem começa a beber vinho e a mulher a passar roupa, alheios à sorte das crianças, que brincam, no pátio, de se machucar, ou no quarto, com as luzes apagadas, ou no banheiro, fazendo bolhas de sabão, ou na cozinha, fabricando insólitas sobremesas com leite talhado. Também há famílias que veem a noite cair no compasso de responsáveis conversas de salão. E também há famílias que a essa hora recordam seus mortos, com a aura da dor rodeando seus rostos. Ninguém brinca, ninguém conversa: os adultos escrevem cartas que ninguém vai ler, as crianças fazem perguntas que ninguém vai responder.

Esta, por sua vez, é uma família que espera o toque de recolher jogando Metrópolis. Está tudo pronto: o hospital, a prisão, o cinema, o banco, os dados, as cartas do destino, as casas, os edifícios, as ruas. Os jogadores são um homem sério, que vem de baixo e vai para cima, uma mulher de aspecto doce e triste, uma menina bonita e frágil, e um menino de oito ou nove anos que se chama Julián, mas que devia se chamar Julio — é uma história inverossímil, porém verdadeira: pretendiam chamá-lo de Julio, foi esse nome que pronunciaram diante do oficial do registro civil, mas ele entendeu Julián e escreveu Julián na certidão de nascimento, e os pais não pediram a retificação, pois naqueles tempos até um oficial do registro civil inspirava respeito e temor irrestritos.

Ao redor da mesa, há um homem moreno, uma mulher branca, uma menina menos branca e um menino menos moreno. O homem moreno sempre ganha. A mulher branca logo se entedia e sai. A menina branca continua jogando até perder tudo e promete a si mesma, com olhos inquietos, que da próxima vez derrotará o homem moreno. O menino menos moreno de nome trocado não quer ganhar nem perder, só quer mais coca-cola. O pai gosta que sua filha não se renda, mas está feliz de ganhar dela, de ter ganhado, de continuar ganhando sempre. A mãe, ao contrário, há pouco hipotecou suas propriedades e dividiu o dinheiro, em partes iguais, entre seus filhos. Está sentada, ensaiando os acordes de uma canção de Violeta Parra, prestes a cantar. É disso que se trata, mais ou menos: de vê-los jogar, de observar seus rostos de 1984, de rir deles, de ter pena deles, de acompanhá-los em seu honesto e tenso tédio.

Agora, Julián mora perto de uma rua azul-celeste, Tobalaba, e antes morou a alguns passos de uma rua azul, Irarrázaval, diante da Plaza Ñuñoa, na companhia de uma mulher que esteve a um passo de se transformar em sua inimiga. Chegou a essa casa vindo de outras ruas que não aparecem no Metrópolis, pois ficam longe, a oeste da grande capital. Essas ruas sem cor têm, na memória, um matiz acinzentado. Durante a infância e na primeira parte da juventude de Julián, essas ruas foram brancas. Só agora são empoeiradas. Só agora, há pouco, o tempo conseguiu sujá-las.

São quatro da manhã e Julián reconsidera uma possibilidade que antes havia negado completamente: Verónica não está presa numa avenida distante, está na casa de um homem que desta vez a convenceu a não voltar mais. Constrói o quadro, sem perder nenhum detalhe: imagina as paredes úmidas e a luz de um aquecedor de parafina iluminando os amantes, que não posam, não têm tempo de parar e cumprimentar a câmera. Há um cheiro de casca de laranja ou de varetas de incenso, de perfume gasto pelo roçar dos corpos — e as coxas brilhantes e a pele de Verónica, lustrosa e quente.

Não é uma casa, pensa Julián. Leva um longo segundo para criar, em seu lugar, um quarto vistoso, repleto de espelhos, com uma piscina percutindo um sutil ruído artificial. Imagina Verónica embotada por um uísque rascante, embalada por algumas carreiras de cocaína, se mexendo, sem pressa, em cima de alguém. É uma explicação redonda, inquestionável: Verónica não chega porque está na cama com o professor de desenho, era uma transa rápida que se transformou numa transa demorada. Costuma passar. Naquele momento, o professor de desenho, ou de gramática, ou de física quântica a penetra pela sexta ou sétima vez — não se preocupe, diz Julián, em voz alta: Não se preocupe, que já fiz a menina dormir, já contei uma história para ela, não tenha pressa, continue fodendo, por favor, sua cadela de merda, ainda vai dar tempo de fazer mais um boquete.

Mas este não é um desses programas onde é preciso se fantasiar de mendigo e sobreviver ao desprezo dos demais. Nem mesmo avivando o fogo de uma conjectura horrível Julián consegue mudar a trama: tem certeza de que não é esse o motivo da demora de sua mulher. A imagem de Verónica perdida numa avenida distante se agiganta, transforma-se numa espécie de verdade.

Está jogado no chão, como um leão em sua jaula — ou melhor, mais como um gato, ou como esses peixes excêntricos e horríveis que a menina escolheu, por piedade, meses atrás. Se escaparmos desta, pensa Julián, vamos juntar dinheiro para tirar umas férias em Valdivia ou em Puerto Montt, ou talvez não convenha esperar tanto: se escaparmos desta, no sábado, iremos, finalmente, conhecer a neve. Tinha descartado a ideia, movido por um antigo ressentimento de classe, mas agora volta a contemplá-la: a neve chilena é para os ricos, sabe muito bem disso, mas já conseguiu se acostumar a conviver com pessoas distantes que depois de um tempo acabam se transformando em pessoas amáveis. Logo, o plano é desbaratado, não podia durar. Descobriu, em sua própria linguagem, uma fenda profunda: não vamos escapar desta. Escapar desta equivale a que Verónica cruze, como se nada tivesse acontecido, um umbral fechado há horas. Escapar desta seria, talvez, acordar. Mas não pode acordar: está acordado.

Mesmo assim, continua pensando na neve, num espaço espectral: um mundo onde os jovens ficam gravemente doentes e os velhos recordam amores do passado. A neve é uma japonesice tosca e bela, como os bonsais de sua ideia fixa. Gostaria de conhecer — de ter conhecido, desde sempre, a neve. Aos dezoito anos, por exemplo, ter subido num ônibus, ter arrumado um emprego na cozinha de um hotel cinco estrelas, sob as ordens de um chefe explorador, um militar recém-aposentado, certamente. Imagina-se olhando, lá de baixo, da neve, um teleférico repleto de minúsculos turistas.

Aproxima-se da parede do quarto branco: pondera, com uma seriedade absurda, se a parede é branca como o inverno ou branca como a neve. Não sabe se é possível pintar uma parede da cor da neve. Fecha os olhos e pressiona as pálpebras durante vinte, trinta segundos. E volta, com cuidado, com medo, a este relato de contornos fixos, que às vezes se assemelha a um livro que ensina a pintar. Há três lugares e três pequenas bibliotecas populares: azul, branco, verde, bege, vermelho e café. A Calle Arturo Prat é cor de café. A literatura chilena é cor de café. A sala é branca e talvez a neve também seja branca. As ruas não são brancas: as ruas são azul-claro ou azul-escuro, verde-água, verde-esmeralda, vermelhas, rosadas, amarelas: Ahumada é vermelha, Recoleta é rosada e Tobalaba, a rua paralela à passagem onde vive agora, é azul-celeste, como a Bilbao. Diez de Julio e Vicuña Mackenna são ruas cor de laranja.

Enquanto o pai e as crianças jogam Metrópolis, a mãe dedilha, com trabalhosa exatidão, uma canção de Violeta Parra. Minha mãe, pensa Julián, cantava canções de esquerda como se fossem de direita. Minha mãe cantava canções que não devia cantar. Deitava no sofá, de noite, para se entreter, para sonhar com uma dor verdadeira. Minha mãe era um dispositivo que transformava as canções de esquerda em canções de direita. Minha mãe cantava, abertamente, as mesmas canções com que outras mulheres, vestidas de preto, velavam seus mortos.

E escuta a voz doce de sua mãe entoando aquela canção de Violeta Parra:

Para olvidarme de ti
Voy a cultivar la tierra
En ella espero encontrar
Remedio para mi pena.

Agora procura, no escuro, o rosto acobreado de Violeta Parra: imagina-a cantando, num cômodo gelado, de teto alto e chão de terra, na noite em que deu com a imagem de uma mulher sozinha que conversa com as flores:

Cogollo de toronjil
Cuando me aumenten las penas
Las flores de mi jardín
Han de ser mis enfermeras.

As flores do meu jardim/ serão minhas enfermeiras, canta Julián, num murmúrio seco. Não é de hoje que considera essa canção a mais bonita que jamais ouviu. Mas agora preferiria deixar essa música para trás.

Atordoado pela espera, Julián concebe uma longa e imprecisa lista de mulheres sozinhas, de mulheres sozinhas que falam sozinhas. Minha pessoa louca favorita, pensa, é Emily Dickinson. Já tenho duas, diz, Violeta Parra e Emily Dickinson, elas encabeçam a lista de mulheres sozinhas, elas falam com ninguém no jardim. Vê o rosto branco e evasivo de Emily Dickinson: *Our share of night to bear/ Our share of morning*, recita Julián, em voz alta, para ninguém, para a menina que dorme. E repete, de forma involuntária, como se esbarrasse em sua própria voz, os versos de Emily Dickinson: *Our share of night to bear/ Our share of morning*.

Traduz, grosseiramente, só o título, nada mais que o título: suportar nossa parte da noite, saber levar nossa porção de noite, carregar nossa parte da noite, suportar a escuridão. A ponta do lápis faz riscos, a tinta cobre a página de água negra. E Julián soma vozes à página negra. Sua verdadeira profissão é somar vozes. Sua verdadeira profissão é contar carros que passam ao largo ou se detêm, de repente, no meio da avenida. Sua verdadeira profissão é desenhar mulheres sozinhas e pedaços de neve escura. Sua verdadeira profissão é criar palavras e esquecê-las no ruído.

Agora, recita, mais uma vez, como um louco, para ninguém: Tolerar, aturar, carregar, suportar, levar, aguentar, encarregar-se; encarregar-se da noite — aceitar a escuridão, saber levar nossa porção de noite, aceitar uma parte da noite, vencer a escuridão, subtrair-se da luz, adentrar na noite, encarregar-se da escuridão, encarregar-se da noite.

A ponta do lápis faz riscos, a tinta cobre a página de água negra.

E Daniela? O que será de Daniela?

Está sentado, remexendo o chá na xícara, há quarenta minutos. E dá com essa pergunta urgente, que não contribui para a distância — é isso que ele quer: distância. Quer inventar, conseguir, comprar anos ou quilos de distância, pois são quase cinco da manhã e o livro continua. O livro continua mesmo que o fechem.

E esse outro livro, o que leu e releu até estragá-lo, até torná-lo ininteligível: um dia, Daniela vai lê-lo. E depois de lê-lo vai se aproximar de Julián e dizer "li seu romance", "gostei", "não gostei", "é muito curto". Ou não se aproximará, pois nessa época ele estará bem longe, sozinho, ou acompanhado, com seus próprios filhos, talvez. Esta última possibilidade o deixa enormemente contrariado.

Devia era meter a cabeça no ar gelado lá de fora. Devia era abrir as janelas, mas desistiu de abrir as janelas. Procura, às cegas, seu novo lugar num jogo cujas regras desconhece.

Talvez os inimigos que nunca teve tenham resolvido se reunir.

Talvez tudo seja mais simples e ele esteja exagerando, como sempre: a calma retornará e ele voltará a ser, por fim, uma voz em off. É o que ele quer ser, chegar a ser, quando velho: uma voz em off.

O futuro é das vozes em off, diz Julián, em voz alta. Olá, boa noite, diz: sou uma voz em off.

Sou a melhor voz em off disponível no mercado.

Imagina Daniela aos quinze anos, num ônibus, voltando de uma viagem ao campo: sua pele escureceu levemente, mas o olhar é o mesmo — seus olhos quase verdes percorrem a paisagem com serenidade. Não lê, não ouve música; de vez em quando, pisca como se enredasse seus cílios longos, e então retorna à paisagem de aridez, cavalos soltos e insistentes anúncios comerciais.

Imagina Daniela aos vinte anos, numa sala de espera, folheando revistas, amarrando o cabelo mesclado de tons azuis. Julián poderia permanecer nessa imagem até saber o que está esperando, quem Daniela está esperando. Mas não quer saber tanto. Quer saber pouco, o justo.

Então, a imagina aos vinte e cinco anos, num parque: Daniela se protege do sol com as duas mãos, e procura, ao longe, um vendedor de sorvetes ou de algodão-doce, ou uns amigos que a convidaram para um piquenique ou para um churrasco ou para uma preparação de peiote.

E aos trinta anos — assim pensa Julián, de cinco em cinco; imagina Daniela aos trinta anos, na praia, com Ernesto, seu namorado. Caminham pela orla, ele se adianta, ou talvez seja ela quem esteja arrastando os passos, pisando forte para sentir o chão sob a areia.

Aos trinta anos, Daniela lerá o romance de Julián. Não é uma profecia; não tem forças para fazer profecias, e também não é exatamente um desejo, mas uma espécie de plano, o roteiro de uma noite em branco, criado rapidamente, ditado pela desesperança. Quer entrever um futuro que prescinda do presente; acomoda os fatos com vontade, com amor, de maneira que o futuro permaneça a salvo do presente.

Não importa que Verónica chegue ou não chegue, que morra ou sobreviva, que saia, que fique; haja o que houver, Daniela terá trinta anos e um namorado chamado Ernesto. Aos trinta anos, haja o que houver, Daniela lerá meu livro, diz Julián: sua voz é como um sorvo de ar seco; seu rosto adentra, sem medo, na penumbra.

Julián é uma mancha que se apaga e some.

Verónica é uma mancha que se apaga e permanece.

O futuro é a história de Daniela.

E Julián imagina, escreve essa história, esse dia do futuro: o cenário é o mesmo, Daniela continua vivendo no mesmo apartamento de agora, de então, foi reformado há pouco tempo — as paredes já não são verdes, azuis e brancas, mas tem coisas que, apesar dos anos, permaneceram intactas: Daniela sabe onde encontrar o chá, a torradeira, os alfinetes, a lanterna, a roupa de verão. Já não há tapetes sujos nem vidros trincados. Já não há aranhas, nem baratas, nem formigas. Daniela ocupa o quarto de sempre, o quarto azul, e no quarto branco estão os livros e os discos — o quarto de hóspedes agora é, com propriedade, um quarto de hóspedes: quase todas as suas amigas moraram ali depois de sair de casa ou de perder o emprego.

É psicóloga. Houve um tempo em que era quase impensável alguém tomar uma decisão sem primeiro consultar seu psicólogo. Foi uma moda que chegou ao Chile um pouco tardiamente e que durou pouco: da noite para o dia, centenas de psicólogos ficaram sem trabalho, decerto em virtude da invasão da ioga e dos especialistas em reiki. Quando Daniela começou a estudar psicologia na Universidade do Chile, aquela já era uma carreira incerta. Uma vez formada, depois de segurar por alguns meses o desemprego de praxe, finalmente conseguiu um trabalho como locutora na rádio estatal.

O segmento de Daniela vai das nove às onze da manhã e consiste, como todos os programas da rádio estatal, em escutar os cidadãos. Habitualmente, ela toma um banho e o café da manhã antes de começar a transmissão, mas desta vez decidiu se ater ao mínimo esforço. Dois minutos antes do programa começar, apanha várias espumas acústicas e as instala cuidadosamente nas portas e nas janelas do quarto. Volta para a cama, aperta um botão vermelho e, depois de um rápido ensaio, consegue soltar convincentemente a voz.

A voz de Daniela conserva um frescor enganoso. É a voz rouca de uma menina ou a voz cálida de uma mulher de cinquenta anos. Seus ouvintes não sabem sua idade, pois ela raramente alude a si mesma; começa a falar sobre o que quer que seja, até que entra a primeira ligação, mas toma muito cuidado para que o assunto escolhido não a leve a se expor demais. Nesse sentido, é como sua mãe: nada de confidências gratuitas, só normas gerais, comentários argutos e divertidos, banalidades, opiniões contundentes que, no entanto, pouco ou quase nada revelam da voz que as enuncia. A maioria de seus colegas massageia sem pudor o próprio ego na paciência dos demais. Ela, não. Por isso é agradável ouvir seu programa.

Quando conheceu Ernesto? Na universidade, talvez, será que foi seu colega de curso, seu aluno, seu professor? Um conferencista, um acadêmico que deu uma palestra e a viu, na primeira fila, na última fila? Quem é Ernesto? Como ele é? Não importa: o fato é que vivem juntos na casa de Daniela, nesta casa, embora hoje ela esteja sozinha — ontem, foi levá-lo ao aeroporto, ele viajou para Quito, onde trabalha num projeto de turismo ecológico.

Daniela não gosta que Ernesto viaje tanto, por isso agora, enquanto escuta as confidências de uma ouvinte, persiste um lento obscurecimento; este é, de novo, um primeiro dia sem Ernesto, uma situação que conhece de sobra. Um tempo de solidão e lento obscurecimento. Daniela precipita as pausas, entrecorta as frases com severidade, mas mesmo assim continua sendo cálida, nunca chega a perder a consciência de que existe um pequeno grupo cativo de pessoas que a escutam dia após dia.

Não pode negar que gosta cada vez mais da solidão; as semanas com Ernesto, por sua vez, têm sido travadas, ásperas. Não que haja violência ou tédio. É uma espécie de falha, uma velatura que alguém espalhou sobre a tela onde Ernesto e Daniela posam para a posteridade. Sabe que muito em breve Ernesto não voltará mais. Imagina-se desconcertada, e depois furiosa, e finalmente invadida por uma decisiva quietude. Tudo bem, era sem compromisso, como deve ser: ama-se para deixar-se de amar e se deixa de amar para começar a amar outros, ou para ficar sozinho, por um tempo ou para sempre. Esse é o dogma. O único dogma.

Fixa a vista na correnteza: a ponte avança, nós avançamos, a água fica quieta, estanca. Era isso que dizia Julián, seu padrasto, na ponte à qual costumava levá-la quando menina. No começo, é difícil, mas você logo se acostuma, é como esses desenhos estranhos que precisamos olhar até que aparece sobre eles uma figura, um dragão, um urso, o rosto de alguém; de novo, olhe, fixe a vista, force os olhos na água até sentir que está avançando, que a ponte está avançando, até que o rio deixe de ser um rio. A água perde velocidade, e é você, agora, quem avança pela água, num barco.

Julián apoiado na balaustrada de uma ponte do rio Mapocho; Daniela nunca falou dessa lembrança, da qual, no entanto, lançou mão numerosas vezes para construir vínculos. Primeiro, houve uma pequena traição, uma travessura, por assim dizer: aos quinze anos, numa tarde em que passeava com seu pai, com seu verdadeiro pai, não pôde resistir à ideia de levá-lo à ponte, ainda que para isso tivessem de caminhar um longo trecho. Fazendo-se de misteriosa, levou-o pela mão, e ao chegar à ponte repetiu, com estudada solenidade, as palavras de Julián como se fossem suas. Esteve a ponto de lhe falar das caminhadas com seu padrasto, daqueles dias em que atravessavam a cidade só para parar um pouco e concentrar-se na correnteza. Mas não o fez. Em vez disso, falou, este é meu lugar favorito, papai, e não estava mentindo: Daqui, você consegue fazer o rio parar, fazer com que a ponte seja um barco que se aproxima ou se afasta da terra firme.

Desde aquele passeio, Daniela decidiu que esta seria sua brincadeira íntima, seu código secreto: cada namorado seu foi levado à ponte do Mapocho, e ela fez com que todos pensassem ser as primeiras testemunhas daquela cerimônia particular. Naquela manhã, lembrou-se da última vez que usou aquela imagem, com Ernesto, e sente vontade de ir até a ponte sozinha, para jogar alguma coisa — uma fotografia, um chapéu, qualquer coisa — na correnteza; pensa no puro prazer de ver esse objeto perder-se no caudal, e talvez pense, também, em fechar um ciclo, embora ela não acredite nessa conversa mole de fechar ciclos, de culminar processos. Tende a acreditar que os processos não existem, que os ciclos que somos capazes de ver nunca são os indicados.

Daquela vez, com Ernesto, na ponte, foi diferente. Desde o início, ele se mostrou reativo aos segredos, de maneira que reagiu com receio diante da confissão, sem sequer desconfiar — ele não era um homem desconfiado — de que estava sendo vítima de uma brincadeira, de que era o protagonista de um filme mudo. Sentiu-se, antes, oprimido pelo tom confidencial que Daniela imprimiu às palavras. Depois, rompeu o silêncio com um comentário sobre a ponte, sua data de construção, e uma pretensiosa lista de edifícios e monumentos construídos na mesma época. Assim era Ernesto: um jovem pedante que sabia um pouco de tudo. Mas esse choque de realidade não causou mal a Daniela.

Meu pai nunca escreveu um livro, diz Daniela, em voz alta. Descobriu este pensamento, que é uma obviedade: seu pai não é escritor. Seu padrasto também não era exatamente um escritor, um escritor de verdade, mas por enquanto precisa forçar as ideias, esticá-las, exagerá-las um pouco.

Qual é a profissão de seu pai?
Engenheiro.
Qual é a profissão de sua mãe?
Ilustradora.

Não costumavam perguntar a profissão de seu padrasto, ainda que em sua geração quase todas as crianças tivessem padrastos ou madrastas, que elas não chamavam por esses nomes pejorativos, talvez porque com os anos acumulassem vários padrastos e madrastas — uma longa fila de pessoas que logo esqueciam, pois não as viam mais: desapareciam, para sempre, ou reapareciam anos mais tarde, por acaso, numa fila de supermercado.

Não é o seu caso. Ela só teve um padrasto, motivo pelo qual, pensa agora, devia considerar-se uma sortuda. Ter tido apenas um padrasto era sinal de estabilidade. A pergunta pela profissão do padrasto não figurava nos questionários, então, nunca teve oportunidade de decidir uma resposta: escritor ou professor, essas teriam sido as opções. De segunda a sábado, era professor, e aos domingos, escrevia.

E se o seu pai escrevesse, por exemplo, suas memórias? Ou será que ela mesma, que nunca pensou em escrever, devia dedicar-se ao resgate da história de seu pai? Por que é preciso resgatar histórias, por acaso elas não existem por si mesmas? Quem é melhor personagem: seu pai, sua mãe, seu padrasto? A solidão se virou contra ela. Está aflita com esse jogo que talvez devesse se chamar o engenheiro e a ilustradora ou a ilustradora e o escritor. Qual seria o melhor romance: o de um engenheiro que se apaixona por uma ilustradora ou o de uma ilustradora que se apaixona por um escritor?

Depois de apresentar seu programa, Daniela pensa em sua mãe, que está viva, ou está morta. Não se sabe.

Talvez uma noite ela simplesmente não tenha chegado, foi Julián quem lhe disse "ela não vai voltar mais", ou "morreu", ou "aconteceu uma coisa muito ruim, muito triste". Agora, Daniela pensa em sua mãe, e depois em seu pai. Tem vontade de vê-los. E escolhe bem: escolhe visitar o pai.

Apesar da presença irregular na vida de Daniela, Fernando esteve presente na maioria dos desenhos que a menina fez em sua infância. Às vezes, a menina não conseguia resistir à tentação de caricaturar alguns de seus traços — especialmente as orelhas —, mas em geral tendia a embelezá-lo, a idealizá-lo. Há um desenho, feito por Daniela aos seis anos, em que ela aparece ao lado do pai, na neve, esquiando. Na época, ela não conhecia a cordilheira, mas tinha visto na tevê uma reportagem sobre a neve, que coloriu de amarelo, desenhando os esquis como garfos.

Exceto pelos remotos cem dias que o casamento de seus pais durou, Daniela nunca morou com Fernando. Depois daqueles meses, ele passou a se mudar para apartamentos cada vez mais amplos, montando e desmontando famílias com garotas cada vez mais jovens. Há dez anos, vive no bairro dos velhos arranha-céus — um dia, foram arranha-céus de verdade, mas depois foram superados por edifícios ainda mais altos.

Recém-formado em engenharia comercial, Fernando foi gerente da happybirthday.cl, uma empresa especializada em organizar todo tipo de festa de aniversário, que durou apenas seis meses — muito menos do que eu esperava e muitíssimo mais do que o meu casamento, brincava Fernando, que era especialista em rir de si mesmo ou, como ele diria, brincando novamente: Sou especialista em me autodirigir brincadeiras. Defini-lo como um humorista seria incorreto, de qualquer forma, pois Fernando não era bem o que chamamos de engraçado, tendia mais para o sério; mas sem dúvida guardava, como defesa, certo humor distintivo. A happybirthday.cl foi um passo em falso depois do qual seus negócios melhoraram notavelmente. O cabaré que instalou no "bairro vermelho" é, na verdade, só um divertimento para ele. Suas outras empresas andam praticamente sozinhas e rendem muito dinheiro.

Não é a primeira vez que Fernando sente o que está sentindo agora, ao receber Daniela: uma alegria que beira a plenitude, uma felicidade quase absoluta que revela, no entanto, sua forma incompleta, o tênue viés que desfigura a imagem. Queria ter intuído sua visita, saber com antecedência que ela viria sem aviso, movida por uma urgência secreta ou simplesmente para conversar — para construir a cena do pai e da filha que comem um espaguete e tomam café, enquanto falam do clima ou de uma nova estrada que construíram no Norte.

Como representar o que acontece enquanto conversam, o que deixam de dizer um para o outro, aquele fundo de censuras tímidas, de minúcias, que se agita enquanto falam? Como iluminar as áreas que ambos decidiram deixar às escuras? Depois de uma época difícil, retornaram ao pacto de não agressão, à indireta cumplicidade dos que estão conscientes de compartilhar apenas um fio de vida. Agora, eles conversam, é claro que conversam, e não no estilo de perguntas e respostas. Não é um interrogatório. É, com propriedade, uma conversa. A superfície combina com eles. Gostam de praticar o esporte de passar o tempo juntos.

Falam de Ernesto, que Fernando só viu umas duas ou três vezes. Para agradar a filha, diz que aprova a relação, e Daniela, sabendo que sua história com Ernesto vai terminar em questão de semanas, aprecia esse gesto tardio de seu pai. Generosamente, retrocede dois anos, volta ao tempo do início da paixão, e põe as palavras de seu pai num lugar onde elas funcionam, onde são oportunas.

Falam também do Rita Lee, o cabaré de Fernando. Como de hábito, Fernando incorre no erro que cometeu durante toda a sua vida: esquecer que é um pai, levar o entusiasmo às alturas como um avião, confiar à sua filha detalhes além da conta. Inexplicavelmente, Fernando acha que Daniela pode achar graça no relato de seus namoricos com uma dançarina do lugar.

Se você escrevesse um livro, diz Daniela, após um longo silêncio, não teria de me contar a história que acaba de contar — sorri, com crueldade, satisfeita com suas palavras. A alegria de ter encontrado essa frase supera a vergonha que lhe causou aquela história. Imaginou seu pai olhando, embevecido, uma pobre mulher tirando seu brilhante baby-doll escarlate. Sentiu pena dele e um pouco de vergonha. Mas depois pensou que é este livro que seu pai deveria escrever: o livro das histórias que seria melhor não contar a ninguém, não divulgar, levar para o túmulo; um livro de confissões que não diriam nada a ninguém, a que ninguém daria valor. O importante seria guardá-las, poupar o fôlego gasto em contá-las.

Você nunca pensou em escrever um livro?
Não. Por quê?
Por nada. É bobagem escrever livros. É melhor falar. Desculpe.
Desculpe o quê?
Desculpe o que eu disse sobre o livro que você deveria escrever.

Ele não entende, ela sabe que ele não entende, e é melhor assim. Ponto.

I

Daniela não se interessa por literatura. Lê muito, mas principalmente livros de história, de memórias ou de ensaios. A verdade é que não suporta a ficção, fica impaciente com a comédia absurda dos romancistas: vamos fazer de conta que existia um mundo que era mais ou menos assim, vamos fazer de conta que eu não sou eu, e sim uma voz confiável, um rosto branco por onde passam rostos menos brancos, meio escuros, escuros.

Porém, depois do almoço com seu pai, Daniela decide ler o romance de Julián. É fácil para ela encontrar o livro: está na estante de sempre, desde sempre, resguardado pela impassível ordem alfabética. Durante muitos anos, lhe faltou curiosidade, e talvez coragem, para lê-lo. Agora, ao abri-lo, dá com esta mensagem na folha de rosto: "Para Daniela, com amor, esperando que não se entedie".

Reconhece a caligrafia de seu padrasto — as letras retocadas com esmero, como se quisessem evitar um leve tremor que mesmo assim ficou impresso no papel. É a letra de um fumante, pensa, embora não exista algo como a letra de um fumante. Disposta a se deixar levar pela solidão, Daniela se espanta ao reconhecer, com tanta precisão, a letra de Julián. Nunca o viu escrever à mão, lembra-se mais dele fumando, diante do computador, digitando a uma velocidade que, na época, parecia invejável, e depois, cinco segundos mais tarde, apagando com a mesma rapidez as palavras que acabara de escrever.

Talvez devesse ir ao parque, ou ao aeroporto, procurar alguma coisa, esperar alguém. Mas preferiu ficar em casa, provocando as goteiras da lembrança. Age como se tivessem pedido que ficasse em casa. E lê como se ler fosse um ato de obediência, como se tivesse de escrever um resumo, uma redação escolar: quarenta e cinco minutos, cronometrados, para responder a uma única e injusta pergunta: como se lê o livro de um padrasto?

O romance de Julián é tão curto que meia hora seria suficiente para lê-lo. Mas Daniela se detém no meio da página para ver se o café está pronto, para servir-se uma xícara de café, e depois faz pausas cada vez que dá um gole, e depois de cada gole olha para o teto, ou acende um cigarro, e começa a parar, também, depois de cada tragada. Chega a atrasar a leitura para trocar os protetores de ouvido. Precisa de silêncio para escutar os sorvos de café e as tragadas. Precisa de silêncio para observar a fumaça dispersa no feixe de luz que entra pela janela.

Não se entedia, ou se entedia pouco. Espera encontrar, no livro, aspectos de si mesma, clarões de um passado remoto, de um tempo que certamente viveu, mas do qual se lembra com dificuldade. Não tem lembranças de infância. Não seria capaz de relatar sua vida: persistem apenas umas poucas cenas nuas que a memória passa e repassa. São indícios, ou restos. São pedaços que só depois de um esforço enorme poderiam constituir uma história, uma vida.

Mas procura, procura-se: talvez de um parágrafo a outro tenham se passado dias, semanas ou meses. Talvez ela tenha entrado, sem aviso, quando Julián estava escrevendo, restando dessa interrupção, no livro, uma frase, ou ao menos uma palavra. Por isso, sublinha alguns trechos, que não são os seus preferidos, mas são frases que talvez ela tenha dito e Julián tenha roubado, copiado. Alegra-se, deixa-se levar pela miragem de que nesse livro pulsa a linguagem dela, de Daniela.

* * *

É uma história de amor, nada muito especial: duas pessoas constroem, com vontade e inocência, um mundo paralelo que, naturalmente, bem rápido desmorona. É a história de um amor medíocre, juvenil, na qual reconhece sua classe: apartamentos exíguos, meias verdades, frases de amor automáticas, covardias, fanatismos, ilusões perdidas e depois recuperadas — as bruscas mudanças de destino dos que sobem e descem e não partem nem ficam. Palavras velozes, que antecipam uma revelação que não chega.

Não há mundos paralelos, Daniela sabe disso muito bem. Sobreviveu à mediocridade: estou disposta a tudo, gostava de dizer anos atrás. E era verdade. Estava disposta a tudo, a fazer qualquer coisa, a receber o que quisessem lhe dar, a dizer o que fosse preciso dizer. Estava disposta até mesmo a ouvir sua própria voz dizendo frases que não queria dizer. Mas agora, não. Agora não está mais disposta a tudo. Agora é livre.

Daniela termina de ler e volta imediatamente aos trechos sublinhados. Procura sua linguagem, procura-se, mas não se encontra. Não está no livro. Perdeu-se. E essa ausência não a desagrada. Invadida por um misto de alívio e decepção, fecha o livro. Sua vida não mudou. Provavelmente, amanhã irá relê-lo para confirmar suas impressões. Mas não irá à ponte, não vai recordar nenhuma história que dê sentido a seu presente, ao passado, ao futuro. Não quer se enganar. Sua vida não mudou: não sabe mais, não sabe menos. Não sente mais, não sente menos.

É mais fácil ler o livro de um padrasto que ler o livro de um pai? Devia pensar em jardins, em mulheres falando sozinhas. Trocando pneus furados numa avenida distante. Devia pensar na beleza frágil das árvores doentes. Devia imaginar um parque coberto de toldos derrubados. Devia pensar na solidão de um homem confinado às quatro paredes de um apartamento úmido, um homem que desistiu de dizer as falas que lhe cabem.

Julián gostaria que recordasse as histórias das árvores ou as tortuosas horas que passavam decorando a tabuada, com aquele tom sentencioso, pedagógico, que ele às vezes usava. Julián gostaria que Daniela se lembrasse dele depois de ler seu livro. Mas não. A memória não é nenhum refúgio. Resta apenas um balbucio inconsistente de nomes de ruas que não existem mais.

É noite.

Daniela retira os protetores de ouvido, pois quer dormir ouvindo os passos, os latidos, as buzinas, os alarmes de segurança, as conversas dos vizinhos. Pensa em si mesma, em quando era menina e fingia dormir enquanto Julián lia e sua mãe pintava. Pouco a pouco, vai caindo no sono.

Agora, dorme. Está dormindo.

II. INVERNO

Life as a book that has been put down.

John Ashbery

O professor de educação física é um nazista, disse Daniela.

Caminham com cuidado, evitando as poças, dividindo o único guarda-chuva que havia em casa. Desta vez, teria sido melhor ir de táxi, mas Julián preferiu caminhar, como sempre, as sete quadras. Acaba de sugerir que andem em silêncio, brincando, contando os passos mentalmente: quando chegarmos ao colégio, você me diz quantos passos contou e eu digo quantos eu contei, e então vamos saber se caminhamos igual.

Mas Daniela não quer brincar de contar passos. O que ela quer é falar do professor de educação física, que é um nazista, conforme disse, e Julián, que odeia professores de educação física e toda pessoa por demais esportista, vê-se obrigado a defendê-lo, a esboçar uma incompreensível síntese da Segunda Guerra Mundial, e da primeira, e até da Revolução Russa. O professor de educação física não é um nazista, diz, arrematando, justo quando um carro passa levantando uma enxurrada da qual quase não conseguem se esquivar. O professor é um bom homem, repete Julián, talvez exagere e mande vocês fazerem muitas abdominais, mas é o trabalho dele.

Você já quis ser professor de educação física?

Não.

Já quis fazer parte do Greenpeace?

Não.

Já quis ser outra coisa?

É que a gente sempre quer ser outra coisa, Daniela, responde ele — ia dizer Danielita ou Dani, mas disse Daniela. A gente nunca está contente com o que é. Seria estranho estar totalmente contente. Quando eu era menino, queria ser médico, como todos os meninos. Todos os meninos queriam ser médicos.

Eu, não. Eu não quero ser médica, nenhuma de minhas amigas quer ser médica, é um tédio. Ganham muito dinheiro, mas é um tédio.

Na verdade, Julián nunca quis ser médico. Mentiu por pressa, para se livrar da pergunta. Caminha de lado, cobrindo Daniela, ajustado ao papel de bom pai ou padrasto ou irmão mais velho ou seja lá o que for. Nunca quis ser médico, muito menos professor de educação física. Nem mesmo quis, jamais, ser professor de literatura. Queria — quer — ser escritor, mas ser escritor não é exatamente ser alguém.

Chove intensamente. Ao longo de sete quadras, num dia de chuva, é possível completar muitos diálogos. Durante centenas ou milhares de passos, as palavras vão e vêm, velozes, fugazes.

São dez para as oito da manhã. Há menos de uma hora, Julián decidiu que o futuro devia começar. Este é o dia seguinte, pensou, e fez café, e lavou o rosto com especial desvelo, esfregando-se várias vezes, como se quisesse machucar-se ou apagar-se. Depois levou vários minutos construindo a cenografia de uma noite normal: desarrumou os cobertores e os lençóis como se ali tivessem dormido duas pessoas, voltou à cozinha e serviu duas xícaras de café e bebeu uma e a metade da outra. Mastigou uma torrada e preparou um copo de leite com chocolate para a menina.

Depois, pensou em pôr uma música. Procurou um disco dos Aterciopelados que havia anos não ouvia. Mas não encontrou. Então, ligou o rádio. Passava uma entrevista com o candidato presidencial da direita, que mais parecia o candidato presidencial da esquerda. O povo não é bobo, dizia, o povo sabe que eu estou do lado dele. Prometia começar do zero e chegar a um milhão, a dois milhões, a um bilhão. Marcava bem as ênfases, deslizava frases oportunas, muito bem estudadas. O locutor deu fim à entrevista e anunciou que ia chover o dia todo. É uma boa notícia, a chuva vai limpar o ar de Santiago, disse.

Como se quisesse somar-se ao mundo, Julián se aproximou da janela e comprovou que estava mesmo começando a chover, que muito em breve a cordilheira ressurgiria no horizonte. Depois, abriu e fechou, pelo lado de dentro, a porta principal: foi um golpe seco, bem forte, que ressoou em seus ouvidos durante dez segundos. E depois disse, gritou: Tchau, meu amor, fique bem.

Foi ao quarto da menina e terminou de acordá-la e explicou que sua mãe tinha ido para o trabalho, pois tinha uma reunião bem cedo, em Puente Alto. Você sabe que Puente Alto fica muito longe, acrescentou, mas a menina não pareceu se conformar, fez perguntas, pediu detalhes, que Julián respondeu à perfeição, pois durante a noite pensara suficientemente nas possíveis perguntas que Daniela ia fazer. Estava bem preparado. E disse: Tome seu leite, Dani, e vá se lavar e se vestir, que estamos atrasados.

Como de hábito, a menina demorou uma enormidade para encontrar a jaqueta azul, e se lavou com a lentidão premeditada que tanto exasperava Verónica, e que agora causava em Julián um melancólico espanto. A demora era um traço cotidiano, uma imagem estável a que se segurar.

Caminham a passos incertos, rompendo a chuva: segue-se uma linha reta, já se vê o colégio, a casa de esquina onde invariavelmente latem, com força, com raiva, quatro cães bem pequenos, ridículos; quatro cães molhados e furiosos, que Daniela cumprimenta, com a cara branca e uma breve baforada de frio que lhe escapa dos lábios.

Pouco antes de chegarem à porta, a professora de inglês os alcança. Preciso falar com o senhor, é urgente, diz, com falsa cordialidade, como se fosse natural parar para conversar no meio da rua com uma chuva terrível perseguindo-os. Sem esperar a aprovação de Julián, a professora começa a relatar o comportamento distraído da menina nas aulas de inglês. Se não melhorar seu rendimento, corre o risco de não se formar, sentencia, energicamente. Julián olha para ela com um misto de ódio e pudor.

É uma convicção familiar, responde Julián, depois de um brusco minuto de silêncio. Não gostamos de inglês. Somos anti-imperialistas, somos pessoas de esquerda, diz, e um sorriso cúmplice se esboça no rosto de Daniela. Mas a professora insiste: Quero conversar com o senhor e com sua esposa sem demora, e depois fala em compromisso, em rigor, em constância. Na próxima quarta, às quatro, aguardo vocês na sala dos professores. Julián assente mecanicamente, e repete, em voz alta, como se procurasse o lugar da memória onde se guardam as horas, as datas, os lugares: Na próxima quarta, às quatro, na sala dos professores. A mulher finalmente se perde entre uma multidão de crianças, pais e guarda-chuvas.

Julián segura a mão de Daniela, com decisão, com amor. Vamos ter de estudar inglês, diz. Sim, Julián, mas agora preciso ir para a aula, responde Daniela. E ele olha para ela e lhe dá um beijo e a deixa ir.

Santiago, 11 de junho de 2006

FORMAS DE VOLTAR PARA CASA

Para Andrea

Agora sei caminhar; não poderei aprender nunca mais.

W. Benjamin

Em vez de gritar, escrevo livros.

R. Gary

I. PERSONAGENS SECUNDÁRIOS

Uma vez me perdi. Tinha seis ou sete anos. Vinha distraído e de repente não vi mais meus pais. Me assustei, mas logo retomei o caminho e cheguei em casa antes deles — continuavam me procurando, desesperados, mas naquela tarde achei que tinham se perdido. Que eu sabia voltar para casa e eles não.

Você tomou outro caminho, dizia minha mãe, depois, com os olhos ainda chorosos.

Foram vocês que tomaram outro caminho, pensava eu, mas não dizia.

Meu pai, na poltrona, olhava tranquilamente. Às vezes acho que sempre esteve largado ali, pensando. Mas talvez não pensasse em nada. Talvez só fechasse os olhos e recebesse o presente com calma ou resignação. Naquela noite, no entanto, falou — isso é bom, me disse, você superou a adversidade. Minha mãe o fitava com receio, mas ele seguia alinhavando um confuso discurso sobre adversidade.

Me recostei na poltrona em frente e fiz que dormia. Escutei-os brigar, no estilo de sempre. Ela dizia cinco frases e ele respondia com uma única palavra. Às vezes dizia, cortante: não. Às vezes dizia, à beira de um grito: mentira. E às vezes, inclusive, como os policiais: negativo.

Naquela noite minha mãe me carregou até a cama e me disse, talvez sabendo que eu fingia dormir, que a escutava com atenção, com curiosidade:

seu pai tem razão. Agora sabemos que você não se perderá. Que sabe andar sozinho pelas ruas. Mas você devia se concentrar mais no caminho. Devia caminhar mais rápido.

Obedeci. Desde então caminhei mais rápido. De fato, dois anos mais tarde, na primeira vez que falei com Claudia, ela me perguntou por que eu andava tão rápido. Levava dias me seguindo, me espiando. Tínhamos nos conhecido havia pouco, na noite do terremoto, 3 de março de 1985, mas na ocasião não havíamos conversado.

Claudia tinha doze anos e eu, nove, razão pela qual nossa amizade era impossível. Mas fomos amigos ou algo assim. Conversávamos muito. Às vezes penso que escrevo este livro só para recordar aquelas conversas.

Na noite do terremoto eu tinha medo, mas também me agradava, de alguma forma, o que estava acontecendo.

No jardim da frente de uma das casas os adultos montaram duas barracas para que nós, crianças, dormíssemos ali. No começo foi uma confusão, porque todo mundo queria dormir na de estilo iglu, que era então uma novidade, mas ela foi dada às meninas. Nos fechamos para brigar em silêncio, que era o que fazíamos quando estávamos sozinhos: golpear uns aos outros alegre e furiosamente. Mas o nariz do ruivo sangrou quando tínhamos acabado de começar, e tivemos que procurar outra brincadeira.

Alguém teve a ideia de fazer testamentos e de início nos pareceu uma boa, mas logo descobrimos que isso não tinha sentido, pois, se viesse um terremoto mais forte, o mundo se acabaria e não haveria ninguém a quem deixar nossas coisas. Depois imaginamos que a Terra era como um cachorro se sacudindo e que as pessoas caíam como pulgas no espaço e pensamos tanto nessa imagem que nos deu um acesso de riso e também nos deu sono.

Só que eu não queria dormir. Estava cansado como nunca, mas era um cansaço novo, que fazia os olhos arderem. Decidi que passaria a noite em claro e tentei me infiltrar no iglu para continuar conversando com as meninas, porém a filha do carabineiro me expulsou dizendo que eu queria violá-

-las. Naquela época eu não sabia bem o que era um violador, mas de todo modo jurei que não queria violá-las, que só queria olhá-las, e ela riu zombeteiramente e respondeu que isso era o que sempre diziam os violadores. Tive que ficar de fora, escutando-as brincar, dizendo que as bonecas eram as únicas sobreviventes — chacoalhavam suas donas e caíam em prantos ao comprovar que estavam mortas, embora uma delas achasse melhor assim, porque a raça humana sempre lhe parecera pestilenta. No fim disputavam entre si o poder e, ainda que a discussão parecesse longa, foi resolvida rapidamente, pois de todas as bonecas só havia uma Barbie original. Esta ganhou.

Encontrei uma cadeira de praia entre os escombros e me aproximei com timidez da fogueira dos adultos. Era estranho ver os vizinhos, talvez pela primeira vez, reunidos. Enfrentavam o medo com uns goles de vinho e longos olhares de cumplicidade. Alguém trouxe uma velha mesa de madeira e a pôs no fogo, sem mais nem menos — se você quiser, eu jogo também o violão, disse meu pai, e todos riram, inclusive eu, que estava um pouco desconcertado, porque não era habitual que meu pai fizesse piadas. Nisso voltou Raúl, o vizinho, com Magali e Claudia. Estas são minha irmã e minha sobrinha, disse. Tinha ido buscá-las depois do terremoto e regressava agora, visivelmente aliviado.

Raúl era o único na vila que morava sozinho. Para mim era difícil entender que alguém morasse sozinho. Pensava que estar sozinho era uma espécie de castigo ou doença.

Na manhã em que ele chegou com um colchão amarrado ao teto de seu Fiat 500, perguntei a minha mãe quando viria o resto da família dele, e ela me respondeu docemente que nem todo mundo tinha família. Então pensei que devíamos ajudá-lo, mas em pouco tempo entendi, com surpresa, que a meus pais não interessava ajudar Raúl, que não julgavam que fosse necessário, que até mesmo sentiam certa reticência quanto àquele homem magro e silencioso. Éramos vizinhos, compartilhávamos um muro e uma fileira de alfenas, mas uma distância enorme nos separava.

Na vila se dizia que Raúl era democrata-cristão, e isso me parecia interessante. É difícil explicar agora por que a um menino de nove anos podia então parecer interessante que alguém fosse democrata-cristão. Talvez eu acreditasse que havia alguma conexão entre o fato de ser democrata-cristão e a situação triste de morar sozinho. Nunca tinha visto meu pai conversar com Raúl, por isso me impressionou que naquela noite eles compartilhassem uns cigarros. Achei que falavam sobre a solidão, que meu pai dava ao vizinho conselhos para superar a solidão, embora devesse saber muito pouco sobre a solidão.

Magali, enquanto isso, estava abraçada a Claudia num canto distante do grupo. Pareciam pouco à vontade. Por cortesia, mas talvez com uma ponta de maldade, uma vizinha perguntou a Magali em que ela trabalhava, e ela respondeu de imediato, como se já esperasse a pergunta, que era professora de inglês.

Já era muito tarde e me mandaram ir dormir. Tive que abrir um espaço para mim, a contragosto, na barraca. Estava com medo de adormecer, mas me distraí escutando aquelas vozes perdidas na noite. Como começaram a falar das mulheres, entendi que Raúl tinha se afastado para junto delas. Alguém disse que a menina era estranha. Não tinha parecido estranha para mim. Tinha parecido bonita. E a mulher, disse minha mãe, não tinha cara de professora de inglês — tinha cara de dona de casa, nada mais, acrescentou outro vizinho, e esticaram a piada por um tempo.

Eu pensei na cara de uma professora de inglês, em como devia ser a cara de uma professora de inglês. Pensei em minha mãe, em meu pai. Pensei: meus pais têm cara de quê? Mas nossos pais nunca têm cara realmente. Nunca aprendemos a olhá-los bem.

Achava que passaríamos semanas e mesmo meses à intempérie, à espera de algum remoto caminhão com alimentos e cobertores, e até me imaginava falando para a televisão, agradecendo a ajuda de todos os chilenos, como nos temporais — pensava naquelas chuvas terríveis de outros anos, quando não dava para sair e era quase obrigatório ficar diante da tela olhando as pessoas que tinham perdido tudo.

Mas não foi assim. A calma voltou quase de imediato. Naquele recanto perdido a oeste de Santiago o terremoto não tinha sido mais do que um enorme susto. Umas tantas muretas foram derrubadas, mas não houve grandes estragos nem mortos. A tevê mostrava o porto de San Antonio destruído e algumas ruas que eu tinha visto ou julgava ter visto nas escassas viagens ao centro de Santiago. Intuía confusamente que aquela era a dor verdadeira.

Se havia algo a aprender, não aprendemos. Agora penso que é bom perder a confiança no solo, que é necessário saber que de um momento para outro tudo pode vir abaixo. Mas na época voltamos, sem mais, à vida de sempre.

Papai comprovou, satisfeito, que os prejuízos eram poucos: nada além de algumas rachaduras nas paredes e uma vidraça despedaçada. Minha mãe só lamentou a perda dos copos zodiacais. Quebraram-se oito, incluídos o dela (peixes), o de meu pai (leão) e o que a vovó usava quando vinha nos ver (escorpião) — não tem problema, temos outros copos, não necessitamos de mais, disse meu pai, e ela respondeu, sem olhar para ele, olhando para mim: só o teu se salvou. Em seguida foi buscar o copo do signo libra, que me entregou com gesto solene, e passou os dias seguintes um pouco deprimida, pensando em presentear os outros copos a alguém de gêmeos, alguém de virgem, alguém de aquário.

A boa notícia era que não voltaríamos imediatamente ao colégio. O antigo edifício havia sofrido danos importantes e quem o tinha visto dizia que era um monte de ruínas. Era difícil imaginar o colégio destruído, embora não fosse tristeza o que eu sentia. Sentia apenas curiosidade. Me lembrava, em especial, do trecho baldio no fim do terreno onde brincávamos nas horas livres e o muro rabiscado pelos meninos do ensino médio. Pensava em todas aquelas mensagens voando em pedaços, espalhados nas cinzas do solo — recados jocosos, frases a favor ou contra o Colo-Colo, a favor ou contra Pinochet. Uma frase em especial me divertia muito: Pinochet gosta de pica.

Na época eu estava e sempre estive e sempre estarei a favor do Colo-Colo. Quanto a Pinochet, para mim era um personagem da televisão que conduzia um programa sem horário fixo, e eu o odiava por isso, pelos aborrecidos pronunciamentos em cadeia nacional que interrompiam a programação nas melhores partes. Tempos depois o odiei por ser filho da puta, por ser assassino, mas na época o odiava somente por aqueles intempestivos shows que meu pai olhava sem dizer palavra, sem conceder mais gestos que uma tragada mais intensa no cigarro que levava sempre grudado na boca.

O pai do ruivo viajou, por aquela época, a Miami e voltou com um taco e uma luva de beisebol para o filho. O presente produziu uma inesperada ruptura em nossos costumes. Durante uns dias trocamos o futebol por aquele esporte lento e um pouco estúpido que mesmo assim hipnotizava meus amigos. A nossa praça devia ser a única do país onde os meninos jogavam beisebol em vez de futebol. Eu tinha muita dificuldade de acertar a bola ou lançá-la bem, razão pela qual passei rapidamente para a reserva. O ruivo se tornou popular, e foi assim que, por culpa do beisebol, fiquei sem amigos.

Pelas tardes, resignado à solidão, eu saía, como se diz, para me cansar: caminhava ensaiando trajetos cada vez mais longos, embora quase sempre respeitasse certa geometria de círculos. Examinava os traços, as quadras, registrando novas paisagens, apesar de que o mundo não variava muito: as mesmas casas novas, construídas de repente, como que obedecendo a uma urgência, e não obstante sólidas, resistentes. Em poucas semanas, a maioria dos muros tinha sido restaurada e reforçada. Era difícil suspeitar que acabava de ocorrer um terremoto.

Hoje não entendo bem a liberdade de que gozávamos na época. Vivíamos numa ditadura, falava-se de crimes e atentados, de estado de sítio e toque de recolher, e mesmo assim nada me impedia de passar o dia vagando longe de casa. As ruas de Maipú não eram, então, perigosas? De noite sim, e de dia também, mas, com arrogância ou com inocência, ou com uma mescla de arrogância e inocência, os adultos brincavam de ignorar o perigo: brincavam de pensar que o descontentamento era coisa de pobres e o poder, assunto dos ricos, e ninguém era pobre nem rico, pelo menos não ainda, naquelas ruas, naquela época.

Numa daquelas tardes topei com a sobrinha de Raúl, mas não soube se devia cumprimentá-la, e voltei a vê-la nos dias seguintes. Não me dei conta de que ela, na verdade, me seguia — é que eu gosto de caminhar rápido, respondi quando falou comigo, e depois veio um silêncio longo que ela rompeu perguntando se eu estava perdido. Respondi que não, que sabia perfeitamente voltar para casa. Era brincadeira, quero falar com você, vamos nos encontrar na próxima segunda-feira, às cinco, na confeitaria do supermercado — disse isso assim, numa só frase, e se foi.

No dia seguinte me acordaram cedo porque passaríamos o fim de semana na represa Lo Ovalle. Minha mãe não queria ir e tardava os preparativos confiando que logo chegaria a hora do almoço e seria preciso mudar os planos. Meu pai decidiu, entretanto, que almoçaríamos num restaurante, e partimos logo. Na época, comer fora era um verdadeiro luxo. No assento traseiro do carro, fui pensando no que escolheria, e ao fim pedi *bistec a lo pobre* — meu pai me advertiu que era um prato muito grande, que eu não seria capaz de comê-lo, mas nessas escassas saídas era permitido pedir sem limitações.

De repente reinou aquele clima pesado em que só se pode conversar sobre a demora da comida. O pedido tardava tanto que meu pai decidiu que iríamos embora quando chegassem os pratos. Protestei, ou quis protestar, ou agora penso que deveria ter protestado. Se é para ir, vamos já, disse minha mãe com resignação, mas meu pai nos explicou que daquele modo os donos do restaurante perderiam a comida, o que era um ato de justiça, de vingança.

Seguimos viagem, mal-humorados e famintos. Na verdade, eu não gostava de ir à represa. Não permitiam que me afastasse muito, e eu me aborrecia um monte, mas mesmo assim tentava me entreter nadando um pouco, fugindo dos ratos que viviam entre as pedras, observando os vermes comerem serragem e os peixes agonizarem na margem. Meu pai se instalava para ficar o dia inteiro pescando e minha mãe passava o dia olhando para ele e eu via o meu pai pescar e via minha mãe olhando para ele e era muito difícil entender que eles se divertissem assim.

Na manhã de domingo fingi estar resfriado porque queria dormir um pouco mais. Eles foram para as pedras depois de me fazer incontáveis recomendações. Em pouco tempo me levantei e liguei o som para escutar Raphael enquanto preparava o café da manhã. Era uma fita cassete com suas melhores canções que minha mãe tinha gravado do rádio. Por azar, num descuido, apertei REC durante uns segundos. Arruinei a fita justo no estribilho da canção "Qué sabe nadie".

Desesperei. Depois de pensar um pouco, julguei que a única solução era cantar por cima do coro e me pus a praticar a frase impostando a voz de uma forma que pareceu convincente. Finalmente decidi gravar e escutei a fita várias vezes, achando, com indulgência, que o resultado era adequado, embora me preocupasse a falta de música naqueles segundos.

Meu pai dava bronca, mas não batia. Nunca me bateu, não era seu estilo, preferia a grandiloquência de algumas frases que de início impressionavam, pois as dizia com absoluta seriedade, como se atuasse no último capítulo de uma telenovela: você me decepcionou como filho, nunca vou perdoar o que acaba de fazer, teu comportamento é inaceitável et cetera.

Eu alimentava, mesmo assim, a ilusão de que alguma vez me espancaria até quase me matar. Uma lembrança habitual de infância é a iminência dessa surra que nunca chegou. A viagem de volta foi, por isso, angustiante. Logo que partimos de regresso a Santiago eu disse que estava cansado de Raphael, que era melhor escutarmos Adamo ou José Luis Rodríguez. Pensei que você gostasse de Raphael, respondeu minha mãe. As letras de Adamo são melhores, disse eu, mas o resultado fugiu do meu controle, pois involuntariamente dei lugar a uma discussão sobre Adamo ser melhor que Raphael, na qual se chegou a mencionar Julio Iglesias, o que era absurdo sob todos os aspectos, porque ninguém na minha família gostava de Julio Iglesias.

Para demonstrar a qualidade vocal de Raphael, meu pai decidiu colocar a fita, e ao chegar a "Qué sabe nadie", tive que improvisar um desesperado plano B, que consistia em cantar muito alto desde o começo da canção, calculando que ao chegar ao refrão minha voz soaria mais alto. Me repreenderam porque eu cantava aos gritos, mas não descobriram a adulteração da fita.

Uma vez em casa, porém, quando eu cavava uma pequena cova junto à roseira para enterrar a fita cassete, me descobriram. Não tive outro remédio senão contar-lhes toda a história. Riram muito e escutaram a canção várias vezes.

À noite, entretanto, apareceram no meu quarto para dizer que me castigariam com uma semana sem sair. Por que me castigaram se riram tanto?, perguntei, indignado. Porque você mentiu, disse meu pai.

Não pude, então, comparecer ao encontro com Claudia, mas no fim das contas foi melhor, porque quando lhe contei essa história ela deu tanta risada que pude contemplá-la sem complexos, esquecendo, de algum modo, o vínculo estranho que começava a nos unir.

Não consigo me lembrar direito, porém, das circunstâncias em que voltamos a nos ver. Segundo Claudia foi ela que me procurou, mas eu me lembro também de ter vagado longas horas esperando vê-la. Seja como for, de repente estávamos caminhando juntos de novo e ela me pediu que a acompanhasse até sua casa. Dobramos várias esquinas e até mesmo ela, na metade de uma passagem, me disse que voltássemos atrás, como se não soubesse onde morava.

Chegamos, por fim, a uma vila de só duas ruas, a travessa Neftalí Reyes Basoalto e a travessa Lucila Godoy Alcayaga. Parece piada, mas é verdade. Boa parte das ruas de Maipú tinha, ainda tem, esses nomes absurdos: meus primos, por exemplo, moravam na travessa Primeira Sinfonia, contígua à Segunda e à Terceira Sinfonia, perpendiculares à rua El Concierto e próximas às travessas Opus Uno, Opus Dos, Opus Tres et cetera. Ou a própria travessa onde eu vivia, Aladino, que cruzava com a Odín e a Ramayana e era paralela à Lemuria — vê-se que no fim dos anos 1970 havia gente que se divertia muito escolhendo os nomes das travessas onde depois viriam morar nossas famílias, as famílias novas, as famílias sem história, dispostas ou talvez resignadas a habitar aquele mundo de fantasia.

Moro na vila dos homens reais, disse Claudia naquela tarde do reencontro, fitando-me nos olhos com seriedade. Moro na vila dos homens reais, disse de novo, como se precisasse recomeçar a frase para continuá-la: Lucila Godoy Alcayaga é o verdadeiro nome de Gabriela Mistral, explicou, e Neftalí Reyes Basoalto, o nome real de Pablo Neruda. Sobreveio um longo silêncio que rompi dizendo a primeira coisa que me ocorreu: morar aqui deve ser muito melhor que viver na travessa Aladino.

Enquanto dizia essa frase idiota com lentidão, pude ver suas espinhas, sua cara branca e avermelhada, seus ombros pontudos, o lugar onde deviam estar os peitos, mas no qual por enquanto não havia nada, e seu cabelo, que não seguia a moda, pois não era curto, ondulado e castanho, e sim comprido, liso e negro.

Já fazia um tempo que estávamos conversando junto à grade quando ela me convidou para entrar. Eu não esperava, porque naquela época ninguém esperava isso. Cada casa era uma espécie de fortaleza em miniatura, um reduto inexpugnável. Eu mesmo não podia convidar amigos, porque minha mãe sempre dizia que estava tudo sujo. Não era verdade, porque a casa reluzia, mas eu pensava que talvez houvesse certo tipo de sujeira que simplesmente eu não distinguia, que quando fosse grande quem sabe visse camadas de pó onde agora não via mais que o piso encerado e madeiras lustrosas.

A casa de Claudia se parecia bastante com a minha: os mesmos horrendos cisnes de ráfia, dois ou três chapeuzinhos mexicanos, várias vasilhas minúsculas de argila e panos tecidos em crochê. A primeira coisa que fiz foi perguntar onde era o banheiro, ao que descobri, com assombro, que naquela casa havia dois banheiros. Nunca tinha estado antes numa casa onde houvesse dois banheiros. Minha ideia de riqueza era justamente esta: imaginava que os milionários tinham casas com três banheiros, com cinco banheiros até.

Claudia me disse que não sabia ao certo se sua mãe iria gostar de me ver ali, e eu perguntei se era por causa do pó. Ela de início não entendeu, mas escutou minha explicação e então preferiu me responder que sim, que sua mãe também não gostava que ela convidasse amigos porque achava que a casa estava sempre suja. Perguntei, então, sem pensar muito, por seu pai. Meu pai não vive conosco, disse. Estão separados, ele mora em outra cidade. Perguntei se ela sentia falta dele. Claro que sim, me disse. É meu pai.

Na minha sala de aula havia apenas um filho de pais separados, o que para mim era um estigma, a situação mais triste que eu podia imaginar. Talvez voltem a viver juntos um dia, disse eu, para consolá-la. Pode ser, disse ela. Mas não tenho vontade de falar sobre isso. Quero que a gente fale de outra coisa.

Tirou as sandálias, foi à cozinha e voltou com uma travessa cheia de cachos de uva preta, verde e rosada, o que achei estranho, pois em casa nunca compravam uva de tantas variedades. Aproveitei para provar todas e, enquanto comparava os sabores, Claudia matizava o silêncio com perguntas de cortesia, muito gerais. Preciso te pedir uma coisa, disse, por fim, mas vamos almoçar primeiro. Se quiser, te ajudo a preparar a comida, ofereci, embora nunca na vida tivesse cozinhado ou ajudado a cozinhar. Já estamos almoçando, disse Claudia, muito séria: estas uvas são o almoço.

Custava-lhe chegar ao ponto. De repente parecia falar com desenvoltura, com naturalidade, mas também havia em suas palavras um balbucio que tornava difícil entendê-la. Realmente queria ficar calada. Agora penso que maldizia ter que falar para que eu entendesse o que queria me pedir.

Preciso que você cuide dele, disse de repente, esquecendo toda estratégia.

De quem?

Do meu tio. Necessito que você cuide dele. Tá, respondi de imediato, muito diligente, e num décimo de segundo imaginei que Raúl padecia de uma doença gravíssima, uma doença talvez mais grave que a solidão, e que eu devia ser uma espécie de enfermeiro. Me vi passeando pela vila, ajudando-o com a cadeira de rodas, elogiado por essa conduta solidária. Mas não era isso o que Claudia me pedia. Despejou a história de uma vez, encarando-me fixamente, e eu assenti rápido, mas de modo inoportuno — assenti rápido demais, como que confiando em que mais tarde compreenderia de fato o que Claudia tinha me pedido.

O que por fim entendi foi que Claudia e sua mãe não podiam ou não deviam visitar Raúl, ao menos não com frequência. Era aí que eu entrava: tinha que vigiar Raúl — não cuidar dele, mas estar atento às suas atividades e anotar num caderno cada coisa que me parecesse suspeita. Nos reuniríamos todas as quintas-feiras, às cinco da tarde, no caprichoso ponto de encontro que ela havia decidido, a confeitaria do supermercado, para que eu entregasse a Claudia o informe e conversasse também sobre qualquer coisa, pois me interessa muito saber como você está, disse ela, e eu sorri com uma satisfação na qual também respiravam o medo e o desejo.

Comecei logo a espiar Raúl. Era um trabalho fácil e chato, ou talvez muito difícil, porque eu procurava às cegas. A partir de minhas conversas com Claudia eu esperava vagamente que aparecessem homens silenciosos de óculos escuros, chegando em automóveis estranhos, à meia-noite, mas nada disso acontecia na casa de Raúl. Sua rotina não havia mudado: saía e voltava em horas fixas, atendo-se a horários comerciais, e cumprimentava com um rígido e amável gesto de cabeça que excluía toda possibilidade de diálogo. Eu não queria, em todo caso, falar com ele. Só esperava que fizesse alguma coisa anormal, alguma coisa que eu pudesse contar à sua sobrinha.

Eu chegava a tempo e até adiantado aos encontros com Claudia, mas ela sempre estava ali, diante da vitrine dos bolos. Era como se passasse o dia todo olhando aqueles bolos. Parecia temer que nos vissem juntos e, por isso, toda vez fingia que o encontro era casual. Caminhávamos pelo supermercado olhando os produtos com atenção, como se realmente estivéssemos fazendo compras, e saíamos apenas com dois iogurtes que abríamos ao fim de uma rota ziguezagueante que começava na praça e seguia por ruas secundárias até o Templo de Maipú. Só quando nos sentávamos na grande escadaria do templo ela se sentia segura. Os poucos fiéis que apareciam àquela hora passavam com a cabeça baixa, como que antecipando as rezas ou as confissões.

Mais de uma vez eu quis saber por que tínhamos que nos esconder, e Claudia se limitava a dizer que devíamos ser cuidadosos, que as coisas poderiam dar errado. Claro que eu não sabia o que podia dar errado, mas àquela altura já estava acostumado às respostas imprecisas.

Numa tarde, porém, levado por um impulso, eu lhe disse que sabia a verdade: que sabia que os problemas de Raúl estavam relacionados com o fato de ele ser democrata-cristão, ao que ela soltou uma gargalhada longuíssima, excessiva. Arrependeu-se em seguida. Chegou perto, pôs as mãos cerimoniosamente sobre meus ombros, e até pensei que fosse me beijar, mas não era isso, óbvio — meu tio não é democrata-cristão, disse ela, com voz tranquila e lenta.

Então perguntei se ele era comunista, e ela guardou um silêncio pesado. Não posso te dizer mais nada, respondeu, por fim. Não tem importância. Você não precisa saber tudo para fazer bem seu trabalho — decidiu, de repente, seguir por essa linha e falou muito e com muita rapidez: disse que ela entenderia se eu não quisesse ajudá-la e que seria melhor que deixássemos de nos ver. Como supliquei que continuássemos, ela pediu que dali em diante eu me concentrasse simplesmente em observar Raúl.

Para mim um comunista era alguém que lia o jornal e recebia em silêncio a zombaria dos outros — pensava em meu avô, pai do meu pai, que sempre estava lendo o jornal. Uma vez lhe perguntei se o lia inteiro, e o velho respondeu que sim, que jornal era para ser lido inteiro.

Tinha também uma cena violenta na memória, um diálogo, num feriado nacional, na casa dos meus avós. Estavam eles e seus cinco filhos à mesa principal e eu com meus primos à chamada mesa dos pequenos, quando meu pai disse a meu avô, ao fim de uma discussão, quase gritando, cale-se você, velho comunista, e de início todos ficaram quietos, mas pouco depois começaram a rir. Até a vovó e minha mãe, e até um dos meus primos, que com certeza não entendia a situação, também riram. Não só riam como repetiam, em franco tom de zombaria: velho comunista.

Achei que meu avô também riria; que era um daqueles momentos libertadores em que todo mundo se entregava às gargalhadas. Mas o velho se manteve muito sério, em silêncio. Não disse uma palavra. Tratavam-no mal, e na época eu não sabia ao certo se ele merecia isso.

Anos mais tarde eu soube que ele não tinha sido um bom pai. Passou a vida perdendo no jogo todo o seu ordenado de operário e vivia do trabalho de sua mulher, que vendia verduras, lavava e costurava. Meu pai cresceu com a obrigação de ir buscá-lo nos cortiços, de perguntar por ele sabendo que, no melhor dos casos, o encontraria abraçado a uma garrafa.

Voltamos às aulas e haviam trocado a professora-chefe, a srta. Carmen, o que agradeci de todo coração. Tínhamos passado três anos com ela, e agora penso que não era má pessoa, mas me odiava. Me odiava por causa da palavra "agulha", que para ela não existia. Para ela a palavra correta era "algulha". Não sei muito bem o porquê, mas um dia me aproximei com o dicionário e demonstrei que ela estava equivocada. Me encarou com pânico, engoliu em seco e assentiu, mas a partir de então deixou de gostar de mim, e eu, dela. Não deveríamos odiar a pessoa que nos ensinou, bem ou mal, a ler. Mas eu a odiava, ou melhor, odiava o fato de ela me odiar.

O professor Morales, em compensação, gostou de mim desde o começo, e eu confiava nele o bastante para perguntar numa manhã, enquanto caminhávamos até o ginásio para a aula de educação física, se era muito grave ser comunista.

Por que você está me perguntando isso?, questionou ele. Acha que eu sou comunista?

Não, respondi. Tenho certeza de que o senhor não é comunista.

E você é comunista?

Eu sou um menino, disse eu.

Mas, se teu pai fosse comunista, talvez você também fosse.

Não acho, porque meu avô é comunista e meu pai não.

E o que é o teu pai?

Meu pai não é nada, respondi com firmeza.

Não é bom que você fale sobre essas coisas, ele disse, depois de me fitar por um tempo. Só o que posso te dizer é que vivemos num momento em que não é bom falar sobre essas coisas. Mas um dia poderemos falar disso e de tudo.

Quando a ditadura terminar, disse eu, como que completando uma frase num controle de leitura.

Olhou para mim rindo, fez um afago no meu cabelo. Começamos com dez voltas na quadra, ele disse num grito, e me pus a trotar bem devagar enquanto pensava confusamente em Raúl.

Como tínhamos que recuperar os dias perdidos pelo terremoto, a jornada de aulas era longuíssima. Eu voltava para casa só meia hora antes de Raúl, razão pela qual a espionagem se tornava perigosamente inútil. Decidi que devia entrar, que devia me aventurar com mais decisão, fazer melhor meu trabalho.

Numa noite pulei a mureta e caí sobre as alfenas. Foi um tombo terrível. Raúl saiu em seguida, muito assustado. Ao me ver ali me ajudou e me disse que eu não devia fazer aquilo, mas que entendia, que era culpa sua. Permaneci firme, sem saber do que ele estava falando, mas logo voltou com uma bola de tênis. Se eu soubesse que era tua, teria jogado no teu jardim da frente, me disse, e agradeci.

Pouco tempo depois escutei, com nitidez, que Raúl conversava com outro homem. As vozes soavam próximas, deviam estar no cômodo contíguo a meu quarto. Nunca havia ruídos naquele cômodo, embora eu costumasse, por pura rotina, colar a orelha a um copo e ficar à escuta. Não consegui entender o que falavam. Só notei que falavam pouco. Não era uma conversa fluente. Era o tipo de conversa que se dá entre gente que se conhece muito ou muito pouco. Gente que está acostumada a conviver ou que não se conhece.

Na manhã seguinte me levantei às cinco e meia e esperei com paciência até comprovar que o visitante continuava lá. O Fiat 500 de Raúl arrancou na hora de sempre. Trepei temerariamente na janela para comprovar que ele ia sozinho. Fingi uma dor de estômago e me deixaram ficar em casa. Escutei o silêncio por umas duas horas, até que percebi os encanamentos. O homem devia estar no chuveiro. Decidi me arriscar. Me vesti, joguei a bola na casa de Raúl e toquei a campainha várias vezes, mas o homem não saiu. Fiquei esperando, já sem chamar. Vi quando ele saía, se embrenhava pela Odín, de modo que corri pela Aladino para dar a volta e encontrá-lo de frente. Eu o detive e disse que estava perdido, que por favor me ajudasse a voltar para casa.

O homem me olhou contendo o aborrecimento, mas me acompanhou. Quando chegamos, não fez alusão ao fato de ter passado a noite na casa de Raúl. Agradeci e não tive mais escolha: perguntei se ele conhecia Raúl, e ele me respondeu que era seu primo, que morava em Puerto Montt, que havia se hospedado ali porque tinha que fazer uns trâmites em Santiago. Sou o vizinho do Raúl, eu disse. Até logo, vizinho do Raúl, me disse o homem, que partiu muito depressa, quase correndo.

É possível, disse Claudia, para minha surpresa, quando lhe contei sobre a presença daquele estranho. Era possível que Raúl tivesse um primo em Puerto Montt? Nesse caso, esse primo não seria parente de Claudia?

É uma família muito grande a nossa, disse Claudia, e há muitos tios no Sul que eu não conheço. Mudou de assunto tranquilamente.

Passaram outros cinco homens nos meses seguintes pela casa de Raúl, e em todas as vezes Claudia se mostrou impassível diante da notícia. Mas sua reação foi muito distinta quando contei que ele havia hospedado ali uma mulher, e não por uma noite, como era habitual, mas, sim, por duas noites seguidas. Talvez também venha do Sul, eu disse. Pode ser, respondeu, mas era evidente que estava surpresa, e até aborrecida.

Pode ser uma paquera. Talvez Raúl já não esteja sozinho, disse eu.

Sim, respondeu, depois de um instante. Raúl é solteiro, pode perfeitamente ter uma paquera.

De todo modo, me pediu, quero que você investigue tudo o que puder sobre essa possível paquera.

Me deu a impressão de que se esforçava para não chorar. Fiquei olhando-

-a de perto, até que ela se pôs de pé. Vamos entrar no templo, disse. Molhou os dedos na pia de água benta para refrescar o rosto. Ficamos de pé junto a uns enormes candelabros dos quais caía o espermacete das velas novas ou daquelas já a ponto de se consumir que as pessoas levavam para pedir milagres. Claudia pôs as mãos em cima das chamas, como se fizesse frio, untou a ponta dos dedos na cera e fez gestos divertidos para persignar-se com os dedos manchados. Não sabia persignar-se. Eu lhe ensinei.

Nos sentamos no primeiro banco. Eu olhava com obediência em direção ao altar, enquanto Claudia se detinha nos lados e reconhecia uma a uma as bandeiras que flanqueavam a Virgen del Carmen. Perguntou se eu sabia por que aquelas bandeiras estavam ali. São as bandeiras da América, respondi. Sim, mas por que estão aqui? Não sei, respondi.

Tomou minha mão e me disse que a bandeira mais linda era a da Argentina. Qual é a mais linda para você, perguntou, e eu ia dizer a dos Estados Unidos, mas por sorte fiquei quieto, pois em seguida ela disse que a bandeira dos Estados Unidos era a mais feia, uma bandeira verdadeiramente horrível, e eu acrescentei que estava de acordo, que a bandeira dos Estados Unidos era mesmo asquerosa.

Durante semanas esperei, sem sorte, que a mulher voltasse. Apareceu, por fim, numa manhã de sábado. Era uma menina, na verdade. Calculei que tivesse mais ou menos dezoito anos. Era difícil que fosse namorada de Raúl.

Passei horas tentando escutar o que ela e Raúl conversavam, mas trocavam apenas algumas frases que não consegui distinguir. Pensei que ficaria para pernoitar, mas ela partiu na mesma tarde. Eu a segui, absurdamente camuflado com um boné vermelho. A mulher caminhava a passo rápido em direção à parada de ônibus, e uma vez ali, a seu lado, eu quis falar com ela, mas a voz não me saiu.

O micro-ônibus parou e tive que decidir, em questão de segundos, se eu também subiria. Àquela altura eu já viajava sozinho de micro-ônibus, mas só o trajeto curto, de dez minutos, até o colégio. Subi e viajei durante um tempo longuíssimo, uma hora e meia de percurso temerário, grudado no assento imediatamente atrás do dela.

Nunca tinha ido tão longe de casa, e a impressão poderosa que a cidade me produziu é de alguma maneira a que de vez em quando ressurge: um espaço sem forma, aberto, mas também enclausurado, com praças imprecisas e quase sempre vazias, com pessoas caminhando por calçadas estreitas, concentradas no chão com uma espécie de mudo fervor, como se só pudessem se deslocar à custa de um esforçado anonimato.

A noite caía sobre aquele pescoço proibido que eu olhava cada vez mais concentrado, como se fixar a vista me liberasse da fuga; como se olhar intensamente me protegesse. Àquela altura o micro-ônibus começava a se encher, e uma senhora me encarou com a intenção de que eu lhe cedesse o assento, mas eu não podia arriscar perder meu lugar. Decidi fingir os gestos de um menino com retardamento mental, ou o que eu achava que eram os gestos de um menino com retardamento mental, um menino que olhava abobado para a frente, completamente absorto num mundo imaginário.

A suposta namorada de Raúl desceu de repente, e eu quase fiquei dentro do ônibus. Cheguei à porta com dificuldade e à força de cotoveladas. Ela me esperou e me ajudou a descer. Eu continuava a me mover como um menino retardado, embora ela soubesse muito bem que eu não era um menino retardado, e sim o vizinho de Raúl, que a seguira, que parecia decidido a segui-la a tarde toda. Ainda assim, em seu olhar não havia reprovação, e sim uma absoluta serenidade.

Me aventurei, com inútil prudência, por um labirinto de ruas que me pareciam grandes e antigas. De vez em quando ela se virava, me sorria e apertava o passo, como se se tratasse de um jogo, não de um assunto muito sério. De repente passou a andar rápido e em seguida se lançou, sem mais nem menos, a correr, e estive a ponto de perdê-la, mas vi, à distância, que entrava numa espécie de armazém. Subi numa árvore e esperei durante vários minutos que ela por fim saísse e acreditasse que eu tinha ido embora. Caminhou então apenas meia quadra até uma casa que devia ser a sua. Esperei que entrasse e me aproximei. A grade era verde e a fachada, azul, e isso me chamou a atenção, pois nunca antes tinha visto essa combinação de cores. Anotei o endereço em meu caderno, contente de ter chegado a um dado tão preciso.

Foi bem difícil retornar à rua onde devia tomar o micro-ônibus de volta. Mas me lembrava claramente do nome: Tobalaba. Voltei para casa à uma da madrugada, e o medo nem sequer me permitiu esboçar uma explicação convincente. Meus pais tinham ido à polícia, e o acontecimento tinha se espalhado entre os vizinhos. No fim, eu disse que tinha adormecido numa praça e que acabara de acordar. Acreditaram em mim e até tive que ir depois a um médico para que examinasse meus problemas de sono.

Encorajado por minhas descobertas, acudi ao encontro da quinta-feira com o firme propósito de contar a Claudia tudo o que sabia sobre a suposta namorada de Raúl.

Mas as coisas se passaram de outro modo. Claudia chegou ao encontro atrasada e acompanhada. Com um gesto amável, me apresentou a Esteban, um sujeito de cabelo comprido e louro. Disse que eu podia confiar nele, que estava inteirado de tudo. Fiquei surpreso, muito incomodado, sem me atrever a perguntar se era seu namorado, primo ou o quê. Tinha seguramente dezessete ou dezoito anos: pouco mais que Claudia, muito mais que eu.

Esteban comprou três pães e um quarto de mortadela no supermercado. Não fomos ao templo. Ficamos na praça comendo. O sujeito falava pouco, mas naquela tarde falei ainda menos. Não contei a Claudia o que tinha averiguado, talvez por vingança, pois não estava preparado para o que acontecia ali, não era capaz de entender por que alguém podia se inteirar do que eu fazia com Claudia, por que era lícito que ela compartilhasse o segredo.

Me portei como o menino que era e faltei aos encontros seguintes. Pensei que era isto o que deveria fazer: esquecer Claudia. Mas ao cabo de algumas semanas, surpreendentemente, recebi uma carta dela. Chamava-me com urgência, pedia que fosse vê-la a qualquer hora, dizia que não importava se sua mãe estivesse em casa.

Eram quase nove da noite. Magali abriu a porta e perguntou meu nome, mas era evidente que já o sabia. Claudia me cumprimentou com efusão e disse à mãe que eu era o vizinho de Raúl, ao que fez gestos exagerados de alegria. Como você cresceu, ela me disse, não te reconheci. Com certeza representavam os diálogos, como numa apresentação, e as perguntas que a mulher me dirigia eram totalmente estudadas. Meio aturdido pela situação, perguntei se ela ainda era professora de inglês, e ela respondeu que sim, sorrindo, que não era fácil deixar de ser, da noite para o dia, professora de inglês.

Pedi a Claudia que me contasse o que havia acontecido: de que maneira as coisas tinham mudado para que agora minha presença fosse natural. É que as coisas estão mudando pouco a pouco, disse ela: muito lentamente as coisas estão mudando. Já não é necessário que você espione Raúl, pode vir me ver quando quiser, mas não é mais necessário que faça nenhum informe, insistiu; então, não tive outro remédio senão ir embora remoendo um profundo desconcerto.

Fui mais uma ou duas vezes, mas voltei a topar com Esteban. Nunca soube se era ou não o namorado de Claudia, mas de todas as maneiras eu o detestava. E então deixei de ir, e os dias passaram como uma rajada de vento. Por meses ou talvez por um ano me esqueci de Claudia. Até que uma manhã vi Raúl carregando uma caminhonete branca com dezenas de caixas.

Foi tudo muito rápido. Me aproximei, perguntei para onde ele ia, e ele não me respondeu: me olhou com um gesto neutro e evasivo. Fui correndo à casa de Claudia. Queria avisá-la e, enquanto corria, descobri que também queria que ela me perdoasse. Mas Claudia já não estava. Foram embora faz uns dias, disse a vizinha. Não sei para onde, como vou saber?, disse. Para outra vila, suponho.

II. A LITERATURA DOS PAIS

Pouco a pouco avanço no romance. Passo o tempo pensando em Claudia como se ela existisse, como se ela tivesse existido. No começo eu duvidava até do seu nome. Mas é o nome de noventa por cento das mulheres da minha geração. Faz todo sentido que se chame assim. Além do mais, tem um som agradável. Claudia.

Gosto muito que meus personagens não tenham sobrenomes. É um alívio.

Um dia desses esta casa não vai mais me receber. Queria descer, se der habitá-la de novo, ordenar os livros, mudar os móveis de lugar, arrumar um pouco o jardim. Nada disso foi possível. Mas me ajudam, agora, vários dedos de mescal.

À tarde falei, pela segunda vez em muito tempo, com Eme. Perguntamos pelos amigos em comum e, em seguida, mais de um ano depois da separação, falamos dos livros que ela levou e dos que esqueceu sem querer. Achei doloroso repassar, de maneira tão civilizada, a lista de perdas, mas no fim até me animei a pedir de volta os livros de Hebe Uhart e de Josefina Vicens de que tanto sinto falta. Eu os li, contou. Por um segundo pensei que ela mentia, apesar de nunca ter mentido sobre essas coisas, nunca mentiu sobre nada, na verdade. Nosso problema foi justamente esse, que não mentíamos. Fracassamos pelo desejo de ser honestos sempre.

Depois me contou sobre a casa em que mora — um casarão, na realidade, a umas vinte quadras daqui, que divide com duas amigas. Você não as conhece, me disse, e na verdade não são amigas íntimas, mas fazemos um bom grupo: mulheres de trinta falando alegremente sobre suas frustrações. Eu lhe disse que podia visitá-la e levar os livros de que precisava. Respondeu que não. Prefiro ir eu, um dia desses, depois do Natal. Assim você me serve um chá e conversamos, disse.

Desde que nos separamos, acrescentou de repente, forçando ou buscando um tom natural — desde que nos separamos, fui para a cama com dois homens. Eu não estive com nenhum, respondi, fazendo graça. Então você não mudou muito, disse ela, rindo. Mas estive com duas mulheres, disse eu. A verdade é que foi só uma. Menti, talvez para empatar. E no entanto não pude levar o jogo adiante. Só a ideia de te imaginar com alguém é insuportável, disse eu, e foi complicado, depois, preencher aquele silêncio.

Eu me lembro de quando ela se foi. Supõe-se que seja o homem a deixar a casa. Enquanto ela chorava e empacotava suas coisas, só me ocorreu dizer esta frase absurda: supõe-se que seja o homem a deixar a casa. De alguma maneira sinto, ainda, que este espaço é dela. Por isso para mim é tão difícil viver aqui.

Voltar a falar com ela foi bom e talvez necessário. Contei sobre o novo romance. Disse que no começo avançava a passo firme, mas que aos poucos tinha perdido o ritmo ou a precisão. Por que não o escreve de uma vez?, me aconselhou, como se não me conhecesse, como se não tivesse estado comigo ao longo de tantas noites de escrita. Não sei, respondi. E na verdade não sei mesmo.

O que acontece, Eme, penso agora, um pouquinho bêbado, é que espero uma voz. Uma voz que não é a minha. Uma voz antiga, romanesca, firme.

Ou então é que eu gosto de estar no livro. É que eu prefiro escrever a já ter escrito. Prefiro permanecer, habitar esse tempo, conviver com esses anos, perseguir longamente imagens esquivas e examiná-las com cuidado. Vê-las mal, mas ao ver. Ficar ali, olhando.

Como era de esperar, passei o dia todo pensando em Eme. Graças a ela encontrei a história para este romance. Deve ter sido há cinco anos, morávamos havia pouco nesta casa. Falávamos, ainda na cama, ao meio-dia, sobre anedotas de infância, como fazem os amantes que querem saber tudo, que buscam minuciosamente na memória histórias antigas para poder permutá-las, para que o outro também procure: para encontrar-se na ilusão de domínio, de entrega.

Tinha ela sete ou oito anos, estava no pátio com outras meninas, brincando de esconde-esconde. Estava ficando tarde, já era hora de entrar em casa, os adultos as chamavam, as meninas respondiam que já iam — a brincadeira se alongava, os chamados eram cada vez mais enérgicos, mas elas riam e continuavam brincando.

De repente se deram conta de que fazia um tempo que tinham parado de chamá-las e que já era noite fechada. Acharam que as estavam observando, que queriam lhes dar uma lição, que agora eram os adultos que brincavam de se esconder. Mas não. Ao entrar na casa, Eme viu que os amigos de seu pai choravam e que sua mãe, afundada na poltrona, olhava para um lugar indefinido. Escutavam as notícias no rádio. Falavam de uma operação policial-militar. Falavam de mortos e mais mortos.

Muitas vezes aconteceu isso, me disse Eme aquela vez, há cinco anos. Nós, crianças, entendíamos subitamente que não éramos tão importantes. Que havia coisas insondáveis que não podíamos saber nem compreender.

O romance era o romance dos pais, pensei então, penso agora. Crescemos acreditando nisso, que o romance era dos pais. Maldizendo-nos e também nos refugiando, aliviados, nessa penumbra. Enquanto os adultos matavam ou eram mortos, nós fazíamos desenhos num canto. Enquanto o país se fazia em pedaços, nós aprendíamos a falar, a andar, a dobrar os guardanapos em forma de barcos, de aviões. Enquanto o romance acontecia, nós brincávamos de esconder, de desaparecer.

Em vez de escrever, passei a manhã tomando cerveja e lendo *Madame Bovary*. Agora penso que o melhor que fiz nesses anos foi beber muitíssima cerveja e reler alguns livros com devoção, com estranha fidelidade, como se neles pulsasse algo próprio, uma pista sobre o destino. De resto, ler morosamente, ficar deitado na cama por longas horas sem nunca pôr fim à coceira nos olhos, é a desculpa perfeita para esperar a chegada da noite. E é isso o que espero, nada mais: que a noite chegue logo.

Ainda me lembro da tarde em que a professora se voltou para o quadro-negro e escreveu as palavras "prova", "próxima", "sexta-feira", "Madame", "Bovary", "Gustave", "Flaubert", "francês". A cada letra crescia o silêncio e no fim só se ouvia o triste chiado do giz.

Àquela altura já tínhamos lido romances longos, quase tão longos quanto *Madame Bovary*, mas daquela vez o prazo era impossível: tínhamos menos de uma semana para enfrentar quatrocentas páginas. Começávamos a nos acostumar a essas surpresas, porém: acabávamos de entrar no Instituto Nacional, tínhamos onze ou doze anos, e já sabíamos que dali em diante todos os livros seriam longos.

Tenho certeza de que aqueles professores não queriam nos entusiasmar, e sim nos desiludir, nos afastar para sempre dos livros. Não gastavam saliva falando sobre o prazer da leitura, talvez porque eles tivessem perdido esse prazer ou nunca o tivessem sentido realmente. Supõe-se que eram bons professores, mas na época ser bom era pouco mais do que conhecer os manuais.

Naquele tempo já conhecíamos os truques, transmitidos de geração em geração. Ensinavam-nos a ser malandros e aprendíamos rápido. Em todas as provas havia um item de identificação de personagens, que incluía meros personagens secundários: quanto menos relevante fosse, maior a possibilidade de que nos perguntassem por ele, de modo que memorizávamos os nomes com resignação e também com a alegria de cultivar uma pontuação segura. Era importante saber que o jovem coxo de recados se chamava Hippolyte e a criada, Félicité, e que o nome da filha de Emma era Berthe Bovary.

Havia certa beleza no gesto, pois éramos então justamente isso, personagens secundários, centenas de meninos que cruzavam a cidade mal equilibrando as bolsas de lona. Os moradores do bairro experimentavam o peso e faziam sempre a mesma piada: parece que você leva pedras na mochila. O centro de Santiago nos recebia com bombas de gás lacrimogêneo, mas não levávamos pedras, e sim tijolos de Baldor ou Ville ou Flaubert.

Madame Bovary era um dos poucos romances que havia em casa, de modo que comecei a lê-lo naquela mesma noite, mas não tive paciência com as descrições. A prosa de Flaubert simplesmente me fazia cabecear de sono. Tive que aplicar o método de urgência que meu pai tinha me ensinado: ler as primeiras páginas, em seguida as últimas, só então, só depois de saber o começo e o fim do romance, seguir lendo depressa. Se você não consegue terminar, pelo menos sabe quem era o assassino, dizia meu pai, que ao que parece só tinha lido livros em que havia um assassino.

Então a primeira coisa que eu soube de *Madame Bovary* foi que o menino tímido e alto do capítulo inicial morreria por fim e que sua filha terminaria como operária numa fábrica de algodão. Sobre o suicídio de Emma eu já sabia, pois alguns pais alegaram que o tema do suicídio era forte demais para meninos de doze anos, ao que a professora respondeu que não, que o suicídio de uma mulher acossada pelas dívidas era um tema muito atual, perfeitamente compreensível por meninos de doze anos.

Não avancei muito mais na leitura. Estudei um pouco com os resumos que meu colega de carteira tinha feito e, no dia anterior à prova, encontrei uma cópia do filme no videoclube de Maipú. Minha mãe tentou se opor a que eu o visse, pois achava que não era adequado para minha idade, e eu também pensava, ou melhor, esperava isso, porque *Madame Bovary* me soava como pornô, tudo o que era francês me soava como pornô.

O filme era, nesse sentido, decepcionante, mas o vi duas vezes e enchi duas folhas de papel ofício, frente e verso. Mesmo assim, tirei 3,6, de maneira que durante algum tempo associei *Madame Bovary* a esse 3,6 e ao nome do diretor do filme, que a professora escreveu com ponto de exclamação junto à nota ruim: Vincente Minnelli!

*

Agora procuro Berthe no romance. Recordava apenas o momento, no capítulo cinco da segunda parte, em que Emma olha Berthe e pensa, perplexa: "Como essa criança é feia". E a terrível morte de Charles, quando Berthe pensa que seu pai está brincando: "Achando que ele queria brincar, ela o empurrou suavemente. Ele caiu no chão. Estava morto".

Gosto de imaginar Berthe vagando pelo pátio enquanto sua mãe está na cama, convalescente — Emma escuta, de seu quarto, o ruído de uma carruagem e se aproxima com esforço da janela para olhar a rua já deserta.

Gosto de pensar em Berthe aprendendo a ler. Primeiro é Emma que tenta ensiná-la. Depois de sua grande desilusão, decidiu voltar à vida e converter-se numa mulher entregue a ocupações piedosas. Berthe é ainda muito pequena e decerto não entende as lições. Mas durante aqueles dias ou semanas ou meses sua mãe tem toda a paciência do mundo: ensina sua filha a ler, remenda roupa para os pobres e até consulta obras religiosas.

Um tempo depois, Charles leva Berthe para dar um passeio e tenta ensiná-la a ler com um livro de medicina. Mas a menina não tem o hábito do estudo, razão pela qual se entristece e põe-se a chorar.

Há uma passagem em que Charles pensa no futuro de Berthe e sem dúvida se equivoca muito ao imaginá-la aos quinze anos, passeando no verão com um grande chapéu de palha, tão bela como a mãe. Vistas de longe pareceriam irmãs, pensa Charles, satisfeito.

*

Eme veio, por fim. Como presente de Natal, me deu um pote de ímãs com centenas de palavras em inglês. Armamos juntos a primeira frase, que foi, de alguma maneira, oportuna:

only love & noise

Ela me mostrou seus desenhos recentes e no entanto não aceitou que eu lesse para ela as primeiras páginas do meu livro. Me olhou com um gesto novo, um gesto que não sou capaz de precisar.

É impressionante como o rosto de uma pessoa amada — o rosto de alguém com quem já vivemos, a quem julgamos conhecer, talvez o único rosto que seríamos capazes de descrever, que contemplamos durante anos, de uma distância mínima — é bonito, e de certo modo é terrível saber que até esse rosto pode liberar de repente, inesperadamente, gestos novos. Gestos que talvez nunca voltemos a ver.

Na época não sabíamos nomes de árvores nem de pássaros. Não era necessário. Vivíamos com poucas palavras e era possível responder a todas as perguntas, dizendo: não sei. Não achávamos que isso fosse ignorância. Chamávamos de honestidade. Depois aprendemos, pouco a pouco, os matizes. Os nomes das árvores, dos pássaros, dos rios. E decidimos que qualquer frase era melhor que o silêncio.

Mas sou contra a nostalgia.

Não, não é verdade. Eu gostaria de ser contra a nostalgia. Para onde quer que eu olhe há alguém renovando votos com o passado. Recordamos canções que na verdade nunca nos agradaram, voltamos a ver as primeiras namoradas, colegas de curso por quem não tínhamos simpatia, saudamos de braços abertos gente que repudiávamos.

Me assombra a facilidade com que esquecemos o que sentíamos, o que queríamos. A rapidez com que assumimos que agora desejamos ou sentimos algo diferente. E ao mesmo tempo queremos rir das mesmas piadas. Queremos, julgamos ser de novo os meninos abençoados pela penumbra.

Estou nessa armadilha, no romance. Ontem escrevi a cena do reencontro, quase vinte anos depois. Gostei do resultado, mas às vezes penso que os personagens não deveriam voltar a se ver. Que deveriam passar ao largo muitas vezes, caminhar pelas mesmas ruas, talvez falar um com o outro sem se reconhecer, de um lado a outro do balcão.

Reconhecemos de verdade alguém vinte anos depois? Reconhecemos agora, a partir de um indício luminoso, os traços definitivos, irremediavelmente adultos, de uma cara remota? Passei a tarde pensando nisso, decidindo isso.

Acho bonito que não se encontrem. Seguir simplesmente a vida, cada uma tão distinta, até o presente, e aproximar-se aos poucos: dois trajetos paralelos que não chegam a se juntar. Mas esse romance devia ser escrito por outra pessoa. Eu gostaria de lê-lo. Porque no romance que quero escrever eles se encontram. Necessito que se encontrem.

Eles se apaixonam? É uma história de amor?

Eme pergunta e eu apenas sorrio. Chegou no meio da tarde, tomamos várias xícaras de chá e escutamos um disco inteiro dos Kinks. Pedi que me deixasse ler em voz alta algumas páginas do manuscrito e de novo ela não quis. Prefiro lê-las mais tarde, disse ela. Estou escrevendo sobre você, a protagonista tem muito de você, disse eu, temerariamente. Mais um motivo, respondeu, sorrindo: prefiro lê-las mais tarde. Mas fico muitíssimo contente que você tenha voltado a escrever, acrescentou. Gosto do que te acontece quando escreve. Escrever te faz bem, te protege.

Me protege de quê?

As palavras te protegem. Você procura frases, procura palavras, isso é superbom, disse ela.

Depois me pediu mais detalhes sobre a história. Contei-lhe muito pouco, o mínimo. Ao falar sobre Claudia voltei a duvidar de seu nome.

Ela me perguntou depois, meio de brincadeira, se os personagens ficam juntos por toda a vida. Não pude evitar um sinal de aborrecimento. Respondi que não: que voltam a se ver já adultos e se enredam por umas semanas, talvez alguns meses, mas que de nenhuma maneira ficam juntos. Disse que não poderia ser assim, que nunca é assim — nunca é assim nos romances bons, mas nos ruins tudo é possível, disse Eme, prendendo o cabelo com nervosismo e afetação.

Fitei seus lábios partidos, suas bochechas, seus cílios curtos. Parecia imersa num pensamento profundo. Depois foi embora. Não queria que ela fosse ainda. Mas foi. Levou a sério a precaução. Estou de acordo. Também acho que não é bom que voltemos a morar juntos, por ora. Que precisamos de tempo.

Tentei depois continuar escrevendo. Não sei muito bem por onde avançar. Não quero falar de inocência nem de culpa: não quero mais do que iluminar alguns recantos, os recantos onde estávamos. Mas não estou seguro de fazer isso bem. Sinto-me próximo demais daquilo que conto. Abusei de algumas lembranças, saqueei a memória e também, de certo modo, inventei demais. Estou de novo em branco, como uma caricatura do escritor que contempla impotente a tela do computador.

Eu não disse a Eme o muito que me custa escrever sem ela. Me lembro da sua cara de sono, quando me aproximava dela tarde da noite para ler apenas um parágrafo ou uma frase. Ela escutava e assentia, ou então opinava, com precisão: isto não seria assim, este personagem não responderia com estas palavras. Esse tipo de observação valiosa, essencial.

Agora vou escrever com ela de novo, penso. E sinto felicidade.

Caminhei ontem à noite durante horas. Era como se quisesse me perder por alguma rua nova. Me perder absoluta e alegremente. Mas há momentos em que não podemos, não sabemos nos perder. Ainda que tomemos sempre as direções erradas. Ainda que percamos todos os pontos de referência. Ainda que se faça tarde e sintamos o peso do amanhecer enquanto avançamos. Há temporadas em que, por mais que tentemos, descobrimos que não sabemos, que não podemos nos perder. E talvez tenhamos saudade do tempo em que podíamos nos perder. O tempo em que todas as ruas eram novas.

Passo vários dias recordando a paisagem de Maipú, comparando a imagem daquele mundo de casas geminadas, tijolos vazados e piso laminado, com estas velhas ruas onde moro há anos, estas casas tão diversas umas das outras — o tijolinho à vista, o parquê, a aparência destas ruas nobres que não me pertencem e que no entanto percorro com familiaridade. Ruas com nomes de pessoas, de lugares reais, de batalhas perdidas e vencidas, não aquelas travessas de fantasia, aquele mundo de mentira em que crescemos rapidamente.

Nesta manhã vi, num banco do parque Intercomunal, uma mulher lendo. Sentei defronte para ver sua cara e foi impossível. O livro absorvia o seu olhar, e por instantes achei que ela sabia. Que erguer o livro daquela maneira — à estrita altura dos olhos, com ambas as mãos, com os cotovelos apoiados numa mesa imaginária — era sua forma de se esconder.

Vi sua testa branca e o cabelo quase louro, mas nunca seus olhos. O livro era seu disfarce, sua prezada máscara.

Seus dedos longos sustentavam o livro como ramos delgados e vigorosos. Me aproximei por um momento o bastante para ver até mesmo suas unhas cortadas sem rigor, como se ela tivesse acabado de roê-las.

Tenho certeza de que sentia minha presença, mas não baixou o livro. Seguiu sustentando-o como quem sustenta o olhar.

Ler é cobrir a cara, pensei.

Ler é cobrir a cara. E escrever é mostrá-la.

Hoje vi *La batalla de Chile*, o documentário de Patricio Guzmán. Eu só conhecia uns fragmentos, sobretudo da segunda parte, que passaram uma vez no colégio, já na democracia. Lembro que o presidente do grêmio estudantil comentava as cenas e a cada certo tempo parava a fita para nos dizer que ver aquelas imagens era mais importante que aprender a tabuada.

Entendíamos, claro, o que o dirigente queria nos dizer, mas de todo modo nos parecia estranho o exemplo, pois se estávamos naquele colégio era justamente porque já fazia muitos anos que sabíamos a tabuada. Da última fileira do auditório alguém interrompeu para perguntar se ver aquelas imagens era mais importante que aprender a dividir com decimais, e em seguida alguém perguntou se em vez de memorizar a tabela periódica podíamos assistir muitas vezes àquelas imagens tão importantes. Ninguém riu, porém. O dirigente não quis responder, mas nos olhou com uma mistura de tristeza e ironia. Então interveio um delegado estudantil e disse: há coisas sobre as quais não se pode fazer piada. Se entendem isso, podem continuar na sala.

Eu não me lembrava ou não tinha visto a longa sequência de *La batalla de Chile* que se passa nos campos de Maipú. Operários e camponeses defendem as terras e discutem rispidamente com um representante do governo de Salvador Allende. Pensei que aquelas podiam muito bem ser as terras da travessa Aladino. As terras em que depois apareceram aquelas vilas com nomes de fantasia onde vivemos nós, as famílias novas, sem história, do Chile de Pinochet.

O colégio mudou muito quando a democracia voltou. Na época eu acabava de fazer treze anos e começava tardiamente a conhecer meus companheiros: filhos de gente assassinada, torturada e desaparecida. Filhos de homicidas também. Meninos ricos, pobres, bons, maus. Ricos bons, ricos maus, pobres bons, pobres maus. É absurdo descrever as coisas assim, mas me lembro de ter pensado mais ou menos dessa maneira. Me lembro de ter pensado, sem orgulho e sem autocompaixão, que eu não era nem rico nem pobre, que não era bom nem mau. Mas era difícil ser isso: nem bom nem mau. Me parecia que isso, no fundo, era ser mau.

Me lembro de um professor de história, um de quem eu não gostava nem um pouco, no terceiro ano do segundo grau, aos dezesseis anos. Certa manhã três ladrões que fugiam da polícia se refugiaram no estacionamento do colégio, e os policiais os seguiram e dispararam dois tiros para o alto. Assustados, nos deitamos no chão, porém, uma vez passado o perigo, ficamos surpresos ao ver que o professor chorava debaixo da mesa, com os olhos apertados e as mãos nos ouvidos. Fomos buscar água e tentamos fazer com que ele bebesse, mas no fim tivemos que jogá-la na sua cara. Ele conseguiu se acalmar aos poucos enquanto lhe explicávamos que não, que os milicos não tinham voltado. Que podia continuar a aula — não quero estar aqui, nunca quis estar aqui, dizia o professor, gritando. Então se fez um silêncio completo, solidário. Um silêncio bonito e reparador.

Encontrei o professor dias depois, num recreio. Perguntei-lhe como estava, e ele agradeceu o gesto. Percebe-se que você sabe o que eu vivi, disse ele, em sinal de cumplicidade. Claro que sabia, todos sabíamos: tinha sido torturado e seu primo era desaparecido político. Não acredito nesta democracia, disse ele, o Chile é e continuará sendo um campo de batalha. Perguntou se eu militava, respondi que não. Perguntou por minha família, eu disse que durante a ditadura meus pais tinham se mantido à margem. O professor me encarou com curiosidade ou com desprezo — me encarou com curiosidade, mas senti que em seu olhar havia também desprezo.

Não escrevi nem li nada em Punta Arenas. Passei a semana inteira me defendendo do clima e conversando com novos amigos. No avião de volta acabei viajando junto a duas senhoras que me contaram em detalhes a vida delas. Tudo ia bem até que perguntaram em que eu trabalhava. Nunca sei o que responder. Antes dizia que era professor, o que geralmente me conduzia a longos e confusos diálogos sobre a crise da educação no Chile. Por isso agora digo que sou escritor e, quando me perguntam que tipo de livros escrevo, respondo, para evitar uma série de explicações vacilantes, que escrevo romances de ação, o que não é necessariamente mentira, pois em todos os romances, inclusive nos meus, acontecem coisas.

Em vez de me perguntar que tipo de livros eu escrevo, porém, a mulher que ia a meu lado quis saber qual era meu pseudônimo. Respondi que não tinha pseudônimo. Que já fazia muitos anos que os escritores não usavam pseudônimos. Me encarou com ceticismo e a partir de então seu interesse em mim foi decaindo. Ao nos despedirmos me disse que eu não me preocupasse, que talvez logo me ocorresse um bom pseudônimo.

Faz algum tempo o poeta Rodrigo Olavarría veio me ver. Nos conhecemos pouco, mas nos une uma espécie de confiança prévia e recíproca. Gosto que ele me dê conselhos. Agora que penso no assunto, houve um tempo em que todo mundo dava conselhos. A vida consistia em dar e receber conselhos. Mas de repente ninguém quis mais conselhos. Era tarde demais, tínhamos nos enamorado do fracasso, e as feridas eram troféus, igual a quando éramos crianças, depois de brincar entre as árvores. Mas Rodrigo dá conselhos. E os escuta, os pede. Está apaixonado pelo fracasso, mas também, ainda, por essas formas antigas e nobres da amizade.

Passamos a tarde escutando Bill Callahan e Emmy the Great. Foi divertido. Depois contei a ele o diálogo no avião. Ficamos de nos reunir um dia desses para escolher pseudônimos. Você vai ver que encontraremos pseudônimos excelentes, disse ele.

Rodrigo não se lembra exatamente quando viu *La batalla de Chile* pela primeira vez, mas conhece de cor o documentário, porque, em meados dos anos 1980, em Puerto Montt, seus pais comercializavam cópias piratas para financiar atividades do Partido Comunista. Aos oito ou nove anos, Rodrigo era o encarregado de trocar as fitas VHS e encher de cópias novas uma caixa de papelão. Eu passava a tarde inteira, disse, fazendo as tarefas escolares e ao mesmo tempo copiando o documentário, com quatro aparelhos de vídeo e dois televisores. As únicas pausas eram para ver *Robotech* no Canal 13.

Muito resfriado, na cama há dias. Matizo a enfermidade com altas doses de televisão. As visitas de Eme me parecem sempre breves demais. Voltei a lhe pedir que escutasse as primeiras páginas do romance e ela voltou a responder que não. Sua desculpa foi pobre e realista: você está resfriado, disse. Faz pouco tempo insisti e ela voltou a se negar. É óbvio que não quer lê-las, talvez porque prefira não reatar esse lado da nossa relação.

Enfim. Faz um tempo vi *Bom dia*, o belíssimo filme de Ozu. Que alegria enorme saber que existe esse filme, que posso vê-lo muitas vezes, que posso vê-lo sempre.

Pela manhã me entreguei à estúpida tarefa de esconder meus cigarros pelos cantos da casa. Eu os encontro, claro, mas fumo pouco, fumo menos, faço esforços para melhorar de uma vez. A doença, mesmo assim, está durando demais, e de quando em quando penso que peguei a gripe suína. Só está faltando a febre, se bem que acabo de ler na internet que alguns enfermos não apresentam febre entre os sintomas.

Ontem à noite, a sala de emergência da clínica Indisa estava cheia de doentes reais e imaginários, mas espantosamente me atenderam de imediato. Havia uma explicação. Um médico jovem e de cabelo grisalho apareceu e me disse, apontando a etiqueta de identificação em seu jaleco: somos família. Na verdade é provável que sejamos parentes em algum grau. Comprei teus livros, disse ele, mas não os li — desculpou-se de uma maneira depreciadora ou simplesmente cômica: não tenho tempo para ler nem sequer livros curtos como os que você escreve, disse. Mas um ano atrás falei de você a meus parentes em Careno. Perguntei ao doutor, para maravilhá-lo com minha ignorância, onde ficava Careno.

Fica na Itália, no norte da Itália, respondeu, escandalizado. Depois baixou os olhos, como que me perdoando. Perguntou o nome de meu pai, de meu avô, de meu bisavô. Respondi passivamente, mas logo depois me cansei de tanta pergunta e lhe disse que aquela conversa não tinha sentido — sem dúvida minha família provém de algum filho bastardo, disse eu: somos filhos de algum patrão que não assumiu. Eu lhe disse que em minha família somos todos morenos — ele é muito branco e mais para o feio, com aquela brancura higiênica que em algumas pessoas me parece meio irreal. Resignado a não encontrar em mim sinais de boas origens, o doutor me contou que viaja todos os anos a Careno, onde há muitíssima gente com nosso sobrenome, pois historicamente a família foi bastante endogâmica. Há muitos casamentos entre irmãos e entre primos, razão pela qual a genética não é muito boa, afirmou.

Nós não temos esse problema, disse eu. No meu ramo da família respeitamos as primas.

Ele riu ou tentou rir. Tive vontade, não sei por quê, de me desculpar. Mas, antes que eu pudesse dizer a frase que tentava formular, o doutor me perguntou pelos sintomas. Agora tinha pressa. Dedicou apenas dois minutos à minha indisposição, negando redondamente, como que me repreendendo só por imaginar isso, que eu tivesse a gripe suína. Nem sequer me passou sermão pela quantidade de cigarros que fumo.

Voltei para casa um pouco humilhado, com os antigripais de sempre, pensando naquelas famílias, na distante Careno, em como seria meu rosto branco, descarado, ou no desejo distante, um dia, de estudar medicina. Imagino aquele mesmo doutor, mais velho que eu, na escola de medicina respondendo com ênfase, com enfado: não, não somos parentes.

Os pais abandonam os filhos. Os filhos abandonam os pais. Os pais protegem ou desprotegem, mas sempre desprotegem. Os filhos ficam ou partem, mas sempre partem. E tudo é injusto, sobretudo o rumor das frases, porque a linguagem nos agrada e nos confunde, porque no fundo queríamos cantar ou pelo menos assobiar uma melodia, caminhar por um lado do palco assobiando uma melodia. Queremos ser atores que esperam com paciência o momento de entrar no palco. E o público foi embora faz tempo.

Hoje inventei esta piada:

Quando crescer vou ser um personagem secundário, diz um menino ao seu pai.

Por quê?

Por que o quê?

Por que você quer ser um personagem secundário?

Porque o romance é teu.

Escrevo na casa de meus pais. Fazia tempo que eu não vinha. Prefiro vê-los no centro, na hora do almoço. Mas desta vez quis assistir com meu pai à partida entre Chile e Paraguai, pensando também em refrescar alguns detalhes do relato. É a viagem do romance, a viagem de volta que o protagonista faz, assustado, ao fim daquela longa tarde em que segue a suposta namorada de Raúl. Escrevi essa passagem pensando numa viagem real, mais ou menos naquela idade.

Numa tarde, depois de almoçar, eu ia sair quando meu pai me disse que não, que eu devia ficar em casa estudando inglês. Perguntei para quê, se tinha boas notas em inglês. Porque não é prudente que você saia tanto — usou essa palavra, prudente, lembro com precisão. E porque sou teu pai e você deve me obedecer, disse.

Achei aquilo brutal, mas estudei ou fingi que estudava. À noite, antes de dormir, ainda aborrecido, disse a meu pai que tinha raiva de ser criança e ter que pedir permissão para tudo, que seria melhor ser órfão. Disse isso só para chateá-lo, mas ele me olhou dissimuladamente e foi falar com minha mãe. Pelos gestos que ela fazia enquanto se aproximavam entendi que não estavam de acordo quanto à medida que iam me anunciar, mas que de todo modo eu teria que cumpri-la.

Antes de falarem comigo chamaram minha irmã para que presenciasse a cena. Meu pai se dirigiu a ela primeiro. Disse que tinham se equivocado. Que até então tinham acreditado que ela era a irmã mais velha, mas que acabaram de descobrir que não. Por isso vamos dar ao teu irmão as chaves da casa — você poderá sair e entrar a hora que quiser, a partir de hoje você manda em si mesmo, disse para mim, olhando nos meus olhos. Ninguém vai te perguntar aonde vai nem se tem tarefas, nada.

E assim foi. Durante algumas semanas desfrutei desses privilégios. Me tratavam como a um adulto, com apenas alguns traços de ironia. Fui ficando desesperado. Disse a minha mãe que um dia eu iria para muito longe e ela me respondeu que não esquecesse de levar mala. Não levei mala, mas numa tarde simplesmente subi num micro-ônibus qualquer, disposto a chegar ao fim do itinerário, sem planos, muito angustiado.

Não cheguei ao fim do trajeto, mas bem perto do bairro onde moro hoje. A viagem durou mais de uma hora e, ao voltar, me repreenderam duramente. Era o que eu queria. Estava feliz de recuperar meus pais. E também tinha descoberto um mundo novo. Um mundo do qual eu não gostava, mas que era novo.

Já não existe mais essa linha de micro-ônibus. Viajei de metrô e de ônibus e cheguei a Maipú via Pajaritos. Sempre me surpreende a quantidade de restaurantes chineses que há na avenida. Já faz tempo que Maipú é uma pequena grande cidade, e as lojas que eu visitava quando criança agora são sucursais de bancos ou franquias de cadeias de fast food.

Antes de chegar fiz um rodeio para passar pela Lucila Godoy Alcayaga. A rua estava fechada com um vistoso portão eletrônico, a exemplo da travessa Neftalí Reyes Basoalto. Não tive vontade de pedir às pessoas que circulavam para me deixarem entrar. Queria ver a casa de Claudia, que na verdade foi, durante um tempo, a casa de minha amiga Carla Andreu. Me dirigi então para a Aladino. A vila se encheu de mansardas, de segundos pisos que reluzem de modo aberrante, de telhados ostentosos. Não é mais o sonho de igualdade. Ao contrário. Há muitas casas maltratadas e outras luxuosas. Há algumas que parecem desabitadas.

Também havia mudanças na casa de meus pais. Fiquei impressionado sobretudo ao ver na sala um móvel novo para livros. Reconheci a enciclopédia do automóvel, o curso de inglês da BBC e os velhos livros da revista *Ercilla* com suas coleções de literatura chilena, espanhola e universal. Na fileira do centro havia também uma série de romances de Isabel Allende, Hernán Rivera Letelier, Marcela Serrano, John Grisham, Barbara Wood, Carla Guelfenbein e Pablo Simonetti, e mais perto do chão alguns livros que li quando criança, para o colégio: *O anel dos Löwensköld*, de Selma Lagerlöf, *Alsino*, de Pedro Prado, *Miguel Strogoff*, de Júlio Verne, *El último grumete de la Baquedano*, de Francisco Coloane, *Fermina Márquez*, de Valéry Larbaud, em suma. Eu gostaria de tê-los conservado, mas seguramente os esqueci em alguma caixa que meus pais encontraram no sótão.

Foi inquietante ver aqueles livros ali, ordenados às pressas num móvel vermelho de melamina, flanqueado por cartazes com cenas de caça ou de auroras e uma surrada reprodução de *As meninas* que está em casa desde sempre e que meu pai ainda mostra às visitas com orgulho: este é o pintor, Velázquez, o pintor pintou a si mesmo, diz.

Graças a esta biblioteca tua mãe se pôs a ler e eu também, embora você saiba que prefiro ver filmes, disse meu pai, e ligou a televisão bem a tempo de ver a partida. Comemoramos os gols de Mati Fernández e Humberto Suazo com uma jarra grande de pisco sour e um par de garrafas de vinho. Bebi muito mais que meu pai. Nunca o vi bêbado, pensei e, não sei por quê, disse isso a ele. Eu sim, vi meu pai bêbado muitas vezes, respondeu, de repente, com uma mal contida expressão de tristeza.

Fique aqui, amanhã tua irmã vem almoçar, disse minha mãe — você não pode dirigir nesse estado, acrescentou, e lembrei-a do que ela sempre esquece: que não tenho carro. Ah, disse ela, é verdade, mais um motivo para você não dirigir, riu. Gosto da risada dela, sobretudo quando vem de repente, quando acontece imprevistamente. É serena e doce ao mesmo tempo.

Saí de casa há quinze anos e mesmo assim ainda sinto uma espécie de pontada estranha ao entrar neste cômodo que era meu e agora é uma espécie de despensa. No fundo há uma estante cheia de DVDs e os álbuns de fotos encurralados contra meus livros, os livros que publiquei. Acho bonito que estejam aqui, junto às lembranças familiares.

Um tempo depois, às duas da manhã, levantei para preparar café e me surpreendi ao ver minha mãe na sala, bebendo mate com o jeito gracioso dos novatos. É o que faço agora quando sinto vontade de fumar, disse ela, com um sorriso. Fuma muito pouco, cinco cigarros por dia, mas, desde que meu pai parou, ele não permite mais que ela fume dentro de casa, e faz frio demais para abrir a janela. Eu vou fumar, falei, vamos fumar. Meu pai não pode impedi-la de fumar, já estão muito velhos para isso, disse eu.

Ele me proíbe somente o cigarro. Eu lhe proíbo muitas coisas, as gorduras saturadas, o excesso de açúcar. É justo.

Afinal eu a convenci, e nos encerramos numa espécie de cômodo pequeno que construíram para instalar uma imensa máquina de lavar nova. Fumou com o gesto de sempre, tão acentuadamente feminino: o cigarro voltado para baixo, a mão mostrando a palma, muito perto da boca.

O que é que eu faço, disse de repente, se amanhã teu pai se der conta de que fumamos?

Diga que não fumamos. Que se tem cheiro é porque eu fumo muito. Tenho cheiro de cigarro. Diga isso. E depois desvie a conversa, diga que está preocupada porque acha que estou fumando muito, que vou morrer de câncer.

Mas seria mentira, disse ela — não seria mentira, respondi, porque mais cedo ou mais tarde vou morrer de câncer mesmo.

Minha mãe soltou um suspiro profundo e moveu a cabeça lentamente.

Então me disse algo que achei espantoso: nunca na vida alguém me fez rir tanto quanto você. Você é a pessoa mais divertida que conheci, disse. Mas também é sério e isso me desconcertava, me desconcerta. Você foi embora muito cedo e eu às vezes penso como seria a vida se tivesse ficado em casa. Há filhos da sua idade que ainda moram com os pais. Vejo-os passar de repente e penso em você.

A vida teria sido pior, disse eu. E esses marmanjos são uns bebezões.

Sim. É verdade. E você tem razão. A vida seria pior com você aqui. Antes de você ir embora eu e teu pai brigávamos muito. Mas desde que você se foi não brigamos tanto. Já quase não brigamos.

Eu não esperava esse súbito momento de honestidade. Fiquei pensando, abatido, mas em seguida ela me perguntou, como se viesse ao caso: você gosta de Carla Guelfenbein?

Não soube o que responder. Eu a acho bonita, sairia com ela, mas não a levaria para a cama, disse eu. Talvez lhe desse um beijo, mas não iria para a cama com ela, ou talvez fosse para a cama com ela, mas não a beijaria. Minha mãe se fez de escandalizada. Ficava bonita com esse ar.

Estou perguntando se gosta do modo como ela escreve.

Não, mamãe. Não gosto.

Mas eu gostei do romance dela, *El revés del corazón*.

El revés del alma, corrigi.

Isso, *El revés del alma*. Me identifiquei com os personagens, me emocionei.

E como é possível que se identifique com personagens de outra classe social, com conflitos que não são, que não poderiam ser os conflitos da sua vida, mamãe?

Eu falava sério, demasiado sério. Sabia que não precisava falar tão sério, mas não podia evitar. Ela me encarou com um misto de irritação e compaixão. Com um pouco de enfado. Você se engana, me disse, por fim: talvez aquela não seja minha classe social, concordo, mas as classes sociais mudaram muito, todo mundo diz isso, e ao ler esse romance eu senti que sim, que aqueles eram meus problemas. Entendo que te incomode que eu diga isso, mas você deveria ser um pouco mais tolerante.

Achei estranhíssimo que minha mãe usasse essa palavra, tolerante. Fui dormir com a voz de minha mãe na cabeça, me dizendo: você deveria ser um pouco mais tolerante.

* * *

Depois do almoço minha irmã insistiu em me trazer para casa. Tirou a carteira há um ano, mas não faz mais de um mês que aprendeu de fato a dirigir. Mesmo assim, não parecia nervosa. O nervoso era eu. Preferi me entregar, fechar os olhos e abri-los só quando o carro engasgava demais na mudança de marchas. Nos momentos de silêncio minha irmã acelerava e quando a conversa ganhava ritmo ela diminuía a velocidade a tal ponto que os outros carros nos cobriam de buzinadas.

Lamento o que se passou com seu casamento, ela me diz um pouco antes de sair da estrada.

Isso aconteceu faz tempo, respondo.

Mas eu ainda não tinha dito.

Faz pouco tempo reatamos. Minha irmã me olha entre incrédula e feliz. Explico que por enquanto tudo é frágil, tateante, mas que me sinto bem. Que queremos fazer as coisas melhor que antes. Que não moraremos juntos ainda. Ela me pergunta por que não contei a meus pais. Por isso mesmo, respondo, ainda é cedo para dizer a eles.

Depois me pergunta se vou escrever mais livros. Gosto da forma da pergunta, pois cabe a possibilidade de responder simplesmente que não, que já é suficiente, e acredito nisso, às vezes, ao fim de alguma noite ruim: que de repente vou deixar de escrever, assim sem mais, que em algum momento recordarei como distante o tempo em que escrevia livros, do mesmo modo que outros recordam a temporada em que foram taxistas ou venderam dólares no Paseo Ahumada.

Mas respondo que sim e ela me pede que lhe conte de que trata o livro novo. Não quero responder, ela percebe e volta a perguntar. Digo que de Maipú, do terremoto de 1985, da infância. Ela pede mais detalhes, eu os dou. Chegamos em casa, eu a convido a entrar, ela não quer, mas também não quer que eu desça. Sei muito bem o que vai me perguntar.

Eu apareço no seu livro?, diz, por fim.

Não.

Por quê?

Pensei nisso. Claro que pensei. Pensei muito nisso. Minha resposta é honesta:

Para te proteger, digo.

Ela me olha descrente, magoada. Me olha com cara de menina.

É melhor não ser personagem de ninguém, digo. É melhor não aparecer em nenhum livro.

E você, aparece no livro?

Sim. Mais ou menos. Mas o livro é meu. Não poderia deixar de aparecer. Ainda que me atribuísse outros traços e uma vida muito distinta da minha, do mesmo jeito eu estaria no livro. Já tomei a decisão de não me proteger.

E nossos pais aparecem?

Sim. Há personagens parecidos com nossos pais.

E por que você não protege, também, nossos pais?

*

Para essa pergunta não tenho resposta alguma. Suponho que eles simplesmente têm que comparecer. Receber menos do que deram, assistir a um baile de máscaras sem entender muito bem por que estão ali. Nada disso sou capaz de dizer à minha irmã.

Não sei, é ficção, digo a ela. Tenho que ir, irmã. Não a chamo por seu nome. Chamo-a de irmã, dou-lhe um beijo na bochecha e desço do carro.

Já em casa fico muito tempo pensando em minha irmã, minha irmã mais velha. Recordo este poema de Enrique Lihn:

O filho único seria o mais velho dos irmãos
E ele em sua orfandade tem um pouco
Disso que se entende por mais velho
Como se também eles tivessem morrido
Seus impossíveis irmãos mais moços.

Ao escrever nos comportamos como filhos únicos. Como se sempre tivéssemos sido sozinhos. Às vezes odeio essa história, esse ofício do qual já não posso sair. Do qual não vou mais sair.

Sempre pensei que não tinha verdadeiras lembranças de infância. Que minha história cabia numas poucas linhas. Em uma página, talvez. E em letra grande. Já não penso isso.

O fim de semana em família me estragou o ânimo. Encontro consolo numa carta que Kawabata escreveu a seu amigo Yukio Mishima em 1962: "Diga sua mãe o que disser, você tem uma escrita magnífica".

*

Faz algum tempo tentei escrever um poema, mas só consegui estes poucos versos:

Quando crescesse eu ia ser uma lembrança,
Mas já estou cansado de seguir
Buscando e rebuscando a beleza
Numa árvore mutilada pelo vento.

O único verso que me agrada é o primeiro:

Quando crescesse eu ia ser uma lembrança.

III. A LITERATURA DOS FILHOS

Saí de casa no fim de 1995, pouco depois de fazer vinte anos, mas desde a adolescência desejava abandonar aquelas calçadas limpas demais, aquelas ruelas tediosas demais em que eu havia crescido. Buscava uma vida plena e perigosa ou talvez simplesmente quisesse o que alguns filhos querem desde sempre: uma vida sem pais.

Morei em pensões ou quartos pequenos e trabalhei em qualquer coisa enquanto terminava a faculdade. E quando terminei a faculdade continuei trabalhando em qualquer coisa, porque estudei literatura, que é o que estudam as pessoas que terminam trabalhando em qualquer coisa.

Anos depois, entretanto, já perto dos trinta, consegui um posto como professor e pude, de certo modo, me estabelecer. Ensaiava uma vida plácida e digna: passava as tardes lendo romances ou vendo televisão durante horas, fumando tabaco ou maconha, bebendo cerveja ou vinho barato, escutando música ou não escutando nada, porque às vezes permanecia um longo tempo em silêncio, como se esperasse algo, como se esperasse alguém.

Foi então que cheguei, que regressei. Não esperava ninguém, não procurava nada, mas numa noite de verão, numa noite qualquer em que caminhava a passos largos e seguros, vi a fachada azul, a grade verde e a pequena praça de pasto ressecado bem em frente. Foi aqui, pensei. Foi aqui que eu estive.

Disse isso em voz alta, entre maravilhado e absorto, e me lembrei da cena com precisão: a viagem de micro-ônibus, o pescoço da mulher, o armazém, a árvore, a angustiante viagem de volta, tudo.

Pensei então em Claudia e também em Raúl e em Magali; imaginei ou tentei imaginar a vida deles, seus destinos. Mas de repente as lembranças se apagaram. Por um segundo, sem saber o porquê, pensei que todos estavam mortos. Por um segundo, sem saber o porquê, me senti imensamente sozinho.

Nos dias seguintes voltei ao lugar de forma quase obsessiva. Premeditada ou inconscientemente, dirigia meus passos em direção à casa e, sentado na grama, contemplava a fachada enquanto caía a noite. Acendiam-se primeiro as luzes da rua, e mais tarde, passadas as dez, iluminava-se uma janela pequena no segundo andar. Durante dias o único sinal de vida naquela casa era a luz leve que aparecia no segundo andar.

Numa tarde vi uma mulher que abria o portão e punha para fora os sacos de lixo. Me pareceu um rosto familiar e de início pensei que fosse Claudia, ainda que a imagem que eu conservava fosse tão remota que a partir daquela lembrança era possível projetar muitos rostos. A mulher tinha as maçãs do rosto de uma pessoa magra, mas havia engordado de uma maneira talvez irremediável. Seu cabelo vermelho formava uma tela dura e resplandecente, como se tivesse acabado de ser tingido. E apesar desse aspecto chamativo parecia incomodar-se com o mero fato de alguém olhar para ela. Caminhava como se fixasse o olhar nas emendas do cimento.

Esperei vê-la de novo. Em algumas tardes levava comigo um romance, mas preferia os livros de poemas, porque me permitiam mais pausas para espiar. Sentia pudor, mas também me dava vontade de rir o fato de voltar a ser um espião. Um espião que, de novo, não sabia bem o que queria encontrar.

Numa tarde decidi tocar a campainha. Ao ver a mulher se aproximar, pensei, em pânico, que eu não tinha um plano, que nem sequer sabia como me apresentar. Aos balbucios, disse a ela que havia perdido um gato. Ela me perguntou o nome do gato, eu não soube o que responder. Me perguntou como ele era. Eu disse que branco, preto e café.

Então é gata, disse a mulher.

É gato, respondi.

Se é de três cores, não pode ser gato. Os gatos de três cores são fêmeas, disse ela. E acrescentou que de qualquer maneira não tinha visto gatos perdidos no bairro ultimamente.

A mulher ia se afastar quando eu disse, quase gritando: Claudia.

Quem é você?, respondeu.

Eu disse. Disse que nos havíamos conhecido em Maipú. Que tínhamos sido amigos.

Ela me olhou demoradamente. Eu me deixei olhar. É estranhíssima essa sensação. A de esperar ser reconhecido. Por fim ela falou: já sei quem você é. Eu não sou Claudia. Sou Ximena, a irmã de Claudia. E você é o menino que me seguiu naquela tarde, Aladino. Assim te chamava Claudia, ríamos muito quando ela se lembrava de você. Aladino.

Eu não sabia o que dizer. Entendia precariamente que sim, que Ximena era a mulher que eu havia seguido tantos anos atrás. A suposta namorada de Raúl. Mas Claudia nunca me disse que tinha uma irmã. Sentia o peso, a necessidade de encontrar alguma frase adequada. Gostaria de ver Claudia, disse, com pouca voz.

Pensei que você estivesse procurando um gato. Uma gata.

Sim, respondi. Mas pensei muitas vezes, nestes anos, naquele tempo em Maipú. E eu gostaria de ver Claudia.

No olhar de Ximena havia hostilidade. Ficou calada. Falei, improvisando nervosamente, sobre o passado, sobre o desejo de recuperar o passado.

Não sei para que quer ver Claudia, disse Ximena. Não creio que você chegue a entender uma história como a nossa. Naquele tempo as pessoas procuravam outras pessoas, procuravam corpos de pessoas que haviam desaparecido. Com certeza naqueles anos você procurava gatinhos ou cachorrinhos, como agora.

Não entendi sua crueldade, me pareceu excessiva, desnecessária. De todo modo, Ximena anotou meu telefone. Quando ela vier, passo para ela, disse.

E quando você acha que ela virá?

A qualquer momento, respondeu. Meu pai está à beira da morte. Quando morrer, minha irmã viajará desde a Ianquilândia para chorar sobre o cadáver dele e pedir sua parte da herança.

Me pareceu ridículo, falsamente juvenil, isso de chamar os Estados Unidos de Ianquilândia, e no mesmo momento pensei naquele diálogo com Claudia, no Templo de Maipú, sobre as bandeiras. No fim das contas seu destino estava naquele país que, quando menina, ela desprezava, pensei e pensei também que devia ir embora, mas não pude evitar uma última pergunta de gentileza:

Como está o sr. Raúl?, perguntei.

Não sei como está o sr. Raúl. Deve estar bem. Mas meu pai está morrendo. Tchau, Aladino, disse ela. Você não entende, nunca vai entender nada, seu bocó.

Voltei a caminhar pelo bairro várias vezes, mas olhava a casa de longe, não me atrevia a chegar perto. Pensava com frequência naquele diálogo amargo com Ximena. Suas palavras de alguma forma me perseguiam. Numa noite sonhei que me encontrava com ela no supermercado. Eu trabalhava promovendo uma cerveja nova. Ela passava com o carrinho cheio de comida para gatos. Me olhava de esguelha. Me reconhecia, só que evitava me cumprimentar.

Pensava também em Claudia, mas como se pensa num fantasma, como se pensa em alguém que de alguma maneira, de uma forma irracional e no entanto muito concreta, nos acompanha. Não esperava sua ligação. Era difícil imaginar sua irmã lhe dando meu número, contando sobre aquela visita intempestiva, sobre a estranha aparição de Aladino. Mas assim foi: alguns meses depois daquela conversa com Ximena, numa manhã bem cedo, pouco antes das nove, Claudia me telefonou. Foi muito amável. Acho divertido que voltemos a nos ver, disse.

Nos encontramos numa tarde de novembro, no Starbucks de La Reina. Eu gostaria de me lembrar agora, com absoluta precisão, de cada uma de suas palavras e anotá-las neste caderno, sem maiores comentários. Gostaria de imitar sua voz, aproximar uma câmera dos gestos que fazia quando penetrava, sem medo, no passado. Gostaria que outra pessoa escrevesse este livro. Que ela, por exemplo, o escrevesse. Que estivesse agora mesmo, na minha casa, escrevendo. Mas sou eu que devo escrevê-lo e aqui estou. E aqui vou ficar.

Não foi difícil te reconhecer, diz Claudia — para mim também não, respondo, mas durante longos minutos me distraio buscando o rosto que tenho na memória. Não o encontro. Se a tivesse visto na rua não a teria reconhecido.

Vamos até o balcão pegar o café. Não costumo ir ao Starbucks, fico surpreso ao ver meu nome rabiscado no copo. Olho o copo dela, o nome dela. Não está morta, penso de repente, com alegria: não está morta.

O cabelo de Claudia agora é curto, e a cara, muito magra. Seus peitos seguem sendo escassos e sua voz parece a de uma fumante, embora fume só no Chile — parece que nos Estados Unidos já não permitem fumar em parte alguma, digo eu, de repente contente que a conversa seja simplesmente social, rotineira.

Não é isso. É estranho. Em Vermont não me dá vontade de fumar, mas chego ao Chile e fumo como uma louca, diz Claudia. É como se o Chile tivesse ficado incompreensível ou intolerável sem fumar.

É como se o Chile tivesse se tornado *intragável* para você, digo, brincando.

Sim, diz Claudia, sem rir. Ri depois. Dez segundos depois entende a piada.

De início o diálogo segue o rumo tímido de um encontro às cegas, mas às vezes Claudia acelera e começa a falar em frases longas. A trama de repente se esclarece: Raúl era meu pai, diz, sem mais preâmbulos. Mas se chamava Roberto. O homem que morreu há três semanas, meu pai, se chamava Roberto.

Eu a encaro espantado, mas não é um espanto em estado puro. Recebo a história como se a esperasse. Porque a espero, de certo modo. É a história da minha geração.

Nasci cinco dias depois do golpe, em 16 de setembro de 1973, diz Claudia, numa espécie de estalo. A sombra de uma árvore cai caprichosamente sobre sua boca, não vejo o movimento de seus lábios. Isso me inquieta. Sinto que quem fala comigo é uma foto. Recordo aquele belo poema, "Os olhos desta dama morta me falam". Mas ela move as mãos, e a vida volta a seu corpo. Não está morta, penso de novo, e de novo sinto uma alegria imensa.

Magali e Roberto tiveram Ximena quando ele acabara de entrar no curso de direito na Universidade do Chile. Viveram separados até que ela ficou de novo grávida e então, no começo de 1973, casaram-se e decidiram morar em La Reina enquanto procuravam um lugar próprio. Magali era mais velha. Tinha estudado inglês na licenciatura e era partidária de Allende, mas não participava de modo ativo. Roberto, ao contrário, era um militante disciplinado, embora tampouco estivesse em situação de risco.

Os primeiros anos de ditadura eles passaram apavorados e encerrados naquela casa de La Reina. Mas no fim de 1981 Roberto se reconectou: voltou a circular por alguns lugares que até então havia evitado e rapidamente assumiu responsabilidades, de início muito menores, como informante. A cada manhã esperava seus contatos na escadaria da Biblioteca Nacional, num banco da Plaza de Armas e até algumas vezes no zoológico, depois voltava a trabalhar num escritório pequeno na rua Moneda.

Pouco depois Magali alugou a casa em Maipú e foi morar ali com as meninas. Era a melhor maneira de protegê-las, longe de tudo, longe do mundo. Roberto, enquanto isso, corria riscos, mas mudava de aparência constantemente. No início de 1984 convenceu seu cunhado Raúl a partir e deixar para ele sua identidade. Raúl saiu do Chile pela cordilheira, para Mendoza, sem um plano definido, mas com algum dinheiro para começar uma vida nova.

Foi então que Roberto conseguiu aquela casa na travessa Aladino. De novo Maipú aparecia como um lugar seguro, onde era possível não despertar suspeitas. Morava muito perto de sua mulher e de suas filhas e a nova identidade lhe permitia vê-las mais amiúde, ainda que fosse preciso cautela. As meninas quase não viam o pai, e Claudia nem sequer sabia que ele morava perto. Soube naquela noite, a noite do terremoto.

Aprender a contar sua história como se não doesse. Isso foi, para Claudia, crescer: aprender a contar sua história com precisão, com crueza. Mas é uma armadilha colocar a coisa desse modo, como se o processo terminasse um dia. Somente agora sinto que posso fazê-lo, diz Claudia. Tentei durante muito tempo. Mas agora encontrei uma espécie de legitimidade. Um impulso. Agora quero que alguém, que qualquer pessoa me pergunte, do nada: quem é você?

Eu sou o que pergunta, penso. O desconhecido que pergunta. Esperava um encontro carregado de silêncios, uma série de frases soltas que depois, como fazia quando criança, sozinho, teria que juntar e decifrar. Mas não, pelo contrário: Claudia quer falar. Quando vinha no avião, diz, contemplei as nuvens por um longo tempo. Parecia que formavam um desenho frágil e desconcertante, mas ao mesmo tempo reconhecível. Pensei nos esboços de um menino rabiscando uma folha ou nos desenhos que minha mãe fazia enquanto falava ao telefone. Não sei se aconteceu uma vez ou muitas vezes, mas tenho essa imagem de minha mãe rabiscando papéis enquanto falava ao telefone.

Olhei depois, diz Claudia, as aeromoças que alisavam suas saias enquanto conversavam e riam no fundo do corredor e o desconhecido que dormitava a meu lado com um livro de autoajuda aberto no peito. E então pensei que já fazia dez anos que minha mãe tinha morrido, que meu pai acabava de morrer, e em vez de honrar silenciosamente esses mortos eu experimentava a necessidade imperiosa de falar. O desejo de dizer: eu. O vago, o estranho, prazer, até, de responder: eu me chamo Claudia e tenho trinta e três anos.

O que ela mais queria durante aquela longa viagem a Santiago era que o desconhecido que viajava a seu lado despertasse e perguntasse: quem é você, como se chama? Queria lhe responder com alegria leve e rápida, coquetemente até: eu me chamo Claudia e tenho trinta e três anos. Queria dizer, como nos romances: eu me chamo Claudia, tenho trinta e três anos e esta é a minha história. E começar a contá-la, por fim, como se não doesse.

Já é noite, continuamos sentados no terraço do café. Você está cansado de me escutar, ela diz de repente. Nego terminantemente com a cabeça. Mas depois sou eu que vou escutar você, diz ela. E prometo que quando estiver aborrecida de te escutar você nem vai perceber. Fingirei muito bem, diz ela, sorrindo.

Claudia chegou quando o velório estava a ponto de começar. Recebeu as condolências com um tanto de tédio: preferia os abraços silenciosos, sem aquelas terríveis frases de ocasião. Depois do funeral desfez as malas naquele que uma vez foi seu quarto. Pensou que chegava em casa, ao fim e ao cabo; que o único espaço em que de fato havia se sentido confortável era aquele quartinho na casa de La Reina, embora aquela estabilidade tenha durado pouco tempo, apenas alguns anos, no fim dos 1980, quando sua avó, sua mãe e seu pai estavam vivos.

Como se adivinhasse cruelmente aqueles pensamentos, como se levasse muito tempo esperando para pronunciar essas frases, Ximena entrou de repente e disse: esta não é mais tua casa. Pode ficar algumas semanas, mas não se acostume demais. Eu cuidei de meu pai, portanto a casa é minha, não vou vendê-la, nem pense nisso. E seria muito melhor se você ficasse num hotel.

Claudia assentiu acreditando que com os dias a irmã recuperaria a calma, a sensatez. Deitou-se na cama e se pôs a ler um romance, queria esquecer aquele diálogo ácido, queria deixar-se levar pela trama, mas era impossível, porque o livro falava de pais que abandonam seus filhos ou de filhos que abandonam seus pais. Ultimamente todos os livros falam disso, pensou.

Foi até a sala, Ximena via televisão, sentou-se a seu lado. Gregory House dizia alguma coisa à dra. Cuddy, alguma brutalidade, e Claudia lembra que riram, em uníssono. Então preparou chá e ofereceu uma xícara a Ximena. Achou que a irmã tinha a cara de alguém que tinha sofrido não um dia ou uma semana, mas a vida toda. Perdão, disse Ximena ao receber o chá: pode ficar o tempo que quiser, mas não me peça para vender a casa. É a única coisa que tenho, que temos.

Claudia esteve a ponto de dizer alguma frase apropriada e vazia: temos uma à outra, vamos superar isso juntas, algo assim. Mas se conteve. Não teria sido verdade. Fazia muito tempo que lhes custava conviver sem se agredir. Depois falamos sobre a casa, disse.

Caminhamos sem rumo, mas sei lá, simplesmente acompanho Claudia pensando que vamos a alguma parte. Já é muito tarde, o cinema está fechado, paramos para olhar os cartazes dos filmes como se fôssemos um casal em busca de diversão.

É bom morar perto de um cinema, diz ela, e nos entusiasmamos falando sobre filmes — descobrimos coincidências que, no entanto, ainda bem, nos devolvem à vida, à juventude, à infância. Porque já não podemos, já não sabemos falar sobre um filme ou sobre um livro; chegou o tempo em que não importam os filmes nem os romances, e sim o momento em que os vimos, os lemos: onde estávamos, o que fazíamos, quem éramos então.

Enquanto caminhamos em silêncio penso naqueles nomes: Roberto, Magali, Ximena, Claudia. Pergunto o nome de sua avó. Mercedes, responde Claudia. Penso que são nomes sérios. Até Claudia me parece de repente um nome sério. Belo, simples e sério. Pergunto em que ano morreu sua avó. Em 1995, um ano antes de minha mãe, diz Claudia. E fala também de outro morto, alguém importante, alguém a quem nunca conheceu: o primo de seu pai, Nacho, o médico. Nacho foi preso e nunca mais voltou. Roberto e Magali falavam dele como se estivesse vivo, mas estava morto.

Contavam-lhe, quando menina, e depois, muitos anos depois, continuavam lhe contando a história da febre, que nem sequer era propriamente uma história — era um momento, nada mais, o último, ainda que ninguém soubesse que seria o último: em 1974, quando Claudia tinha onze meses de vida, Nacho foi vê-la porque a menina estava doente havia muitas horas. A febre baixou de imediato. É um milagre, disseram os adultos, rindo, naquela tarde. E assim ficou, como um milagre ligeiro, intranscendente: baixar a febre de uma menina, nada mais, naquela tarde em que o viram com vida pela última vez — e tampouco o viram morto, porque seu corpo nunca apareceu.

Em minha família não há mortos, digo eu. Ninguém morreu. Nem meus avós, nem meus pais, nem meus primos, ninguém.

Você nunca vai ao cemitério?

Não, nunca vou ao cemitério, respondo em uma frase completa — como se aprendesse a falar uma língua estrangeira e me exigissem completar a frase.

Tenho que ir, prefiro voltar cedo à casa do meu pai — um gesto em seus lábios a desdiz em seguida: não é mais a casa de seu pai, agora é dela e de Ximena. Acompanho-a desejando que me convide a um café, mas ela se despede no portão com um sorriso límpido e um abraço.

No caminho de volta recordo uma cena na faculdade, uma tarde em que fumávamos erva e tomávamos um pegajoso vinho com melão. Eu tinha passado a tarde junto a um grupo de colegas de curso trocando relatos familiares nos quais a morte aparecia com insistência opressiva. De todos os presentes eu era o único que provinha de uma família sem mortos, e essa constatação me encheu de uma estranha amargura: meus amigos tinham crescido lendo os livros que seus pais ou seus irmãos mortos tinham deixado em casa. Mas na minha família não havia mortos nem havia livros.

Sou filho de uma família sem mortos, pensei enquanto meus companheiros contavam suas histórias de infância. Então me lembrei intensamente de Claudia, mas não queria ou não me atrevia a contar sua história. Não era minha. Sabia pouco, mas pelo menos sabia isto: que ninguém fala pelos outros. Que, mesmo que queiramos contar histórias alheias, terminamos sempre contando nossa própria história.

Quero deixar passar uns dias antes de chamá-la e propor-lhe que voltemos a nos ver. Mas estou impaciente e lhe telefono logo. Ela não parece surpresa. Ficamos de nos encontrar na manhã seguinte, no parque Intercomunal. Chego cedo, mas a vejo ao longe, sentada num banco, lendo. Está bonita. Veste uma saia de jeans leve e uma velha camiseta preta que diz em letras grandes e azuis: "Love sucks".

Alguns colegiais que estão cabulando aula se aproximam para nos pedir fogo. Com essa idade eu não fumava, me diz Claudia. Eu sim, respondo. Conto que comecei a fumar aos doze anos. Às vezes caminhava com meu pai e ele acendia um cigarro e eu lhe dizia que o apagasse, dizia que fazia mal, que ia morrer de câncer. Fazia isso para despistar, para que não suspeitasse que eu também fumava, e ele me olhava desculpando-se e me explicava que fumar era um vício e que os vícios demonstravam a fraqueza dos seres humanos. Eu me lembro disso, era bom vê-lo de repente confessar-se fraco, vulnerável.

Quanto a mim, só vi meu pai fumar uma vez, diz Claudia enquanto nos perdemos pelo parque. Um dia cheguei mais cedo do colégio e ele estava na sala conversando com minha mãe. Me alegrei muito de vê-lo. Vivia esperando vê-lo. Meu pai me abraçou e talvez o abraço tenha sido longo, mas senti que ele me soltava rápido, como se aquele contato fosse também ilícito. Então me dei conta de que ele tinha um cigarro na mão direita. Isso me desconcertou. Me pareceu que na verdade era outra pessoa. Que não era Roberto que fumava, que era Raúl.

Também fumou na noite do terremoto, com meu pai, relembro a ela. Acho que meu pai ofereceu um cigarro ao teu e fumaram juntos, conversando.

Sério?, pergunta Claudia, incrédula, enquanto arruma o cabelo. Não me lembro disso. Mas me lembro de você, diz.

Na verdade, você estava procurando alguém para espiar seu pai, não é?

Não, diz ela. Eu não sabia que meu pai morava ali. A situação foi muito confusa. Na noite do terremoto eu estava sozinha com minha mãe, porque Ximena tinha ido para a casa da minha avó. Na época Ximena passava muito tempo com minha avó, praticamente morava com ela. Uma mureta caiu e o janelão se quebrou, não podíamos dormir ali; lembro que nos desesperamos, saímos andando e eu não sabia que procurávamos o meu pai e que ele também nos procurava. Não sei se tomamos caminhos diferentes ou se passamos por perto. Quando por fim o vimos numa esquina, não pude acreditar. Eu levava uma lanterna pequena, de brinquedo, que tinham me dado de presente uns anos antes. Me lembro que iluminei a cara dele e vi seus olhos um pouco úmidos. Nos abraçou e nos levou até a fogueira. Antes de amanhecer partimos os três para a casa de La Reina, no carro dele.

O Fiat 500, digo eu.

O Fiat 500, sim, responde.

Claudia se impressionou muito ao descobrir que seu pai morava perto. Estava farta dos segredos e, ao mesmo tempo, intuía perigos numerosos, perigos enormes e imprecisos. Gostou de me ver ali, com os adultos, ao redor da fogueira — você estava quieto, observava. Eu também era assim, silenciosa. Comecei a te seguir sem um propósito claro e aos poucos fui construindo um plano.

Claudia tampouco sabia com precisão o que espiava, o que queria saber. Mas quando se inteirou, por meu intermédio, de que Roberto escondia gente na casa, não se surpreendeu.

E você achava que seu pai tinha uma amante?

Não sabia o que achar. Quando conversamos perdi o controle, a verdade é que sabia muito pouco sobre meu pai. Depois achei que fosse Ximena. Não calculei que você ia segui-la daquela maneira, mas me deu raiva saber que ela via meu pai mais do que eu. Que havia um vínculo novo e diferente entre eles. Ela e meu pai, dizíamos depois, meio na brincadeira, eram os revolucionários. Minha mãe e eu, ao contrário, éramos as reacionárias. Podíamos fazer graça com isso, mas de todo modo me doía e acho que me dói até agora.

Quando Ximena viu que um menino, que eu a seguia, não teve dúvida de que era sua irmã que me mandava. Claudia se viu obrigada a confessar que era ela que tinha me pedido que espionasse o pai. Repreenderam-na primeiro enfática e depois amorosamente. Começou uma discussão na qual se culpavam uns aos outros. Eu não queria ser a responsável por aqueles gritos, mas era, diz Claudia, e então faz uma pausa longa e vacilante. Durante dez minutos parece que está a ponto de falar e não se decide. Diz, por fim: estou com muita vontade de tomar sorvete de chocolate.

Passamos uma semana sem nos ver, mas telefono para ela diariamente e tenho a impressão de que Claudia espera por essas ligações. Uma noite, muito tarde, é ela quem me liga. Estou aqui fora, diz. Ximena me expulsou. Diz que a casa é dela. Que sou uma estrangeira e uma puta.

Claudia chora com o semblante exato de alguém que se esforça por evitar o choro. Eu a abraço, ofereço um chá e escutamos música enquanto penso nos motivos que Ximena pôde ter para chamá-la de puta. Quase pergunto isso, mas prefiro me calar. Digo-lhe que pode ficar comigo, que só há uma cama, mas posso dormir na poltrona. Será por uma noite, me responde. Mas quero que durmamos juntos. Assim minha irmã terá razão, serei uma puta.

Os olhos de Claudia se iluminam: recupera o riso, a beleza. Ofereço-lhe uns pedaços de queijo e abro uma garrafa de vinho. Falamos e bebemos durante horas. Gosto do modo como se move pela casa. Ocupa o espaço como se o estivesse reconhecendo. Muda frequentemente de cadeira, põe-se em pé, de repente senta no chão e fica um tempo com as mãos nos tornozelos.

Digo que me parece inacreditável que Ximena a tenha expulsado.

Não me expulsou, na verdade, responde. Tivemos uma forte discussão, mas eu poderia ter ficado em casa. Preferi sair, porque para mim é muito difícil conviver com ela.

Pergunto se Ximena sempre foi assim. Me diz que não. Que a doença do pai a transformou. Que nos últimos anos abandonou tudo para cuidar dele. Agora que meu pai não está mais aqui, ela não sabe o que fazer, não sabe como viver. Mas suponho que seja mais complexo do que isso, diz Claudia, e olha fixamente a lâmpada da sala, como se seguisse o movimento de uma mariposa.

Pergunto por que foi morar nos Estados Unidos. Não sei, responde. Queria ir embora, queria sair. Meu pai também queria que eu fosse, já estava doente na época, mas preferia que eu fosse, diz Claudia, retomando o tom de uma confissão. Ele me apoiava, acima de tudo, diante dos ataques de Ximena. Mas Ximena também queria que eu fosse embora. De alguma maneira fantasiava este fim: ela cuidando de meu pai até o último momento e eu voltando às pressas, cheia de culpa, para o enterro.

Não sei em que momento, anos atrás, acrescenta Claudia, Ximena construiu essa versão em que eu era a irmã má que queria tirar tudo dela. E talvez já seja tarde demais para fazer as pazes. Porque alguma razão Ximena tem. Ela ficou porque quis ficar. Mas ficou, diz Claudia. De alguma forma meu pai teve que escolher de qual de suas filhas iria foder a vida. Escolheu ela. E eu me salvei.

Pergunto se na verdade não está cheia de culpa.

Não sinto culpa, responde. Mas sinto essa falta de culpa como se fosse culpa.

Vai voltar para os Estados Unidos?

Há duas semanas, na tarde em que voltamos a nos encontrar, Claudia me contou que tinha terminado um mestrado em direito ambiental em Vermont, que preferia procurar trabalho lá, que já fazia algum tempo que morava com um namorado argentino. Mas agora demora a responder.

Às vezes duvido, diz, por fim. Às vezes penso que devo regressar definitivamente ao Chile, diz. Acho que não sabe bem por que diz isso. Não acredito nela. Acho que Claudia não considera a sério a possibilidade de ficar. Acho que Claudia procura algo, apenas, e assim que encontrar regressará aos Estados Unidos.

Parece ao mesmo tempo cansada e aliviada. E está meio bêbada. Enquanto trepamos ela sorri mostrando um pouco os dentes. É um gesto bonito e estranho. Penso que vou me lembrar desse gesto. Que vou sentir saudades dele.

Dormimos pouco, duas ou três horas. Começa o ruído de carros, de vozes. As pessoas partem para o trabalho, para o colégio. Preparamos suco de laranja e enquanto tomamos o café da manhã ela verifica sua caixa de e-mails no computador. Encontra uma mensagem de Ximena. Não vou vender a casa, não incista, diz, e Claudia não pode acreditar: ela diz incista, com c, de fato. Por um milésimo de segundo pensa que é terrível que Ximena cometa esse tipo de erro e em seguida se envergonha, porque é ainda pior que, nessas circunstâncias, importe-se com algo tão estúpido como um erro de ortografia.

A casa não está à venda, prossegue Ximena. É minha casa agora. Agora mais do que nunca, diz.

Não vou insistir, pensa Claudia: não tem sentido insistir. No fundo entende que Ximena se aferre à casa. Acredita que seja melhor vendê-la e repartir o dinheiro, acredita que não faz bem a ninguém tanta proximidade com o passado. Que o passado nunca deixa de doer, mas podemos ajudá-lo a encontrar um lugar diferente.

No entanto, talvez seja cedo demais para falar de dor, me diz, enquanto olho o rastro de vinho em seus lábios. De repente me parece muito jovem: vinte e cinco, vinte e seis anos, nunca mais de trinta.

Vou à universidade, dou uma aula não muito boa, volto. Tinha imaginado a cena, mas de todo modo me surpreende abrir a porta e ver Claudia estendida numa poltrona. Sua beleza me faz bem, eu lhe digo, sem pensar muito. Ela me olha com cautela e em seguida solta uma risadinha, mas se aproxima, me abraça e terminamos trepando em pé, num canto da cozinha.

Depois fazemos talharim e bolamos um molho com um pouco de creme e cebolinhas. O molho fica um pouco seco, e a verdade é que nenhum dos dois tem fome.

Às vezes, ao olhar a comida no prato, diz Claudia, me lembro da expressão, a resposta que minha mãe e minha avó me davam todo tempo: come e cala. Tinham cozinhado uma coisa nova, um guisado desconhecido que não tinha bom aspecto e Claudia queria saber o que era. Sua mãe e sua avó respondiam em coro: come e cala.

Era uma brincadeira, claro, uma brincadeira sábia até. Mas eis o que sentia Claudia quando pequena: que aconteciam coisas estranhas, que conviviam com a dor, que guardavam com dificuldade uma tristeza longa e imprecisa, e no entanto era melhor não fazer perguntas, porque perguntar era arriscar-se a ouvir também como resposta: come e cala.

Depois veio o tempo das perguntas. A década de 1990 foi o tempo das perguntas, pensa Claudia, e em seguida diz desculpa, não quero soar como esses sociólogos meio charlatães que às vezes aparecem na televisão, mas foram assim aqueles anos: eu me sentava durante horas falando com meus pais, perguntava-lhes detalhes, obrigava-os a recordar e repetia depois essas lembranças como se fossem próprias; de uma forma terrível e secreta, procurava seu lugar naquela história.

Não perguntávamos para saber, me diz Claudia enquanto juntamos os pratos e tiramos a mesa: perguntávamos para preencher um vazio.

Às vezes Ximena me lembra minha mãe, diz Claudia enquanto tomamos chá. Não é uma semelhança física, de fato. É a voz, o timbre da voz, diz.

Pensa naqueles momentos em que não restava à sua mãe outro remédio senão falar. Buscava as meninas, demorava-se nas palavras, como que sintonizando aos poucos um tom doce e calmo, um tom cuidadoso, artificial. Então, como numa cerimônia, falava claro. Olhava nos olhos.

Numa tarde de 1984 falou com elas em separado. Chamou primeiro Ximena à cozinha e fechou a porta. Era estranho que a conversa tivesse lugar na cozinha. Perguntou-lhe sobre isso pouco antes de ela morrer. Por que naquela tarde você quis falar com a gente na cozinha? Não sei, disse a mãe. Talvez porque estivesse nervosa.

A conversa com Ximena durou pouco. Ela saiu rapidamente, correu para o pátio, Claudia não pôde ver sua cara. À luz das circunstâncias, os cinco anos de diferença entre as irmãs se convertiam numa distância intransponível. Ximena era conflituosa e irascível, mas no fim sempre ficava do lado dos adultos, enquanto Claudia entendia tudo pela metade.

Em seguida foi minha vez, diz Claudia e faz uma pausa que parece dramática. Penso que está a ponto de se quebrar, mas não, precisa dessa pausa, nada mais. Não me recordo bem de suas palavras, prossegue. Suponho que me disse a verdade ou alguma coisa parecida com a verdade. Entendi que havia gente boa e gente ruim. Que nós éramos gente boa. Que a gente boa às vezes era perseguida por pensar diferente. Por suas ideias. Não sei se na época eu sabia o que era uma ideia, mas de alguma maneira naquela tarde eu soube.

Sua mãe lhe falou com uma ênfase suave, generosa: por um tempo você não vai poder chamar seu papai de papai. Ele vai cortar o cabelo como o tio Raúl, vai tirar a barba para se parecer um pouco mais com o tio Raúl. Claudia não entendia, mas sabia que devia entender. Sabia que todos os outros, inclusive sua irmã, entendiam mais que ela. E lhe doía ter que aceitar. Perguntou à mãe quanto tempo devia ficar sem chamar seu pai de papai. Não sei. Talvez pouco tempo. Talvez muito. Mas prometo que você vai poder chamá-lo de novo de papai.

Jura?, disse Claudia, inesperadamente. Nas famílias católicas se jura, nós só prometemos, disse a mãe. Mas te prometo. Quero que você me jure, disse a menina. Está bem, eu juro, concedeu a mãe. E acrescentou que ela sempre saberia que aquele homem a quem chamava de tio era seu pai. Que isso bastava. Que isso era o importante.

No início de 1988 o pai de Claudia recuperou sua identidade. Foi uma decisão do partido. De olho no plebiscito, precisavam de militantes comprometidos publicamente nas tarefas práticas. Magali foi com as duas filhas ao aeroporto. A situação era absurda. Uma semana antes Roberto tinha partido para Buenos Aires com a identidade de Raúl e regressava agora convertido em Roberto. Havia aparado um pouco o cabelo e as costeletas e se vestia sobriamente, com calça jeans e uma camisa branca. Sorria muito, e em algum momento Claudia pensou que parecia um homem novo.

Não era necessário que fingissem tanto, mas sua mãe insistia: do mesmo modo que antes a olhava com reprovação quando o chamava de papai, agora a instava, de forma quase ridícula, a chamá-lo de papai. No avião vinha gente que tinha estado exilada de verdade. Claudia se lembra de ter sentido certa amargura ao vê-los abraçar as famílias, chorar naqueles longos abraços, legítimos. Por um momento pensou, mas se arrependeu em seguida desse pensamento, que os outros também fingiam. Que o que eles recuperavam não eram as pessoas, e sim os nomes. Desfaziam, por fim, aquela distância entre os corpos e os nomes. Mas não. Havia ao redor emoções verdadeiras. E de volta para casa pensou que sua emoção também era verdadeira.

É uma história terrível, digo eu, e ela me olha surpresa. Não, responde, e diz meu nome várias vezes, como se eu estivesse dormindo há muito tempo e ela quisesse me despertar aos poucos: minha história não é terrível. É isso que Ximena não entende: que nossa história não é terrível. Que houve dor, que nunca esqueceremos essa dor, mas tampouco podemos esquecer a dor dos outros. Porque estávamos protegidas, enfim; porque houve outros que sofreram mais, que sofrem mais.

Caminhamos pela avenida Grécia, passamos pela Faculdade de Filosofia, e, então, me lembro de alguma história ou de centenas de histórias sobre aquele tempo, mas me sinto um pouco bobo, parece que tudo o que posso contar é irrelevante. Chegamos ao Estádio Nacional. O maior centro de detenção em 1973 sempre foi, para mim, nada mais que um campo de futebol. Minhas primeiras lembranças são meramente esportivas e alegres. Sem dúvida foi ali, nas arquibancadas desse estádio, que tomei meus primeiros sorvetes.

A primeira lembrança de Claudia também é alegre. Em 1977 anunciou-se que Chespirito, o comediante mexicano, viria com todo o elenco de seu programa para dar um espetáculo no Estádio Nacional. Claudia tinha então quatro anos, via o programa e gostava muito.

Seus pais se negaram, em princípio, a levá-la, mas no fim cederam. Foram os quatro, e Claudia e Ximena se divertiram bastante. Muitos anos mais tarde Claudia soube que aquele dia tinha sido, para seus pais, um suplício. Que a cada minuto pensaram no absurdo que era ver o estádio cheio de gente rindo. Que durante todo o espetáculo eles tinham pensado apenas, obsessivamente, nos mortos.

De vez em quando Claudia propõe procurar um hotel ou recorrer a alguma amiga, mas eu insisto em retê-la. Não tenho muito a oferecer, mas desejo a todo custo que este tempo continue. Há dias menos bons, confusos, mas costuma acontecer uma rotina agradável. Pela manhã vou à faculdade enquanto Claudia sai para caminhar ou fica em casa pensando, sobretudo no futuro. À tarde trepamos ou vemos filmes, e a noite nos surpreende conversando e rindo.

Às vezes acho que ela sente vontade de ficar, de que a vida consista nisso, nada mais. É o que eu quero. Quero fazê-la desejar uma vida aqui. Quero enredá-la de novo no mundo do qual ela fugiu. Quero fazê-la acreditar que fugiu, que forçou sua história para se perder nas convenções de uma vida confortável e supostamente feliz. Quero fazê-la odiar esse futuro plácido em Vermont. Me comporto, em resumo, como um imbecil.

É melhor encarar este tempo como se encara um anúncio breve na programação da tevê a cabo: depois de vinte anos, dois amigos de infância se reencontram por acaso e se apaixonam. Mas não somos amigos. E não há amor, na verdade. Dormimos juntos, trepamos maravilhosamente bem e nunca vou esquecer seu corpo moreno, cálido e firme. Mas não é amor o que nos une. Ou é amor, mas amor à lembrança.

O que nos une é o desejo de recuperar as cenas dos personagens secundários. Cenas razoavelmente descartadas, desnecessárias, que no entanto colecionamos sem cessar.

Claudia insiste para irmos a Maipú. Diz que quer conhecer meus pais. Que quer caminhar por aquelas ruas de novo. Não acho que seja uma boa ideia, mas aceito, por fim.

Na praça ela reconhece alguns monumentos, algumas árvores, a longa escadaria que conduz à piscina pública, mas não muito mais. Onde antes estava o supermercado agora há um edifício municipal ou algo assim.

Rumamos agora para a vila onde ela morava. Fecharam as travessas com um vistoso portão eletrônico. A Lucila Godoy Alcayaga e a Neftalí Reyes Basoalto parecem agora condomínios mais exclusivos ou pelo menos o suficiente para compartilhar a paranoia sobre a delinquência. Veem-se muitos carros estacionados no interior.

Conseguimos nos infiltrar na rabeira de uns meninos que entram de bicicleta. Claudia olha a casa em silêncio por um instante, mas logo toca a campainha. Estamos procurando um gato, diz a um homem que sai com a camisa fora da calça, como se estivesse se despindo quando a campainha tocou. Claudia explica que é um gato branco e preto. O homem a olha com curiosidade, com certeza a considera desejável. Não vi um gato em branco e preto, eu vejo em cores, disse, e penso que havia muitos anos eu não escutava uma piada tão sem graça. De todo modo rimos, nervosos.

A casa é agora de uma estranha cor damasco, e em vez de persianas há umas horríveis cortinas floridas. Mas nunca foi uma casa bonita; nem sequer foi uma verdadeira casa, diz Claudia, com uma tristeza serena.

Decidimos ir embora, mas não podemos sair. O portão eletrônico está fechado, chamamos pelo interfone, mas o homem não responde. Por um tempo ficamos ali, como melancólicos presos acariciando as barras de ferro. Enquanto isso telefono a meus pais. Eles me esperam. Nos esperam.

Fico surpreso ao ver na sala um móvel para livros. Está repleto. Graças a esta estante sua mãe começou a ler e eu também, embora você saiba que eu prefiro ver filmes, diz meu pai. Não olha para Claudia, mas é sumamente cortês, atencioso.

A tarde escorre numa conversa lenta que por momentos, ao compasso do pisco sour, tende a ganhar forma. Queremos ir embora, mas minha mãe começa a preparar um jantar com pedaços de carne, batata-duquesa e uma alternativa vegetariana. Não sou vegetariana, diz Claudia, quando minha mãe pergunta a respeito. Que estranho, meu filho sempre gostou das vegetarianas, diz mamãe. Isso me perturba, mas deixo passar, porque Claudia ri com naturalidade, com calor.

Apesar dessa brincadeira, meus pais evitam perguntar detalhes da relação. Eu disse por telefone simplesmente que iria acompanhado. Suponho que eles tenham achado curioso ou agradável que eu quisesse lhes apresentar uma namorada. Me incomoda que a situação possa ser vista assim: o filho apresentando uma namorada. Não é isso, não viemos para isso. Também não sei para que viemos, mas não viemos para isso.

Falamos de uma série de roubos recentes na vila. Há rumores de que o ladrão vive no bairro. Que é um dos meninos que cresceram aqui. Um que não prosperou. Um que sempre foi meio ladrão. Eu nunca roubei, diz meu pai, de repente. Nem sequer quando criança. Éramos muito pobres, eu vendia verduras na feira — olha para Claudia, consciente de que contou mil vezes a história de sua infância. Diz que nem sequer no máximo estado de desespero roubaria. Que na época tinha amigos que roubavam — eram meus amigos, eu os amava, mas espero que tenham terminado na prisão, diz. De outro modo a sociedade não funciona.

Em que momento, penso, meu pai mudou tanto? Ao pensar, duvido: não sei se realmente mudou ou se sempre foi assim. Eu roubei, roubei muito, digo, para contrariá-lo. No início meu pai ri. Claro, você me tirava dinheiro da carteira, mas isso não é roubar.

Isso é roubar, respondo sério, sentencioso. Roubar o pai também é roubar. E além disso roubei livros. Numa semana cheguei a roubar dezoito livros — digo dezoito para que soe excessivo e ao mesmo tempo verossímil, mas foram só três e me senti tão culpado que nunca mais voltei a entrar naquela livraria. Mas mantenho o dito, não me retrato, e meu pai me encara com severidade. Me encara como um pai encararia um filho ladrão — um filho já perdido, na cadeia, no dia de visitas.

Minha mãe tenta descontrair o ambiente. Quem não roubou alguma vez?, diz e desliza uma anedota qualquer de infância, olhando para Claudia. Pergunta se já roubou. Ela responde que não, mas que se estivesse desesperada talvez o fizesse.

Claudia diz que está com dor de cabeça. Peço-lhe que se deite. Vamos ao quarto que era meu quando criança. Armo o sofá-cama, abraço Claudia, ela se estende e fecha os olhos, suas pálpebras tremem de leve. Eu a beijo, prometo que quando se sentir melhor iremos embora. Não quero que a gente vá, diz ela, inesperadamente. Quero ficar aqui, acho necessário que a gente durma nesta noite aqui, não me pergunte o porquê, diz. Descubro então que não está indisposta. Fico confuso.

Vou até o móvel pequeno onde estão os velhos álbuns de fotografias da família. Para isso servem esses álbuns, penso: para nos fazer acreditar que fomos felizes quando crianças. Para nos demonstrar que não queremos aceitar quanto fomos felizes. Viro as páginas lentamente. Mostro a Claudia uma foto muito antiga em que meu pai desce de um avião, com o cabelo bem mais comprido e umas lentes muito grossas nublando seus olhos.

Volta para o jantar, me diz, me pede Claudia: quero ficar sozinha algumas horas. Não diz um momento ou um pouco. Diz que quer estar sozinha algumas horas.

Minha mãe requenta a comida no micro-ondas enquanto meu pai sintoniza o rádio em busca de uma estação de música clássica — nunca gostou de música clássica e, no entanto, julga que é a música adequada para jantar. Fica ali, movendo o dial, está aborrecido, não quer olhar para mim. Sente-se, papai, estamos conversando, digo com repentina autoridade.

Enquanto jantamos pergunto a meus pais se recordam a noite do terremoto de 1985, se acaso se lembram do vizinho Raúl. Minha mãe confunde os vizinhos, as famílias, enquanto meu pai se lembra de Raúl com precisão. Pelo que sei era democrata-cristão, diz, embora também se comentasse que era algo mais que isso.

Como assim?

Não sei, parece que era socialista ou comunista, até.

Comunista como meu avô?

Meu pai não era comunista. Meu pai era um operário, nada mais. Raúl deve ter sido mais perigoso. Mas não, não sei. Parecia pacífico. De qualquer maneira, se Piñera ganhar as eleições, vai acabar com a festa. Raúl deve ser um desses que levaram vida boa com esses governos corruptos e desordenados.

Diz isso para me provocar. Eu o deixo falar. Deixo que diga umas quantas frases rudimentares e ácidas. Meteram a mão no nosso bolso nesses anos todos, diz. Os da Concertación são um bando de ladrões, diz. Não faria mal a este país um pouco de ordem, diz. E finalmente vem a frase temida e esperada, o limite que não posso, que não vou tolerar: Pinochet foi um ditador e tudo mais, matou algumas pessoas, mas pelo menos naquele tempo havia ordem.

Encaro-o nos olhos. Em que momento, penso, em que momento meu pai se converteu nisso? Ou sempre foi assim? Sempre foi assim? Penso nisso com força, com uma dramaticidade severa e dolorosa: sempre foi assim?

Minha mãe não está de acordo com o que disse meu pai. Na verdade está mais ou menos de acordo, mas quer fazer algo para evitar que a noitada se arruíne. Este mundo é muito melhor, diz. As coisas estão bem. E a Michelle faz o melhor que pode.

Não posso evitar perguntar a meu pai se naqueles anos ele era ou não pinochetista. Eu perguntei isso centenas de vezes, desde a adolescência, é quase uma pergunta retórica, mas ele nunca admitiu — por que não admitir, penso, por que negar durante tantos anos, por que continuar negando?

Meu pai guarda um silêncio áspero e profundo. Finalmente diz que não, que não era pinochetista, que aprendeu desde menino que ninguém ia salvá-los.

Nos salvar de quê?

Nos salvar. Nos dar de comer.

Mas o senhor tinha o que comer. Nós tínhamos o que comer.

Não se trata disso, diz.

*

A conversa se torna insustentável. Levanto-me para ir aonde está Claudia. Observo-a com intensidade, mas continua virando as páginas como se não percebesse minha presença. Já examinou metade dos álbuns. Seu olhar absorve, devora as imagens. Às vezes sorri, às vezes seu rosto se torna tão sério que a tristeza me invade. Não, não sinto tristeza: sinto medo.

Volto à mesa do jantar, o sorvete de baunilha se derrete no meu prato. Conto a eles em voz baixa, mas muito rápido, que Claudia é filha de Raúl, mas que durante anos teve que fingir que era sua sobrinha. Que Raúl se chamava, na verdade, Roberto. Não sei o que espero ao lhes contar isso. Porque alguma coisa espero, alguma coisa procuro.

É uma história enrolada, mas muito boa, diz meu pai, depois de um silêncio não tão longo.

Está me gozando? Uma boa história? É uma história dolorosa.

É uma história dolorosa, mas já passou. Claudia está viva. Os pais dela estão vivos.

Os pais estão mortos, digo.

A ditadura os matou?

Não.

E morreram de quê?

A mãe morreu de um derrame cerebral, e o pai, de câncer.

Coitadinha da Claudia, diz minha mãe.

Mas não morreram por razões políticas, diz meu pai.

Mas estão mortos.

Mas você está vivo, diz ele. E aposto que vai contar esta história tão boa num livro.

Não vou escrever um livro sobre eles. Vou escrever um livro sobre vocês, digo, com um sorriso estranho desenhado na boca. Não posso acreditar no que acaba de acontecer. Me incomoda ser o filho que volta a recriminar, uma e outra vez, seus pais. Mas não posso evitar.

Encaro meu pai, e ele desvia o rosto. Então vejo em seu perfil o brilho de uma lente de contato e o olho direito levemente irritado. Me lembro da cena, repetida incontáveis vezes durante a infância: meu pai de cócoras procurando desesperado uma lente de contato que acaba de cair. Todos o ajudávamos a procurar, mas ele queria encontrá-la por si mesmo, e aquilo lhe custava uma enormidade.

Tal como Claudia queria, nos hospedamos na casa de meus pais. Às duas da madrugada eu me levanto para preparar café. Minha mãe está na sala, tomando mate. Me oferece, aceito. Acho que nunca na vida tomei mate com ela. Não gosto do sabor de adoçante, mas sorvo forte, me queimo um pouco.

Ele me dava medo, diz minha mãe.

Quem?

Ricardo. Rodolfo.

Roberto.

Isso, Roberto. Eu intuía que estava metido em política.

Todos estavam metidos em política, mamãe. Você também. Vocês. Ao não participar, apoiavam a ditadura — sinto que em minha linguagem há ecos, há vazios. Me sinto como se falasse segundo um manual de comportamento.

Mas nunca, nem seu pai nem eu, estivemos a favor ou contra Allende, a favor ou contra Pinochet.

Por que Roberto lhe dava medo?

Bom, não sei se medo. Mas agora você me conta que era um terrorista.

Não era um terrorista. Escondia pessoas, ajudava pessoas que corriam perigo. E ajudava também a passar informações.

E você acha pouco?

Acho o mínimo que se podia fazer.

Mas essas pessoas que ele escondia eram terroristas. Punham bombas. Planejavam atentados. É motivo suficiente para ter medo.

Bom, mamãe, mas as ditaduras não caem por conta própria. Aquela luta era necessária.

O que é que você sabe dessas coisas? Nem tinha nascido na época de Allende. Era uma criança naqueles anos.

Muitas vezes escutei essa frase. Você nem sequer tinha nascido. Desta vez, no entanto, não me dói. De certo modo me dá vontade de rir. Em seguida minha mãe me pergunta, como se viesse ao caso:

Você gosta de Carla Guelfenbein?

Não sei o que responder. Respondo que não. Não gosto desses livros, desse tipo de livros.

Bom, não gostamos dos mesmos livros. Gostei do romance dela, *El revés del alma*. Me identifiquei com os personagens, me emocionei.

E como é possível que se identifique com personagens de outra classe social, com conflitos que não são, que não poderiam ser, os conflitos de sua vida, mamãe?

Falo sério, muito sério. Sinto que não deveria falar tão sério. Que não convém. Que não vou solucionar nada repreendendo meus pais pelo passado. Que não vou ganhar nada tirando de minha mãe o direito de opinar com liberdade sobre um livro. Ela me olha com uma mistura de irritação e compaixão. Com um pouco de enfado.

Você se engana, diz, talvez aquela não seja minha classe social, concordo, mas as classes sociais mudaram muito, todo mundo diz isso. E ao ler esse romance eu senti que sim, que aqueles eram meus problemas. Entendo que te incomode que eu diga isso, mas você deveria ser um pouco mais tolerante.

Eu disse somente que não gostava daquele romance. E que era estranho que se sentisse identificada com personagens de outra classe social.

E Claudia?

O que tem Claudia?

Claudia é de que classe social? De que classe você é agora? Ela morou em Maipú, mas não é daqui. Vê-se que é mais refinada. Você também parece mais refinado que nós. Ninguém diria que é meu filho.

Desculpa, diz minha mãe antes que eu possa responder a essa pergunta a que, de todo modo, não saberia responder. Me serve mais mate e acende dois cigarros com a mesma chama. Vamos fumar aqui dentro, mesmo que seu pai não goste. Me passa um.

Não é culpa sua, me diz. Você era muito jovem quando saiu de casa, aos vinte e dois anos.

Aos vinte, mamãe.

Aos vinte, aos vinte e dois, dá no mesmo. Muito jovem. Às vezes penso como seria a vida se você tivesse ficado em casa. Alguns ficaram. O menino ladrão, por exemplo. Ele ficou aqui e se tornou um ladrão. Outros também ficaram e agora são engenheiros. Assim é a vida: você se torna ladrão ou engenheiro. Mas não sei muito bem o que você se tornou.

Eu também não sei o que meu pai se tornou, digo eu, de forma meio involuntária.

Seu pai sempre foi um homem que ama a família. Foi e é.

E como teria sido a vida se eu tivesse ficado, mamãe?

Não sei.

Teria sido pior, respondo.

Minha mãe concorda. Talvez seja bom estarmos menos próximos, diz. Gosto de você como é. Gosto que defenda suas ideias. E gosto dessa menina, Claudia, para você, ainda que não seja da sua classe social.

Apaga a bituca cuidadosamente e lava o cinzeiro antes de se deitar. Fico na sala, fumando, por mais um tempinho. Abro a porta e me sento na soleira. Quero contemplar a noite, procurar a lua, terminar em longos goles o uísque que acabo de me servir. Me apoio no carro de meus pais, uma caminhonete nova Hyundai. Soa o alarme, meu pai se levanta. Acho comovente vê-lo de pijama. Me pergunta se estou bêbado. Um pouco, respondo, com a voz apagada: só um pouco.

É muito tarde, cinco da manhã. Vou para o quarto. Claudia dorme, me estendo a seu lado, me movimento querendo despertá-la. Não é só um pouco: estou bêbado. A escuridão é quase completa, e mesmo assim sinto seu olhar em minha fronte e em meu peito. Me acaricia o pescoço, mordo-lhe um ombro. Não podemos perder a oportunidade, diz ela, de fazer amor na casa dos seus pais. Seu corpo se move na escuridão enquanto amanhece.

Às oito da manhã decidimos partir. Vou ao quarto de meus pais para me despedir. Vejo-os dormir abraçados. A imagem me parece forte. Sinto pudor, alegria e desassossego. Penso que são os belos sobreviventes de um mundo perdido, de um mundo impossível. Meu pai acorda e me pede que espere. Quer me dar umas camisas que não usa mais. São seis, não parecem velhas, deduzo que ficarão pequenas, mas as recebo assim mesmo.

Voltamos para casa e é como se regressássemos de uma guerra, mas de uma guerra que não terminou. Penso que nos convertemos em desertores. Penso que nos convertemos em correspondentes, em turistas. É isso o que somos, penso: turistas que alguma vez chegaram com suas mochilas, suas câmeras e seus cadernos, dispostos a passar muito tempo fatigando os olhos, mas que de repente decidiram voltar e enquanto voltam respiram um longo alívio.

Um alívio longo, mas passageiro. Porque nesse sentimento há inocência e há culpa, e embora não possamos, embora não saibamos falar de inocência ou de culpa, dedicamos os dias a repassar uma longa lista que enumera o que então, quando crianças, desconhecíamos. É como se tivéssemos presenciado um crime. Não o cometemos, somente passávamos pelo lugar, mas arrancamos dali porque sabemos que se nos encontrassem nos culpariam. Nos julgamos inocentes, nos julgamos culpados: não sabemos.

De volta em casa Claudia olha as camisas que meu pai me presenteou. Durante muitos anos não tive roupa, diz de repente: primeiro usava as coisas que Ximena deixava e depois os vestidos da minha mãe. Quando ela morreu, brigamos até o último trapo e agora que penso nisso vejo que talvez tenha sido naquele momento que nossa relação se estropiou definitivamente. Os ternos de meu pai, ao contrário, continuam no guarda-roupa do quarto, intactos, diz.

Guardei as camisas de meu pai numa gaveta durante meses. Desde então aconteceram muitas coisas. Desde então Claudia se foi e eu comecei a escrever este livro.

Olho agora essas camisas, estendo-as sobre a cama. Gosto de uma em especial, cor azul-petróleo. Acabo de prová-la, definitivamente fica pequena em mim. Olho-me no espelho e penso que a roupa dos pais deveria sempre ficar grande em nós. Mas penso também que precisava disso; que às vezes precisamos nos vestir com a roupa dos pais e nos olhar demoradamente no espelho.

Nunca falamos com sinceridade sobre essa viagem a Maipú. Muitas vezes eu quis saber o que Claudia tinha sentido, por que tinha desejado que nos hospedássemos lá, mas cada vez que eu perguntava ela me respondia com evasivas ou com frases feitas. Vieram depois uns dias silenciosos e longos. Claudia se mostrava concentrada, atarefada e um pouco tensa. Eu não deveria ter me surpreendido quando ela me anunciou sua decisão. Supõe-se que eu esperava o desenlace, supõe-se que não havia outro desenlace possível.

Voltei a ver Ximena, ela me disse primeiro, com alegria. Ainda não aceitava que vendessem a casa, mas tinham reatado a relação e para Claudia isso importava muito mais que a herança. Contou que conversaram durante horas, sem agressões de nenhuma espécie. Faz anos, faz muitos anos, me disse depois, mudando o tom de uma maneira que me pareceu dolorosa, faz anos descobri que queria uma vida normal. Que queria, sobretudo, estar tranquila. Já vivi as emoções, todas as emoções. Quero uma vida tranquila, simples. Uma vida com passeios no parque.

Pensei nessa frase meio casual, involuntária: a vida com passeios no parque. Pensei que também minha vida era de alguma forma uma vida com passeios no parque. Mas entendi o que ela queria dizer. Procurava uma paisagem própria, um parque novo. Uma vida em que não fosse mais a filha ou a irmã de alguém. Insisti, não sei o porquê, não sei para quê. Nesta viagem você recuperou seu passado, eu disse.

Não sei. Mas aproveitei para te contar. Voltei à infância numa viagem de que talvez necessitasse. Mas não é bom que nos enganemos. Naquele tempo, quando crianças, você espionava meu pai porque queria estar comigo. Agora é igual. Você me escutou só para me ver. Sei que você se importa com a minha história, mas o que mais te importa é tua própria história.

Achei que ela estava sendo dura, que estava sendo injusta. Que dizia palavras desnecessárias. De repente senti raiva, senti até uma ponta de rancor. Você é muito arrogante, disse.

Sim, respondeu. E você também. Quer que eu te apoie, que tenha a mesma opinião que você, como dois adolescentes que forçam coincidências para estar juntos e esticam o olhar e mentem.

Recebi o golpe, talvez o merecesse. Entendo que você vá embora, disse eu. Santiago é mais forte que você. E o Chile é um país de merda que será governado por um ricaço bronco que vai fazer discursos e mais discursos celebrando o bicentenário.

Não vou embora por causa disso, disse, taxativa.

Vai embora porque está apaixonada por outro, repliquei, como se fosse um jogo de adivinhação. Pensei em seu namorado argentino e pensei também em Esteban, o jovem louro que a acompanhava naquele tempo, em Maipú. Nunca lhe perguntei se era seu namorado. Quis perguntar agora, fora de hora, de modo torpe, infantil. Mas antes que pudesse fazê-lo ela respondeu, com ênfase: não estou apaixonada por outro. Tomou um gole longo de café enquanto pensava no que ia dizer. Não estou apaixonada por ninguém, na verdade. Se tenho certeza de alguma coisa, disse, é de que não estou apaixonada por ninguém.

Mas talvez seja melhor que você entenda assim, acrescentou depois, num tom indefinível. É mais fácil entender assim. É melhor pensar que tudo isso foi uma história de amor.

IV. ESTAMOS BEM

Nesta tarde Eme aceitou, por fim, conhecer o manuscrito. Não quis que eu lesse para ela em voz alta, como antes. Pediu que eu imprimisse as páginas e cobriu-se com o lençol para lê-las na cama, mas de repente mudou de ideia e começou a se vestir. Prefiro ir para minha casa, disse. Já faz muito tempo que estou aqui, quero dormir na minha cama esta noite.

Imagino-a lendo, agora, naquela sua casa para a qual nunca me convidou. Naquela cama que não conheço. Minha cama também é dela, nós a escolhemos juntos. E os lençóis, as mantas, o colchão. Eu disse isso antes que ela saísse, mas não esperava sua resposta: para que isso funcione, disse ela, às vezes você deve pensar que acabamos de nos conhecer. Que nunca antes compartilhamos nada.

Me impressionou a moderação um pouco forçada de sua voz. Me falou como se fala a um homem que reclama injustamente na fila do supermercado. Todos temos pressa, senhor. Seja paciente, espere sua vez.

Espero minha vez, então, sentimental, civilizadamente.

*

Aos vinte anos, quando tinha acabado de sair de casa, trabalhei por um tempo contando automóveis. Era um emprego simples e mal pago, mas de alguma forma eu gostava de ficar na esquina designada e anotar na planilha a quantidade de carros, caminhonetes e ônibus que passavam a cada hora. Eu gostava, sobretudo, de cumprir o turno da noite, embora às vezes me batesse o sono e com certeza a imagem fosse absurda: um tipo jovem, concentrado e com olheiras, numa esquina da avenida Vicuña Mackenna, esperando nada, olhando de soslaio outros jovens que voltavam para casa alardeando a bebedeira.

É noite e eu escrevo. É meu trabalho agora, ou algo assim. Mas enquanto escrevo passam automóveis pela avenida Echeñique e às vezes me distraio e começo a contá-los. Nos últimos dez minutos passaram catorze carros, três caminhonetes e uma moto. Não consigo saber se dobram a esquina seguinte ou seguem em frente. De um modo vago e melancólico, penso que gostaria de saber.

Penso no antigo Peugeot 404. Meu pai costumava dedicar os fins de semana a ajustá-lo, embora na verdade o carro nunca falhasse — ele mesmo dizia, com esse amor que só os homens podem sentir pelos carros, que se portava bem, que dava poucos problemas, e no entanto ele passava a vida regulando-o, trocando as velas, ou lendo até tarde algum capítulo de *Apunto, la enciclopedia del automóvil*. Nunca vi alguém tão concentrado como meu pai naquelas noites de leitura.

Parecia-me ridículo que ele dedicasse tanto tempo ao carro. Além do mais, eu era obrigado a ajudá-lo — ajudá-lo consistia em esperar, com uma paciência infinita, que por fim ele dissesse: me passa a chave inglesa. Depois devia aguardar que a devolvesse e ainda por cima escutar longas explicações sobre mecânica que não me interessavam nem um pouco.

Descobri então certo prazer no fato de fingir que escutava meu pai ou outros adultos. Em concordar com a cabeça sustentando o meio-sorriso de quem sabe estar pensando em outra coisa.

O destino daquele Peugeot foi horrível. Um velho caminhão que entrou na contramão bateu nele e meu pai quase morreu. Ainda me lembro de quando me mostrou a marca que o cinto de segurança lhe deixou no peito. Me falou então sobre prudência, sobre o sentido das normas. De repente abriu a camisa para me mostrar a marca vermelha desenhada com precisão em seu peito moreno. Se eu não tivesse posto o cinto de segurança, estaria morto, disse ele.

O Peugeot ficou em pedaços e foi preciso vendê-lo como sucata. Acompanhei meu pai ao depósito de carros. Desde então, cada vez que vejo um Peugeot 404 relembro essa imagem ingrata. E a cicatriz de meu pai, também, quando íamos à piscina ou à praia. Eu não gostava de vê-lo em traje de banho. Não gostava de ver aquela marca riscando-lhe o peito, aquela evidência, aquela faixa horrível que ficou em seu corpo para sempre.

É estranho, é tolo pretender um relato genuíno sobre algo, sobre alguém, sobre qualquer um, até mesmo sobre si próprio. Mas é necessário também.

São quatro da madrugada, não consigo dormir. Aguento a insônia contando automóveis e formando novas frases na geladeira:

our perfect whisper
another white prostitute
understand strange picture
almost black mouth
how imagine howl
naked girl long rhythm

Esta é muito linda: *naked girl long rhythm.*

Cheguei meia hora antes, sentei no terraço e pedi uma taça de vinho. Queria ler enquanto esperava Eme, mas uns meninos corriam perigosamente ao redor e era difícil me concentrar. Deveriam estar na escola, pensei, mas lembrei que era sábado. Em seguida vi as mães na mesa ao lado, entretidas num bate-papo superficial.

Chegou tarde. Notei que estava nervosa, porque me deu uma longa explicação pela demora, como se nunca antes tivesse chegado tarde. Deduzi que não queria falar do romance. Então decidi perguntar, sem mais, o que tinha achado. Procurou o tom por um bom tempo. Balbuciou. Tentou alguma piada que não entendi. O romance está bom, disse ela, por fim. É um romance.

Como?

Isso, que é um romance. Gostei.

Mas não está terminado.

Mas você vai terminá-lo e ficará bom.

Eu queria lhe pedir que fosse mais precisa, perguntar por algumas passagens, por alguns personagens, mas não foi possível, porque uma das mulheres da mesa ao lado se aproximou e cumprimentou Eme efusivamente. Sou a Pepi, disse ela, e se abraçaram. Não sei se disse Pepi ou Pepa ou Pupi ou Papo, mas era um apelido desse tipo. Apresentou-nos seus filhos, que eram os mais espevitados do grupo. Eme podia cortar a conversa nesse ponto, mas quis continuar comentando com sua antiga companheira a enorme coincidência de se encontrarem naquele restaurante. Não me pareceu tão grande a coincidência. Pepi ou Pupi ou Papi mora em La Reina, assim como Eme. O estranho é que não tivessem se encontrado antes.

Fiquei mal. Achei que Eme alongava intencionalmente a conversa. Que agradecia aquele encontro porque lhe permitia adiar o momento em que devia me dar uma opinião real sobre o manuscrito. Depois se desculpou e me disse que tinha que ir embora. Voltei para casa frustrado, chateado. Tentei continuar escrevendo, mas não consegui.

Quando criança eu gostava da palavra apagão. Minha mãe nos buscava, nos levava à sala. Antigamente não havia luz elétrica, dizia enquanto acendia as velas. Eu custava a imaginar um mundo sem lâmpadas, sem interruptores nas paredes.

Aquelas noites nos permitiam ficar um tempo conversando, e minha mãe costumava contar a piada da vela inapagável. Era longa e sem graça, mas gostávamos muito: a família tentava apagar uma vela para ir dormir, mas todos tinham a boca torta. No fim a avó, que também tinha a boca torta, apagava a vela molhando os dedos com saliva.

Meu pai também exaltava a piada. Estavam ali para que não tivéssemos medo. Mas não tínhamos medo. Eram eles que tinham medo.

Disso quero falar. Desse tipo de lembrança.

Hoje telefonou meu amigo Pablo para me ler esta frase que encontrou num livro de Tim O'Brien: "O que adere à memória são esses pequenos fragmentos estranhos que não têm princípio nem fim".

Fiquei pensando nisso e perdi o sono. É verdade. Recordamos, mais propriamente, os ruídos das imagens. E às vezes, ao escrever, limpamos tudo, como se desse modo avançássemos para algum lado. Deveríamos simplesmente descrever esses ruídos, essas manchas na memória. Essa seleção arbitrária, nada mais. Por isso mentimos tanto, afinal. Por isso um livro é sempre o reverso de outro livro imenso e estranho. Um livro ilegível e genuíno que traduzimos, que traímos pelo hábito de uma prosa passável.

Penso no belíssimo começo de *Léxico familiar*, o romance de Natalia Ginzburg: "Neste livro, lugares, fatos e pessoas são reais. Não inventei nada: e toda vez que, nas pegadas do meu velho costume de romancista, inventava, logo me sentia impelida a destruir tudo o que inventara". Eu haveria de ser capaz disso. Ou de ficar calado, simplesmente.

Estou em Las Cruces, desfrutando a praia vazia, com Eme.

Pela manhã, estendido na areia, li *A promessa da aurora*, o livro de Romain Gary em que aparece este parágrafo preciso, oportuno: "Não sei falar do mar. A única coisa que sei é que o mar me livra imediatamente de todas as minhas obrigações. Cada vez que o contemplo me converto num afogado feliz".

Eu tampouco sei falar do mar, embora se suponha que foi minha primeira paisagem. Quando eu tinha apenas dois meses de vida, meu pai aceitou um trabalho em Valparaíso e ficamos em Cerro Alegre por três anos. Mas minha primeira lembrança do mar é muito mais tardia, com seis anos talvez, quando já morávamos em Maipú. Lembro-me de haver pensado, aflito e feliz, que era um espaço sem limites, que o mar era um lugar que continuava, que prosseguia.

Faz algum tempo tentei escrever um poema chamado "Afogados felizes". Não saiu.

Voltamos num carro que emprestaram a Eme. Dirigi com tanta cautela que acho que ela estava a ponto de se exasperar. Depois a acompanhei, pela primeira vez, à sua casa. Fiquei impressionado ao ver suas coisas arranjadas de outra maneira. Reconhecíveis. Não sei se gostei de dormir com ela lá. Estive o tempo todo oprimido pelo desejo de registrar cada detalhe.

Pela manhã tomamos chá com suas amigas. Era tal como Eme me havia descrito. A casa é na verdade um imenso ateliê. Enquanto Eme desenha, suas companheiras — falou seus nomes muitas vezes, mas nunca consegui guardá-los — fazem roupas e artesanatos.

Quando eu estava prestes a ir embora, Eme me perguntou se estava escrevendo. Não soube o que responder.

Seja como for, na noite passada escrevi estes versos:

É melhor não sair em nenhum livro
As frases que não nos queiram abrigar
Uma vida sem música e sem letra
E um céu sem essas nuvens que há agora.

A prosa sai estranha. Não encontro o humor, a textura. Mas solto alguns versos e de repente me deixo invadir por esse ritmo. Movo os versos, confirmo e transgrido a cadência, passo horas trabalhando no poema. Leio, em voz alta:

É melhor não sair em nenhum livro
As frases que não nos queiram abrigar
Uma vida sem música e sem letra
E um céu sem essas nuvens que agora
Você não sabe se estão indo ou vindo
Essas nuvens quando mudam tantas vezes
De forma que ainda parecemos estar
Morando no lugar que abandonamos
Quando ainda não sabíamos os nomes das árvores
Quando não sabíamos os nomes dos pássaros
Quando o medo era o medo e não existia
O amor pelo medo

Nem o medo pelo medo
E a dor era um livro interminável
Que um dia folheamos só para ver
Se no fim apareciam nossos nomes.

Sonhei que estava bêbado e dançava uma canção de Los Ángeles Negros, "El tren hacia el olvido". De repente aparecia Alejandra Costamagna — você está tão mamado, me dizia, melhor eu te levar para casa, me dá o endereço. Mas eu tinha esquecido meu endereço e continuava dançando enquanto tentava lembrá-lo. No sonho eu tomava piscola; no sonho eu gostava de piscola.

Alejandra dançava comigo, mas era antes uma maneira de me ajudar; eu cambaleava indignamente, estava a ponto de cair no meio da pista. Mas não era a pista de uma discoteca, era a sala da casa de alguém.

Não somos amigos, eu dizia a Alejandra, no sonho. Por que você está me ajudando se não somos amigos?

Porque somos amigos, respondia ela. Você está sonhando e no sonho pensa que não somos amigos. Mas somos amigos. Tente acordar, me dizia. Eu tentava, mas continuava no sonho e começava a me angustiar.

Finalmente despertei. Eme dormia a meu lado. Reconheci, na televisão, as cenas finais de *Amores expressos*. Achei absurdo que tivéssemos adormecido vendo um filme tão bom como *Amores expressos*.

Liguei para Alejandra, contei-lhe o sonho, ela riu. Eu gosto de "El tren hacia el olvido", disse ela. Eu também, mas gosto muito mais de "El rey y yo", respondi. Perguntou como iam as coisas com Eme. Não sei, respondi, instintivamente. E é verdade, penso agora: não sei.

Há dor, mas também há felicidade ao abandonar um livro. Comigo aconteceu assim, pelo menos: primeiro o melodrama de ter perdido tantas noites numa paixão inútil. Mas depois, com o passar dos dias, prevalece um ligeiro vento favorável. Voltamos a nos sentir confortáveis neste quarto em que escrevemos sem grandes planos, sem propósitos precisos.

Abandonamos um livro quando compreendemos que não era para nós.

De tanto querer lê-lo acreditamos que nos cabia escrevê-lo. Estávamos cansados de esperar que alguém escrevesse o livro que queríamos ler.

Não penso em abandonar meu romance, no entanto. O silêncio de Eme me fere e o entendo. Eu a obriguei a ler o manuscrito e agora quero obrigá-la a aceitá-lo. E o peso de sua possível desaprovação me faz desejar não o ter escrito ou abandoná-lo. Mas não. Não vou abandoná-lo.

Penso em almoçar com meus pais, mas a perspectiva de vê-los celebrando o triunfo de Piñera me desalenta. Telefono para eles e digo que não irei votar. No ônibus escuto canções muito boas, mas de repente a música, qualquer música, me soa insuportável. Guardo os fones de ouvido e retomo a leitura de *A promessa da aurora*. Fico pregado nesta frase: "Em vez de gritar, escrevo livros".

Voto com um sentimento de pesar, com pouquíssima esperança. Sei que Sebastián Piñera ganhará o primeiro turno e com certeza também o segundo. Acho isso horrível. Já se vê que perdemos a memória. Entregaremos plácida, candidamente o país a Piñera e ao Opus Dei e aos Legionários de Cristo.

Depois de votar, ligo para meu amigo Diego. Espero um bom tempo por ele, sentado no gramado da praça, perto do espelho d'água. Fazemos a caminhada até o Templo de Maipú, passamos pelo local onde antigamente ficava o supermercado Toqui. Diego é de Iquique, mas mora em Maipú há dez anos. Eram boas a carne e a confeitaria, digo e descrevo com detalhes o supermercado. Ele me escuta respeitosamente, mas talvez pense que meu interesse é absurdo, porque todos os supermercados são iguais.

Nunca tinha vindo ao templo, diz Diego. Entramos no meio de uma das tantas missas do domingo. Não há muita gente. Nos sentamos perto do altar. Olho as bandeirinhas, conto-as. Nos sentamos, depois, na escadaria da entrada, escuta-se a música pelos alto-falantes e conversamos enquanto alguns meninos jogam bola e a todo momento a lançam perto de nós. Me apresso em devolvê-la, mas de repente um deles chuta forte e acerta Diego na cara. Esperamos que se desculpem ou ao menos sorriam como se se desculpassem. Não o fazem. Fico com a bola, os meninos se aproximam, tiram-na das minhas mãos. Tenho raiva. Tenho vontade de lhes dar uma bronca. De lhes dar uma lição.

Falamos sobre Maipú, sobre a ideia chilena de vila, tão distinta do que se entende na Argentina ou na Espanha. O sonho da classe média, mas de uma classe média sem ritos, sem enraizamento. Pergunto se ele lembra de uma série do Canal 13 que se chamava *Villa Nápoli*. Diego não lembra. Às vezes esqueço que é muito mais jovem que eu.

Falamos sobre meu romance, mas também sobre o romance que Diego publicou há pouco tempo e que li semanas atrás. Digo que me agrada, tento precisar o que me agrada. Penso numa cena em especial. O protagonista viaja a Buenos Aires com seu pai e lhe pede um livro. O pai o compra e, à guisa de aprovação, abre-o e diz que "é resistente".

Isso você não inventou, digo eu. Essas coisas não se inventam. Diego ri, movendo a cabeça como se dançasse heavy metal. Não, não inventei, diz.

Depois vamos ao apartamento onde Diego mora com a mãe, na avenida Sur. Sua mãe se chama Cinthya. Comentamos os resultados, que a esta hora da tarde já são claros. Segundo turno, com enorme vantagem para Piñera.

Diego prepara o abacate e coloca azeite. Digo que não é necessário botar azeite. Meu pai sempre me dava bronca por isso, diz e ri. Pelo menos nisso seu pai tinha razão, respondo e rio também.

Pensei que você estava brincando quando falou que escrevia sobre mim, me disse Eme, no restaurante. Me olhou como se procurasse o meu rosto. Senti que escolhia com cuidado as palavras. Que se dispunha a falar. Mas se deteve num sorriso.

Fomos comer sushi no lugar de sempre. O pedido demorava demais e me lembrei da cena do almoço, quando criança — a angústia de irmos embora com os pratos servidos. É como no romance, eu ia dizer, mas ela me olhou com apagada curiosidade. Agora penso que me olhou com compaixão. Então achei que começava o momento da espera em que só é possível falar da espera. Mas ela começou outra conversa, com um tom que parecia ter pensado, que com certeza tinha ensaiado longamente naqueles dias.

Eu não mudei tanto, disse ela. E você muito menos. Faz umas semanas te disse que devíamos fingir que acabávamos de nos conhecer. Não entendo muito bem o que eu quis dizer. Acho que nestes meses temos rido do que éramos. Mas é falso. Continuamos sendo o que éramos. Agora entendemos tudo. Mas sabemos pouco. Sabemos menos que antes — isso é bom, disse eu, temeroso: é bom não saber, esperar apenas.

Não. Não é bom. Seria bom se fosse verdadeiro. Queremos estar juntos e para isso estamos até dispostos a fingir. Não mudamos tanto a ponto de poder estarmos juntos de novo. E eu me pergunto se vamos mudar.

Compreendi o que estava por vir e me preparei. Nas discussões eu costumava me refugiar em certo otimismo, mas ela fechava a cara e depois até o corpo para me expulsar. Sempre me lembro dessa dor, numa noite, há anos: em plena discussão começamos a nos acariciar e ela se pôs em cima de mim, mas no meio da penetração não pôde controlar a raiva que sentia e fechou a vagina por completo.

De repente, sem que eu esperasse, Eme começou a falar sobre o romance. Tinha gostado, mas durante toda a leitura não teve como evitar uma sensação ambígua, uma vacilação. Você contou minha história, disse ela, e eu deveria te agradecer por isso, mas acho que não, que preferiria que ninguém contasse essa história. Expliquei que não era exatamente sua vida, que apenas tinha tomado algumas imagens, algumas lembranças que tínhamos dividido. Não dê desculpas, disse ela: você deixou algumas notas no cofre, mas de todo modo roubou o banco, disse. Achei essa uma metáfora tola, vulgar.

Chegou o sushi, finalmente. Me concentrei no sashimi de salmão — comi com voracidade, untei cada pedaço com shoyu em excesso, e os pedaços de gengibre e a abundante raiz-forte me incendiavam a boca. Era como se eu quisesse me aplicar um castigo absurdo enquanto pensava que amava aquela mulher, que era um amor pleno, não uma forma desgastada de amor. Que ela não era para mim um hábito, um vício difícil de abandonar. E no entanto, àquela altura, eu já não estava, já não estou, disposto a lutar.

Comi o sushi, os pedaços que me correspondiam e também os dela, e quando a bandeja ficou vazia Eme me disse, com aspereza, vamos parar por aqui. Nisso chegou o gerente e começou um prolongado pedido de desculpas que nenhum de nós dois queria escutar. Ofereceu-nos café e sobremesa grátis, por conta da casa, para compensar a demora. Escutamos de modo ausente. Respondemos mecanicamente que não tinha importância, que não se preocupasse. E fomos embora, cada um para o seu lado.

Ao chegar em casa pensei nas palavras de Eme. Achei que ela estava certa. Que sabemos pouco. Que antes sabíamos mais, porque estávamos cheios de convicções, de dogmas, de regras. Que amávamos essas regras. Que a única coisa que tínhamos amado de verdade era esse punhado absurdo de regras. E agora entendemos tudo. Entendemos, em especial, o fracasso.

Alone again (*naturally*). O que mais me dói é o *naturally*. Vamos então, você e eu, cada um para o seu lado.

Faz alguns dias Eme deixou com os vizinhos uma caixa para mim. Só hoje me atrevi a abri-la. Havia dois coletes, um cachecol, meus filmes de Kaurismäki e Wes Anderson, meus discos de Tom Waits e Wu-Tang Clan, além de alguns livros que durante esses meses tinha lhe emprestado. Entre eles estava o exemplar de *Em louvor da sombra*, o ensaio de Tanizaki que dei de presente a ela há anos. Não sei se por crueldade ou por descuido, ela o incluiu na caixa.

Ela nunca me disse se o havia lido, por isso me surpreendeu reconhecer, agora, no livro, as marcas de um grosso marca-texto amarelo. Costumava importuná-la por isso: seus livros ficavam feios depois dessa espécie de batalha que era a leitura. Pode-se dizer que ela lia com a ansiedade de quem memoriza datas para um exame, mas não, havia se acostumado, simplesmente, a marcar dessa maneira as frases das quais gostava.

Falo de Eme no passado. É triste e fácil: já não está. Mas também deveria aprender a falar de mim mesmo no passado.

Voltei ao romance. Ensaio mudanças. Da primeira para a terceira pessoa, da terceira para a primeira, até para a segunda.

Distancio e aproximo o narrador. E não avanço. Não vou avançar. Mudo de cenários. Apago. Apago muitíssimo. Vinte, trinta páginas. Esqueço esse livro. Me embriago aos poucos, adormeço.

E depois, ao despertar, escrevo versos e descubro que isso era tudo: recordar as imagens em plenitude, sem composições de lugar, sem maiores cenários. Conseguir uma música genuína. Nada de romances, nada de desculpas.

Ensaio apagar tudo e deixar que prevaleça somente este ritmo, estas palavras:

A mesa consumida pelo fogo
Essas marcas no corpo de meu pai
A rápida confiança nos escombros
As frases na parede da infância
O rumor de meus dedos hesitantes
Tua roupa nas gavetas de outra casa
O rumor interminável dos carros
A esperança ardente de voltar
Sem passos nem caminho de memória
A larga convicção de que esperamos
Que ninguém reconheça em nosso rosto
O rosto que já há tempo perdemos.

Semanas sem escrever neste diário. O verão inteiro, quase.

Estava acordado, sem sono, escutando The Magnetic Fields, quando começou o terremoto. Sentei na soleira e pensei, com calma, com estranha serenidade, que era o fim do mundo. É longo, pensei também. Cheguei a pensar muitas vezes: foi longo.

Quando por fim terminou, me aproximei dos vizinhos, um casal e sua filha pequena, que continuavam abraçados, tiritando. Como estão?, perguntei. Bem, respondeu o vizinho, um pouco assustado, nada mais — e como estão vocês?, me perguntou. Respondi, sorrindo: estamos bem.

Faz dois anos que moro sozinho e o vizinho não se dá conta, pensei. Pensei também que agora era eu o vizinho solitário, agora eu era Raúl, eu era Roberto. Lembrei-me, então, do romance. Acreditei, alarmado, que a história terminaria deste modo: com aquela casa de Maipú, a casa de minha infância, destruída. O que me havia levado a narrar o terremoto de 1985? Eu não sabia, não sei. Sei, no entanto, que durante aquela noite tão distante pensei pela primeira vez na morte.

A morte era então invisível para os meninos como eu, que saíamos, que corríamos sem medo por aquelas travessas de fantasia, a salvo da história. A noite do terremoto foi a primeira vez que pensei que tudo poderia vir abaixo. Agora creio que é bom saber disso. Que é necessário lembrar a cada instante.

Passadas as cinco da manhã saí para percorrer o bairro. Caminhei muito lentamente, esperando a ajuda dos fachos das lanternas que iam em desordem desde o chão até a copa das árvores e das luzes dos carros que enchiam de repente o espaço. As crianças dormiam ou tentavam dormir deitadas na calçada. A voz de um homem assegurava, de uma esquina a outra, como um mantra: estamos bem, estamos bem.

Liguei o rádio no celular. A informação ainda era escassa. Começava aos poucos o inventário de mortes. Os locutores vacilavam e um deles até disse esta frase que, em tais circunstâncias, era cômica: definitivamente foi um terremoto.

Cheguei, por fim, perto da casa de Eme e fiquei na calçada à espera de algum sinal. De repente escutei sua voz. Falava com suas amigas, me pareceu que fumavam no jardim da frente. Ia me aproximar, mas refleti que bastava aquilo, saber que estava a salvo. Eu a sentia muito próxima, a poucos passos, mas preferi ir embora logo. Estamos bem, pensei, com um estranho esboço de alegria.

Voltei para casa ao amanhecer. Fiquei impressionado com a imagem, ao entrar. Dias antes tinha organizado os livros. Agora configuravam uma generosa ruína no chão. O mesmo ocorria com os pratos e dois vitrais. A casa resistiu, de todo modo.

Pensei em partir de imediato a Maipú, mas pouco antes das nove da manhã consegui me comunicar com minha mãe. Estamos bem, disse ela e me pediu que não fosse vê-los, que era muito perigoso o deslocamento. Fique organizando seus livros, disse ela. Não se preocupe conosco.

*

Mas irei. Amanhã cedo vou vê-los, vou acompanhá-los.

É tarde. Escrevo. A cidade convalesce, mas retoma aos poucos o movimento de uma noite qualquer, o fim do verão. Penso ingenuamente, intensamente na dor. Nas pessoas que morreram hoje, no Sul. Nos mortos de ontem, de amanhã. E neste ofício estranho, humilde e altivo, necessário e insuficiente: passar a vida olhando, escrevendo.

Depois do Peugeot 404 meu pai teve um 504 azul pálido e em seguida um 505 prateado. Nenhum desses modelos circula agora pela avenida.

Observo os carros, conto os carros. Me parece triste pensar que nos assentos traseiros vão meninos dormindo e que cada um desses meninos recordará, alguma vez, o antigo carro em que anos atrás viajava com seus pais.

Santiago, fevereiro de 2010

MEUS DOCUMENTOS

Para Josefina Gutiérrez

I

Meus documentos

para Natalia García

1

A primeira vez que vi um computador foi em 1980, aos quatro ou cinco anos de idade, mas esta não é uma recordação pura, provavelmente a confundo com visitas posteriores ao trabalho de meu pai, na Calle Agustinas. Lembro de meu pai com seu eterno cigarro na mão direita, os olhos pretos fixos nos meus enquanto me explicava o funcionamento daquelas máquinas enormes. Ele esperava que minha reação fosse de fascínio, e eu fingia estar interessado, mas assim que podia, escapava para brincar na mesa da Loreto, uma secretária de cabelos e lábios finos que nunca se lembrava do meu nome.

A máquina de escrever elétrica da Loreto me parecia prodigiosa, com sua pequena tela onde as palavras iam se acumulando até que uma poderosa rajada as cravava no papel. Era talvez um mecanismo similar ao de um computador, mas isso não passava pela minha cabeça. De todo modo, gostava mais da outra máquina, uma Olivetti convencional de cor preta, que conhecia bem, porque na minha casa havia uma igual. Minha mãe tinha estudado programação, mas logo se esquecera dos computadores e preferia aquela tecnologia menor, que continuava atual, porque a popularização dos computadores ainda era algo distante.

Minha mãe não escrevia à máquina para algum trabalho remunerado: o que transcrevia eram as músicas, os contos e poemas de autoria da minha avó, que sempre estava se inscrevendo em algum concurso ou começando enfim o projeto que a tiraria do anonimato. Lembro de minha mãe trabalhando na mesa de jantar, inserindo cuidadosamente o papel-carbono, aplicando com esmero o corretor quando errava. Batia sempre muito rápido, usando todos os dedos, sem olhar para o teclado.

Talvez eu possa colocar desta maneira: meu pai era um computador e minha mãe, uma máquina de escrever.

2

Logo aprendi a digitar meu nome, mas gostava mais de imitar, com o teclado, o repique dos tambores das marchas militares. Pertencer à banda militar era a maior honra a que podíamos aspirar. Todos queriam, e eu também. No meio da manhã, durante as aulas, ouvíamos o retumbar distante das caixas, os apitos, a respiração do trompete e do trombone, as notas milagrosamente nítidas do triângulo e da lira. A banda ensaiava duas ou três vezes por semana: eu ficava impressionado ao vê-los se distanciando em direção a uma espécie de várzea que havia nos fundos do colégio. Quem mais chamava a atenção era o responsável por levar o bastão, que figurava apenas nos eventos importantes, porque era um ex-aluno do colégio. Manejava o bastão com destreza admirável, embora fosse caolho — tinha um olho de vidro, e rezava a lenda que ele o perdera em uma manobra malfeita.

Em dezembro peregrinávamos até o Templo Votivo. Era uma caminhada infinita, de duas horas, saindo do colégio, encabeçada pela banda e depois nós, em ordem decrescente, do quinto colegial (porque era uma escola técnica) até o primeiro ano do primário. As pessoas vinham nos cumprimentar, algumas senhoras nos davam laranjas para evitar o cansaço. Minha mãe aparecia em certos pontos do percurso: estacionava por ali, me procurava no fim da formação, depois voltava ao carro para ouvir música, fumar um cigarro, e dirigia por outro trecho para nos alcançar mais adiante e vir me cumprimentar novamente, com seu cabelo comprido, brilhante e castanho, a mãe mais bonita da turma, sem exagero, o que na verdade me deixava complexado, porque alguns colegas costumavam dizer que ela era linda demais para ser mãe de alguém tão feio como eu.

Quem também vinha me cumprimentar era o Dante, que cantava meu nome aos berros, me envergonhando na frente de meus colegas, que caçoavam dele e de mim. Dante era um menino autista, bem mais velho que eu, tinha talvez quinze ou dezesseis anos. Era muito alto, um metro e noventa, e pesava mais de cem quilos, como ele mesmo costumava dizer, repetindo a cifra exata: "Olá, estou pesando cento e três quilos".

O Dante perambulava pelo bairro o dia todo, tentando decifrar quem eram os pais de quais crianças, e quem eram os irmãos, os amigos de cada um, o que, num mundo onde prevaleciam o silêncio e a desconfiança, não deve ter sido fácil. Caminhava sempre no rastro de seus interlocutores, que costumavam apressar o passo, mas ele também acelerava, até ficar de frente para eles e começar a andar de costas, movendo a cabeça com severidade quando entendia algo. Morava sozinho, com uma tia, ao que parece tinha sido abandonado pelos pais, mas nunca disse isso, quando as pessoas lhe perguntavam por seus pais ele apenas as olhava como que desconcertado.

3

Além das marchas da escola, durante as tardes, já em casa, eu continuava ouvindo sons marciais, pois morávamos atrás do estádio Santiago Bueras, no qual as crianças de outros colégios iam treinar, e onde, a cada tanto, talvez todos os meses, acontecia uma competição entre bandas militares. Já que escutava marchas militares o dia inteiro, poderia dizer que essa foi a música da minha infância. Mas apenas em parte, porque em minha família a música sempre teve importância.

Minha vó havia sido cantora lírica na adolescência e sua grande frustração foi a impossibilidade de continuar cantando, tendo a vida partida em dois pelo terremoto de 1939; tinha então vinte e um anos. Não sei quantas vezes nos relatou a experiência de ter engolido terra e de despertar, de repente, vendo sua cidade, Chillán Viejo, destruída. O inventário de mortos incluía seu pai, sua mãe, dois de seus três irmãos. E o terceiro foi quem a resgatou do meio dos escombros.

Meus pais nunca nos contaram histórias, mas ela sim. As alegres terminavam mal, porque os protagonistas invariavelmente morriam no terremoto. Mas também nos contava outras histórias, tristíssimas, que terminavam bem e que para ela eram literatura. Às vezes minha avó terminava chorando e minha irmã e eu adormecíamos ou então acordávamos escutando seus soluços, e outras vezes, mesmo que estivesse em um momento especialmente dramático da história, algum detalhe a fazia rir e ela explodia numa gargalhada contagiosa que também nos acordava.

Minha avó sempre dizia frases de duplo sentido ou coisas impertinentes que ela mesma celebrava antes da hora. Agradecia com "de nádegas" em vez de "de nada", e se alguém dizia que estava frio, ela respondia "pelo menos não está calor". Também dizia "se é preciso lutatar, lutataremos", e respondia "de maneira nenhuma, como disse o peixe", ou então "como disse o peixe", ou simplesmente "peixe", para resumir esta frase: "De maneira nenhuma, como disse o peixe quando lhe perguntaram se preferia ser preparado frito ou assado".

4

A missa acontecia no ginásio de um colégio de freiras, o Mater Purissima, mas sempre falavam, como se fala de um sonho, sobre a paróquia que estavam construindo. Demoraram tanto que quando a terminaram eu já não acreditava em Deus.

No começo eu ia com meus pais, mas depois comecei a ir sozinho, porque eles resolveram frequentar a missa de outro colégio de freiras, as ursulinas, que ficava mais perto de casa e durava apenas quarenta minutos, porque o padre — um sujeito minúsculo e careca, que andava sempre numa motoneta — despachava a homilia com um desdém simpático, e inclusive fazia com frequência o gesto de et cetera com a mão. Eu simpatizava com ele, mas preferia o padre do Mater Purissima, um homem com uma barba complexa, indomável, de um branco absoluto, que falava como se estivesse nos repreendendo, nos desafiando, com essa amabilidade enérgica e enganosa tão comum nos padres, e com inúmeras pausas dramáticas. Eu também conhecia, naturalmente, os padres do meu colégio, como o padre Limonta, o diretor, um italiano muito atlético — dizia-se que havia sido ginasta quando jovem — e que nos batia com seu chaveiro para que nos mantivéssemos firmes na formação, mas que no mais era afável e até paternal. Seu sermão, no entanto, me parecia desagradável ou inapropriado, por ser talvez demasiadamente pedagógico, pouco sério.

Eu gostava da linguagem da missa, mas não a entendia muito bem. Quando o padre dizia "eu vos deixo a minha paz, eu vos dou a minha paz", eu escutava "eu não deixo a minha praça, eu não vou à minha praça" e ficava pensando nessa misteriosa imobilidade. E uma vez eu disse a frase "não sou digno de que entres em minha casa" para minha avó, ao abrir a porta para ela, e depois para meu pai, que logo me respondeu, com um sorriso doce e severo: "Obrigado, mas esta casa é minha".

No Mater Purissima havia um coral de seis vozes e dois violões que tinha grande protagonismo, porque inclusive os "graças a Deus" e os "nós vos louvamos, Senhor" e até os "ouvi-nos, Senhor" eram cantados. Minha ambição era me juntar àquele coral. Tinha apenas oito anos, mas tocava razoavelmente bem um pequeno violão que tínhamos em casa: arranhava bem o ritmo, sabia arpejar e, embora ficasse tremendo de nervoso na hora de fazer uma pestana, conseguia um som quase inteiro, apenas um pouco impuro. Suponho que me achava bom, ou suficientemente bom, para que uma manhã, no fim da missa, violão em mãos, me aproximasse dos integrantes do coro. Me olharam com algum desprezo, talvez por ser muito novo ou porque aquilo era uma máfia que já funcionava, mas não me rejeitaram nem me aceitaram. "Precisamos fazer um teste", me disse, com desdém, uma mulher meio loira e com olheiras que tocava um violão extraordinariamente grande. Então vamos fazer logo, agora, propus; tinha ensaiado algumas músicas, entre elas o Pai-Nosso, que era parecida com "The Sound of Silence", mas ela não quis. "No próximo mês", disse.

5

Minha mãe iniciara sua educação musical ouvindo com devoção os Beatles e um repertório de música folclórica chilena, e disso havia derivado para os hits de Adamo, Sandro, Raphael e José Luis Rodríguez, que era mais ou menos o que se ouvia no começo dos anos 1980. Tinha parado de procurar coisas boas — novas para ela —, até que deu com o disco do show que reuniu Paul Simon e Art Garfunkel no Central Park. Então sua vida mudou, e acredito que para sempre: da noite para o dia, com uma rapidez impressionante, a casa se encheu de discos, que eram difíceis de conseguir, e ela retomou seus estudos de inglês, possivelmente apenas para entender as letras.

Lembro dela ouvindo o curso da BBC, que vinha em uns álbuns com dezenas de fitas cassete dentro, ou o outro curso que tínhamos em casa, *The Three Way Method to English*: duas caixas, uma vermelha e outra verde, cada uma com um caderninho, um livro e três discos de 33. Eu sentava a seu lado e ouvia, distraído, aquelas vozes. Ainda me lembro de alguns fragmentos, como quando o homem dizia "*these are my eyes*" e a mulher respondia "*those are your eyes*". O melhor era quando a voz masculina perguntava "*is this the pencil?*" e a mulher respondia "*no, this is not the pencil, but the pen*", e depois, quando o homem perguntava "*is this the pen?*", ela respondia "*no, this is not the pen, but the pencil*".

Tendo a pensar que cada vez que voltava para casa, estava tocando na sala alguma música de Simon & Garfunkel ou da carreira solo de Paul Simon. Quando *Graceland* foi lançado, em 1986, minha mãe já era com toda certeza a mais fervorosa fã chilena de Simon, especialista também nos acontecimentos da vida pessoal do cantor, como seu casamento falido com Carrie Fisher, ou sua atuação em *Annie Hall*. Meu pai estava surpreso por sua esposa ter de repente se tornado fanática por aquela música de que ele, que então escutava exclusivamente zambas argentinas, não gostava. "Eu deveria ter um quarto só pra mim", ouvi minha mãe dizer certa noite, soluçando, ao fim de uma discussão iniciada porque ela conseguira uns pôsteres e umas fotos para colar nas paredes do quarto dos dois, causando a óbvia reação irada de meu pai, que de todo modo teve de se resignar àquela exposição de outros homens em frente ao leito nupcial.

6

Nos fins de semana de primavera e inclusive de parte do verão, íamos com meus tios e primos soltar pipa no Cerro 15. Era tudo muito profissional:

em vez de amarrar o fio entre duas árvores para passar cerol, como fazia quando pequeno, meu pai adotara outro método: conseguira uma tômbola e um motor para preparar o fio em casa, montando um complicado mecanismo. Fabricava também as próprias pipas. Certamente na época ele lidava com difíceis dilemas informáticos, mas a imagem de meu pai trabalhando me remete a essas noites em que ele se esmerava arduamente em obter a pipa perfeita.

Não que eu não gostasse de empinar pipas, mas preferiria fazê-lo com o fio sem cerol, porque era incapaz de manobrar aquilo sem estropiar a ponta dos dedos, mesmo elas já sendo um pouco endurecidas pelo contato com as cordas do violão. Mas precisava usar o fio com cerol, era disso que se tratava: manter a pipa no céu e enfrentar o oponente. Enquanto meu primo Rodrigo dava guinadas fatais e cortava dezenas de pipas toda tarde, o normal era que eu mantivesse a minha no ar com dificuldade e perdesse o controle a cada tanto. Mas eu me esforçava, muito embora, pouco tempo depois, ninguém nutrisse grandes esperanças em mim.

Sempre levávamos uma caixa com dezenas de pipas extraordinárias, as que meu pai fabricava e as demais compradas de um amigo dele que se dedicava exclusivamente a isso. Eu sempre tentava me posicionar o mais longe possível da minha família. Às vezes, em vez de empinar, eu levava a pipa e o carretel e passava algumas horas deitado na grama, fumando meus primeiros cigarros enquanto via no céu as trajetórias caprichosas das pipas cortadas. "Quanto você quer por essa pipa?", alguém me perguntou numa daquelas tardes. Era Mauricio, o coroinha. Vendi-a para ele e depois vendi também mais algumas para o irmão e para os amigos do irmão dele.

Mauricio era tão sardento que eu ria ao vê-lo, mas tinha demorado a reconhecê-lo sem a túnica branca. Em minha confusão, em minha ignorância, pensava que os coroinhas eram padres muito jovens, que viviam reclusos ou algo assim. Ele me esclareceu que não, e me disse que preferia ser chamado de *acólito*, e não de coroinha. Me convidou para ajudar na missa, porque o outro acólito ia deixar o cargo. Perguntou se eu tinha feito a primeira comunhão, e não sei por que respondi que sim, o que era totalmente falso, estava começando a me preparar para isso no colégio. Não sabia então e continuo sem saber se se tratava de um requisito para ser coroinha, mas instintivamente, diante da dúvida, como em tantas outras vezes na vida, menti. Disse que iria pensar, mas que não tinha certeza. Quando voltei para onde meu pai e meus tios estavam, haviam descoberto todo o meu comércio de pipas, mas ninguém me repreendeu.

7

Continuava esperando que a mulher de olheiras fizesse o teste comigo, mas sempre que eu perguntava, ela desconversava. Lembro de ter dito, para impressioná-la, que o Pai-Nosso era melhor na versão em inglês. "É impossível que seja melhor que a palavra de Nosso Senhor Jesus Cristo", respondeu. Mas devo ter provocado sua curiosidade, porque quando eu estava indo embora, ela perguntou se eu sabia sobre o que a letra em inglês falava. "Sobre os sons do silêncio", respondi, com total segurança.

Cansado de esperar, uma ou duas semanas depois do encontro com Mauricio no Cerro 15, me aproximei do padre e de Mauricio e disse a eles que queria ser acólito. O padre me olhou com desconfiança, inspecionando-me de cima a baixo antes de me aceitar. Eu estava feliz. Não cantaria na missa, mas meu lugar seria de ainda maior destaque. Não teria a calça branca da banda militar, mas sim a túnica branca, o cíngulo amarrado firmemente à cintura. Mauricio me emprestaria a roupa, nem sequer contei em casa que me tornaria coroinha, não sei por quê, talvez simplesmente por não querer que fossem lá me ver.

8

Na primeira vez em que ajudei na missa permaneci os primeiros minutos olhando de soslaio, com uma enorme sensação de vingança, para o canto onde estava a mulher loira, que não queria notar meu triunfo. Era difícil me concentrar naqueles rituais que eu respeitava e nos quais acreditava, mas que agora, em cima do altar, guardavam apenas uma leve noção, um eco ou um resquício de autenticidade. Houve minutos de glória, como quando tocamos os sinos ou quando auxiliamos o padre na saudação da paz. E em seguida o pior momento, quando o padre deu a comunhão a Mauricio e chegou a minha vez — meu plano era dizer para ele que eu não podia comungar, porque estava havia tempo demais sem me confessar, mas esquecera de dizê-lo antes da missa, já era tarde. Tentei fazer um gesto que significasse tudo isso, um gesto que com sorte fosse imperceptível para os fiéis, mas não consegui, o padre colocou na minha boca a hóstia inteira, que me pareceu o que todo mundo acha: insípida. Mas nesse momento mal pensei no sabor, sentia que morreria ali mesmo, castigado por um raio ou algo assim. Caminhei com Mauricio, pensando em confessar a ele meu pecado, mas ele estava contente, e várias vezes me felicitou pelo meu desempenho na missa.

Chegamos à casa dele, que ficava perto do Mater Purissima. O irmão mais velho de Mauricio me convidou para almoçar, estavam sozinhos. Comemos *charquicán* e ouvimos Pablo Milanés, de quem eu conhecia a música "Años", que me fazia rir, e também "El breve espacio en que no estás", de que eu gostava. Com um aparelho de som que comportava duas fitas cassete, tinham gravado três vezes seguidas cada música, numa fita de noventa ou talvez de cento e vinte minutos ("são tão boas que dá vontade de escutar de novo na hora", Mauricio me explicou).

Os irmãos cantavam com vozes terríveis enquanto comiam, gritando sem nenhuma vergonha, inclusive com a boca cheia, e eu gostei disso. Quando alguém desafinava na presença da minha avó, ela dizia, em tom de segredo, mas suficientemente alto para todos ouvirem, frases como "vejo que não estamos na Ópera", ou "não acordamos muito afinados", ou "acho que essa soprano canta com o bigode". Mas minha avó não estava ali para reprimir aqueles irmãos que cantavam com total liberdade, com desenvoltura, emoção e cumplicidade: notava-se que haviam cantado aquelas canções infinitas vezes, que aquela música significava algo importante para eles.

Enquanto devorávamos a cassata, prestei atenção na letra de "Acto de fe" — "*creo en ti/ como creo cuando crece/ cuanto se siente y padece/ al mirar alrededor*". Achei o fim da letra desconcertante: era uma canção de amor, mas terminava com a palavra *revolução*. Os irmãos cantaram com a alma: "*Creo en ti/ revolución*".

Embora eu fosse um menino que gostava de palavras, essa foi a primeira vez, aos oito anos, ou talvez já tivesse feito nove, que escutei a palavra *revolução*. Perguntei para o Mauricio se era um nome, pois pensei que podia ser o nome da mulher amada, Revolución González, Revolución Arratia. Eles riram e depois me olharam com benevolência. "Não é um nome", esclareceu o irmão de Mauricio. "Você realmente não sabe o que quer dizer a palavra revolução?". Respondi que não. "Então você é um bobalhão."

Era uma brincadeira, entendi, talvez por causa da rima. Depois o irmão de Mauricio me deu uma aula sobre a história do Chile e da América Latina que eu gostaria de lembrar ao pé da letra, mas retive apenas um sentimento incômodo e chocante de ignorância. Eu não sabia nada do mundo, nada. O irmão saiu, eu e Mauricio fomos ver tevê em seu quarto, ficamos adormecidos ou semiadormecidos. Começamos a nos tatear, a nos tocar inteiros, sem beijos. Durante os anos todos que nossa amizade durou, não voltamos a fazer isso, nem o mencionamos.

9

Cheguei em casa logo que começou a escurecer. Não costumava rezar, mas naquela noite rezei por muito tempo, precisava da ajuda de Deus. Em apenas um dia havia acumulado dois pecados enormes, embora me preocupasse mais a falsa comunhão que o caso com Mauricio.

Minha avó me viu ajoelhado diante de uma imagem de Cristo que havia na sala e não conseguiu conter o riso. Perguntei do que estava rindo e ela falou para eu não exagerar, que um pai-nosso seria o suficiente. Minha avó nunca ia à missa, dizia que os padres eram muito enxeridos, mas acreditava em Deus. "Não é necessário repetir rezas", me explicou aquela noite, "basta conversar com Jesus, livremente, antes de dormir." Mas achei aquilo estranho e intimidador.

Apesar de estudar em um colégio de padres, eu não associava o sentimento religioso ao que acontecia lá. Não gostava quando éramos obrigados a ir à missa no colégio, e tampouco gostava daquelas sessões entediantes, na igreja contígua ao edifício principal, em que nos preparavam para a primeira comunhão com questionários bobos, como se aquilo se tratasse de decorar leis de trânsito. Mas na manhã seguinte, culpado como estava, no meio do recreio, decidi que, embora não tivesse feito a primeira comunhão, deveria me confessar, ou pelo menos falar com um sacerdote sobre aqueles pecados, e parti para o escritório do padre Limonta, que estava absorto no livro de contabilidade, talvez arredondando umas cifras. Ao levantar a vista me olhou militarmente e eu fiquei parado, duro, em silêncio — já sei por que você está aqui, disse, e eu tremi, imaginando que o padre mantinha algum tipo de comunicação expressa com Deus. Fiquei branco, como se estivesse com tontura. "Não é possível", disse enfim Limonta, "todos os meninos vêm pedir a mesma coisa, você ainda é muito novo para entrar na banda." Corri, aliviado, de volta para as aulas.

Acho que foi nesse mesmo dia que a coordenadora pedagógica e um padre cujo nome não me lembro nos levaram a um lar que acolhia crianças deficientes mentais. A visita tinha o objetivo de mostrar como éramos sortudos, e havia inclusive um roteiro para aumentar o efeito dramático: as crianças compareciam uma a uma para receber o carinho da professora, que não era físico, porque ela não os abraçava nem encostava neles — "te amamos muito, Jonathan", dizia a moça enquanto um menino com a boca torta, os olhos perdidos e o nariz escorrendo meleca balbuciava algo incompreensível. Cada caso era mais impressionante que o anterior e no fim surgiu Lucy, uma mulher de quarenta anos presa no corpo de uma menina, que reagia apenas girando a cabeça quando o padre sacudia um guizo. Lembro que pensei em Dante, que era normal se comparado a eles, embora no bairro o chamassem de mongol.

Até então minha ideia de sofrimento estava associada a Dante e às crianças do Teleton, que era uma fonte inesgotável de medos e pesadelos. Todos os anos eu e minha irmã assistíamos ao programa inteiro até cairmos no sono, como quase todas as crianças, e depois passávamos semanas imaginando que ficávamos sem os braços ou as pernas.

10

"Isso não foi nada", disse minha avó depois do terremoto de 1985, me abraçando. Nossas aulas começaram alguns meses mais tarde e nos transferiram para uma sala que haviam preparado ou improvisado atrás do ginásio, onde acabamos ficando o ano todo.

O professor também era novo. A primeira coisa que disse foi seu nome, Juan Luis Morales Rojas, e o repetiu em voz baixa, num tom neutro, duas, três, vinte vezes — agora vocês, nos pediu, repitam: Juan Luis Morales Rojas, Juan Luis Morales Rojas, Juan Luis Morales Rojas, e começamos a repetir seu nome, com uma confiança cada vez maior, brincando até o limite, ou tentando entender se havia um limite, e em pouco tempo gritávamos e pulávamos enquanto ele agitava as mãos como o regente de uma orquestra, ou como um cantor que se compraz ao ver o público cantando a letra em coro. "Agora sei que vocês nunca vão esquecer meu nome", foi tudo o que nos disse quando cansamos de gritar e de rir. Não consigo recordar nenhum momento de maior felicidade que esse em todos os anos em que estive naquele colégio.

Semanas depois ou talvez naquele mesmo dia, Juan Luis Morales Rojas nos explicou o que eram as eleições, quais eram as funções do presidente, do vice-presidente, do secretário, do tesoureiro. Numa das primeiras sessões do conselho de classe, pediu que listássemos os problemas que tínhamos, e no começo não conseguíamos pensar em nada, mas alguém mencionou que nós do quarto ano do primário não podíamos participar da banda. Surgiu a ideia de fazer uma lista com os nomes dos que queriam estar na banda, para ir falar com o padre Limonta. Eu ia levantar a mão, mas hesitei por um segundo; então senti claramente que não, não queria mais fazer parte da banda.

11

Nisso minha mãe conheceu uma mulher que garantia ter me visto ajudando na missa. "Impossível", respondi. Mas outra pessoa lhe contou a mesma coisa e ela voltou a me perguntar. Disse que não, mas que eu também havia visto alguém de coroinha surpreendentemente parecido comigo. "Eu tenho um rosto muito comum", disse a ela.

Quando por fim me confessei com o padre Limonta, não pensei em mencionar que já havia comungado, nem sobre minha experiência erótica com Mauricio. Recebi, em meu colégio, a primeira comunhão — que àquela altura já era a trigésima ou a quadragésima —, e por fim pude comungar apropriadamente. Meus pais estavam lá, me deram presentes, e acho que foi então que senti o peso daquela vida dupla. Continuei ajudando, sem que eles soubessem, no Mater Purissima, talvez até o inverno de 1985, quando, depois de uma missa tensa e cansativa, o padre nos criticou duramente: disse que o distraíamos, que éramos barulhentos demais, que não tínhamos ritmo. O efeito de seus comentários em mim foi péssimo, talvez por ter precariamente compreendido que o padre estava atuando, que nem tudo era uma iluminação ou seja lá como se chamava essa disposição sagrada, essa dimensão espiritual. Resolvi renunciar ao cargo e naquele mesmo instante deixei de ser católico. Suponho que então também o sentimento religioso começou a se extinguir de todo. Nunca tive, em todo caso, esses devaneios racionais sobre a existência de Deus, talvez por depois ter começado a crer, de maneira ingênua, intensa e absoluta, na literatura.

12

Depois do atentado a Pinochet, em setembro de 1986, Dante começou a perguntar às pessoas do bairro se eram de esquerda ou de direita. Alguns vizinhos reagiam com incômodo, outros riam e apressavam mais ainda o passo, outros perguntavam a ele o que entendia por esquerda e por direita. Mas a pergunta não era feita às crianças, apenas aos adultos.

Continuei sendo amigo de Mauricio e indo à casa dele para ouvir Pablo Milanés, mas também e sobretudo Silvio Rodríguez, Violeta Parra, Inti Illimani, Quilapayún, e recebendo as lições dele e de seu irmão sobre a revolução, sobre o trabalho comunitário. Foi com eles que ouvi falar pela primeira vez das vítimas da ditadura, dos presos e dos desaparecidos, dos assassinatos, das torturas. Eu os ouvia perplexo, às vezes me indignava com eles, outras vezes me perdia num certo ceticismo, sempre invadido pelo mesmo sentimento de inadequação, de ignorância, de pequenez, de estranhamento.

Tentei tomar posições, no começo erráticas e momentâneas, um pouco como Leonard Zelig: o que queria era me encaixar, pertencer, e se eram de esquerda, eu também podia sê-lo, como também podia ser de direita em minha casa, embora meus pais não fossem realmente de direita, ou melhor, lá em casa nunca se falava de política, salvo quando minha mãe lembrava e lamentava como havia sido difícil conseguir leite para minha irmã durante o governo da Unidad Popular.

Compreendi que uma maneira eficaz de pertencer era ficar calado. Entendi ou comecei a entender que as notícias ocultavam a realidade, e que eu era parte de uma multidão conformista e neutralizada pela televisão. Minha ideia de sofrimento era agora a imagem de uma criança que teme que seus pais sejam assassinados, ou que cresceu sem conhecê-los, no máximo por algumas poucas fotografias em preto e branco. Ainda que eu fizesse de tudo para me afastar dos meus pais, perdê-los era, para mim, a situação mais desoladora que podia imaginar.

13

"A questão não é lembrar-se/ da primeira comunhão/ e sim da última", diz um poema de Claudio Giaconi. Já estou perto de terminar.

14

No começo de 1987 o papa veio ao Chile e eu voltei a sentir certo entusiasmo religioso, mas não por muito tempo. No fim desse mesmo ano, alguns dias depois de completar doze anos de idade, soube que iriam me trocar de colégio. Não havia tido muito sucesso com o violão, mas tive meu momento de glória musical quando ganhei o Festival do colégio cantando "El baile de los que sobran". O menino que obteve o segundo lugar interpretou, com uma voz melódica, perfeita, "Detenedla ya", de Emmanuel. Não sei como ganhei dele. Começava a mudar de voz, custava a encontrar o tom certo. E não sabia o que cantava. Não sabia o que cantava.

Em março de 1988 entrei no Instituto Nacional. E logo chegaram, ao mesmo tempo, a democracia e a adolescência. A adolescência era verdadeira. A democracia, não.

Em 1994 entrei na Faculdade de Literatura da Universidade do Chile. Havia em minha casa um reluzente computador preto. De vez em quando o usava para fazer meus trabalhos ou escrevia poemas que depois imprimia, mas apagava os arquivos, não queria deixar rastros.

No fim de 1997 eu morava numa pensão, em frente ao Estádio Nacional, e estava totalmente brigado com meu pai. Não aceitei seu dinheiro, mas sim um notebook usado que insistiu em me dar de presente. E se ele não tivesse insistido, eu também teria aceitado. Fazia sentido que meu disco favorito se chamasse *Ok Computer*. Escrevia ouvindo mil vezes "No Suprises", escrevia sobre qualquer coisa, mas não sobre minha família, pois na época eu brincava fingindo que não tinha família. Nem família, nem casa, nem passado. Às vezes também ouvia "I Am a Rock", de Simon & Garfunkel, e isso também fazia sentido, porque eu vivia aquilo, pensava aquilo, com seriedade, com gravidade: "*I have my books/ and my poetry to protect me*".

Em 1999 o notebook que meu pai havia me dado, um IBM preto com uma bolinha vermelha no meio do teclado que funcionava como mouse (que o pessoal da informática chamava de "o clitóris"), quebrou definitivamente. Comprei, parcelado em muitas vezes, um Olidata imenso. Agora morava na Calle Vicuña Mackenna, 58, no andar subterrâneo de um edifício grande e antigo. Trabalhava como telefonista à noite e nas tardes escrevia e olhava pela janela as pernas, os sapatos das pessoas que passavam pela rua. Naquele inverno, como não tinha aquecedor nem bolsas de água quente, dormi várias vezes abraçado à CPU do computador.

Em 2005 proibiram o uso de cerol nos fios, por causa da série de acidentes que provocava e do caso de um motoqueiro que morrera anos antes. Mas naquele momento meu pai já havia se voltado totalmente para a pesca com mosca.

Em agosto de 2008 minha avó morreu. Há alguns dias eu e minha mãe revisitamos os contos dela, agora passados para o computador, em letra Comic Sans, corpo doze, espaçamento duplo. Lembrava de cabeça o começo de "Ninette": "Este conto trata de uma família com ilustres antepassados, o que fazia com que fossem cada vez mais orgulhosos, menos a menina, filha única, que se destacava por ser bondosa e gentil".

Hoje é dia 5 de julho de 2013. Minha mãe não tem mais pôsteres no quarto do casal, mas continua fã de Paul Simon. Nesta manhã, por telefone, falávamos sobre ele, sobre como será sua vida agora, se terá encontrado ou não a felicidade com Edie Brickell. Garanti a ela que sim, porque penso que eu também seria feliz com Edie Brickell.

É noite, é sempre noite no fim dos textos. Releio, mudo frases, especifico nomes. Tento lembrar melhor: mais e melhor. Corto e colo, aumento a letra, mudo a fonte, a entrelinha. Penso em fechar este arquivo e deixá-lo para sempre na pasta Meus documentos. Mas vou publicá-lo, quero fazer isso, embora não esteja terminado, embora seja impossível terminá-lo.

Meu pai era um computador, minha mãe, uma máquina de escrever. Eu era um caderno vazio e agora sou um livro.

Camilo

Sou eu, o Camilo!, ele gritou do portão, abrindo os braços, como se nos conhecêssemos: afilhado do seu pai. Me pareceu muito suspeito, quase uma caricatura do perigo, eu já era grande para cair nesse tipo de armadilha. E ainda por cima usava óculos escuros, como os de um cego, num dia nublado. E jaqueta jeans, com *patches* pretos de bandas de rock costurados. Meu pai não está em casa, respondi, fechei a porta sem me despedir, e não dei o recado, esqueci.

Mas era verdade, meu pai tinha sido muito amigo do pai do Camilo, o Camilo adulto: jogavam futebol juntos no time de Renca. Há fotos do batismo, com o menino chorando e os amigos olhando solenemente para a câmera. Durante alguns anos tudo ia bem, meu pai era um padrinho presente, se preocupava com o menino, mas houve uma briga e, mais tarde, alguns meses após o golpe, o Camilo pai foi preso e depois partiu para o exílio — o plano era que a tia July e o pequeno Camilo fossem ao encontro dele em Paris, mas ela não quis, e o casamento, assim, terminou. De modo que o pequeno Camilo cresceu com saudades do pai, esperando-o, juntando dinheiro para ir vê-lo. E um dia, logo que fez dezoito anos, decidiu que, se não podia ir ver o pai, deveria pelo menos encontrar o padrinho.

Tudo isso eu soube na primeira vez em que Camilo lanchou conosco, ou talvez tenha ficado sabendo aos poucos. Tento dizer aqui algumas palavras com clareza e me confundo. Mas me lembro de uma tarde em que meu pai se emocionou ao comprovar que o afilhado se parecia muito com seu velho amigo — você é a cara dele, disse, o que não era necessariamente um elogio, porque era um rosto comum, difícil de guardar, e embora Camilo usasse vários produtos para se pentear segundo a moda, seu cabelo duro costumava pregar várias peças.

Apesar da minha desconfiança inicial, logo vi que Camilo era uma das pessoas mais divertidas que se pode imaginar. Rapidamente se tornou uma presença benéfica e protetora, um sujeito luminoso, um verdadeiro irmão mais velho. Quando partiu para a França, realizando o sonho de sua vida, foi como se um irmão meu estivesse indo embora. Foi em janeiro de 1991, isso posso afirmar com precisão.

*

Essa fascinação pelo Camilo era compartilhada por todos nós. Minha irmã mais velha estava totalmente apaixonada por ele, e minha irmã mais nova, que era incapaz de se concentrar em qualquer coisa por mais de dois segundos, ficava olhando fixamente para ele quando vinha e celebrava cada uma de suas tiradas. Minha mãe, então, nem se fala; conversavam em tom de brincadeira, mas também a sério, porque naquele tempo Camilo estava — em suas próprias palavras — cheio de tensões religiosas, e embora minha mãe não fosse nenhuma freira, ficava tão chocada que alguém pudesse não acreditar em Deus que o ouvia com cara de abobalhada.

Quanto a meu pai, acho que, para ele, mais que um afilhado, Camilo se transformou num companheiro, num amigo, inclusive deixava que o tratasse sem formalidades. Ficavam na sala até tarde, conversando sobre qualquer coisa, exceto sobre a existência de Deus, porque meu pai não admitia que se questionasse isso, e tampouco sobre futebol, porque Camilo foi o primeiro homem que não gostava de futebol que conheci. Eu, que adorava futebol, achava isso muito divertido, muito exótico: Camilo nem sequer entendia as regras do jogo. Era famosa a história da única partida que havia jogado na vida, aos cinco anos, num ginásio em San Miguel: como tudo o que sabia sobre futebol na época vinha dos clipes com os gols na tevê, dedicou-se aquela tarde a correr em qualquer direção, comemorando gols inexistentes e cumprimentando o público com alegria, totalmente alheio à bola.

*

Minha relação com meu pai, por outro lado, era estritamente relacionada ao futebol. Assistíamos ou escutávamos aos jogos, às vezes íamos ao estádio, e todos os domingos, ao meio-dia, ia com ele a uns campos de futebol em La Farfana — ele jogava no gol e era realmente bom, me lembro dele suspenso no ar, agarrando a bola com as duas mãos e segurando-a contra o peito. Nunca deixei de pensar, no entanto, que seus colegas deviam odiá-lo, porque era o tipo de goleiro que fica a partida inteira dando instruções, arrumando a defesa, e inclusive o meio-campo, a plenos pulmões. Volta, idiota, volta, toca, passa pra mim, solta a bola, volta, idiota, volta: quantas vezes escutei essas ordens saindo da boca do meu pai, pronunciadas num tom de suprema urgência. Se alguma vez gritou comigo, não foi tão alto quanto esses berros que seus companheiros recebiam, aborrecidos, ou ao menos era isso que eu achava, pois não tinha como ser agradável jogar com essa permanente gritaria ao fundo. Mas meu pai era respeitado. E jogava muito bem, insisto. Eu ficava atrás do gol, com uma Bilz ou um Chocolito, às vezes ele me olhava rapidamente para ter certeza de que eu continuava lá, e outras vezes me perguntava, sem se virar, o que tinha acabado de acontecer, porque este era o grande problema de meu pai como goleiro, de fato foi por isto que não pôde se dedicar profissionalmente ao futebol: sua miopia era tão forte que enxergava apenas até a metade do campo. Seus reflexos eram, por outro lado, extraordinários, e o mesmo valia para sua coragem, a qual pagou com duas fraturas na mão direita e uma na esquerda.

No intervalo eu gostava de me colocar no lugar do goleiro e invariavelmente pensava em como o gol era enorme, muitas vezes me perguntava como era possível que alguém, por exemplo, agarrasse um pênalti. E meu pai defendia pênaltis, claro que sim. Um de três, um de quatro: nunca se jogava antes, sempre esperava, e se a execução fosse pouco menos que perfeita, agarrava.

*

Lembro de uma vez que viajamos para o campo, e Camilo descobriu que eu piscava entre os postes de luz. Ainda faço isso, inclusive quando dirijo, não consigo evitar: assim que começa a estrada pisco com cuidado, prestando atenção para acertar o ponto médio entre dois postes. Naquela vez, amontoados com minhas irmãs no banco de trás do Chevette, Camilo percebeu que eu estava tenso, concentrado, e logo começou a piscar ao mesmo tempo, sorrindo para mim. Fiquei nervoso, porque não queria cometer nenhum erro, pensava fervorosamente que somente se eu piscasse entre os postes estaríamos a salvo.

Hoje em dia não me importo, mas quando criança minhas esquisitices me angustiavam a tal ponto que transformavam as atividades mais simples em coisas insuportáveis para mim. Suponho que eu fosse meio ou completamente obsessivo-compulsivo. Como tantas crianças, evitava cuidadosamente as linhas entre as lajotas, e se por um erro pisasse numa delas, entrava num estado de desespero incomunicável: encerrava-me em mim mesmo, era invadido por um sentimento de fatalidade, e no entanto achava que aquilo era algo ridículo demais para ser dito. Tinha também uma mania de equilibrar as partes do corpo — se estivesse com dor em uma perna, batia com a outra para igualá-las, ou movia o ombro direito no ritmo das batidas do meu coração, como se quisesse ter dois corações — e uma predileção por certos números e cores, e sobretudo mantinha algumas rotinas realmente caprichosas, como subir e descer nove vezes a escada que ia da piscina à praça, o que não era tão esquisito, podia até parecer uma brincadeira, mas eu tentava fazer com que não parecesse, fingia escrupulosamente: parava depois do último degrau, mexia a cabeça como se tivesse percebido que esquecera algo, e só então retomava meus passos.

Se menciono tudo isso é para dizer que Camilo sempre se mostrou disposto a me ajudar. Aquela vez, no Chevette, quando percebeu que eu estava nervoso, fez um cafuné na minha cabeça e disse algo de que não me lembro, mas tenho certeza de que foi uma frase extremamente calorosa, solidária e sutil. Um tempo depois, quando comecei a contar para ele as minhas excentricidades, ele me dizia que todo mundo era diferente, que aquelas coisas esquisitas que eu fazia eram normais. Ou que não eram, mas dava no mesmo, porque pessoas normais eram chatas.

*

Eu poderia preencher várias páginas demonstrando a importância de Camilo na minha vida. Assim de primeira, lembro que foi ele quem, depois de uma conversa árdua e cheia de argumentos sofisticados, conseguiu que me deixassem ir pela primeira vez a um show (fomos juntos assistir ao Aparato Raro, no colégio Don Orione, em Cerrillos), e também foi a primeira pessoa que leu meus poemas.

Eu escrevia poemas desde pequeno, o que obviamente era um segredo inconfessável. Não eram bons, só que eu achava que sim, e quando Camilo os leu me tratou com respeito, porém depois esclareceu que agora os poemas não eram mais rimados. Isso me surpreendeu, pois eu pensava que um poema era uma coisa sempre igual, algo antigo, imutável. Mas era uma ótima notícia, porque eu às vezes penava muito para conseguir rimar, e era mais ou menos consciente de que não convinha usar sempre combinações muito fáceis. Ainda assim, desconfiei do que Camilo dizia, porque até então eu nunca tinha lido um poema sem rima.

Perguntei a ele qual era a diferença entre um poema e um conto. Estávamos na piscina, deitados ao sol, em plena fotossíntese, como ele dizia. Olhou para mim com ares pedagógicos e me disse que um poema era o exato oposto de um conto — os contos são entediantes, mas a poesia é loucura, a poesia é selvagem, a poesia é um fluxo de sentimentos extremos, disse, ou algo assim. É difícil, nesse ponto, não começar a inventar, não se deixar levar pelo aroma da lembrança. Ele pronunciou estas palavras: loucura, selvagem, sentimentos. *Fluxo*, não. Acho que *extremos*, sim.

Quando voltamos para casa ele pegou meu caderno e se pôs a escrever poemas. Demorou talvez meia hora para escrever dez ou doze textos longos e depois os leu para mim. Eu não entendi nada, perguntei se as pessoas entendiam aquilo. Ele disse que talvez não, mas que não era isso que importava. Perguntei se queria publicar um livro. Disse que sim, que com certeza o faria, mas que não era isso que importava. Perguntei o que era que importava. Ele me respondeu isto, ou foi isto o que entendi: o que importa é expressar os sentimentos e se mostrar um homem apaixonado, interessante, talvez um pouco frágil, uma pessoa sem medo de nada, que aceita seu lado feminino. Definitivamente essa foi a primeira vez que ouvi a expressão *lado feminino*.

Depois, não sei quanto tempo depois, perguntou se eu gostava de homens ou de mulheres. Fiquei apreensivo, porque eu gostava de alguns homens, como do próprio Camilo, para não ir mais longe, embora tivesse claro em minha mente que gostava mais de mulheres, muito mais. Gosto de garotas, disse, gosto muito, acho elas gostosas. O.k., ele disse, muito sério, e logo acrescentou que se eu gostasse de homens, não tinha problema, que isso também podia acontecer.

*

Lembro de Camilo, uma tarde, na ponte em arco de Providencia, fumando. Eu entendia que aquilo não era um cigarro normal, mas não sabia exatamente o que era. É forte demais para um menino, disse, se desculpando quando pedi para provar, porque na época eu já fumava, de vez em quando. Deve ter sido em 1986 ou no começo de 1987, eu tinha dez ou onze anos. Sei disso porque nesse tempo ainda não conhecia bem o centro de Santiago, nem Providencia, e porque depois fomos comprar o *True Stories*, do Talking Heads, que ainda era então um disco novo.

Temos que resolver o seu problema, ele havia me dito aquela manhã, enquanto caminhávamos até o ponto. Perguntei qual, porque eu pensava que tinha muitos problemas, e não apenas um. Sua timidez, me respondeu, as mulheres não gostam dos tímidos. E claro que eu era tímido na época; falo de uma timidez genuína, verdadeira, não como hoje em dia que todo mundo é tímido, chega a ser engraçado. Se alguém não te cumprimenta, dizem que é por timidez, e se matou a mulher, foi porque era tímido, se enganou um povo inteiro, se se candidatou a deputado, se comeu o resto de nutella do pote sem perguntar a ninguém: tímido. Falo de outra coisa: gagueira, insegurança, introspecção. Vou te ajudar, me disse Camilo, vou te dar uma aula, mas não se preocupe, não precisa fazer nada, você simplesmente me acompanha e não sai do meu lado, aconteça o que acontecer. Assenti, um pouco zonzo. O trajeto durou uma hora, durante a qual ele ficou me contando piadas, quase todas repetidas, mas agora as contava em voz muito alta, quase gritando. Entendi que a lição consistia em que eu risse igualmente alto, o que era muito difícil para mim, mas tentei. Porém, depois, quando descemos do ônibus, ele me disse que essa ainda não era a lição.

Então fomos até a ponte, ficamos parados no meio dela. Camilo fumava em silêncio, eu observava a água turva e veloz, que corria num fluxo menos escasso que de costume. Me concentrei na correnteza, e não sei como aconteceu: eu a olhava tão fixamente, estava tão absorto na imagem, que tive a sensação de que a água estava parada e que nós estávamos num barco, mesmo sem nunca ter navegado num barco. Fiquei assim por um bom tempo, talvez quinze minutos, vinte, não sei. Estamos num barco, disse a Camilo, e expliquei a ele minha descoberta. Custei a explicar, ele não entendia, mas logo também conseguiu ver, e soltou uma exclamação de profunda e crescente perplexidade, própria de quem está chapado. Continuamos observando a correnteza enquanto ele dizia *incrível*, *incrível*, *incrível*.

Depois, quando caminhávamos até Providencia, disse que me respeitava, e acrescentou, cerimonioso: eu te achava muito legal, eu te acho muito legal, mas a partir de hoje eu te respeito. Quando chegamos a uma esquina, talvez a da Calle Carlos Antúnez, fez um gesto sutil e cortante com a cabeça que queria dizer *agora*, se jogou no chão, com as mãos na barriga, e começou a rir descontroladamente, escandalosamente. Logo se fez um círculo a nosso redor, eu não queria estar ali, mas entendia que essa era a lição. Quando terminou de rir havia cinco guardas lhe pedindo explicações. Camilo ainda se permitiu um tempo para me fazer um gesto de aprovação, eu tinha permanecido com ele, e no fim até conseguira rir um pouco, como se fosse o amigo tímido do que ri, mas não tímido o bastante para ficar envergonhado. Eu olhava o rosto dos guardinhas, imperturbáveis e severos, enquanto Camilo desfiava, totalmente fora de ordem, uma explicação que tinha a ver comigo, minha timidez e por que era necessário me dar aquela lição, para que eu pudesse, disse-lhes, crescer. Havia perturbado a ordem pública, estávamos na ditatura, mas Camilo conseguiu convencer os policiais, e saímos dali após a estranha promessa de nunca mais rir numa via pública.

Estou muito chapado, me disse depois, ou talvez tenha dito para si mesmo, um pouco preocupado. Fomos a umas galerias para comprar o disco. A loja de discos era totalmente diferente das que eu conhecia, tudo me parecia luxuoso ou exclusivo. Quando o vendedor nos entregou o *True Stories*, Camilo traduziu para mim o começo de "Love for Sale", embora talvez tenha inventado um pouco, porque não sabia falar inglês. Peguei o vinil, olhei a capa branca e vermelha, e fiz de volta para ele o mesmo gesto sutil: *agora*. Foi só o tempo de ele me olhar com pânico: saí correndo sem mais nem menos, com o disco nas mãos, e continuamos correndo e nos esquivando das pessoas por muito tempo, rindo que nem dois malucos, em alta velocidade.

Naquela tarde tinha um jogo, não lembro exatamente qual, mas era da seleção. Camilo ficou para assistir conosco. Meu pai estranhou, perguntou a ele por quê. Não tenho pai, você é meu padrinho, tem que me ensinar algo sobre futebol, respondeu. E se não quiser — advertiu-o, piscando para mim —, eu viro bicha.

Então se tornou um costume Camilo vir assistir aos jogos conosco, mas não sei se meu pai gostava, porque as perguntas que Camilo fazia eram tão básicas e sem noção que rapidamente ficávamos entediados.

*

No dia 4 de dezembro de 1987 cometi um pecado mortal. Los Prisioneros acabavam de lançar *La cultura de la basura*, o terceiro disco deles, e eu estava morrendo de vontade de comprá-lo, mas não tinha um peso sequer. Pensei em roubar de novo, mas não me achava capaz, aquilo com o disco dos Talking Heads havia sido apenas um lapso de inspiração. Tive uma ideia melhor: como a data de lançamento do disco coincidia com a do Teleton, pedi dinheiro para ajudar as crianças com deficiência, fui à praça e comprei o disco.

Fiquei péssimo. Me trancava no quarto ouvindo o disco, e no começo cada música parecia estar conectada, de um modo ou de outro, ao meu delito. Decidi me confessar, mas tinha medo da reação do padre. Se confesse comigo, que ideia besta sair contando suas coisas para um padre. Além do mais, te digo logo: masturbação não é pecado, e acho que até Jesus batia uma bronhazinha pensando em Maria Madalena.

Cheguei a ficar tonto de tanto rir. Nunca tinha escutado tamanha heresia na vida. Na sala, em cima da mesa de jantar, havia uma imagem de Jesus, e a partir de então eu não conseguia mais olhá-lo sem imaginar que esse era seu rosto depois de ejacular. Em todo caso, nunca achei que a masturbação fosse pecado. Quando contei a Camilo o que havia feito, ele me disse para não me preocupar, que o Teleton conseguia bater sua meta só com o dinheiro dos patrocinadores, e que talvez eu *precisasse* daquele disco, que talvez o que eu havia feito fosse justo. Não estou entendendo, disse. Bom, se você continua culpado, faz aquela reza, aquela que as pessoas se batem no peito, sentenciou.

*

E a sua madrinha? Você tem contato com ela?, perguntei uma manhã — naquele tempo ele costumava ficar para dormir na sala, acordava cedo e voltava do mercado com uma melancia, porque era verão. Respondeu que sim, que ela continuava sendo a melhor amiga de sua mãe. E você? Tem padrinhos?

Tenho, mas são meus tios, irmãos da minha mãe.

Assim não vale, respondeu. A ideia é não serem familiares. Os tios vão te dar presentes de todo jeito. Acho que meu pai poderia ser seu padrinho, disse, muito sério. Quando eu for vê-lo, vou pedir que ele seja seu padrinho.

*

Insistia que lhe ensinássemos sobre futebol e às vezes batíamos pênaltis na rua. Mas meu pai logo se entediava, dizia que Camilo não se concentrava, que seu interesse não era genuíno. Mesmo assim, fomos os três ao Estádio Santa Laura, num dia que haveria dois jogos seguidos. Primeiro, a Universidad de Chile jogava contra o Concepción. Camilo, para aborrecimento meu e do meu pai, decidira que torcia para a U, que era o time do pai dele, embora, é claro, nem soubesse o nome dos jogadores. Gostou do fato de no estádio as pessoas gritarem e reclamarem, mas ficou surpreso quando notou a raiva dirigida ao árbitro, de modo que resolveu defendê-lo, e ainda que no começo as pessoas tenham levado a mal, também era engraçado ver o Camilo, a cada vez que o árbitro marcava uma falta ou dava um cartão, ficar de pé e dizer em voz alta: muito bem, senhor juiz, ótima decisão.

Camilo continuou encorajando o árbitro no jogo seguinte, entre Colo Colo e Narval (acho), e eu fiz coro para os gritos dele, mesmo que para mim assistir a um jogo do Colo Colo fosse um assunto muito sério. Cresci admirando Chino Hisis, Pillo Vera, Caszely, Simaldone, e odiava alguns jogadores também, como Cristián Saavedra (não sei por quê) e Mario Osbén, mas só na época em que o treinador inexplicavelmente ficava alternando como titulares ele e Roberto Rojas, que era meu ídolo. Isso me deixava furioso. Um dos grandes prazeres da minha infância era descer até a grade e gritar contra esse treinador, enchê-lo de xingamentos. Em casa eu era proibido de falar palavrão, mas no estádio era tudo liberado.

Nenhum desses jogadores fazia mais parte do time quando fomos ao estádio com Camilo, e de quem eu mais sentia falta era obviamente Roberto Rojas. Admirar o Cóndor Rojas era inevitável, todos os chilenos o admiravam. E para mim era também um modo indireto de admirar meu pai. No mais, eu conhecia perfeitamente a posição do goleiro, sabia de cabeça os movimentos, e considerava que sua função era sem dúvida a mais difícil. Às vezes eu também jogava de goleiro, tentando ser parecido com o Cóndor Rojas ou talvez com meu pai (em tudo, menos nos berros). E, no entanto, no tempo em que treinei nas categorias de base do Cobresal, no mesmo campo onde aos quinze anos Iván Zamorano começou a se tornar um craque, acabei me dando melhor como meio-campista, e não como goleiro. Tinha medo, talvez, de não estar à altura.

*

Por que Camilo passava tanto tempo conosco? Porque o amávamos, certamente. E porque não gostava de ficar em sua própria casa. Talvez dissesse isso, entre dentes. Brigava muito com a mãe por causa da crise religiosa, e por causa da situação política. Antes do plebiscito, Camilo foi a todas as concentrações a favor do não e isso provocou brigas muito grandes. Ele queria que o não ganhasse porque odiava Pinochet, mas também porque pensava que assim o pai voltaria para o Chile. Seu pai não queria voltar, ou era isso que a tia July dizia para Camilo o tempo todo — seu pai tem outra família, outro país, nem lembra mais de você. Mas o pai de Camilo escrevia sempre para ele, enviava dinheiro, telefonava de vez em quando.

Tia July era durona. E contudo nos tratou muito bem na única vez em que fomos à sua casa. Nos serviu torta de pão e vitamina de banana enquanto jogávamos *Montezuma's Revenge* com os meios-irmãos de Camilo. Era estranho ver Camilo daquele jeito, se sentindo deslocado. Lembro que entrei em seu quarto e parecia que ele não morava ali. Ele nos dava, para mim e minhas irmãs, diversos cartazes e pôsteres, mas em seu quarto não havia nada do tipo: fiquei impressionado com aquelas paredes brancas, vazias, sem nem um prego para pendurar uma foto.

Ah, o que o Camilo estudava? Engenharia de alguma coisa, na Universidade Tecnológica Metropolitana, que na época se chamava Instituto Profesional de Santiago. Entrou nesse curso depois de prestar o vestibular pela terceira vez; lembro que foi falar com meu pai, pedir conselho. Mas ele não gostava de estudar. Uma vez tentou me dar aulas de matemática, mas não deu certo, e além do mais não era necessário. Também não sei se lia, acho que sim. Acho que naquela vez, quando me falou sobre poesia, mencionou Rimbaud e Baudelaire, os poetas malditos, não sei se foram esses mesmo, mas mencionou alguns autores.

Muitas vezes, penso agora, a partir desse lugar tão suspeitosamente estável que é o presente, Camilo era imaturo. Mas não. Não era. Ou tinha também esse outro lado intuitivo, generoso, perspicaz.

Ele estava conosco, na frente da tevê, quando o Cóndor Rojas fingiu a lesão no Maracanã. Não conseguíamos acreditar no que estávamos vendo, Camilo também estava consternado. Brasileiros cuzões, falei muito alto, para ver se me dariam uma bronca, mas ninguém me repreendeu. Meu pai mergulhou num silêncio profundo, estava triste, furioso. Camilo partiu imediatamente para o centro, e foi parte da multidão que protestou em frente à embaixada do Brasil. Quis ir com ele, mas não me deixaram, e tive que engolir a raiva.

Algum tempo depois, quando o assunto continuava sendo debatido e Roberto Rojas dava declarações para a Fifa, e em entrevistas continuava reafirmando sua inocência, Camilo veio jantar conosco e disse que não acreditava mais na inocência do Cóndor. Na época já corria esse boato, mas tanto eu como meu pai o considerávamos uma infâmia, uma estupidez. Meu pai olhou para ele com desprezo, quase com rancor: você não tem o direito de opinar, não entende nada de futebol, disse: você realmente acredita que o Cóndor seria tão estúpido a ponto de fazer isso? Mas no fim, quando Roberto Rojas, numa entrevista, confessou ser culpado, tivemos que aceitar. Então pedimos desculpas ao Camilo, mas ele não deu importância.

Mesmo meses depois de o Cóndor confessar sua culpa, eu continuava pensando que era impossível. Mas o tempo passou, e tivemos que parar de admirar o Cóndor Rojas, e eu também deixei de acompanhar meu pai nos jogos. Pouco depois, meu pai sofreu sua última fratura na mão direita. E o médico lhe pediu para nunca mais jogar futebol.

*

Em meados de 1990 aconteceu algo genial: depois de uma década solicitando uma linha telefônica, finalmente ela nos foi concedida. Deram-nos o número 5573317. Na manhã em que vieram instalá-la estávamos sozinhos com minha mãe. A primeira coisa que ela fez foi ligar para uma amiga, e depois disse para eu ligar para algum amigo, de modo que liguei para Camilo. Era um daqueles períodos em que ele inexplicavelmente parava de nos visitar. Parecia feliz, e pedi que viesse nos ver. Apareceu em poucos dias.

Dessa vez quis me ensinar a interagir com as mulheres. Eu tinha catorze anos, já tinha dado alguns beijos, mas basicamente minha relação com as meninas continuava sendo difícil. Camilo me contou que acabara de conhecer Lorena, que tinham saído, que tinham dormido juntos. Explicou como eu deveria tratar as mulheres na cama ("você tem que tirar a roupa delas lentamente, controlando a ansiedade", acho que disse). E agora que tínhamos telefone, propôs: vou ligar para a Lorena e você escuta no telefone do quarto da sua mãe. Assim vai entender como se seduz uma mulher. Camilo não estava se exibindo, não. Queria realmente me ensinar.

Oi, Lorena, é o Camilo, disse a ela, com uma voz profunda.
Ah, como você está — sua voz era doce, doce e um pouco rouca.
Bem, mas preciso te ver.

Ela ficou calada por cinco minutos antes de soltar esta frase que nunca esquecerei:

Bom, se já virou uma necessidade, é melhor pararmos por aqui — e desligou.

Fui até a cozinha, coloquei água pra ferver e preparei um chá para Camilo. Acho que foi a primeira vez que preparei um chá para alguém. Coloquei muito açúcar, como achava que se fazia quando alguém estava triste.

Obrigado, Camilo me disse, com um gesto resignado. Mas não tem problema. Estou feliz. No próximo verão vai acontecer algo importante.

O quê?

Para mim, não vai ser verão. Vai ser inverno.

O diálogo era perfeito, mas não entendi, mesmo com as pistas. Que bobo.

Vou para a França, ver meu pai, disse, o entusiasmo nitidamente desenhado em seu rosto.

*

Avanço muitos anos agora. Para ser mais preciso: vinte e dois. É outubro de 2012. Estou em Amsterdam, num encontro com chilenos, converso com alguns, a maioria exilados, alguns filhos de exilados, outros estudantes. E lá está Camilo adulto, Camilo pai. Alguém nos apresenta, e ao ouvir meu sobrenome noto o interesse em seus olhos. Você se parece com seu pai, diz. E você com Camilo, respondo. Pergunta algumas coisas, vaguezas. Falamos sobre os protestos, sobre a vergonhosa negativa oficial que não permitiu que os chilenos que moram no exterior votassem nas eleições. Falamos sobre Piñera e de repente somos dois compatriotas repassando juntos a incompetência do presidente. E depois: como vai o Hernán, ele pergunta. Bem, digo, e penso que faz tempo que não falo com meu pai. Sinto um pouco como se tivesse sido agredido, não entendo bem por quê. Estou gelado. Então entendo: penso no tanto que Camilo sofreu por causa do pai. Sinto que, de um modo absurdo e obscuro, ao falar com Camilo pai estou traindo meu amigo, meu irmão. Mas quero falar com esse homem, saber quem ele é. Digo para nos encontrarmos no dia seguinte.

Combinamos de ir a um restaurante mexicano que fica em Keizersgracht. Fica a uma pequena caminhada de distância do hotel. Chego quase duas horas antes, para ver o jogo do Barcelona. Alexis Sánchez está no banco. Há décadas o futebol se transformou, para nós, em um esporte individual. Por culpa do Cóndor Rojas, ficamos de fora não só da Copa da Itália de 1990, mas também da de 1994, nos Estados Unidos. Não tivemos outra opção além de nos concentrar por anos nos triunfos e nos fracassos individuais dos poucos compatriotas que jogavam fora do país. Torcemos pelo Real Madrid quando Zamorano jogava lá, e agora torcemos pelo Barça, com Alexis, enquanto durar (se é que vai durar). E torcemos e torceremos pelos times em que joguem Mati Fernández ou Arturo Vidal ou Gary Medel e os outros. Estamos acostumados a esse contrassenso: que me importam os gols de David Villa e de Messi. Meu único interesse é que coloquem Alexis para jogar, e, se ele não brilhar, que pelo menos não faça nenhuma lambança.

Camilo pai também chega mais cedo. Vou ver um jogo com o pai de Camilo, penso.

O que eu sabia sobre Camilo pai, sobre seu exílio, era o pouco que seu filho havia me contado: que tinha sido preso em 1974, que depois tivera a sorte, por assim dizer, de conseguir sair do Chile, em 1975: que havia chegado a Paris, que em pouco tempo conhecera uma argentina, com a qual teve dois filhos. Descubro que está há quinze anos na Holanda, primeiro em Utrecht, depois em Rotterdam e agora numa cidadezinha perto de Amsterdam. De imediato, como se eu fosse um policial que não quer perder tempo, acelero a história, pergunto o que aconteceu: por que Camilo, quando voltou para o Chile, estava tão mudado.

Não sei por quê, diz. Ele foi para Paris me buscar. Queria que voltássemos juntos para o Chile. Ele mesmo não queria saber de vir para cá, até ofereci essa possibilidade. Dizia para mim que eu era chileno. Propus que ele viesse estudar aqui, falei do plano de irmos morar na Holanda. Ele falou que não gostava de estudar, nem em Santiago nem na Europa. E o tom foi subindo. Me disse coisas horríveis. Eu lhe disse coisas horríveis. E se iniciou uma competição, uma competição sobre quem dizia as coisas mais horríveis. Fiquei com a sensação de que ele tinha ganhado. E ele ficou com a sensação de que eu tinha ganhado. Mantivemos contato naqueles anos todos, eu me preocupava, mandava dinheiro, não muito, mas mandava. Depois, na primeira vez em que voltei ao Chile, estivemos juntos, almoçamos várias vezes, mas sempre brigávamos.

Isso foi em 92, eu digo a ele.

Sim, ele responde.

Alexis entra aos quinze minutos do segundo tempo, parece lento, fica impedido algumas vezes, mas tem uma pequena participação no três a zero de Xavi. Depois quem marca é Fábregas e de novo Messi. Alexis perde, nos últimos minutos, um gol feito.

O que você acha do Alexis, Camilo me pergunta — que não é melhor que o Messi, digo, e ele sorri. Acrescento que nunca foi goleador, que no Chile perdia gols a toda hora, mas que era excepcional, o melhor pelas pontas. Na hora penso de novo: estou falando sobre futebol com o pai de Camilo e sinto uma espécie de estremecimento. Uma sensação muito estranha. Falo sobre o Colo Colo de 2006. Falo de Claudio Borghi, de Mati Fernández, de Chupete Suazo, de Kalule, de Arturo Sanhueza. Falo daquela final terrível no Nacional, contra o Pachuca. Me sinto bobo falando assim. Ingênuo.

Camilo queria que o senhor fosse meu padrinho, digo depois. Ele sorri, sem entender. E não explico. Insiste que o trate de maneira informal. Digo que não. Pergunta como meu pai e Camilo se tratavam. Respondo que informalmente. Faça o mesmo comigo, então. Prefiro não. Depois tento fazer com que minha resposta soe gentil, mas o que sai é apenas um não abafado, murmurado.

Pergunto por que meu pai e ele se desentenderam. Meu pai nunca quis me contar, nem para Camilo: sempre mudava de assunto. E ninguém mais sabia. Imaginávamos que era algo muito grave.

Foi perto da final do campeonato, diz Camilo pai, estávamos com a partida ganha, dois a zero: eu jogava de zagueiro central, faltavam poucos minutos para acabar, e seu pai gritava que nem louco — digo que sei bem, que o assisti jogar, que aqueles gritos sempre me impressionavam. Toca, toca, toca, Camilo, idiota. Estávamos brigando por causa disso havia alguns jogos. Ele não me deixava decidir. Toca, toca pra mim. E naquele tempo o goleiro podia pegar com a mão a bola recuada.

Eu lembro, digo. Não sou tão novo, digo.

Você é muito jovem, ele diz.

Pedimos mais cervejas. Ele continua:

Toca, Camilo, idiota, Hernán repetia, de novo e de novo. Eu estava de saco cheio e só de sacanagem resolvi chutar no ângulo dele, meti um gol contra — toma aí a bola, filho da puta, eu disse. Alguns riram, outros me deram esporro, seu pai olhou para mim com ódio. E depois o outro time empatou. Se tivéssemos ganhado, se eu não tivesse marcado esse gol contra, poderíamos ter sido campeões.

Nisso chega meu amigo Luc, que precisa me entregar uns livros. Apresento-o a Camilo. Luc se senta com a gente por alguns minutos e pergunta a Camilo, em seu espanhol extravagante, se é um exilado. Não mais, responde Camilo. Ou sim. Não sei mais. Luc diz para irmos, mas sinto que devo ficar. Digo para nos encontrarmos mais tarde.

Não fizeram nada comigo, Camilo diz, quando ficamos sozinhos de novo. Dissera para o filho que nunca havia sido torturado, embora tivesse ficado preso por vários meses. Eles me torturaram, diz agora para mim. Mas não quero falar disso. Fizeram um monte de merda comigo, mas estou vivo. Pude sair, começar de novo. Ambos caímos em um silêncio custoso. Ambos pensamos em Camilo. Eu me lembro da loja de discos, da música dos Talking Heads, talvez a cantarole mentalmente. "*I was born in a house with the television always on/ Guess I grew up too fast/ And I forgot my name.*"

Agora caminhamos pela Prinsengracht, faz frio. Sem querer, começo a contar as bicicletas que passam disparadas pela rua. Cinquenta, sessenta, cem. O silêncio parece definitivo. Sinto que vamos nos despedir a qualquer momento. Vou indo, diz, justamente nesse instante.

Diz para o Hernán me perdoar, ele pede. Garanto que já o perdoou, há muitos anos, que aquilo não tem importância. Pedimos para um garoto tirar uma foto nossa com meu telefone. Enquanto posamos, planejo telefonar para meu pai amanhã, falaremos longamente sobre Camilo pai, e também lembraremos, como às vezes costumamos fazer, daquela noite horrível, no começo de 1994, em que a tia July nos ligou para dizer que o Camilo havia sido atropelado, e a desgraçada semana em que esteve a ponto de sobreviver, mas não sobreviveu.

Sem saber por quê, pergunto a ele, ao final, como soube da morte de Camilo. Fiquei sabendo oito dias depois, diz. July sabia como me encontrar, mas não quis. Estamos de pé, olhando para o chão, numa esquina onde há uma loja de luminárias. Vi isso várias vezes esses dias em Amsterdam: vitrines cheias de luminárias acesas à noite. Estou prestes a dizê-lo, para mudar de assunto. Então ele repete — por favor, diz para o Hernán me perdoar pelo gol contra. Vou dizer, respondo. Quando nos despedimos ele me abraça e começa a chorar amargamente. Penso que a história não pode terminar assim, com Camilo pai chorando por seu filho morto, seu filho quase desconhecido. Mas é assim que termina.

Lembranças de um computador pessoal

para Ximena e Héctor

Foi comprado no dia 15 de março de 2000, por quatrocentos e oitenta mil pesos, pagos em trinta e seis parcelas mensais. Max tentou acomodar as três caixas no porta-malas de um táxi, mas não havia espaço suficiente, de modo que teve de usar fitilhos e até um elástico com ganchos para segurá-las, mesmo o trajeto sendo curto, de apenas dez quarteirões até a Plaza Italia. Uma vez no apartamento, Max instalou a pesada CPU embaixo da mesa de jantar, dispôs os cabos de maneira mais ou menos harmônica e brincou como uma criança com os sacos e isopores da embalagem. Antes de inicializar solenemente o sistema, deu-se um tempo para olhar o conjunto com calma, fascinado: o teclado lhe pareceu impecável, o monitor perfeito, e pensou até que o mouse e as caixas de som eram, de algum modo, agradáveis.

Era o primeiro computador de sua vida, aos vinte e três anos, e não sabia bem para que o queria, se o que conseguia fazer com ele era apenas ligar e abrir o processador de texto. Mas era necessário ter um computador, todo mundo dizia isso, inclusive sua mãe, que prometeu ajudá-lo a pagar as parcelas. Trabalhava como professor substituto na faculdade, talvez pudesse digitar ali alguns fichamentos, ou transcrever aquelas anotações já velhas, escritas à mão ou digitadas com tanto esforço numa antiga máquina Olympia, com a qual também escrevera todos os seus trabalhos da graduação, provocando as risadas ou a admiração de seus colegas, porque quase todos já haviam migrado para os computadores.

A primeira coisa que fez foi transcrever os poemas que havia escrito nos últimos anos, textos curtos, elípticos, incidentais, que ninguém achava bons, mas que tampouco eram ruins. Algo acontecia, no entanto, ao ver aquelas palavras na tela, palavras que faziam tanto sentido em seus cadernos: duvidava das estrofes, deixava-se levar por outro ritmo, talvez mais visual que musical, mas em vez de perceber esse deslocamento como uma experiência, retraía-se, frustrava-se, e ocorria com frequência que apagasse tudo e começasse de novo, ou que perdesse tempo mudando as fontes ou movimentando o ponteiro do mouse de um extremo ao outro da tela, em linhas retas, diagonais, em círculos. Não abandonava seus cadernos e sua pena, com a qual, no primeiro descuido, regou com tinta o teclado, que, além do mais, teve de suportar a presença ameaçadora de incontáveis xícaras de café, e uma persistente chuva de cinzas, porque Max quase nunca conseguia chegar até o cinzeiro, e fumava muito enquanto escrevia, ou melhor, escrevia pouco enquanto fumava muito, pois sua velocidade como fumante era notavelmente maior que sua velocidade como escritor. Anos mais tarde, o acúmulo de sujeira provocaria a perda da vogal *a* e da consoante *t*, mas é melhor, por ora, respeitar a sequência dos fatos.

Graças ao computador, ou por culpa dele, sobreveio-lhe uma solidão nova. Não via mais as notícias, não perdia mais tempo tocando violão ou desenhando: ao voltar da faculdade, ligava imediatamente o computador e começava a trabalhar ou a explorar as possibilidades da máquina. Logo descobriu programas muito simples que produziam resultados incríveis para ele, como a gravação de voz através de um microfone raquítico que comprou na casa Royal, ou a reprodução aleatória de músicas — contemplava com orgulho a pasta Minhas músicas, onde agora estavam os vinte e quatro CDs que tinha em casa. Enquanto ouvia essas músicas, impressionado com o fato de uma balada de Roberto Carlos ser sucedida por algo do Sex Pistols, continuava com seus poemas, que nunca considerava terminados. Às vezes, na falta de um aquecedor, Max tentava fugir do frio se encostando, de joelhos, na CPU, cujo leve rugido se juntava ao ronco da geladeira e às vozes e buzinas que vinham de fora. Não se interessava pela internet, desconfiava da internet; embora na casa de sua mãe um amigo tivesse criado uma conta de e-mail para ele, negava-se a conectar o computador e também a inserir aqueles disquetes tão perigosos, potenciais portadores de vírus que, como diziam, poderiam arruinar tudo.

As poucas mulheres que visitaram o apartamento durante esses meses iam embora antes do amanhecer, não ficavam nem para um banho ou para tomar café da manhã, e não voltavam. Mas no começo do verão houve uma que ficou para dormir e depois também para o café da manhã: Claudia. Uma manhã, ao sair do chuveiro, Claudia se deteve em frente à tela apagada, como procurando em si rugas incipientes ou outras marcas ou manchas fugazes. Seu rosto era moreno, os lábios mais finos que grossos, o pescoço comprido, as maçãs do rosto proeminentes, os olhos um pouco puxados, verde-escuros, o cabelo descia até os ombros molhados: as pontas dele pareciam alfinetes cravados nos ossos. Seu corpo cabia duas vezes na toalha que ela mesma levara para a casa de Max. Semanas mais tarde Claudia levou também um espelho para o banheiro, mas mesmo assim continuou se olhando na tela, apesar de ser difícil enxergar ali, no reflexo opaco, algo além dos contornos de seu rosto.

Depois de transar, Max costumava adormecer, enquanto Claudia ia para o computador e jogava rápidas rodadas de paciência, cautelosas sessões de campo minado ou partidas de xadrez no nível intermediário. Às vezes ele acordava e ficava a seu lado, dando conselhos para a próxima jogada ou fazendo carinho no cabelo e nas costas dela. Com a mão direita Claudia apertava o mouse como se alguém fosse tentar tirá-lo dela, como se o mouse fosse uma carteira que alguém estivesse tentando roubar, mas embora cerrasse os dentes e arregalasse exageradamente os olhos, a cada tanto deixava escapar uma risadinha nervosa que autorizava, que pedia mais carinho. É provável que jogasse melhor quando ele estava por perto. Ao terminar a partida, sentava em cima de Max para iniciar um sexo lento e demorado. O protetor de tela caía em linhas inconstantes sobre os ombros, as costas, as nádegas, as coxas suaves de Claudia.

Tomavam café na cama, mas às vezes abriam espaço na mesa para — dizia ela — tomar café da manhã como Deus manda. Max desconectava o teclado e o monitor e os colocava no chão, suscetíveis a serem pisados e ao impacto de minúsculos farelos de pão, mas a cada tanto Claudia limpava o computador com limpa-vidros e panos de prato. Em tudo isso, o comportamento da máquina era exemplar: durante todo esse tempo, o Windows sempre inicializou corretamente.

No dia 30 de dezembro de 2001, quase dois anos depois de ter sido comprado, o computador foi levado para um apartamento um pouco maior, no bairro de Ñuñoa. O entorno dele agora era mais favorável: ganhou quarto próprio, e montaram, com uma porta antiga e dois cavaletes, uma escrivaninha. Das rodadas de paciência e das intermináveis partidas de xadrez, Claudia partiu para atividades mais sofisticadas — conectou uma câmera digital, por exemplo, que continha dezenas de fotos de uma viagem recente, que, se não podia ser considerada propriamente uma lua de mel, porque Max e Claudia não eram casados, tinha cumprido essa função. Nessas imagens ela posava com o mar ao fundo, no interior de uma casa de madeira com sombreiros mexicanos, crucifixos enormes e conchas que faziam as vezes de cinzeiros. Claudia saía séria nas fotos, ou segurando a risada, nua ou com pouca roupa, fumando maconha, bebendo, cobrindo os peitos ou exibindo-os maliciosamente ("seu rosto irresistível de tão quente", escreveu ele numa tarde de sexo e de hendecassílabos). Havia também fotos que mostravam unicamente as pedras ou as ondas ou o sol se pondo no horizonte, como cartões-postais ou imitações de cartões-postais. Max aparecia em apenas duas fotos, e os dois apareciam juntos em apenas uma, abraçados, sorrindo, com o típico fundo de um restaurante costeiro. Claudia passou dias organizando essas imagens — renomeava os arquivos com frases talvez longas demais, que normalmente terminavam em pontos de exclamação ou reticências, e em seguida as distribuía em várias pastas, como se pertencessem a viagens diferentes, mas depois voltava a colocar todas juntas, pensando que dali a alguns anos haveria muitas outras pastas, cinquenta, cem pastas com as fotos de cem futuras viagens, pois desejava uma vida cheia de viagens e de fotografias. Também gastava horas tentando passar do nível cinco num jogo da Pantera Cor-de-Rosa que veio de brinde com o detergente. Quando se desesperava, Max tentava ajudá-la, embora sempre tivesse sido péssimo em jogos eletrônicos. Quem os visse ali, tão concentrados e tensos diante da tela, teria a impressão de que estavam resolvendo problemas dificílimos, urgentes, que determinariam o futuro da pátria ou do mundo.

Nem sempre coincidiam em casa, porque Max agora tinha um trabalho noturno — perdera o concurso de professor substituto, ou, melhor dizendo, a nova namorada do professor titular havia ficado com a vaga ("você sabe como são essas coisas") —, e Claudia era corretora de seguros e também fazia alguma especialização ou pós-graduação ou extensão ou talvez fosse apenas o último ano de alguma eterna graduação. Às vezes ficavam um ou dois dias sem se ver — Claudia ligava para o trabalho dele e se falavam por muito tempo, pois o trabalho de Max consistia, justamente, em falar ao telefone, ou em esperar remotas ligações telefônicas que nunca chegavam. Parece que seu verdadeiro trabalho é falar ao telefone comigo, Claudia disse uma noite, com o fone de ouvido caindo em seu ombro direito. Depois riu com uma espécie de chiado, como se quisesse tossir e a tosse não saísse ou tivesse se misturado à risada.

Assim como Max, ela preferia escrever à mão e depois passar seus trabalhos para o computador. Eram documentos compridos, que apresentavam frequentes erros de transcrição e fontes juvenis. Os documentos abarcavam temas relacionados à gestão cultural ou a políticas públicas ou a florestas nativas ou algo assim. Tornou-se necessário para ela pesquisar na internet, e essa foi a grande mudança daquele tempo, que provocou a primeira grande discussão do casal, porque Max continuava se negando a dar esse passo, definitivamente não queria saber de páginas web nem de antivírus, mas teve que ceder. Depois houve uma segunda discussão exaltada, uma noite em que Max ligou insistentemente, por horas, mas a linha estava ocupada. Compraram um celular, porém era caríssimo manter aquelas conversas, razão pela qual precisaram arranjar uma segunda linha telefônica, exclusiva para a conexão.

Até então nenhum dos dois havia se familiarizado com o e-mail, ferramenta em que mais cedo ou mais tarde ficariam viciados, mas o maior vício que Max contraiu, e que iria perdurar, foi o da pornografia, o que provocou a terceira grande discussão do casal, mas também várias experiências novas, como as desconcertantes (para Claudia) ejaculações no rosto, ou a obsessão pelo sexo anal, que no começo causou discussões áridas, mas que no fim se mostraram proveitosas, sobre os possíveis limites do prazer.

Foi nessa época que perderam a vogal *a* e a consoante *t*. Claudia tinha que entregar um trabalho com urgência, de modo que tentou prescindir dessas letras, e Max, que em algum momento havia tentado fazer poemas de vanguarda, quis ajudá-la, mas não deu certo. No dia seguinte conseguiram um teclado bastante bom, preto, com uns charmosos botões multimídia cor-de-rosa que, entre outras funções, permitiam dar o play ou pausar a música instantaneamente, sem que fosse necessário recorrer ao mouse.

Havia meses, no entanto, que começavam a aparecer sinais de um desastre maior, muitas demoras inexplicáveis, algumas breves e reversíveis, outras tão prolongadas que era preciso se resignar e reiniciar o sistema. Aconteceu num sábado chuvoso, um que deveriam ter passado tranquilos, vendo tevê ou comendo *sopaipillas*, no pior dos casos movendo os baldes e as panelas de goteira em goteira, mas precisaram dedicar o dia inteiro a consertar, ou tentar consertar o computador, com mais vontade que método.

No domingo Max chamou um amigo que estudava engenharia. Ao fim da tarde, duas garrafas de pisco e cinco latas de coca-cola dominavam a escrivaninha, mas ninguém ainda estava bêbado, pareciam mais frustrados pelo conserto custoso, que o amigo de Max atribuía a algo muito estranho, nunca antes visto. Mas talvez estivessem bêbados sim, ou ao menos o amigo de Max estava, porque de repente, numa manobra infeliz, apagou todo o disco rígido. Vocês perderam tudo, mas a partir de agora ele vai funcionar melhor, disse o amigo, como se nada tivesse acontecido, com uma frieza e uma coragem dignas de um médico que acaba de amputar uma perna. Foi culpa sua, seu imbecil, respondeu Claudia, como se de fato tivessem lhe cortado, por pura negligência, uma perna, ou talvez as duas. Max ficou em silêncio e a abraçou de maneira protetora. O amigo deu um último e exagerado gole em sua *piscola*, conseguiu ainda pegar alguns cubinhos de queijo gouda e foi embora.

Claudia custou a aceitar a perda e arrumou um técnico de verdade, que mudou o sistema operacional e criou perfis diferentes para os dois usuários, e inclusive uma conta simbólica, a pedido de Claudia, para Sebastián, o negligenciado filho de Max. É verdade, deveria ter sido antes, foi preciso passar quase duas mil palavras para que a história viesse à tona, mas é que com frequência Max esquecia da existência do menino: nesses últimos anos ele o tinha visto somente uma vez, e apenas por dois dias. Claudia nem sequer o conhecia, porque Sebastián morava em Temuco. Ela não conseguia entender a situação, que se tornara, obviamente, o ponto obscuro ou o ponto cego de sua relação com Max. Era melhor não tocar no assunto, porém, ainda assim, ele surgia de vez em quando, em discussões ferozes que terminavam com os dois chorando, e dos dois quem mais chorava era ele — chorava com raiva, com ressentimento, com vergonha, e seu rosto depois endurecia, como se as lágrimas tivessem sido sedimentadas em sua pele; é uma metáfora comum, mas de fato, depois do choro, sua pele parecia mais densa e escura.

Nem tudo era tão terrível. Quando, com um dinheiro que seus pais deram, Claudia comprou uma multifuncional prodigiosa — que imprimia, escaneava e até xerocava —, ela se dedicou apaixonadamente a digitalizar extensos álbuns familiares, em sessões que para ela eram divertidíssimas, pois, mais que registrar o passado, propunha-se a modificá-lo: distorcia o rosto de parentes antipáticos, apagava alguns personagens secundários e incluía outros convidados inverossímeis, como Jim Jarmusch na festa de aniversário dela, ou Leonard Cohen junto a ela tomando a primeira comunhão, ou uma viagem a San Pedro de Atacama com seus amigos Sinéad O'Connor, Carlos Cabezas e o deputado Fulvio Rossi — as montagens não eram lá muito boas, mas arrancavam risadas das amigas e das primas.

E assim se passou mais um ano.

Agora Max trabalhava de manhã, e com isso teoricamente estariam mais tempo juntos, mas perdiam boa parte desse tempo disputando o computador. Ele reclamava que não conseguia mais escrever quando vinha uma inspiração, o que era mentira, porque continuava usando os velhos cadernos para seus eternos rascunhos de poemas, pois ainda sentia que ao transcrevê-los eles se estragavam, se perdiam. Adotara, por outro lado, o hábito de escrever longuíssimos e-mails para pessoas que não via havia anos e de quem agora sentia, ou pensava sentir, saudades. Algumas dessas pessoas moravam relativamente perto ou não muito longe e Max também tinha o telefone delas, mas preferia escrever-lhes cartas — eram mais cartas que e-mails, ainda não entendia a diferença: escrevia textos melancólicos, hiperbólicos, memorialísticos, o tipo de mensagem cuja resposta se adia indefinidamente, embora às vezes recebesse respostas igualmente elaboradas, contaminadas também por uma nostalgia superficial e lamentosa.

Chegou o verão e também chegou Sebastián, após meses de delicadas negociações. Os dois foram buscá-lo em Temuco, de ônibus, nove horas para ir, quase dez para voltar. O menino acabava de fazer oito anos; a leve e prematura sombra de um bigode conferia-lhe um aspecto cômico de adulto. Nos primeiros dias Sebastián falava pouco, sobretudo se era o pai que lhe dirigia a palavra. Dos intensos passeios ao zoológico, à Fantasilandia e à piscina, passaram às tardes quentes dentro de casa, e quem sabe encerrados ficassem melhor do que naqueles lugares teoricamente divertidos. Seba aproveitava que tinha o próprio usuário no computador para passar tardes no Messenger, sem restrições, em intermináveis chats com seus amigos temucanos. Rapidamente demonstrou seus conhecimentos sobre computadores, que não eram surpreendentes, pois era um menino que, como tantos, havia sido familiarizado desde muito pequeno com os computadores, mas Claudia e Max se impressionavam com tamanha habilidade. Com precisão e um pouco de tédio, o menino os orientou na escolha de um novo antivírus e até advertiu sobre a necessidade de desfragmentar o disco periodicamente. Quanto ao jogo da Pantera Cor-de-Rosa, nem é preciso dizer: zerou-o com uma rapidez alucinante, muitas vezes, e talvez essas duas ou três tardes inteiras que Sebastián passou ensinando a Claudia e a seu pai os truques e a lógica daquele jogo para ele tão básico, tão chato, tenham sido os momentos mais gloriosos e plenos daquelas férias. Nunca tinha estado, isso é certo, tão próximo de seu pai, e ele e Claudia se tornaram, por assim dizer, amigos. Ela dizia que ele era um menino valioso. E Sebastián achava Claudia linda.

Foram todos juntos de volta a Temuco. A viagem foi alegre, com promessas de reencontros e presentes. Mas o trajeto de volta se mostrou sombrio e exaustivo, perfeito prelúdio para o que estava por vir. Porque quase em seguida, talvez no exato momento em que abriram a porta do apartamento, a vida entrou num marasmo irreversível. Talvez incomodado pelas conclusões e pelos conselhos que Claudia vira e mexe soltava ("você conseguiu ele de volta, mas agora tem que manter ele por perto", "vai perder ele de novo se não mantiver contato", "a mãe do Seba é uma mulher ótima") ou simplesmente por estar de saco cheio dela, Max se ensimesmou, se retraiu. Não escondia seu incômodo, mas tampouco explicava seu estado de ânimo, e ignorava as constantes perguntas de Claudia, ou as respondia sem vontade ou com monossílabos.

Uma noite chegou em casa bêbado e dormiu sem sequer dar um oi para ela. Claudia não sabia o que fazer. Foi até a cama, abraçou-o, tentou dormir a seu lado, mas não conseguiu. Ligou o computador, navegou pela internet e passou duas horas jogando Pac Man com as setas do teclado. Depois chamou um táxi e foi até o mercado comprar vinho branco e cigarros mentolados. Bebeu metade da garrafa na mesinha da sala, olhando as rachaduras do piso laminado, as paredes brancas, as ínfimas porém numerosas marcas dos dedos nos interruptores — meus dedos, pensou, mais os dedos de Max, e mais os dedos de todas as pessoas que em algum momento acenderam as luzes deste apartamento. Depois voltou ao computador, escolheu o usuário de Max e, como havia feito tantas vezes, testou as senhas óbvias, em maiúsculas, em minúsculas — *charlesbaudelaire*, *nicanorparra*, *anthrax*, *losprisioneros*, *starwars*, *sigridalegria*, *blancalewin*, *matadouro5*, *laetitiacasta*, *juancarlosonetti*, *monicabellucci*, *umaconfrariadetolos*. Fumou ansiosamente um cigarro, cinco cigarros, enquanto atinava com uma angústia nova, que crescia e decrescia num ritmo inconstante. Pensou muito numa cartada também óbvia, que por modéstia ou baixa autoestima nunca havia tentado, e acabou conseguindo: escreveu *claudiatoro* e o sistema respondeu na mesma hora. O programa de e-mail estava aberto, não pedia senha. Deteve- se, encheu a taça de vinho, esteve a ponto de desistir, mas já estava ali, diante da temida caixa de entrada e diante do ainda mais temido registro de mensagens enviadas. Não tinha volta.

Leu fora de ordem mensagens no fundo inocentes, mas que lhe eram doídas — tantas vezes a palavra *querida*, tantos abraços ("um abraço grande", "dois abraços", e outras fórmulas talvez mais originais, como "seu abraço", "meu abraço", "te abraço", "te abraça"), tantas referências ao passado, e uma vagueza suspeitosa quando falava do presente, do futuro. Também apareciam flertes fugazes ou intensos que há nas contas de e-mail de todo mundo, dela mesma até, e cinco trocas de mensagens que falavam mais explicitamente de encontros com mulheres que ela desconhecia. Mas o que mais lhe doía era sua própria invisibilidade, porque ele nunca a mencionava, ou nas mensagens que ela leu ele nunca a mencionava, exceto em uma, dirigida a um amigo, em que confessava que a relação ia mal, e dizia literalmente que não tinha mais vontade de transar com ela, que terminariam a qualquer momento.

Fechou o e-mail, foi dormir de madrugada, mais embriagada de raiva que de vinho. Acordou no meio da tarde, estava sozinha: caminhou sem energia até o computador — até o quarto ao lado, mas para ela parecia como se houvesse todo um longo caminho, como se precisasse desviar de vários obstáculos para chegar àquele quarto — e em vez de ligá-lo, contemplou o brilho do sol na tela. Fechou as persianas, desejando a escuridão absoluta enquanto lágrimas caíam até o pescoço e se perdiam no sulco entre seus seios. Tirou a camiseta, olhou seus mamilos inquietos, a barriga lisa e suave, os joelhos, os dedos grudados no chão gelado. Depois limpou ou na verdade sujou a tela com as mãos molhadas pelas lágrimas. Esfregou os dedos e as costas da mão com raiva pela superfície, como se passasse um pano nela. Depois ligou o computador, escreveu uma nota breve num arquivo de Word, e começou a arrumar a mala.

Voltou no domingo seguinte para pegar alguns livros e a multifuncional. Max estava de cueca, na frente do computador, escrevendo um e-mail enorme para Claudia em que falava sobre mil coisas e pedia perdão, mas de uma forma elíptica, com frases que na verdade transpareciam seu desconcerto ou sua mediocridade. Havia na escrivaninha um monte de rascunhos da carta, sete ou oito folhas de papel ofício, e enquanto ele dizia que era injusto, que não conseguira terminar a carta, que estava cheia de erros, que ele tinha dificuldade de dizer as coisas com clareza, Claudia lia as diversas versões daquela mensagem não enviada, e reparava como uma frase clara se tornava ambígua no rascunho seguinte, como os adjetivos mudavam, como Max cortara e colara procurando efeitos que ela achava sórdidos, como tinha se divertido mudando a entrelinha, o tamanho da fonte, o espaçamento entre os caracteres, talvez achando que Claudia iria perdoá-lo se a mensagem parecesse mais longa — pensava nisso quando ele a puxou com força, tomando-a pelos pulsos, sabendo o quanto ela odiava ser puxada pelos pulsos: naquela luta acabou tocando nos seios dela e ela respondeu com quatro tapas, mas ele reagiu, conseguiu dobrá-la e virá-la, para então meter o pau à força em seu cu, com uma violência que nunca havia demonstrado. Claudia arrancou o teclado e tentou se defender, sem êxito. Depois, dois minutos depois, Max ejaculou um sêmen escasso, e ela pôde se virar e olhar para ele fixamente, como insinuando uma trégua, mas em vez de abraçá-lo, deu-lhe uma joelhada no saco. Enquanto Max se contorcia de dor, ela desconectou a multifuncional e pediu o táxi que a levaria para longe daquela casa para sempre.

Max sentiu um alívio imenso, porém efêmero. Para ela, o alívio tardou em chegar, mas foi definitivo, pois quando três meses depois se encontraram na escadaria da Biblioteca Nacional, e ele, sem o menor senso de decoro e completamente entregue, lhe pediu que voltassem, não houve jeito.

Voltou para casa triste e furioso, ligou, por costume, o computador, que havia alguns dias voltara a falhar, e dessa vez era definitivo, ou ao menos foi isso o que Max pensou — vou dá-lo para alguém, não importa o que tenha dentro, disse ao amigo engenheiro, no dia seguinte, que se ofereceu para comprá-lo por um preço ridículo. Nem a pau, respondeu Max. Vou dá-lo para meu filho. Com má vontade, o amigo formatou novamente o disco rígido.

Naquela sexta à noite, Max partiu rumo a Temuco. Não teve tempo para embalar o computador, de modo que colocou o mouse e o microfone nos bolsos, a CPU e o teclado embaixo do assento, e viajou as nove horas com a tela pesada em cima das pernas. As luzes da estrada cobriam seu rosto, como se estivessem chamando-o, convidando-o, culpando-o por algo, por tudo.

Max não sabia andar em Temuco e não tinha anotado o endereço. Num táxi, perambulou um pouco pela cidade até dar com uma rua que acreditava recordar. Chegou às dez da manhã, num estado de zumbi. Ao vê-lo, Sebastián perguntou por Claudia, como se a surpresa não fosse a estranha presença do pai, e sim a ausência da namorada dele. Não pôde vir, respondeu Max, ensaiando um abraço que não sabia como dar. Terminaram? Não, não terminamos. Ela não pôde vir, só isso: os adultos têm que trabalhar.

O menino agradeceu o presente com enorme educação, sua mãe recebeu Max amavelmente e disse que poderia ficar e dormir no sofá. Mas ele não queria ficar. Provou um pouco do chimarrão amargo que a mulher oferecia, devorou uma empanada de queijo e partiu para a rodoviária para pegar o ônibus de meio-dia e meia. Estou muito ocupado, com muito trabalho, disse, antes de entrar de volta no mesmo táxi que o havia levado. Bagunçou o cabelo de Sebastián de maneira abrupta e lhe deu um beijo na testa.

Quando ficou sozinho, Sebastián instalou o computador e comprovou o que já suspeitava: era muito inferior, em todos os quesitos, em relação àquele que possuía. Depois do almoço, ele e o marido da mãe riram muito daquilo. Depois os dois abriram espaço no subsolo para guardar o computador, que continua lá desde então, à espera, como se diz, de tempos melhores.

Verdadeiro ou falso

para Alejandra Costamagna

Trouxe esse gato pra você ter algo seu aqui, disse Daniel, repetindo a frase do psicólogo, e Lucas mostrou um entusiasmo que parecia novo, inesperado. Na casa de sua mãe — "minha casa verdadeira", dizia o menino — havia um jardim onde um gato ou um cachorro pequeno viveria feliz, mas Maru era, nesse quesito, inflexível: cachorro não, gato não. De agora em diante, a cada duas semanas, o menino passaria alguns dias com o gato. Deram-lhe o nome de Pedro e depois, quando descobriram que na verdade era uma gata e estava prenha, Pedra.

A coisa do verdadeiro ou falso vinha do colégio, eram os únicos exercícios de que ele gostava, os únicos em que se dava bem, e estava empenhado em aplicar essas categorias a tudo, caprichosamente: a casa de Maru era sua casa verdadeira, mas por algum motivo julgava que a sala dessa mesma casa era falsa — e os sofás da sala eram verdadeiros, mas a porta e todas as luminárias eram falsas. Apenas alguns de seus brinquedos eram verdadeiros, mas nem sempre preferia esses aos outros, porque a falsidade não implicava menosprezo: os poucos dias que passava com o pai, por exemplo, na casa falsa, consistiam numa contundente maratona de Nintendo, pizza e batatas fritas.

Às vezes era silencioso, tranquilo, um pouco ausente: parecia absorto em pensamentos incomunicáveis. Mas outras vezes não parava de fazer perguntas, e embora com seus nove anos Lucas começasse a se aproximar bastante do que se esperava dele — que fosse, simplesmente, uma criança normal —, seu pai não correspondia, não sabia bem como tratá-lo. Daniel era o que se chamaria de um homem normal, porque havia se casado, tivera um filho, vivera e aguentara alguns anos em família, e depois, como fazem todos os homens normais, se separou. Também era normal que de vez em quando tentasse negociar a pensão alimentícia, que atrasasse o depósito, por pura distração, já que não tinha problemas financeiros.

Daniel morava no décimo primeiro andar de um edifício em que eram proibidos animais, mas Pedra era discreta: passava horas lambendo suas patas pretas reluzentes e, daquela varanda um pouco suja, olhando para a rua. No momento não precisava de nada além de sua tigela d'água e de um punhado de ração, que comia sem avidez após olhar para os recipientes por alguns minutos, como se estivesse decidindo se realmente valia a pena se alimentar. Daniel nunca gostou de gatos, tivera alguns quando pequeno, mas pertenciam mais a seus irmãos. E no entanto estava disposto a fazer o esforço — um gato é uma boa companhia, pensava, confiando na imagem abstrata do homem solitário, embora ele não fosse exatamente um homem solitário, ou talvez o fosse, mas não achava que a solidão fosse algo inconveniente. Tivera companhia demais durante os anos em que foi casado: deixou sua mulher por isso, pensava, por uma necessidade de silêncio. Me separei da minha mulher por motivos de silêncio, diria Daniel, fazendo certo charme, se alguém lhe perguntasse agora, mas ninguém mais lhe pergunta por que seu casamento terminou, e em todo caso a resposta não seria verdadeira, nem falsa: precisava de silêncio, mas também queria se salvar, tentava se salvar, ou talvez se proteger de uma vida que nunca tinha desejado.

Talvez houvesse desejado, sim, em algum momento, ser pai, mas era um desejo ingênuo, peregrino. Nos anos em que viveram juntos ("como uma família"), teve que ser demasiadamente pai. Tudo tinha significado, cada gesto, cada frase levava a alguma conclusão ou ensinamento, e também o silêncio, é claro: precisava ser tão cuidadoso com as palavras, tão invariavelmente cauteloso, tão tristemente pedagógico: precisava se comportar como um filtro, como uma coisa, como um morto. Podia ser um pai melhor à distância, pensava, e esse pensamento não continha derrota, nele não havia um traço sequer de derrota.

Seu plano era dizer ao menino que os gatos haviam morrido ao nascer. Ia afogá-los, sem pensar muito, como ouvira dizer que se fazia: jogá-los na privada, puxar a descarga, esquecer imediatamente essa amarga cena secundária. Mas teve o azar de que nascessem justo num dia em que o menino estava em casa.

Não podemos ficar com eles, Lucas, disse naquela tarde.

Claro que podemos, respondeu o menino. Daniel olhou para o filho: pensou que eram parecidos, ou que seriam parecidos no futuro, o queixo ligeiramente partido, o mesmo cabelo encaracolado e preto. Ajudou-o a colocar uma cinta que o médico havia prescrito para corrigir a escoliose. Também usava aparelho nos dentes e uns óculos que faziam seus olhos escuros parecerem ainda maiores e seus cílios ainda mais compridos.

Você tem dever de casa?, perguntou a ele.

Tenho.

E quer fazer?

Não.

O que fizeram, então, foi oferecer os gatos para pessoas por telefone e redigir um e-mail que Daniel mandou a todos os seus contatos. Quando deixou Lucas na casa verdadeira, entrou numa áspera discussão em que tentava convencer a ex-mulher de que, por causa de alguma cláusula nebulosa, era ela quem deveria ser responsável pelas crias.

Às vezes esqueço que você é desse jeito, disse Maru.

E como eu sou?

Maru ficou calada.

Nas semanas seguintes, os gatos abriram os olhos e começaram a se arrastar penosamente pela sala. Eram cinco: dois pretos, dois cinza e um quase totalmente branco. Para não repetir o erro de Pedro, isto é, de Pedra, Lucas decidiu não dar nomes a eles. Agora a única coisa que queria era ir com mais frequência para a casa do pai. Para Daniel, aquilo era um triunfo, mas um triunfo incômodo.

* * *

Uma quinta-feira, de improviso, às sete da noite, Lucas chegou, sem avisar, pela primeira vez. Cinco minutos depois Maru apareceu, ofegante após subir os onze andares de escada. Odiava elevadores, odiava que Daniel morasse num décimo primeiro andar, e não apenas pela segurança do menino ou por sua própria fobia, mas principalmente porque lembrava, com insistência, da remota noite em que Daniel lhe prometera que não haveria elevadores, que sempre viveriam, como se diz, com os pés no chão.

Maru se desculpou pela visita, estávamos aqui por perto, disse, o que era completamente inverossímil, pois moravam do outro lado da cidade.

Por um momento achei que o menino tinha vindo sozinho, disse Daniel.

Como sozinho?

Sozinho.

Você está maluco?

Não.

Daniel pôs um pão na torradeira e passou um café que tomaram em silêncio enquanto o menino dividia as nacionalidades: o gato branco ou quase branco era argentino, os gatos pretos eram brasileiros e os gatos cinza eram chilenos.

Graças aos e-mails coletivos, Daniel retomou contato com uma ex-colega de faculdade, que veio uma noite com a desculpa de adotar um gato. Dormiram juntos logo nessa primeira vez e foi bom ou mais ou menos bom, como disse ela, na manhã seguinte — "gostei mesmo assim", acrescentou rapidamente, mas Daniel achou o comentário agressivo. É muito raro isso que aconteceu com você, ela disse depois — tinha o costume de mudar de assunto a cada vez que acendia um cigarro: o que aconteceu com você é raríssimo, o normal é as pessoas acharem que os gatos são gatas, e não o contrário.

Como é?

Isso, que o normal é que não dê pra ver bem a pica deles. Você viu uma pica que não existia na Pedra, disse a mulher, que mal começou a rir da própria piada e já estava soltando outra: ela se chama Pedra e você é o *padre* dela.

* * *

Daniel riu com atraso, irritado. Por que você fala *pica*?, perguntou depois.

Não pode?

Mulheres não falam *pica*.

Mas o que você enfiou em mim ontem de noite se chama *pica*, disse ela. E o que a Pedra não tem se chama *pica*.

Para Daniel aquilo soou como uma vulgaridade artificial. Antes de ir embora, a mulher garantiu a ele que voltaria mais tarde para pegar o gato, razão pela qual, num rompante de otimismo, Daniel achou que a cena se repetiria vez após outra: a cada tarde sua amiga viria para pegar um gato e iria embora de madrugada. Mas não foi assim, não mesmo. Ela nunca voltou, nem ligou, nem escreveu.

Alguém espalhou o boato de que havia gatos no edifício, de modo que Daniel teve de subornar os porteiros com uma garrafa de pisco e umas apropriadas caixas de Gato Negro, só pela piada. Depois gastou muitos uísques para neutralizar os vizinhos de fundo, um dramaturgo catalão e sua esposa. Gostamos muito do país e o bairro é muito limpo, disseram os dois, quase em uníssono, como se competissem num desses concursos que medem a harmonia matrimonial, enquanto Pedra farejava os convidados e os filhotes cochilavam amontoados numa caixa de sapatos. Tinham vindo para o Chile, disse o dramaturgo, para ficar perto da filha, que acabara de ser mãe, a mulher passava muito tempo com a neta, ele costumava ficar em casa, precisava de um pouco de solidão e de inspiração, explicou.

Solidão e inspiração, pensou Daniel, deitado na cama. Ele já tinha solidão e nunca precisara de inspiração, mas ao escutar o dramaturgo pensou que talvez fosse justamente isso que faltava a ele: inspiração. Seu trabalho, no entanto, era muito simples, quase mecânico: um advogado não precisa de inspiração, e sim de paciência para aguentar seus chefes e sem dúvida de inteligência e sutileza para puxar o tapete deles, e talvez também de imaginação, mas apenas imaginação prática, disse a si mesmo, como que resolvendo para sempre um problema gigantesco.

Eu só busco inspiração na hora de bater punheta, pensou mais tarde, acordado, evocando a felicidade de uma mesa repleta de bons amigos que festejariam essa frase, e em seguida começou a se masturbar se inspirando, primeiro, na esposa do dramaturgo, especialmente em suas pernas, e depois naquela amiga que nunca voltou, e finalmente em Maru, a quem ainda achava atraente, embora a imagem remetesse à juventude dela, aos primeiros anos, quando transavam em motéis, e sobretudo a uma viagem de volta pela estrada 78, quando dirigiu por uns vinte quilômetros com ela inclinada, chupando-o. Concentrou-se nessa lembrança e procedeu com pressa, com desassossego, com avidez, mas o sêmen não saía — e não saiu. Custou a se convencer de que deveria dormir logo, sem mais, com o pênis ereto e estando ainda meio bêbado.

No dia seguinte era sua vez de ficar com Lucas, mas acordou tarde e telefonou alegando dor de cabeça. Ia buscá-lo às cinco, prometeu. Também lhe prometeu que preparariam sushi, aprendi a fazer sushi, disse, e era mentira, mas Daniel gostava de soltar, do nada, essas mentiras, para se obrigar a transformá-las em realidade. Depois de dez minutos na internet, já sabia o que comprar no supermercado. Trouxe também um pacote grande de Whiskas, muito leite e garrafas de Bilz, Pap e Kem piña, pois nunca conseguia lembrar qual dos três era a bebida preferida do filho.

Esses gatos precisam de um pai, Lucas disse a ele de noite, enquanto lutava com um *roll* desastroso.

Gatos não têm pai, Daniel respondeu, vacilante. As gatas se metem com qualquer um quando estão no cio, os gatinhos nem sempre são irmãos entre si.

Como assim?

É isso mesmo, eles não são necessariamente irmãos. São meios-irmãos, por isso são de cores tão diferentes. O mais provável é que Pedra tenha se metido com três gatos: um cinza, um branco e um preto como ela.

Não faz diferença, disse Lucas, que dava sinais de ter pensado no assunto. Não faz diferença, ainda acho que esses gatos precisam de um pai.

Já temos muitos gatos, Lucas, e além de tudo eles não são que nem os seres humanos, eles têm um comportamento diferente. Os gatos pais se esquecem dos filhos, disse Daniel, temendo por um segundo uma resposta ácida, que não veio. Inclusive as mães, prosseguiu, cauteloso. Daqui a um tempo é provável que a Pedra não reconheça mais os filhos dela.

Isso eu não acredito de jeito nenhum, disse o menino, com os olhos assustados. É impossível.

Você vai ver. Agora ela procura, junta, carrega eles no focinho, fica miando desesperada quando não encontra os filhotes. Mas logo, logo vai se esquecer deles. Os animais são assim.

Parece que você sabe muito de animais, disse Lucas, num tom que Daniel não entendeu se era irônico ou inocente.

É que seus tios tinham gatos.

Mas você morava na mesma casa.

Sim, mas eles não eram meus.

Estavam no quarto, assistindo a um jogo de futebol mexicano muito lento, quase dormindo. Daniel foi até a cozinha pegar um copo d'água e ficou alguns minutos olhando para Pedra, que parecia entregue ou resignada à bagunça que os gatos faziam em suas tetas. Voltou ao quarto, o menino tinha fechado os olhos e murmurava uma espécie de ladainha — pensou que estava tendo um pesadelo e sacudiu-o levemente, tentando acordá-lo ou achando que o estava acordando.

Não estava dormindo, pai, estava rezando.

Rezando? Desde quando você reza?

Desde segunda. Segunda me ensinaram a rezar.

Quem?

A mamãe.

E desde quando ela reza?

Ela não reza. Mas me ensinou a rezar e eu gostei.

Dormiram, como sempre, juntos. Naquela noite a terra tremeu e centenas de cachorros uivaram melancolicamente, mas Daniel e Lucas não acordaram. Naquela noite se ouviu, ao longe, o estrondo de uma batida, e os ecos mais próximos dos vizinhos que discutiam ou conversavam ou que talvez ensaiavam um diálogo em que duas pessoas discutiam ou conversavam. Mas dormiram bem, tomaram café melhor ainda, passaram a manhã jogando *Double Dragon*.

* * *

Tenho certeza de que os filhos da Pedra são verdadeiros, Lucas disse depois, no parque, para o pai.

Sem dúvida são verdadeiros, mas não totalmente verdadeiros, disso você pode ter certeza. Uma amiga me disse, há pouco tempo, que era estranha essa confusão que a gente fez. O normal, segundo ela, é achar que as gatas são gatos, e não que os gatos são gatas.

Não entendi, disse o menino.

Eu também não entendo muito, é complicado. Esquece.

Esquecer a sua amiga?

Isso, a minha amiga, disse Daniel, sem paciência.

Daniel convidou os catalães para tomar um café. Vocês têm um país maravilhoso, disse a esposa do dramaturgo, olhando para o menino. Lucas pensa que Santiago é falsa, disse Daniel aos convidados. Não, gritou o menino, o Chile é falso, Santiago é verdadeira. E Barcelona?, perguntaram. Lucas se encolheu e começou a brincar com uns papéis no chão, como se fosse mais um entre os gatos: estava de shorts, com as pernas cheias de arranhões, do mesmo jeito que os braços e a bochecha direita.

O processo de transição chileno é inacreditável, o dramaturgo disse depois, em tom de reflexão ou de pergunta. Vocês não se incomodam que o Pinochet ainda tenha tanto poder, não têm medo de a ditadura voltar?

Pensei que você achava o Chile um lugar tranquilo, respondeu Daniel.

É isso que me inquieta a respeito do processo de vocês, disse o dramaturgo, sentenciando: essa tranquilidade tão grande, tão civilizada. Depois desfiou todo um discurso com palavras que fizeram Daniel se lembrar de uns ensaios que teve de ler em algum momento, numa dessas entediantes matérias eletivas na faculdade: globalização, pós-modernidade, hegemonia.

Eu votei no Aylwin e no Frei, disse Daniel, à guisa de resposta, totalmente equivocado em relação ao ponto da conversa. Quando os convidados foram enfim embora, perguntou ao menino se os catalães eram verdadeiros ou falsos. Eram estranhos, respondeu.

Naquela tarde, o gatinho branco, o argentino, se perdeu. Daniel, Lucas e Pedra procuraram-no incessantemente por quase duas horas, mas ele não apareceu. Não havia por onde ter pulado ou saído, de modo que nas semanas seguintes Daniel teve que se deslocar pela casa com extrema cautela. Ao chegar do trabalho, circulava sigilosamente pelos cômodos, sempre caminhava descalço, quase na ponta dos pés, e tomava cuidado especial ao se sentar ou recostar. Uma manhã, quase um mês depois do desaparecimento, viu o gatinho branco dormindo tranquilamente junto à mãe. Havia regressado não se sabia de onde, e ocupava seu lugar com uma naturalidade que chegou a incomodar Daniel. Ao telefone, seu filho se alegrou com a notícia, mas sem a euforia nem os gritos que o pai esperava. Por que você está falando tão baixo?, perguntou. Não quero acordar eles, respondeu o menino, ainda sussurrando.

Eles quem?

Os gatos.

Os gatos não estão dormindo, disse Daniel, com um pouco de raiva. Então você pode falar alto, sem problemas.

Não mente pra mim, pai, eu sei que eles estão dormindo.

Não, estou falando a verdade. E mesmo que estivessem dormindo, se você gritasse no telefone, eles não acordariam, isso você sabe.

Sei, sim. Tenho que desligar.

Aconteceu alguma coisa?

Era a primeira vez que o filho tomava a iniciativa de desligar o telefone. Ligou para o celular de Maru, ela se mostrou cordial, muito mais amável que de costume. Não havia nada estranho, pensou Daniel, resignado, no meio da conversa. Mas de repente, como se estivesse fingindo um pensamento casual, Maru disse a ele que talvez fosse melhor que os gatos morassem com ela.

Mas você não gosta de gatos. Tem fobia deles.

Não, não tenho fobia de gatos. Tenho fobia de elevadores, de aranhas e de pombos. Como era o nome mesmo?

De quê?

Da fobia de pombos.

Columbofobia, respondeu Daniel, sem paciência. Para de me perguntar besteira, diz logo por que você quer os gatos agora, se nunca na vida deixou o menino ter um.

É que o Lucas fala muito deles pra mim. Queria que morassem com a gente. E aí podíamos ir dando eles aos poucos, e no fim ficar só com a Pedra. Já falei com algumas amigas que se interessariam em ter um gato.

Maru e Daniel discutiram como nunca, ou melhor, como antes. Uma inexplicável virada retórica tinha conseguido inverter as coisas: nem o melhor advogado do mundo — e Daniel não era, certamente, o melhor advogado do mundo — poderia tirar de Maru o privilégio de decidir sobre a vida daqueles gatos. A negociação foi longa e cheia de idas e vindas, pois a ideia não desagradava a Daniel, mas ele detestava perder. Não amava os gatos de fato, apenas Pedra, talvez — fez o possível para ficar com Pedra, disse pelo menos dez vezes "você pode ficar com todos os filhotes, mas Pedra não sai daqui", e nas dez vezes teve de aguentar argumentos razoáveis e perigosos sobre os direitos das mães. Fica com a gatinha branca então, se quiser, disse Maru, no fim. Não sabemos se é gata ou gato, disse Daniel, pelo puro prazer de corrigi-la. Lucas acha que é gata, respondeu ela, mas tudo bem, esse não é o ponto. Quer ou não quer ficar com o gato ou a gata branca? Daniel aceitou. No dia em que transportaram os gatos para a casa verdadeira, o menino estava feliz.

Daniel ainda não decidiu que nome dar ao gato branco. Chama-o indistintamente de argentino ou argentina. Quando deita no sofá para ler o jornal, o gato se interpõe entre a página e seus olhos, arranhando seu suéter, concentradíssimo. Tive que me acostumar a ler de pé, diz, com um copo em mãos, para seus vizinhos, que vieram se despedir, em breve voltarão para Barcelona. Deve ter sido muito difícil para você perder os gatinhos, diz o dramaturgo. Nem tanto, responde Daniel. Deve ser mais difícil escrever peças de teatro, acrescenta, complacente, e depois pergunta a eles por que precisavam ir agora, pois em sua memória tinha registrado que partiriam apenas no ano seguinte. A pergunta é, por algum motivo, inapropriada, e o dramaturgo e sua mulher fixam os olhos no chão, por acaso no mesmo ponto do chão. É por algo pessoal, algo familiar, diz a mulher. E você conseguiu escrever?, pergunta Daniel, para mudar de assunto. Não muito, diz ela, como se fosse a encarregada de responder as perguntas. Daniel acha a cena ridícula, ou ao menos embaraçosa, sobretudo por essa expressão escorregadia, problemas familiares, motivos pessoais. Estava de bom humor, mas de repente se perde na situação, ou se entedia, quer que eles saiam logo. E sobre o que você queria escrever?, pergunta, sem o menor interesse.

Ele não sabe. Não sabe o tema, diz. Talvez sobre a transição.

Transição de quê?

Do Chile, da Espanha. Sobre as duas, em comparação.

Daniel imagina rapidamente uma ou duas entediantes peças de teatro, com atores velhos demais ou jovens demais vociferando como se estivessem na feira. Depois pergunta quantas páginas conseguiu escrever em Santiago.

Cinquenta, sessenta laudas, mas nada servia, responde a mulher.

E como sabe que nada disso servia?

Não sei, pergunte a ele.

Estou perguntando para ele. Todas as perguntas que fiz foram para ele. Não sei por que você as respondeu.

O dramaturgo continua com o semblante pesado. A mulher acaricia seu cabelo, sussurra-lhe algo em catalão, e depois, sem olhar para Daniel, saem da casa. Estão tristes e ofendidos, mas Daniel não liga. Sente-se, por algum motivo, furioso. Continua bebendo uísque até de madrugada, o gato argentino de vez em quando sobe, compassivo, em seu colo. Pensa no filho, sente vontade de ligar para ele, mas não liga. Pensa em juntar dinheiro para comprar uma casa na praia. Pensa em mudar algo, seja lá o que for: pintar as paredes, arrumar uns gramas de cocaína, deixar a barba crescer, melhorar seu inglês, aprender artes marciais. De repente olha para o gato e encontra um nome, um nome preciso para o gato ou gata, um nome que não depende de ser gato ou gata, mas imediatamente, por estar bêbado, esquece. Como é possível esquecer tão rápido um nome?, pensa. E não pensa mais nada, porque cai duro no tapete e só acorda na tarde seguinte. Descobre, no despontar da ressaca, que faltou ao trabalho, que não ouviu dez ou quinze chamadas telefônicas, que não checou os e-mails o dia todo. O gato dorme a seu lado, ronronando. Daniel tenta ver se o gato tem um pinto ou não. Não tem nada, diz em voz alta. Você não tem pica. É uma gata, diz, solenemente. É uma gata verdadeira.

Levanta-se, prepara um sal de frutas e toma o líquido antes de o tablete terminar de dissolver. Está com dor de cabeça, mas mesmo assim põe um disco que achou há pouco tempo, uma seleção de antigas valsas, tangos e foxtrotes que lhe fazem lembrar do avô. Enquanto toma banho e a gata brinca de perseguir a sombra na cortina do chuveiro, ele canta, à meia-voz, com mais tristeza que alegria, uma letra boba: "*Una rubia se quiso matar/ por mi amor/ es verdad/ es verdad/ al saberlo después su papá gritó/ y del mapa me quiso borrar*".

Depois se deita na cama por alguns minutos, com a toalha na cintura, ainda molhado, como costuma fazer. O telefone toca, é o dramaturgo que quer se desculpar pelo ocorrido na última noite convidando-o para jantar. No Chile a gente não janta, no Chile a gente *come*, responde. E não quero jantar nem comer. Quero me masturbar, diz, forçando um tom imperfeito de grosseria. Pode se masturbar, rapaz, não tem problema, nós te esperamos, diz o dramaturgo, em meio a uma gargalhada. Não vou, responde Daniel, com uma gravidade melodramática: não estou sozinho.

São duas da manhã. A gata dorme em cima do teclado do computador. Daniel se olha no espelho do banheiro, talvez procurando arranhões ou hematomas. Em seguida vai se deitar e se masturba sem pensar em ninguém, mecanicamente. Espalha sêmen pelo lençol ao mesmo tempo que adormece.

Longa distância

Trabalhava à noite como telefonista, um dos melhores empregos que já tive. O salário não era bom, mas também não era miserável, e embora o lugar parecesse inóspito — um pequeno escritório na Calle Guardia Vieja, cuja única janela dava para um paredão cinza —, a verdade é que eu não passava nem frio no inverno nem calor no verão. Talvez passasse frio no verão e calor no inverno, mas isso acontecia porque nunca aprendi a mexer direito no aparelho de ar-condicionado.

Era o ano de 1998, a Copa da França acabava de terminar, e pouco tempo depois, alguns meses após eu ter entrado nesse emprego, prenderam Pinochet — o chefe, que era espanhol, colocou uma foto do juiz Garzón num canto da escrivaninha e nós colocávamos flores para ele, em sinal de gratidão. Portillo era um bom chefe, um sujeito generoso, e eu o via pouco, às vezes só no dia 29, quando eu esperava, com umas olheiras maravilhosas, pelas nove horas para ir pegar o cheque. O que mais me lembro a respeito dele é a voz muito aguda, como de adolescente, um tom comum entre homens chilenos, mas que me parecia desconcertante num espanhol. Ligava para mim cedo, às seis ou sete da manhã, para que eu lhe desse um relatório sobre o que acontecera durante a noite, o que na verdade era inútil, porque não acontecia nada, ou quase nada: uma ou outra ligação de Roma ou de Paris, casos simples de pessoas que não estavam realmente doentes, mas queriam aproveitar o seguro-saúde que haviam contratado em Santiago. Meu trabalho era atendê-los, pegar seus dados, corroborar a vigência da apólice e colocá-los em contato com meus pares europeus.

Portillo me deixava ler ou escrever e inclusive cochilar com a condição de que atendesse o telefone a tempo. Daí a ligação das seis ou sete da manhã, mas quando ia para a gandaia também ligava antes, um pouco bêbado. O telefone não pode tocar mais de três vezes, me dizia, caso demorasse a atender. Mas não costumava me dar bronca, pelo contrário, era sempre muito amável. Às vezes me perguntava o que eu estava lendo. Eu respondia que estava lendo Paul Celan, Emily Dickinson, Emmanuel Bove, Humberto Díaz-Casanueva, e ele sempre caía na gargalhada, como se tivesse acabado de escutar uma piada muito boa, inesperada.

Uma noite, por volta das quatro da manhã, a voz no telefone me pareceu falsamente grave, fingida, e pensei que meu chefe estava tentando se passar por alguém. Estou ligando de Paris, dizia a voz diretamente, o que aumentou minha impressão de ser um trote de Portillo, pois os clientes costumavam ligar a cobrar. Como tínhamos intimidade, disse para ele ir se foder, que eu estava muito ocupado lendo — não entendi, estou ligando de Paris, este é o número da assistência de viagem?

Me desculpei e pedi o número para ligar de volta. Quando voltamos a nos falar, eu havia me transformado no telefonista mais amável do planeta, o que em todo caso não era necessário, porque nunca fui rude, e porque o homem da voz inverossímil era também inverossimilmente amável, o que não era comum naquele trabalho: a maioria dos clientes exibia sem pudor sua má-educação, sua prepotência, seu costume de tratar mal os telefonistas, e certamente também os funcionários, os cozinheiros, os vendedores e todo o grupo de pessoas supostamente inferiores a eles.

A voz de Juan Emilio, por outro lado, anunciava uma conversa razoável, mas não sei se razoável é a palavra certa, porque enquanto eu anotava seus dados (cinquenta e cinco anos, residente em Lo Curro, sem doenças prévias) e corroborava a apólice (o seguro dele era o de maior cobertura disponível no mercado), algo em sua voz me fazia pressentir que aquele homem precisava, mais que de um médico, de alguém para conversar, de alguém que o ouvisse.

Me disse que estava na Europa havia cinco meses, a maior parte do tempo em Paris, onde sua filha — a quem chamava de Moño — cursava doutorado e vivia com seu marido — Mati — e as crianças. Nada disso respondia as minhas perguntas, mas ele falava com tanta vontade que era impossível interromper. Me contou com entusiasmo tudo a respeito daquelas crianças que falavam francês com um sotaque encantadoramente correto, e soltou também vários clichês sobre Paris. Quando começava a falar sobre os inconvenientes pelos quais Moño havia passado para cumprir com suas obrigações acadêmicas, sobre a complexidade dos programas de doutorado, e sobre o sentido da paternidade num mundo como este (um mundo que às vezes me parece tão estranho, tão diferente, disse ele), me dei conta de que estávamos havia quase quarenta minutos ao telefone. Precisei interrompê-lo e pedir respeitosamente que me contasse o motivo da ligação. Falou que estava um pouco resfriado e tivera febre. Redigi o fax e o enviei ao escritório de Paris para que tratassem do caso e comecei o longo processo de me despedir de Juan Emilio, que se desmanchava em desculpas e gentilezas até aceitar que a conversa havia terminado.

Naquela época eu havia conseguido umas poucas aulas vespertinas em uma Escola Técnica. O horário se encaixava perfeitamente, a matéria era das oito às nove e vinte, duas vezes por semana, de modo que eu continuava com o ritmo noturno, acordando ao meio-dia, lendo muito, tudo certo.

Minha primeira aula foi em março de 2000, poucos dias depois que Pinochet, como um monarca amado e injustamente exilado, regressou ao Chile (lamento esses pontos de referência temporal, mas são os que primeiro me vêm à mente). Meus alunos eram todos mais velhos que eu: tinham entre trinta e cinquenta anos, trabalhavam o dia todo e se dedicavam com muito esforço aos cursos de administração de empresas, contabilidade, secretariado ou turismo. Eu deveria ensinar a eles "Técnicas de Expressão Escrita", seguindo um programa muito rígido e antiquado, que abarcava noções de redação, ortografia e até de pronúncia.

Tentei, nas primeiras aulas, cumprir o que me era pedido, mas meus alunos chegavam muito cansados de seus trabalhos e acho que todos na sala, eu inclusive, ficávamos entediados. Lembro da desolação ao fim daquelas primeiras jornadas. Lembro que, depois da terceira ou quarta aula, caminhando pela avenida España, parei numa barraquinha de cachorro-quente e, enquanto comia um *italiano*, pensei que deveria enfrentar aquela sensação de tempo perdido. Afinal de contas, meu tema era a linguagem, e se alguma coisa havia sido constante em minha vida era o amor por algumas histórias, algumas frases, por umas quantas palavras. Mas até então era evidente que eu não estava conseguindo comunicar nada — interessante sua aula, professor, uma aluna me disse, apesar de tudo, na entrada do metrô, como se o destino quisesse desmentir meus pensamentos. Não a tinha reconhecido. Para combater a timidez, eu preferia palestrar sem os óculos, razão pela qual não distinguia os rostos dos alunos, e quando precisava fazer alguma pergunta, simplesmente olhava para um ponto indefinido e dizia "o que você acha disso, Daniela". Era um método infalível, porque na turma havia cinco Danielas.

A mulher que veio falar comigo no metrô não tinha esse nome, mas rimava: Pamela. Contou-me que ainda morava com os pais, que não trabalhava. Perguntei por que estudava à noite, então. Porque de dia faz calor, respondeu, fazendo charme e com algum desdém. Perguntei se no inverno estudava de dia, e ela riu. Depois quis saber se realmente tinha achado a aula boa. Ela olhou para o chão, como se eu tivesse perguntado algo muito íntimo. Achei, ela disse depois, quase uma estação depois: foi interessante. Descemos juntos, em Baquedano, fiz-lhe companhia enquanto esperava o ônibus para Quilicura.

Na faculdade não era raro, havia exemplos aos montes, de todo tipo: professor com aluna (ou aluno), professora com aluno (ou aluna), e inclusive alguns poucos casos saborosos, embora talvez exagerados, de professor com duas alunas e de uma professora com três alunos e uma bibliotecária (e na biblioteca, em cima do balcão de devoluções). Assim, pensei que não seria grave tentar algo com Pamela. Não era baixa nem alta, nem gorda nem magra: perfeita, pensei — é que nunca soube responder este tipo de pergunta: você prefere as morenas ou as loiras? etc. Sabia com certeza que havia algo em sua voz, em sua atitude, em seus olhos, de que eu gostava.

Cheguei ao escritório absorto nessas especulações. Preparei um café e fumei um cigarro atrás do outro (Portillo não era fumante, mas nos permitia fumar), pensando no amor e também, não sei por quê, na morte, e depois no futuro, que não era meu tema favorito. Pensei que estávamos no ano 2000, e evoquei as conversas que tínhamos quando crianças, quando adolescentes, sobre essa data tão distante: imaginávamos uma vida de carros que voavam e de alegres teletransportes, ou talvez algo menos espetacular, porém radicalmente diferente do mundo sem graça e repressor em que vivíamos. Devo ter adormecido pensando nisso, mas o telefone me acordou depois, à uma da manhã. Era meu chefe me lembrando que às três iriam cortar a água. Enquanto enchia a garrafa térmica e a pia, pensei em mim mesmo, creio que pela primeira vez, como uma pessoa solitária.

A regra dizia que catorze dias depois do ocorrido deveríamos contatar o cliente (chamávamos-no de *pax*) e perguntar como sua enfermidade havia evoluído e qual era sua opinião sobre o serviço prestado. Essa parte do processo se chamava *social call* e era o primeiro passo para encerrar um chamado (ah, que estranho prazer sentíamos quando enfim encerrávamos um chamado), de modo que peguei o telefone e liguei para Paris: Juan Emilio continuava na casa da filha; de fato quem atendeu foi ela, a Moño, que não me pareceu tão amável quanto o pai. Liga mais tarde para ele, disse secamente. Foi o que fiz. Juan Emilio pareceu comovido com o meu telefonema, o que em todo caso costumava acontecer, pois alguns clientes pensavam que a ligação partia de uma inquietação pessoal, como se os tristes telefonistas noturnos pudessem ou devessem se importar com a saúde de um compatriota que viaja pelo mundo ficando levemente resfriado.

Perto do fim da conversa, Juan Emilio perguntou se eu gostava do meu trabalho. Respondi que havia melhores, mas que aquele era bom. Mas em que você se formou?, insistiu. Literatura, respondi, e inexplicavelmente ele riu. Eu detestava que me fizessem essa pergunta, mas não me incomodei nem com a pergunta nem com a risada. Com o tempo aprendi a valorizar, a aceitar aquela risada crescente, discreta no começo e logo franca e contagiosa, de Juan Emilio.

Quatro ou cinco dias depois, já de volta ao Chile, voltou a ligar. Eu estava meio dormindo, eram sete da manhã. Quero saber como você está, disse ele, e engatamos numa conversa que teria sido normal caso fôssemos dois adolescentes se tornando amigos, ou dois senhores de idade tentando combater a inércia de uma segunda-feira no asilo. Pensei que Juan Emilio devia ser meio doido, e talvez tenha me sentido orgulhoso de participar de sua loucura. "Pax muito amável, liga sem motivo e agradece novamente o serviço", anotei no registro, mas no fim havia um motivo, embora agora eu ache que o motivo lhe veio à mente enquanto falávamos: queria que eu fosse seu professor, seu guia de leitura, preciso melhorar meu nível cultural, disse. Parecia simples: eu deveria lhe recomendar livros e iríamos comentá-los. Aceitei, claro. Propus um valor mensal e ele insistiu que fosse o dobro. Me ofereci para ir à sua casa ou ao seu trabalho, embora não me visse pegando o metrô e um ônibus para cruzar a cidade toda a cada semana. Por sorte, ele preferiu que as aulas fossem no meu apartamento, toda segunda-feira, às sete da noite.

Juan Emilio era baixo, ruivo, extravagante: vestia-se com uma elegância desastrada, como se a roupa fosse sempre nova, como se a roupa estivesse dizendo, em voz alta e enfática, *eu não tenho nada a ver com este corpo, nunca vou me acostumar a este corpo*. Fizemos uma lista de leituras que pensei que poderiam interessá-lo. Ele estava entusiasmado. Juan Emilio me parecia ótima pessoa, mas era um sentimento ambíguo e com um pouco de culpa. Que tipo de gente podia se dar ao luxo de, em plena idade produtiva, fazer uma viagem tão longa pela Europa? O que ele teria feito naquele tempo todo além de levar os netos a todas as sorveterias de Paris? Tentava imaginá-lo como mais um desses chilenos milionários que viajaram até Londres para apoiar Pinochet. Tentava vê-lo como o que se supõe que fosse: um riquinho filho de papai, conservador, pinochetista ou ex-pinochetista, embora não falasse como um riquinho filho de papai e suas opiniões não fossem tão conservadoras — ao menos era possível conversar com ele, isso sim. Também era prudente, observava o pequeno apartamento da Plaza Italia em que eu morava sem demonstrar que lhe parecia um lugar pobre e descuidado. Depois eu pensava, para me tranquilizar, de modo um tanto maniqueísta, que um empresário chileno não teria uma filha estudando na França, que a França era o pior lugar do mundo para a filha de um pinochetista.

As aulas na Escola Técnica, enquanto isso, melhoravam. Comecei a usar meus óculos, para conseguir prestar mais atenção em Pamela. Em suas bochechas se insinuavam covinhas e sua maneira de se maquiar era curiosa — delineava os olhos com um traço grosso demais, como se os cercasse, como se quisesse impedir que pulassem para fora, que fossem embora. Naquela noite precisávamos falar sobre os diferentes tipos de carta e fiquei tagarelando sem muita eloquência até que pensei em propor um exercício a eles, que acabou dando um ótimo resultado. Pedi que escrevessem uma carta que gostariam de ter recebido, uma carta que teria mudado suas vidas, e quase todos fizeram coisas previsíveis, mas quatro alunos levaram o exercício ao limite e escreveram textos selvagens, desoladores, belos. Um deles terminou o exercício chorando e amaldiçoando o pai, ou o tio, ou um pai que na verdade era seu tio, acho que todos ficamos com essa dúvida, mas não nos atrevemos a perguntar.

Pensei que aquela era minha oportunidade de corrigir o rumo do curso. Dediquei as aulas seguintes a ensiná-los a escrever cartas, tentando, sempre, fazer com que descobrissem o poder da linguagem, a capacidade que as palavras têm de realmente influenciar a realidade. Alguns ainda ficavam um pouco sem graça, mas começamos a ir bem. Escreviam para os pais, para amigos de infância, para os primeiros namorados. Lembro de uma aluna que escreveu para João Paulo II, para explicar a ele por que não acreditava mais em Deus, o que gerou uma briga terrível e muito complicada, que esteve a ponto de chegar à agressão física, mas que no fim das contas foi benéfica para todos. Agora gostavam da aula, só queriam saber de escrever cartas, expressar sentimentos, explorar o que acontecia com eles. Com exceção de Pamela, que me evitava e preferia não participar durante as aulas. E mesmo eu me esforçando, não tínhamos voltado a nos cruzar no metrô.

Uma noite, no começo da aula, um aluno levantou a mão e me disse que queria escrever uma carta de demissão, porque estava pensando em sair do trabalho. A seguir, começou a falar sobre os problemas que tinha com o chefe, e eu tentei aconselhá-lo, embora fosse talvez o menos qualificado dos presentes para tanto.

Alguém disse que ele era um irresponsável, que antes de se demitir tinha que pensar em como iria viver e como iria pagar o curso. Fez-se um silêncio pesado e grave, que eu não soube preencher. Quero escrever a carta, ele nos disse então: não vou me demitir, nem poderia, tenho filhos, tenho problemas, mas de qualquer jeito quero escrever essa carta. Quero imaginar como seria me demitir. Quero dizer ao meu chefe tudo o que penso dele. Quero dizer que ele é um filho da puta, mas sem usar essa palavra. Não é uma palavra, são várias palavras, disse uma aluna que sentava na primeira fila. Oi? São três palavras, professor: filho-da-puta.

Começamos a carta, escrevemos os primeiros parágrafos no quadro-negro. E como o tempo se esgotou, ficamos de retomar o exercício na aula seguinte. Mas não houve uma aula seguinte. Cheguei na segunda-feira com o tempo contado para pegar a pasta e ir até a sala, mas o edifício estava fechado, e inclusive tinham acabado de pintar a fachada. A escola não existia mais. Os alunos me explicaram tudo, desolados. Tinham acertado suas mensalidades e vários deles até mesmo tinham pagado o ano inteiro, adiantado, para aproveitar um desconto.

Nessa noite fui com meus alunos a um bar na avenida España. Não costumavam sair juntos, não eram amigos, não tinham chegado a se conhecer bem, de maneira que alguns contavam suas vidas, e outros se dedicavam às cervejas e às carnes que haviam pedido. Pamela estava no extremo oposto da mesa, conversando com outro grupo, e não se aproximou de mim, mas dei um jeito de irmos andando juntos até o metrô. Acompanhei-a até o ônibus, de novo, na Plaza Italia, e ao se despedir disse que se sentia observada demais, mas que se eu não olhasse tanto para ela, talvez começasse a gostar de mim. Mas não vamos nos ver nunca mais, eu disse. Vai saber, respondeu.

As sessões com Juan Emilio se mostraram menos fáceis do que eu havia pensado. Ele não questionava os livros que eu escolhia, mas ficava procurando, na leitura — como quase todo mundo faz, aliás —, mensagens, explicações definitivas, a moral da história. Toda semana eu passava algum exercício, e ele chegava sempre com uma garrafa de vinho, à guisa de compensação: não consegui terminar o dever, dizia, com ares de travessura, e depois desatava a falar sobre a uva ou sobre a vinícola do vinho que trouxera, com uma erudição atordoante, usando um linguajar que para mim era tão engraçado como deveria ser para ele a terminologia literária. Juan Emilio era gerente de algo, mas eu preferia não perguntar demais sobre seu trabalho, basicamente pelo mesmo motivo que preferia não perguntar o que ele pensava sobre a volta de Pinochet: não queria descobrir que era um empresário sanguessuga, não queria ter motivos para desprezá-lo.

Por outro lado, cheguei a saber muito sobre sua família: cheguei a me interessar realmente pelas vidas nada interessantes de seus filhos. Quanto a seu casamento, pelas conversas que tínhamos, supus que era uma relação complexa porém estável; certamente algumas infidelidades tinham acontecido, mas já eram velhos para se separar, e talvez pertencessem a esse mundo em que as pessoas não se separam, mesmo se odiando. Só que ele não odiava a mulher (que tinha um nome horripilante, embora a meu ver também literário: Eduviges), nem ela a ele; toleravam um ao outro, e de vez em quando ela até o esperava em casa com um pisco sour e ficavam no sofá falando de como outros casais andavam mal e como eles estavam bem, juntos e felizes, no fim das contas.

Era difícil, para mim, interromper seu discurso e dirigir o processo todo; de fato, algumas vezes ficou tarde demais e ele precisou ir embora antes mesmo de termos começado a aula. De todo modo me pagava, claro.

Tentei ajudar meus ex-alunos em sua reivindicação no Ministério da Educação, que lhes oferecia pouco, ou quase nada. Escrevemos, todos juntos, a grande carta, a mensagem crucial que deveria demonstrar a eficácia da comunicação escrita, o poder das palavras, mas não surtiu efeito algum. Tínhamos recolhido testemunhos, opiniões de políticos e especialistas em educação, mas nada aconteceu. A situação era escandalosa e por algum tempo a notícia saía nos jornais, mas subitamente um silêncio tão chileno e tão suspeitoso sobreveio e encobriu tudo. Alguns conseguiram ser aceitos em outras instituições, em condições que nunca eram vantajosas, e os que tinham pagado as mensalidades até o fim do ano continuaram sem uma solução de verdade. E eu também, no meio de tudo isso: a escola me devia um mês de salário, mas quando tentei me unir aos demais professores não tive sorte alguma. Contatei, de fato, dois deles, que preferiam não reclamar, pois trabalhavam também em outras instituições e não queriam ficar com a fama de serem dados a conflitos.

De todo modo, me propus a terminar o curso naquele mesmo bar da avenida España, todas as semanas. Dos trinta e cinco alunos iniciais, dez continuaram comigo o resto do ano, toda quarta, e ainda que algumas vezes a coisa tenha se dispersado, na maioria dos encontros trabalhamos e debatemos. Numa dessas noites, quando eu já havia perdido toda a esperança, Pamela apareceu, juntou-se ao grupo como se nada tivesse acontecido, sem fazer comentários. Saímos juntos e, no metrô, ela me deu uma nota de cinco mil pesos. Eu disse que as aulas eram gratuitas, que no máximo aceitava que os alunos pagassem meus chopes ou um *chacarero*. Ela disse que mesmo assim queria me pagar e não aceitou o dinheiro de volta. Vamos para a casa do senhor, professor, disse depois — nem preciso explicar como era absurdo que ela me tratasse formalmente, sendo que era dez anos mais velha que eu. Estava mais tarde que de costume, normalmente eu passava em casa e comia uma lata de atum antes de ir para o trabalho, mas agora tinha pouca margem. Resolvi arriscar e a levei comigo para o escritório. Ela me chupou no carpete e depois trepamos em cima da escrivaninha de Portillo, por sorte o telefone não tocou. Às três da manhã chegou um táxi para ela, que coloquei na conta da empresa. Antes de partir ela me disse, estranhamente séria: pode me pagar, professor, são cinco mil pesos. Criou-se, então, um costume: ela ia às aulas e me pagava, mas depois, no escritório ou na minha casa, eu pagava a ela. Sempre, inclusive no meio do sexo, me tratava formalmente. Pelo menos não me chame de senhor aqui na cama, eu disse uma noite. Prefiro tratá-lo assim, professor, ela disse, arrumando o cabelo: é que adoro o jeito como as colombianas falam.*

Uma tarde em que chovia torrencialmente, Juan Emilio chegou atrasado e na companhia de um homem que me cumprimentou com o rosto cheio de felicidade e imediatamente começou a empilhar várias caixas perto da minha escrivaninha. Custei a entender a situação, que meu aluno explicava apenas com um estranho sorrisinho condescendente. Espero que você não se incomode com esses presentinhos, disse enfim.

Minha reação foi de ira, embora tenha sido tardia. Certamente ele nunca havia conhecido alguém tão pobre como eu, apenas o fato de ir até a Plaza Italia deveria ser, para Juan Emilio, uma espécie de aventura transgressora. Mas eu não era pobre, não mesmo. Vivia com pouco, mas de modo algum era pobre. Falei que eu não podia aceitar a ajuda, perguntando de onde ele tinha tirado aquilo, mas enquanto eu argumentava, Juan Emilio abria as caixas e enchia a despensa ou o canto daquela cozinha minúscula que funcionava como despensa. Eram realmente muitas caixas, nas quais havia, entre ou-

* No espanhol falado em parte da Colômbia, pratica-se o chamado *ustedeo*, isto é, o pronome de tratamento *usted* não é usado em situações formais, como acontece no resto da América hispânica, mas sim como sinal de intimidade. Tal uso é, certas vezes, atrelado ao gênero do falante. (N. E.)

tras delícias, sucos de soja, diversos sabores de Twinings, sofisticadas tábuas de queijos, carpaccios de polvo e de salmão, latas de caviar, vários fardos de cervejas importadas e vinte e quatro garrafas de vinho. Havia também uma caixa enorme com produtos de higiene pessoal, o que de certa maneira me ofendeu, pois evidentemente ele julgava serem necessários.

Agradeci a intenção dele e voltei a dizer que não podia aceitar aquela generosidade. Para mim não custa nada, respondeu, o que sem dúvida era verdade, e depois de eu negar mais duas vezes, já sem convicção, acabei aceitando o presente. A seguir houve uma tentativa de minha parte de começar a aula, embora não tão enfaticamente, é verdade. Debatemos vagamente alguns contos de Onetti enquanto beliscávamos uns queijos e umas azeitonas, além de uns deliciosos doces árabes. Tentei, mas não consegui disfarçar que estava com fome.

Quando ele estava para sair, quis adiantar o que faríamos na segunda seguinte, mas ele me deteve. Passou a mão ajeitando o cabelo e acendeu um cigarro com uma rapidez inusitada, antes de me dizer: descobri que não gosto tanto de literatura. Gosto de falar contigo, de vir aqui, ver como você vive. Mas não gostei realmente de nada do que li.

Pronunciou essas últimas frases com uma ênfase desagradável, certamente era esse o tom que usava para demitir seus empregados. Para dizer coisas como "infelizmente vamos ter que procurar outra pessoa para o cargo". Só então entendi que aquela mercadoria toda era uma espécie de indenização. Sem dizer muito além disso, levantou e me olhou firmemente nos olhos antes de se despedir para sempre com um inesperado e longuíssimo beijo na boca.

Travei. Estava incomodado por não ter entendido a trama, me sentia bobo. O beijo não me desagradou, não me deixou com nojo, mas por via das dúvidas tomei um grande gole de um syrah que não tenho ideia se tinha notas frutadas ou uma boa acidez, mas que naquele momento me pareceu oportuno.

Na noite seguinte, no trabalho, como havia um rumor de que talvez cortassem de novo o abastecimento, juntei água, mas esqueci de fechar a torneira da pia. E dormi, como nunca, no chão. Acordei molhado, às sete da manhã, o carpete estava quase inteiramente alagado. Meu chefe desfiou seu bem treinado sarcasmo para me repreender, mas no fundo ele achava tão engraçado o fato de eu ser desastrado desse jeito que decidiu não me despedir. Entendi, no entanto, que esse era o fim.

Mais de uma vez pensei em ficar para sempre naquele escritório atendendo o telefone. Não era difícil me imaginar aos quarenta ou cinquenta anos passando a noite com os pés em cima daquela mesma escrivaninha, lendo vez após vez os mesmos livros. Até então preferia não pensar em nada confuso, nada elaborado demais. Não costumava imaginar o futuro seriamente, talvez porque confiasse no que chamam de estrela da sorte. Quando decidi estudar literatura, por exemplo, a única coisa que sabia era que gostava de ler e ninguém me fez mudar de escolha. Com que trabalhar, que tipo de vida queria ter: não sei se cheguei a pensar nessas coisas, mas não teria passado de uma leve angústia. E no entanto acho que, como se diz, queria ter sucesso, queria acontecer. A inundação era um sinal: deveria prosperar no que tinha estudado, ou melhor, para ser mais preciso, em algo que tivesse pelo menos um pouco a ver com o que tinha estudado. Pedi demissão, sem mais nem menos. No jantar de despedida, Portillo me deu de presente um livro de Arturo Pérez-Reverte, seu autor favorito.

Quando contei a meus alunos que estava desempregado, eles me ofereceram ajuda, embora não tivessem nem dinheiro nem contatos. Eu disse que não era preciso, que teria tempo para procurar outro emprego, que tinha conseguido economizar um pouco de grana. Olharam muito sérios para mim, mas quando relatei o acidente no escritório morreram de rir e concordaram que eu devia mesmo ter pedido demissão. Sobretudo Pamela.

Fomos para meu apartamento, enfim poderíamos dormir juntos. Era começo de outubro, uma noite agradável, sugestiva, tentadora. Tomamos um vinho incrível, depois de trepar vimos um programa de perguntas (ela acertava todas as respostas) e um filme. Acordamos tarde, mas não havia pressa. Devo ter ficado uma hora acariciando suas pernas generosas e olhando seus pés perfeitos, embora um pouco tristes por causa do esmalte azul-turquesa, já meio descascado, com o qual pintava as unhas. Por aquela época havíamos decidido aumentar a tarifa: ela me cobrava dez mil, e eu cobrava dez mil dela.

Você está desempregado, mas sua casa está cheia de comida, disse, risonha, enquanto preparávamos o almoço. Era mesmo muita comida, pensei, e comecei a encher uma sacola com queijos, embutidos, iogurtes e vinhos. E dei a ela. Não é preciso dizer que eu era jovem e muito mais estúpido que hoje em dia. Ela escutou atônita as frases idiotas que devo ter dito. Só então me dei conta de que havia cometido um erro fatal. Pamela olhou para mim com raiva, sem dizer nada, desconcertada, decepcionada. Tocou num peito, sabe-se lá por quê, como se estivesse doendo.

Depois pegou a sacola, furiosa, e esvaziou-a nos meus pés. Ia embora sem dizer nada, já tinha aberto a porta, mas se deteve e, antes de ir, disse, com a voz embargada, que ela não era nem nunca seria uma puta. E que eu não era nem nunca seria um professor de verdade.

II

Instituto Nacional

para Marcelo Montecinos

1

Os professores nos tratavam pelo número da chamada, de modo que só conhecíamos os nomes dos colegas mais próximos. Digo isso como desculpa: nem sequer sei o nome de meu personagem. Mas me lembro perfeitamente do 34. Naquele tempo eu era o 45. Graças à inicial de meu sobrenome, desfrutava de uma identidade mais sólida que os demais. Ainda hoje sinto familiaridade com esse número. Era bom ser o último, o 45. Era muito melhor que ser, por exemplo, o 15 ou o 27.

A primeira coisa de que me lembro sobre o 34 é que ele às vezes comia cenouras na hora do recreio. Sua mãe as descascava e as acomodava harmoniosamente num pequeno tupperware, que ele abria destapando com cuidado os cantos superiores. Calculava a dose exata de força, como se praticasse uma arte dificílima. Porém, mais importante que seu gosto por cenouras era sua condição de repetente, o único da turma.

Para nós, repetir de ano era um feito vergonhoso. Em nossas curtas vidas nunca havíamos chegado perto desse tipo de fracasso. Tínhamos onze ou doze anos, acabávamos de entrar no Instituto Nacional, o colégio mais prestigioso do Chile, e nossos históricos escolares eram, portanto, impecáveis.

Mas lá estava o 34: sua presença demonstrava que era possível fracassar, que era inclusive tolerável, porque ele exibia seu estigma com naturalidade, como se estivesse, no fundo, contente de repassar as mesmas matérias. Seu rosto me é familiar, lhe dizia às vezes algum professor, debochando, e o 34 respondia, gentil: sim, senhor, sou repetente, o único da turma. Mas tenho certeza de que este ano vai ser melhor para mim.

Aqueles primeiros meses no Instituto Nacional foram infernais. Os professores se encarregavam de nos dizer repetidas vezes o quão difícil era o colégio; tentavam fazer com que nos arrependêssemos, que voltássemos ao liceu da esquina, como diziam, de forma depreciativa, com um tom de escárnio que em vez de nos fazer rir nos amedrontava.

Não sei se é necessário esclarecer que esses professores eram uns verdadeiros filhos da puta. Eles, sim, tinham nomes e sobrenomes: o professor de matemática, dom Bernardo Aguayo, por exemplo, um completo filho da puta. Ou o professor de artes manuais, sr. Eduardo Venegas. Um escroto filho da mãe. Nem o tempo nem a distância conseguiram atenuar meu rancor. Eles eram cruéis e medíocres. Gente frustrada e tola. Vendidos, pinochetistas. Uns babacas de merda. Mas eu estava falando do 34, e não desses imbecis que tínhamos como professores.

O comportamento do 34 contradizia completamente a conduta natural dos repetentes. Supõe-se que sejam toscos, que demorem a se integrar ao contexto da nova turma e o façam de má vontade, mas o 34 se mostrava sempre disposto a interagir conosco em igualdade de condições. Não padecia desse apego ao passado que faz dos repetentes sujeitos infelizes ou melancólicos, sempre atrás dos colegas do ano anterior, ou numa guerra incessante contra os supostos culpados por sua situação.

Isto era o mais curioso a respeito do 34: ele não era rancoroso. Às vezes o víamos falando com professores que não conhecíamos. Eram conversas animadas, com movimentos de mãos e tapinhas nas costas. Ele gostava de manter relações cordiais com aqueles que o haviam reprovado.

Tremíamos a cada vez que o 34 dava amostras, nas aulas, de sua inegável inteligência. Mas ele não se exibia; pelo contrário, intervinha apenas para propor novos pontos de vista ou assinalar sua opinião sobre temas complexos. Dizia coisas que não estavam nos livros e nós o admirávamos por isso, mas admirá-lo era uma forma de cavar a própria cova: se alguém tão perspicaz havia fracassado, o que dizer de nós. Então especulávamos pelas costas dele sobre os verdadeiros motivos de sua repetência: conflitos familiares obscuros, doenças longas e penosas. Mas sabíamos que o problema do 34 era estritamente acadêmico — sabíamos que seu fracasso seria, amanhã, o nosso.

Certa vez ele me abordou de maneira repentina. Parecia ao mesmo tempo apreensivo e feliz. Demorou a falar, como se tivesse pensado muito no que iria me dizer. Você não precisa se preocupar, soltou por fim: venho te observando e tenho certeza de que vai passar de ano. Foi reconfortante ouvir isso. Fiquei muito contente. Contente de um jeito quase irracional. O 34 era, como se diz, a voz da experiência, e o fato de ele pensar isso de mim era um alívio.

Logo soube que a cena se repetira com outros colegas, e então correu a notícia de que o 34 estava tirando sarro de todos nós. Mas depois pensamos que era esse seu jeito de nos infundir confiança. E precisávamos dessa confiança. Os professores nos atormentavam diariamente e os boletins de todos eram desastrosos. Quase não havia exceções. Caminhávamos direto para o matadouro.

A questão era saber se o 34 transmitia essa mensagem a todo mundo ou apenas a supostos eleitos seus. Os que ainda não haviam sido notificados entraram em pânico. O 38 — ou o 37, não me lembro direito de seu número — era um dos mais preocupados. Não aguentava a incerteza. Seu desespero foi tanto que um dia, desafiando a lógica das notificações, foi perguntar diretamente para o 34 se passaria de ano. Ele pareceu incomodado com a pergunta. Deixa eu te analisar, propôs. Ainda não consegui observar todos vocês, são muitos. Me perdoa, mas até agora eu não tinha prestado muita atenção em você.

Que ninguém pense que o 34 se achava. Não mesmo. Havia em seu jeito de falar um permanente ar de honestidade. Não era fácil duvidar do que ele dizia. Seu semblante franco também ajudava: preocupava-se em olhar as pessoas nos olhos e espaçava as frases com quase imperceptíveis doses de suspense. Em suas palavras pulsava um tempo lento e maduro. "Ainda não consegui observar todos vocês, são muitos", acabava de dizer ao 38, e ninguém duvidou de que falava sério. O 34 falava esquisito e falava sério. Embora talvez na época achássemos que para falar sério era preciso falar esquisito.

No dia seguinte o 38 pediu seu veredicto, mas o 34 lhe respondeu com evasivas, como se quisesse — pensamos — ocultar uma verdade dolorosa. Me dá mais um tempo, pediu, ainda não tenho certeza. Todos já achávamos que o 38 estava perdido, mas ao cabo de uma semana, depois de completar o período de observação, o profeta se aproximou dele e disse, para surpresa geral: Sim, você vai passar de ano. Não tem erro.

Ficamos contentes, claro, e também celebramos no dia seguinte, quando ele salvou os seis que faltavam. Mas restava algo importante a ser resolvido: agora todos os alunos haviam sido abençoados pelo 34. Não era normal que a turma toda fosse aprovada. Fomos investigar: parece que nunca, nos quase duzentos anos de história do colégio, ocorrera de os quarenta e cinco alunos da sétima série passarem de ano.

Durante os meses seguintes, os decisivos, o 34 notou que desconfiávamos de seus desígnios, mas não o demonstrava: continuava fiel às suas cenouras e intervinha regularmente nas aulas com suas opiniões corajosas e interessantes. Talvez sua vida social tivesse perdido um pouco de intensidade. Sabia que o observávamos, que estava na berlinda, mas nos cumprimentava com a ternura de sempre.

Chegaram as provas de fim de ano e confirmamos que o 34 acertara seus vaticínios. Quatro colegas haviam abandonado o barco antes do fim (inclusive o 38) e, dos 41 restantes, quarenta passaram de ano. O único repetente foi, justamente, e de novo, o 34.

No último dia de aula fomos falar com ele, consolá-lo. Estava triste, é claro, mas não parecia transtornado. Eu já esperava, disse. Para mim é muito difícil estudar, talvez me saia melhor em outro colégio. Dizem que às vezes precisamos dar um passo atrás. Acho que chegou o momento de dar um passo atrás.

Todos sentimos a perda do 34. Esse desfecho abrupto, para nós, era uma injustiça. Mas voltamos a vê-lo no ano seguinte, fazendo fila junto aos do sétimo ano, no primeiro dia de aula. O colégio não permitia que um aluno repetisse duas vezes a mesma série, mas o 34 havia conseguido, não se sabe como, uma exceção. Não faltou quem dissesse que isso era injusto, que o 34 tinha as costas quentes. Mas a maioria de nós pensou que era bom que ele ficasse. Em todo caso, nos surpreendia que quisesse viver a experiência mais uma vez.

Fui falar com ele naquele mesmo dia. Tratei de ser amistoso e ele também foi cordial. Estava mais magro e sua diferença de idade em relação a seus novos colegas era gritante. Não sou mais o 34, me disse enfim, com aquele tom solene que eu já conhecia. Agradeço por se importar comigo, mas o 34 não existe mais, disse: agora sou o 29 e tenho que me acostumar à minha nova realidade. Prefiro me integrar com a minha turma e fazer novos amigos. Não é saudável viver no passado.

Suponho que tinha razão. De vez em quando o víamos ao longe, interagindo com seus novos colegas ou conversando com os professores que o haviam reprovado no ano anterior. Acho que dessa vez conseguiu enfim passar de ano, mas não sei se continuou no colégio por muito tempo. Pouco a pouco o perdemos de vista.

2

Uma tarde de inverno, quando voltaram da educação física, encontraram a seguinte mensagem escrita no quadro-negro:

Augusto Pinochet é:
a) Um escroto filho da mãe
b) Um filho da puta
c) Um imbecil
d) Um merda
e) Todas as anteriores

E abaixo se lia: PIO.

Iam apagar aquilo, mas não deu tempo, porque logo chegou Villagra, o professor de ciências. Houve um murmúrio nervoso e algumas risadas tímidas antes que o silêncio absoluto sob o qual suas aulas transcorriam se impusesse. Villagra contemplou o quadro-negro por alguns minutos, de costas para os alunos. Era uma letra de traço firme, a caligrafia perfeita; não pertencia a um garoto de doze anos. Além do mais, não era comum haver no PIO, o Partido Institutano Opositor, alunos da sétima série militantes.

* * *

Com a gravidade e o histrionismo de sempre, Villagra foi até a porta se assegurar de que não estava sendo espiado por ninguém lá fora. Depois pegou o apagador e começou a apagar uma a uma as opções, mas antes de chegar à última, todas as anteriores, se deteve para limpar o pó de giz de seu paletó e tossiu exageradamente alto. Então, da última fileira, o Vergara — mais conhecido por seus colegas como *bengala* — perguntou se a alternativa correta era a e).

Villagra olhou para o teto, como se buscasse inspiração, e de fato fez uma cara de iluminação. Sim, mas a pergunta está mal formulada, respondeu. Explicou a eles que as opções a) e b) eram praticamente idênticas, e o mesmo valia para c) e d), de modo que era óbvio, por eliminação, que era a e).

E essa é a alternativa correta?, indagou González Reyes.

Dizemos opções, nesse caso, alternativas se usa apenas quando são duas, e quando são mais de duas dizemos opções, abram seus livros na página 80, por favor — argh, disseram os meninos.

Mas o que o senhor pensa do Pinochet?, insistiu outro González, González Torres (havia seis González na turma).

Isso não importa, disse ele, sereno e taxativo. Eu sou apenas o professor de ciências. Não falo sobre política.

3

Lembro da câimbra na mão direita depois das aulas de história, porque Godoy ditava durante as duas horas inteiras. Ensinava-nos a democracia ateniense ditando como se dita na ditadura.

Lembro da lei de Lavoisier, mas lembro muito mais da lei da selva.

Lembro de Aguayo dizendo "no Chile as pessoas são moles, não querem trabalhar, o Chile é um país cheio de oportunidades".

Lembro de Aguayo nos reprovando, mas oferecendo aulas de recuperação com sua filha, que era bonita, mas não gostávamos dela porque em sua cara só conseguíamos ver a cara de cachorro do pai.

Lembro de Veragua, que tinha ido ao colégio com meias brancas, e de Aguayo falando para ele: "Você é um pivete".

Lembro do cabelo de Veragua, seus olhos verdes e grandes cheios de lágrimas, olhando para o chão, em silêncio, humilhado. Nunca mais apareceu no colégio.

Lembro do índio Venegas nos dizendo, na segunda-feira seguinte: "Expulsaram o Veragua. Ele não dava conta".

Lembro de Elizabeth Azócar nos ensinando a escrever, nas últimas horas de cada sexta-feira. Eu era apaixonado por Elizabeth Azócar.

Lembro de Martínez Gallegos, de Puebla, de Tabilo.

Lembro de Gonzalo Mario Cordero Lafferte, que nos horários livres contava piadas e quando algum professor chegava, fingia que estávamos estudando francês: *la pipe, la table, la voiture*.

Recordo que nunca nos queixávamos. Queixar-se era algo estúpido, precisávamos aguentar, sermos machos. Mas a ideia de ser macho era confusa: às vezes significava valentia, às vezes, indolência.

Recordo de uma vez que me roubaram cinco mil pesos, dinheiro que eu levava para pagar a anuidade do Centro de Pais e Responsáveis.

Depois eu soube quem tinha sido e ele soube que eu sabia. Cada vez que olhávamos um para o outro dizíamos, com o olhar: sei que você me roubou, sei que você sabe que eu te roubei.

Lembro da lista dos presidentes do Chile que tinham sido alunos do meu colégio. E lembro que quando os mencionavam omitiam o nome de Salvador Allende.

Lembro de ter dito *meu colégio*, com orgulho.

Lembro da oração subordinada substantiva (OSS) e da oração subordinada adjetiva (OSA).

Lembro dos exercícios de vocabulário com palavras estranhas, que depois repetíamos, morrendo de rir: comiseração, escaramuça, ninharia, iridescente, reivindicar, ríspido, sucinto.

Recordo que quem levava Soto ao colégio era o motorista de seu pai militar.

Recordo que a professora de inglês deu uma nota baixa para um aluno que havia morado dez anos em Chicago e depois disse, envergonhada, que "não sabia que ele era gringo".

Lembro de professores tolos e brilhantes.

Lembro do mais brilhante de todos, Ricardo Ferrada, que na primeira aula escreveu no quadro-negro uma frase de Henry Miller que mudou a minha vida.

Lembro dos professores que nos afundavam e dos professores que queriam nos salvar. Professores que acreditavam serem os novos Mr. Keating. Professores que acreditavam ser Deus. Professores que acreditavam ser Nietzsche.

Lembro de um gueto de homossexuais, no quarto ano do colegial. Eram cinco ou seis, sentavam juntos, conversavam apenas entre eles. O mais gordinho escrevia cartas de amor para mim.

Nunca faziam educação física e nas poucas vezes que saíam para o recreio os outros alunos os perturbavam, os espancavam. Preferiam ficar na sala, conversando ou brigando entre si. Gritavam "sua puta!", jogando as mochilas na cara um do outro ou no chão.

Recordo de uma manhã em que, no horário livre, sem professores na sala, enquanto estudávamos em cima da hora para uma prova de matemática, o gordinho falava sem parar com seu companheiro de carteira, e o Carlos gritou "Cala a boca, gordo veado".

Recordo que o gordinho se levantou furioso, mais afeminado que nunca, e respondeu: "Nunca mais me chame de *gordo*".

Recordo de ter fumado maconha no recreio, num canto do subsolo, com Andrés Chamorro, Cristián Villablanca e Camilo Dattoli.

Lembro de Pato Parra. Recordo dos desenhos de Patricio Parra, que era um dos quatro repetentes do terceiro colegial.

Recordo que ele se sentava na primeira carteira da fileira do meio e a única coisa que fazia durante a aula era desenhar.

Jamais olhava para os professores, estava sempre debruçado, concentrado no desenho, com seus óculos fundo de garrafa e a franja caindo no papel.

Recordo do gesto rápido que Patricio Parra fazia com a cabeça para o cabelo não tapar o desenho.

Nenhum professor o repreendia, nem por causa do cabelo comprido nem por seu absoluto desinteresse nas aulas, e, nas poucas vezes que o interpelavam, ele dava uma desculpa seca e breve, que encerrava o diálogo.

Cheguei a conhecê-lo muito pouco, conversamos algumas vezes. Lembro de uma manhã em que fiquei sentado a seu lado, olhando os desenhos, que eram perfeitos, quase sempre realistas: quadrinhos sobre o desamparo, sobre a pobreza, retratada sem espalhafatos, diretamente.

Recordo que nessa manhã ele me desenhou. Ainda guardo comigo o desenho, mas não sei onde está.

Não sei se foi em junho ou julho, mas lembro que era uma manhã de inverno quando soubemos que Pato Parra havia se suicidado.

Recordo do frio no cemitério de Puente Alto. Recordo dos professores tentando nos explicar o que havia acontecido. E o desejo de que eles calassem a boca, calassem a boca, calassem a boca. E o vazio depois, o resto do ano, ao olhar para a primeira carteira da fileira do meio.

Recordo que o professor assistente nos disse que a vida continuava.

Recordo que a vida continuava, mas não da mesma maneira.

Recordo que todos nós choramos no ônibus do colégio, que chamavam de Caleuche, na volta.

Recordo de ter caminhado abraçado com Hugo Puebla pela quadra do pátio, chorando.

Recordo da frase que Pato Parra escreveu, numa parede de seu quarto, antes de se matar: "Meu último grito para o mundo é o seguinte: que merda".

4

Recordo dos últimos meses no colégio, em 1993: o desejo de que tudo acabasse logo. Estava nervoso, todos estávamos, esperando a grande prova, aquela para a qual tínhamos nos preparado ao longo de seis anos. Porque era isto que o Instituto Nacional era na época: um pré-vestibular que durava seis anos.

Uma manhã surtamos, todo mundo começou a brigar, aos berros, a pancadas: uma explosão de violência absoluta que não sabíamos de onde vinha. Acontecia o tempo todo, mas daquela vez sentíamos uma raiva ou uma impotência ou uma tristeza que se mostrava dessa maneira pela primeira vez. Houve um alvoroço, e chegou Washington Musa, o inspetor-geral do setor Um. Lembro desse nome, Washington Musa. O que terá acontecido com ele? Pouco me importa.

Veio a repreensão, Musa adotou o tom de sempre, o tom de tantos professores e inspetores naqueles anos. Disse-nos que éramos uns privilegiados, que havíamos recebido uma educação de excelência. Que tivéramos aulas com os melhores professores do Chile. E de graça, emendou. Mas vocês não vão chegar a lugar algum, não sei como sobreviveram neste colégio. Os das humanas são a escória do Instituto, disse. Nada em suas palavras nos doía, já tínhamos escutado muitas vezes aquele discurso, aquele monólogo. Olhávamos para o chão ou para nossos cadernos. Estávamos mais perto de rir que de chorar, uma risada que teria sido amarga ou sarcástica ou pedante, mas uma risada, no fim das contas.

E entretanto ninguém riu. O silêncio era total enquanto Musa discursava. De repente começou a repreender Javier García Guarda brutalmente. Javier era por acaso o mais silencioso e o mais tímido da turma. Não tinha notas baixas nem altas, sua ficha era limpa: não havia sequer uma anotação negativa, e nem uma positiva. Mas Musa, furioso, humilhava-o, não sabíamos por quê. Pouco a pouco entendemos que Javier havia deixado o lápis cair. Apenas isso. E Musa pensou que havia sido de propósito, ou não pensou nada, mas aproveitou o incidente para despejar toda sua ira em García Guarda: não quero nem imaginar como seus pais te educaram, dizia a ele. Você não merece ter estudado neste colégio.

Me pus de pé e comecei a defender meu colega, ou melhor, a ofender o inspetor Musa. Eu disse cale-se, senhor, cale-se ao menos uma vez, o senhor não tem ideia do que está dizendo. Está humilhando um colega injustamente, senhor.

Fez-se um silêncio ainda maior.

Musa era alto, forte e careca. Além de trabalhar no Instituto, administrava uma joalheria, e incrementava bastante seu salário com as vendas no colégio: de vez em quando se detinha no corredor para elogiar os prendedores, os relógios ou os colares que ele mesmo vendia às professoras. Com os alunos era antipático, frio, despótico, como mandava a natureza de seu cargo: suas repreensões e castigos eram lendários. Sua principal característica era, eu achava e ainda acho, a arrogância. Musa não sabia o que fazer, como reagir. "Já para a minha sala, os dois", disse, totalmente contrariado. Recordo que no caminho da inspetoria, Mejías se aproximou para nos encorajar.

Eu agira com coragem, mas talvez não fosse coragem, ou fosse o lado indolente da coragem: estava simplesmente farto daquilo, dava no mesmo para mim, teria ido feliz da vida no mesmo dia para o colégio da esquina. Achava que tinha encontrado a desculpa perfeita para ser expulso. Mas também sabia que não iam me expulsar. Alguns professores gostavam de mim, me protegiam. Musa sabia disso.

"Quanto a você, García, estou pensando seriamente em não deixar você se formar", disse Musa. "Amanhã, na primeira hora, vou falar com seu responsável." Só então, ao ver os olhos escuros e chorosos de García Guarda, percebi que eu tinha piorado tudo, que o assunto deveria ter se encerrado em mais uma repreensão, em mais uma humilhação, e García Guarda teria preferido isso, mas por causa da minha intervenção, a falta se tornara mais grave. Vir com o responsável era algo que acontecia apenas em casos gravíssimos, porque em meu colégio os responsáveis, os pais, não existiam. "Expulsem a mim", disse de novo, mas sabia que esse não era o jogo: sua maneira de me castigar era torturando García. Estive a ponto de insistir, defendê-lo de novo, e piorar tudo uma vez mais. Mas me contive.

"Eu não vou te expulsar e também não vou impedir que você se forme", Musa me disse, e voltei a pensar em como era injusto que eu recebesse um castigo menor que o de García. E pensei também que para mim dava no mesmo eu me formar ou não me formar. Mas talvez não desse no mesmo. Eu me achava indestrutível. A raiva me tornava indestrutível. Mas não apenas a raiva. Também uma confiança cega ou uma certa obstinação que nunca me abandonou. Porque eu falava baixo mas era forte. Porque eu falo baixo mas sou forte. Porque eu nunca grito mas sou forte.

"Eu deveria não deixar você se formar, deveria te expulsar agora mesmo", me disse. "Mas não vou fazer isso." Passaram-se trinta segundos, Musa não tinha terminado, eu continuava olhando de soslaio para as lágrimas que escorriam pelo rosto de García Guarda. Recordo que ele também escrevia poemas, mas não os mostrava como eu, não participava, como eu, do espetáculo da poesia. Também não éramos amigos, mas conversávamos de vez em quando, nos respeitávamos.

"Eu não vou impedir você de se formar, não vou te expulsar, mas vou te dizer algo que você nunca vai esquecer pelo resto da vida." Musa enfatizou a palavra *nunca* e depois *resto da vida* e repetiu sua frase mais duas vezes.

"Eu não vou te impedir de se formar, não vou te expulsar, mas vou te dizer algo que você nunca vai esquecer pelo resto da vida." Não recordo, esqueci na hora, sinceramente não sei o que Musa me disse naquela ocasião: eu o encarava, com coragem ou com indolência, mas não guardei nenhuma de suas palavras.

Eu fumava muito bem

para Álvaro e Valeria

O tratamento dura noventa dias. Hoje é o décimo quarto dia. Conforme a bula, tenho direito a um último cigarro.

O último cigarro da minha vida.

Acabo de fumá-lo.

Durou seis minutos e sete segundos. O último anel de fumaça se desfez antes de chegar ao teto. Desenhei algo nas cinzas (meu coração?).

Não sei se abro ou se fecho parênteses.

O que sinto é parecido com a dor e com a derrota. Mas tento encontrar sinais favoráveis. Estou agindo certo, é isso o que eu devia fazer.

Eu era bom fumando, era um dos melhores. Eu fumava muito bem.

Fumava com naturalidade, com fluidez, com alegria. Com extrema elegância. Com paixão.

E, ainda assim, para minha surpresa, foi muito simples. Nos primeiros dias, quase sem perceber, passei de sessenta para quarenta cigarros. Depois, de quarenta para vinte. Quando descobri que conseguia diminuir a cota com rapidez, fumei vários seguidos, como se quisesse voltar à antiga forma ou recuperar a categoria. Mas não desfrutava desses cigarros.

Ontem fumei apenas dois, e sem muita vontade, foi mais para não deixar de aproveitar o pouco permitido. Nenhum desses cigarros foi pleno, verdadeiro.

*

Dezenove dias, cinco sem fumar.

Até agora não houve grandes dramas em meu processo, mas tento encontrar um fundo falso, um lugar diferente onde fixar meus olhos.

A rapidez da intervenção é preocupante. Assim como a docilidade de meu organismo. O Champix me invadiu sem receber resistência. Apesar das enxaquecas, eu me sentia um homem forte, mas esse medicamento modificou algo essencial.

É absurdo pensar que o remédio irá me distanciar unicamente do hábito de fumar. Com certeza me distanciará também de outras coisas de que ainda não tenho ideia. E irá deixá-las tão distantes de mim que já não conseguirei vê-las.

Vou mudar muito, e não gosto dessa certeza. Quero mudar, mas de outro jeito. Não sei o que estou dizendo.

Me sinto perplexo e machucado. É como se alguém estivesse pouco a pouco apagando minha memória relacionada ao cigarro. E acho isso triste.

Sou um computador muito velho. Sou um computador velho, mas não tão ruim assim. Alguém toca meu rosto e minhas teclas com um pano de prato. E dói.

*

Por mais de vinte anos, a primeira coisa que eu fazia ao acordar era fumar dois cigarros seguidos. Acho que, de fato, acordava por isso, para isso. Era feliz ao descobrir, nos primeiros instantes de lucidez, que poderia imediatamente fumar. E era só depois do primeiro trago que eu realmente acordava.

No último outono tentei controlar o impulso, adiar o máximo possível o primeiro cigarro do dia. O resultado foi desastroso. Ficava na cama até as onze e meia, desanimado, e às onze e trinta e um soltava a primeira baforada.

É o dia número vinte e um do tratamento — o sétimo sem fumar. As nuvens formam desenhos no céu.

*

Os cigarros são os sinais de pontuação da vida.

*

Fico a tarde toda lendo *Enxaqueca*, o ensaio de Oliver Sacks. Logo de cara ele adverte que não existem tratamentos infalíveis. Na maioria dos casos, os que sofrem da doença se tornam peregrinos que vão de médico em médico e de remédio em remédio. Tenho sido assim, por anos demais já.

O livro demonstra que a enxaqueca é interessante e que não está isenta de beleza (a beleza que pulsa no inexplicável). Mas para que serve saber que alguém padece de uma enfermidade bela ou interessante?

Sacks dedica poucas páginas ao tipo de enxaqueca que eu tenho (à *minha* enxaqueca), que é a mais selvagem de todas, mas não a mais comum. Os nomes da minha são neuralgia enxaquecosa, cefaleia histamínica, cefaleia de Horton, cefaleia agrupada, em pencas, em cachos. Porém, muito mais revelador é seu apelido: *suicide headache*. É esse impulso que sobrevém durante a crise. Não são poucos os enfermos que tentam mitigar a dor dando cabeçadas na parede. Eu mesmo já fiz isso.

Um lado da cabeça dói, especificamente a zona sob influência do nervo trigêmeo. É uma sensação trepidante, que vem acompanhada de fotofobia, fonofobia, lacrimação, sudorese facial, congestionamento nasal, entre outros sintomas. Memorizo os números, recito de cor as estatísticas: apenas dez em cada cem mil pessoas sofrem de enxaqueca em cachos. E oito ou nove dessas dez pessoas são homens.

Os ciclos, os cachos, começam sem motivo aparente, e duram de dois a quatro meses. A dor surge, incontrolável, sobretudo à noite. Não há nada a fazer além de se resignar. É preciso aceitar sem mau humor todos os conselhos, sempre inúteis, que os amigos nos dão. Até que um belo dia desaparecem — as dores, não os amigos, embora alguns amigos também fiquem cansados de nossas dores de cabeça, pois durante esses meses nos ausentamos, acabamos inevitavelmente nos concentrando mais em nós mesmos.

A felicidade de voltar a ser normal pode durar de um a dois anos. E então, quando achávamos que tínhamos nos curado para sempre, quando pensávamos nas enxaquecas como se pensa num antigo inimigo a quem inclusive chegamos a valorizar um pouco, a amar, volta a dor, primeiro timidamente, mas logo com sua habitual insolência.

Lembro de um episódio em que Gregory House trata um paciente que sofria de cefaleia agrupada diretamente com cogumelos alucinógenos. "Nada mais dá resultado", diz House, para escandalizar sua equipe de médicos. Mas nem os cogumelos funcionaram comigo. Nem dormir sem travesseiro, nem fazer ioga, nem receber avidamente as agulhinhas da acupuntura. Nem repassar a vida inteira no ritmo da psicanálise (e descobrir muitas coisas, algumas nefastas, mas nenhuma que afugentasse a dor). Nem parar de tomar vinho, nem de comer queijo, amêndoas, pistache. Nem consumir uma farmácia e meia de medicamentos agressivos. Nada disso me livrou do despontar insidioso e repentino das dores. A única coisa que eu não havia experimentado era isto, parar de fumar. E, claro, para piorar, Sacks diz que não há provas sobre a relação do cigarro com as enxaquecas. No momento em que li e sublinhei isso, senti vertigem e desesperança.

O que mais me inquieta é que estou em franca trégua da doença. Que posso parar de fumar e acreditar que está tudo bem agora, e ainda assim outro ciclo de enxaqueca vir a começar daqui a um ano. Meu neurologista, por outro lado, tem bastante certeza. Estudou sete anos de medicina, depois mais outros três na especialização, tudo para terminar me dizendo isto: que fumar é prejudicial à saúde.

*

Dia vinte e seis do tratamento, dia vinte e seis menos catorze sem fumar.

Além de uma leve náusea que logo vai embora, não experimentei maiores incômodos. Acabo de reler a lista de efeitos colaterais, e nada. Apenas duas "dores" de cabeça — sou contra as aspas irônicas, mas é que quase não doeram, nada nem de longe semelhante a meus cachos. Que dores mais ridículas essas que podem ser neutralizadas só com aspirina. Não merecem respeito.

Conforme a bula do Champix, além das náuseas e cefaleias podem sobrevir sonhos anormais, insônia, sonolência, enjoos, vômitos, gases, disgeusia, diarreia, congestionamento e dor abdominal. A questão dos sonhos anormais não me preocupa, porque meus sonhos nunca foram muito normais. Mas me parece problemática essa coisa de sonolência e insônia, que é como dizer amor e ódio. A disgeusia (alteração no paladar) eu adoro. Adoraria poder um dia me desculpar por algo com uma justificativa como "sinto muito, tenho disgeusia". Quanta elegância.

Também existem alguns rumores sobre o Champix que costumam figurar em notas sobre ciência nos jornais e aos quais não dou crédito, porque não acredito nas notas sobre ciência. Que grande lorota, essas páginas sobre ciência: na segunda-feira informam a respeito de importantes estudos feitos por prestigiosas universidades sobre as benesses do vinho ou das amêndoas, e na quarta dizem que os mesmos fazem mal. Lembro desta criação de Parra: "Pão faz mal/ Todos os alimentos fazem mal". É como os horóscopos: semana passada dizia a mesma coisa na segunda para Libra, e no sábado, para Peixes.

Seja como for, o que dizem é que muita gente que toma Champix começa a ter pensamentos suicidas. Descubro na internet que no período de um ano foram registradas duzentas e vinte e sete tentativas de suicídio, trezentos e noventa e sete transtornos psicóticos, quinhentos e vinte e cinco comportamentos violentos, quarenta e um casos de pensamentos homicidas, sessenta de paranoia e cinquenta e cinco de alucinações. Não acredito em nada disso.

Até agora meu maior problema tem sido as mãos. Não sei o que fazer com as mãos. Me apego aos bolsos, aos corrimões, às bochechas, às embalagens, aos copos. Sobretudo aos copos: agora me embriago mais rapidamente, o que não é um problema, pois conto com a compreensão dos demais.

Me incomoda essa aprovação unânime ao que muitos chamam — com o cigarro em mãos — de minha corajosa decisão. Te admiro, uma pessoa terrível me disse hoje, e acrescentou, com um gesto sombrio e calculado: Eu não conseguiria.

*

Você está fumando?

Não, mãe. Estou rezando.

*

É o dia trinta e cinco do tratamento, dia vinte e um sem fumar.

Almocei com Jovana, no centro. Não acredita que eu tenha parado de fumar. Ela fuma com tanta alegria que me dá inveja, embora deva admitir que, secretamente, surgiu em mim certa satisfação, que em todo caso é ambígua, porque não realizei esforço algum: foi o remédio que me invadiu, simplesmente.

Somos a única minoria que ninguém defende, disse Jovana, rindo e impostando sua voz cálida e grave, uma voz de fumante. Depois acrescentou, como se falasse em nome de todos os fumantes do mundo: A gente contava com você.

Depois disse que era impossível se lembrar do pai, que falecera recentemente, sem um cigarro nos lábios. Aquele homem às vezes saía muito cedo, sem aviso, e quando lhe perguntavam aonde ia, respondia, energicamente: Vou matar o tempo, oras! Quanta sabedoria, penso. Caminhar, caminhar e fumar para matar o tempo.

Penso que estou me reeducando em algum aspecto desconhecido da vida.

Releio ou apago uns arquivos antigos e encontro esta anotação de um ano atrás: "Estou com um machucado no indicador da mão direita que não me deixa fumar direito. De resto, tudo certo".

*

O que é verossímil para um fumante, para um não fumante é literatura. Aquele magnífico conto de Julio Ramón Ribeyro, por exemplo: o fumante desesperado se jogando pela janela para resgatar um maço, ou anos depois, muito doente, indo até a praia só para desenterrar, com a destreza de um cachorrinho ansioso, os cigarros escondidos na areia. Os não fumantes não entendem essas histórias. Acham-nas exageradas, veem-nas com displicência. Um fumante, por outro lado, guarda-as com carinho.

"O que seria de mim se não tivessem inventado o cigarro?", escreve Ribeyro em 1958, numa carta a seu irmão: "São três da tarde e já fumei trinta". Depois explica, citando Gide, que, para ele, escrever é "um ato complementar ao prazer de fumar". E numa mensagem posterior despede-se com enorme coerência: "Resta-me um cigarro, portanto dou por encerrada esta carta".

Eu conseguia fumar sem escrever, sem dúvida, mas não conseguia escrever sem fumar. Por isso me aterroriza, agora, a possibilidade de parar de escrever. A única coisa que consegui fazer nestes dias foi continuar timidamente estas anotações.

*

Acabo de chegar a Punta Arenas. Pela primeira vez, consegui ler no avião. Comecei a viajar já mais velho, nunca estive num voo em que se podia fumar, e como não podia fumar eu também não conseguia ler. Ficava nervoso com a presença de cinzeiros nos assentos.

Lembrei desta frase brilhante e taxativa de Italo Svevo: "É impossível ler um romance sem fumar".

Mas é possível, sim. Todavia, não me lembro de nada do que li. Li mal. Não sei se li mal um romance bom ou se li bem um romance ruim. Mas li; é possível.

Fechei o arquivo, omitindo a recaída. Que maravilha, mentir diariamente, seu idiota. Tenho que contar. Foi no cemitério de Punta Arenas. Minha maior vontade era ir até lá e relembrar do poema de Lihn que fala de "uma paz que luta para se consumir". É a impressão que fica depois de ver os ciprestes ("a fila dupla dos obsequiosos ciprestes"), os inspirados mausoléus, os túmulos para anjinhos, as lápides em idioma estrangeiro, os nichos elaborados, as flores milagrosamente frescas. Olhei para o mar, enquanto Galo Ghigliotto brincava com umas pedras de gelo no bebedouro e Barrientos aproveitava para visitar os túmulos de seus familiares. Fomos embora, caminhando em silêncio. Pensava nessa paz a que Lihn se referia, essa paz que luta para se consumir. E de repente, como se fosse normal, pedi um cigarro para Galo, e foi apenas na quarta ou na quinta tragada que lembrei que havia parado de fumar. Só então senti o amargor, uma rejeição enorme. Terminei o cigarro, mas com esforço.

Realmente não fumo mais, penso.
Realmente não penso mais, fumo.
O remédio não me deixa fumar.

*

Dia quarenta/ vinte e seis.

Levo o livro de Sacks na bolsa, todo sublinhado, disposto a mostrar ao médico que nada indica que haja uma relação entre fumar e padecer de cefaleia agrupada. "Sacks é divertido", responde o neurologista. Mas não tem certeza se de fato o leu. Faço-o ver a contradição no que acaba de dizer. Como sabe então que Sacks é divertido? Ele não me ouve. Fico agressivo. Antigamente os médicos liam, digo então, antigamente os médicos eram cultos.

Não parece ficar ofendido, mas olha para mim como alguém olharia para um extraterrestre. Alguém como o médico, não como eu — eu nunca olharia para um extraterrestre desse modo tão obviamente surpreso.

Ofereço-lhe o livro de Sacks, mas ele não o aceita. Agora sim fica bravo. Me passa um sermão, como se falasse com uma criança. Discursa contra o cigarro com muita ênfase, e eu sinto que ele está descascando alguém muito querido para mim, alguém que não merece ser difamado. Mas o que mais quero no mundo é que minha cabeça não doa mais desse jeito tão terrível. Continuarei o tratamento, claro que sim. Tenho fé.

Lembro de uns versos de que Sergio gostava, acho que de um poema de Ernst Jandl: "O médico me disse/ que não posso mais beijar". No meu caso, o médico disse que não posso mais fumar.

*

Mais ou menos aos onze anos eu me tornei, quase simultaneamente, um leitor voraz e um fumante bastante promissor. Depois, nos primeiros anos da faculdade, construí um vínculo mais estável entre a leitura e o tabaco. Nessa época, Kurt lia Heinrich Böll, e como a única coisa que eu fazia era imitar Kurt para tentar ser amigo dele, consegui um exemplar de *Pontos de vista de um palhaço*, um romance muito bonito e amargo em que os personagens fumavam o tempo inteiro, acho que em todas as páginas ou a cada página e meia. E sempre que acendiam seus cigarros eu pegava o meu, como se essa fosse minha maneira de participar do romance. Talvez seja a isso que os teóricos da literatura se refiram quando falam do leitor ativo, um leitor que sofre quando os personagens sofrem, que se alegra com suas alegrias, que fuma quando eles fumam.

Continuei lendo Böll com a certeza de que sempre que alguém fumasse em seus romances eu também o faria. E acho que em *Bilhar às nove e meia*, e em *E não disse nem mais uma palavra*, e em *Casa sem dono*, os romances de Böll que li a seguir, as pessoas também fumavam muito, mas não tenho certeza. Foi então que me tornei um fumante compulsivo. Um fumante, para ser mais preciso, profissional.

Não sou estúpido a ponto de dizer que me tornei um fumante profissional por culpa de Heinrich Böll. Não: foi graças a ele. Isso tudo deve soar muito frívolo. Graças a seus romances, compreendi melhor meu país e minha própria história. Esses romances mudaram a minha vida. Mas será que conseguiria voltar a lê-los sem fumar?

Além disso, numa passagem venerável de seu *Diário irlandês*, o próprio Böll diz que seria impossível ver um filme se nos cinemas não fosse permitido fumar. Querido amigo morto, você não sabe quantas vezes, devido à vontade de fumar, saí da sala no meio do filme.

*

Quinquagésimo/ trigésimo sexto.

Demorava dois cigarros da minha casa até o salão de bilhar. Em 1990, aos catorze anos. Dois cigarros, o primeiro ao sair de casa, seguido de um intervalo, e depois o segundo, que terminava logo antes de entrar no bilhar da Primera Transversal, onde acendíamos outro que não era o terceiro, e sim o primeiro de uma longa jornada de tacos e carambolas. A todo instante havia um cigarro aceso se equilibrando nos lábios de alguém do grupo. (Lembro de uma expressão da qual sempre gostei: "Calma e giz". Preciso de calma e giz.)

Também no tênis: demorava dois cigarros e meio para chegar à casa de meu primo Rodrigo, e depois mais um até um terreno descampado onde alguém generoso ou sem noção havia instalado uma rede. A cada tanto parávamos para fumar, e lembro que em vários momentos fumávamos enquanto estávamos jogando. Ele sempre me vencia no tênis e eu sempre o vencia no esporte radical do fumo.

*

Nova recaída, ontem à noite, em Buenos Aires, associada à minha nova cordialidade.

Minha nova cordialidade consiste em me aproximar demais das pessoas, no estilo desses seres que te abraçam inesperadamente. Ou seja, imito pessoas que sempre depreciei. É nisso que estou me transformando. Agora, sufoco a ansiedade expressando sentimentos prematuros, mas também não é que saia atacando qualquer um. Me aproximo de pessoas abraçáveis, pessoas que me pareciam, após projetar impressões momentâneas, merecer esse contato. Meu gesto não é, propriamente, um abraço, mas sim um movimento leve acompanhado de risadas indignas e nervosas.

Estava com Maizal, Matón, Libertilla, Merlán, Capella, Valeria e vários recém-conhecidos que em pouco tempo já considerava novos e duradouros amigos. Além da cerveja — agora consigo tomar cerveja novamente, depois de, por anos, culpá-la injustamente pelas enxaquecas: o problema é que não gosto tanto assim de cerveja —, havia um fator importante contribuindo para minha euforia: a alegria do turista, a bênção de estar de passagem. Dessa posição cômoda acompanhei as terríveis discussões literárias *internas*. Enfrentavam-se, jogavam duro, apelavam para princípios difusos e ainda assim legítimos, mas milagrosamente certa harmonia ou camaradagem prevalecia em meio a tudo. Agradeci pela hospitalidade obedecendo: anotei os títulos de todos os livros que me recomendaram num guardanapo — com o qual, no fim, por um descuido lamentável, limpei a boca —, comi coisas extremamente gordurosas e tomei cada gole de cerveja com avidez.

De repente se interessaram pelo processo que eu estava vivendo, e me vi explicando, em meu torpe dialeto chileno, que parei de fumar não por opção, mas por recomendação médica, por causa das enxaquecas. Foi estranho ninguém na mesa ter expressado que padecia ou que em algum momento padeceu de enxaquecas, que é um desvio natural da conversa. Notei que prestavam atenção demais no meu jeito de falar, mas por sorte o crítico de Rosario ou Córdoba — um sujeito rude e ao mesmo tempo agradável que até então tinha participado de forma difusa na conversa: às vezes parecia interessado, mas no resto do tempo observava-nos com uma cara de desprezo — olhou para mim com seus brilhantes olhos de louco e me disse faz o favor de voltar a fumar, chileno. Maizal falou que assinava embaixo, Matón apoiou, bem como Libertilla, e logo todos gritaram vai, vai, chileno, volta a fumar, faz isso pelo Chile.

Obedeci. Bastou esse breve slogan para eu pegar, acender e tragar um Marlboro vermelho. O gosto era horrível; do segundo, todavia, já consegui gostar mais. Minha concessão restituiu a normalidade ao ambiente, e o rosarino — que talvez fosse cordobês ou saltenho — começou um relato sobre sua experiência como participante em sessões de sexo grupal. Em algum momento pensei que seu objetivo verdadeiro era levar todos nós para a cama, mas ele queria apenas expor um pouco sua intimidade. E a seguir, como se finalizasse um roteiro caprichoso, voltou à sua natureza de conversador inconstante.

O último cigarro da noite foi para acompanhar uns uísques que Pedrito Maizal me pagou no bar do hotel. Acordei ao meio-dia, com tempo suficiente apenas para fazer minha mala e partir para o Ezeiza. A temida ressaca era dupla; pela primeira vez distingui as camadas, os níveis da ressaca. A da embriaguez do álcool foi suportável, mas a dos oito ou nove cigarros ainda persiste. Parece que o remédio prolonga, num espírito pedagógico, a sensação de nojo. De agora em diante tentarei controlar melhor minha nova cordialidade.

*

Caminhando pela Agustinas esta manhã, vi um homem aproximadamente da minha idade, da minha altura e também da minha cor caminhar fumando em minha direção.

Por um milésimo de segundo pensei que era estranho ele estar com *aquilo* na boca. A baforada foi muito longa, como se estivesse em câmera lenta.

De repente fiquei com vontade de absorver ou devorar seu rosto. Senti um estranhamento e depois certa rejeição. Achava aquele homem repugnante. Mais tarde — logo depois, imediatamente, porém mais tarde — entendi que a repugnância se devia à enorme semelhança que nos irmanava.

Somos muito parecidos, salvo por quatro diferenças muito óbvias: a cor da calça (eu nunca usaria roupas desse tom chamado cáqui), um brinco em forma de gancho que pendia de sua orelha esquerda, minha barba por fazer versus seu rosto liso e, bem, a importante presença em sua boca daquele cigarro, que antes também estaria na minha.

*

Leio numa quarta capa de Fogwill:

"Naveguei muito, plantei algumas poucas árvores e criei quatro filhos. Enquanto termino de corrigir os textos que integram esta edição, aguardo o nascimento do quinto. Pensar ao sol, navegar, gerar filhos e servi-los são as atividades que faço melhor: espero continuar a repeti-las."

Em seguida me lembro de um texto de Nicanor Parra, "Missão cumprida":

Árvores plantadas	17
Filhos	6
Obras publicadas	7
Total	30

Não cometerei a estupidez de repassar minha vida nesses termos. Mas ontem, no escritório, com Jovana, brincando no Excel, terminamos em meio a uma perigosa contabilidade. Agora sei o cálculo aproximado de quantos cigarros fumei na vida. E de quanto dinheiro gastei. Levo adiante este caderno com certa intenção terapêutica, mas não me atrevo a anotar aqui esses valores. Me dá vergonha. Mas é verdade: somando o dinheiro mensal, acumulei uma espécie de dividendo que estou pagando há décadas. Ou seja, sou uma pessoa que preferiu fumar a ter uma casa. Alguém que fumou uma casa inteira.

*

Nova recaída. Os detalhes não importam. Estava desesperado, e fumar não resolveu o problema (porque o problema não tem solução).

De novo senti nojo, mas ao menos o asco conseguiu me distrair.

*

Outra recaída: um prolongamento da anterior, na verdade. Semienxaqueca que não consegui cortar com os remédios antigos. Não acho que seja em cachos, a dor era diferente. Além do mais, a garganta e o estômago e o corpo todo também doem.

"O tabaco está queimando na ponta de seu cigarro", dizia um personagem de Macedonio.

*

Dia sei lá qual do ano dois mil e nunca.

Lembro de quando morava num apartamento perdido em Vallecas, na Calle La Marañosa, dividindo o andar com três guardas de segurança espanhóis (dois homens e uma mulher muito grávida, que trabalhava em Barajas) e um ex-policial argentino que tentava a sorte. Uma manhã em que eu estava com febre e quase sem voz, acendi um Ducados áspero, olhei pela janela e declamei em voz alta, numa espécie de grito moderado e emocionante, o poema de Enrique Lihn sobre Madri:

Não sei que merda estou fazendo aqui
velho, cansado, doente e pensativo.
O espanhol em que fui parido
pai de tantos vícios literários
e do qual não consegui me livrar
pode ter me trazido a esta cidade
para me fazer sofrer o que mereço:
um solilóquio em uma língua morta.

Era como se do alto de uma varanda eu estivesse cumprimentando a todos e a ninguém, vingando-me da cidade, mas de algum modo também, à minha maneira, cortejando-a. Acho que aquele Ducados está na lista dos melhores cigarros da minha vida.

*

"Escuridão fumada com empenho", diz um poema de R. Merino. A imagem é precisa: a última faísca, levantando a cabeça para evitar a perda desse fogo escasso, ou o desastre maior de tatear o cobertor como um cego, sem nunca saber se realmente apagamos a brasa solitária. O perigo de acontecer um Clarice Lispector.

Outro hendecassílabo, também de Merino, compassivo: "Não há outro cigarro além do que fumas". Onetti na cama sem cigarros, furioso, mal-humorado, escrevendo O *poço*. Que existencialismo, que nada: falta de tabaco. "Fumei meu cigarro até o fim, sem me mover."

Parei de fumar por causa das enxaquecas, mas talvez não tenha sido o motivo principal. Acontece que sou covarde e ambicioso.

Sou tão covarde que quero viver mais. Que coisa mais absurda, realmente: querer viver mais. Como se eu fosse, por exemplo, feliz.

Já acabei os comprimidos, já passou o dia número noventa. E parei de contar os dias. Não fumo mais. Agora digo isso com segurança, inclusive. Não, não fumo. Tenho vontade de fumar, mas é uma vontade ideológica, e não física.

Porque a vida sem cigarro não é melhor. E as enxaquecas voltarão cedo ou tarde, fumando ou não fumando.

*

"Dor de cabeça violenta, mas muito feliz", anota Katherine Mansfield em seu diário. Refere-se a uma dor violenta, porém menos que a habitual, e por isso prazerosa? Não entendo.

* * *

Jazmín Lolas entrevista Armando Uribe:

"— Nunca teve medo de morrer por causa do cigarro?

— Veja, para mim dá no mesmo, não sou a favor de que nós, seres humanos, vivamos em média tantos anos."

*

A best-seller mexicana Fernanda Familiar — estrela da televisão, blogueira e comadre de Gabriel García Márquez — passeia pela Feira do Livro de Lima com um cigarro eletrônico. É a nova invenção para parar de fumar e no momento o produto que mais desejo. Não é vendido na feira, infelizmente, e dizem que é caro. E, além do mais, já parei de fumar. Que idiotice, agora nem sequer posso tentar parar de fumar. Não apenas parei de fumar, também parei de tentar parar de fumar.

Por duzentos sóis — aproximadamente sete pisco sours duplos tamanho família — compro as primeiras edições de *Agua que no has de beber*, de Antonio Cisneros, e *Los elementos del desastre*, de Álvaro Mutis, achados casuais que justificariam qualquer viagem. Mas não os leio. Parece que não gosto mais de livros.

*

Deveria dizer, copiando Pessoa: "Cheguei a Santiago, mas não a uma conclusão".

Ontem umas pessoas me perguntaram qual era, para mim, o grande problema da literatura chilena. Já é absurdo o suficiente o fato de uma pergunta como essa surgir numa conversa de corredor. As conversas de corredor, além do mais, sempre fracassam, ou ao menos assim me parecem, na maioria das vezes: nada mais que promessas de dispersão. No entanto respondi, com segurança, que o problema da literatura chilena era o costume de escrever *cigarrillo* em vez de *cigarro*. No Chile ninguém fala *cigarrillo*, falamos *cigarro*, argumentei, como se socasse uma mesa imaginária, mas os escritores chilenos escrevem *cigarrillo*, e ao final acrescentei uma frase absolutamente demagógica: Eu faço parte dos que escrevem *cigarro*.

A frase teve um efeito imediato. Pareceram aprová-la, mas a conversa definhou.

Conversas entre mais de quatro pessoas nunca terminam bem, especialmente se acontecem num corredor. Devo aceitar, isso sim, que estou deprimido e um pouco irritadiço. Meu comportamento me desagrada.

*

A noite passada em claro, como se diz. Noites sem dormir, lendo ou escrevendo, e o tédio diante do cinzeiro cheio. Quase de madrugada, as bitucas iam parar na borra do café: era sempre o último, até preencher o fundo todo. Uma espécie de alfineteiro escabroso, do qual agora me recordo com nostalgia.

Que idade eu tinha quando li *A consciência de Zeno*? Acho que vinte ou vinte e um. Poucas vezes ri tanto, embora naquela época pensasse que não se devia rir com os livros. "Por conta dos danos que me causa, nunca mais voltarei a fumar, mas antes quero fazê-lo uma última vez."

"Agora tudo é infinitamente mais sem graça", Braithwaite me confessou, dois anos atrás, quando passou pelo Champix. Parecia desamparado, um cachorro trôpego latindo para o abismo. Depois me disse que, sem fumar, nenhum livro era bom, que não desfrutava mais das leituras. Meses mais tarde voltei a vê-lo, e estava deslumbrante ao acender um cigarro e me dizer, olhando nos meus olhos: "Estou reabilitado". Naquela tarde, meu amigo me falou sobre autores fabulosos que acabava de descobrir, sobre romances impensáveis e poemas geniais. Havia recuperado a paixão, a malícia e a honra. E o amor pela vibração da própria voz. E a beleza.

Hoje, em determinado momento, tive a seguinte sensação: um alívio órfão. E aceitei que isso é realmente verdade, que tudo é infinitamente mais sem graça. A literatura, sem dúvida. E a vida, sobretudo.

Sou alguém que não fuma por causa do efeito invasivo de um remédio que estragou seu ânimo e sua vida. Sou alguém que nem sabe mais se continuará escrevendo, porque escrevia para fumar e não fuma mais, porque lia para fumar e não fuma mais. Uma pessoa que não cria mais nada. Que apenas anota o que acontece consigo, como se alguém pudesse se interessar em saber que estou com sono, que estou bêbado e que odeio Rafa Araneda com todas as minhas forças.

Sinuca de quina: nos salões de bilhar, quase sempre acontece de não haver espaço suficiente em volta de uma mesa e assim não conseguimos nos acomodar bem para mirar a bola. Isso se chama sinuca de quina.

Assim é minha vida agora.

Ontem à noite escrevi este começo de tango:

Triste e tranquilo
nada mais espero
talvez só um dia
sem nuvens nem sol.
Observo com calma
o cinzeiro
minha voz esvaziada
de luz e de amor.

Gosto da imagem do cinzeiro vazio, como nunca, como agora: incompreensivelmente vazio.

*

Os cigarros são os sinais de pontuação da vida. Agora vivo sem pontuação, sem ritmo. Minha vida é um tolo poema de vanguarda.

Vivo sem cigarros para começar uma pergunta. Cigarros que terminavam quando nos aproximávamos perigosa ou felizmente de uma resposta. Ou da ausência de uma resposta.

Cigarros de exclamação. Suspensivos. Queria fumar com a elegância de um ponto e vírgula.

Viver sem música, numa continuidade insuportável, sem a volta nem a aproximação de uma frase que se acerca e se distancia.

Leio Richard Klein e penso que deveria celebrar suas frases fumando. Tem toda a razão: "Fumar induz formas de satisfação estética e estados de consciência reflexiva que pertencem aos mais irresistíveis tipos de experiência artística e religiosa", diz.

Em minhas primeiras lembranças musicais há uma música de Roque Narvaja que tem um belo refrão: "Espero pela manhã acordado/ fumando o tempo, deitado/ preenchendo o espaço com seu rosto/ canela e carvão". Na época, com seis ou sete anos, eu ficava impressionado com a imagem de um homem fumando o tempo. Com certeza foi a primeira vez que associei o fumo à passagem do tempo.

Como era boa essa música: "Pelas ruas da minha vida/ vou confundindo a verdade e a mentira". Gosto quando o sujeito diz "parei de beber/ e eu como tua fruta preferida".

É verdade que, pelas ruas da minha vida, vou misturando a verdade e a mentira. Já a coisa da fruta preferida, nem sei qual é a minha. Em todo caso, jamais será aquela coisa asquerosa que à primeira vista é semelhante à melancia e que no México, na Colômbia e no Equador, e acho que também na Venezuela, se chama papaia, mas que não se parece em nada com a papaia chilena (dizem que é a mesma fruta, mas custo a crer. E não quero pesquisar isso na internet). Não parei de beber — deveria —, mas há cinco meses parei de fumar, e isso me transformou numa pessoa muito mais sã e muito menos alegre.

Abro o suplemento do jornal e leio "Natal solitário" onde na verdade se diz "Natal solidário". Também não sei por que já estão falando de Natal, se ainda falta tanto.

Penso que estamos nos encaminhando para um mundo de merda, onde todas as músicas são cantadas por Diego Torres e todos os romances são escritos por Roberto Ampuero e todos os filmes são estrelados por Robin Williams. Um mundo em que é melhor nem pensar na sobremesa porque a única coisa que existe é um pote enorme cheio de um arroz-doce enjoativo.

*

Sou um correspondente, mas gostaria de saber de quê.

*

Não quero que chegue o dia em que alguém dirá sobre mim: "Ele está acabado. Nem fuma mais".

Esse tratamento foi absurdo.

Obtive uma satisfação muito falsa. Preciso aprender, novamente, a fumar.

Por conta dos danos que me causa, nunca mais voltarei a fumar, mas antes quero fazê-lo uma última vez. Só mais um. Mais mil. Vou fumar apenas mais mil. Os últimos mil cigarros da minha vida.

Não sei se fecho ou se abro parênteses.

Agora:

III

Obrigada

Acho que vocês são namorados e não querem dizer — não somos namorados, respondem em uníssono, e é verdade: há pouco mais de um mês começaram a dormir juntos, comem, leem e trabalham juntos, e por isso uma pessoa exagerada, uma pessoa que olhasse para eles e estudasse cuidadosamente as palavras que dirigem um ao outro, o modo como seus corpos se aproximam e se confundem, uma pessoa impertinente, uma pessoa que ainda acreditasse nesse tipo de coisa diria que eles se amam de verdade, ou que ao menos compartilham uma paixão perigosa e solidária que veio a aproximá-los solidária e perigosamente. E no entanto não são namorados, se existe algo de que ambos têm clareza a respeito é justamente isso — ela é argentina e ele, chileno, e de agora em diante é melhor, é muito melhor chamá-los assim, a argentina e o chileno.

Pensaram em ir a pé, falaram sobre como é agradável percorrer grandes distâncias a pé, e inclusive separaram a população entre aqueles que nunca caminham grandes distâncias e os que o fazem, e que por isso são, de certo modo, melhores que os outros. Pensaram em ir a pé, mas num impulso fizeram sinal para um táxi, e sabiam havia meses, desde antes de chegarem à Cidade do México, quando receberam um folheto instrutivo cheio de advertências, que nunca deveriam pegar um táxi na rua, mas dessa vez o fizeram, e após avançarem um pouco ela achou que o motorista estava desviando do caminho e disse isso ao chileno em voz baixa e ele a acalmou em voz alta, mas suas palavras nem tiveram tempo de surtir efeito porque logo o táxi parou e entraram dois homens e o chileno agiu de modo corajoso, temerário, confuso, inocente, tolo: deu um soco no nariz de um dos assaltantes e continuou lutando por longos segundos enquanto ela gritava *para, para, para*. O chileno parou, os assaltantes se enfureceram e lhe bateram forte, talvez tenham quebrado algo nele, mas isso foi há muito tempo, já faz dez minutos: já pegaram o dinheiro e os cartões de crédito deles, eles já recitaram a senha do caixa e agora resta um tempo na verdade curto mas que para eles é eterno em que viajam apertando os olhos — fechem os olhos seus filhos da puta desgraçados, dizem os homens, e agora são três porque o carro para, o taxista desce e quem toma o volante é um terceiro assaltante que vinha atrás, numa caminhonete, e o novo motorista bate no chileno e apalpa a argentina, e eles, que recebem os golpes e agarrões com resignação, adorariam saber que o sequestro terminará logo mais, que em pouco tempo caminharão sigilosamente, arrastando-se, abraçados, por alguma rua de La Condesa, porque perguntaram aonde estavam indo e responderam que para La Condesa, e os assaltantes disseram vamos deixar vocês em La Condesa então, a gente não é tão ruim assim, a gente não quer tirar vocês muito do caminho, e um segundo antes de permitirem que os dois descessem, incrivelmente, lhes deram cem pesos para voltarem de táxi, mas é claro que não voltaram de táxi, entraram no metrô e às vezes ela chorava e ele a abraçava e outras vezes ele segurava as lágrimas, confuso, e ela aproximava seus pés dos dele como no táxi, porque os sequestradores os obrigaram a ficar distantes um do outro, mas ela sempre manteve sua sandália direita em cima do sapato esquerdo do chileno.

O metrô fica parado por muito tempo, detido numa estação intermediária por um intervalo de seis ou sete minutos, como costuma acontecer no metrô do DF, e essa demora, que é normal, que eles conhecem, mesmo assim os angustia, parece-lhes intencional e desnecessária, até que as portas se fecham e o trem arranca e enfim chegam à estação e continuam caminhando juntos para chegar à casa onde ela mora com dois amigos, porque a argentina e o chileno não moram juntos, ele mora com uma escritora equatoriana, ela com um espanhol e outro chileno, na verdade não são amigos, ou o são mas não é por isso que moram juntos, todos estão de passagem, são todos escritores e estão no México para escrever graças a uma bolsa do governo mexicano, embora o que menos façam seja escrever, mas curiosamente quando chegam e abrem a porta, o espanhol, um rapaz magro e cordial, com os olhos talvez grandes demais, está escrevendo, e o chileno número dois não está em casa — o único jeito é chamá-lo de chileno dois, esta história é imperfeita porque nela há dois chilenos, deveria haver apenas um, e seria muito melhor se não houvesse nenhum, mas há dois, embora o chileno dois não esteja em casa, e o chileno um e o chileno dois também não sejam amigos, na verdade são de fato inimigos, ou o eram no Chile, porque agora por coincidência estão ao mesmo tempo no México e ambos têm consciência, à sua maneira, de que continuar brigando seria absurdo e inútil, pois além do mais as brigas foram tácitas e nada os impedia de ensaiar uma espécie de reconciliação, embora também ambos saibam que nunca serão amigos e esse pensamento de certa maneira os alivia e os aproxima, do mesmo modo que o álcool os irmana, porque de todo o grupo sem dúvida eles são os melhores de copo, mas o chileno dois não está em casa quando eles chegam do sequestro, só está o espanhol, na mesa da sala, absorto, escrevendo, com uma garrafa de coca-cola ao lado, quase como que abraçando a garrafa de coca-cola, e quando lhe contam o que aconteceu ele abandona o trabalho e se mostra comovido e os acolhe, incentiva-os a falar, ameniza o clima com alguma piada oportuna e leve, os ajuda a procurar o número de telefone para o qual devem ligar para bloquear os cartões — os assaltantes levaram três mil pesos, dois cartões de crédito, dois celulares, duas jaquetas de couro, um cordão de prata e até uma máquina fotográfica, porque o chileno voltou para buscar a máquina fotográfica — queria fotografar a argentina, porque a argentina é muito bonita, o que também é um clichê, mas fazer o quê, de fato ela é muito bonita, e claro que ele pensou que se não tivesse voltado para pegar a câmera eles não teriam tomado aquele táxi, do mesmo modo que outras tantas possíveis antecipações ou atrasos poderiam tê-los salvado do sequestro.

A argentina e o chileno contam ao espanhol o que aconteceu e ao contar revivem tudo aquilo de novo e pela segunda ou terceira vez o compartilham. O chileno se pergunta se o que acaba de acontecer irá uni-los ou separá-los e a argentina se pergunta exatamente o mesmo, mas nenhum dos dois diz nada. O chileno dois chega nesse momento, voltando de uma festa, senta para comer um pedaço de frango e começa a falar imediatamente, sem perceber que algo aconteceu, mas depois repara que o chileno um está com o rosto muito inchado e que tenta aliviar a dor com um saco de gelo, talvez no começo tenha achado natural que o chileno um estivesse com um saco de gelo no rosto, talvez em seu universo singular de poeta seja normal que as pessoas passem a noite com um saco de gelo no rosto, mas não, não é normal passar a noite com um saco de gelo no rosto, então pergunta o que houve e ao ficar sabendo diz que coisa mais terrível, por pouco não aconteceu o mesmo comigo esta tarde, e desata a falar sobre o possível assalto do qual quase foi vítima, do qual se salvou porque resolveu descer do táxi de repente. Enquanto conversam bebem mezcal a goles rápidos, e o espanhol e a argentina devoram um baseado.

Agora chega mais alguém, talvez um amigo do espanhol, e eles voltam ao relato, principalmente a última parte, a última meia hora dentro do táxi, que para eles é uma espécie de segunda parte, porque o sequestro durou uma hora e durante a primeira metade temeram por suas vidas e durante a segunda já não temiam por suas vidas, estavam aterrorizados, porém imaginavam vagamente que, durasse o quanto durasse o assalto, os assaltantes não iriam matá-los, porque o diálogo não era mais violento, ou o era, mas de uma maneira sossegada e distorcida — a gente já tinha assaltado argentinos mas nunca um chileno, diz o que vai de copiloto, e em seu comentário parece haver uma curiosidade genuína, e começa a perguntar ao chileno sobre a situação do país e o chileno responde corretamente, como se estivessem num restaurante e fossem garçom e cliente ou algo assim, e o sujeito parece tão articulado, tão acostumado a repetir esse diálogo, que o chileno pensa que se contar essa história ninguém vai acreditar nele, e essa impressão se acentua nos minutos seguintes quando o que está com eles no banco de trás, o que carrega uma pistola, diz acho que vocês são namorados e não querem dizer e eles respondem em uníssono que não, não são namorados, mas por quê, pergunta o assaltante — por que vocês não são namorados se ele nem é assim tão feio, diz, é feio mas não muito, e você ficaria melhor se cortasse esse cabelo, é meio anos 1970, ninguém mais usa o cabelo assim, diz, e também esses óculos enormes, vou te fazer um favor — tira os óculos dele e joga pela janela, e o chileno pensa por um segundo num filme de Woody Allen que acaba de ver no qual os óculos do protagonista são destruídos diversas vezes, o chileno sorri levemente, talvez sorria por dentro, sorri como sorrimos quando estamos em pânico mas sorrimos.

Não vou poder cortar seu cabelo, porque não tenho uma tesoura aqui, me lembra disso amanhã, uma tesoura pra cortar o cabelo dos chilenos que a gente assaltar, porque de agora em diante vamos assaltar só chilenos, foi uma injustiça o que a gente fez, assaltamos muitos argentinos e só esse chileno da porra, de agora em diante vamos virar especialistas em chilenos de cabelo comprido, tenho uma faca mas não dá pra cortar cabelo com faca, a faca é mais pra cortar as bolas dos chilenos malditos, teu namorado tem colhões mas isso quer dizer que ele também pode perder esses colhões, fala pra ele parar de ter colhões, porque eu tenho tanto que estive a ponto de querer te comer, argentina, mas não vou te comer, e não é porque não te acho boa, porque você é bem gostosa, de todas as argentinas que já conheci você é a mais gostosa, mas agora estou trabalhando e quando trepo não consigo trabalhar depois, porque se meu trabalho fosse trepar eu seria um puto e apesar de você não ver meu rosto você sabe que não sou puto, queria que você visse meu rosto pra saber que sou um assaltante bonito pra caralho e que além do mais sabe cortar cabelo apesar de estar sem tesoura aqui agora, porque com a faca não dá pra cortar o teu cabelo, chileno, posso cortar teu pau mas você precisa dele pra comer a argentina, e com essa pistola também não dá pra cortar teu cabelo ou talvez até dê, mas eu perderia as balas e preciso delas para o caso de você voltar a ter colhões e aí sim eu ia comer a argentina depois de te matar, chilenão, eu comeria a tua namorada, porque não pensava em te matar mas até te mataria e não pensava em comer ela mas até comeria, porque ela é realmente gostosa, porque ela poderia ser da melhor boate de strip da cidade, eu escolheria você lá, argentininha, quando eu sair pra putaria vou pedir a mais parecida contigo, argentinona.

O motorista pergunta à argentina se ela torce pelo Boca e, embora parecesse mais conveniente dizer que sim, ela, que torce pelo Vélez, prefere dizer a verdade. Com o chileno não há problema, é torcedor do Colo Colo, que é o único time chileno que os assaltantes conhecem. Depois perguntam por Maradona e a argentina responde algo e o motorista diz uma besteira enorme, diz que Chicharito Hernández é melhor que Messi, e em seguida perguntam de qual time do México os dois mais gostam e a argentina diz que não entende muito de futebol — o que é mentira, porque entende bastante, entende bem mais que esse pobre assaltante que acha que Chicharito é melhor que Messi, e o chileno, em vez de se refugiar numa mentira parecida, fica nervoso e pensa intensamente, durante um longo segundo, se os assaltantes torcem pelo Pumas ou pelo América ou pelo Cruz Azul ou talvez pelo Chivas de Guadalajara, pois ouviu dizer que mesmo no DF muitos torcem pelo Chivas, mas no fim decide dizer a verdade e responde que gosta do Monterrey porque Chupete Suazo joga no time, e o motorista não gosta do Monterrey mas adora o Chupete Suazo e então diz, dirigindo-se a seus companheiros, não vamos matar eles, em homenagem ao Chupete Suazo, vamos perdoar e deixar eles vivos.

Quem é Chupete Suazo, pergunta o chileno dois, que com certeza sabe, mas se sente obrigado a demonstrar que não se interessa por futebol. O chileno um deveria responder, mas o espanhol entende bastante de futebol e diz que é um centroavante chileno que parece gordo e lento mas não é, que joga no Rayados e que teve uma passagem bem-sucedida quando foi emprestado para o Zaragoza, mas voltou para o México porque os espanhóis não tinham euros suficientes para comprar o passe dele. O chileno dois responde que acontece o mesmo com ele, que na verdade é magro mas as pessoas acham que está gordo.

O chileno um e a argentina continuam muito perto um do outro, mas de maneira prudente, pois embora todos saibam ou imaginem que eles estão juntos, tentam de todo jeito fingir e desenvolvem uma estratégia para não serem descobertos, não exatamente por pudor, mas por desesperança, ou talvez porque já passou o tempo em que as coisas eram tão simples como estar junto ou não, ou talvez tudo continue sendo simples assim mas eles não querem saber, e é muito absurdo que não morem juntos porque dormem juntos, porque leem e trabalham, porque comem e dormem juntos — quase sempre é ele que fica para dormir com ela, mas às vezes a argentina também fica no apartamento que o chileno divide com a menina equatoriana. O que o chileno e a argentina querem é ficar sozinhos, mas a noite se prolonga na tentativa de rastrear os detalhes que não lembravam e que ao lembrar acabam proporcionando a eles uma nova e renovada cumplicidade. Finalmente ele diz que vai ao banheiro e entra no quarto da argentina, que fica um pouco mais na sala e depois se retira.

Ela toma um banho longo e o obriga a também tomar um, para limpar de si o sequestro, diz, pensando nas apalpadas que sofreu, apalpadas em todo caso mínimas, ela agradece, de fato foi isso que disse para os assaltantes quando desceu do carro: obrigada. Ela disse isso muitas vezes essa noite: obrigada, obrigada a todos. Para o espanhol que os acolheu, para o chileno que os ignorou mas em alguma medida também os acolheu. E para os assaltantes, de novo, não é demais voltar a dizer: obrigada, por não terem nos matado e porque a vida pode continuar.

Também diz obrigada para o chileno um, enquanto se acariciam sabendo que nessa noite não farão amor, que passarão as horas muito juntos, perigosamente juntos, solidários, conversando. Antes de dormir ela lhe diz obrigada e ele demora a responder mas diz com convicção: obrigado. E dormem mal, mas dormem. E continuam conversando no dia seguinte, como se tivessem toda a vida pela frente, dispostos a levar adiante o trabalho do amor, e se alguma pessoa os visse de fora, uma pessoa impertinente, uma pessoa que acreditasse nesse tipo de história, que as colecionasse, que tentasse contá-las bem, uma pessoa que os visse e ainda acreditasse no amor, pensaria que os dois ainda vão continuar juntos por muito tempo.

O homem mais chileno do mundo

para Gonzalo Maier

Em meados de 2011 ela ganhou uma Bolsa Chile e partiu para um doutorado em Lovaina. Ele dava aula num colégio particular de Santiago, mas queria ir com ela e viver uma espécie de "para sempre", porém, depois de algumas voltas em torno do assunto, no fim de uma noite triste em que transaram muito mal, decidiram que era melhor se separar.

Nos primeiros meses era difícil saber se Elisa de fato sentia falta dele, embora ela desse todo tipo de sinal e ele acreditasse estar interpretando-os corretamente — tinha certeza de que os longos e-mails e as mensagens caprichosas e em tom de flerte em sua página do Facebook, e sobretudo as inesquecíveis tardes-noites (tardes dele, noites dela) de sexo virtual por Skype podiam ser interpretadas apenas de uma maneira. O normal seria continuar assim por um tempo e pouco a pouco irem esfriando, esquecendo um do outro, e talvez, no melhor dos casos, voltarem a se ver alguma vez, muitos anos depois, com outros fracassos no corpo, agora sim dispostos a tudo. Mas uma executiva do Banco Santander, agência Pedro Aguirre Cerda, ofereceu a Rodrigo uma conta corrente e um cartão de crédito, e logo ele se viu indo de uma tela a outra, marcando as opções "sim" e "aceito", inserindo os códigos B4, C9 e F8, e foi assim que, no começo de janeiro, sem contar para ninguém — sem contar para ela —, partiu para a Bélgica.

Não havia um fio da meada, não havia constante alguma em seus pensamentos durante a viagem que durou quase um dia inteiro. No avião para Paris, ficou impressionado com as numerosas turbulências, mas como voara pouco na vida e nunca um trecho consideravelmente longo, agradecia, de certo modo, a sensação de aventura. Não chegou a sentir realmente medo, e até se imaginava dizendo, muito corriqueiramente, que o voo havia sido um pouco difícil. Levava alguns livros na mochila, mas era a primeira vez que viajava num avião com tantas opções de entretenimento, de modo que passou horas tentando decidir quais filmes ou séries queria ver e no fim das contas não viu nenhum inteiro, mas por outro lado jogou, com resultados surpreendentes, várias partidas de "Quem quer ser um milionário".

Caminhando pelo Charles de Gaulle para pegar o trem, teve o pensamento cômico ou talvez convencional de que não, não queria ser milionário, nunca quisera ser um milionário. E essa ideia trivial, circunstancial, um pouco tola, conduziu-o, quem sabe como, a uma palavra desprezada, denegrida, mas que agora resplandecia brevemente ou ao menos brilhava um pouco, ou era menos opaca que de costume, ou era opaca e séria e de grandes proporções mas não o envergonhava: *maturidade*. Continuou pensando sobre isso no trem que o levava de Bruxelas a Lovaina. Gastar inexplicavelmente quase todo o limite de seu cartão numa passagem para a Bélgica para visitar Elisa lhe parecia um sinal de maturidade.

E o que aconteceu em Lovaina? O pior. Mas às vezes o pior é o melhor. É preciso dizer que Elisa poderia ter sido mais amável, menos cruel. Mas se tivesse sido mais amável, talvez ele não tivesse conseguido entender. Ela não quis correr o risco de isso acontecer. Ele telefonou da estação, Elisa pensou que era uma brincadeira, mas começou a se aproximar enquanto falavam até que conseguiu vê-lo de uma esquina, a cem passos, mas não disse que estava ali, e ele continuou falando, sentado na mala, vacilante e ansioso, olhando para o chão e depois para o céu com uma mistura de confiança e ingenuidade que Elisa achou repulsiva — não conseguia ordenar seus sentimentos, seus pensamentos, mas uma coisa era certa: não queria passar aqueles dias com Rodrigo, nem aqueles nem outros, nem nenhum. E talvez ainda estivesse um pouco apaixonada por ele, amava-o, gostava de falar com ele, mas aparecer assim sem mais nem menos, como num filme ruim, disposto a abraçar e a ser abraçado, disponível para se transformar na estrela, no herói que atravessa o mundo por amor, era para Elisa muito mais uma afronta e uma humilhação do que uma alegria.

Voltando para casa a passos apressados, sentia a vibração permanente do celular no bolso, mas só foi atender meia hora mais tarde, já debaixo das cobertas, devidamente segura: não vou te buscar, não quero te ver, estou namorando (mentira), moro com ele, não quero te ver nunca mais, disse. Houve mais nove chamadas e nas nove vezes ela respondeu a mesma coisa, e no fim acrescentou, para dar um toque de verossimilhança, que seu namorado era alemão.

É claro que há outros motivos, há uma história paralela a esta em que se conta com pormenores por que ela não quer vê-lo nunca mais; uma história que fala da necessidade de uma mudança verdadeira, de deixar para trás seu pequeno mundo chileno de colégio de freiras, seu desejo de seguir outros rumos, enfim, é coerente e também saudável terminar definitivamente com Rodrigo, talvez não dessa maneira, talvez não seja justo deixá-lo sentado ali, desejoso e vacilante, mas precisava terminar com ele. Além do mais, agora, deitada na cama e ouvindo algum disco do amplo espectro de música alternativa (o último do Beach House, por exemplo), sente-se tranquila.

Rodrigo ensaia uma caminhada rápida e atordoada pela cidade. Acredita ter visto vinte ou trinta mulheres mais bonitas que Elisa, pensa por que Hans — resolve que o alemão se chama Hans — foi escolher justamente essa chilena que não é tão voluptuosa nem tão morena, e então se lembra de como Elisa é boa de cama e se sente devastado. Continua caminhando, mas já não vê nada além de uma cidade bonita cheia de gente bonita, enquanto pensa que Elisa é uma puta e outras coisas comuns a quem acaba de levar um fora. Caminha sem rumo, mas Lovaina é uma cidade pequena demais para caminhar sem rumo, e em pouco tempo está de volta à estação. Detém-se na frente da Fonske, é quase a única coisa que Elisa lhe contou sobre a cidade: que há um chafariz com a estátua de um menino ou estudante ou homem que lê num livro a fórmula da felicidade e joga água (ou cerveja) na própria cabeça. O chafariz lhe parece mais estranho que engraçado, inclusive agressivo ou grotesco, embora evite as ironias sobre a felicidade, sobre a fórmula da felicidade. Continua observando o chafariz, que por algum motivo nesse dia está seco, desligado, enquanto fuma um cigarro, o primeiro desde que desceu do trem, o primeiro em solo europeu, um peregrino Belmont chileno. E embora em todo esse tempo tenha sentido muito frio, só agora sente a premência do vento gelado no rosto e no corpo inteiro, como se o frio realmente tentasse calar seus ossos. Abre a mala, encontra uma calça folgada e a veste por cima, bem como a outra camisa polo e um gorro, mas não trouxe luvas. Por um momento, deixando-se levar pelo drama e pela raiva, pensa que irá morrer de frio, literalmente. E que isso é uma ironia, porque Elisa é que era friorenta, a namorada mais friorenta que já teve, a mulher mais friorenta que conheceu, aquela que inclusive no verão, de noite, costumava colocar casacos, xales e bolsas de água quente.

Sentado próximo à estação, junto a um pequeno restaurante de waffles, lembra da piada do homem mais friorento do mundo, a única piada que seu pai contava. Lembra do pai ao redor de uma fogueira, na extensa praia de Pelluhue, muitos anos atrás: costumava ser esquivo e comedido, mas quando contava essa piada virava outra pessoa, cada frase saía de sua boca como se tivesse sido impulsionada por um mecanismo misterioso e efetivo, e ao vê-lo assim, preparando sabiamente o público, agraciado pelas gargalhadas iminentes, alguém poderia dizer que era um homem engraçado e genial, até mesmo um especialista nessas piadas compridas, que podem ser contadas de tantas maneiras, porque o que importa não é o final e sim a graça do narrador, seu tino para os detalhes, sua capacidade para preencher os espaços com digressões sem perder o interesse da audiência. A piada começava em Punta Arenas, com um menino chorando de frio e seus pais desesperados cobrindo-o com mantas típicas de Chiloé, e depois, sem ter o que fazer diante da evidência, resignados à ideia de procurar um lugar com um clima melhor para morar, começam a subir pelo mapa do Chile em busca de sol, de Concepción a Talca, Curicó, San Fernando, sempre rumo ao Norte, passando por Santiago, e, depois de muitas aventuras, La Serena e Antofagasta, até chegar a Arica, a cidade da primavera eterna, mas não há jeito: o menino, que àquela altura já é um adolescente, continua sentindo frio. Já adulto, o homem mais friorento do mundo viaja pela América Latina em busca de um clima mais adequado, mas nem em Iquitos nem em Guayaquil nem em Maracaibo nem em Mexicali nem no Rio de Janeiro deixa de sentir aquele frio profundo e dilacerante, e o mesmo ocorre no Arizona, na Califórnia, no Cairo e em Tunes, lugares que o viram chegar e sair cheio de cobertores, tremendo, tendo convulsões, reclamando o tempo inteiro, mas sempre de maneira amável porque, apesar de estar sempre desconfortável, o homem mais friorento do mundo mantinha a simpatia, a cordialidade, e talvez tenha sido por isso que, quando o temido desfecho se cumpriu — porque o homem mais friorento do mundo, que era chileno, enfim morreu de frio —, ninguém duvidou de que iria direto, sem maiores trâmites, para o céu.

Cairo, Arizona, Tunes, Califórnia, pensa Rodrigo, quase sorrindo: Lovaina. Não vê o pai há meses, se distanciaram por alguma besteira. Pensa que ele gostaria que o filho fosse corajoso numa situação como essa. Não, não sabe realmente o que o pai pensaria sobre uma situação como a que está vivendo. Ele nunca teria um cartão de crédito e muito menos viajaria irresponsavelmente milhares de quilômetros para levar o soco no estômago que o filho acaba de tomar. O que meu pai faria numa situação assim?, Rodrigo se pergunta de novo, inocentemente. Não sabe. Talvez devesse voltar logo para o Chile, ou também, por que não, ficar ali para sempre, tentar a vida. Decide, primeiro, voltar para Bruxelas.

As pessoas viajam de Lovaina a Bruxelas, ou de Bruxelas a Amberes, ou de Amberes a Gante, mas são trajetos tão curtos que é quase excessivo dizer que se trata propriamente de viagens. E no entanto, para Rodrigo, a meia hora até Bruxelas parece uma eternidade. Imagina Elisa e Hans caminhando por aquela cidade tão universitária, tão europeia e certinha. Lembra de novo do corpo de Elisa, ela convalescente, depois de operar por causa da apendicite, recebendo-o com um sorriso doce e dolorido. E depois, numa manhã de domingo, lembra dela completamente nua, passando óleo de rosa-mosqueta na cicatriz. E aquela noite, talvez no mesmo domingo, brincando com o sêmen morno no perímetro da mesma cicatriz, desenhando com o dedo indicador algo parecido com umas letras, excitada e morrendo de rir.

Desce do trem, caminha algumas quadras, mas não observa a cidade, continua pensando em Elisa, em Hans, em Lovaina, e passam-se mais ou menos quarenta minutos até ele se dar conta de que esqueceu a mala no trem. Deixou-a num canto, perto dos vultos dos demais passageiros, e desceu como se não estivesse com mais nada, apenas a mochila. Diz para si mesmo, em voz alta, energicamente: seu estúpido.

Compra umas batatas fritas perto da estação, fica em pé numa esquina, comendo. Quando se refaz, sente tontura, mas não é exatamente isso: pensava em comprar cigarros e depois caminhar um pouco, mas tem de parar por causa do que parece ser um desconforto, uma sensação de vertigem que nunca tivera antes, e que logo começa a crescer, como um movimento que começa a ser liberado: simplesmente sente que vai cair, com muito esforço consegue se estabilizar minimamente para andar. A mochila pesa quase nada, mas mesmo assim a deixa de lado e experimenta dar cinco passos, como teste. A vertigem continua, tem de parar totalmente e se apoiar na vitrine de uma loja de sapatos. Avança lentamente, de vitrine em vitrine, como um tímido aprendiz de homem-aranha, enquanto olha de lado os interiores das lojas repletos de tantos e diferentes chocolates, cervejas e luminárias, os restaurantes de comida saudável e as lojas de presentes curiosos: umas baquetas que são também hashi, uma caneca em forma de lente de câmera fotográfica e uma infinidade de miudezas.

Uma hora mais tarde, andou apenas sete quarteirões, mas, por sorte, numa barraca de rua, encontra um guarda-chuva azul, que lhe custa dez euros. No começo ainda caminha com uma sensação de instabilidade, mas o guarda-chuva lhe dá confiança, e após poucos passos já se sente acostumado ao vaivém. Só então olha, ou focaliza, a cidade; só então tenta entendê-la, começa a entendê-la. Pensa que tudo aquilo é um sonho, que está perto da Plaza de Armas, da Catedral, do bairro peruano, em Santiago do Chile. Não, não pensa isso: pensa que pensa que está na Plaza de Armas. Pensa que pensa que tudo aquilo é um sonho.

As lojas começam a fechar. É difícil saber se é de dia ou de noite: são cinco e quinze da tarde e as luzes dos apartamentos e dos carros já estão acesas. Caminha se afastando do centro, mas instintivamente entra numa lavanderia e decide ficar um tempo ali, ou não decide nada mas fica ali de todo modo, perto de dois sujeitos que leem enquanto esperam pela roupa. A temperatura não é alta, mas ao menos não faz frio. É absurdo, sabe que tem pouco dinheiro, que vai precisar de cada moeda, e mesmo assim tira uma das calças, a segunda camisa e o par de meias adicional. Custa a compreender o funcionamento das máquinas de lavar, que são velhas e parecem até perigosas, no entanto sente uma satisfação tola e absoluta quando consegue fazer o mecanismo funcionar. Fica observando o movimento da roupa, absorto ou paralisado, com a atenção com a qual se assiste à final de um campeonato na tevê, e talvez isso para ele seja até mais interessante que a final de um campeonato, porque enquanto vê a roupa pulando, encurralada contra o vidro, encharcada pela água com sabão, pensa, como se descobrisse algo importante, que essa roupa é sua, que lhe pertence, que usou cem vezes essa calça, essas meias, e que em algum momento essa camisa meio desbotada já foi a melhor que teve, a que escolhia para ocasiões especiais; lembra do próprio corpo vestindo com orgulho essa camisa, e é uma visão estranha, vaidosa, um pouco torpe. Talvez essa seja sua ideia kitsch de purificação.

Depois entra numa pizzaria chamada Bella Vita, que parece barata. Quem o atende é Bülent, um turco muito simpático e risonho que fala algo de francês e um pouco de flamengo mas nada de inglês, de modo que se comunicam apenas com sinais e com um murmúrio recíproco que talvez só sirva para demonstrar que nenhum dos dois é mudo. Come uma pizza napolitana que acha deliciosa e depois fica ali, terminando um café. Não sabe o que fazer, não quer continuar dando voltas, não resolve procurar um hotel barato, um albergue. Tenta perguntar a Bülent se há wi-fi no restaurante, mas é realmente difícil fazer uma mímica que signifique a existência de uma rede wi-fi, e àquela altura ele já está tão desarmado que não pensa no mais simples, que seria dizer apenas "wi-fi", pronunciando-o de todas as maneiras possíveis até que Bülent entendesse. Por sorte chega Piet, um sujeito extraordinariamente alto que usa uns óculos de armação vermelha e grossa e uma quantidade incontável de piercings na sobrancelha direita. Piet fala inglês e até um pouco de espanhol, e inclusive já esteve no Chile, por um mês, anos atrás. Rodrigo enfim tem com quem conversar.

Algumas horas depois estão na sala do belo apartamento de Piet, que fica em frente à pizzaria. Enquanto o anfitrião passa um café, Rodrigo observa, do janelão, Bülent fechando o restaurante com a ajuda da garçonete e de outro homem. Rodrigo sente algo que parece uma pulsação, ou uma dor, ou a própria aura da vida cotidiana. Liga o laptop, conecta-se à internet, não há mensagens de Elisa, mas também não é como se as estivesse esperando. Tenta localizar um amigo do colégio que, segundo sua memória, mora há muitos anos em Bruxelas, encontra-o facilmente no Facebook e ele responde rapidamente, mas agora está no Chile, cuidando da mãe doente, e embora pense em retomar os estudos, por agora permanecerá em Santiago, sem previsão de volta. Dez minutos depois chega outra mensagem em que o amigo recomenda que ele tome *peket* sem medo ("é maravilhoso, mas a ressaca é terrível"), que evite as endívias assadas ("diga não às endívias assadas e sim às *boulettes de viande* e às *moules et frites*"), que prove os hot dogs com chucrute quente e mostarda, que perto da Grand Place compre chocolates na Galler e vá à livraria Tropismes, que não perca o Museu da Música e o de Magritte, enfim, todos esses pormenores que para Rodrigo parecem tão distantes, quase impossíveis, porque esta já não é uma viagem turística, nunca foi. Desespera-se, não tem grande coisa no cartão de crédito, e na carteira restam menos de cem euros.

Nisso chega Bart, o editor de Piet, que mora em Utrecht. Só então Rodrigo fica sabendo que Piet é escritor, que publicou dois livros de contos e um romance. Gosta dessa prudência de Piet, dessa timidez. Pensa que se fosse escritor também não andaria por aí contando isso aos quatro ventos.

Bart chega a ser mais alto que Piet, um gigante de quase dois metros. Com um amigo que também se chama Bart, toca uma editora pequena na qual publica escritores emergentes, quase todos de prosa, quase todos holandeses, mas também alguns belgas. O outro Bart curiosamente mora na Colômbia, porque se apaixonou por uma moça de Papayán, mas faz tudo on-line de lá, e este Bart se encarrega de cuidar da distribuição — que leva em conta basicamente uma série de livrarias pequenas, nenhuma comercial — e de organizar pequenos eventos e palestras nos quais ele mesmo vende os livros.

Bart é amistoso, conta sua história num inglês bastante fluente, embora também colaborem seus gestos precisos e certo talento para a mímica quando as palavras não lhe vêm. São quase dez horas, caminham algumas quadras. Rodrigo se sente melhor, apoia-se na bengala mas é mais por precaução que por necessidade. Chegam ao La Vesa, um bar um pouco lúgubre onde às quintas-feiras há leituras de poesia, mas hoje não é quinta e sim terça, e os clientes habituais rareiam, o que é preferível, pensa Rodrigo, e desfruta de certa sensação de intimidade, de camaradagem corriqueira, da conversa sensata com esses novos amigos, das frases curtas porém carregadas de leve ironia que a cada tanto Laura solta, uma garçonete italiana que não é bonita à primeira vista mas que se torna bonita com o passar dos minutos e não por causa do efeito do álcool, e sim porque é preciso observá-la realmente bem para descobrir sua beleza. Seus amigos tomam Orval, Rodrigo pede taças de vinho, Piet pergunta se não gosta de cerveja, e ele diz que gosta, sim, mas que está frio demais, prefere a calidez do vinho, e eles começam a falar da cerveja belga, que é a melhor do mundo. Piet diz que não está tão frio, que já tiveram invernos piores. Então Rodrigo quer contar a piada do homem mais friorento do mundo para eles, mas não sabe como se diz friorento em inglês, de modo que diz *I am* e faz o gesto de tiritar, e Bart lhe diz *you're chilly* e todos se confundem porque Rodrigo entende que estão falando do Chile, se ele é chileno, coisa que acha que já sabiam, até que depois de vários mal-entendidos, que celebram com grande alvoroço, entendem que a piada é sobre *the chilliest man on earth* e Rodrigo acrescenta que o homem mais friorento do mundo definitivamente é chileno, *the chilliest man on earth*, e ri com vontade, pela primeira vez ri em território belga como riria em território chileno.

Rodrigo começa a contar a piada sem muita confiança, pois enquanto desfia a história pensa que talvez haja na Bélgica ou na Holanda uma piada igual, que talvez seja uma piada que existe em tantas versões quanto há países no mundo. Sua plateia reage bem, no entanto, com um interesse crescente, entregando-se à narrativa: acham graça da enumeração de cidades, com nomes que soam tão estranhos para eles (*Arica sounds like Osaka*, diz Bart), e quando o homem mais friorento do mundo, que era chileno, morre de frio sob o sol abrasador de Bangkok, os amigos soltam uma gargalhada ansiosa e levam as mãos à cabeça em sinal de lamento.

O homem mais friorento do mundo havia sido um bom filho, um bom pai, um bom cristão, de modo que São Pedro o recebe sem mais delongas no céu, mas os problemas começam logo: incrivelmente, embora no céu não exista frio ou calor, ou ao menos não como nós os conhecemos, e apesar de todos os quartos desse formidável hotel que é o céu se ajustarem automaticamente às necessidades dos hóspedes, o chileno continua com frio, e com seu jeito amável mas também enérgico continua se queixando, até que a bendita paciência que reina no céu se esgota, todos se cansam dele e concordam que o homem mais friorento do mundo deve ir buscar um clima que lhe seja realmente propício. É o próprio Deus que decide mandá-lo para o inferno, onde é impossível que ele continue a sentir frio. Mas apesar das chamas inextinguíveis, das temerárias fornalhas, dos caldeirões colossais e do calor humano, que naquelas condições de superlotação é muito intenso, o homem mais friorento do mundo continua sentindo frio no inferno, e o caso fica tão famoso que chega aos ouvidos de Satanás, que o acha desafiador e divertido, e imediatamente decide se encarregar do assunto.

Uma manhã, o próprio Satanás conduz o chileno a nada menos que o lugar mais quente que se pode conceber: o centro do Sol. Satanás precisa colocar um traje especial, pois de outro modo se queimaria. Chegam a um pequeno cubículo de dois por dois, abre a porta, o chileno entra e ali fica, esperançoso e profundamente agradecido. Passam-se semanas, meses, anos, até que um dia, movido pela curiosidade, o Diabo decide fazer uma visita ao chileno. Volta a vestir seu traje especial, e inclusive o reforça com duas camadas adicionais, pois ficou com a sensação de ter se chamuscado um pouco na viagem anterior. Mal abre a porta do cubículo, ouve o chileno gritando lá de dentro: "Por favor, feche a porta, está frio".

Please, close the door, it's chilly here, diz Rodrigo, e sua performance é um sucesso. Eu acho que o homem mais friorento do mundo é você, diz Bart, e eu quero que o homem mais friorento do mundo prove a melhor cerveja do mundo. Piet sugere irem a um bar onde são vendidas centenas de cervejas, mas no fim decidem ir a outro lugar mais próximo, onde vendem, clandestinamente, a Westvleteren, a assim chamada melhor cerveja do mundo, e no caminho Rodrigo se apoia no guarda-chuva mas não sabe se é realmente preciso, sente que poderia deixá-lo de lado, que não precisa mais dele, mas em todo caso continua com ele, enquanto escuta a história dos monges trapistas que fabricam a cerveja e a vendem apenas em quantidades prudentes, uma história que lhe parece maravilhosa, quer gostar muito da cerveja e é o que acontece, apesar de comprarem apenas uma para os três, porque a garrafa custa dez euros.

Voltam para o apartamento às duas da manhã, abraçados, para que Rodrigo não precise usar o guarda-chuva: parecem mais bêbados do que estão. Depois, na sala, continuam bebendo um pouco, a conversa é confusa, riem. Você pode ficar, mas só esta noite, diz Piet, e Rodrigo agradece. Trazem um colchão enquanto Bart deita numa antiga chaise longue e se cobre com uma manta. Rodrigo pensa o que fará se no meio da noite Bart tentar algo. Pensa se irá rejeitá-lo ou não, mas adormece, e Bart também.

Acorda cedo, sozinho na sala. Está com um pouco de ressaca, o café lhe faz bem. Observa a rua, os edifícios, a fachada silenciosa da pizzaria. Quer se despedir de Piet, abre uma fresta da porta do quarto e vê que está dormindo com Bart, semiabraçados. Deixa um bilhete de agradecimento para eles e desce os quatro andares pela escada. Não tem absolutamente nenhum plano, mas se anima com a ideia de talvez poder caminhar sem bengala, e uma vez na rua tenta fazê-lo, como nos finais felizes. Mas não consegue e cai. Cai feio, cai pesado, a calça dupla se rasga, seu joelho sangra. Fica na esquina, pensando, paralisado de dor, e nisso começa a chover, como quando nos desenhos animados uma nuvem segue o protagonista, mas essa chuva é para todos, não somente para ele.

É uma chuva fria e abundante, deveria procurar um lugar para se abrigar. Resta-lhe pouquíssimo dinheiro, mas o jeito é comprar outro guarda-chuva. Nesse momento deveria pensar em Elisa e amaldiçoá-la, mas não faz isso. Agora tenho dois guarda-chuvas, o azul para me equilibrar e o preto para me proteger da chuva, diz em voz alta, no mesmo tom sereno com que diria seu nome, seu sobrenome, seu local de nascimento: agora tenho dois guarda-chuvas, o azul para me equilibrar e o preto para me proteger da chuva, repete e começa a caminhar sem propósito algum além deste, simplesmente: caminhar.

Vida de família

para Paula Canal

Não faz frio nem calor, um sol tímido e nítido vence as nuvens, o céu fica, por alguns momentos, verdadeiramente limpo, azul-celeste como num desenho. Martín está no último banco do ônibus, com fones de ouvido, balançando a cabeça como os jovens fazem, mas não é mais jovem, não mesmo: tem quarenta anos, o cabelo algo comprido, um pouco enrolado e preto, o rosto muito branco — teremos tempo para continuar a descrevê-lo: agora desce do ônibus com uma mochila e uma maleta, caminha alguns quarteirões procurando um endereço.

O trabalho consiste em cuidar do gato, passar o aspirador de vez em quando e regar de manhã umas plantas domésticas que parecem condenadas a secar. Vou sair pouco, quase nada, pensa, com uma pitada de alegria: para comprar comida para o gato, para comprar comida para mim. Há também um Fiat prateado que deve dirigir a cada tanto ("para ele respirar um pouco", disseram). Agora está junto com a família, são sete da noite, eles vão partir muito cedo, às cinco e meia da manhã — aqui vai a família, em ordem alfabética:

— Bruno — barba escassa, moreno, alto, fumante de tabaco escuro, professor de literatura.

— Consuelo — que com Bruno forma o casal, mas não é sua esposa, porque nunca se casaram, embora se comportem como num casamento, às vezes até pior que num casamento.

— Sofía, a menina.

A menina acaba de passar correndo atrás do gato, na direção da escada. Não cumprimenta Martín, não olha para ele, é que hoje em dia as crianças não cumprimentam mais os outros, e talvez isso não seja ruim, porque os adultos cumprimentam demais. Bruno explica a Martín alguns detalhes do trabalho, ao mesmo tempo que discute com Consuelo sobre a forma de organizar uma mala. Depois ela se aproxima de Martín com uma amabilidade que para ele é perturbadora, porque não está acostumado à amabilidade, mostra a ele a cama do gato, a caixa de areia e um pedaço de tecido prensado, para esticar as garras, embora nem a cama nem o banheiro nem o brinquedo adiantem muito, porque o gato dorme onde lhe dá na telha, faz suas necessidades no jardim da frente e arranha todos os sofás. Consuelo mostra também como funciona a portinha, o mecanismo que permite que o gato saia mas não entre, ou que entre mas não possa sair, ou que entre e saia à vontade — sempre deixamos ela aberta, diz Consuelo, para que ele seja livre, é igual a quando nossos pais nos dão a chave de casa.

Martín acha fabulosa a existência dessa porta, só viu algo parecido nos filmes e em *Tom e Jerry*. Está prestes a perguntar onde a conseguiram mas pensa que talvez Santiago esteja cheia de portas para animais de estimação e ele não tenha notado.

Desculpe, pergunta com atraso: o que você falou sobre os nossos pais?

Quê?

Você falou algo sobre "nossos pais", ou "os pais".

Ah, que essa portinha é igual a quando nossos pais nos dão a chave de casa.

A risada dura dois segundos. Martín sai para fumar e vê um espaço vazio no jardim da frente, dois metros e meio de grama desgrenhada onde deveria haver algumas plantas e algum arbusto, mas não há nada. Deixa as cinzas caírem na grama, dissimulando, apaga a bituca e perde um minuto inteiro pensando onde poderia jogá-la: no fim a deixa debaixo de um mato amarelado. Sob o umbral da porta de entrada ele olha para a casa, pensa que não é grande, que dará conta, mas a casa lhe parece cheia de matizes. Observa cuidadosamente as estantes, o piano elétrico e uma grande ampulheta na mesinha de canto. Lembra que quando pequeno adorava ampulhetas, e vira esta — dura doze minutos, a menina diz, e em seguida, do alto do último degrau, tentando segurar o gato, pergunta se ele é o Martín — sim. E se quer jogar xadrez — vamos.

O gato se solta da menina. É de um cinza desigual, seu pelo é curto e cheio, tem o corpo magro e os caninos levemente proeminentes. A menina sobe e desce a escada várias vezes. E o gato, Mississippi, parece dócil. Aproxima-se de Martín, que pensa em fazer carinho nele, mas fica em dúvida, não sabe muito sobre gatos, nunca conviveu com um.

Sofía volta, já de pijama, caminha com dificuldade calçando umas pantufas de tricô. Consuelo pede que ela não perturbe, que vá para seu quarto, mas a menina traz uma caixa pesada ou uma caixa que para ela é pesada, e monta na mesa da sala o tabuleiro de xadrez. Tem sete anos, acaba de aprender a movimentar as peças e também os modos ou a postura correta do jogo: está linda ali, com a testa franzida e o rosto redondo entre as mãos. Martín e a menina jogam, mas cinco minutos depois o tédio dos dois é evidente, dele mais que dela. Então propõe a Sofi que joguem tentando perder, e no começo ela não entende, mas depois solta umas risadas doces e espirituosas — ganha quem perder, o objetivo é se entregar primeiro, deixar Dom Quixote e Dulcineia desprotegidos, porque é um xadrez cervantino, com moinhos de vento no lugar de torres, e esforçados sanchos panças na linha de frente.

Que coisa mais idiota, pensa Martín, um xadrez literário.

As peças do tabuleiro parecem desbotadas, vulgares, e embora Martín não seja muito de tirar conclusões rápidas, a casa toda agora provoca nele uma inquietação ou um incômodo, mas não é algo claro: certamente o lugar de cada objeto obedece a alguma rebuscada teoria de design de interiores, mas ainda assim persiste um desajuste, uma anomalia secreta. É como se as coisas não quisessem estar onde estão, pensa Martín, e de todo modo agradece a possibilidade de passar uma temporada nessa casa luminosa, tão diferente dos pequenos apartamentos escuros em que costuma morar.

Consuelo leva a menina para o quarto e canta para fazê-la dormir. Embora ouça à distância, Martín sente que não deveria estar ouvindo aquilo, sente que é um intruso. Bruno lhe oferece raviólis e comem em silêncio, com uma voracidade pretensamente masculina, como se dissessem *vamos aproveitar que as mulheres não estão aqui e comer sem usar guardanapos*. Depois do café, Bruno serve vodca com gelo, mas Martín prefere continuar no vinho.

Qual é o nome da cidade em que vocês vão morar?, pergunta Martín, só para dizer algo.

Saint-Étienne.

Aquela em que a seleção jogou?

Que seleção?

A de futebol, na Copa da França de 98.

Não sei. É uma cidade industrial, um pouco arruinada. Vou dar aulas sobre a América Latina.

E onde fica?

Saint-Étienne ou a América Latina?

A piada é muito fácil, muito corriqueira, mas funciona. Esticam o momento da sobremesa, quase sem querer, como se enfim descobrissem uma afinidade tardia. No andar de cima a menina dorme e ouve-se também o que poderia ser a respiração de Consuelo, ou um leve ronco. Martín percebe que pensou nela durante todo o tempo em que esteve na casa, desde que a viu na porta. Você vai ficar quatro meses aqui, diz Bruno, aproveita esse tempo para trepar com alguma vizinha — eu queria mesmo era trepar com a sua mulher, pensa Martín, e pensa isso com tanta intensidade que teme havê-lo dito em voz alta. Curte sua estadia, primo, continua Bruno, carinhoso, ligeiramente bêbado, mas não são primos, seus pais o eram — o de Martín acaba de morrer e foi então, no velório, que voltaram a se ver. Tratar-se agora como se fossem família faz sentido, talvez seja a única maneira de instaurar uma confiança súbita. A ideia era alugar a casa, mas sem que os novos habitantes fizessem muitas mudanças nela. Não foi possível. Depois de muitas negociações, algumas já desesperadas, Martín foi a pessoa mais confiável que Bruno pôde conseguir para cuidar da casa. Encontraram-se muito pouco ao longo da vida, e talvez tenham sido amigos em algum desses períodos, quando ainda eram crianças da mesma idade, obrigados a brincar juntos num domingo.

Bruno explica novamente aquilo que já haviam falado por telefone. Dá as chaves a ele, testam-nas nas fechaduras, explica os macetes das portas. E volta a enumerar as vantagens de estar ali, embora dessa vez não mencione nenhuma vizinha. Depois, pergunta se ele gosta de ler.

Um pouco, diz Martín, mas não é verdade. De repente se torna demasiadamente sincero:

Não, não gosto de ler. A última coisa que eu pensaria em fazer seria ler um livro, diz.

Desculpa, diz Martín, observando as estantes repletas, isso foi como ir à igreja e dizer que não acredito em Deus. Além do mais, há coisas muito piores. Inclusive piores que as que já aconteceram comigo, diz, com um sorriso atenuante.

Não se preocupe, responde Bruno, como que aprovando o comentário: muita gente pensa isso mas não fala. Depois escolhe alguns romances e os coloca em cima da mesinha de canto, junto à ampulheta. De qualquer jeito, se você tiver vontade de ler, vou deixar aqui algumas coisas que talvez possam te interessar.

E por que me interessariam? São livros para pessoas que não leem?

Mais ou menos, rá (diz isso, *rá*, mas sem a entonação de uma risada). Alguns são clássicos, outros mais contemporâneos, mas todos são divertidos (quando diz essa palavra não faz o menor esforço para evitar o tom pedante, quase como se estivesse colocando-a entre aspas). Martín agradece e dá boa-noite.

Não olha os livros, nem sequer os títulos. Pensa: livros para pessoas que não leem. Pensa: livros para pessoas que acabam de perder o pai e que já tinham perdido a mãe, pessoas sozinhas no mundo. Livros para pessoas que fracassaram na faculdade, no trabalho, no amor (pensa isso: no amor). Livros para pessoas que fracassaram tanto que, aos quarenta anos, acham que cuidar da casa de outros em troca de nada ou de quase nada é uma boa perspectiva. Alguns contam carneiros, outros enumeram suas desgraças. Mas não dorme, afundado em autocompaixão — uma roupa dentro da qual, apesar de tudo, não se sente cômodo.

Justo quando o sono chega os relógios apitam, são cinco da manhã. Martín se refaz para ajudar a família com as malas. Sofi desce emburrada, mas de repente tira sabe-se lá de onde uma energia transbordante. Mississippi não está em casa, a menina quer se despedir, chora por dois minutos mas depois para, como se simplesmente tivesse esquecido que estava chorando. Quando o táxi chega, ela insiste em terminar o cereal, mas deixa a tigela quase intacta.

Mata todos os ladrões, por favor, pede a Martín, antes de entrar no carro.

E o que eu faço com os fantasmas?

Martín está brincando, diz Consuelo, de imediato, lançando um olhar nervoso para ele: a casa não tem fantasmas, compramos ela por isso, porque nos garantiram que não tinha fantasmas. E na casa em que vamos morar na França também não.

Assim que partem, Martín se deita na cama grande, que ainda está quente. Procura nos lençóis o perfume ou o cheiro de Consuelo e dorme de boca para baixo, aspirando o travesseiro como se tivesse descoberto uma droga exclusiva e perigosa. Surgem os primeiros ruídos na rua, a movimentação das pessoas que vão ao trabalho, as vans escolares, os motores acelerados de motoristas ansiosos por evitar os engarrafamentos. Sonha que está na sala de espera de uma clínica e que um desconhecido lhe pergunta se já recebeu os resultados. Martín espera algo ou espera alguém, mas no sonho não se lembra com precisão, e também não se atreve a dizê-lo, mas sabe que o que espera não são os resultados de um exame. Tenta se lembrar o que, e então pensa que aquilo é um sonho e tenta acordar, mas quando acorda ainda está no sonho e o desconhecido segue esperando uma resposta. Então acorda de fato e sente um imenso alívio de não ter que responder à pergunta, de não ter que responder à pergunta nenhuma. O gato boceja ao pé da cama.

Acomoda sua maleta no quarto principal, mas sobra pouco espaço nos armários. Há várias sacolas e caixas de plástico cheias de roupa, zelosamente embaladas, e também algumas peças soltas. Encontra uma velha camiseta dos Pixies, com a capa do disco *Surfer Rosa*. *You'll think I'm dead, but I'll sail away*, pensa — claro, essa é de outro disco, equivoca-se. Tenta imaginar Consuelo com essa camisa e não consegue, mas é tamanho M, deve ser dela, não de Bruno. De todo modo veste-a, fica engraçado, é muito justa para ele. Vestido assim, com apenas a camiseta e uma calça esportiva, vai até o supermercado mais próximo e compra café, cerveja, macarrão e ketchup, além de umas latas de peixe para Mississippi, pois tem um plano demagógico, pensa que o gato vai entender a situação assim: eles foram embora, me deixaram com um estranho, mas estou comendo maravilhosamente bem. Volta quase arrastando as sacolas, são muitas quadras, pensa que deveria ter ido de carro, mas tem pânico de dirigir. Já em casa, guarda as compras na cozinha, vê os cereais com leite que a menina deixou e termina a tigela pensando que poderia contar nos dedos as vezes que comeu cereal.

Depois inspeciona o segundo andar, onde fica o estúdio de Bruno, um cômodo grande, perfeitamente iluminado por uma claraboia, com os livros dispostos em rigorosa ordem alfabética, os incontáveis materiais de escritório e os diplomas de graduação, mestrado e doutorado, pendurados lado a lado. A seguir observa o quarto da menina, cheio de desenhos, enfeites e uns bichos de pelúcia na cama, cada um com seu nome escrito numa roseta própria — ela levou alguns consigo, obrigaram-na a guardar outros no armário e no baú, mas ainda assim deixou cinco em cima da cama e insistiu em escrever os nomes para que Martín pudesse identificá-los (chama a sua atenção um urso cor de café, com roupas esportivas, que tem o nome de Cachorro). Depois encontra, no banheiro de cima, no meio de uma pilha de revistas, um caderno com partituras para iniciantes. Desce e senta-se ao piano elétrico, que não funciona; tenta consertá-lo, mas nada acontece. Mesmo assim, lê a partitura e toca as teclas, diverte-se pensando que é um pianista muito pobre, um pianista que não tem dinheiro nem para pagar a conta de luz e que precisa ensaiar assim, todos os dias, tateando.

As primeiras duas semanas transcorrem sem grandes novidades. Vive de acordo com o esperado: no começo os dias parecem eternos, mas vai preenchendo-os com certas rotinas — acorda às nove, renova o pote de ração de Mississippi, e depois de tomar café da manhã (continua comendo cereais, descobre que adora os Quadritos de aveia) segue para a garagem, liga o motor do carro e brinca um pouco com o acelerador, como um piloto esperando a largada. Move o carro timidamente e depois se atreve a dar uma volta, que fica cada vez maior. Ao retornar, sintoniza no noticiário, abre o janelão da sala, vira a ampulheta e, enquanto os grãos e os minutos caem fina e resolutamente, fuma o primeiro cigarro do dia.

Depois vê televisão por algumas horas e o efeito é entorpecente. Chega a se afeiçoar à retórica dos programas matinais, ganha certa erudição a respeito, compara-os, analisa-os seriamente, e o mesmo se dá com os programas sobre celebridades, com os quais sente certa dificuldade, porque não conhece os personagens, nunca deu atenção a esse mundo, mas pouco a pouco começa a identificá-los. Almoça seu macarrão com ketchup na cama, sempre assistindo tevê.

O resto do dia é incerto, mas costuma se perder em caminhadas, tem como regra não repetir os cafés a que vai e nem os mercados onde compra cigarros para não construir nenhuma familiaridade: tem a vaga impressão de que vai sentir saudades dessa vida, que não é a vida ideal, mas é boa; um período benéfico, reparador. Mas tudo muda na tarde em que descobre que o gato desapareceu. Faz ao menos dois dias que não o vê e o prato de comida está intacto. Pergunta aos vizinhos: ninguém sabe de nada.

Passa algumas horas desesperado, paralisado, sem saber o que fazer. No fim, decide fazer um cartaz. Procura no computador, sem método, atropeladamente, uma foto de Mississippi, mas não há nada, pois antes de partir Bruno apagou do disco rígido todos os arquivos pessoais. Revista ansiosamente a casa inteira e chega até a sentir prazer na desordem, no caos que vai se formando. Examina sem cuidado baús, sacolas e caixas, pega livros ao acaso, dezenas de livros, e folheia as páginas freneticamente, ou os sacode com certa raiva. Encontra uma pequena maleta vermelha escondida no armário do estúdio. Em vez de dinheiro ou joias, há centenas de fotografias de família, algumas enquadradas e outras soltas, com datas no verso e até com breves mensagens de amor. Gosta de uma foto em especial, uma bem grande em que Consuelo posa envergonhada, com a boca aberta. Tira um diploma de Sofi — de um curso de natação — da moldura para colocar a foto de Consuelo, e pendura-a na parede principal da sala. Pensa que poderia passar horas acariciando aquele cabelo liso, preto e brilhante. Como não encontrou nenhuma foto de Mississippi, busca na internet imagens de gatos cinza e escolhe uma qualquer. Redige uma mensagem curta, imprime umas quarenta cópias e as prende nos postes e nas árvores ao longo da avenida inteira.

Quando volta, a casa está um caos. O segundo andar, sobretudo. Fica incomodado de ser o autor daquela bagunça. Observa as gavetas entreabertas, a roupa jogada na cama, os inúmeros bonecos, desenhos e pulseiras no chão, as solitárias peças de lego perdidas nos cantos. Pensa que profanou aquele espaço. Sente-se um ladrão ou um policial, e inclusive se lembra desta expressão horrível, excessiva: invasão de domicílio. Começa, sem vontade, a arrumar o cômodo, mas de repente se detém, acende um cigarro e até faz alguns anéis de fumaça, como na adolescência, enquanto fica fantasiando que a menina acaba de brincar ali com as amigas. Imagina que ele é o pai que abre a porta e exige, indignado, que a menina arrume o quarto, e imagina que ela assente mas continua brincando. Imagina que vai até a sala e uma mulher muito bonita, uma mulher que é Consuelo ou que é parecida com Consuelo, dá uma xícara de café para ele, levanta as sobrancelhas e sorri, mostrando os dentes. Então prepara ele mesmo esse café, que bebe a goles rápidos enquanto pensa numa vida com mulher, com filhos, com um trabalho estável. Martín sente uma forte pontada no peito. Uma palavra, que a esta altura é inevitável, emerge e triunfa: melancolia.

Conforma-se ou distrai-se lembrando que ele também, há muito tempo, foi pai de uma menina dessa mesma idade, sete anos. Ele tinha dezenove, morava em Recoleta, com sua mãe, que ainda não estava doente. Uma tarde qualquer, desceu até a cozinha e ouviu Elba se queixando por nunca poder ir às reuniões na escola da menina. Ele se ofereceu para ir, porque amava Elba e Cami, e também por seu espírito de aventura, que naquele tempo era enorme. Tinha então cabelo comprido e cara de muito jovem, de maneira nenhuma parecia um pai, mas entrou na escola e sentou no fundo da sala, junto a um sujeito que parecia quase tão novo quanto ele, embora, como se diz, fosse mais homem, mais vivido.

O homem tem no braço direito uma tatuagem cor de café, pouco mais escura que sua pele, em que se lê JESÚS. Qual é o seu nome?, pergunta Martín. Ele responde apontando para a tatuagem. Jesús é simpático. Você parece muito jovem, diz a Martín, você também, fui pai quando ainda era muito garoto. Nisso a professora fecha a porta e começa a falar — chegam alguns pais atrasados, a porta se tranca uma vez, duas vezes, ninguém diz nada, até que uma mulher loira e gorda na terceira fileira se levanta, interrompe a professora, e com um vozeirão invejável questiona: como é possível, o que aconteceria se houvesse um terremoto ou um incêndio, o que aconteceria com as crianças?

A professora fica em silêncio, um silêncio de quem sabe que deve pensar bem no que irá dizer. É exatamente o momento em que deveria culpar os patrões, o sistema, a municipalização da educação pública, Pinochet, a inoperância da Concertación, o capitalismo, enfim, de fato não é culpa da professora, que também já pediu que consertem a porta, mas ela não consegue pensar rápido, não é corajosa: as vozes começam a se acumular, e ela as deixa crescer, todos reclamam, todos gritam, e para piorar outra pessoa chega atrasada e a porta se tranca novamente. Jesús também grita e até Martín está prestes a gritar, mas a professora pede respeito, pede para a deixarem falar: desculpem, este colégio é pobre, não temos recursos, entendo que fiquem chateados mas pensem que se houver um incêndio ou um terremoto eu também ficaria trancada com as crianças aqui — o efeito dessa frase dura dois ou três segundos, até que Martín se levanta, furioso, aponta o dedo para ela e diz, com plena noção do drama que está fazendo: mas você não é minha filha! Todos o apoiam, furiosos, e ele se sente muito bem. Você foi matador, Jesús o elogia depois, a caminho do ônibus. Ao se despedir, Martín pergunta se ele acredita em Jesus. Ele responde, com um sorriso: acredito em Jesus.

Você não é minha filha, Martín murmura agora, como um mantra. De noite escreve para Bruno, dizendo: tudo em ordem.

Uma tarde, voltando do supermercado, descobre que colaram cartazes em cima dos seus. Percorre a avenida toda e comprova que justo onde havia colocado os seus cartazes agora se anuncia o desaparecimento de um cachorro que é uma mistura de husky e pastor-alemão e que atende pelo nome de Pancho. Uma recompensa de vinte mil pesos é oferecida. Martín anota o número e o nome de Paz, a dona de Pancho.

Há uma garrafa de Jack Daniel's na cozinha. Martín bebe apenas vinho e cerveja, não está acostumado aos destilados, mas num impulso serve um copo para si e a cada gole descobre que gosta, que adora Jack Daniel's. De modo que já está bastante bêbado quando decide ligar para Paz. Você colocou seu cachorro em cima do meu gato, é a primeira coisa que diz, meio sem jeito e com veemência.

São dez e meia da noite. Paz parece surpresa, mas diz que entende a situação. Ele se arrepende de seu tom de raiva e o diálogo termina com desculpas mútuas e constrangidas. Antes de desligar, Martín chega a ouvir uma voz no fundo, um pedido. É a voz de um menino.

Na manhã seguinte Martín vê pela janela que uma mulher jovem vai pela avenida de bicicleta e se entrega à demorada tarefa de mudar os cartazes de lugar. Sai de casa e a observa a certa distância — não é bonita, pensa, ponderando: é apenas jovem, deve ter vinte anos, Martín poderia ser seu pai (embora não pense isso). Paz retira os próprios cartazes e os reposiciona em cima ou embaixo dos outros. Disfarça com dobras as pontas amassadas e aproveita para ajeitar os cartazes de Martín. Age com destreza profissional e ele chega a pensar que ela trabalha nisso: do mesmo modo que há pessoas que têm como trabalho levar cachorros para passear, Martín pensa que ela integra uma patrulha de buscadores de animais perdidos. Não é o caso.

Apresenta-se e pede desculpas de novo por ter telefonado tão tarde. Acompanha-a pelo resto do caminho. No começo ela parece reticente, mas o diálogo começa a ganhar volume. Conversam sobre Mississippi e sobre Pancho e também sobre animais de estimação em geral, sobre a responsabilidade de ter animais de estimação, e até sobre a expressão *animais de estimação*, que ela não gosta porque acha um pouco depreciativa. Martín fuma vários cigarros enquanto conversam, mas não quer jogar fora as bitucas. Junta todas na mão, como se fossem valiosas. Tem uma lixeira ali, diz Paz, de repente, e a frase coincide com o momento em que chegam à esquina onde devem se separar.

De noite liga para ela, diz que percorreu dezenas de quarteirões procurando Mississippi e que aproveitou para procurar Pancho também. Soa como uma mentira, mas é verdade. Ela agradece o gesto, mas não deixa o diálogo fluir. Martín começa a ligar diariamente para ela e as conversas continuam sendo curtas, como se bastassem essas poucas frases para construir certa presença.

Uma semana depois avista um cachorro parecido com Pancho perto de casa. Tenta se aproximar, mas o cachorro se assusta. Liga para Paz. Custa a falar, o que tem a dizer de novo soa como uma mentira, uma desculpa para vê-la. Mas Paz aceita. Encontram-se e patrulham um pouco as ruas internas, até que chega a hora de ela ir buscar o filho no jardim de infância. Martín insiste em acompanhá-la. Não consigo acreditar que você tem um filho, diz. Às vezes eu também não acredito, responde Paz.

Mais um namorado, é a primeira coisa que o menino diz ao ver Martín. Arrasta ostensivamente a pequena mochila, sem olhá-lo de frente, mas Paz conta para ele que Martín acredita ter avistado Pancho, e o menino se anima e insiste para continuarem procurando pelo cachorro. Percorrem muitas quadras, dão a impressão de serem uma família perfeita. Despedem-se ao chegar à casa de Paz. Ambos sabem que voltarão a se ver e talvez o menino também o saiba.

Passou mais de um mês desde o desaparecimento de Mississippi, e Martín já não espera encontrá-lo. Inclusive redige um e-mail confuso e cheio de desculpas para Bruno, mas não se atreve a enviá-lo. Contudo, o gato volta numa madrugada, mal conseguindo empurrar a porta, cheio de feridas e com uma enorme bola de pus nas costas. O veterinário é pessimista, mas o opera com urgência e receita antibióticos que Martín deve lhe administrar diariamente. Tem de alimentá-lo com papinha de bebê e limpar suas feridas a cada oito horas. O pobre gato está tão mal que não tem forças nem para miar nem para se mexer.

Concentra-se na saúde de Mississippi. Agora gosta dele, cuida dele de verdade. Por alguns dias esquece de telefonar para Paz. É ela quem liga para ele uma manhã. Alegra-se com a boa notícia. Meia hora depois estão sentados em volta do gato, fazendo carinho nele, compadecendo-se dele.

Você me disse que morava sozinho, mas isso aqui parece a casa de uma família, ela solta de repente, olhando para a foto de Consuelo. Martín fica nervoso e demora a responder. No fim diz, cabisbaixo, murmurando, como se lhe fosse doloroso recordar: a gente se separou faz alguns meses, talvez um ano já, minha mulher e a menina foram morar num apartamento, e eu fiquei aqui com o gato.

Sua mulher é linda, diz Paz, olhando para a foto na parede. Mas não é mais minha mulher, responde Martín. Mas é linda, insiste Paz. E você nunca me disse que tinha uma filha.

Acabamos de nos conhecer, ainda não podemos dizer palavras como *nunca* ou *sempre*, diz Martín. E não gosto de falar sobre isso, acrescenta. Me deixa triste. Ainda não superei a separação. O pior é que Consuelo não me deixa ver a menina, quer sempre mais dinheiro, diz. Ela olha para ele, ansiosa, com a boca entreaberta. Ele deveria sentir a adrenalina que alimenta os mentirosos, mas se distrai vendo os dentes pequenos e um pouco separados dela, o nariz meio pontudo, as pernas magras mas bem delineadas, que lhe parecem perfeitas. Você foi pai muito novo, diz Paz. Nem tanto, responde. Ou sim, talvez eu fosse jovem demais, diz Martín, já totalmente imerso na mentira.

Eu fui mãe aos dezesseis anos e estive a ponto de abortar, diz Paz, talvez para ficarem quites em termos de confidências. Por que você não abortou?, pergunta Martín. É uma pergunta tola e ofensiva, mas ela não se abala. Porque no Chile o aborto é ilegal, diz, muito séria, mas logo sorri e seus olhos brilham. Naquele ano, esclarece em seguida, minhas duas melhores amigas ficaram grávidas: eu ia abortar no mesmo lugar que elas, mas na última hora me arrependi e decidi ter o filho. Transam no sofá, a princípio parece uma boa trepada, mas ele ejacula rápido demais, pede desculpas. Não se preocupa, responde ela, você está acima da média dos meninos da minha idade, diz. Martín pensa nessa palavra, *meninos*, que ele nunca usaria, e que vindo dela soa tão adequada, tão natural. Depois observa-lhe o corpo nu. Quase não tem sardas no rosto e nos braços, mas o corpo está cheio delas, as costas parecem ter sido salpicadas com tinta vermelha. Ele gosta disso.

Começam a se ver diariamente, continuam procurando Pancho. A possibilidade de encontrá-lo já é remota, mas Paz não perde as esperanças. Depois vão para casa e juntos cuidam de Mississippi. A ferida evolui devagar, mas favoravelmente, e numa zona das costas que o veterinário raspou já se nota um pelo mais fino e menos escuro. O romance entre eles também avança, e num ritmo acelerado. Às vezes ele prefere que seja assim, precisa disso. Mas também deseja que tudo termine: que seja obrigado logo a dizer a verdade e que tudo vá para a puta que pariu. Um dia Paz percebe que Martín retirou a foto de Consuelo. Pede que volte a pendurá-la. Ele pergunta por quê. Não quero que a gente se confunda, diz ela. Ele não entende bem, mas pendura novamente a foto. Se você se incomodar de transarmos na cama onde você dormia com a sua mulher, diz Paz, eu entenderia perfeitamente. Ele nega energicamente com a cabeça e diz que, de uns tempos para cá — usa essa expressão, de uns tempos para cá —, nem lembra mais da mulher. Mas, de verdade, desculpa eu insistir, diz ela: se você se incomodar de transarmos aqui, me diz — eu e ela quase não transávamos mais, responde Martín, e ficam em silêncio até que ela pergunta se alguma vez ele e a mulher transaram em cima da mesa da sala. Ele responde, com um meio-sorriso excitado, que não. O jogo segue, vertiginoso e divertido. Ela pergunta se alguma vez a mulher untou o pau dele com leite condensado antes de chupá-lo, ou se por acaso, por alguma eventualidade, sua mulher gostava que lhe metessem três dedos no cu, ou se em alguma ocasião pediu que ele gozasse na cara, nos peitos, no cu, no cabelo dela.

Numa dessas manhãs Paz chega com uma roseira e uma buganvília, ele consegue uma pá e juntos montam um minijardim no espaço vazio da entrada. Ele cava de um jeito totalmente desastrado, Paz toma a pá de sua mão e em questão de minutos o trabalho está terminado. Me perdoa, diz Martín, teoricamente é o homem que deveria fazer a parte mais árdua. Não se preocupa, responde ela, e acrescenta, risonha: eu nasci na democracia. Depois, a troco de nada, Martín se lança num monólogo sobre o passado em que mescla pitadas de verdade com algumas mentiras obrigatórias, tentando encontrar uma maneira de ser honesto, ou menos desonesto. Fala sobre a dor, sobre a dificuldade de construir vínculos duradouros, simples, com as pessoas. Sou viciado na droga da solidão, diz, à guisa de frase lapidar. Ela o escuta com atenção, compassiva, e balança afirmativamente a cabeça várias vezes, mas depois de uma pausa em que arruma o cabelo, se acomoda no sofá e tira as sapatilhas, diz de novo, travessa: eu nasci na democracia. E no almoço, ao ver que ele corta pedaços do frango com garfo e faca, ela diz que prefere comer com a mão porque nasceu na democracia. A frase serve para tudo, em especial na cama: quando ele quer transar sem camisinha, quando pede que ela não grite tanto ou que tenha cuidado ao passear nua pela sala, e quando ela se movimenta tão ávida e selvagem em cima dele que Martín não consegue disfarçar a dor no pênis: todas essas vezes ela responde que nasceu na democracia, ou diz apenas, levantando os ombros: democracia!

O tempo passa com alegre indolência. Há algumas horas, às vezes dias inteiros, em que Martín consegue se esquecer de quem realmente é. Esquece que finge, que mente, que é culpado. Em duas ocasiões, no entanto, fica a ponto de entregar a verdade. Mas a verdade é longa. Precisaria de muitas frases para dizer a verdade. E faltam apenas duas semanas. Não! Uma semana.

Agora está dirigindo, nervoso: é sexta-feira, amanhã deve acompanhar Paz a um casamento, e ela pediu que fossem de carro, de modo que tem apenas um dia para ensaiar — deve parecer um motorista experiente, ou ao menos dirigir com propriedade. No começo tudo vai bem. Deixa o carro morrer num sinal vermelho, isso costuma acontecer com ele, mas tem uma reserva de coragem, e por alguns momentos consegue certa fluidez, sem um plano definido. Fica entusiasmado e decide ir até o centro comercial para comprar os dois pratos e as três taças que quebrou, mas não consegue mudar de faixa no momento certo, nem sair um pouco mais adiante, e fica preso na pista por dez minutos, até que as saídas acabam: vai em direção ao sul, pela estrada, e não lhe resta outra opção a não ser tentar um perigoso retorno em U.

Permanece parado num recuo do canteiro central, resolve tentar se acalmar, desliga o rádio e espera sem pressa por sua vez, mas quando chega o momento, o carro morre de novo e quase fica na rota de um caminhão, que consegue desviar, cobrindo-o de buzinadas. Dá a partida novamente mas não tem coragem de ir em frente. Engata a ré e continua em direção ao sul, a cada tanto pensa em tentar fazer outra vez o retorno ou sair da estrada, mas está paralisado, morrendo de medo, só consegue seguir em linha reta por longos minutos. Chega a um pedágio, freia bruscamente, a cobradora sorri, mas ele é incapaz de sorrir de volta. Só consegue seguir adiante, como um robô vagaroso, pelos quilômetros que faltam até Rancagua.

Nunca fui a Rancagua, pensa, envergonhado: desce do carro, observa as pessoas, tenta adivinhar a hora pelo movimento na Plaza de Armas: meio-dia — não, onze da manhã. É cedo, mas está com fome. Compra uma empanada. Fica ao todo uma hora ali, estacionado, fumando, pensando em Paz. Não gosta desses nomes tão carregados, tão plenos, tão diretamente simbólicos: Paz, Consuelo. Pensa que se algum dia tiver um filho, vai inventar um nome que não tenha significado algum. Depois dá vinte e quatro voltas na praça — mas não as conta —, umas adolescentes que estão ali matando aula olham torto para ele. Estaciona de novo, o telefone toca, diz a Paz que está no supermercado. Ela quer vê-lo. Ele responde que não pode, porque precisa ir buscar a filha no colégio. Finalmente você vai poder vê-la?, pergunta ela, animada. Sim. É uma trégua, diz. Eu adoraria conhecê-la, diz Paz. Ainda não, responde Martín. Mais pra frente.

Só inicia o retorno às quatro da tarde. A viagem é tranquila dessa vez, ou menos tensa. Acabo de aprender a dirigir, pensa de noite antes de dormir, ligeiramente orgulhoso. E no entanto, no sábado, a caminho do casamento, para o carro, diz que está com uma ardência nos olhos — não tem certeza de que seja essa a palavra correta, mas a usa mesmo assim. Paz toma o volante, está sem carteira de motorista, mas não importa. Observa-a dirigir, concentrada no caminho, com o cinto de segurança entre os seios: pela primeira vez antecipa a dor da futura perda. Bebe muito, muitíssimo. E ainda assim tudo corre bem. Todos gostam dele, dança bem, faz boas piadas. As amigas de Paz a felicitam. Ela tira os sapatos vermelhos, dança descalça, e ele pensa que é absurdo ter duvidado, a princípio, de sua beleza: ela é linda, livre, divertida, maravilhosa. Sente vontade de dizer ali mesmo, em plena pista de dança, que está tudo perdido, que é irreversível. Que a família chega na quarta-feira. Volta para a mesa, observa-a dançando com as amigas, com o noivo, com o pai do noivo. Martín pede mais um uísque, toma de um gole só, gosta dessa ferida áspera na garganta. Olha para a cadeira onde estão a bolsa e os sapatos de Paz: pensa em pegar e guardar aqueles sapatos vermelhos, como uma caricatura de fetichista.

O dia seguinte é de ressaca. Acorda às onze e meia da manhã, uma música estranha está tocando, uma espécie de new age que Paz cantarola enquanto cozinha. Acordou cedo, foi comprar peixe e um monte de legumes que agora mistura na *wok*, adicionando um pouco de shoyu. Depois do almoço, deitados na cama, nus, Martín conta as sardas que há nas costas, na bunda, nas pernas de Paz: duzentas e vinte e três. É o momento de confessar tudo, e inclusive pensa que ela entenderia: ficaria chateada, caçoaria dele, deixaria de vê-lo por semanas, por meses, ficaria confusa e tudo o mais, mas o perdoaria. Começa a falar, timidamente, procurando o tom certo, mas ela o interrompe e sai para buscar o menino, que está com os pais dela.

Voltam às cinco. Até então o menino havia sido reticente com Martín, mas justo agora resolve se soltar, confia nele. Pela primeira vez brincam — primeiro tentam animar Mississippi, que ainda convalesce, mas logo desistem. Depois o menino põe os tomates junto com as laranjas, e diz que quer suco de laranja; Martín pega os tomates e, quando vai cortar o primeiro, o menino diz nããããããão! Repetem a cena doze, quinze vezes. Há uma variante: antes de cortar o tomate, Martín percebe e diz, furioso, que o vendedor lhe deu tomates em vez de laranjas, e finge que vai sair para reclamar com ele, para que então o menino diga, embriagado de felicidade, nãããããããão!

Agora brincam com o controle remoto. O menino aperta um botão e Martín cai no chão, morde uma mão, dá um grito ou fica sem voz. E se eu realmente ficasse sem voz, pensa, quando o menino dorme no colo da mãe.

Baixem meu volume, pensa Martín.

Me adiantem, me voltem para trás.

Gravem por cima de mim.

Me apaguem.

Agora Paz, o menino e Mississippi dormem e Martín está há horas trancado no estúdio, fazendo sabe-se lá o quê, talvez chorando.

A primeira coisa que veem, ao descer do táxi, lhes agrada. Consuelo vê a buganvília e a roseira, e quer falar imediatamente com Martín para agradecer pelo gesto. Em seguida se surpreendem com a foto de Consuelo na parede principal, e em meio ao desconcerto ela até pensa, por um milésimo de segundo, que a foto sempre esteve ali, mas não, claro que não. Percorrem a casa toda, preocupados, e a confusão aumenta à medida que revistam os quartos: é evidente que Martín mexeu nas gavetas e nos armários e a cada minuto descobrem manchas nas cortinas e restos de cinzas nos tapetes. O gato está no quarto da menina, dormindo em cima de uns bichos de pelúcia. Veem as feridas nele, que ainda não cicatrizaram totalmente, e agradecem que, apesar de tudo, ele esteja bem. Encontram, na cozinha, umas seringas sujas junto aos remédios e às receitas.

Martín não está em casa e também não atende o celular. Não há um bilhete sequer que explique minimamente a situação. Não entendem o que aconteceu. É difícil de entender. No começo pensam que Martín os roubou, e Bruno inspeciona, preocupado, a biblioteca, mas não se veem maiores perdas.

Sente-se tolo por ter confiado em Martín. Falaram-se tantas vezes por e-mail, mas ele não suspeitou de nada. Essas coisas acontecem, diz Consuelo, por sua vez, mas fala sem convicção, automaticamente. A cada tanto Bruno volta a ligar para Martín, deixando mensagens na caixa postal, mensagens às vezes amistosas e outras vezes agressivas.

Poucos dias depois, alguém toca a campainha, muito cedo. Consuelo vai abrir a porta. O que deseja?, pergunta a uma mulher jovem, que fica paralisada ao reconhecê-la. O que deseja?, repete Consuelo. Ela demora a responder. Olha intensamente para Consuelo, de novo, e com um gesto de desprezo ou de extrema tristeza responde: nada. Quem era?, pergunta Bruno, do quarto. Consuelo fecha a porta e hesita por um segundo antes de responder: ninguém.

Tentar lembrar

Yasna atirou no peito de seu pai e depois o asfixiou com o travesseiro. Ele era professor de educação física, ela não era nada, não era ninguém. Mas agora sim: agora é alguém que matou outra pessoa, alguém que está na cadeia. Alguém que espera sua ração de comida e se lembra do sangue de seu pai, tão escuro, tão espesso. Mas não escreve sobre isso. Só escreve cartas de amor.

"Só cartas de amor", como se fosse pouco.

Mas não é verdade que tenha matado o pai. Esse crime não aconteceu. E tampouco escreve cartas de amor, nunca o fez, talvez porque não saiba nada sobre o amor, e não goste do que sabe, pois o que sabe é monstruoso. Quem escreve é outra pessoa, alguém que se lembra dela com urgência, mas não por ter saudades dela ou por querer vê-la, não é bem isso, a questão é que, há alguns meses, pediram-lhe um conto policial, de preferência ambientado no Chile, e imediatamente pensou nela, em Yasna, e naquele crime que não aconteceu, e embora tivesse dezenas de histórias para escolher, várias delas mais fáceis, mais simples de serem transformadas em contos policiais, ele pensou que a história de Yasna merecia ser contada, ou que conseguiria contá-la, que não seria difícil contá-la.

Fez algumas anotações, mas depois precisou se concentrar em outras encomendas, e as semanas passaram voando: resta-lhe apenas um dia para escrever.

A parte inocente da história, a que menos tem serventia, a que não contaria, ou pelo menos não dessa maneira, a parte que ele nem sequer lembra por inteiro — porque seu trabalho consiste, também, em esquecer, ou em fingir que se lembra do que esqueceu — começa num verão, no fim dos anos 1980, quando os dois tinham catorze anos e ele mal se interessava por literatura, a verdade é que na época a única coisa que realmente lhe interessava era perseguir algumas mulheres, com pudor mas também com persistência. É um exagero, entretanto, chamá-las de mulheres, porque ainda não o eram, do mesmo modo que ele não era um homem, embora em comparação Yasna fosse muito mais mulher do que ele era homem.

Yasna passava o tempo num jardim desordenado, cheio de rosas, arbustos de arruda e cortadeiras, sentada num banquinho, com um caderno de desenho apoiado nas pernas — o que você está desenhando?, perguntou a ela uma tarde, do outro lado da grade, todo machão, e ela sorriu, mas não porque queria sorrir, foi mais um reflexo. Como resposta ela mostrou o bloco, e a distância ele pensou que no papel havia o esboço de um rosto, não soube se de um homem ou de uma mulher, mas julgou ter visto um rosto ali.

Não ficaram muito amigos, mas continuaram se falando a cada tanto. Dois meses depois, ela o convidou para seu aniversário e ele, feliz da vida, na tentativa de uma jogada de mestre, comprou para ela um globo terrestre na papelaria da praça. Na noite da festa saiu pontualmente de casa, mas encontrou Danilo, que fumava um baseado com outro amigo na esquina, estavam com muita erva, tinham começado a plantar havia um tempo, mas ainda não haviam resolvido vendê-la. Deu quatro ou cinco tapinhas profundos e sentiu imediatamente o começo do efeito, que conhecia bem, embora não fumasse com frequência. O que você está levando aí?, perguntou Danilo, e ele esperava essa pergunta, estava escondendo a bolsa justamente para que o indagassem: o mundo, respondeu, alegremente. Desataram com cuidado a embalagem de celofane e passaram um tempo procurando países. Danilo queria encontrar a Suécia, mas não conseguiu. Que gigante este país, disse, apontando para a União Soviética, e terminaram o baseado antes de se separar.

* * *

Yasna parecia ser a única que estava levando a festa a sério, com seu vestido azul até os joelhos, os olhos delineados, os cílios curvados e escurecidos, e as pálpebras com uma sombra de um azul-celeste tímido. Ouvia-se de um lado e de outro uma fita cassete que não estava mais na moda, ou que ainda estava somente para os mais ou menos quinze convidados que enchiam a sala. Dava para perceber que eram muito amigos entre eles, porque mudavam de par no meio das músicas que cantavam em coro, com entusiasmo, mesmo não sabendo nada de inglês.

Ele estava se sentindo um peixe fora d'água, mas Yasna olhava para ele a cada dois minutos, a cada cinco minutos, e o ritmo desses olhares competia com a letargia da erva. Depois de tomar a seco dois copos altos de Kem piña, sentou-se em frente à mesa de jantar, enquanto começava a tocar Duran Duran, também a fita inteira: *no-no-notorious*. Dançavam de um jeito estranho, como se fosse uma polca, ou uma dança daqueles antigos salões de baile. Para ele tudo parecia muito ridículo, mas não teria se negado a participar, dançaria bem, pensou de repente, com um leve e inexplicável ressentimento, e depois se concentrou nas batatas fritas, no salgadinho, no queijo cortado em cubos desiguais, nas nozes, nas dezenas de bolinhas crocantes e multicoloridas que lhe pareceram, sabe-se lá por quê, interessantes.

Não lembra bem os detalhes, a não ser a repentina chegada da fome, o vazio da fome: a larica. Teve de se esforçar para comer numa velocidade normal, mas quando Yasna chegou com os nachos e um pote enorme de guacamole, perdeu o controle. Nachos com guacamole eram novidade no Chile, ele nunca tinha provado, nem sabia que se chamavam assim, mas depois de prová-los não conseguia parar, mesmo sabendo que olhavam para ele, era como se as pessoas se revezassem para olhar para ele. Em seus dedos havia restos de abacate e de tomate e a gordura dos nachos, sua boca doía, sentia pedaços de comida nos molares e tentava com afinco recuperá-los com a língua. Comeu quase sozinho o pote inteiro, foi um escândalo. E queria continuar comendo.

Nisso abriram a porta da cozinha e ele foi ofuscado por uma luz branca. Surgiu um homem gordo, porém forte e robusto, com uma linha bem demarcada na cabeça que dividia o cabelo penteado com gel em duas metades idênticas. Era o pai de Yasna, e havia a seu lado alguém mais jovem, boa-pinta, diriam, a não ser por uma marca de lábio leporino, embora talvez essa imperfeição o deixasse mais atraente. Aqui termina, talvez, a parte inocente da história: quando o pegam pelo braço, apertando forte, e ele tenta continuar comendo, desesperado, e a seguir, após uma longa e confusa série de olhares severos e frases entrecortadas, de esbarrões e empurrões, quando sente um chute na coxa direita seguido por dezenas de chutes na bunda, nos tornozelos, nas costas: está no chão, tentando aguentar a dor, e ao fundo ouve o choro de Yasna e uns gritos ininteligíveis: quer se defender, mas só consegue proteger a virilha. Quem bate nele é o outro homem, a quem depois Yasna chamará de *o ajudante*. O pai da menina também presencia a cena e ri, como as pessoas más riem nos filmes ruins e às vezes também na vida real.

Embora nada disso, em essência, interesse para seu conto, ele tenta se lembrar se naquela noite fazia frio (não), se havia lua (minguante), se era sexta ou sábado (era sábado), se alguém tentou, no meio da confusão, defendê-lo (não). São sete e meia, o inverno já está em sua plenitude, de modo que veste a roupa por cima do pijama, e ao dirigir até o posto de gasolina para comprar querosene, pensa com segurança, com otimismo, que tem a manhã inteira para trabalhar em suas notas e que à tarde escreverá ininterruptamente por quatro ou cinco horas, e sobrará tempo inclusive para ir conhecer, de noite, com algum amigo, o restaurante peruano que inaugurou no bairro. Acaba de encher os galões, agora está na loja de conveniência tomando café, mastigando um sanduíche de presunto e queijo e folheando o jornal que vinha junto na promoção do café com sanduíche. O que querem é apenas uma sangrenta história latino-americana, pensa, e anota nas bordas das notícias uma série de decisões que surgem harmoniosamente, naturalmente, como a promessa de uma jornada de trabalho tranquila: o pai vai se chamar Feliciano e ela, Joana, o ajudante e Danilo não servem para ele, a maconha também não, talvez uma droga pesada, e embora não lhe pareça uma boa, por ser um lugar-comum, transformar Feliciano em um traficante de drogas, pensa que é necessário, sim, baixar os protagonistas de classe, porque a classe média — pensa isso sem ironia — é um problema quando se quer escrever literatura latino-americana. Precisa de um lugar em Santiago onde não seja raro ver adolescentes fumando crack ou cheirando cola nas praças.

Tampouco lhe serve o fato de Feliciano ser professor de educação física. Prefere imaginá-lo desempregado, humilhado, dispensado, no começo dos anos 1980, ou depois, sobrevivendo nos programas da ditadura, varrendo invariavelmente um mesmo trecho de calçada, ou até se tornando um dedo-duro que denuncia os movimentos suspeitos na vizinhança, ou talvez esfaqueando alguém no chão. Ou como um soldado de guarda que chega tarde em casa, gritando para pedir comida à mulher, não hesitando em ameaçar a filha com o mesmo cassetete com que reprimiu manifestantes de dia.

Fica com algumas dúvidas a essa altura, mas nada grave, nada é tão grave, pensa: trata-se de um conto de dez páginas, quinze no máximo, não tem tempo para se demorar em enfadonhas composições de cenário, e duas ou três frases sonoras, alguns adjetivos bem colocados resolvem qualquer coisa. Estaciona, tira os galões da mala e em seguida, enquanto enche o tanque do aquecedor, imagina Joana cobrindo a casa inteira com querosene, seu pai lá dentro — pensa que seria espetaculoso demais, prefere uma pistola, talvez porque lembra que havia uma arma na casa de Yasna, que quando ela disse que mataria o pai mencionou que em sua casa havia uma arma.

Havia uma arma, é claro, mas era uma espingarda, que fazia muitos anos jazia no armário, como testemunho de um tempo em que o homem ia ao campo com seus amigos caçar perdizes e coelhos. Yasna viu o pai dispará-la apenas uma vez, quando tinha sete anos, num domingo de primavera, ao voltar da igreja. Estava no pátio, tomando uma cerveja e apontando, com o pulso firme, para umas pipas no céu. Atirou quatro vezes na branca: as pipas começavam a oscilar e caíam lentamente no chão, sem que os donos entendessem o que estava acontecendo. Yasna pensou nos pais e filhos das outras vilas, desconcertados, mas não disse nada. Depois perguntou a ele se dava para matar alguém com aquela espingarda, e ele respondeu que não, que só servia para caçar, "mas se você apontar bem perto da cabeça da pessoa", seu pai logo retificou, "dá para fazer um estrago e deixar ela meio tantã".

Depois da festa, o escritor — que naquela época nem sequer sonhava em ser escritor, sonhava com muitas coisas, quase todas melhores que se tornar escritor — ficou muito assustado e não fez nenhum esforço para ver Yasna de novo, inclusive evitava o caminho que levava à casa dela, todas as ruas que conduzissem àquela casa, e também não foi à igreja, pois sabia que ela ia à igreja, o que em todo caso não demandava esforço algum, porque então já havia deixado de acreditar em Deus. Passaram-se seis anos até voltarem a se encontrar, por acaso, no centro da cidade. Yasna estava com o cabelo mais liso e comprido, trajava o uniforme de duas peças de seu trabalho, enquanto ele, como se quisesse exemplificar a moda da época, ou a parte da moda que correspondia a um estudante de letras, estava com uma camisa xadrez, o cabelo bagunçado, e calçava botas. Já era um escritor, para sermos justos: já havia escrito alguns contos, e um escritor é alguém que escreve, bem ou mal mas escreve, pouco ou muito mas escreve, assim como um assassino é alguém que mata, uma ou várias pessoas, um desconhecido ou o próprio pai, mas mata. E não é justo dizer que ela não era nada, que não era ninguém, porque era caixa de um banco, não gostava do trabalho mas também não pensava — nem pensa hoje — que pudesse existir algum trabalho do qual gostasse.

Enquanto tomavam nescafé numa lanchonete, falaram sobre a surra e ela tentou explicar o que tinha acontecido, mas dizia que também não se lembrava muito bem. Depois falou melhor sobre a infância, em especial sobre a morte da mãe, numa colisão, quase não a conhecera, e mencionou também o ajudante, foi dessa maneira que o pai o apresentou a ela, os dois envernizando umas cadeiras de vime no pátio, embora dias ou talvez semanas mais tarde tenha lhe esclarecido, como se não fosse algo importante, que na verdade o ajudante era filho de um amigo que havia morrido, que não tinha para onde ir, e por isso moraria com eles por um tempo. Na época o ajudante tinha vinte e quatro anos, dormia quase a manhã toda, não trabalhava nem estudava, mas às vezes ficava com a menina, sobretudo às terças, quando o pai de Yasna chegava à meia-noite depois de treinar com o time de basquete, e aos sábados, quando o homem tinha partidas e depois ia com os jogadores tomar uma cerveja. O escritor não entendia por que ela estava contando tudo isso, como se não soubesse — e talvez não o soubesse mesmo, embora naquele tempo já quisesse ser escritor, e um escritor deveria sabê-lo — que é desse jeito que as pessoas se conhecem, contando coisas que não se contam, despejando palavras alegremente, irresponsavelmente, até chegar a territórios perigosos, a lugares em que as palavras precisam do verniz do silêncio.

Embora a conversa não tivesse terminado, ele perguntou o telefone dela, e se poderiam voltar a se ver, porque tinha que ir para uma festa. Yasna encolheu os ombros, talvez esperando que ele a convidasse para a festa, mesmo sabendo que de qualquer modo não poderia ir, mas ele não a convidou, e ela não quis mais dar seu telefone, proibiu-o de aparecer em sua casa, ainda que o ajudante não morasse mais lá. Então como vamos voltar a nos ver?, ele disse de novo, e ela, de novo, encolheu os ombros.

Mas havia mencionado o nome do banco em que trabalhava, e que tinha apenas três agências, de modo que ele conseguiu encontrá-la uma semana depois, e começaram a estabelecer uma rotina de almoços, quase sempre num estabelecimento de frangos empanados na Calle Bandera, ou num boteco na Teatinos, ou também, quando um dos dois estava com mais grana, no El Naturista. Ele continuava querendo algo a mais, mas ela se esquivava, falando de um namorado tão generoso e compreensivo que qualquer um teria achado que era inventado. Às vezes, por longos minutos, ele ficava olhando ela falar, mas não a escutava, olhava sobretudo para a boca dela, os dentes perfeitos exceto pelas manchas que o cigarro deixava em seus incisivos. Olhava-a falando, sem nada escutar, até que ela subia ou baixava o tom, ou soltava uma informação inesperada, como aconteceu quando disse uma frase que, mesmo ele não tendo a menor ideia do que ela estava dizendo, respondeu imediatamente, embora ela não a tivesse dito em tom de confissão: pelo contrário, disse a frase sem nenhum drama, como se fosse uma piada, como se fosse possível que uma frase como aquela fosse uma piada. "Eu não fui feliz na infância", foi a frase que disse, e ele não entendeu o que deveria ter entendido, o que qualquer um hoje em dia entenderia, mas ouvi-la dizer aquilo mexeu com ele, ou ao menos o despertou.

Teria ela realmente usado essa palavra tão formal, tão literária — "infância"? Talvez tenha dito "quando pequena", "quando criança". Seja como for, anos atrás, dez ou quinze, trinta anos atrás certamente, ele precisaria ter contado a história inteira, cultivando certo sentido de mistério, esmerando-se nos efeitos dramáticos, buscando uma emoção gradual, arrebatadora. Os bons escritores e também os escritores ruins sabiam fazer isso, e não o achavam algo imoral, inclusive desfrutavam disso, na medida em que dar forma a uma história sempre proporciona algum tipo de prazer. Para que serviria agora aquele mistério, que tipo de prazer se poderia obter quando a frase que dizia tudo já desapareceu?, porque há frases que conquistaram sua liberdade: aprendemos a ouvir, a ler, a escrever. Quinze, trinta anos atrás, os bons escritores, e também os ruins, confiavam em uma frase desse tipo para impulsionar um mistério que só revelariam perto do final, a cena do pai dormindo e o ajudante no quarto tocando os mamilos de uma menina de dez anos, que fica surpresa, mas, como se fosse um exercício de simetria ou um jogo de imitação, mete a mão por debaixo da camiseta do ajudante e, completamente inocente, toca no dele de volta.

E a outra cena, dois dias depois, quando o pai estava no basquete e o ajudante a chama, fecha a porta, tira-lhe a roupa, e a menina não resiste, fica trancada ali, procura entre as roupas dele que ainda estavam nas malas, como se o ajudante, que morava ali havia meses, tivesse acabado de chegar, ou como se estivesse prestes a ir embora — a menina experimenta uns casacos esportivos e uns jeans enormes, e morre de vontade de se olhar no espelho, mas no quarto do ajudante não há espelho, de modo que liga uma pequena televisão em preto e branco que há na cômoda, está passando novela, que não é a que ela assiste, e o botão de sintonizar está virado, mas mesmo assim fica envolvida, e está nisso quando ouve vozes na sala — o ajudante entra com dois sujeitos e tira a roupa dela, ameaça-a com a garrafa de Escudo que segura na mão esquerda, ela chora e os três riem, bêbados, jogados no chão. Um deles diz “mas ela ainda não tem peito nem pentelhos, seu idiota”, e o outro responde “mas tem dois buracos”.

Contudo, o ajudante não deixou que eles a tocassem. “É só minha”, disse, e os mandou embora. Depois colocou uma música grotesca, algo de Pachuco ou semelhante, e mandou ela dançar. A menina chorava, sentada no chão, como se estivesse fazendo birra. “Me perdoa”, ele a consolou mais tarde, enquanto percorria as costas nuas da menina, sua bunda ainda sem forma, suas pernas que eram dois palitos brancos. Metia os dedos nela e parava, acariciava-a e a insultava com palavras que ela nunca tinha ouvido. Depois começou, com uma eficácia brutal e pedagógica, a explicar a maneira correta de chupá-lo, e ao sentir um movimento perigoso e involuntário advertiu-a de que, caso o mordesse, ele a mataria. “Na próxima vez você vai ter que engolir”, disse depois, com uma voz aguda que alguns homens chilenos têm, tentando parecer misericordioso.

Nunca ejaculou dentro dela, preferia gozar em seu rosto, e depois, quando o corpo de Yasna começou a tomar forma, fazia isso em seus peitos, em sua bunda. Não ficava claro se ele apreciava aquelas mudanças, e em todo caso, durante os cinco anos em que a violou, várias vezes perdeu o interesse, ou a vontade. Yasna agradecia pelas tréguas, mas seus sentimentos eram ambíguos, desordenados, talvez por, de algum modo, pensar que pertencia ao ajudante, o qual nem se dava mais ao trabalho de fazê-la prometer que não contaria nada a ninguém. O pai chegava do trabalho, preparava um chá, dava um oi para a filha e para o ajudante, depois perguntava se precisavam de alguma coisa, dava mil pesos para ele e quinhentos para ela, e se trancava por horas vendo novelas, noticiários, o horário nobre, de novo o noticiário, e a série *Cheers*, no fim da programação, que ele adorava, e às vezes escutava ruídos, e quando os ruídos ficaram altos demais arrumou uns fones de ouvido e os conectou à tevê.

Foi justamente o ajudante que incentivou Yasna a organizar sua festa de quinze anos ("você merece, você é uma menina legal e normal", disse). Na época andava desinteressado há alguns meses, tocava-a apenas ocasionalmente. Aquela noite, no entanto, depois da surra no escritor, quando estava quase amanhecendo, bêbado e mordido de ciúmes, disse, num inequívoco tom de ordem, que dali em diante os dois dormiriam no mesmo quarto, que agora agiriam como marido e mulher, e só então o pai, que também estava completamente bêbado, disse a ele que aquilo não era possível, que ele não podia continuar enrabando a irmã — o ajudante se defendeu dizendo que eram apenas meios-irmãos, e foi assim que ela soube do parentesco. Totalmente descontrolado, com ódio nos olhos, o ajudante começou a bater no pai de Yasna, que, como sempre soubera, era também seu próprio pai, e deu ainda um soco no lado esquerdo da cabeça de Yasna antes de ir embora.

Disse que estava indo embora para sempre, e no fim das contas cumpriu sua palavra, mas durante os meses seguintes ela continuava temendo que ele voltasse, e às vezes também queria que ele voltasse. Uma noite sentiu medo e dormiu vestida, ao lado do pai. Duas noites. Na terceira dormiram abraçados, e também na quarta, e na quinta noite. Na noite de número seis, de madrugada, ainda adormecida, sentiu o polegar do pai tateando sua bunda. Talvez tenha vertido uma lágrima quando recebeu a investida do pênis gordo do pai, mas não desatou a chorar, porque não chorava mais, do mesmo modo que não mais sorria quando queria sorrir: o que seria um sorriso, o que fazia quando sentia vontade de sorrir, era outra coisa, executada de outro jeito, com outra parte do corpo, ou apenas mentalmente, em sua imaginação. O sexo voltou a ser o que para ela sempre havia sido: algo mecânico e árduo, grosseiro, mas sobretudo mecânico.

O escritor almoça apenas um creme de aspargos e meia taça de vinho. Joga-se no sofá próximo ao aquecedor, cobrindo-se com uma manta. Dorme só por dez minutos, que entretanto são suficientes para um sonho cheio de acontecimentos, com mil possibilidades e impossibilidades, e que esquece imediatamente ao acordar, embora retenha a seguinte cena: está dirigindo pela estrada de sempre, em direção a San Antonio, num carro que tem o volante à direita, e tudo parece sob controle, mas, ao se aproximar do pedágio, é invadido por uma angústia urgente de explicar sua situação à cobradora. "Vou sair do carro rapidinho", pensa no sonho, "vou explicar para ela", e ao mesmo tempo teme que a mulher morra de susto ao se deparar com o assento vazio onde devia estar o motorista. O volume desse pensamento aumenta até ficar estridente: ao ver aquele carro sem motorista, a cobradora — uma em especial, uma da qual sempre se lembra, pela forma como amarra o cabelo, e pelo nariz estranho, comprido e torto, embora não seja necessariamente feia — morreria de susto. Decide parar o carro alguns metros antes e descer dele levantando os braços, fazendo o gesto de quem quer mostrar que não está armado, mas a cena não chega a se consumar de fato porque, embora a guarita esteja perto, o carro demora infinitamente para chegar até ela.

Anota o sonho, mas o distorce, arredonda-o, sempre faz isso: não consegue evitar embelezar seus sonhos ao transcrevê-los, não consegue deixar de adorná-los com cenas falsas, mais verossímeis ou totalmente fantasiosas que insinuam saídas, conclusões, reviravoltas inesperadas. Em seu relato a cobradora é Yasna e é até verdade que de um modo indireto, obscuro, elas se parecem. Logo entende o próprio feito, o deslocamento: em vez de trabalhar num banco, Joana será cobradora de um pedágio, que é um dos piores trabalhos existentes. Imagina-a esticando o braço, tentando pegar todas as moedas, amando e odiando os motoristas, ou completamente indiferente. Imagina o cheiro das moedas em suas mãos. Imagina-a sem sapatos e com as pernas abertas, que são as únicas licenças a que se pode dar naquela cápsula, e depois a bordo de um ônibus intermunicipal, de volta para casa, cochilando encostada na janela, e a seguir planejando o assassinato, na verdade convencida então de que, além do mais, como dizem na missa, aquilo é justo e necessário. Depois de cometer o crime parte para o Sul, dorme num albergue em Puerto Montt, e chega a Dalcahue ou a Quemchi, onde espera encontrar um trabalho e se esquecer de tudo, mas comete alguns erros absurdos, desesperada.

Na última vez em que viu Yasna estiveram a ponto de dormir juntos. Até então se encontravam apenas nos almoços no centro; quando ele a convidava para um cinema ou para dançar, ela se desfazia em desculpas vagas acerca daquele noivo ou namorado perfeito que inventara. Mas num dia qualquer ela ligou para ele, foi até a casa do escritor, viram um filme e depois pensaram em ir até a praça, mas no meio do caminho ela mudou de ideia, e acabaram indo para o apartamento de Danilo, fumar maconha e beber borgonha. Estavam os três na sala, chapadíssimos, jogados no chão, inescrupulosos e felizes, quando Danilo tentou beijá-la e ela carinhosamente negou. Meia hora, talvez uma hora depois, disse aos dois que em outro mundo, num mundo perfeito, ela dormiria com os dois, e com qualquer um, mas que neste mundo de merda ela não podia dormir com nenhum. Em suas palavras havia um peso e uma eloquência que deveria tê-los fascinado, e talvez de fato estivessem fascinados, mas também estavam ausentes, perdidos.

Depois de um tempo Danilo deu uma risada ou um espirro. Se você quiser um mundo perfeito, fuma outro, disse, e foi para seu quarto ver tevê. Eles continuaram na sala e embora não houvesse música Yasna começou a dançar e, sem muitos preâmbulos, tirou o vestido e o sutiã. Ele a beijou e tocou seus peitos, acariciou sua virilha, tirou sua calcinha e lambeu lentamente seus pelos pubianos, que não eram pretos como seu cabelo, e sim castanhos. Mas ela se vestiu de novo subitamente e se desculpou, disse a ele que não conseguia, que a perdoasse, mas que não era possível. Por quê?, perguntou ele, e em sua pergunta havia desconcerto e também amor — ele não se lembra, seria incapaz de se lembrar, mas havia amor. Porque somos amigos, disse ela. Não somos tão amigos assim, respondeu ele, com muita seriedade, e repetiu isso muitas vezes. Yasna soltou uma risada de quem está chapada, uma gargalhada verdadeira e deliciosa que foi se apagando aos poucos, que durou dez minutos, quinze minutos, até que conseguiu encontrar, com dificuldade, o caminho para um tom sério e ressoante que correspondia ao que diria a seguir, que aquilo era uma despedida, que não podiam mais se ver. Ele sabia que não faria sentido perguntar nada. Ficaram abraçados num canto. Ele pegou a mão direita de Yasna e foi roendo as unhas dela com calma. Ele não lembra, mas enquanto a olhava e mordia-lhe as unhas pensava que não a conhecia, que nunca a conheceria.

Antes de irem embora se sentaram um pouco em frente à tevê com Danilo, para ver uma partida de tênis. Ela tomou quatro xícaras de chá, numa velocidade impressionante, e comeu dois pães franceses. Onde está a sua mãe?, perguntou de repente para Danilo. Na casa de uma tia, respondeu. E onde está o seu pai? Não tenho pai, respondeu. E então ela disse: sorte a sua. Eu tenho, mas vou matar ele. Na minha casa tem uma espingarda e eu vou matar meu pai, disse. E vou pra cadeia e vou ser feliz.

Já são três da tarde, não tem mais muito tempo. Liga o computador com urgência, irrita-se com os segundos que o sistema e o processador de texto demoram para inicializar. Escreve rápido, em coisa de minutos, as cinco primeiras páginas, desde o momento em que o detetive chega ao lugar dos acontecimentos e descobre que já esteve ali, que é a casa de Joana, até o momento em que vai ao sótão e encontra caixas antigas com roupas do tempo em que foram namorados, porque na ficção eles namoraram de fato, mas não durante muito tempo, e às escondidas. Também encontra o globo terrestre que deu a ela de presente, mas sem o suporte que o sustentava, além de uma mochila que pensa reconhecer no meio da bagunça de varas e carretéis de pesca, baldes e pás de praia, sacos de dormir, halteres enferrujados. Continua procurando e procurando novamente, como costuma acontecer nos livros, nos filmes e às vezes também na vida real, encontra uma evidência que não é conclusiva para os demais, mas sim para ele: uma caixa cheia de desenhos, centenas de desenhos, que eram todos retratos do pai, organizados por data ou por sequência, cada um mais fidedigno que o anterior, no começo feitos a lápis, e depois, a maioria, com a tinta verde de uma caneta BIC de ponta fina. Ao ver os contornos tão marcados, desenhados por cima tantas vezes que com frequência perfuravam o papel, e ao reparar em como ela exagerou os traços do pai, que contudo não chegavam a ser caricatos, que nunca perdiam a aura do realismo, ao olhar novamente os desenhos o detetive descobriu o que deveria ter sabido muito antes, o que não soube ler, o que não soube dizer, o que não soube fazer.

Trabalha em velocidade de cruzeiro nas cenas intermediárias e se esmera nas duas últimas páginas, quando o detetive encontra Joana num albergue de Dalcahue e promete que irá protegê-la. Ela relata, com detalhes abundantes, o crime, que postergara tantas vezes na vida, e quando chora parece mais tranquila. Talvez fiquem juntos, finalmente, depois de tudo, mas não se sabe com certeza. O final é justo, delicado, elegantemente ambíguo, embora não seja claro o que o escritor entende por ambiguidade, por delicadeza, por elegância.

Não é um grande conto, mas o envia sem mais delongas, e consegue até tomar um pisco sour e comer uns aipins à *huancaína* antes de seus amigos chegarem ao restaurante.

Não é um grande conto, não. Mas Yasna gostaria.

Yasna gostaria do conto, embora não leia, não goste de ler. Se fosse um filme, assistiria até o final. E se o alugasse de novo e não se lembrasse de tudo, ou inclusive se lembrasse bem, voltaria a vê-lo. Mas não costuma ver filmes, e também não costuma se lembrar do escritor, nem sequer sabe que ele é escritor. Lembrou dele, isso sim, há alguns meses, caminhando pelo bairro em que ele morava.

Quando desenganaram seu pai, recomendaram que ela lhe desse maconha para amenizar as dores, e pensou nas plantas de Danilo, por isso a caminhada, que parecia errática mas não era: ela adorava se dar ao luxo de dar voltas sem sentido, em torno de algo, ou inclusive chegar ao fim da rua e dar meia-volta, como se procurasse um endereço, mas lembrava perfeitamente onde Danilo morava, só queria se dar a esse luxo, que era um luxo moderado, aquela tarde, pois tinha tempo: seu pai estava dormindo, mais calmo, com menos dores que na semana anterior, ela podia sair e dar uma volta, podia se demorar.

Espero que você não tenha matado seu pai, disse Danilo, quando finalmente a reconheceu, e como ela não lembrava o que havia dito aquela noite há quase vinte anos, olhou para ele apreensiva e desconcertada. Depois se lembrou do plano, da espingarda e daquela tarde maluca. Sentiu uma alegria incômoda ao lembrar desses detalhes perdidos, enquanto Danilo falava e fazia piada. Gostou daquela casa, do ambiente, da camaradagem. Ficou para lanchar com Danilo, sua mulher e seu filho, um menino moreno e cabeludo que falava como um adulto. A mulher, depois de observar Yasna intensamente, perguntou como ela fazia para se manter tão magra. Sempre fui magra, respondeu. Eu também, disse o menino. Yasna comprou bastante maconha e Danilo também lhe deu de presente algumas sementes.

Ainda falta um tempo para a planta florescer, e agora ela a rega e a observa enquanto escuta as notícias no rádio. Seu pai não a viola mais, nem poderia. Ela não o perdoou, chegou a um ponto em que não acredita no perdão, nem no amor, nem na felicidade, mas talvez acredite na morte, ou ao menos a espera. Enquanto muda os móveis de lugar na sala, pensa no que será de sua vida quando ele morrer: é um sentimento abstrato de liberdade, talvez abstrato demais, e por isso mesmo cansativo. Pensa numa dor ambígua, num desastre tranquilo, silencioso.

Ouve da cozinha as lamúrias do pai, sua voz degradada, corrompida pela doença. Às vezes grita com ela, dá bronca, mas ela não liga. Outras vezes, em especial quando está chapado, solta risadas afogadas, diz frases desconexas. Yasna pensa na vontade de viver, em seu pai se agarrando com unhas e dentes à vida, quem saberá para quê. Leva outro biscoito de maconha para ele, liga a tevê, coloca os fones de ouvido nele. Fica por um tempo a seu lado, folheando uma revista. "Eu não acreditava em Deus, mas só com a ajuda dele consegui superar a dor", diz um ator famoso sobre a morte de sua esposa. "É simples: muita água", diz uma modelo, em outra página. "Não deixe que as zombarias te afetem." "É a segunda novela que faz, só neste ano." "Existem muitos jeitos de viver a vida." "Não sabia no que estava me metendo." "Talvez você precise fazer um grande esforço para realizar seus afazeres pendentes."

Escuta o caminhão do lixo, os gritos dos garis, os latidos do cachorro, o rumor de risadas gravadas que vem dos fones, ouve a respiração do pai e sua própria respiração, e nenhum desses ruídos consegue modificar a sensação que tem de silêncio — não de paz: de silêncio. Depois vai até a sala, enrola um baseado e fuma na escuridão.

MÚLTIPLA ESCOLHA

Para meus professores Juan Luis Morales Rojas,
Elizabeth Azócar, Ricardo Ferrada e Soledad Bianchi.

A estrutura deste livro é baseada na Prova de Aptidão Verbal, vigente até o ano de 1994 no Chile. Essa prova incluía noventa exercícios de múltipla escolha, distribuídos em cinco seções. Junto à Prova de Aptidão Matemática, ela compunha a Prova de Aptidão Acadêmica, o vestibular chileno. Foi aplicada entre 1966 e 2002.

1. Palavra destoante

Nos exercícios 1 a 24, assinale a alternativa que corresponda à palavra cujo sentido não tenha relação nem com o enunciado nem com as demais palavras.

1) Múltipla
   a) diversa
   b) numerosa
   c) não dita
   d) cinco
   e) duas

2) Escolha
   a) voz
   b) um
   c) decisão
   d) preferência
   e) alternativa

3) Educar
   a) ensinar
   b) mostrar
   c) treinar
   d) domesticar
   e) programar

4) Copiar
   a) cortar
   b) colar
   c) cortar
   d) colar
   e) desfazer

5) Apaga
   a) tira
   b) anula
   c) corrige
   d) suprime
   e) sedimento

6) Letra
   a) maiúscula
   b) minúscula
   c) cursiva
   d) morta
   e) miúda

7) Junta
   a) medo
   b) cadáveres
   c) vontade
   d) água
   e) moedas

8) Salva-vidas
   a) quebra-mar
   b) gira-mundo
   c) louva-a-deus
   d) papa-léguas
   e) guarda-chuva

9) Máscara
   a) socapa
   b) disfarce
   c) véu
   d) capuz
   e) caraça

10) Apagão
   a) sombra
   b) penumbra
   c) negrura
   d) noite
   e) tresnoitado

11) Achatar
   a) nivelar
   b) recuperar
   c) esmagar
   d) humilhar
   e) aplainar

12) Resistência
   a) duração
   b) consistência
   c) hombridade
   d) tolerância
   e) insistência

13) Proteger
   a) encobrir
   b) cuidar
   c) adorar
   d) custodiar
   e) vigiar

14) Prometo
   a) silêncio
   b) total
   c) prometo
   d) silêncio
   e) total

15) Salvar
   a) abrir
   b) fechar
   c) copiar
   d) cortar
   e) forte

16) Segredo
    a) insinuo
    b) escondo
    c) conheço
    d) revelo
    e) nego

17) Digo
    a) nada
    b) corra
    c) trote
    d) nada
    e) nada

18) Família
    a) familiares
    b) herdeiros
    c) sucessores
    d) alfajores
    e) pedofilia

19) Culpa
    a) pecado
    b) deslize
    c) queda
    d) tropeço
    e) sua

20) Nova
    a) mente
    b) sente
    c) frente
    d) ferve
    e) febre

21) Tossir
   a) fumar
   b) tossir
   c) fumar
   d) tossir
   e) fumar

22) Silêncio
   a) mutismo
   b) afonia
   c) sigilo
   d) omissão
   e) covardia

23) Silêncio
   a) fidelidade
   b) cumplicidade
   c) valentia
   d) lealdade
   e) confiança

24) Silêncio
   a) silêncio
   b) silêncio
   c) silêncio
   d) silêncio
   e) silêncio

11. Plano de redação

Nos exercícios 25 a 36, assinale a alternativa que corresponda à ordem que mais adequadamente constitui um bom roteiro ou plano de redação.

25) Mil novecentos e oitenta e tanto

1. Seu pai discutia com sua mãe.
2. Sua mãe discutia com seu irmão.
3. Seu irmão discutia com seu pai.
4. Fazia frio quase o tempo todo.
5. Você não se lembra de mais nada.

a) 2 — 3 — 1 — 4 — 5
b) 3 — 1 — 2 — 4 — 5
c) 4 — 1 — 2 — 3 — 5
d) 4 — 5 — 1 — 2 — 3
e) 5 — 1 — 2 — 3 — 4

26) A segunda

1. Você tenta se lembrar de sua primeira comunhão.
2. Tenta se lembrar de sua primeira masturbação.
3. Tenta se lembrar de sua primeira relação sexual.
4. Tenta se lembrar da primeira morte em sua vida.
5. E da segunda.

a) 1 — 5 — 2 — 3 — 4
b) 1 — 2 — 5 — 3 — 4
c) 1 — 2 — 3 — 5 — 4
d) 4 — 5 — 1 — 2 — 3
e) 4 — 3 — 2 — 1 — 5

27) Um filho

1. Você sonha que perde um filho.
2. Acorda.
3. Chora.
4. Perde um filho.
5. Chora.

a) 1 — 2 — 4 — 3 — 5
b) 1 — 2 — 3 — 5 — 4
c) 2 — 3 — 4 — 5 — 1
d) 3 — 4 — 5 — 1 — 2
e) 4 — 5 — 3 — 1 — 2

28) Sua casa

1. Pertence a um banco, mas você prefere pensar que é sua.
2. Se tudo correr bem, vai terminar de pagá-la em 2033.
3. Mora nela há onze anos. Primeiro com uma família, depois com alguns fantasmas que também já se foram.
4. Não gosta do bairro; não há praças por perto, o ar é poluído.
5. Mas ama a casa, nunca vai abandoná-la.

a) 2 — 3 — 4 — 5 — 1
b) 3 — 4 — 5 — 1 — 2
c) 4 — 5 — 1 — 2 — 3
d) 3 — 1 — 2 — 4 — 5
e) 1 — 2 — 4 — 3 — 5

29) Aniversário

1. Você acorda cedo, sai para caminhar, procura um lugar para tomar um café.
2. É seu aniversário, mas você se esquece disso.
3. Tem a sensação de estar se esquecendo de algo, mas é apenas uma inquietação, certo estranhamento.
4. Segue a rotina de um sábado qualquer.
5. Fuma, liga a tevê, adormece com o telejornal da meia-noite.

a) 5 — 1 — 2 — 3 — 4
b) 4 — 5 — 1 — 2 — 3
c) 3 — 4 — 5 — 1 — 2
d) 2 — 3 — 4 — 5 — 1
e) 1 — 2 — 3 — 4 — 5

30) Duzentas e vinte e três

1. Você se lembra das sardas nos peitos, nas pernas, na barriga, na bunda dela. O número exato: duzentas e vinte e três pintas. Mil duzentos e sete dias atrás eram duzentas e vinte e três.
2. Relê as mensagens que ela te mandava: são bonitas, divertidas. Parágrafos longos, frases vivas, complexas. Palavras cálidas. Ela escreve melhor que você.
3. Lembra-se de quando dirigiu por cinco horas para vê-la por apenas dez minutos. Não foram dez minutos, foi a tarde inteira, mas você gosta de pensar que foram dez minutos.
4. Lembra-se das ondas, das pedras. Das sandálias dela, de um machucado no pé. Lembra-se de seus olhos se deslocando rapidamente das coxas para os cílios dela.
5. Nunca se acostumou a estar com ela. Nunca se acostumou a estar sem ela. Lembra-se de quando ela dizia, num sussurro, como se falasse consigo mesma: *está tudo bem*.

a) 5 — 1 — 2 — 3 — 4
b) 4 — 5 — 1 — 2 — 3
c) 3 — 4 — 5 — 1 — 2
d) 2 — 3 — 4 — 5 — 1
e) 1 — 2 — 3 — 4 — 5

31) Os familiares

1. Você os classifica em duas listas: aqueles a quem você ama e aqueles a quem não ama.
2. Classifica-os em duas listas: os que não deveriam estar vivos e os que não deveriam estar mortos.
3. Classifica-os conforme o nível de confiança que eles lhe transmitiam quando você era criança.
4. Por um momento acha que descobre algo importante, algo que estava pendente havia anos.
5. Classifica-os em duas listas: os vivos e os mortos.

a) 1 — 3 — 4 — 5 — 2
b) 5 — 2 — 1 — 3 — 4
c) 1 — 3 — 5 — 2 — 4
d) 3 — 4 — 5 — 2 — 1
e) 1 — 2 — 3 — 4 — 5

32) Um chute no saco

1. Você pensa em todas as pessoas, vivas ou mortas, próximas ou distantes, chilenas ou estrangeiras, homens ou mulheres, que têm motivos para te dar um chute no saco.
2. Pensa se você merece um chute no saco.
3. Pensa se merece que alguém te odeie. Pensa se alguém realmente te odeia.
4. Pensa se você odeia alguém. Pensa se odeia as pessoas que te odeiam.
5. A insônia te fere e te acompanha.

a) 1 — 1 — 1 — 1 — 1
b) 2 — 2 — 2 — 2 — 2
c) 3 — 3 — 3 — 3 — 3
d) 4 — 4 — 4 — 4 — 4
e) 5 — 5 — 5 — 5 — 5

33) A rima

1. Você procura palavras que rimem com seu nome.
2. Procura palavras que rimem com seu sobrenome.
3. Seu nome não rima com seu sobrenome, mas você procura palavras que rimem, ao mesmo tempo, com seu nome e com seu sobrenome.
4. Procura palavras que não rimem com seu sobrenome nem com seu nome nem com nada.
5. Você não está maluco.

a) 1 — 2 — 3 — 4 — 5
b) 1 — 2 — 3 — 4 — 5
c) 1 — 2 — 3 — 4 — 5
d) 1 — 2 — 3 — 4 — 5
e) 1 — 2 — 3 — 4 — 5

34) Primeira pessoa

1. Você acha que a única solução é ficar calado.
2. Nunca diz *eu*.
3. Graças a várias garrafas de vinho você aprende a dizer *eu*.
4. Nunca diz *nós*.
5. Graças a uma garrafa de pisco você aprende a dizer *nós*.
6. Está recuperado.

a) 1 — 2 — 3 — 4 — 5 — 6
b) 1 — 2 — 4 — 3 — 5 — 6
c) 2 — 4 — 1 — 3 — 5 — 6
d) 4 — 5 — 6 — 2 — 3 — 1
e) 2 — 3 — 6 — 4 — 5 — 1

35) Nadar

1. A balança marca 92,1 quilos. Você sintoniza o rádio na 92.1 FM. Detesta essa rádio e todos os programas dela. Precisa emagrecer.
2. Você está na piscina pública. Sentado na borda, com os pés na água, observa algumas crianças aprendendo a nadar. A professora é enfática, sua voz não é doce. As crianças parecem sérias demais.
3. Quando era criança você adorava o silêncio. Depois quis que as palavras te inundassem e te submergissem. Mas você sabia nadar, ninguém precisou te ensinar. Com a gente, você pensa, fizeram que nem fazem com os cachorros: simplesmente nos jogaram na água e aprendemos a nadar ali, na hora.
4. Ou talvez tenham te ensinado no colégio, sim. Talvez essa tenha sido a única coisa que te ensinaram. Não a nadar, mas a movimentar os braços e as pernas. E a segurar o fôlego durante horas.
5. Todo mundo sabe que nadar é o melhor exercício. Você pensa que vai ficar bem, que vai perder peso. Atira-se na água fria. Nadar fortalece os músculos e a memória.

a) 1 — 2 — 3 — 4 — 5
b) 1 — 2 — 3 — 4 — 5
c) 1 — 2 — 3 — 4 — 5
d) 1 — 2 — 3 — 4 — 5
e) 1 — 2 — 3 — 4 — 5

36) Cicatrizes

1. Você pensa que a menor distância entre dois pontos é o traçado de uma cicatriz.
2. Pensa: a introdução é o Pai, o desenvolvimento é o Filho e a conclusão é o Espírito Santo.
3. Lê livros muito mais estranhos que os livros que você escreveria, caso escrevesse.
4. Pensa, como se fosse uma descoberta, que o último ponto na linha do tempo é o presente.
5. Tenta ir do geral ao particular, mas vai do geral a um general: Pinochet.
6. Tenta ir do abstrato ao concreto.
7. O abstrato é a dor dos outros.
8. O concreto é a dor dos outros incidindo sobre seu corpo até invadi-lo por inteiro.
9. O concreto é algo que não pode fazer nada além de crescer.
10. Algo como um tumor ou o contrário de um tumor: um filho.
11. No seu caso é um tumor.

a) 1 — 2 — 3 — 4 — 5 — 6 — 7 — 8 — 9 — 10 — 11
b) 1 — 2 — 3 — 4 — 5 — 6 — 7 — 8 — 9 — 10 — 11
c) 1 — 2 — 3 — 4 — 5 — 6 — 7 — 8 — 9 — 10 — 11
d) 1 — 2 — 3 — 4 — 5 — 6 — 7 — 8 — 9 — 10 — 11
e) 1 — 2 — 3 — 4 — 5 — 6 — 7 — 8 — 9 — 10 — 11

III. Uso de conjunções

Nos exercícios 37 a 54, assinale a alternativa cujos elementos sintáticos melhor preencham as lacunas do enunciado.

37) __________ mil reformas a que foi submetida, a Constituição de 1980 é uma merda.

a) Com as
b) Devido às
c) Apesar das
d) Graças às
e) Não obstante as

38) Muitas vezes eu mentia, __________ usava óculos escuros.

a) mas
b) apesar de que
c) e nem sequer
d) por isso
e) e inclusive

39) Muitos querem que eu morra, __________ não estou __________ resfriado.

a) contudo / tão
b) mas / nem sequer
c) apesar de que / gravemente
d) porém lamentavelmente / realmente
e) e isso que / nem totalmente

40) Os estudantes vão à universidade para __________, não para __________.

a) dormir / morrer
b) beber / pensar
c) estudar / protestar
d) chorar / ler
e) comprar / ficar olhando as vitrines

41) E se ainda tiverem __________, é para isso que existe __________.

a) esperanças / a realidade
b) frustrações / a bebida
c) ilusões / o vazio
d) pedras / a polícia
e) neurônios / o crack

42) Para __________ isso é impossível, mas para __________ tudo é possível.

a) os homens / as mulheres
b) Teresa / Paola
c) a direita / a esquerda
d) o capitão Kirk / o sr. Spock
e) os pobres / os ricos

43) Para __________ isso é impossível, mas para __________ tudo é possível.

a) meu pai / minha mãe
b) um pisciano / um leonino
c) mim / você
d) McCartney / Lennon
e) amanhã / depois de amanhã

44) Se __________ que havia em ti se tornou __________, quão terríveis serão __________!

a) a luz / trevas / suas trevas
b) a escuridão / luz / suas luminárias
c) a doçura / luxúria / suas pernas
d) o amor / fúria / seus divórcios
e) o humor / amargura / seus livros

45) Se alguém lhe bater numa __________, ofereça a outra.

a) face
b) costela
c) canela
d) orelha
e) ovelha

46) Quero juntar estas palavras, __________ nada tenha sentido.

a) ainda que
b) para que
c) e que
d) mas que
e) até que

47) Procuro frases que __________ aparecem nos livros.

a) às vezes
b) nunca
c) sempre
d) só
e) nem sequer

48) Você não __________, você não __________, você não __________.

a) é bom / é mau / está errado
b) está errado / está certo / está aqui
c) está aqui / está lá / se foi
d) se foi / está por perto / me pertence
e) me pertence / me pertence / me pertence

49) Na noite passada sonhei que você __________ e eu __________ e nós __________ juntos.

a) estava aqui / estava aqui / estávamos deitados
b) estava chegando lá / estava chegando lá / estávamos chegando lá
c) estava longe / estava longe / estávamos caminhando
d) estava longe / não estava / não estávamos
e) estava doente / estava morto / estávamos quase

50) Na noite passada sonhei que você era __________ e eu era __________ e nós estávamos __________ juntos.

a) um cachorro / um cachorro / latindo
b) uma perna / uma perna / dançando
c) um dente / um dente / mordendo
d) uma freira / um padre / dormindo
e) um fantasma / um fantasma / sempre

51) Você foi um péssimo filho, __________ escreve. Você foi um péssimo pai, __________ escreve. Está sozinho, __________ escreve.

a) por isso / por isso / por isso
b) e é sobre isso que / e é sobre isso que / e é sobre isso que
c) mas / mas / mas

d) e não / e não / e não
e) e / e / e

52) Você foi um péssimo filho, por isso escreve __________. Você foi um péssimo pai, por isso escreve __________. Está sozinho, por isso escreve __________.

a) cartas / cartas / cartas
b) romances / contos / poemas
c) mal / mal / mal
d) seu testamento / seu testamento / seu testamento
e) tanto / tanto / tanto

53) Você foi um péssimo filho, mas __________. Você foi um péssimo pai, mas __________. Está sozinho, mas __________.

a) votam em você / votam em você / votam em você
b) eu te amo / eu te amo / eu te amo
c) nem tanto / nem tanto / nem tanto
d) você sabe disso / você sabe disso / você sabe disso
e) ninguém sabe / ninguém sabe / ninguém sabe

54) Você foi um péssimo filho, mas __________. Você foi um péssimo pai, mas __________. Está sozinho, mas __________.

a) é feliz / é feliz / é feliz
b) é tão difícil ser filho / é tão difícil ser pai / quem não está (?)
c) um bom soldado / um bom cristão / Jesus está contigo
d) um excelente lateral direito / me emprestou trinta mil pilas / se diverte
e) seu pai morreu há tanto tempo / seu filho morreu há tanto tempo / quer ficar sozinho

IV. Eliminação de orações

Nos exercícios 55 a 66, marque quais orações, frases ou parágrafos do enunciado podem ser eliminados, seja por não acrescentarem informações, seja por não possuírem relação com o texto.

55)

(1) Por muitos anos ninguém veio visitar meu túmulo.
(2) Também não esperava que viesse alguém, para dizer a verdade.
(3) Mas hoje uma mulher veio deixar flores para mim.
(4) Quatro rosas vermelhas, duas cor-de-rosa e uma branca.
(5) Não sei quem é, não me lembro de tê-la conhecido.
(6) Acho que ela não sabe que fui um merda.

a) Nenhuma
b) 2
c) 4
d) 5
e) 6

56)

(1) Tem uns hambúrgueres na geladeira.
(2) E também alface e mostarda.
(3) Fui à praia com as crianças.
(4) É normal, são meus filhos também.
(5) Tenho medo de você.
(6) Eles também têm medo de você.
(7) E isso também é normal.

a) Nenhuma
b) 1 e 2
c) 2
d) 4
e) 7

57)

(1) O toque de recolher consiste na proibição de circular livremente pelas ruas de determinado território.

(2) Costuma ser decretado em tempos de guerra ou de revoltas populares.

(3) No Chile, a ditadura o impôs de 11 de setembro de 1973 até 2 de janeiro de 1987.

(4) Numa noite de verão, meu pai saiu para caminhar sem rumo certo. Acabou ficando tarde, teve de dormir na casa de uma amiga.

(5) Fizeram amor, ela engravidou, eu nasci.

a) Nenhuma
b) 5
c) 1, 2 e 3
d) 4 e 5
e) 2

58)

(1) Não queria falar sobre você, mas é inevitável.
(2) Agora mesmo estou falando sobre você. E você está lendo, e sabe disso.
(3) Agora eu sou um texto que você está lendo e que não queria que existisse.
(4) Te odeio.
(5) Você queria ter o mesmo poder dos censores.
(6) Para que ninguém mais lesse estas frases.
(7) Te odeio.
(8) Você fodeu com a minha vida.
(9) Agora sou um texto que você não pode apagar.

a) Nenhuma
b) A
c) B
d) C
e) D

59)

(1) Foi diagnosticada com câncer de mama aos 65 anos.
(2) Tiveram de extrair um de seus seios.
(3) Pouco tempo depois começou o Alzheimer.
(4) Não reconhecia os filhos, os netos, ninguém.
(5) Não reconhecia nem a mim.
(6) Mas nunca esquecia que não tinha mais um dos seios.

a) Nenhuma
b) 1
c) 2
d) 4
e) 5

60)

(1) Só vi o pai da minha mãe três vezes na vida. Não se sabe bem quantos filhos ele teve: mais de vinte, menos de trinta, segundo os cálculos da minha mãe.

(2) A primeira vez foi ele que veio à nossa casa de noite, estávamos prestes a dormir. Apresentou-nos a Verônica, sua caçula, que tinha quatro ou cinco anos, era mais nova que eu.

(3) Deem um oi para sua tia Verito, ele disse para mim e para minha irmã. E depois: eu anoto as datas dos aniversários de todos vocês, nunca esqueço dos meus netos.

(4) Foram embora quase à meia-noite, numa Renoleta. Fazia frio. Minha mãe acabou tendo que emprestar um suéter da minha irmã para a Verito.

(5) Nunca vão te devolver esse suéter, minha mãe disse à minha irmã, contendo a raiva, ou talvez resignada, enquanto tomávamos o café da manhã no dia seguinte.

(6) A segunda vez que o vi, tempos depois, foi num aniversário da minha mãe.

(7) Ela estava feliz. Lembro daquela frase absurda e verdadeira: *ele vai ser sempre meu pai*.

(8) A última vez que o vi foi num hospital. Dividia o quarto com três outros velhos moribundos. Minha mãe me disse para entrar e falar com ele, para me despedir.

(9) Olhei para os velhos, eram todos muito parecidos. Tentei distinguir qual era o pai da minha mãe, mas não consegui. Fiquei olhando um pouco para eles e fui embora.

a) Nenhuma
b) 3
c) 4 e 5
d) 7
e) 8 e 9

61)

(1) Enquanto preparamos o chá, Mariela me conta que em seu colégio havia uma freira grávida.
(2) Pergunto onde, quando. No Mater Dei. Eu era muito pequena, estava no quarto ano do primário.
(3) Os olhos de Mariela são castanhos. Por um segundo consigo imaginar seu rosto quando criança.
(4) Eles a deixavam escondida, mas uma vez a vimos, diz. Pediram que a gente guardasse segredo sobre aquilo.
(5) Pergunto se guardaram mesmo o segredo. Não sei quanto a minhas colegas, ela responde, mas eu guardei, sim.
(6) Você é a primeira pessoa para quem eu conto, diz.
(7) Trinta anos depois?
(8) Isso, trinta, ela diz.
(9) Baixa o olhar em direção às mãos. Também olho para as mãos dela.
(10) Belisca ou acaricia uma migalha de pão. Acende um cigarro.
(11) Não, diz depois, pensativa: trinta e cinco.

a) Nenhuma
b) 3
c) 9
d) 10
e) 11

62)

(1) No Chile ninguém se cumprimenta dentro dos elevadores. Você entra e finge que não enxerga, que é cego. E, se cumprimentar, te olham torto, às vezes nem sequer cumprimentam de volta. Compartilha-se a fragilidade em silêncio, como um sacrifício.

(2) O que é que custa as pessoas se cumprimentarem, você pensa, enquanto a porta se abre num andar intermediário. Já são nove, dez pessoas, não cabe mais ninguém. Dos fones de alguém ouve-se uma música que você conhece e gosta.

(3) Seria mais fácil abraçar a mulher à sua frente. O que vocês compartilham agora é o esforço de evitar encostar um no outro.

(4) Você se lembra de um castigo que recebeu quando criança, aos oito anos: estava no banheiro feminino beijando uma colega. Não era a primeira vez que se beijavam, era uma brincadeira, um desafio. Uma professora os flagrou, repreendeu-os e os levou para a diretoria.

(5) O castigo foi obrigá-los a ficar no meio do pátio um de frente para o outro, com as duas mãos dadas, olhando-se fixamente, durante todo o recreio, enquanto o resto das crianças gritava bobagens para os dois.

(6) Ela chorava de vergonha. Você estava quase chorando, mas conseguiu manter o olhar fixo no rosto dela, sentindo uma espécie de fogo triste. Chamava-se Rocío, a menina.

(7) Quanto tempo durava o recreio? Dez minutos, ou talvez quinze. Nunca mais você olhou para o rosto de alguém por quinze minutos inteiros.

(8) Seria mais fácil abraçar de uma vez a desconhecida à sua frente. Ambos baixam a vista, você é mais alto e se concentra no cabelo preto dela, que ainda está molhado.

(9) Os fios embolados do cabelo longo e liso: você pensa nas cabeleiras que já desembaraçou algumas manhãs, com cuidado. Aprendeu a técnica. Sabe desembaraçar o cabelo dos outros.

(10) Quase todos já saíram do elevador, ficaram apenas você e ela. Aproveitaram cada nova porção de espaço disponível para se distanciar. Podiam estar ainda mais separados, cada um se aboletando em seu canto, mas isso seria uma demonstração de algo, seria o mesmo que se abraçar.

(11) Ela sai um andar antes do seu. É estranho e de algum modo horrível que, ao ver seu próprio corpo multiplicado nos espelhos, você sinta o enorme alívio que está sentindo agora.

(12) No Chile ninguém se cumprimenta dentro dos elevadores, você diz, de noite, num jantar com amigos estrangeiros. No meu país também não, alguém responde, talvez por educação. Mas no Chile realmente ninguém se cumprimenta, ninguém olha para ninguém num elevador, você insiste.

(13) Cada um finge a própria ausência. É possível que velhos amigos, inimigos ou mesmo amantes venham a compartilhar o elevador sem nunca sabê-lo.

(14) Você acrescenta lugares-comuns sobre a identidade chilena, rudimentos sociológicos. Ao falar, pensa que está traindo algo. Sente uma pontada, o peso da impostura.

(15) No Chile ninguém se cumprimenta dentro dos elevadores, diz de novo, como se fosse um refrão, num jantar em que você compete para ser o melhor observador a habitar o pior país de todos.

a) Nenhuma
b) 4, 5, 6 e 7
c) 8 e 9
d) 3, 4, 5, 6, 7, 8, 9, 10, 11
e) 1, 2, 3, 8, 9, 10, 11, 12, 13, 14, 15

63)

(1) Eu era amigo, compadre dele. Eu o conhecia bem. E não é verdade o que estão dizendo. Algumas coisas sim, mas não todas. O que estão dizendo me incomoda, dói. É como se estivessem falando de mim.

(2) É verdade que ele achava repugnante quem era bicha, mas não mandou ninguém embora por causa disso. Todo mundo sabia que o Salazar queimava a rosca; era só olhar para ele. Mas era um frouxo. Meu compadre o despediu por ser frouxo, não por ser veado.

(3) Não é verdade que tratava mal a empregada. Se ela ficou tantos anos na casa, por algum motivo deve ser. Chamava-a com a campainha, às vezes até dizia por favor ao pedir as coisas. No Natal sempre dava de presente um uniforme novinho, impecável. E em fevereiro a levava junto para a casa em Frutillar. Um mês veraneando de graça, a velha.

(4) E qual é o problema, se me permite, da campainha? Quer dizer, é melhor tratar a empregada a gritos?

(5) É verdade que ele não gostava dos mapuche, mas é que agora é preciso respeitar todo mundo. Que merda, não se pode falar nada, tudo é ofensivo, todo mundo reclama. Meu compadre foi coerente, até o fim. Dizia o que pensava, esse foi seu único pecado.

(6) E para que dar tanta bola para os mapuche; não foram eles que perderam a guerra? Do mesmo jeito que os peruanos, os bolivianos; perderam, e pronto. Agora vivem chorando que não têm mar e querendo rever os mapas. Parecem criancinhas pedindo coisas para os pais.

(7) Agora há muitos dizendo que não sabiam dos desaparecimentos, das torturas, dos assassinatos. Claro que sabiam. Ele sabia, eu sabia, todo mundo sabia. Como que a gente não ia saber? Lembro de uma vez, anos atrás: estávamos em Roma, num hotel fantástico, e um exilado de mão dada com uma ruiva magrinha se aproximou de nós. Não simpatizei com o exilado, achei-o um tipo polemista e além do mais bochechudo, mas meu compadre acabou ficando muito amigo dele, depois até fizeram negócios juntos.

(8) Meu compadre não discriminava ninguém, era capaz de fazer negócios com todo mundo, sem se importar com raça, credo ou opiniões políticas. Não ficava pedindo favores por aí. Meu compadre trabalhou a vida toda.

(9) Nunca, em quarenta e nove anos de casamento, chifrou a Tutú. Não comeu nem aquela secretária, a Vania, que deixava ele maluco de tanto mostrar a calcinha. Lembro de ouvi-lo dizer, meio desesperado, que se dormisse com a Vania não conseguiria mais olhar o padre Carlos nos olhos. Depois soubemos que o padre Carlos era mais mulherengo que o Julio Iglesias.

(10) Quero insistir nisso, porque mostra cabalmente a estatura moral do meu compadre: nunca chifrou a Tutú e também não ia atrás de putas. Simplesmente não gostava de se meter com putas. Cada maluco com a sua mania.

(11) Fazia doações não apenas aos Legionários de Cristo: acho que meu compadre era viciado em doações, não parava de ajudar o próximo, padecia de uma doença chamada solidariedade. E no fim do ano dava a cada um de seus empregados uma caixa com mercadorias bastante dignas.

(12) Digam o que quiserem dele, é muito fácil falar mal agora que está morto. Mas gostaria que soubessem que meu compadre não está tão morto assim, ele ainda tem a mim, nunca deixarei de estar pronto para o combate por ele. Sempre vou defendê-lo. Sempre, compadre: sempre.

a) Nenhuma
b) Todas
c) 4
d) 9 e 10
e) 2, 3, 4, 5, 6, 7, 8, 9, 10, 11

64)

(1) Perguntam por meu nome e eu respondo: Manuel Contreras. Perguntam se sou Manuel Contreras. Respondo que sim. Perguntam se sou o filho de Manuel Contreras. Respondo que sou Manuel Contreras.

(2) Uma vez peguei a lista telefônica e arranquei a página com meu nome, nosso nome. Contei vinte e dois Manuel Contreras em Santiago. Não sei o que estava procurando: o consolo dos tolos, talvez. Mas depois enfiei a folha no triturador de papel. Ter um nome e um sobrenome comuns não me adiantou de nada.

(3) Como é ser o filho de um dos maiores criminosos da história do Chile? Como é pensar que seu pai foi condenado a mais de trezentos anos de prisão? Você sente o ódio que têm as famílias que seu pai destruiu?

(4) Não consigo responder a essas perguntas que sempre me fazem. Perguntam com raiva, mas também com curiosidade. Imagino que cause curiosidade mesmo.

(5) Eu também sinto curiosidade. Como é *não* ser o filho de um dos maiores criminosos da história do Chile? Como é ter um pai que não assassinou ninguém, não torturou ninguém?

(6) Preciso dizer que meu pai é inocente. Preciso dizer isso. Tenho que dizer isso. Sou obrigado a dizer isso. Meu pai me mata se eu não disser que ele é inocente. Nós, filhos de assassinos, não podemos matar o pai.

(7) Decidi não ter filhos. Precisei me dedicar a meu pai. Ele está doente. A piora de seu estado de saúde é pública, sai nos jornais.

(8) Quando meu pai morrer, poderei ter uma vida e um filho. Ele será o filho de Manuel Contreras. Mas não darei a ele o nome de Manuel. Vou falar para a mãe escolher outro nome. Não quero ser o pai de Manuel Contreras.

(9) Já foi o bastante ser o filho de Manuel Contreras. Não quero ser também o pai de Manuel Contreras. Melhor se for uma menina.

(10) Não sou eu quem fala. Alguém fala por mim. Alguém que emula a minha voz. Meu pai vai morrer em breve. A pessoa que emula a minha voz sabe disso e não se importa.

(11) Talvez meu pai já esteja morto quando publicarem o livro que o filho da puta que emula a minha voz está escrevendo. E as pessoas pensarão que em minha voz fingida há algo de verdadeiro. Embora não seja a minha voz. Embora eu nunca fosse dizer o que estou dizendo agora. Embora ninguém tenha o direito de falar por mim. De me expor ao ridículo. É fácil rir de mim. Me culpar, se compadecer de mim. Não há mérito literário algum nisso.

(12) Palmas para o escritor, por sua engenhosidade. Batam palmas, como esse tipo de gente deve receber palmas. Batam palmas na cara dele, com as duas mãos, até que seja impossível distinguir de onde está saindo o sangue.

(13) Agora está dizendo que dou ordens, que sei torturar. Que sou filho de peixe. Agora está dizendo que eu mando enfiarem um perfurador de metal no ânus dele.

(14) Agora está dizendo que eu não tenho o direito de desafiar meu próprio destino. Que sou um morto-vivo. Que digo o que não digo. Que até lhe agradeço por falar por mim. Agora continua em busca de palavras para tatuá-las em meu peito com a broca mais espessa da furadeira.

a) Nenhuma
b) 9
c) 10, 11 e 12
d) 13 e 14
e) 14

65)

(1) Com o dinheiro da loteria, o velho decidiu realizar o sonho de sua vida, mas como o sonho de sua vida era ganhar na loteria, não sabia o que fazer. De cara comprou um Peugeot 505 e me contratou para dirigi-lo.

(2) Um sábado fui buscá-lo: o plano era ir ao Clube Hípico, mas ele estava assistindo ao *Sábados Gigantes* e estava com preguiça de sair. Ofereceu-me uma cerveja, vimos juntos o quadro "Você não Conhece o Chile": Dom Francisco passeava por Ancud e por Castro, entrevistava os habitantes de umas palafitas, ajudava a preparar um curanto, vestia com certa dificuldade um gorro típico de Chiloé.

(3) É isso que vamos fazer, me disse, como que tendo uma epifania: percorrer o Chile no carro novo. Perguntei por que não viajar pelo mundo, como o próprio Dom Francisco em "A câmera estrangeira". Respondeu-me que antes de conhecer o mundo era preciso conhecer bem o próprio país. Perguntei se começaríamos pelo Norte ou pelo Sul. Pelo Norte, idiota, pelo Norte, como é que vamos começar pelo Sul? É de Norte a Sul que se faz essa merda.

(4) Sua opinião ao final da viagem: o Chile é um país belíssimo. As pessoas reclamam o tempo todo que não existe liberdade, reclamam da ditadura e de tudo o mais, mas não percebem que o Chile é um país belíssimo.

(5) Eu também gostei do que vi do meu país, mas lembro de pouca coisa. Dirigia igual a um zumbi, ao compasso dos roncos assustadores do velho. Às vezes via, de relance, o brilho da baba em sua boca aberta. Quando estava acordado, não gostava de ouvir música, só me pedia para pôr umas fitas de Coco Legrand fazendo piadas. Cheguei a odiar Coco Legrand: suas piadas, sua voz, tudo.

(6) Lembro do frio perto de Los Vilos. Eu fumava sozinho no acostamento, enquanto a cinco metros, no banco traseiro do carro, o velho se divertia com umas putas peitudas e tristes. De Iquique me lembro da vez em que o acordei na praia de Cavancha e ele achou que eu era um ladrão. Em Pelluhue uma onda enorme quase o levou embora, tive que entrar na água de cueca para salvá-lo. Em Pichilemu começou a repreender dois maconheiros que, apesar de serem pacifis-

tas, ainda assim queriam dar umas cacetadas nele depois. Também precisei defendê-lo em Talca, Angol e Temuco.

(7) Lembro do medo que eu sentia nos restaurantes quando o velho começava a se gabar para os garçons. Meu único momento de liberdade foi quando ele passou mal do estômago e teve que se internar numa clínica perto de Puerto Montt. Nesses dias fui moderadamente feliz, embora talvez apenas por algumas horas, estacionado perto do centro, comendo empanadas de queijo enquanto escutava Los Ángeles Negros e Los Prisioneros e a chuva caía. E em Cañete: também fui feliz em Cañete, mas já não me lembro por quê.

(8) O velho me pagou bem, é preciso dizer. Depois foi conhecer a Europa e os Estados Unidos, e perdemos contato. Um dia me ligou para perguntar se eu conhecia alguém que pudesse escrever sua biografia. Disse que eu mesmo poderia fazê-lo, que tinha virado escritor. Não era verdade, mas eu precisava da grana. Ele acreditou.

(9) Combinamos um valor por palavra, e a única coisa que importava era que o livro fosse grosso. Pus-me então a escrever a sua história. Encontrava-o todas as manhãs para ouvi-lo. Era presunçoso, um péssimo observador, arrogante, mas eu o escutava com atenção e anotava tudo. Os espanhóis são simpáticos, dizia de repente, por exemplo. Os espanhóis de onde, eu perguntava. Como de onde, imbecil, os espanhóis da Espanha, respondia.

(10) Também tive que entrevistar os filhos dele, um homem e uma mulher com cara de desamparados, mais ou menos da minha idade, que diziam amar e admirar o velho, e também falei com sua ex-mulher, uma senhora que estava sempre com um rosário na mão direita e falava pelos cotovelos. Era óbvio que mentiam o tempo todo, não entendia por que haviam aceitado colaborar. Depois soube que meu chefe tinha duplicado a mesada de cada um.

(11) Uma vez perguntei, sem más intenções, se ele achava que o dinheiro o havia mudado. Olha as perguntas idiotas que você faz, seu merdinha: é claro que sim, respondeu. O dinheiro muda qualquer um. Depois perguntei sua opinião sobre Pinochet, que eu já sabia, só queria checar. Era 1987, um ano depois do atentado ao general, um antes do plebiscito: adverti-o de que a opinião dos chilenos sobre

Pinochet mudaria nos anos seguintes, ganhando o sim para sua permanência ou o não para sua saída do poder, e que por isso talvez não fosse recomendável ele se revelar um fervoroso partidário do ditador. Quero que fique claro no meu livro que acho que Pinochet salvou o Chile e que quero que esses mongóis que tentaram matá-lo apodreçam no inferno, respondeu.

(12) Perguntei o que pensava de Dom Francisco. Dom Francisco sempre foi minha inspiração, respondeu. Dom Francisco viajou o mundo todo, eu disse, já o Pinochet não é convidado para ir a lugar algum. Não sei por que falei isso. Ele ficou pensando. Peguei umas batatas e acrescentei que Dom Francisco tinha nos mostrado o Chile que Pinochet destruíra. Vai para a puta que te pariu, ele respondeu.

(13) Fiquei calado, estava acostumado a essas humilhações. Afinal de contas, eu era apenas um ghost-writer. Trabalhei mais dois meses e terminei o livro. Trezentas e cinquenta e nove páginas. Tenho vergonha de confessar que fiquei orgulhoso de algumas passagens, que me pareciam bem escritas, eloquentes. O livro era um lixo, mas ao menos havia algumas frases, a meu ver, inspiradas, umas viradas elegantes, até meio barrocas. Ele pagou uma edição de quinhentos exemplares. *Meu caminho pelo mundo e pela minha pátria*, foi esse o título que escolheu.

(14) Pensei que nunca mais o veria. Durante quinze anos não soube nada dele, até que me ligou. Perguntei como conseguira meu número. Tenho meus recursos, disse. Contou que estava doente, que talvez morresse em breve, e queria que corrigíssemos algumas coisas no livro, para uma segunda edição. Perguntei se a primeira tinha esgotado. Sobraram uns cem livros comigo, disse, mas não é suficiente. Que coisas você quer corrigir, perguntei. Só os erros de ortografia, o velho de merda me respondeu.

a) Nenhuma
b) Todas
c) Qualquer uma
d) A
e) B

66)

(1) Tenho seis filhos, quatro homens e duas mulheres. Uma é lésbica, mas a amo mesmo assim, porque é uma boa pessoa. Se for classificar meus filhos nesses termos, quatro são boas pessoas e dois são más pessoas. Cem por cento das mulheres: boas. Homens maus: cinquenta por cento.

(2) Conforme suas idades: o mais velho tem 45 anos e o mais novo, 29. Conforme suas mães: Eleonora (dois rapazes e as duas meninas), Silvana (um), Daniela (o caçula).

(3) Sugeri nomes para todos os meus filhos, mas só consegui fazer minha vontade prevalecer em dois dos seis casos.

(4) Filhos meus com pintas no rosto: três. Com o queixo repartido: dois. Cílios compridos: dois.

(5) Quatro dos meus filhos foram me ver na clínica quando fui operado para extrair o rim esquerdo. Os outros dois não foram, mas me ligaram.

(6) Porcentagem de filhos meus que algum dia disseram "te odeio": 33,3%.

(7) Porcentagem de filhos meus que declararam seu ódio a mim não com palavras, mas com ações (soco no olho esquerdo): 16,6%.

(8) Filhos meus que algum dia me pediram perdão: quatro.

(9) Dois de meus filhos aprenderam antes dos três anos a cortar as próprias unhas e a amarrar os sapatos. A todos ensinei a dirigir antes dos dezoito.

(10) Filhos meus que já atropelaram cachorros: dois. Filhos meus que já atropelaram pessoas: um.

(11) Filhos meus que trabalham no setor público: dois. Privado: dois. Nem público nem privado: dois.

(12) Eleições presidenciais do Chile, ano de 2013, votação dos meus filhos no primeiro turno:

Michelle Bachelet: dois.
Marcel Claude: zero.
Marco Enríquez-Ominami: zero.
Tomás Jocelyn-Holt: zero.
Ricardo Israel: um.

Evelyn Matthei: um.
Roxana Miranda: um.
Franco Parisi: zero.
Alfredo Sfeir: um.
Votos nulos: zero.
Votos em branco: zero.

(13) Votação dos meus filhos no segundo turno: três em Bachelet, um em Matthei, um nulo, um — uma — *não foi votar.*

(14) Filhos meus que já dormiram na cadeia mais de duas noites seguidas: zero.

(15) Filhos meus farmacodependentes: cinco. Fluoxetina: dois. Clonazepam: dois. Lítio: um. Filhos meus com pés chatos: 100%. Filhos meus com pés chatos que se negaram a usar palmilhas: dois. Filhos meus operados de apendicite: três.

(16) Cinco dos meus filhos têm miopia e quatro padecem, também, de astigmatismo.

(17) Dos meus cinco filhos com problemas na vista, dois quiseram operar, mas não tinham dinheiro para isso. Três usam óculos, dois preferem lentes de contato. Dos três que usam óculos, dois preferem armações retangulares e grossas. O restante não tem jeito: usa armações redondas, mesmo sabendo que quem tem rosto redondo deveria usar armações quadradas ou retangulares.

(18) No geral, quando organizo meus almoços, dois dos meus filhos falam sobre política e dois sobre futebol. O mais velho costuma relatar suas intermináveis confusões amorosas e o outro permanece em silêncio absoluto, do jeito que fazia quando era criança, sempre olhando para o prato, como se estivesse analisando a comida com rigor.

(19) Filhos meus que costumam me pedir dinheiro emprestado para comprar remédios: dois. Para ir ao hipódromo: um. Para pagar dívidas: dois.

(20) Filhos meus pelos quais eu daria a vida: pelo menos três.

(21) Filhos meus planejados: quatro.

(22) Filhos meus que, nos momentos de angústia, me contam seus problemas: três. Filhos meus aos quais, nos momentos de angústia, conto meus problemas: dois.

(23) Filhos meus que estarão presentes no meu funeral: seis.
(24) Filhos meus que cuspirão no meu túmulo: um.
(25) Filhos meus que têm filhos: zero.

a) Nenhuma
b) Qualquer uma
c) Todas
d) 21
e) 25

V. Compreensão de leitura

A seguir você encontrará três textos, cada um seguido por perguntas ou problemas baseados em seu conteúdo. Cada exercício possui cinco alternativas. Assinale a que lhe parecer mais apropriada.

TEXTO Nº 1

Com tantos guias de leitura, provas intermediárias, finais e de peso duplo, era impossível não aprendermos algo, mas quase tudo esquecíamos rapidamente, e temo que para sempre. O que aprendemos à perfeição, contudo, o que nunca esqueceríamos, foi colar nas provas. Não seria difícil improvisar um elogio da cola que, com letra ínfima, porém legível, reproduzia toda a matéria num minúsculo bilhete de ônibus. Mas de pouco serviria essa obra admirável se não tivéssemos a destreza e a audácia necessárias nos momentos-chave: o talento para perceber o instante em que o professor baixava a guarda e começavam os dez, vinte segundos de ouro.

Justamente nesse colégio, em teoria o mais exigente do Chile, colar era bem mais fácil, pois boa parte das provas era objetiva. Faltavam muitos anos para prestarmos a Prova de Aptidão Acadêmica, mas a maioria dos professores já queria nos familiarizar com os exercícios de múltipla escolha, e, embora elaborassem duas ou até quatro provas diferentes, sempre achávamos um jeito de repassar a informação. Não tínhamos que escrever, não tínhamos que opinar, não tínhamos que desenvolver nada, nenhuma ideia própria: era preciso apenas entrar no jogo e adivinhar a pegadinha. Claro que estudávamos, às vezes muito, mas nunca o suficiente. Imagino que a ideia era baixar nossa bola. Mesmo que nos dedicássemos por inteiro ao estudo, sabíamos que ainda assim haveria duas ou três perguntas impossíveis, mas não reclamávamos, entendíamos a mensagem: colar era parte da coisa.

Acho que graças à cola acabamos saindo um pouco do nosso individualismo e começamos a nos tornar uma comunidade. É triste dizer isso dessa maneira, mas colar nos tornou solidários. De vez em quando éramos invadidos pela culpa, por uma sensação de fraude, sobretudo se pensássemos no futuro, mas a indolência e a negligência prevaleciam.

*

A aula de religião era algo à parte, porque a nota não entrava na média geral, mas o processo para passar de ano era entediante e longo, e as aulas de Segovia, muito divertidas. O professor monologava sem pausas sobre qualquer coisa menos religião; de fato, seu tema favorito era sexo, em especial com quais professoras transaria. O momento mais engraçado vinha no final, quando Segovia promovia uma roda de confissões rápidas: cada um deveria dizer um pecado e, depois de escutar os quarenta e cinco — que iam desde *fiquei com o troco para mim* e *quero agarrar os peitos da vizinha* até *bati punheta no recreio*, grande clássico —, o professor nos dizia que nenhum de nossos pecados era imperdoável.

Acho que foi o Cordero que, numa aula, confessou que havia colado em matemática, e como Segovia não esboçou reação, todos fomos acrescentando variações daquilo: colei na prova de espanhol, no teste de ciências, no teste de resistência física (gargalhadas) etc. Segovia tentou conter o riso antes de dizer que nos perdoava, mas avisou para tratarmos de nunca ser pegos, porque isso sim seria grave. De repente, porém, ficou sério: se vocês são trapaceiros desse jeito aos doze anos, disse, aos quarenta vão ser piores que os gêmeos Covarrubias. Perguntamos quem eram os gêmeos Covarrubias e ele fez menção de nos contar, mas se arrependeu. Insistimos, mas não quis dizer. Depois perguntamos para outros professores e até para o orientador, mas ninguém queria nos contar a história. Os motivos eram difusos: era um segredo, era algo delicado. De qualquer modo, logo esquecemos do assunto.

Cinco anos depois, em 1993, quando já estávamos no último ano do colegial, num dia em que eu, Cordero, Parraguez e o pequeno Carlos matamos aula, encontramos com o professor de religião na saída do bilhar de Tarapacá. Não dava mais aulas, tinha virado condutor do metrô, era seu dia de folga. Pagou uma coca-cola pra gente e pediu um pisco pequeno, embora fosse cedo para começar a beber. Foi então que enfim nos contou a história dos gêmeos Covarrubias.

*

A tradição da família Covarrubias ditava que o primeiro filho homem deveria se chamar Luis Antonio, mas quando Covarrubias pai soube que eram gêmeos, preferiu dividir o nome entre os irmãos. Durante seus primeiros anos de vida, Luis e Antonio Covarrubias desfrutaram — ou sofreram — do tratamento excessivamente igualitário que os pais costumam dar a gêmeos: o mesmo corte de cabelo, a mesma roupa, a mesma turma no mesmo colégio.

Quando os meninos tinham dez anos, Covarrubias pai instalou uma divisória no quarto e, com um serrote, transformou o antigo beliche em duas camas idênticas. A ideia era dar aos gêmeos certa privacidade, mas a mudança não teve grandes consequências porque continuaram se falando através da divisória todas as noites antes de dormir. Habitavam agora em hemisférios diferentes, mas era um planeta muito pequeno.

Com doze anos entraram no Instituto Nacional, e aí sim ocorreu uma separação. Como os alunos da sexta série eram distribuídos de modo aleatório, pela primeira vez os gêmeos ficaram em turmas diferentes. Estavam visivelmente perdidos naquele colégio tão gigante e impessoal, mas eram fortes, estavam dispostos a sobreviver em suas novas vidas. Apesar da avalanche incontrolável de olhares e piadas estúpidas dos colegas ("parece que estou vendo dois"), sempre se juntavam para lanchar no recreio.

No fim da sétima série tinham de escolher entre artes plásticas e música, e os dois escolheram artes plásticas, esperando que o acaso os unisse novamente, mas não tiveram sorte. No fim da oitava, quando tinham de optar entre francês e inglês, pensaram em escolher francês, que, como atraía poucos candidatos, praticamente garantia que estariam juntos de novo, mas depois de um sermão de Covarrubias pai sobre a importância de saber inglês no mundo competitivo e selvagem de hoje, resignaram-se. No primeiro e no segundo ano do colegial a coisa não melhorou para eles, pois a divisão era por notas, mesmo ambos tendo ótimas qualificações.

Quando passaram para o terceiro ano escolheram a área de humanas e, por fim, ficaram na mesma turma, o Terceiro F. Voltar a ser colegas após quatro anos era divertido e estranho. A semelhança física continuava impressionante, embora o rosto de Luis fosse mais infestado de espinhas e Antonio desse sinais de querer se diferenciar com seu cabelo comprido, ou o que na época era tido como cabelo comprido: a camada de gel que ordenava seus fios dava a Antonio uma aparência menos convencional que a de seu irmão, que mantinha um corte clássico, ao estilo militar, com o cabelo a dois dedos da camisa, como estipulava o regulamento. Antonio também usava calças largas, desafiando as normas, e costumava ir ao colégio de tênis preto em vez de sapato.

Nos primeiros meses, os gêmeos se sentavam juntos, protegiam-se, ajudavam-se mutuamente, apesar de que quando brigavam pareciam se odiar, o que, como se sabe, é a coisa mais natural do mundo: há momentos em que odiamos a nós mesmos, e se vemos em nossa frente alguém que, em quase todos os aspectos, é igual a nós, acaba sendo inevitável orientar o ódio naquela direção. Mas em meados do ano, sem explicação aparente, as brigas ficaram mais acirradas, e nessa mesma época Antonio perdeu todo o interesse pelos estudos. A vida de Luis, por outro lado, seguiu um rumo mais ordenado, manteve seu currículo impecável e seu boletim foi ótimo; de fato, foi o primeiro da turma naquele ano. Contra todas as previsões, seu irmão foi o último, e assim os gêmeos tiveram de se separar novamente.

O orientador do colégio — que era apenas um para quatro mil e tantos alunos, mas se interessava pelo caso dos gêmeos, de modo que ele mesmo chamou os pais para uma reunião — formulou a teoria, não necessariamente verdadeira, de que Antonio teria repetido de ano por conta de um desejo inconsciente (o orientador explicou a eles, de forma rápida e certeira, o que era o inconsciente) de não mais estar na mesma turma que o irmão.

Luis terminou o colegial como se resolvesse uma burocracia, com notas altas, e conseguiu pontuações bem acima da média em todas as provas de entrada para a faculdade, com destaque para história do Chile e ciências sociais, matérias nas quais esteve perto de alcançar as pontuações máximas em nível nacional. Entrou, com uma bolsa por excelência acadêmica, no curso de direito da Universidade do Chile.

*

Os gêmeos nunca estiveram tão distantes como durante os primeiros meses universitários de Luis. Antonio sentia inveja ao ver o irmão sair para a faculdade, já sem o uniforme escolar, enquanto ele continuava naquele colégio. Em algumas manhãs seus horários coincidiam, mas graças a um acordo tácito e elegante — talvez uma versão da famosa telepatia — nunca pegavam o mesmo ônibus.

Continuaram evitando um ao outro, cumprimentando-se apenas, embora soubessem que a distância não poderia durar muito mais tempo. Uma noite, quando Luis já estava no segundo semestre de direito, Antonio voltou a falar com ele através da divisória. Como era a universidade, quis saber. Em que sentido? As garotas, especificou Antonio. Bom, tem umas muito, muito gostosas, respondeu Luis, tentando soar presunçoso. Sei que tem garotas lá, mas quero saber como vocês fazem. Como fazemos o quê?, perguntou Luis, que no fundo sabia o que seu irmão estava perguntando. Como vocês fazem para peidar com elas por perto. A gente tem que aguentar e ponto, respondeu Luis.

Passaram essa noite como em tempos anteriores, como quando eram crianças, falando e rindo enquanto competiam para ver quem peidava ou arrotava melhor, e a partir de então voltaram a ser inseparáveis: mantinham a ilusão de independência, sobretudo de segunda a sexta, mas nos fins de semana sempre saíam juntos, bebiam e faziam algumas substituições divertidas, aproveitando que, graças ao cabelo comprido e à recuperação da pele de Luis, a semelhança física voltara a ser quase total.

O rendimento de Antonio havia melhorado notoriamente, apesar de não ser mais um aluno exemplar. Perto do fim do último colegial, no entanto, sobreveio-lhe uma angústia. Embora se sentisse preparado para a Prova de Aptidão, achava que não iria conseguir as altíssimas pontuações necessárias para entrar em direito na Universidade do Chile, como o irmão. A ideia foi de Antonio, naturalmente, mas Luis aceitou de cara, sem chantagens nem condições, e sem um pingo de medo, porque em nenhum momento achou que fosse possível serem descobertos. Em dezembro daquele ano, Luis Covarrubias se apresentou com a carteira de identidade de seu irmão Antonio para fazer a prova pela segunda vez, e se esforçou bastante, tentando conseguir uma pontuação ainda melhor que a sua no ano anterior: e, de fato, conseguiu a maior pontuação nacional na prova de ciências sociais.

*

Mas a gente não tem irmãos gêmeos, Cordero disse naquela tarde, quando Segovia terminou de contar a história. Não sei se chovia ou garoava, mas lembro que o professor usava um casaco azul impermeável. Levantou para comprar cigarros e ao voltar à nossa mesa ficou de pé, talvez para restabelecer uma ordem perdida: o professor de pé, os alunos sentados. Vocês vão se dar bem de qualquer jeito, vocês não sabem como são privilegiados, disse. Porque a gente estuda no Nacional?, perguntei. Ele ficou calado por tanto tempo que não seria mais necessário me responder, fumava e respirava com ansiedade, talvez já um pouco bêbado, mas acabou respondendo: o Nacional é podre, mas todo mundo é podre, disse. Prepararam vocês para isso, para um mundo onde todas as pessoas ferram umas às outras. Vocês vão se dar bem na prova, muito bem, não se preocupem: vocês não foram educados, foram treinados. Soava agressivo, mas não havia desprezo em sua voz, pelo menos não dirigido a nós.

Continuamos em silêncio, já era tarde, quase noite. Ele se sentou de novo, absorto em seus pensamentos. Eu tirava boas notas, disse, quando achamos que não haveria mais palavras: era o melhor da turma, do colégio todo, nunca colei. Mas na prova fui um desastre e por isso tive que estudar pedagogia da religião, sendo que nem acreditava tanto em Deus. Perguntei se agora, como condutor do metrô, ganhava mais grana. O dobro, respondeu. Perguntei se acreditava em Deus e ele respondeu que sim, que agora, mais do que nunca, acreditava em Deus. Nunca me esqueci, nunca vou me esquecer deste gesto: com o cigarro aceso entre o dedo indicador e o médio, olhou para as costas de sua mão esquerda como se procurasse as veias, e a seguir a virou, talvez para comprovar que as linhas da vida, da cabeça e do coração continuavam ali. Despedimo-nos como se fôssemos ou tivéssemos sido amigos. Ele entrou no cinema e nós seguimos pela Bulnes em direção ao parque Almagro para fumar uns baseados.

Nunca mais soube de Segovia. Às vezes, no metrô, quando vou no primeiro vagão, olho para a cabine do condutor e penso que o professor está lá, apertando botões e bocejando. Quanto aos gêmeos Covarrubias, parece que nunca mais se separaram. Tornaram-se advogados idênticos; dizem que é difícil saber qual é o mais brilhante e qual o mais corrupto. Dividem um escritório em Vitacura e cobram o mesmo, cobram o que um serviço bom desse jeito vale: caríssimo.

Exercícios

67) De acordo com o texto, a experiência dos gêmeos Covarrubias no novo colégio:

a) Marcou seu distanciamento definitivo dos valores que seus pais haviam lhes transmitido.

b) Foi traumática, porque os obrigou a tomar decisões prematuras e os levou a se distanciar irremediavelmente.

c) Pouco a pouco acabou tornando-os sujeitos valiosos para a sociedade chilena.

d) Transformou dois gêmeos que eram boas pessoas e amigáveis em dois filhos da puta inescrupulosos.

e) Deu início a um período difícil, do qual saíram fortalecidos e prontos para competir neste mundo impiedoso e materialista.

68) O melhor título para este conto é:

a) Como treinar seu irmão gêmeo.

b) Ao mestre, com carinho.

c) As formas solidárias da cola.

d) Abaixo os advogados.

e) Abaixo os advogados gêmeos.

69) Sobre as provas de múltipla escolha ou objetivas, o autor afirma que:

i. Eram comuns naquele colégio, com o fim de preparar os alunos para os exames de entrada na faculdade.
ii. Era mais fácil colar nessas provas, de todos os pontos de vista.
iii. Não era preciso desenvolver um pensamento próprio.
iv. Os professores preferiam-nas porque assim não precisavam passar o fim de semana corrigindo provas feito malucos.
v. A alternativa correta era quase sempre a D.

a) i e ii
b) i, iii e v
c) ii e v
d) i, ii e iii
e) i, ii e iv

70) O fato de dividir seu nome entre seus filhos gêmeos demonstra que o sr. Luis Antonio Covarrubias era:

a) Inovador.
b) Engenhoso.
c) Equânime.
d) Maçom.
e) Idiota.

71) Pode-se inferir a partir do texto que os professores do colégio:

a) Eram medíocres e cruéis, porque aderiam sem reservas a um modelo educacional podre.
b) Eram cruéis e severos: gostavam de torturar os estudantes enchendo-os de deveres.
c) Morriam de tristeza porque eram extremamente mal pagos.
d) Eram cruéis e severos, porque estavam tristes. Todo mundo andava triste naquele tempo.
e) Meu colega de carteira marcou a C, vou marcar essa também.

72) Do texto depreende-se que:

a) Os estudantes colavam nas provas porque viviam em uma ditadura e isso justifica qualquer coisa.

b) Colar nas provas não era algo ruim, caso fosse feito com prudência.
c) Colar nas provas é parte do processo de formação de qualquer ser humano.
d) Os estudantes com piores notas nas provas de entrada para a faculdade costumam se tornar professores de religião.
e) Os professores de religião são divertidos, mas não necessariamente acreditam em Deus.

73) A finalidade deste conto é:
a) Sugerir uma possível fonte de trabalho para estudantes chilenos de alto rendimento acadêmico e parcos recursos (são poucos, mas existem), que poderiam se dedicar a substituir estudantes desleixados e ricos.
b) Denunciar problemas de segurança na implementação das provas de entrada na universidade e, além disso, promover algum empreendimento relativo a leitores biométricos ou outro sistema que possibilite corroborar a identidade dos candidatos.
c) Promover um escritório de advocacia, apesar dos altos preços que devem custar seus serviços. E se divertir.
d) Legitimar a experiência de uma geração que poderia ser descrita, sem maiores explicações, como uma corja de trapaceiros. E se divertir.
e) Apagar as feridas do passado.

74) Qual das frases do professor Segovia a seguir é, a seu ver, verdadeira?
a) Vocês não foram educados, foram treinados.
b) Vocês não foram educados, foram treinados.
c) Vocês não foram educados, foram treinados.
d) Vocês não foram educados, foram treinados.
e) Vocês não foram educados, foram treinados.

TEXTO Nº 2

Imagino que no dia do casamento estávamos felizes, embora para mim seja difícil entender isso; custo a aceitar que qualquer tipo de felicidade fosse possível naqueles tempos tão amargos. Falo de setembro de 2000, catorze anos atrás, o que é muito tempo: cento e sessenta e oito meses, mais de cinco mil dias.

A festa foi memorável, isso sim, sobretudo depois daquela cerimônia tortuosa e sem graça em nosso apartamento. Na noite anterior fizemos uma faxina pesada, mas acho que mesmo assim os parentes foram embora falando mal, porque a verdade é que aqueles sofás puídos e aquelas manchas de vinho nas paredes e no carpete não contribuíam para dar a sensação de um espaço adequado para celebrar um matrimônio.

A noiva — é claro que me lembro de seu nome, apesar de achar que um dia o esquecerei: que um dia esquecerei até o seu nome — estava linda, mas meus pais não conseguiram entender sua escolha por um vestido preto. Eu coloquei um terno cinza tão brilhante e maltrapilho que um tio me disse que eu parecia mais um office boy do que um noivo. O comentário era elitista e estúpido, mas também preciso, porque era justamente aquele traje que eu usava quando era estagiário. Quando penso nele ainda o associo, mais que ao casamento, aos intermináveis dias que passava caminhando pelo centro ou esperando na fila de algum banco, com o cabelo tão curto que chegava a ser humilhante e uma gravata azulada com o nó nunca suficientemente desfeito.

Por sorte a oficial do Registro Civil levou a cabo o processo todo rapidinho, e depois do champanhe e de um coquetel moderado — lembro, envergonhado, que as batatas fritas ficaram esverdeadas —, almoçamos longamente e tivemos tempo até de tirar um cochilo e mudar de roupa antes de os amigos começarem a chegar; em vez de presentes de casamento, todos levaram, a nosso pedido, generosas contribuições alcoólicas. Havia tanta bebida que logo percebemos que não seríamos capazes de tomar tudo, e como estávamos chapados isso não nos pareceu um problema; debatemos a respeito por muito tempo, embora (como estávamos chapados) talvez não tenha sido por tanto tempo assim.

Então Farra trouxe um enorme galão vazio de vinte e cinco litros que não sei por que ele tinha em casa e começamos a enchê-lo sem pensar no que fazíamos, meio dançando e meio gritando ao mesmo tempo. O risco era altíssimo, mas a beberagem — assim batizamos o líquido, ríamos muito dessa palavra — ficou deliciosa. Gostaria muito de voltar no tempo até o ano 2000 para assim poder registrar a combinação exata que gerou aquela inesperada e saborosa bebida. Adoraria saber quantas garrafas ou caixas de vinho tinto e quantas de branco usamos, qual era a dose de pisco, de vodca, de uísque, de tequila, de gim, de sei lá mais o quê. Lembro que também havia Campari, licores de anis, de menta e de ouro, um resto de sorvete e até uns sucos em pó naquele galão único, irrepetível.

A seguir me lembro de acordarmos deitados na sala: não somente eu e a noiva, mas um monte de gente, inclusive algumas pessoas que eu não conhecia, não sei se eram agregados ou primos da noiva, que tinha — descobri naquela noite — uma quantidade assustadora de primos distantes. Eram talvez dez da manhã, todos estavam com dificuldade de conectar as frases, mas eu queria testar a cafeteira supermoderna que minha irmã tinha nos dado, de modo que preparei litros de café e aos poucos todos começaram a se espreguiçar. Fui até o banheiro grande — o pequeno estava completamente vomitado — e vi minha amiga Maite dormindo na banheira, esparramada de maneira inverossímil, embora parecesse bastante confortável, a bochecha direita apoiada na louça como se ali houvesse uma invejável almofada de plumas. Acordei-a, ofereci uma xícara de café, mas ela preferiu tomar uma cerveja para curar a ressaca.

Depois, perto da uma da tarde, Farra ligou a câmera que tinha levado para filmar a festa, só lembrou àquela hora. Eu estava jogado num canto, tomando o décimo primeiro café, enquanto a noiva dormia em meu peito. Como é a sensação, mané?, Farra me perguntou, imitando o tom de um repórter de entretenimento. De estar casado?, perguntei. Não, de estar casado num país que não tem lei do divórcio. Falei para ele parar de encher o saco, mas insistiu. Disse que seu interesse era genuíno. Eu não queria olhar para a câmera, mas ele continuava gravando. Para que comemorar tanto, soltou depois, inconveniente, se de qualquer jeito vão se separar daqui a alguns anos, você mesmo vai me ligar, vai chegar desesperado ao meu escritório me dizendo para entrar com o pedido da anulação. Não, respondi, incomodado.

A noiva esfregou seus enormes olhos verdes, acariciou meu cabelo, olhou para Farra sorrindo e disse com leveza, como se tivesse passado muito tempo pensando no assunto, que enquanto no Chile não houvesse lei do divórcio nós não nos separaríamos, e depois eu acrescentei, olhando para a câmera com uma atitude desafiadora: vamos continuar casados em sinal de protesto, mesmo se já estivermos nos odiando. Ela me abraçou, nos beijamos, e a noiva disse que queríamos entrar para a história do Chile, queríamos ser o primeiro casal chileno a se divorciar. É uma lei maravilhosa, todo mundo deveria se separar, acrescentei, e ela, olhando também para a câmera, já com a risada geral ao fundo, confirmou: sim, é uma lei admirável.

O Chile é um dos poucos países do mundo sem uma lei do divórcio, alguém disse. O único, retificou outro. Não, vários ainda não têm, disse mais alguém. No Chile, Farra continuou, essa lei já está sendo discutida há anos e nunca vai ser aprovada, muito menos com o lobby escandaloso da Igreja católica; chegaram até a ameaçar excomungar os deputados de direita, se votassem a favor. O mundo vai continuar rindo da gente. Depois alguém disse que a lei do divórcio não era algo urgente, então o diálogo preguiçoso se transformou numa conversa coletiva. Era como se enchêssemos um novo galão, mas desta vez com reivindicações e desejos; quase todos fizeram sua contribuição: o mais urgente é que Pinochet vá para a cadeia, que seja julgado, que fodam com ele, o mais urgente é encontrar os corpos dos mortos, o mais urgente é a educação. Na verdade, o mais urgente, disse outro, aproveitando uma pausa, é que ensinem mapudungun nas escolas, e alguém perguntou se por acaso ele era mapuche — mais ou menos, respondeu. O mais urgente é a saúde (estranhamente, ninguém aproveitou para dizer: saúde!), alguém acrescentou, o mais urgente é voltarmos a ganhar a Libertadores, o mais urgente é ferrar com a Opus Dei, o mais urgente é derrotar Iván Moreira. O mais urgente é combater a delinquência, acrescentou algum dos primos distantes da noiva, chamando a atenção de todos, mas logo esclareceu que era uma piada.

Vivemos no país da espera, disse então o poeta. Havia vários poetas na festa, mas apenas ele merecia ser chamado assim, pois costumava falar como poeta, mais precisamente com o tom inconfundível de um poeta bêbado, de um poeta chileno bêbado, de um jovem poeta chileno bêbado: vivemos no país da espera, vivemos esperando algo, o Chile é uma enorme sala de espera e vamos morrer esperando o nosso número. Que número?, alguém perguntou. O número que te dão nas salas de espera, imbecil, responderam. Houve um silêncio total e eu aproveitei para fechar os olhos, mas os abri de volta imediatamente, tudo girava a meu redor.

Você fala bonito pra caralho, Maite disse então ao poeta, adorei você: o único problema é que o teu pau é muito pequeno. E como você sabe disso?, o poeta respondeu, e ela confessou ter passado horas escondida na banheira observando os pênis dos homens que iam mijar. O poeta disse, com um leve porém convincente tom científico, que o tamanho do pênis mijando não era representativo em relação a seu tamanho ereto, e houve um rumor de aprovação geral. Então tá, me mostra ele ereto, Maite disse, atirada. Não dá, estou bêbado demais, ele não vai ficar duro. Se quiser você pode me pagar um boquete, mas tenho certeza de que ele não vai ficar duro. Foram para o banheiro ou para a casa do poeta, não me lembro mais.

Desculpem, Farra nos disse mais tarde, com a câmera desligada, antes de ir embora, imagino que arrependido: não quero que vocês se separem. Mas se por acaso vierem a se separar, já sabem que podem contar comigo, os dois: eu os separo de graça. Não sei se sorrimos, agora acho que sim, mas deve ter sido um sorriso amargo. Os convidados foram indo aos poucos, já era noite quando ficamos enfim sós. Atiramo-nos na cama e dormimos cerca de doze horas seguidas, abraçados. Sempre dormíamos abraçados. Nós nos amávamos, claro que sim. Nos amávamos.

Dois anos depois, assim como Farra havia previsto, fomos nos reunir com ele em seu escritório. A lei do divórcio continuava tramitando no Congresso, dizia-se que sua aprovação era iminente, mas Farra nos disse que não valia a pena esperar, de maneira alguma, inclusive pensava que em breve, quando fosse aprovado, o divórcio seria mais caro que a anulação. Explicou-nos o processo: sabíamos que o juízo da anulação era ridículo, mas ao nos inteirarmos dos pormenores nos pareceu também imoral. Tínhamos de declarar que nem ela nem eu morávamos nos endereços que constavam na certidão de casamento, precisávamos conseguir testemunhas que confirmassem isso.

Que estupidez, falei para a noiva aquela tarde, num café da rua Agustinas: que mediocridade, que vergonha ser um juiz que escuta alguém mentir e finge que não sabe que a pessoa está mentindo. Que estupidez o Chile, ela disse, e acho que foi a última vez que concordamos totalmente sobre algo. Não queríamos a anulação, mas era o justo, em certo sentido. Agora, ao pensar sobre tudo, o melhor resumo de nossa história seria dizer que fomos anulando um ao outro até que nos anulamos por completo.

*

E em maio de 2004, o Chile se tornou o penúltimo país do mundo a legislar sobre o divórcio, mas a noiva e eu fizemos a anulação alguns meses antes. Maite e o poeta, que agora andavam namorando, seriam as testemunhas, mas de última hora o poeta me deixou na mão e precisei pedir o favor a uma mulher com quem poucos anos depois me casei. Não vou contar aqui essa história, basta dizer que com ela as coisas foram totalmente diferentes. Com ela sim deu certo; com ela pude, logo, me divorciar.

Exercícios

75) O tom geral deste conto é:
   a) Melancólico.
   b) Humorístico.
   c) Paródico.
   d) Burlesco.
   e) Nostálgico.

76) Qual é o pior título para esta história?
   a) As cinco mil e uma noites.
   b) Dois anos de solidão.
   c) Catorze anos de solidão.
   d) Dois casamentos e nenhum funeral.
   e) O labirinto da anulação.

77) Quem são, a seu ver, respectivamente, vítima e algoz nesta história?
   a) A noiva / o noivo.
   b) O poeta / Maite.
   c) Chile / Chile.

d) Fígado / beberagem.
e) Destilados / não destilados.

78) De acordo com o texto, no começo do século XXI o Chile era um país:
a) Conservador nos valores e liberal no econômico.
b) Conversador no alcoólico e artificial no ecumênico.
c) Inovador no cômico e literal no trágico.
d) Empreendedor no católico e conjugal no mágico.
e) Esgotador no equivocado e oscilante no rápido.

79) O narrador não menciona o nome da noiva porque:
a) Quer protegê-la. Além do mais, sabe que não tem o direito de dizer seu nome, de expô-la assim. Esse medo de nomear, em todo caso, é algo muito anos 1990.
b) Quer proteger a identidade dessa mulher porque teme represálias.
c) Diz que esquecerá até o nome da mulher, mas talvez já o tenha esquecido. Ou talvez ainda esteja apaixonado por ela. Jura que nem se lembra mais do nome dela, mas morrerá chamando por ela, María.
d) É um néscio, um imbecil vaidoso. E misógino. E machista.
e) Seu verme, estou falando com você.

80) De acordo com o texto, a lei do divórcio não foi aprovada antes no Chile porque:
a) A Igreja católica fez um lobby forte, que incluiu ameaças de excomunhão aos parlamentares que apoiassem o projeto de lei.
b) Havia outras prioridades no âmbito da Saúde, da Educação e da Justiça.
c) A prioridade era postergar infinitamente qualquer reforma de qualquer índole que pusesse em risco a estabilidade do país.
d) A prioridade era postergar infinitamente qualquer reforma que colocasse em risco os interesses das empresas e a impunidade dos responsáveis pelos crimes da ditadura, incluindo, é claro, Pinochet. Nesse contexto, a lei do divórcio era uma questão apenas de valores, e até os líderes da direita — vários deles “anulados” e casados de novo — sabiam que era vergonhoso o Chile continuar sem uma lei de divórcio,

mas esticaram o assunto, chegando até a levantar um tema poderoso para distrair e neutralizar o clamor por justiça e reformas radicais.

e) Havia um sistema muito melhor, o da anulação, porque quando alguém se separa o que quer é, na verdade, acreditar que nunca foi casado, que a pessoa com a qual quisemos ficar para sempre nunca existiu. A anulação era a melhor maneira de apagar o inapagável.

81) Qual das frases célebres a seguir reflete melhor o sentido do texto?

a) "A principal causa do divórcio é o casamento." (Groucho Marx)
b) "O amor abre parênteses; o casamento fecha." (Victor Hugo)
c) "Casar pela segunda vez é o triunfo da esperança sobre a experiência." (Samuel Johnson)
d) "Não podendo eliminar o amor, a Igreja quis pelo menos contaminá-lo, e criou o casamento." (Charles Baudelaire)
e) "O casamento é a única aventura recomendável para os covardes." (Voltaire)

82) O fim deste conto é, sem sombra de dúvidas:

i. Triste.
ii. Heavy.
iii. Irônico.
iv. Abrupto.
v. Imoral.
vi. Realista.
vii. Engraçado.
viii. Absurdo.
ix. Inverossímil.
x. De acordo com a lei.
xi. Péssimo.
xii. É um final feliz, de algum modo.

a) i, ii e iv
b) x
c) Todas
d) viii e xi
e) xii

TEXTO Nº 3

Não se importe, meu filho querido, não se importe com o que te digo; não se importe comigo. Espero que o tempo abrande em sua memória meus gritos, meus tons inapropriados, minhas piadas sem graça. Espero que o tempo apague quase todas as minhas palavras e conserve apenas o sussurro tranquilo e cálido do amor. Espero que inventem logo um controle remoto para que você possa baixar meu volume, me pausar, para que possa avançar as cenas ingratas ou retroceder muito rápido até os dias mais felizes. Para que você possa experimentar, quando quiser, a liberdade de agir sem ninguém te vigiando, o prazer imenso de ensaiar uma vida sem mim. E inclusive poder decidir, por exemplo, caso necessário, me apagar. Não digo apagar estas palavras, que por si só são líquidas, perecíveis, mas me apagar por completo, como se eu nunca houvesse existido.

Sei que isso é impossível.

Temo dizer que a vida consiste nisto: em apagar e ser apagado. Estivemos a ponto de te apagar, como talvez você já saiba ou suspeite. Não queríamos ter um filho. O que acontece é que na época éramos filhos. Éramos tão filhos que a possibilidade de ser pais era algo extremamente distante para nós. Além do mais, sabíamos de antemão que iríamos nos separar. Para nós, o amor era um incidente, um acidente, uma prática: no melhor dos casos, um esporte de alto risco.

Pouco antes de sabermos da gravidez havíamos pensado em nos separar. Talvez seja chocante para você saber que o motivo de nossas discussões era o dilema de ter ou não ter um cachorro. No começo ela queria, mas eu achava que era responsabilidade demais, e depois quem queria era eu, e ela alegava que não estávamos bem, que precisávamos nos consolidar como casal se quiséssemos ter um cachorro. No fundo concordávamos, não nos sentíamos capazes de cuidar bem dele, de ter a paciência e a disciplina necessárias para levá-lo para passear todos os dias, para manter seu pote sempre cheio de comida, para passar o antipulgas uma vez por mês.

Achávamo-nos jovens demais para tomar conta de um cachorro, mas não éramos tão jovens assim, eu e sua mãe tínhamos vinte e quatro anos. Com essa idade meu pai já tinha dois filhos. O mais novo, de quatro anos, era eu. Mas, em minha geração — sei que você odeia essa palavra —, ter filhos era algo que só começávamos a pensar lá pelos trinta ou trinta e cinco anos, se é que chegávamos a pensar nisso. De todo modo, se te servir de consolo, quando soubemos da gravidez, nunca nem pensamos na possibilidade de fazer um aborto. Quer dizer, pensamos nisso, procuramos saber os preços das clínicas clandestinas, inclusive fomos a uma, mas não consideramos seriamente a possibilidade. Não seria de todo verdade dizer que nos arrependemos ao chegar lá, porque, como estou dizendo, era uma ideia entre outras, não a principal.

O dia em que você nasceu foi o mais feliz da minha vida, mas eu estava tão nervoso que não sei se felicidade é a melhor palavra para descrever o que eu senti naquela madrugada. Acho que é minha obrigação te dizer, apesar do amor absoluto que sempre senti por você, apesar de toda a alegria que você trouxe para a minha vida, e imagino que para a de sua mãe também — não a vejo há uns dez anos, mas tenho certeza de que você também foi uma fonte permanente de alegria para ela —, apesar de tudo isso, preciso te dizer que, durante todos os dezoito anos que agora você tem, nunca deixei de me perguntar como teria sido a minha vida se você não tivesse nascido.

É um pensamento esmagador, uma porta que leva à noite mais escura, à escuridão total, mas também à penumbra e, às vezes, lentamente, a algo semelhante à clareira de uma floresta. Essas fantasias são normais, mas não é comum que os pais as confessem. Ao longo desses anos pensei milhares de vezes, por exemplo, que se você não tivesse nascido eu teria precisado de menos dinheiro, ou que poderia ter sumido por muitas semanas sem precisar me preocupar com ninguém. Poderia ter esticado minha juventude por vários anos ainda. E poderia até ter me matado, isto é: a primeira consequência do teu nascimento foi que a partir de então eu não podia mais me matar. Quando um amigo sem filhos me fala dessas pequenas feridas nas quais, de tanto cavoucar ociosamente, acabou encontrando desespero e angústia infinitos, eu não digo o que penso a respeito delas, digo apenas isto: por que você não se mata de vez?

Não sei se minha vida teria sentido sem você. Não acho que minha vida tenha outro sentido além de estar aqui para te acompanhar.

A gente acaba apagando todo mundo, a vida consiste em conhecer pessoas a quem primeiro amamos e depois apagamos, mas não se pode apagar os filhos, não se pode apagar os pais. Sei que você tentou me apagar, mas não conseguiu. Sei que, para você, eu tenho existido demasiadamente. Que também tenho existido por ausência. Quando não estava com você, quando passava semanas sem te ver, aquele ano em que fiquei fora do Chile, por exemplo: mesmo nesse ano eu existia demasiadamente, porque eu não estava presente, mas minha ausência, sim. Por isso acho que é meu dever te dizer que também tentei te apagar: todos os pais fantasiam com uma vida irresponsável, de juventude eterna, de súbitos heroísmos. É a deformação de algo que se falava antigamente, tentando dar à frase certa densidade filosófica: para que colocar um filho neste mundo de merda?

Nossos pais não pensavam nisso. Eles acreditavam automaticamente no amor, casavam-se muito jovens e eram infelizes, mas não muito mais que nós. Trabalhavam muito e nem sequer tentavam associar o trabalho a algum tipo de prazer, de modo que seus sofrimentos eram mais concretos. Além disso, acreditavam em Deus e nos faziam acreditar em Deus. Por isso comíamos a comida, por isso fazíamos o dever de casa, por isso custávamos a pegar no sono de noite: porque Deus estava olhando.

Mas logo nos esquecemos de Deus, relegando-o ao lugar de mero personagem de história infantil. Não queríamos ser como nossos pais. Queríamos, em suma, ter cachorrinhos, gatinhos e tartarugas, inclusive papagaios, embora o desejo de ter algo tão desagradável como um papagaio tenha sempre sido incompreensível para mim. Queríamos ser filhos sem filhos, que era a maneira de ser filhos para sempre e desse modo culpar nossos pais por tudo. Quando você nasceu, o que recebemos foi um animalzinho vivo demais, e também uma desculpa, um álibi perfeito, um mantra, uma frase multiuso: *tenho um filho*. Nunca senti tanta energia como naqueles primeiros anos para pedir aumentos de salário, para dizer que não iria a compromissos desnecessários, para parar de fumar e de beber tanto, ou para fumar e beber tudo, porque em nosso idioma a frase *tenho um filho* significava, de um modo não totalmente tácito, *tenho um problema*. Preciso dizer que eu sabia perfeitamente como acrescentar a essa frase requintes sedutores: *tenho um filho* significava, em alguns casos, *sou um homem sério, vivido, responsável, tenho uma história, sendo assim, durma comigo*. E, na manhã seguinte, se eu não quisesse ficar ou não quisesse que ela ficasse: *desculpe, tenho que ir, você precisa ir, tenho um filho*.

Além daqueles vídeos que não sei se para o bem ou para o mal sua mãe resolveu te mostrar, entendo que você não possui qualquer lembrança de nossa vida a três. Aos sete anos você me contou que alguns dos seus colegas de turma moravam com o pai e a mãe e você achava isso chato, porque eles tinham apenas uma casa. Na hora eu ri, quis acreditar literalmente naquilo, mas sei que nessa frase havia também uma dor, uma recriminação inconsciente, talvez. E, no entanto, sinto que esse abismo que nos separa é mais profundo e irrevogável que o abismo que costuma separar os filhos de seus pais.

Nunca te contamos o motivo da separação. Vou contar agora. O motivo da separação foi o Cosmo. Isso mesmo, o Cosmo. É uma história triste. Você precisa saber, em todo caso, que íamos nos separar de qualquer jeito, que havia anos procurávamos os motivos, e claramente, se você não tivesse nascido, teríamos nos separado muito antes. Naquela tarde eu estava furioso contigo, mas também oscilava: você tinha apenas três anos, porém muita autodeterminação, e ao ver um cachorro abandonado no depósito de lixo da esquina, você o tomou nos braços e continuou caminhando. Falei que não podíamos ficar com ele, mas não teve jeito de te fazer entender. Fiquei impressionado porque você não chorou: você era chorão, mas não chorou, o que de algum modo me revelou que você existia de fato, que não podia mais ser enganado. Você fazia carinho no cachorro, batizou-o de Cosmo, e enquanto voltávamos para casa eu me sentia totalmente dobrado, não consigo pensar em outra palavra: dobrado. Entendi, enquanto caminhávamos, que naquele momento começava uma luta que eu perderia mil vezes, a luta que talvez agora, com estas palavras, eu esteja perdendo de vez.

Abri a porta já convencido, disposto a respeitar a sua decisão, e no começo sua mãe concordou. Mas naquela noite, depois de algumas horas de falsa harmonia, começou a escalada de acusações mútuas, até que ela disse: *a gente já tem um*. Perguntei como era possível que ela falasse de você como se fosse um animal de estimação. Ficou calada, e creio ter ouvido as trombetas da vitória, mas depois, tendo discutido sobre muitas outras coisas de que não me lembro, quando já tínhamos aceitado que ficaríamos com o Cosmo, fui eu que disse exatamente a mesma frase, no mesmo sentido: *a gente já tem um*.

Nem sua mãe nem eu falávamos sobre você. Falávamos, sim, mas para ferir um ao outro através de você. Competíamos pelo troféu de quem te amava mais. Fazia anos que concordávamos que não concordávamos em nada. E naquela noite eu saí de casa. E em pouco tempo sua mãe levou o Cosmo para meu apartamento, o que acabou sendo bom, porque, como todas as crianças, havia alguns fins de semana que você não queria ir para a casa do seu pai, mas sua mãe te lembrava que você precisava cuidar do Cosmo. Você não vinha me ver, vinha ver o Cosmo.

Às vezes acho que sua mãe e eu deveríamos nos encontrar para juntos te pedir perdão. Ou para tomar ayahuasca e te pedir perdão. Mas seria melhor inventarem de uma vez por todas o tal controle remoto para que você possa avançar ou retroceder, para que você possa pausar ou mesmo apagar algumas cenas da vida que te demos. Você não pode nos apagar, mas talvez algumas pessoas sejam, sim, apagáveis: suas madrastas esporádicas, boa parte de seus padrastos e professores. Para que você possa apagar tudo de ruim e todos os que te causaram algum mal. E para que possa manipular e deformar e congelar as imagens em que estamos nós, que te causamos algum mal, mas que você não pode apagar. Para que você nos veja em câmera lenta ou normal ou rápida. Ou que não nos veja mais, mas saiba que estamos ali, esticando vez após vez o filme absurdo da vida.

Exercícios

83) A comparação entre ter um filho e ter um animal de estimação demonstra:

i. As contradições de uma geração que, com o pretexto de uma visão pessimista do mundo, preferiu ter animais de estimação a ter filhos.
ii. A importância de legislar sobre a posse responsável de animais de estimação.
iii. A importância de legislar sobre a posse responsável de filhos.

a) i e iii
b) i e ii
c) Apenas i
d) Apenas ii
e) Apenas iii

84) Um título razoável para o texto lido seria:

a) "My Generation" (The Who).
b) "Como nossos pais" (Belchior).
c) "I Wanna Be Your Dog" (The Stooges).
d) "Father & Son" (a música de Cat Stevens que num trecho diz: "*Look*

at me/ I am old/ but I'm happy", mas não dá a impressão de que aquele pai seja feliz; de fato essa é a parte mais triste da música).

e) Monólogo do pai com seu filho de meses (Enrique Lihn, embora se depreenda do texto que o filho tem dezoito anos, isto é, duzentos e dezesseis meses).

85) O texto menciona a ayahuasca com o fim de:

a) Dar um toque étnico à narrativa.

b) Não há qualquer motivo concreto para se falar da ayahuasca. É um capricho do autor.

c) Estimular o uso de drogas.

d) Simpatizar com jovens que talvez já tenham experimentado maconha, cocaína e/ou crack, e portanto oscilam entre seguir o caminho natural e optar pelos atalhos da química; nessa encruzilhada, o texto sugere, com prudência, a ayahuasca, que é a porta de entrada para o autoconhecimento.

e) A utilidade da ayahuasca no campo da psiquiatria é sabida, sobretudo para o tratamento da depressão, da ansiedade e da esquizofrenia. Não se poderia afirmar que o autor não sofra de alguma dessas enfermidades.

86) Com qual dos personagens do conto você se identifica?

a) Com nenhum.

b) Com o filho, é claro.

c) Com o pai.

d) Com os pais do pai e com a mãe. Mas também um pouco com o pai e com o filho. E com o cachorrinho Cosmo.

e) Com a mãe, porque também fiquei grávida nessa idade, mas abortei. Arrependi-me tantas vezes; sempre que penso nisso fico deprimida. Mas, depois de ler este texto, acho que não foi uma decisão tão errada assim.

87) Qual das alternativas a seguir corresponde a uma melhor caracterização do pai?

a) É um homem honesto e corajoso, ou talvez alguém que, após muitos erros, entende que é necessário ser totalmente honesto. Tenta dizer a seu filho a verdade e, cacete, como é difícil dizer a verdade.

b) É um coitado à beira da morte.

c) É um homem sensível, disposto a dar tudo pelo filho, mas um pouquinho desequilibrado. Nota-se que está tentando fazer alguma coisa, não se sabe bem o quê, mas alguma coisa ele está tentando.

d) É um senhor de idade inconsistente, que se mostra preocupado com o filho, mas não mede as palavras. Parece estar arrependido da educação que deu ao filho e pensa que pode resolver tudo enviando uma carta.

e) É um sujeito idiota e exibido, que ultrapassa o limite que sempre deveria existir entre pais e filhos com o pretexto de pedir perdão. Não sei se sua crueldade é voluntária, mas tenho certeza de que é desnecessária.

88) Qual seria, a seu ver, a pasta mais adequada no e-mail para armazenar um texto como este?

a) Mensagens enviadas.
b) Rascunhos.
c) Caixa de entrada.
d) Spam.
e) Mensagens não enviadas.

89) Depois de ler este texto, você preferiria:

a) Não tê-lo lido.
b) Não ter filhos.
c) Ter muitos filhos.
d) Não ter pai.
e) Ter um papagaio.

90) Se você fosse o destinatário desta carta, sua reação seria:

a) Não tenho certeza. Enquanto lia, pensava que aquele pai poderia perfeitamente ser o meu. Se meu velho me escrevesse algo assim, acho que teria pena dele, que é o que às vezes, talvez por vezes demais, eu sinto. Essa pena se misturaria com outros sentimentos imprecisos, que eu teria de analisar detalhadamente, se possível na terapia, mas com um bom terapeuta, um terapeuta menos charlatão que o palhaço com quem me consultei ano passado: quando eu contava ter estado desesperado, ele me dizia para chorar, e quando eu respondia que sim, que quando ficava desesperado eu chorava, ele me dizia que então eu não precisava me preocupar. Na última sessão me recomendou tentar encarar a vida com mais "positivismo".

b) Eu o abraçaria e agradeceria sua sinceridade. Aproveitaria para contar que na semana passada eu e Marce fomos a uma clínica clandestina, estávamos muito nervosos, mas deu tudo certo. Seria o momento perfeito para confessar que pagamos o aborto vendendo uns colares da minha mãe, além da tevê grande, do processador e do micro-ondas, razão pela qual precisei fingir que tinham roubado tudo, e por um momento fiquei morrendo de medo, porque a polícia veio e achei que iam perceber que o roubo era falso. Diria também que consegui o resto da grana vendendo suas primeiras edições de poesia chilena num sebo da avenida Manuel Montt, então não precisa mais continuar procurando por elas. : -)

c) Quem dera que meu pai estivesse vivo. Talvez, se ele estivesse vivo e me dissesse tudo isso, eu ficaria feliz. Pensaria: é um imbecil, mas pelo menos está vivo. Mas meu pai não era um imbecil e nunca teria me dito algo assim, nunca teria me escrito uma carta como esta. Outra coisa, aproveitando o espaço, sobre cachorros e gatos: os pais querem que os filhos sejam cachorros, mas os filhos sempre são gatos. Os pais querem domesticar os filhos, mas os filhos, como os gatos, não são domesticáveis.

d) Não sei como reagiria. Que tipo de pai diz essas coisas para um filho? Melhor seria bater nele. Melhor seria enchê-lo de sopapos. Será que ele não tinha outra maneira de descarregar suas frustrações além de atacar o filho? Era realmente necessário dizer que ele foi um filho não desejado? Eu também acho que fui um filho não desejado, mas prefiro não saber. Por que nós, filhos, temos que saber tantas coisas sobre nossos pais? Por que eles nunca ficam calados?

e) Daria um papagaio para meu pai, mas antes eu o ensinaria — ao papagaio — a dizer: *velho cuzão, velho cuzão, velho cuzão.*

	A	B	C	D	E		A	B	C	D	E		A	B	C	D	E
1	○	○	○	○	○	31	○	○	○	○	○	61	○	○	○	○	○
2	○	○	○	○	○	32	○	○	○	○	○	62	○	○	○	○	○
3	○	○	○	○	○	33	○	○	○	○	○	63	○	○	○	○	○
4	○	○	○	○	○	34	○	○	○	○	○	64	○	○	○	○	○
5	○	○	○	○	○	35	○	○	○	○	○	65	○	○	○	○	○
6	○	○	○	○	○	36	○	○	○	○	○	66	○	○	○	○	○
7	○	○	○	○	○	37	○	○	○	○	○	67	○	○	○	○	○
8	○	○	○	○	○	38	○	○	○	○	○	68	○	○	○	○	○
9	○	○	○	○	○	39	○	○	○	○	○	69	○	○	○	○	○
10	○	○	○	○	○	40	○	○	○	○	○	70	○	○	○	○	○
11	○	○	○	○	○	41	○	○	○	○	○	71	○	○	○	○	○
12	○	○	○	○	○	42	○	○	○	○	○	72	○	○	○	○	○
13	○	○	○	○	○	43	○	○	○	○	○	73	○	○	○	○	○
14	○	○	○	○	○	44	○	○	○	○	○	74	○	○	○	○	○
15	○	○	○	○	○	45	○	○	○	○	○	75	○	○	○	○	○
16	○	○	○	○	○	46	○	○	○	○	○	76	○	○	○	○	○
17	○	○	○	○	○	47	○	○	○	○	○	77	○	○	○	○	○
18	○	○	○	○	○	48	○	○	○	○	○	78	○	○	○	○	○
19	○	○	○	○	○	49	○	○	○	○	○	79	○	○	○	○	○
20	○	○	○	○	○	50	○	○	○	○	○	80	○	○	○	○	○
21	○	○	○	○	○	51	○	○	○	○	○	81	○	○	○	○	○
22	○	○	○	○	○	52	○	○	○	○	○	82	○	○	○	○	○
23	○	○	○	○	○	53	○	○	○	○	○	83	○	○	○	○	○
24	○	○	○	○	○	54	○	○	○	○	○	84	○	○	○	○	○
25	○	○	○	○	○	55	○	○	○	○	○	85	○	○	○	○	○
26	○	○	○	○	○	56	○	○	○	○	○	86	○	○	○	○	○
27	○	○	○	○	○	57	○	○	○	○	○	87	○	○	○	○	○
28	○	○	○	○	○	58	○	○	○	○	○	88	○	○	○	○	○
29	○	○	○	○	○	59	○	○	○	○	○	89	○	○	○	○	○
30	○	○	○	○	○	60	○	○	○	○	○	90	○	○	○	○	○

CONTOS DISPERSOS

O ciclope

Primeiro a gente tem que viver, dizia Claudia, e era difícil não concordar: antes de escrever era preciso viver as histórias, as aventuras. Eu não me interessava, naquela época, em contar histórias. Ela, sim, quer dizer, não, ainda não; queria viver as histórias que talvez anos ou décadas depois, num futuro incerto e sossegado, contaria. Claudia era cortazariana até dizer chega, embora sua primeira aproximação com Cortázar tivesse sido, na verdade, uma decepção: quando chegou ao capítulo 7 de *O jogo da amarelinha*, reconheceu, com pavor, o texto que seu namorado costumava recitar para ela como se fosse dele próprio, razão pela qual terminou com ele e começou, com Cortázar, um romance que talvez ainda perdure. Minha amiga não se chamava, não se chama Claudia: protejo, por via das dúvidas, sua identidade, e a do namorado, que então era monitor de uma disciplina e agora com certeza dá aulas sobre Cortázar, ou sobre Lezama Lima, ou sobre intertextualidade em alguma universidade norte-americana.

Naquela época, em 1993 ou 1994, Claudia já era, sem dúvida, a protagonista de um romance longo, belo e complexo, digno de Cortázar, ou de Kerouac, ou de qualquer um que se atrevesse a acompanhar sua vida rápida e intensa. A vida dos outros, a nossa vida, por outro lado, cabia de sobra numa única página (e com espaçamento duplo). Aos dezoito anos, Claudia já havia ido e voltado várias vezes: de uma cidade a outra, de um país a outro, de um continente a outro, e também, sobretudo, da dor à alegria e da alegria à dor. Preenchia seus cadernos com o que eu supunha serem contos, ou esboços de contos, ou talvez um diário. Mas na única vez em que aceitou ler alguns trechos para mim descobri, espantado, que escrevia poemas. Ela não os chamava de poemas, e sim de *anotações*. A única diferença real entre essas anotações e os textos que naquele tempo escrevi era o nível de impostura: transcrevíamos as mesmas frases, descrevíamos as mesmas cenas, porém Claudia se esquecia delas, ou pelo menos dizia se esquecer, enquanto eu as passava a limpo e perdia horas ensaiando títulos e estruturas.

Você deveria escrever contos ou um romance, disse a Claudia naquela tarde de vento frio e cerveja gelada. Você viveu muita coisa, acrescentei, sem jeito. Não, respondeu ela, taxativa: você viveu mais, você viveu muito mais que eu, e a seguir começou a contar minha vida como se lesse, na minha mão, o passado, o presente e o futuro. Exagerava, como todos os prosadores (e como todos os poetas): qualquer historieta da infância se tornava essencial, cada feito significava uma perda ou um progresso irreparáveis. Reconheci-me parcialmente no protagonista e nos decisivos personagens secundários (ela mesma era, naquela história, um personagem secundário que aos poucos ia ganhando relevância). Quis corresponder a esse romance improvisando a vida de Claudia: falei de viagens, do difícil regresso ao Chile, da separação de seus pais, e teria continuado, mas de repente Claudia me disse cale a boca e foi ao banheiro, ou disse que ia ao banheiro, e demorou dez ou vinte minutos para voltar. Vinha a passos lentos, mal disfarçando um medo ou uma vergonha que eu não conhecia nela. Desculpe, ela me disse, não sei se eu gostaria que alguém escrevesse a minha vida. Gostaria que fosse eu mesma a contá-la, ou talvez não contá-la. Deitamos na grama trocando pedidos de desculpas como se estivéssemos competindo num concurso de boas maneiras. Mas falávamos, na verdade, uma linguagem privada, que nenhum dos dois queria ou conseguia traduzir.

Foi então que me contou a história do capítulo 7 de *O jogo da amarelinha*. Eu conhecia o tal monitor e sabia que ele tinha sido namorado de Claudia, e por isso achei a história ainda mais engraçada, porque o imaginava transformado no ciclope de que fala Cortázar ("… e então brincamos de ciclope, nos olhamos cada vez de mais perto e os olhos crescem, se aproximam um do outro, se superpõem...”). Segurei o riso até que Claudia soltou uma gargalhada e me disse que era mentira, mas nós dois sabíamos que era verdade. Não gosto muito de Cortázar, soltei de repente, a troco de nada, talvez para mudar de assunto. Por quê? Não sei, não gosto muito, repeti, e voltamos a rir, dessa vez sem motivo, já libertos daquela seriedade opressiva.

Seria fácil, agora, rebater ou confirmar estes lugares-comuns: se você viveu muito, escreve romances; se viveu pouco, escreve poemas. Mas essa não era exatamente nossa discussão, que tampouco era uma discussão, ou ao menos não dessas em que um perde e o outro ganha. Queríamos, talvez, empatar, continuar conversando até que soltassem os cachorros e tivéssemos de fugir, bêbados, pulando a cerca azul-celeste. Mas ainda não estávamos bêbados, e para o guarda dava no mesmo se fôssemos embora ou continuássemos ali, conversando a noite inteira.

História de um lençol

Aconteceu antes de meu pai incendiar a casa. Quinze ou vinte dias antes.

Havia um armário cheio de lençóis, quase todos brancos, com costuras vermelhas, um vermelho italiano. E um jogo azul-celeste, para mim, com letras ou claves de sol desenhadas em azul-escuro.

Da janela, vi minha mãe de costas, diante de um lençol branco; quinze ou vinte dias antes, atrás, diante de um lençol branco. Não estava chorando. Tinha ficado ali, simplesmente, esperando o lençol secar.

Era um dia sem luz. Ela se virou, se aproximou da janela e começou a olhar para mim, a imitar minha expressão enquanto a observava, até a esboçar um sorriso. Mas depois não entrou em casa. Voltou para seu lugar, diante do lençol.

Um lençol secando ao vento num dia sem vento. Uma tela, uma espécie de cena. A cena continua até que o público entende que não haverá uma segunda cena.

Eu sou o que puxa os aplausos. Antes trabalhava fazendo a voz em off, mas me demitiram. Agora sou o que puxa os aplausos.

Minha função é dar batidas fechadas, aplausos fechados. Minha função é fechar as mãos, uni-las com força, à força. Minha função é encontrar silêncios e preenchê-los.

Vou aplaudir na sua cara, me diziam às vezes, brincando.

Feche a porta por fora, me diziam, mas brincando.

Vá ver se está chovendo na esquina.

Muito antes, anos antes, meu pai teve de voltar para casa com urgência, porque sua esposa estava prestes a me parir.

Mas é uma imagem limpa, nova, falsa. Como deve ser. As crianças brincam de se machucar na trepadeira.

Era uma vez um lençol branco secando ao sol. Mas era um dia sem sol. É uma história muito comprida.

Não há um segundo lençol. O lençol se alonga, se desenvolve, mas não há outro lençol dentro.

Era uma vez um lençol ao redor de um corpo branco.

Era uma vez um lençol que manchava.

Parece que envolveram alguém. Não me lembro bem, estava em outra.

"Não faça pose", dizem a ele, mas é difícil não posar. Inclusive nos sonhos. Às vezes finge pesadelos. Acorda com um grito, um grito próprio. E embora saiba que não era apropriado gritar, recebe o abraço cansado de alguém e fica em silêncio.

Não sonhe, não faça pose, durma aos poucos. Assim se diz: aos poucos.

Era uma vez um lençol secando aos poucos.

Dias antes de meu pai incendiar a casa havia um lençol secando aos poucos.

Não vou abrir a janela. Não insista. Não é possível.

Por amor, ou por um erro, dormem juntos.

O corpo cresce ou se contrai durante uma noite de sono. O rosto perde e encontra seus traços com o roçar do travesseiro.

Cuidado, o corpo poderia se partir em dois.

Desligue a tela com as barras de cor e volte a dormir.

No sonho, os carros passavam batido.

Os fantasmas nos deixaram com a mesa posta.

Era uma vez um vulto e um lençol.

Fantasia

para Marcelo Salinas

Foi em 1996, quatro ou cinco meses depois da morte do meu pai. Talvez seja melhor começar por essa morte, por esse final. Não sei. Naquele tempo, meu pai era meu inimigo. Eu tinha vinte anos e o odiava. Agora penso que odiá-lo era injusto. Meu pai não merecia esse ódio. Não merecia amor, mas tenho certeza de que não merecia esse ódio.

Ele tinha acabado de comprar, com suas últimas economias, um caminhão Ford 1988, branco, em bom estado. No dia em que o entregaram, estacionou a poucos quarteirões de casa, mas na manhã seguinte morreu — morreu de um ataque do coração, assim como seu pai e o pai de seu pai — e o caminhão ficou ali, atrapalhando a passagem.

Depois do funeral, minha mãe decidiu viajar para o Sul, voltar para o Sul, na verdade, obedecendo, talvez, a um plano longamente pensado. Não quis me dizer que estava indo para sempre. Não pediu que eu fosse junto. Assim, fiquei com a casa e o caminhão, que em determinada manhã, encorajado pela solidão, dirigi com cuidado, por quase duas horas, até encontrar um lugar onde deixá-lo.

Passava os dias meio alcoolizado, vendo filmes na cama grande e recebendo com aspereza os pêsames dos vizinhos. Estava, enfim, livre. O fato de essa liberdade ser tão semelhante ao abandono me parecia apenas um detalhe. Saí da faculdade, sem pensar muito, porque não me via, de novo, pela terceira vez, estudando para a prova de Cálculo I. O dinheiro que minha mãe me mandava era suficiente, de modo que nem me lembrei mais do caminhão até a noite em que Luis Miguel veio pedi-lo.

Recordo que abri a porta com temor, mas a amabilidade de Luis Miguel afastou de cara as suspeitas. Depois de se apresentar e se desculpar pela hora, disse que queria arrendar o caminhão. Posso dirigi-lo e te pagar uma grana por mês, disse. Respondi que me interessava pouco ou quase nada pelo caminhão, que o melhor, para mim, seria vendê-lo. Ele disse que não tinha dinheiro, que pelo menos tentássemos por um tempo, que ele mesmo poderia se encarregar de achar um comprador. Parecia desesperado, embora eu logo tenha entendido que, no seu caso, o desespero era na verdade um hábito, um modo de ser.

Convidei-o para entrar, ofereci-lhe batata frita e cerveja, e tomamos tanto que no dia seguinte acordei ao lado dele, com o corpo dolorido e com muita vontade de chorar. Luis Miguel me abraçou com cautela, quase com carinho, e fez uma piada da qual não me lembro, uma trivialidade qualquer que matizou a tristeza e que agradeci ou quis agradecer com o olhar. Naquela tarde, comemos macarrão com um molho aguado e tomamos duas caixas de vinho.

Ele tinha prometido à mulher que não dormiria mais com homens. Ela não se importava que se envolvesse com outras mulheres, mas não entendia por que ele dormia com homens. Quanto a mim, eu já sabia claramente que não sentia atração por mulheres; no começo me envolvia com garotas da minha idade, mas depois, somente com homens, quase sempre mais velhos, embora não tão velhos quanto Luis Miguel, que tinha quarenta e quatro anos e dois filhos, e estava desempregado.

Eu te contrato agora, disse, e rimos por muito tempo, já de volta à cama.

Os braços de Luis Miguel eram duas ou três vezes mais grossos que os meus. Sua pica era cinco centímetros maior que a minha. E sua pele era mais escura e mais suave que a minha.

Logo me convidou para ir a La Calera e depois a Antofagasta, e depois os convites não foram mais necessários: durante um ano e meio trabalhamos juntos, em sociedade, dividindo os lucros. Transportávamos escombros, verduras, madeira, cobertores, fogos de artifício, umas caixas enormes e meio suspeitas, o que fosse. Não direi que essas viagens pareciam curtas para nós; nos divertíamos, amenizávamos o trajeto rindo, contando a vida um ao outro, mas a estrada ia apagando aos poucos as palavras e aguentávamos os últimos quilômetros com um arquejo incômodo.

De volta em casa, passávamos um dia inteiro dormindo e depois fazíamos amor até ficarmos saciados, ou até que Luis Miguel começasse a sentir culpa, o que acontecia com frequência, cotidianamente; de repente se levantava e ia ligar para a mulher, dizia a ela que estava perto de Santiago, e eu aceitava aquela comédia sem reclamar porque sabia que não era, na verdade, uma comédia.

Um dos meus filhos tem a sua idade, ele me disse uma noite, não com raiva ou com sangue nos olhos, como dizem; o que havia em seus olhos era um pudor escuro e insondável que na época eu não entendia, nem agora entendo, nem nunca entenderei.

É um amigo, eu disse a Nadia.

Luis Miguel a cumprimentou com vergonha; passou pelado, tinha acabado de acordar, eram quase onze da manhã. Nadia sorriu ou esboçou um sorriso: viera me pedir que a ajudasse com a mudança, não aguento mais meus pais, disse, e não pedi detalhes, mas ela desatou a falar com a calidez nervosa de sempre. Nós três fomos pegar o caminhão e depois seguimos para a casa de Nadia, onde trabalhamos tendo os soluços da minha amiga e os lamentos de sua mãe como barulho de fundo. Depois, no caminho, Nadia não chorava mais, e sim ria com vontade, com uma espécie de vertigem.

Fomos de Maipú até um apartamento pequeno na Diagonal Paraguay, onde Nadia moraria com uma colega do Instituto. Era um sexto andar, sem elevador, mas a mudança foi simples, porque suas coisas ("minhas posses", ela dizia) eram apenas um colchão, duas malas e algumas caixas com livros. Na viagem de volta, Luis Miguel me perguntou sobre Nadia e eu disse que a conhecia havia muitos anos, desde pequeno, que era minha melhor amiga ou que ao menos fora, em algum momento, minha melhor amiga.

Duas semanas depois, Nadia ligou me implorando que a salvasse da sua colega — uma louca, disse, uma imbecil que acha que sou babá dela. Demorei a entender que Nadia não estava voltando para sua casa, e sim para a minha. Falei com a sua mãe, ela disse, ficou feliz em saber que vamos morar juntos. Ao contrário do que eu esperava, Luis Miguel gostou da ideia.

Temos que arranjar um nome para a empresa, disse Nadia naquela mesma noite, enquanto fazíamos palavras cruzadas. Que empresa? Nossa empresa de mudanças, respondeu, com alegria e solenidade: chega de viagens longas, chega de estradas, acrescentou, e concordamos. Discutimos o nome por um tempo, até que Nadia disse, com plena segurança, que o melhor nome era fantasia, Mudanças Fantasia, e nós aceitamos, felizes.

Ela mesma desenhou uns cartazes e comprou macacões para nós três. Logo tivemos nosso primeiro cliente, um advogado prestes a se casar que estava se mudando para um apartamento em Ñuñoa, e desde então não paramos mais: as pessoas mudam de casa o tempo todo, é como um vírus, respondia Nadia sempre que nos perguntavam como ia o negócio. Pintamos o caminhão com desenhos meio hippies ou talvez infantis, que Luis Miguel achava horrorosos, e tinha razão, mas gostávamos da ideia de quebrar a paisagem uniforme de casas geminadas com o extravagante caminhão de mudanças. Gostávamos dessa nova vida semiempresarial, passávamos horas fazendo planos e guardando as coisas que os clientes descartavam. A sala se encheu de luminárias oxidadas, cadeiras mancas e baús desconjuntados.

Certa manhã, minha mãe chegou de surpresa. Naquele momento, quase três anos depois da morte do meu pai, raramente nos falávamos por telefone, mas ela costumava me enviar cartas extensas e carinhosas, escritas com uma caligrafia leve e uma quantidade impressionante de reticências (*O Sul… é o lugar mais lindo do universo… Osorno é uma cidade tranquila… onde voltei a me encontrar com… minhas irmãs*). Era o dia do meu aniversário, mas eu não esperava sua visita, muito menos que abrisse a porta com sua própria chave e entrasse naquele que havia sido seu quarto e me visse dormindo abraçado a Luis Miguel.

Minha mãe desatou a chorar ou a gemer, tentei acalmá-la, mas ela gritava mais. Nadia e uma espécie de namorado que ela tinha na época apareceram, por fim; o namorado foi embora de imediato, Nadia preparou apressadamente uns nescafés e se trancou com minha mãe por horas. Luis Miguel quis ficar, me acompanhar, escutar comigo o pranto e os gritos e os longos e misteriosos parênteses de silêncio que vinham do quarto de Nadia.

Já era de noite quando elas apareceram na sala. Minha mãe me abraçou, estendeu a mão a Luis Miguel. Comemos o queijo e os bolos e tomamos o *enguindado* que minha mãe trouxera de Osorno — ficou tão bêbada que insistiu para cantarmos o "Parabéns a você". Não é todo dia que você faz aniversário, ela me disse, e começou a cantar e a mexer as mãos.

Luis Miguel foi embora depois da meia-noite. Troquei os lençóis para que minha mãe dormisse na cama grande. Eu não estava com sono, mas me deitei ao lado de Nadia, e era engraçado estar com ela naquela cama tão pequena, os dois insones, no escuro, como num casamento em crise ou como duas crianças com medo. Já tenho cabelos brancos, disse ela de repente, e acendeu a luz para me mostrar que no seu cabelo longo, liso e preto havia algumas poucas mechas brancas. Vou ter o cabelo mais branco que o da sua mãe, disse, como se tivesse orgulho. Adormecemos planejando o café da manhã perfeito, mas quando acordamos minha mãe já tinha partido. Na mesa de centro havia um bilhete e duas notas de dez mil pesos. O bilhete dizia apenas: *Se cuidem.*

Tínhamos muito trabalho, mas gostávamos. Pensávamos, inclusive, em juntar dinheiro para comprar um segundo caminhão e talvez contratar mais alguém. Mas a história terminou de outra maneira:

Luis Miguel chegou muito nervoso, com uma garrafa de uísque na mão; é um presente, disse, temos que comemorar, vocês são meus amigos, vocês *têm* que ficar felizes com a notícia. Temi pelo pior. E não me enganei. No fim daquele mesmo mês ele se mudaria, com sua mulher e seus filhos, para uma casa própria, em Puente Alto. Disse que ficava muito longe, mas que isso não seria um problema, que continuaríamos trabalhando juntos.

Recebi suas palavras com raiva e tristeza. Não queria chorar, mas chorei.

Nadia também chorou, embora não lhe coubesse chorar. Luis Miguel levantou a voz, como que adiantando uma cena que talvez tivesse ensaiado na frente do espelho — parecia fora de si, mas era só isso, uma aparência: gritava e batia na mesa com uma ênfase falsa. Falou de futuro, de poupanças, de sonhos, de filhos, de oportunidades, de um mundo real que nós não conhecíamos. Falou sobretudo disto: de um mundo real que nós não conhecíamos. Nadia respondeu por nós dois: disse que no dia 31 de outubro, às nove da manhã, estaríamos na casa dele, pediu que anotasse o endereço para a gente; a Mudanças Fantasia vai te dar essa viagem de presente, seu imbecil, mas agora vai embora daqui e pode começar a procurar outro trabalho.

Os dias que se seguiram foram horríveis.

Horríveis e desnecessários.

Luis Miguel morava numa edícula, um antigo local para inquilinos que ele alugava por muito pouco dinheiro. Quem nos recebeu foi um dos seus filhos, o mais velho, o que tinha a minha idade, mas parecia mais velho que eu. A semelhança com o pai era enorme: as mesmas sobrancelhas cerradas, os olhos pretos, o invariável declive escuro nas bochechas, o corpo grande e belo. O filho mais novo era um menino muito moreno de seis ou sete anos que andava de um lado para o outro lendo uma revista. Sua mulher tinha o cabelo curto e tingido de vermelho. Parecia afável. A aspereza de suas feições contrastava com o olhar atento; era difícil não corresponder a esse olhar com um cumprimento enrubescido. Ela nos ofereceu chá e pão com geleia de amora e talvez de fato quisesse que nos sentássemos com eles à mesa. Dissemos, claro, que não podíamos, que estávamos atrasados.

A geladeira cheia de ímãs, a tábua de passar, os colchões finos e duros, uma velha lavadora semiautomática, o micro-ondas amarelo, umas cadeiras de madeira recém-envernizadas, enfim: lembro de muitas das coisas que carregamos naquele dia. Viajamos os três, como sempre, na cabine. A mulher e os meninos partiriam mais tarde, havia tempo para nos despedirmos, para conversar, mas não falamos nada. Luis Miguel me procurava com esse desespero seco que eu entrevira algumas vezes nele e que agora se mostrava em sua plenitude. Sentia seu olhar na minha bochecha esquerda. Em algum momento tossiu e eu disse *saúde* e ele *obrigado* e eu *de nada* e tudo soou tão estúpido e triste.

Descarregamos o caminhão diligentemente, como se fosse uma mudança qualquer. Luis Miguel se sentou no chão, com as costas apoiadas numas caixas. Acendeu um cigarro e Nadia outro e eu também queria um, mas senti que fumar seria uma espécie de trégua ou de truque, algo como a última cena de um filme muito bom, porém impossível: Luis Miguel, Nadia e eu, com nossos macacões azuis, fumando ao fim de uma jornada de trabalho.

Tinha decidido deixar o caminhão para ele. Pensava que, de algum modo, *deveria* deixar, que o caminhão lhe pertencia. Era uma loucura, uma bobagem, um esbanjamento estúpido e sentimental, mas Nadia, que era a única pessoa que podia me dissuadir daquilo, concordava. Não nos veremos de novo, eu disse de uma vez, e ele assentiu e quis me abraçar, porém o rechacei. Nadia, sim, o abraçou e ficou com ele por um tempo. Esperei por ela do lado de fora, sentado no meio-fio, durante intermináveis dois ou dez minutos. Caminhamos um montão de quarteirões procurando um ônibus. Chegamos em casa à noite, de mãos dadas.

Faz algumas semanas que Nadia começou a trabalhar como secretária. Sai muito cedo, deixa para mim livros e cigarros, e à noite tomamos longas xícaras de chá. Talvez você devesse escrever essa história, ela me disse esta manhã, antes de sair.

Pronto, Nadia, já escrevi.

Santiago, 25 de junho de 2007

Penúltimas atividades

1. Em um arquivo de Word, em no máximo cinco mil caracteres com espaços, descreva, com a maior precisão possível, a casa em que você mora. Repare em especial nas paredes. Preste atenção nas rachaduras, nas manchas, nas marcas de pregos e perfurações. Pense, por exemplo, na quantidade de vezes que essas paredes foram pintadas. Imagine os pincéis, os galões de tinta, os rolos. Pense nas pessoas que pintaram essas paredes. Evoque seus rostos, invente-os.

A seguir, preste atenção nas goteiras, nas imperfeições do piso, nos tapetes (se houver), nas gavetas que não se fecham totalmente, nos utensílios de cozinha, no estado das maçanetas e dos interruptores, na forma e na qualidade dos espelhos (se houver): dê especial atenção ao que os espelhos refletem quando ninguém os observa e sobre eles recai a suspeita de sua inutilidade.

2. Organize os livros que houver em sua casa por tamanho, mas não do maior ao menor, e sim formando espécies de ondas ou pirâmides. Não pense, por favor, na possibilidade de lê-los, não é esse o objetivo desta atividade. Também não foque nos títulos ou nos autores: encare os livros como se fossem meros tijolos imperfeitos. Depois, toque fogo neles e contemple as cha-

mas de uma distância segura. Permita que o incêndio cresça, mas garanta que não se torne incontrolável. Respire um pouco da fumaça, feche os olhos a cada tanto, tomara que não por mais de dez segundos. Pense nisto: todo incêndio, por mais leve ou fugaz que seja, é um espetáculo. Pense nas nuvens quando as árvores ardem. Em seguida, tente apagar o fogo. Faça isso com serenidade e esmero, e se possível com elegância. Por fim, olhe para o céu, onde deveria estar Deus ou algum de seus epígonos, e dê graças.

Se você conseguiu controlar o incêndio, se não estiver, a essa altura, morto ou dentro de uma ambulância, se pôde — com ou sem fé — dar graças a Deus ou a algum de seus epígonos, verá que há livros carbonizados e irreconhecíveis, e outros meio queimados, ou quase completamente destruídos, mas ainda reconhecíveis, inclusive legíveis, e também um grupo de exemplares quase intactos, talvez um pouco molhados ou chamuscados, mas recuperáveis. Junte os livros arruinados, deposite-os em malas que não são usadas com frequência, ou melhor, em sacos de lixo reforçados, de tamanho grande ou gigante; caminhe até o rio mais próximo, lance os volumes na correnteza, olhe para o céu e dê graças, mas dessa vez sem maiores cerimônias, sem ênfase, com verdadeira familiaridade para com Deus ou para com seus epígonos ou para com a entidade que cumpra ou que deveria cumprir certa função transcendente.

No caso de não haver um rio razoavelmente próximo, deixe os sacos no lugar onde, se você morasse em outra cidade, numa cidade projetada — bem ou mal — por você, haveria um rio. Permaneça olhando a correnteza, concentre-se na correnteza até sentir que você avança.

Já de volta em casa, leia os livros que sobreviveram ao incêndio, e a) tire suas próprias conclusões, não elabore demais suas teorias: limite-se a propor alguns sentidos, por mais obscuros que sejam, para o feito justo ou injusto, porém sempre caprichoso, de que tenham sido esses e não outros livros que se salvaram do incêndio; e b) pense, mas sem uma gota sequer de dramatismo ou de autocompaixão, se esses livros poderiam, de alguma maneira, te salvar.

3. Anote suas impressões sobre a atividade de número 2 em um arquivo de Word, com fonte Perpetua, tamanho 12, espaçamento duplo e <u>em no mínimo</u> vinte mil caracteres com espaços.

* * *

4. Repita a atividade de número 2 até que não reste em sua casa qualquer livro legível ou reconhecível. Dê graças sempre, não fará falta olhar para o céu, basta levantar as sobrancelhas. E concentre-se a cada vez no rio, na correnteza (até sentir que você avança).

Depois, já sem livros, abra outro arquivo. Escreva agora sem restrições de espaço, com a tipografia que mais se pareça com sua própria letra, com a lembrança de sua própria letra manuscrita. Agora sim fale sobre sua vida: sobre a infância, sobre o amor, sobre o medo. E sobre o contrário do medo, o contrário do amor, o contrário da infância. E sobre a fome, a tosse, tudo isso. Tente lembrar bem, não idealize, mas tampouco evite a idealização. Se falar sobre pessoas que algum dia foram próximas, mas que agora parecem distantes, não teorize a respeito da distância; tente compreender essa antiga proximidade. Não evite os sentimentalismos nem os gerúndios.

A seguir, selecione o texto todo, copie-o para outro arquivo e apague os personagens que você pensa, sinceramente, que seria melhor nunca terem nascido, porque feriram você ou pessoas que você ama.

5. Junte todos os arquivos em um, na ordem em que preferir. A configuração da página deve ser A5, o espaçamento, simples, e a fonte é opcional, mas se sugere Perpetua, tamanho 12. Acrescente numeração às páginas na posição inferior à direita, encontre um título, assine-o com seu nome ou com um pseudônimo ou com o que você acredita que deveria ter sido seu nome, com o nome que você teria preferido se chamar. Só então, pela primeira vez, imprima tudo e encaderne. Você escreveu um livro e não tem de agradecer a ninguém por isso. Você escreveu um livro, mas não o publique. Se quiser, escreva outros e publique-os, mas não publique este livro, nunca.

West Cemetery

— Você não tem o direito de fazer isso — disse a mulher, num tom na verdade doce, como uma falsa bronca.

— Desculpe — respondeu ele, automaticamente.

Estava em Amherst, no West Cemetery, lendo as cartas deixadas pelos visitantes no túmulo de Emily Dickinson. Não eram cartas, propriamente, e sim papeizinhos escritos rapidamente, à guisa de homenagem. "*You are not nobody to me!!!!!*", dizia uma das mensagens, e talvez fossem dez os sinais de exclamação, que pareciam estridentes, tristemente entusiasmados.

— Eu acho que os autores dessas mensagens queriam que alguém as lesse — disse ele, e sua própria frase lhe soou condenável, como costumava acontecer ao falar em inglês: não acertava o tom, não tinha um jeito próprio, falava com frases emprestadas, como se imitasse alguém, qualquer um.

— Você parece um homem ciumento revirando as gavetas de sua mulher — disse ela.

Ele ficou calado. Olhou para o rosto redondo dela, seu cabelo aleonado, quase loiro, seus olhos pretos nos quais pensou adivinhar o brilho adicional de lentes de contato, embora, é claro, não pudesse ter certeza de que a mulher usava lentes de contato.

— Eu sou daqui — disse ela, de repente.
— Eu, não — respondeu ele, como se fosse preciso esclarecer isso.

Acordara às cinco da manhã, com a ideia fixa de viajar até Amherst. Não era apenas um impulso, sentia como se fosse mais uma decisão retroativa, quase como uma reparação. Queria ir a Amherst havia anos, desde sua primeira viagem a Nova York, quando seu inglês era, por assim dizer, dickinsoniano — na verdade, seu inglês de então era quase inexistente, advindo sobretudo da música e da televisão, mas também de suas tentativas de decifrar Emily Dickinson, cujos poemas lera pela primeira vez aos vinte anos, numa tradução espanhola da qual não gostava nada, mas, como a edição era bilíngue, adaptava-a um pouco, combinava seu escasso conhecimento das palavras inglesas à intuição; traduzia do espanhol da Espanha para o espanhol do Chile, mais ou menos como um aluno que copia as respostas de uma prova.

Era um dia gelado de começo de dezembro, marcado por uma queda de neve iminente. Tinha, na época, a sensação de que todo mundo em Nova York só falava sobre o clima, como na música de Paul Simon: "*I can gather all the news I need on the weather report*". Estivera lendo *The Gorgeous Nothings*, a bela edição fac-similar dos "*envelope poems*", mas não queria viajar até Amherst carregando um livro tão pesado. Morava em Crown Heights, num apartamento cheio de livros de outrem, pensou que haveria alguma edição da poesia de Emily Dickinson, mas só encontrou — classificado no *E* de Emily — *My Emily Dickinson*, o belo e intenso ensaio de Susan Howe.

A sensação de que empreendia uma viagem urgente o acompanhou desde que saiu do apartamento até entrar, em Port Authority, num ônibus semivazio da companhia Peter Pan. Sentou-se no último assento, lembrando-se de *Kensington Gardens*, o romance de Rodrigo Fresán sobre J. M. Barrie. Quinze minutos depois de sair da estação, sentiu as batidas tímidas da neve no teto. Olhou pela janela se perguntando se algum dia viria a se acostumar com a neve; se pararia de achá-la bela, se algum dia olharia pela janela e, ao ver as ruas pintadas de branco, pensaria: merda, está nevando. Nevava em Hartford, onde pararam por cinco minutos, e em Springfield, onde trocou de ônibus e conseguiu fumar apressadamente, encurralado na área permitida, mas não nevava em Amherst: ao descer do ônibus, sentiu no rosto o mesmo vento gelado que havia sentido ao sair de casa, e se alegrou com o pensamento pueril de que a neve ainda não tinha chegado, que estava a caminho, um pouco atrasada, vindo de Nova York.

Caminhou sem rumo, não queria consultar o mapa no telefone, mas Amherst é uma cidade tão pequena que em cinco minutos já estava no West Cemetery. No túmulo havia, além das cartas, um lápis grafite, um cravo seco, um buquê com outras flores prestes a secar — rosas, gerânios —, uma bonequinha da Pequena Sereia, a miniatura de um rato comendo algo, um relógio parado em meio-dia ou meia-noite, um broche no qual um menino sorria ao lado de um ganso com a legenda "*Pssst Happy Founder's Day, Mary Lyon*", um alfinete de segurança, uns quantos centavos e algumas pedras, entre elas duas quase idênticas e quase redondas.

— Fumei meu primeiro cigarro aqui — disse a mulher, como se ele tivesse perguntado (como se antes, em outro lugar, ele tivesse perguntado).

— Na primeira vez em que você veio?

— Não, eu vinha sempre quando era criança, já te falei que sou daqui, morei toda a minha vida a cinco minutos a pé daqui — começou a ver as cartas, também, pegou os centavos, parecia contá-los e organizá-los em *nickels*, *pennies* e *dimes*.

Ele ofereceu um cigarro, que ela não aceitou.

— E você vinha brincar neste cemitério?

— Vinha deixar uns centavos para a Emily, para o caso de ela precisar de dinheiro no céu — voltou a contar as moedas, embora ele tivesse a impressão de que ela estava na verdade olhando as linhas das próprias mãos, quase com curiosidade. — Depois eu sentia culpa de novo e voltava para deixar mais centavos.

— Culpa de quê?

— Pensava que os outros mortos também podiam precisar de dinheiro.

Ele a imaginou pequena, correndo entre os túmulos e deixando moedinhas. Não tinha cara de criança, era um desses rostos jovens que é fácil projetar para o futuro, mas não para o passado.

— Leia um poema para mim — disse ela, apontando para o livro que ele trazia na mão esquerda.

Ele mostrou o livro, ela o folheou, parou nos poemas que Susan Howe citava.

— E você não tinha um livro da própria Emily?

Fez que não com a cabeça. Ela continuou folheando o livro, talvez por alguns minutos. "Este é o momento em que tenho que perguntar o nome dela", pensou ele. Não o fez.

— Mas parece bom — disse ela.

— É bom.

— De onde você é?

— Do Chile.

— Chile — repetiu ela, com a expressão de quem tenta se lembrar de uma informação confusa. — Eu compro este livro — acrescentou. — Todos estes centavos dão um pouco mais de um dólar.

Entregou os centavos e foi embora com o livro, quase correndo. Ele ficou em frente ao túmulo, fumando. Começou a nevar, ele viu a neve caindo sobre as cartas, tentou cobri-las com as pedras.

No resto do dia, comportou-se como um turista. Visitou a casa-museu, comprou cartões-postais e tirou fotos para outros turistas que, por sua vez, tiraram fotos para ele enquanto pensava, confusamente, na lucidez e no confinamento e na beleza. Voltou a Nova York em ônibus vazios e velozes. No dia seguinte, conseguiu outro exemplar do livro de Susan Howe, uma edição mais recente, para preencher a estante: foi como completar um edifício antigo com um tijolo novo.

Passaram-se os meses, ele voltou para o Chile, acostumou-se rápido à ausência de neve. Certa manhã, encontrou no bolso de sua mochila os centavos que a mulher havia lhe dado e calculou que tinham ficado ali por mais de um ano. Jogou-os no recipiente de moedas para gorjetas. Desde então se passou, também, mais de um ano. Algumas horas atrás pediu uma pizza e pegou, como sempre, um punhado de moedas para dar ao entregador. Era um homem velho, magro, de cabelos brancos e expressão amarga. Ultimamente costumam vir entregadores velhos e sempre me surpreendo, pensou. Achava que todos os entregadores de pizza eram jovens. E talvez tenham envelhecido assim, entregando pizzas, pensou.

Estava prestes a devorar o primeiro pedaço de pizza quando alguém atirou uma pedra em sua janela. Saiu para o jardim da frente, confuso, preocupado. Olhou a rachadura leve, calculou que não seria preciso trocar o vidro, pelo menos não de imediato. Perdidas entre as plantas do jardim havia uma pedra de tamanho médio e doze centavos de dólar: dois *nickels* e dois *pennies*. Pensou no entregador olhando a gorjeta, enfurecido diante daquelas moedas pequenas e inúteis. Desculpou-se imaginariamente; explicou imaginariamente ao entregador que tinha pegado várias moedas, como sempre, talvez dez moedas, sem pensar que aqueles centavos estrangeiros se esgueirariam para dentro de seu punho. Imaginou que o entregador se desculpava, por sua vez, por apedrejar a janela dele. Imaginou que o diálogo continuava e a pizza esfriava, mas de todo modo fumavam um cigarro enquanto o entregador contava sua vida e ele falava de Amherst e da neve e de Emily Dickinson e daquela outra mulher a quem não quis perguntar o nome.

Jakob von Gunten

Em março de 2001, tornei-me professor de Espanhol num lamentável colégio em Vitacura. Mas antes de seguir com este relato, quero compartilhar com vocês uma boa notícia: graças a uma minuciosa pesquisa na internet, tenho condições de afirmar, com absoluta certeza, que tal colégio não existe mais.

"A ideia é basicamente manter os meninos dentro da sala de aula", explicou a diretora em minha entrevista preliminar. Em sua boca, a palavra *aula* parecia ainda mais com *jaula*, e acho que a mulher se chamava Paula. Não, não me lembro do nome, mas lembro que ela falava como se estivesse soletrando e que em seu espanhol distinguia de forma ridícula o *b* do *v* e que inclusive evitava, supersticiosamente, as sinalefas. Era uma loira de aparência monástica, com seus quarenta anos, embora eu não tenha certeza disso, porque naquela época eu era péssimo para calcular a idade das pessoas.

Em cada turma havia entre dez e quinze alunos, mas lecionar era, de fato, praticamente impossível. Naquele colégio iam parar, em sua grande maioria, as ovelhas negras de famílias ilustres ou poderosas, um punhado de rapazes intratáveis, barulhentos e dependentes químicos. Em todas as aulas havia pelo menos dois ou três alunos dormindo, o que para mim era até bom. Infelizmente, os demais gritavam sem cessar e me ignoravam com o mesmo descaramento com que, num mundo menos injusto, eu os teria ignorado de volta.

Lembro-me de uma manhã em que entrei na sala do quarto ano do ensino médio e Goyeneche estava pulando como louco em cima da mesa do professor. "Acontece, professor, que eu sou tímido, sou tímido!", gritava ele, à guisa de explicação. E ainda assim, Goyeneche era um dos meus alunos mais simpáticos. O mais terrível de todos, aparentemente uma estrela do então pujante (acho) polo aquático chileno, chamava-se Torresneros, um gigante do terceiro ano do ensino médio que uma vez me disse: "Você não engana ninguém, se resolveu ser professor é porque fracassou na vida". Em outra ocasião sugeriu, bem direto, que eu tomasse no olho do meu cu.

De nada servia reportar essas insolências, que além do mais eram incontáveis. "Dê uns cascudos neles, é o único jeito", dizia o professor de educação física, um gordo quase idêntico a Tony Sirico que estava sempre com um enorme crucifixo pendurado no pescoço, que acariciava animadamente durante toda a missa. Eu achava aquilo mais um tique do que uma mostra de devoção.

A missa acontecia numa capela contígua ao colégio e não era opcional, pelo contrário: as badaladas decretavam, às oito da manhã, o começo oficial de cada jornada. Eu conheço bem a missa, fui um católico entusiasta até mais ou menos os doze anos, então no começo essa versão resumida de meia hora me parecia confusa e incorreta, mas, para dizer a verdade, o padre — um senhor bigodudo e rosado, de proporções bandolinescas — era bastante bom. Em suas breves homilias havia sempre alguma pincelada luminosa, alguma fugida de tom, alguma piadinha reconfortante. Daria a ele quatro estrelas (de um máximo de cinco).

Eu não participava ativamente da missa, em todo caso. Nem sequer ficava de pé e muito menos de joelhos durante o serviço, e fazia o possível para que meus alunos notassem minha dissidência. Estava ali, mas não era parte daquele ritual, com exceção da saudação da paz, porque era tal a paixão que aqueles meninos sentiam pela saudação da paz que me parecia drástico demais deixá-los com a mão estendida.

* * *

Quando já estava trabalhando no colégio havia algumas semanas, fui encontrar minha amiga Tatiana, por quem era fácil se apaixonar, e justamente por isso eu, que era voluntarioso e queria a todo custo ser diferente dos outros, tinha decidido nunca me apaixonar por ela. Quando contei a ela sobre minhas desventuras pedagógicas, Tatiana tirou de suas estantes uma tradução recente de *Jakob von Gunten*, o romance de Robert Walser, de quem até então eu nunca ouvira falar. "É um livro genial e maluco", disse, "só assim você vai conseguir suportar essa experiência." Perguntei se era um empréstimo ou um presente. Ela disse que era um presente e então, pela primeira vez, pensei que ela gostava de mim, ou que eu não a desagradava totalmente, ou que eu tinha alguma chance com ela, de modo que reverti no mesmo instante minha decisão tão prática e tão saudável de não me apaixonar por ela.

Tatiana tinha toda razão, porque no mesmo domingo devorei aquele romance deslumbrante, que comecei a reler logo em seguida. Pareceu-me um desses livros que pode não apenas ser lido mas também *usado*, quase como um manual ou um livro sagrado, podendo servir inclusive de amuleto: o *Jakob von Gunten* poderia ser meu I-Ching ou minha Bíblia ou minha patinha de coelho. Certa manhã abri o romance em plena missa, no momento do salmo responsivo. A diretora dirigiu a mim um olhar fulminante, mas me mantive impassível. Quer dizer: fechei o livro e me mantive impassível. Ainda assim, ter lido meia página de *Jakob von Gunten* no meio da missa é uma das coisas heroicas que realizei na vida. Poderia ser até o meu epitáfio.

Minha transgressão foi muito comentada e me granjeou um mínimo respeito entre o corpo estudantil, de modo que aproveitei o incentivo e dediquei a semana toda a ler para eles trechos do romance. Receberam-no com diversos graus de estranheza, e isso era ótimo: era esse o meu objetivo. No segundo ano do ensino médio havia um aluno chamado Lehuedé, um rapaz alto e momentaneamente horrível — era possível imaginar para ele uma beleza futura, mas no momento parecia que todas as espinhas do mundo confluíam para o seu rosto, boa parte delas a ponto de estourar —, o único de meus alunos que declarava seu gosto pela leitura. Portanto, Lehuedé demostrou interesse pelo romance e me perguntou onde poderia comprar um exemplar. Respondi que era um livro importado da Espanha, difícil de conseguir nas livrarias. Só para humilhá-lo, perguntei se falava alemão, e sua resposta foi muito boa: "Ainda não, professor". Perguntei se ele estava estudando alemão, e sua resposta foi ainda melhor: "Ainda não, professor". A culpa veio instantaneamente. Senti-me estúpido, afinal eu mesmo não falava alemão (nem falo). Um pouco para castigar a mim mesmo, prometi que logo emprestaria a ele o romance. Arrependi-me em seguida, mas me tranquilizei pensando que Lehuedé logo se esqueceria da promessa.

Hoje sinto como se tivesse trabalhado por anos naquele colégio, preciso repetir a mim mesmo que foram apenas alguns meses. Meu principal incentivo para me manter no posto era, claro, a necessidade de dinheiro. Era o único motivo, na verdade. Também pesavam, ainda que de modo mais marginal, os deliciosos hambúrgueres que serviam no almoço, dos melhores que já provei na vida. Não sei de onde os tiravam. E também a garotada, mas obviamente não todos eles, na verdade a imensa maioria eu desprezava e quase odiava. Mas os do sétimo ano do fundamental, os menores do colégio, não apenas eu não odiava como chegava a amar. Tinha me afeiçoado a eles, parecia-me absurdo que tivessem sido matriculados ali. Havia dois repetentes, que convalesciam de um mesmo trauma: sua expulsão dos colégios nos quais seus irmãos mais velhos continuavam triunfando. Os demais tinham onze ou doze anos e eram inquietos, desconcentrados e preguiçosos, mas ainda não tinham perdido o brilho nos olhos, a curiosidade, a vontade de brincar.

Havia, também no sétimo ano, um menino do sexto. Exatamente isso. "O menino do sexto", a diretora me explicara, "tem um parente, responsável por ele, que é muito importante para nós." Ia perguntar quem era essa pessoa tão importante, mas o tom da diretora não era misterioso nem esquivo, parecia apenas querer encerrar o assunto (depois soube que era o empresário X e me decepcionei, esperava uma revelação menos previsível). A diretora me explicou que eu tinha de dar minha aula normalmente, mas atentando para baixar um pouquinho o nível de modo que o menino do sexto não ficasse tão frustrado. Claro que eu sabia baixar o nível, óbvio que sim: era um especialista em baixar o nível, mas a situação me parecia aberrante e estúpida. E também um pouco cômica, porque o menino do sexto curiosamente gostava disso, de ser o menino-série. Volta e meia eu fazia piadas bobas, do tipo "todos os meninos do sexto ano estão presentes hoje, parabéns", ou então fazia a chamada mencionando várias vezes seu sobrenome, para que em todas elas ele dissesse, morrendo de rir, "presente, professor". Os meninos do sétimo também gostavam de ter um colega do sexto, talvez isso os fizesse se sentir mais velhos ou superiores.

Em poucas semanas chegou ao sétimo ano um novo menino do sexto. "Como você já faz um esforço para baixar o nível", a diretora me disse, "achamos razoável aceitar este novo estudante." Fiquei indignado, mas sorri. Falei que deveriam abrir uma turma do sexto ano. Ela não disse nada. Fiquei em silêncio, como se esperasse gentilmente uma resposta. "Escute aqui, vá embora da minha sala", latiu então. Naquela mesma manhã, como uma espécie de vingança torta, decidi organizar eleições presidenciais no sétimo ano. Expliquei a eles o processo, a campanha, enfim: a democracia. Ficaram entusiasmados. Concordamos que haveria um presidente do sétimo e outro do sexto. No sétimo, um dos repetentes se impôs, por seis votos a três. Como eu esperava, a eleição no sexto foi mais espetacular, porque ambos os alunos quiseram sair candidatos e votaram em si mesmos tanto no primeiro como no segundo, terceiro, quarto e acho até que houve um décimo turno. Possivelmente pelo cansaço, o menino novo cedeu, e o governo ficou nas mãos do menino antigo (era assim que seus colegas o chamavam agora, acho que eu deveria ter reprimido esse apelido, mas era divertido).

As notícias sobre essa verdadeira festa da democracia alarmaram a diretora, que me convocou a sua sala e me deu um sermão por cerca de duas horas. Insistia que ela não havia autorizado as eleições, e eu me defendia argumentando que era basicamente uma brincadeira. Ela me lembrou do incidente na missa e de quebra repreendeu minha política de não mandar lição de casa. Eu repeti, porque já havíamos falado várias vezes disso, que achava desnecessárias as lições de casa, e ela voltou a me dizer que os meninos eram inquietos demais e que os próprios pais pediam. Falei que é claro que pediam, porque não sabiam o que fazer com os filhos em casa e porque não aguentavam a si mesmos. Então ela se enfureceu ainda mais. E depois continuou se enfurecendo, porque falei outra coisa, não me lembro o quê, provavelmente algo de mau tom, porém um mau tom respeitoso, pois eu precisava do emprego.

Saí de sua sala com a sensação de que meus dias estavam contados. Falei disso, no sábado à tarde, com Tatiana. Ela me ouvia com atenção e doçura, ou talvez apenas com respeito. Eu observava seus olhos meio puxados e pardos, seu nariz pontudo e gracioso, seu cabelo preto brilhante caindo sobre os seios esquálidos. Não sei por que pensei que esse era o momento certo para beijá-la. Mas não era. Ela me respondeu com um tapa e olhou para mim como se dissesse "mais um" ou "achei que éramos amigos" ou "menino mau" ou "mandei bem nesse tapa, pegou em cheio" ou tudo isso ao mesmo tempo. Só consegui pensar em perguntar se ela queria de volta meu livro do Walser. Recusou com espanto ou com raiva, como se minha pergunta fosse um insulto.

É verdade que você vai começar a mandar lição de casa, professor?, perguntou um aluno, saindo da missa, na segunda-feira seguinte.

Quem te disse isso?

Estão dizendo por aí.

Quem?

Todo mundo.

Então deve ser verdade, respondi.

Meio influenciado pelo magnífico romance de Walser, mas também pela decepção amorosa, naquela manhã me dediquei a mandar lições de casa em todas as minhas aulas: decidi que não seriam para os meninos, e sim para os pais, literalmente: cada papai seria responsável por escrever uma redação de ao menos dez páginas, em fonte Times New Roman, tamanho 10 e espaçamento simples, sobre algum dos seguintes temas:

- Meu primeiro milhão de pesos
- O que é ser chileno
- Vida e obra de Karl Marx
- O Onze de Setembro de 1973
- Los Prisioneros ou Soda Stereo?
- Como, quando e onde conheci sua mãe
- Minha relação com o vinho

É curioso, mas os pais não acharam a tarefa tão estranha. Alguns reclamaram um pouco, mas ninguém avisou a direção. Todos os pais, inclusive aqueles que tinham mais de um filho no colégio e, portanto, deveriam escrever não dez, mas vinte páginas, entregaram a tarefa mais ou menos no prazo estipulado. Lembro de ter passado horas numa pracinha perto da rua Luis Pasteur fumando baseados e morrendo de rir enquanto lia essas histórias redigidas por gerentes-gerais de sabe-se lá que empresas. Achava graça ao imaginá-los na frente do computador teclando como condenados essas redações que às vezes eram ternas e outras vezes cruéis e geralmente sem graça e quase sempre estavam coalhadas de erros ortográficos. Minha vingança consistia em corrigir essas tarefas com lápis vermelho, implacavelmente, assinalando todo tipo de erro, e até me permiti recomendar a alguns pais — em maiúsculas e com pontos de exclamação — que seria melhor voltarem para a escola, porque não tinham aprendido nada. Para ser fiel à verdade, devo afirmar que houve dois textos belamente realizados, aos quais me vi obrigado a dar a nota máxima.

As reclamações e a exigência de minha demissão se intensificaram. A diretora ligou para minha casa à meia-noite, comunicando-me que no dia seguinte eu deveria me apresentar em sua sala. Nessa manhã, cheguei à missa muito desanimado. Sabia que era a última, então, de modo desprezível e instintivo, decidi participar, em especial da parte do "nós vos rogamos, Senhor, ouvi-nos". O padre sorria como se me dissesse, ou como se dissesse a si mesmo: "Consegui". A diretora me deixou esperando por horas até que me fez entrar e se limitou a assinar, com uma atitude hierática, o cheque mirrado de minha rescisão.

Saí para o pátio, cumprimentei meus alunos como se nada tivesse acontecido. Recebi meu hambúrguer e me sentei para saboreá-lo, sentindo uma nostalgia antecipada enquanto tonificava o presente com uns paragrafinhos de *Jakob von Gunten*, que continuava sendo meu livro de cabeceira. Nisso, Lehuedé apareceu e se sentou junto a mim, dando uns goles numa Fanta.

"E aí, professor? Vai me emprestar o livro ou não?", falou. Eu disse que ainda estava lendo.

"Caramba, professor, você é lerdo, hein? Eu já teria terminado."

Pensei em explicar a ele as virtudes da releitura, mas me deu bode.

"Ei, professor, é verdade que você vai embora?"

Ainda não tinha conseguido responder quando ele disse que sentiria minha falta. Quase comecei a chorar, mas mantive a compostura, reforcei-a até: Não sei de onde você tirou isso, respondi. Menti por orgulho. Ou para contribuir com a confusão. Ou para me dar um último luxo.

"Pegue", disse a ele em seguida, num tom talvez solene demais, como de um velho, como de um pai, entregando-lhe o livro. Dei a ele o romance talvez pensando, com um romanticismo ridículo, que quem sabe estava fazendo um favor ao mundo.

"Te devolvo na próxima semana, professor", disse Lehuedé, "eu leio super-rápido."

Lehuedé guardou meu estimado exemplar desse livro genial que me havia sido presenteado por uma mulher que nunca mais me daria nada na vida, e eu fiquei no pátio terminando o último hambúrguer e então saí para sempre, a passos lentos, com o semblante relativamente elevado, daquele colégio que, graças a Deus, não existe mais.

O romance autobiográfico

Quem viaja a meu lado é Kalâmido Crastnh. Nós nos conhecemos ontem à noite, num jantar com uns poetas que se definiam como detetives selvagens, embora de selvagens mesmo não tivessem quase nada, só estavam interessados em investigar como não pagar a conta.

Antes de nos despedirmos, Kalâmido me disse que tinha lido todos os meus livros e que gostaria de me entrevistar. Tive a impressão de que enfatizava a palavra *todos*, o que de certo modo me preocupou, pois eu preferiria que alguns não fossem lidos nunca mais. Não me disse se tinha gostado deles, e, claro, eu tampouco perguntei. Como havíamos comprado passagens para o mesmo trem, ele propôs que fizéssemos a entrevista durante a viagem.

Não sei se o trem avança rápido ou lento, só sei que avança. Abro o computador e teclo depressa, para que Kalâmido pense que tenho um assunto urgente a resolver. Não gosto de entrevistas, mas gosto quando começam, pois isso significa que em algum momento vão terminar.

Kalâmido estudou letras na exclusiva Oincaskc Unyinversdaorc, emendou um mestrado em metajornalismo na mesma universidade ("Mas em outra faculdade", esclarece) e depois fez um doutorado na influente Universidade de Ertyuing, concluído com *summa cum laude* e elogios unânimes. Ainda assim, apesar desse currículo intimidante, ele liga o gravador e a primeira pergunta que faz é a seguinte: "Seus livros são autobiográficos?".

Finjo não entender. Kalâmido então refaz a pergunta da seguinte maneira, pronunciando cada palavra com esmero — com fé, eu diria: "Quanto de ficção e quanto de realidade há nos seus livros?".

Tento imaginar Kalâmido em sua Llaslamnlcmas natal, uma pequena cidade a oeste de Nlncclael, mais ou menos perto do belo lago Aslvfvsd. Vejo-o criança, na neve, à espera de um improvável arco-íris, e depois, adolescente, lendo com devoção e desconcerto Emilia Qwerty, Pol Uiop ou o estranhíssimo Asd Fġhjkl. Penso que ele nunca teria importunado Emilia Qwerty com uma pergunta como a que acaba de me fazer.

A comparação não é muito boa, porque Qwerty nunca deu entrevistas, mas acredito que Kalâmido também não teria formulado uma pergunta assim para Uiop ou Fġhjkl, que falaram muito (talvez até demais). Sinto-me ofendido, mas deixo passar, já sofri humilhações bem piores. Fico em silêncio, mas não muito. Decido responder. E decido, além disso, mesmo sabendo ser perfeitamente desnecessário, dizer a verdade.

"Meus livros são trinta e dois por cento autobiográficos", digo.

Não quero que Kalâmido pense que estou sendo irônico. Não tenho essa intenção. Minha resposta é totalmente honesta. Estudei num colégio atroz, que só ensinava matemática; estou acostumado a essa precisão doentia. Meu temor, por sorte, é infundado: Kalâmido anota a cifra em seu caderno, toma dois pequenos goles de um chá que tirou não sei de onde e me encara como se estivesse pensando em voz alta, como se estivesse me olhando em voz alta, se é que isso é possível.

"Eu sabia. Trinta e dois por cento", ele diz.

"E eu sabia que você sabia", minto.

"E eu sabia que você sabia que eu sabia", ele diz.

E assim continuamos por um tempo, nessa palhaçada. Nosso santo bateu. A gente se deu bem. Kalâmido podia ser meu amigo, penso. Deveríamos tentar. Penso que o ritmo da amizade é assim: risadas, silêncio, risadas, silêncio, risadas, silêncio. Palhaçada.

Kalâmido me pergunta sobre o futuro da literatura latino-americana e sobre o futuro da literatura, ponto. E sobre o futuro, ponto. E sobre o futuro da palavra *futuro*. E sobre o futuro da palavra. Tudo flui bem, tudo corre às mil maravilhas, até que chega a incontornável, a campeã mundial das perguntas difíceis: a da ilha deserta.

Que livro eu levaria para uma ilha deserta? Como não nasci ontem, tento negociar: proponho que consideremos a ideia de uma ilha escassamente habitada. Kalâmido responde que não pode alterar a pergunta porque seu editor é um tirano. Peço, então, que me deixe levar mais de um livro. Ele balança negativamente a cabeça. Digo que a pergunta que me faz é deprimente. Que a última coisa que eu pensaria em fazer nessa ilha de merda seria ler.

Kalâmido aprova minha resposta com uma risadinha cúmplice e me serve um pouco de chá. Está tudo muito bem. A entrevista ainda não acabou, mas sei que em algum momento acabará. O trem avança rápido ou devagar, ou talvez esteja parado sem motivo, não sei e tampouco me importa: tudo o que quero no momento é continuar respondendo às perguntas de Kalâmido com total, com absoluta honestidade.

O amor depois do amor

O primeiro ser humano argentino que teve alguma influência em minha vida foi um loiro de vinte anos e um metro e noventa, aparentemente muito bom no vôlei de praia, que no verão de 1991 comeu minha namorada. Foi no iate clube de El Quisco, estando presentes, por acaso, alguns colegas meus da escola, que depois descreveram o ocorrido, com riqueza de detalhes, no mural escolar. Começou aí meu calvário, mas hoje penso que foi bom. Foi bom, é claro, saber do que aconteceu. É sempre melhor saber. E foi bom ocupar tão cedo, aos quinze anos, e de maneira tão pública, o lugar de corno. Um dos momentos mais importantes da vida é quando descobrimos que fomos chifrados. É necessário passar por isso, ter estado nesse papel.

Aprendi muito naqueles dias — naquelas semanas, naqueles meses —, quando todos debochavam ou se compadeciam de mim, o que, ao fim e ao cabo, é a mesma coisa. Houve dois ou três amigos fiéis que não mencionavam o assunto na minha presença e que, se debochavam de mim, faziam-no com discrição. E como são importantes a discrição e o companheirismo. Hugo Puebla, por exemplo, para me consolar, contou a piada do sujeito que volta para casa com o rosto ensanguentado, mancando, sua mulher pergunta o que aconteceu e ele responde que tomou uma surra de vários caras porque o confundiram com um argentino — e por que você não se defendeu, pergunta ela, ao que ele responde: porque adoro ver esses filhos da puta apanharem. Quando imaginava o tal argentino passando a mão na minha namorada, lembrava dessa piada, contava-a para mim mesmo de novo e a esticava infinitamente, e isso era um deleite, um antídoto, um baita alívio.

Esses tristes ocorridos provocaram em mim um preconceito enorme contra os argentinos, contra o vôlei de praia e inclusive contra o verão. Por sorte, no ano seguinte, em Guanaqueros, conheci Natalia, uma maravilhosa portenha menor de idade, o que em todo caso não era um problema, pois eu também era menor de idade, ela inclusive era alguns meses mais velha que eu. Nosso namoro — ela classificou como namoro — durou, presencialmente, uma semana, mas continuamos nos correspondendo por mais um tempo. Naquela época, estava na moda o disco *El amor después del amor*, de Fito Páez. Eu não suportava — e ainda não suporto — a voz de Páez, pensava que ele estava rindo da nossa cara, que era uma paródia, que ninguém que cantasse daquele jeito podia achar que seria levado a sério, mas, ainda assim, "Tumbas de la gloria" me emocionava um pouco, e também gostava de outras três ou quatro músicas da fita cassete — quando ela me perguntou, claro que eu disse que gostava de tudo, que era um discaço, e então ela sacou um aparato que permitia que nós dois conectássemos ao mesmo tempo nossos fones de ouvido no seu walkman.

A fita tocava e tocava, porque o walkman tinha a função *auto-reverse*. A música de que eu menos gostava era justamente a que dava título ao disco. Eu a achava — e continuo achando — horrível, mas o que fazer, ela gostava, e acabamos decorando, até analisamos a letra: "O amor depois/ do amor talvez/ se pareça com este raio de sol". Na verdade, não havia muito o que analisar, a música era simplesmente ruim, mas Natalia me explicava que havia outra etapa nos casais, uma etapa em que paravam de se amar e começava algo que não era amor, mas que era o amor depois do amor, e eu imaginava um casal de velhinhos, cantando-a e tentando transar, e morria de rir.

Nati — ela não gostava de ser chamada assim, suas amigas a chamavam de Nata, igual àquela película asquerosa que cobre o leite quente — voltou a Buenos Aires e rapidamente começamos a trocar cartas. Eu escrevia cartas longas e dramáticas nas quais falava de Santiago, da minha família, do meu bairro, e ela me respondia com redação e ortografia impecáveis (eu valorizava muito isso) e até com uns desenhos muito bem-feitos e algum detalhe como perfume, mechas do seu cabelo loiro, pedaços de unhas pintadas, e inclusive, ainda que uma única vez, cinco gotinhas de sangue. Eu pedia que ela me descrevesse Buenos Aires e ela respondia, com graça, que Buenos Aires era como todas as cidades do mundo, só que um pouco mais bonita e muito mais feia. Para o bem e para o mal, minha educação sentimental deve bastante a essas cartas, às quais ela de repente, e de maneira muito razoável, parou de responder, embora eu tenha continuado a lhe escrever durante um tempo, porque naqueles anos meu principal traço de personalidade era a persistência.

No verão seguinte, meus pais organizaram umas férias em Frutillar e convidaram Luciano, um velho amigo do outro lado da Cordilheira. Nós nos alojamos em dois chalés, um muito grande onde dormiam meus pais, minhas irmãs e Mirtita, que era a filha de Luciano, e o outro em que ficávamos ele e eu, embora eu dormisse pouco, porque estava deprimido, apesar de naquele tempo não saber disso e ter demorado uma eternidade para me dar conta; fiquei deprimido por tantos anos, minha adolescência inteira e a primeira parte da juventude, e se tivesse sabido tudo teria sido tão diferente, penso agora, que merda.

No dia anterior à viagem, eu tinha encarregado minha mãe, que trabalhava no centro, de comprar uma antologia do poeta Jorge Teillier, e ela havia se confundido e comprado um livro de contos de Jaime Collyer, de modo que não tinha outro remédio a não ser lê-lo. Na cama ao lado, Luciano fumava, tomava uísque, assistia ao Festival de Viña, coçava violentamente a bochecha esquerda e, pior de tudo, conversava comigo — "pode continuar lendo, não me responda", dizia ele, mas logo depois soltava alguma observação que se transformava em pergunta, e eu, de fato, obediente, não respondia, mas mesmo assim ele esperava uma resposta, e então eu dizia uma frase curta e isso lhe bastava, agradecia, e então adormecia com o copo perfeitamente equilibrado no peito, como se todos os dias da sua vida tivesse dormido com um copo de uísque pela metade no peito. Luciano era gordo, de pele avermelhada e quase completamente calvo, como penso que são todos os argentinos a partir de certa idade. E embora depois eu tenha me comportado tão mal com ele, devo dizer que naquele momento me pareceu uma pessoa agradável.

Nessa época, meu pai estava obcecado pela pesca com mosca e, quando não estava pescando, dedicava-se a ensaiar seus arremessos na grama, tentava obsessivamente aperfeiçoar a técnica (havia alguma coisa inquietante na imagem, certa proximidade com a loucura, é claro). Luciano era, em teoria, seu parceiro, seu camarada, mas se entediava quase que imediatamente — às vezes, na verdade quase sempre, ia com minha mãe e com as meninas para o lago, ou jogava bola comigo, ou me acompanhava nas minhas caminhadas. Um dia, passamos por uma feira mirrada, na Plaza de Armas, onde vendiam alguns livros da editora Planeta. Todos os argentinos que conheci depois são grandes leitores, pode-se dizer que passam o tempo todo lendo, ainda que também pareça que se dedicam exclusivamente a tomar chimarrão ou a assistir futebol ou a escrever colunas de opinião. Luciano, ao contrário, não gostava de ler: olhava os livros de longe, com desconfiança, como se projetasse um futuro tédio, e esboçava um meio-sorriso prudente, como numa silenciosa celebração da não leitura. Eu gostava de ler sobretudo poesia, era raro ler romances, mas naquele verão estava com vontade de ler romances, e escolhi três, mais ou menos ao acaso. Luciano insistiu em pagar pelos meus livros, coisa que quero agora agradecer publicamente, e se dispunha a comprar também o romance que havia escolhido meio sem vontade ou, melhor dizendo, com falso entusiasmo, mas no último minuto se arrependeu. "A quem eu quero enganar, porra, não vou ler isso nunca", ele me disse, com uma alegria plena e contagiosa.

Naquela noite saí em busca de diversão, mas estavam dançando uma música péssima na discoteca, de modo que voltei logo, disposto a terminar o livro de Collyer, do qual estava gostando. Pensei que Luciano ainda estaria no outro chalé com meus pais jogando cartas — *carioca* ou *poto sucio* — ou dominó, mas ele já estava instalado na sua cama mandando ver no uísque e devorando um daqueles extraordinários *kúchenes* de cereja que a dona dos chalés assava. Comi também um pedaço e provei o uísque. Foi minha estreia oficial no uísque. Já tinha dado umas bicadas nuns restinhos quando me levantava para tirar o copo do peito de Luciano, mas dessa vez ele me serviu, com tremelicante solenidade, uma dose dupla ou tripla, e até me perguntou com quantas pedras de gelo eu queria (cinco). Era um J&B rascante, meio horrível, mas me mantive à altura.

Na noite seguinte fomos logo bebendo, e na quarta ou quinta jornada de cumplicidade masculina, pois tudo o que ele fazia era me falar das mulheres de que gostava, contei a história de sua compatriota Natalia. Em determinado ponto ele me pediu que a descrevesse fisicamente. A verdade é que eu nunca tinha estado nessa situação de descrevê-la, Nati era tão bonita que eu decidira não contar a ninguém sobre ela, porque sabia que ninguém acreditaria em mim, e além disso pensava que não era necessário descrever uma argentina, que estava tudo implícito na palavra *argentina*, ou que só seria preciso descrevê-la se ela fugisse à norma, isto é, se a argentina não fosse estonteante. Ainda assim, tentei descrevê-la, e acho que fui, em algum grau, persuasivo.

"Mas e aí, meteu a salsicha ou não?", perguntou Luciano. Achei graça da expressão. E assim, cara, não tinha metido a salsicha, mas menti, disse que sim. Não percebi que Luciano pensava que eu, sorrateira ou descaradamente, estava falando da sua filha Mirtita, que era dois anos mais nova que eu, loirinha, magra e bem linda, mas não me atraía, sua beleza era meio comum. Não podia acreditar que Luciano achasse que eu estava falando da sua filha. Soltei um risinho nervoso, que ele considerou uma gargalhada cínica, e foi aí que a coisa desandou, porque ele se atirou em cima de mim e não tive outra saída além de aplicar meu rudimentar método de defesa pessoal, que basicamente consistia em lhe dar uma joelhada no saco, e enquanto ele se retorcia no chão, gritou para mim que sempre teve vontade de meter a salsicha na minha mãe.

Achei aquilo tão idiota, pareceu-me que Luciano era uma criança, que estava competindo, e me lembrei de um diálogo engenhoso na escola, quando González Barría disse a González Martínez a frase "vou comer sua irmã" e González Martínez respondeu, triunfalmente, "não tenho irmã", porém González Barría contra-atacou muito rápido com esta abominável saída: "Ontem à noite sua mãe e eu fizemos uma pra você". Bem, é uma história horrenda, mas eu não conseguia não achar graça da rapidez de González Barría, e o engenho havia sido tão grande que González Martínez nem sequer ficou chateado, até se deram um tapinha de mãos, e ao me lembrar de tudo isso quase tive um verdadeiro ataque de riso, mas não era o momento adequado para essas recordações, porque quanto mais eu ria, mais meu *roomie* gritava, e o que vem a seguir é confuso, porque agora estavam todos, inclusive as meninas e meus pais, no cômodo, gritando, era um verdadeiro desastre/tumulto, e não me lembro como a noite terminou, mas no dia seguinte o grupo se dissolveu e nós, os chilenos, dormimos num chalé, e os argentinos dormiram no outro, e minhas três irmãs botaram a culpa em mim, e só minha mãe me defendeu, e meu pai me disse que era o último verão que eu passava com a família, o que na verdade, de todos os ângulos, era uma ótima notícia para mim.

Três anos depois, meus pais se separaram. Foi terrível. Ou durante um tempo me pareceu terrível. Em diversos momentos da infância, meu pai ligava para minhas irmãs e para mim, ficava muito sério e nos dizia que ele e minha mãe haviam decidido se separar e que tínhamos de escolher se iríamos embora com ele ou se ficaríamos com ela. Era uma brincadeira muito cruel, mas era quase uma tradição familiar, da qual ele desfrutava bastante, porque sempre conseguia que acabássemos acreditando nele, era muito dramático e eloquente, e minha mãe depois brigava com ele, mas ele ria muito, talvez estivesse drogado ou algo do tipo. Por isso, tantos anos depois, quando me comunicaram a notícia da verdadeira separação, pensei que fosse piada, e tiveram de me explicar muitas vezes que não, que agora era verdade mesmo. Chorei um pouco, dois dedos de lágrimas. Dois dedos de lágrimas com cinco pedras de gelo. Mais tarde, já mais calmo, quando não havia outra opção além de aceitar o fato, pensei que era tardio. Pensei algo ambíguo, como: ah, eles estão vivos. Achei desnecessário. Eles tinham de ficar juntos e pronto. Mas eles queriam existir e tomar decisões e mudar tudo. Insistiam em existir.

Poucos meses depois descobri, da pior maneira possível, que minha mãe tinha um namorado. É difícil ser filho de uma mulher tão cheia de talentos e peito. Maldigo o dia em que me desmamaram, aos vinte e cinco meses de idade, até então estava tudo bem, ali começou essa porcaria toda. E uma tarde essa mulher tão fabulosa e tão cheia de pintas nas pernas me convidou para um lanche. Um lanche na nossa própria casa! Muito suspeito. Vem lanchar aqui amanhã, ela me disse. Por telefone! Conseguiu o número da minha namorada (chilena), pediu para falar comigo, minha mãe estava nervosa, eu a conheço. Que horas, perguntei, fingindo hesitar. Às seis, era sempre às seis, eu sabia a resposta, mas mesmo assim senti uma dor de barriga quando ela me disse: às seis. Nesse dia, acordei às dez e tanto e decidi ficar de pijama, entrincheirado, lendo Antonio Cisneros e tomando coca-colas desesperadas. Por volta das cinco e meia, escutei-o chegar. E talvez aqui haja outra lição. Talvez todos nós devêssemos um dia ver nossa mãe trocar beijos e amassos e carícias com alguém que não é seu pai (nem você). Mas ainda assim foi muito forte vê-la com aquele sujeito. Com Luciano, *che*, sim. Mais gordo, mais vermelho, mais calvo. Eu não conseguia acreditar. Aquele homem tinha me agredido, era um alcoólatra, um viciado em *kuchen* de cereja, um roncador profissional, e além de tudo não lia. Não lia! Um argentino que não lia, por quê, mãe! E nem mesmo tomava chimarrão, passava o dia só nos cafezinhos.

Tentei inspirar e expirar e tudo o mais, mas que confusão foi vê-los da janela do meu quarto: minhas irmãs com seus namorados sibilinos, minha mãe sendo conduzida por um braço argentino rechonchudo, venoso e avermelhado, e lá fomos nós fumar e tomar *pichunchos* sob a mesma parreira em que, na infância, perseguíamos nossos cachorros e gatos e coelhos, todos agora enterrados junto às buganvílias do jardim. Aproximei-me. Sentia-me fora de órbita, mas tinha de encarar Luciano. Nem sequer olhei para minhas irmãs e seus sibilinos. Mas olhei para minha mãe com um amor calado: ela continuava em silêncio, seu rostinho tremia. E depois olhei Luciano nos olhos e disse a ele com toda a raiva, com todo o meu coração, com um ódio vivo e uma lágrima turva e quente e nerudiana na bochecha, aquilo que então me pareceu o xingamento final, o insulto mais sério, terrível, doloroso e irrevogável, o pior palavrão já ofertado: argentino.

Imediatamente decidi ir para o mais longe que pude: a casa do meu pai. Pobre homem só, meu pai, que falta de imaginação: a única coisa que sabia fazer era falar comigo sobre futebol chileno, um esporte em que quase só jogam argentinos, com um ou outro chileno no elenco, em geral no banco. Em vez de odiar os argentinos, meu pai os amava. Estava muito distante daquele homem corajoso que aterrorizava os próprios filhos com seus periódicos avisos de separação.

Depois fiquei sabendo que minha mãe estava de partida para Buenos Aires. Ligou para se despedir de mim, eu não quis falar com ela. Em seguida me arrependi, mas era tarde demais. E começamos a nos corresponder. Ela me enviava cartas lindas, embora sem perfume nem mechas de cabelo nem unhas nem gotas de sangue. Dava-me conselhos sobre as dosagens dos remédios, sabia muito disso. E sempre me pedia que usasse a plaquinha de bruxismo. E me convidava para ir a Buenos Aires, dizia que eu podia estudar lá (mas eu não queria estudar, nunca quis estudar). Eu respondia com mensagens cada vez menos lacônicas. Deixava-me ser amado.

Pouco a pouco, foi se descobrindo a história da minha mãe com Luciano. Uma história de amor longa, radiante, internacional. Séria. Uma história séria. Conheceram-se nos anos 1960, e qualquer um se apaixona com tanta música boa de fundo. Com efeito, certa vez Luciano havia flertado com minha mãe. Mas ela o deixara para empreender sua vida chilena convencional. Começou a ter filhos, minhas irmãs, eu, perdeu um pouco a silhueta com tantas transformações, mas continuou estupenda, vigorosa, inteligente e divertida. Luciano também se casou e se tornou o pai de Mirtita, porém sofrendo. Ele fez tudo sofrendo. Minha mãe esquecia, ele, não. E depois, por algo que parecia o acaso, mas de acaso não tinha nada, Luciano e meu pai se conheceram e viraram amigos. Amigos de verdade. E era uma maneira de chegar até ela. Mas não era um plano maquiavélico, ele nunca tentou nada naqueles anos. Os conflitos entre meu pai e Luciano surgiram muito depois, digamos que por culpa minha, quando contei ao meu pai que seu amigo sempre quisera transar com minha mãe. Isso os distanciou. Também não é que meus pais tenham se separado por conta disso. Ainda assim, quando Luciano soube da separação, esperou por um prazo prudente antes de apresentar suas credenciais.

Eu entendia a história, mas ainda assim tinha dificuldade de aceitar o amor entre Luciano e minha mãe. Acho que tudo mudou numa madrugada em que estava bêbado como um gambá no carro do meu pai e de repente me veio a famigerada música e me lembrei de Nati, de Nata, e comecei a cantar a plenos pulmões, com um entusiasmo evangélico, aquela letra lamentável sobre o amor depois do amor. Na essência das almas. Na ausência de dor. Para mim, esse é o amor depois do amor. E ninguém pode, ninguém deve viver (viver) sem amor. Minha mãe e Luciano, o amor depois do amor se parece com este raio de sol.

Quanto será que Fito Páez demorou para escrever essa letra? Cinco minutos? Dez segundos? Ou talvez nunca a tenha escrito, e quando precisava preencher a melodia lhe disseram "alguma coisa você tem que cantar, bonitão", e ele falou a primeira coisa que lhe veio à cabeça? Tem outras músicas boas, mas essa... Uma chave por outra chave, e essa chave é o amor. E pode ser que a música seja péssima, mas ela fala de uma verdade do porte de um navio, pensei no carro, naquela noite. E lembro que quando pensei isso tinha acabado de comer um cachorro-quente completo, delicioso, mas não consigo me lembrar se foi num posto Shell ou num Copec. E depois vomitei no volante, acho.

Na mesma semana tentei vender todos os livros que tinha em casa, mas não eram muitos, não seria suficiente para minha passagem. Quando minha mãe soube que eu realmente queria ir, convenceu Luciano a pagá-la. Conversei com muitas pessoas no avião, todas foram muito gentis. Quando me viu, minha mãe abriu os braços, como se estivesse fazendo ioga, e desatou a chorar e a me explicar tudo. Nas suas frases havia um matiz fronteiriço, de repente soava quase argentina. Reparei que duplicava o objeto direto em casos como *eu o vi, vi seu pai pelado e senti nojo* ou *eu a encontrei, encontrei a cachorra, mas ela me mordeu*. Na sua fala, a predominância do pretérito perfeito simples em vez da forma composta era quase absoluta. Quanto à minha relação com Luciano, pouco a pouco fomos nos aproximando, e agora não sei o que seria de mim sem sua companhia, sem sua compreensão. Fui ficando com eles, até que me propuseram morar permanentemente aqui. E não foram eles quem me convenceram, eu mesmo decidi me tornar argentino.

Ser argentino tem muitas vantagens. E não é só na música ou no futebol (de que agora gosto). Ser argentino te possibilita algo muito valioso: não ser chileno. O que mais se poderia querer? Aqui há educação gratuita. E os sobrenomes não importam, somos todos imigrantes. E ninguém acha escandaloso você mudar de opinião a cada tanto. E ninguém acredita em Deus, portanto ninguém acredita no Diabo. E eu não sinto atração por homens (acho), mas é reconfortante saber que, se começasse a sentir, poderia até me casar com um cara qualquer.

Gosto deste país, ficaria aqui para sempre. A cada esquina descubro que é verdade o que a querida Natalia, Nati, Nata dizia: onde quer que você esteja, sim, Buenos Aires é como todas as cidades do mundo, só que um pouco mais bonita e muito mais feia. E é claro que amo meu pai. De vez em quando ligo para ele, está melhor, vive bem, no Chile. Mas também amo Luciano, estamos sempre juntos. Aos domingos vamos ao jogo e depois ao bar do Mazzini tomar umas brejas. Às vezes digo a ele, você está carcando na minha mãe, seu careca de merda, vou arrebentar teu cu, e ele dá risada, é um filho da puta genial.

Tempo de tela

Muitas vezes, ao longo de seus dois anos de vida, o menino escutou risadas ou gritos advindos do quarto dos pais — sabe-se lá como reagiria se soubesse o que fazem enquanto ele dorme: assistir tevê.

Nunca viu tevê, e também nunca viu alguém vendo tevê, razão pela qual a televisão dos pais lhe parece vagamente misteriosa: a tela é uma espécie de espelho que devolve um reflexo opaco, insuficiente, e que nem mesmo serve para desenhar com os dedos no vapor, embora ocasionalmente as partículas de pó permitam brincadeiras similares.

Ainda assim, o menino não se surpreenderia ao descobrir que aquela tela é capaz de reproduzir imagens em movimento, porque várias vezes lhe permitiram interagir com imagens de pessoas, em geral localizadas em seu segundo país, porque o menino tem dois países — o país de sua mãe, que é seu país principal, e o de seu pai, que é seu país secundário, onde vivem não seu pai, mas seus avós paternos, que são os seres humanos que o menino costuma ver com mais frequência materializados na tela.

Já viu seus avós em pessoa também, porque viajou duas vezes a seu país secundário. Não lembra de nada da primeira viagem, mas na segunda já sabia andar e falava pelos cotovelos, e aquelas semanas foram repletas de experiências inesquecíveis, embora o fato mais memorável tenha acontecido no voo de ida, algumas horas antes de aterrissarem em seu país secundário, quando uma tela que parecia tanto ou mais inútil que a da televisão dos pais se iluminou e nela surgiu um monstro vermelho amistoso que falava de si mesmo na terceira pessoa. A amizade entre o monstro e o menino foi instantânea, talvez porque naquele tempo o menino também falasse de si mesmo na terceira pessoa.

A bem da verdade, foi um evento fortuito, porque os pais do menino não planejavam ligar a tela durante a viagem. O voo havia começado com alguns cochilos e depois seus pais abriram a pequena maleta na qual traziam sete livros e cinco fantoches zoomórficos, e boa parte do longo trajeto foi passada com a leitura e a imediata releitura desses livros, entremeada com os insolentes comentários dos fantoches, que também opinaram sobre a forma das nuvens e a qualidade dos snacks. Tudo ia às mil maravilhas até que o menino pediu um boneco que — explicaram — tinha preferido viajar no porão de carga do avião, e depois se lembrou de vários outros que — sabe-se lá por quê — haviam preferido ficar no país principal, e então, pela primeira vez depois de seis horas, o menino desatou a chorar, e seu pranto durou um minuto inteiro, o que é pouco tempo, mas um senhor que viajava no assento de trás achou muito.

— Façam esse menino ficar quieto logo! — vociferou.

A mãe do menino se virou para trás e olhou para o sujeito com sereno desprezo; depois de uma pausa muito bem executada, baixou a vista para focalizar o volume na calça do homem e disse, em tom de entendida, sem o menor traço de agressividade:

— Deve ser bem pequenininho, né?

O homem não respondeu, talvez não tivesse como se defender de uma acusação como essa. O menino — que já havia parado de chorar — foi para os braços da mãe e então foi a vez do pai, que também se ajoelhou no assento para olhar o dito-cujo fixamente nos olhos, porém não o insultou, apenas perguntou seu nome.

— Enrique Elizalde — respondeu o sujeito, com o pouco de dignidade que ainda lhe restava.

— Obrigado.

— Por que você quer saber meu nome?

— Tenho meus motivos.

— Quem é você?

— Não quero te dizer, mas você saberá. Em breve você vai saber quem eu sou. Muito em breve.

Continuou olhando por vários segundos para o agora contrito ou desesperado Enrique Elizalde, e queria continuar a hostilizá-lo, porém uma turbulência o obrigou a pôr de volta o cinto de segurança.

— *This motherfucker thinks I'm really powerful* — murmurou então, em inglês, que era a língua que usavam instintivamente para insultar ou dizer grosserias na presença do menino.

— *We should at least name a character after him* — disse a mãe.

— *Good idea! I'll name all the bad guys in my books Enrique Elizalde.*

— *Me too! I guess we'll have to start writing books with bad guys* — disse ela.

Foi então que decidiram ligar a tela à sua frente e sintonizaram no programa do alegre e peludo monstro ruivo. Assistiram ao programa por vinte minutos, e quando desligaram a tela o menino reclamou, mas seus pais explicaram que a presença do monstro não era repetível, não era como os livros, que podem ser lidos e relidos várias vezes.

Durante as três semanas que passaram em seu país secundário, o menino perguntou todos os dias pelo monstro e seus pais explicaram que ele morava apenas nos aviões. No voo de volta ocorreu enfim o reencontro, que durou também escassos vinte minutos. Alguns meses depois, como o menino continuava falando sobre o monstro com certa melancolia, conseguiram uma pelúcia dele, que o menino entendeu, na verdade, como sendo o original. Desde então se tornaram inseparáveis, de fato o menino acaba de dormir abraçado ao boneco ruivo — seus pais já foram para o quarto grande, onde certamente logo ligarão a tevê; se as coisas acontecerem da mesma forma como têm acontecido nos últimos tempos, é provável que esta história termine com a cena dos dois na cama assistindo tevê.

O pai do menino cresceu com a televisão perpetuamente ligada, e talvez na idade atual de seu filho nem sequer soubesse que a televisão *pudesse ser desligada*. A mãe do menino, por outro lado, manteve-se longe da televisão por uma quantidade insólita de tempo: dez anos. A versão oficial era que o sinal de televisão não chegava ao bairro de periferia da cidade em que ela e sua mãe moravam, de modo que achava a televisão um objeto de todo inútil. Uma tarde, convidou para brincar em sua casa uma colega de sala que, sem perguntar a ninguém, simplesmente pôs o fio da tevê na tomada e a ligou. Não houve decepção nem crise: a menina pensou que o sinal da televisão acabara de chegar, por fim, a seu bairro, e correu para comunicar a boa nova à sua mãe, que embora fosse ateia se ajoelhou e, alçando os braços para os céus, gritou afetada e persuasivamente:

— MILAGRE!

Apesar desses antecedentes tão díspares, a mulher que cresceu com a televisão permanentemente desligada e o homem que cresceu com a televisão permanentemente ligada concordam que o melhor é adiar pelo maior tempo possível a exposição de seu filho às telas. Não são fanáticos, em todo caso, não são contra a televisão, muito pelo contrário. Quando tinham acabado de se conhecer, mais de uma vez recorreram à tão batida estratégia de se encontrar para ver filmes como pretexto para transar. Depois, no período que poderia ser considerado a pré-história do menino, sucumbiram ao feitiço de numerosas e excelentes séries de todo tipo. E nunca viram tanta televisão como durante os meses imediatamente anteriores ao nascimento do menino, cuja vida intrauterina não foi musicalizada por peças de Mozart nem por canções de ninar, e sim pelas músicas de abertura de séries sobre sangrentas disputas de poder ambientadas num impreciso tempo arcaico de zumbis e dragões ou no espaçoso palácio de governo de um país autodenominado *the leader of the free world*.

Quando o menino nasceu, a experiência televisiva do casal mudou de forma radical. No fim do dia, o esgotamento físico e mental só lhes permitia trinta ou no máximo quarenta minutos de minguante concentração, de modo que, quase sem perceber, reduziram bastante seus padrões e se tornaram espectadores habituais de séries medíocres. Continuavam querendo se embrenhar por terrenos insondáveis e viver vicariamente experiências desafiantes e complexas que os obrigassem a repensar seriamente seu lugar no mundo, mas para isso serviam os livros que liam durante o dia; à noite só queriam risadas fáceis, diálogos engraçados e roteiros que lhes proporcionassem a triste satisfação de entender tudo sem o menor esforço.

Queriam, talvez daqui a um ou dois anos, passar as tardes de sábado ou domingo vendo filmes com o menino e inclusive de vez em quando atualizam a lista de filmes que querem ver em família. Mas por agora a televisão ficou relegada a essa última hora do dia, depois que o menino dorme e seus pais voltam a ser, momentânea e simplesmente, ela e ele. Ela está na cama olhando o celular e ele no chão, de costas, como se descansasse depois de uma série de abdominais — de repente se ergue e se deita na cama também e vai pegar o controle remoto, mas desvia para o cortador de unhas e começa a cortar as unhas das mãos. Ela o observa e pensa que ultimamente ele está o tempo todo cortando as unhas das mãos.

— Talvez sejam meses de isolamento. Ele vai se entediar — diz ela.

— É permitido passear com o cachorro, mas não é permitido passear com o filho — diz ele, com amargura.

— Com certeza ele está achando ruim. Ele não demonstra, parece feliz, mas deve estar achando horrível. O que será que ele entende?

— O mesmo que a gente.

— E o que a gente entende? — pergunta ela, no tom de uma aluna que repassa a matéria antes da prova. É quase como se tivesse perguntado, "E o que é mesmo a fotossíntese?".

— Que não podemos sair porque tem um vírus de merda por aí. Só isso.

— Que o que antes era permitido agora é proibido. E que o que antes era proibido continua proibido.

— Ele sente falta do parque, da livraria, dos museus. Igual à gente.

— Do zoológico — ela diz. — Ele não fala, mas está reclamando mais, ficando mais chateado. Ele se chateia pouco, porém mais que antes.

— Mas não sente falta da escola, não mesmo — diz ele.

— Tomara que sejam dois ou três meses. Mas e se for mais? Um ano inteiro?

— Acho que não — diz ele, que gostaria de soar mais convicto.

— E se o mundo for assim de agora em diante? E se depois desse vírus vier outro e mais outro? — pergunta ela, mas também poderia ter sido ele a perguntar, com as mesmas palavras e a mesma entonação perplexa.

Durante o dia fazem turnos, um cuida do menino enquanto o outro se tranca para trabalhar, precisam de tempo para trabalhar, porque estão atrasados com tudo, e embora todo mundo esteja atrasado com tudo, eles pensam que estão um pouco mais atrasados que os outros. Deveriam discutir, deveriam competir para decidir qual dos dois tem o trabalho mais urgente e melhor remunerado, porém, ao contrário disso, ambos se oferecem para cuidar do menino pelo período completo, porque essa metade de dia com o menino é um tempo de felicidade verdadeira, de risadas genuínas, de fuga purificadora — prefeririam passar o dia inteiro jogando bola no corredor, ou desenhando criaturas involuntariamente monstruosas no pedaço de parede que usam como lousa, ou tocando violão enquanto o menino mexe nas tarraxas para desafiná-lo, ou lendo histórias que agora lhes parecem perfeitas, muito melhores que os livros que eles escrevem ou tentam escrever. Inclusive, se tivessem apenas uma dessas histórias prefeririam lê-la uma vez atrás da outra, incessantemente, antes de se sentarem diante de seus computadores, com as notícias horríveis da rádio como barulho de fundo, para responder tardiamente a e-mails repletos de desculpas, e olhar para o estúpido mapa que registra em tempo real a proliferação de contágios e de mortes — ele vê, sobretudo, o país secundário de seu filho, que obviamente continua sendo seu país principal, e pensa em seus pais e imagina que nas horas e nos dias que se passaram desde a última vez que se falaram eles se contaminaram e portanto nunca mais os verá, e então liga para eles, e essas ligações sempre o deixam em frangalhos, mas ele não diz nada, ou pelo menos não diz nada a ela, que está há semanas submersa numa angústia lenta e imperfeita que a faz pensar que deveria aprender a bordar ou parar de ler os romances belos e desalentadores que lê e também pensa que quem sabe, em vez de escrever, teria sido bom fazer outra coisa da vida — os dois concordam com isso, os dois pensam nisso, já conversaram muitas vezes sobre isso porque já sentiram isso muitas vezes, sempre que tentam escrever, a irrefutável futilidade de cada frase, de cada palavra escrita.

— Vamos deixar ele assistir a uns filmes — diz ela. — Qual o problema. Só aos domingos.

— Assim pelo menos a gente saberia se é segunda-feira ou quinta ou domingo — diz ele.

— Que dia é hoje?

— Acho que terça.

— Amanhã a gente decide — diz ela.

Ele termina de cortar as unhas e olha para as mãos com uma satisfação incerta, como se tivesse acabado de cortar as unhas de outra pessoa, ou como se olhasse as unhas de outra pessoa, de alguém que havia acabado de cortar as próprias unhas e pede a ele, por algum motivo — talvez ele tenha se tornado um especialista, uma autoridade no assunto —, sua aprovação ou sua opinião.

— Estão crescendo mais rápido — diz ele.

— Você não tinha cortado ontem à noite?

— Por isso que eu digo, estão crescendo mais rápido — diz ele, sério, num tom meio grave, meio científico. — Toda noite olho para elas e percebo que cresceram durante o dia. Numa velocidade anormal.

— Parece que é uma coisa boa as unhas crescerem rápido. Dizem que na praia elas crescem mais rápido — diz ela, num tom de quem tenta se lembrar de algo, talvez da sensação de acordar na praia com o sol no rosto.

— É que no meu caso é um recorde.

— As minhas também estão crescendo mais rápido — diz ela, sorrindo. — Inclusive mais rápido que as suas. No meio do dia já estão quase umas garras. Eu corto e elas crescem de novo.

— Eu acho que as minhas crescem mais rápido que as suas.

— Acho que não.

Então levantam as mãos e as unem como se realmente pudessem observar o crescimento de suas unhas, como se pudessem comparar velocidades, e o que deveria ser uma cena rápida se prolonga, porque eles se deixam distrair pela absurda ilusão dessa competição silenciosa, bela e inútil, que dura tanto que até o espectador mais paciente desligaria a tevê, indignado. Mas ninguém os observa, embora de repente a tela da televisão pareça uma câmera que registra seus corpos suspensos nesse gesto estranho e divertido. Uma babá eletrônica amplifica a respiração do menino, o único ruído que acompanha a competição de suas mãos, de suas unhas, uma competição que dura vários minutos, mas não o suficiente, é claro, para que alguém ganhe, e que termina, enfim, com a explosão de gargalhadas calorosas e francas que estavam fazendo muita falta a eles.

Créditos

"O ciclope", "Penúltimas atividades", "O romance autobiográfico" e "O amor depois do amor" foram publicados em *Tema libre* (Santiago do Chile: Ediciones Universidad Diego Portales, 2018; Barcelona: Anagrama, 2019).

"Fantasia" foi publicado em forma de livro em Santiago pelas Ediciones Metales Pesados, 2016.

"West Cemetery" foi publicado em *Tema libre: Edición aumentada* (Santiago do Chile: Ediciones Universidad Diego Portales, 2020).

"Jakob von Gunten" foi publicado na *Revista Santiago*, n. 6, ago. 2019.

"Tempo de tela" é inédito em espanhol. Foi publicado em inglês em 2020 na *The New York Times Magazine* como parte do especial The Decameron Project.

1ª EDIÇÃO [2021] 1 reimpressão

ESTA OBRA FOI COMPOSTA EM ELECTRA PELO ACQUA ESTÚDIO E IMPRESSA PELA GRÁFICA SANTA MARTA EM OFSETE SOBRE PAPEL PÓLEN DA SUZANO S.A. PARA A EDITORA SCHWARCZ EM SETEMBRO DE 2024

FSC
www.fsc.org
MISTO
Papel | Apoiando o manejo florestal responsável
FSC® C005648

A marca FSC® é a garantia de que a madeira utilizada na fabricação do papel deste livro provém de florestas que foram gerenciadas de maneira ambientalmente correta, socialmente justa e economicamente viável, além de outras fontes de origem controlada.